HEYNE <

Marie Schönbeck

Schokolade am Strand

Süße Träume

ROMAN

WILHELM HEYNE VERLAG
MÜNCHEN

MIX
Papier | Fördert gute Waldnutzung
FSC® C014496

Penguin Random House Verlagsgruppe FSC® N001967

2. Auflage
Originalausgabe 05/2023

Neumarkter Str. 28, 81673 München
Redaktion: Dr. Loel Zwecker
Umschlaggestaltung: zero-media.net
unter Verwendung von Finepic®, München
Satz: Uhl + Massopust, Aalen
Druck und Bindung: GGP Media GmbH, Pößneck
Printed in Germany
ISBN: 978-3-453-42514-9

www.heyne.de

Prolog

Vor neunzehn Jahren

Schulaufsatz von Annegret Huber
Klasse 4a an der Isar Grundschule

Frau Gmeiner hat gesagt, wir müssen als Hausaufgabe über Ostern diesen Schulaufsatz schreiben. Frau Gmeiner ist unsere Klassenlehrerin. Eigentlich ist sie gar nicht gemein, sondern echt nett. Aber dass wir diesen Aufsatz in den Ferien schreiben müssen, ist doof. Wir sollen uns Gedanken darüber machen, wo wir uns in zehn bis zwanzig Jahren sehen. Was wünscht ihr euch für euer Leben als Erwachsene, hat Frau Gmeiner gefragt. Wie soll ich das denn wissen? Ich bin erst zehn.

Also habe ich Papa gefragt. Der sagte, ich soll mir viel Geld wünschen, und hat gelacht. Dann meinte er, das war nur ein Scherz. Ich soll einen Beruf lernen, der mich glücklich macht.

Darüber habe ich nachgedacht. Ich glaube, ich will ins Fernsehen. Wer will das nicht? Vicki, Inerl und Dodo wollen das auch. Das sind meine Freundinnen. Dodo heißt eigentlich Dorothea, aber sie mag ihren Namen nicht. Ihre Oma heißt auch so. Dodo liebt ihre Oma, aber sie will einen eigenen Namen haben und sich nicht einen teilen. Also dürfen wir sie nur Dodo nennen. Aber »im Fernsehen sein« ist doch kein Beruf.

Also habe ich Mama gefragt. Sie hat gesagt, ich soll mir einen liebevollen Ehemann wünschen. Wenn man die Liebe gefunden hat, wird der Rest auch gut, hat sie gesagt. Keine Ahnung, was sie damit meint.

Aber Pauli aus der 4c hat mal seinen Mund auf meinen gedrückt, einfach so, auf dem Schulhof. Das war eklig. Das will ich mir nicht für später wünschen. Dann hat Mama noch gesagt, ich soll aufschreiben, was *ich* mir vorstelle, nicht was andere sich für mich ausdenken. Aber mir fällt doch nichts ein.

Wir sind dann über Ostern zu Oma Datschi und Opa Luis gefahren, ich konnte mich darüber allerdings gar nicht richtig freuen, weil ich nur an diesen blöden Aufsatz gedacht habe. Oma Datschi heißt eigentlich Oma Rosi. Ich nenne sie nur so wegen des leckeren Zwetschgendatschis, den sie backt, wenn meine Eltern und ich sie besuchen. Sie macht immer ein großes Blech, und ich darf die übrig gebliebenen Stücke mit nach Hause nehmen.

Jedenfalls bin ich traurig über die Streuobstwiese gegangen. Und dann habe ich gedacht: Wenn ich schon einen Ehemann haben muss, um glücklich zu sein, sollen seine Küsse wenigstens nach Mirabellen schmecken. Ich liebe gelbe Zwetschgen! Am besten schmecken sie direkt vom Baum in den Mund. Aber es ist erst Frühling, jetzt sind sie noch nicht reif. Ich denke, ich bin auch noch nicht reif für die Liebe. Damit warte ich lieber noch ganz, ganz lange.

Ein Bach fließt über das Grundstück von Oma und Opa. Der plätschert so lustig. Wenn ich zu lange am Ufer sitze, muss ich aufs Klo. Fische leben nicht darin. Aber Frösche erschrecken mich manchmal, wenn sie plötzlich wegspringen. Ich bin ihnen nicht böse, denn sie haben sich bestimmt auch vor mir erschreckt.

Als ich dasaß und merkte, wie glücklich ich war, wusste ich plötzlich, was ich mir wünsche, wenn ich groß bin. Ich möchte am Wasser leben. Nicht an einem Bach, der ist mir zu klein, sondern an einem richtigen Fluss.

Oder am Starnberger See. Nein, lieber doch nicht, weil man den die Badewanne Münchens nennt. Wie eklig ist das denn? Ich will doch nicht mit allen, die in meiner Stadt wohnen, zusammen baden.

Am Meer zu wohnen, einem richtigen Meer, mit Wasser, so weit wie ich gucken kann, das wäre toll. Mit einem Mann, der nach Mirabellen schmeckt, wenn wir uns küssen. Und vielen Katzen, die liebe ich. Sie sind so flauschig und niedlich. Wenn sie sich wohlfühlen und schnurren, muss ich immer lächeln. Dann geht es mir gut. Wenn ich groß bin, will ich ganz viele Haustiere haben. Jetzt darf ich das nämlich nicht, was mich sehr traurig macht.

Als ich das alles Oma Datschi erzählt habe, hat sie gemeint, dass es sowieso keinen Sinn ergibt, sich in meinem Alter etwas zu wünschen. Die meisten Träume, die sie in jungen Jahren hatte, wären nicht wahr geworden.

»Alles kommt eh anders, als man denkt«, hat sie gesagt.

Warum soll ich dann darüber nachdenken und diesen dummen Aufsatz schreiben, wenn ich eh nicht kriege, was ich will?

Kapitel 1

Bevor Annegret Huber von München nach Bremen gezogen war, hatte sie sich ihre walnussbraunen Haare abschneiden lassen, um seriöser auszusehen.

Sie suchte im Internet nach Fotos erfolgreicher Fernsehjournalistinnen und druckte eine Aufnahme aus. Mit dem Bild ging sie zu einem Hairstylisten, den sie sich eigentlich nicht leisten konnte. Der neue Look sollte den Start ihrer Laufbahn beim Fernsehen symbolisieren.

»Kurze Haare stehen nur Männern«, sagte ihre Mutter.

Annegret, die von allen Anne genannt wurde, verdrehte bloß die Augen. Für ihre Mutter waren lange Haare der Inbegriff von Weiblichkeit. Aber Anne wollte nicht Fotomodell werden oder die Catwalks der Welt erobern, sondern in der Nachrichtenbranche ernst genommen werden, und das fing beim Erscheinungsbild an.

Es lag etwas mehr als sieben Monate zurück, dass Anne ihren Eltern den neuen Haarschnitt gezeigt hatte. Gleichzeitig hatte sie ihnen erzählt, dass sie nach Bremen ziehen würde, um für den Fernsehsender *Tele Nord* zu arbeiten. Inzwischen lebte sie fast auf den Tag genau ein halbes Jahr in Norddeutschland. Und mittlerweile wusste sie nicht mehr so genau, ob der Frisurenwechsel die richtige Entscheidung gewesen war, denn unglücklicherweise schien sie seitdem Luft für viele Männer zu sein.

Wie zum Beweis stieg ein attraktiver Typ mit weißen Kopfhörern ein und ging an ihr vorbei, ohne sie wahrzunehmen, obwohl sie am Gang saß. Er hatte bloß Augen für Annes Kollegin neben ihr. Wie immer hatte Sophia ihre langen naturblonden Haare über die Schultern nach vorne gelegt, damit diese voller wirkten und ihr Gesicht einrahmten. Selbstbewusst lächelte sie, die als Kamerafrau arbeitete, den Fremden an. Sein Blick klebte an ihr, als er an ihr vorbeiging.

»Er wird mich nicht nach meiner Handynummer fragen«, sagte Sophie und blickte ihm über ihre Schulter hinweg nach.

Der Regen prasselte laut aufs Dach des Busses. Eine Reihe vor ihnen unterhielten sich zwei ältere Damen so angeregt, dass man jedes Wort verstand. Im Gang standen drei Teenager und zeigten sich gegenseitig Videos auf ihren Smartphones. »Wie bitte?«, fragte Anne mit etwas lauterer Stimme.

»Der Typ gerade, er hat sich zu weit nach hinten gesetzt, dabei ist direkt hinter uns ein Platz frei. Aber das ist okay. Wenn er nicht den Mumm dazu hat, mich nach meiner Nummer zu fragen, ist er auch nichts für mich.« Sophia zog sich mithilfe eines Taschenspiegels die Lippen korallenrot nach. »Ich stehe auf echte Kerle.«

»Aber du hast doch einen Freund«, sagte Anne irritiert. Wassertropfen glitzerten auf ihrer Regenjacke. »Paul heißt er, oder?«

»Na, und?« Beiläufig kramte Sophia in ihrem City-Rucksack und holte eine Schachtel Zigaretten heraus. Sie öffnete die Packung, sah, dass sie fast leer war, und seufzte. »Ich brauche neue Kippen. Woher soll ich wissen, ob Paul der Richtige ist?«

Anne war zwar froh, nicht alleine mit dem Bus fahren zu müssen, sie unterhielt sich gerne. Aber mit Sophia wurde sie einfach nicht warm. Nicht dieselbe Wellenlänge. »Du lebst mit ihm zusammen. Dann muss es ernst mit euch sein.«

»Trotzdem kann ich doch weitersuchen.« Sophia nahm das Feuerzeug aus der Zigarettenschachtel. Unentwegt erzeugte sie eine Flamme und ließ diese gleich wieder ausgehen, der Benzingeruch mischte sich unter die Ausdünstung der vielen Pendler. »Und *ernst* ist generell nicht so mein Ding.«

»Wenn man sich alle Türen offen hält, obwohl man in festen Händen ist, ist man auch nicht richtig verliebt«, sagte Anne bestimmt. Vielleicht hätte sie das Thema auf sich beruhen lassen sollen, immerhin kannte sie ihre Arbeitskollegin nicht gut, und Paul hatte sie noch nie getroffen. Aber sie war bestürzt über Sophias Abgebrühtheit und Egoismus. »Du solltest dich *vor* der Suche nach einem neuen Partner von Paul trennen.«

»Das wäre doch dumm.« Sophia, die am Fenster saß, hielt die Zigaretten unter ihre Nase und atmete den Tabakduft ein. »Dann würde ich ja alleine dastehen.«

Paul tat Anne leid. »Das wäre nicht dumm, sondern anständig.«

»Sind alle Bayern so prüde wie du?« Demonstrativ sah Sophia aus dem Fenster auf die Menschen, die mit Regenschirmen über die Gehsteige Bremens huschten.

Betreten schwieg Anne. Sie wäre schon froh gewesen, wenn sich überhaupt mal wieder ein Mann für sie interessieren würde. Sie sehnte sich sehr nach zärtlichen Berührungen und liebevollen Küssen. Nach jemandem, der ihr heimlich Zettel in ihre Handtasche steckte und sie wissen ließ, dass er es kaum erwarten konnte, sie bald wiederzusehen. Der an sie glaubte, ihre ehrgeizigen beruflichen Ziele unterstützte und Zukunftspläne mit ihr schmiedete.

Daher fragte sie sich, ob sie sich nicht wenigstens die Haare blond färben lassen sollte, wie Sophia, konnte sich aber mit diesem Gedanken nicht anfreunden. Sie hatte zwar einen dunklen Teint, was einen hübschen Kontrast ergeben würde, aber blond, das war einfach nicht sie, und sie wollte sich treu bleiben, in allen Dingen.

Die Kurzhaarfrisur war die große Ausnahme. Anne hatte ihre Haare noch nie so kurz getragen, kam sich aber todschick vor. Sie hatte das Gefühl, mit dem neuen Haarschnitt in jeglicher Hinsicht ein neues Kapitel aufgeschlagen zu haben.

Sie sehnte sich sehr nach einer Beziehung und wünschte sich eine eigene Familie, aber alles zu seiner Zeit. Manchmal musste sie sich daran erinnern, Geduld zu haben, und zwar immer dann, wenn der Wunsch nach einem liebevollen Partner und eigenen Kindern zu stark wurde. Keinesfalls würde sie für ihren Job bis an ihr Lebensende alleine bleiben. Diese Durststrecke war bloß eine Phase in ihrem Leben. Zurzeit stand an erster Stelle, ihr berufliches Ziel zu verwirklichen, denn einen Fuß hatte sie bereits in der Tür. Außerdem war sie im Januar erst 29 Jahre alt geworden.

»Du bist schon fast dreißig Jahre alt«, hatte ihre Mutter dennoch kurz vor Annes Abreise nach Bremen gesagt. »Dir läuft die Zeit davon. Deine innere Uhr tickt. Wenn du noch länger wartest, kriegst du nachher nur noch die geschiedenen Männer ab. Die haben bereits Kinder mit ihren ersten Ehefrauen. Sie wollen, nun da sie wieder frei sind, ihr Leben genießen und keine zweite Familie gründen.«

Für gewöhnlich ignorierte Anne die Schwarzmalerei ihrer Mutter, doch diesmal hatten ihre Worte etwas in ihr ausgelöst. Einen Hauch von Panik. Mittlerweile bedrückte es sie immer mehr, dass ihr Privatleben brachlag, während ihre Freundinnen in München sich weiterentwickelten. Sie lebten alle in festen Partnerschaften, waren verheiratet, manche hatten schon Kinder.

Sie machten Familienurlaub, während Anne Singlereisen buchte. Im Supermarkt kauften sie Windeln und Babybrei. Anne jedoch nahm eine Flasche Wein mit nach Hause, um nach Feierabend ihre Einsamkeit runterzuspülen. Immer öfter hatte sie den Eindruck, das wahre Leben zu verpassen. Aber noch war ihr Wunsch, weiterhin als Journalistin fürs Fernsehen zu arbeiten, größer.

Ihr jetziger Arbeitgeber *Tele Nord* war ein kleiner Fernsehsender. Er ging zwar auch auf das weltweite Geschehen ein, brachte aber vor allem lokale Beiträge. Das Personal hatte sie freundlich aufgenommen, trotzdem nannte man sie nach einem halben Jahr noch immer *die Neue*. Aus irgendeinem Grund kam sie an ihre Kollegen nicht richtig heran. Anne engagierte sich und sprudelte vor Ideen, weil sie das erste Mal fürs Fernsehen arbeitete. Was ihr neu und spannend schien, war für die anderen Mitarbeiter längst Alltag und Routine.

Als Anne vor sieben Monaten den Vertrag unterzeichnet hatte, war sie davon ausgegangen, dass solch ein kleines Team wie eine Familie sein würde. Leider traf das nicht zu. Nach Feierabend gingen die Kollegen heim und zeigten keinerlei Interesse, etwas gemeinsam zu unternehmen. Man sah sich ja schon bei der Arbeit, das reichte. Und so hatte Anne bis jetzt noch keinen Anschluss gefunden.

In ihrer Freizeit fühlte sie sich isoliert. Aus Verzweiflung hatte sie sich einmal in ein Café gesetzt und ihre Tischnachbarn in eine Unterhaltung verstrickt. Außerdem hatte sie in einer Koch- und Backschule einen Kurs besucht, in dem man lernte, Pralinen herzustellen. Doch eine Freundin oder einen Freund fand sie dadurch nicht, die meisten Teilnehmer kamen mit ihrem Lebenspartner oder einer guten Freundin.

Sie vermisste es sehr, einen Freundinnen-Tag zu machen. Man amüsierte sich von morgens bis spätabends und feierte gemeinsam. Ihr fehlte es, mit einer Freundin zu frühstücken, mit dem Kellner zu flirten, gemeinsam zum Friseur zu gehen, über den Flohmarkt zu streifen, sich professionell massieren zu lassen und abends ein Konzert in einem der vielen kleinen Klubs in München zu besuchen.

Bisher hatte Anne niemanden davon erzählt, dass sie das Alleinsein satt hatte. Ihre Familie hätte ihr geraten, zurück nach Obersendling zu kommen. Ihre Eltern waren ohnehin nicht begeistert davon, dass Anne den Familienbetrieb im Münchner Süden, wo sie auch wohnten, nicht weiterführen wollte. Ihre Freunde hätten ihr wohl Mut zugesprochen durchzuhalten, schließlich hatte sich ihr Traum, in der Fernsehbranche zu arbeiten, erfüllt. Ihre Kollegen hätten sie vielleicht aus Mitleid zu sich eingeladen, das hätte sie nur noch weiter runtergezogen.

Sie vermisste die Wärme ihrer Verwandtschaft und ihres Freundeskreises. Obwohl sie unzufrieden war, betrachtete sie ihre Sehnsucht als Opfer für ihren Wunsch, mit Reportagen den Bewegtbild-Markt zu erobern. Sie hatte lediglich Startschwierigkeiten.

Noch immer sah sie Bremen nicht als ihre Heimat an. Das lag weder an der Hansestadt noch an den Einwohnern, sondern an Anne selbst. Sobald sie Freunde gefunden hätte, würde sie sich nicht mehr fremd fühlen. Möglicherweise waren sechs Monate noch nicht genug Zeit, um sich einzuleben.

Nach dem Journalismusstudium hatte sie als Jungredakteurin für das Onlineportal vom *Bayernkurier* gearbeitet, bevor die Website eingestellt wurde, und danach beim Lokalmagazin *Hallo München*. Mit viel Herzblut hatte sie sich bei Fernsehsendern beworben, erst in München, dann in ganz Bayern und schließlich deutschlandweit, aber keine positive Antwort erhalten. Eine Weile hatte sie damit aufgehört.

Anne hatte ihre Wunden geleckt und eine andere Strategie verfolgt. Sie machte die Zusatzausbildung »Fernsehjournalismus und Digital Storytelling« bei einer Privatakademie, finanziert aus eigener Tasche, und verlor die Hoffnung nicht. Nach der zehnmonatigen Studienzeit schrieb sie erneut Bewerbungen. Vor sieben Monaten hatte ihr endlich der kleine norddeutsche Sender einen Arbeitsvertrag angeboten.

Sie weinte vor Glück. Ein Traum ging in Erfüllung, auch wenn sie sehr wenig verdiente, aber auf die Bezahlung kam es ihr nicht an.

Schon als Mädchen hatte sie sich eine Mikrofonattrappe gebastelt. Sie formte aus reichlich Alufolie eine Kugel und drückte sie auf das Ende eines Besenstils. Dann stellte sie einem unsichtbaren Publikum ihre erfundene Katze Tinerl vor. Leider durfte sie kein Haustier haben. Als Teenager malte sie sich aus, wie es wäre, vor laufender Kamera Popstars zu interviewen. Während ihres Journalismus-Studiums träumte sie mit offenen Augen davon, durch die Welt zu reisen und über andere Kulturen und Länder zu berichten.

Bisher war nichts davon wahr geworden. Weder hatte sie einen Prominenten befragt, noch hatte eine der Münchner Lokalzeitungen oder *Tele Nord* sie auf Reisen geschickt. Aber sie glaubte fest daran, dass es eines Tages passieren würde.

»Vielleicht schickt uns Scherf heute wieder zusammen raus.« Sophia löste ihren Blick von dem Regenwetter vor dem Busfenster und sah Anne an.

»Ich denke nicht«, sagte sie zögerlich, um die Kamerafrau nicht zu verärgern. Offenbar wollte ihre Kollegin die angespannte Stimmung auflockern, denn sie lächelte das erste Mal an diesem Morgen. Anne war froh darüber. Sie wollte ja gar nicht Sophias Busenfreundin werden, aber ein gutes Arbeitsverhältnis war ihr wichtig. »Jonas kennt doch den Bürgermeister über ein paar Ecken. Er hat ihm versprochen, heute vor seine Kamera zu treten und etwas über seine erneute Kandidatur und die Parteienlandschaft in Bremen zu sagen. Ich habe so im Gefühl, dass mich der Programmdirektor Jonas zuweisen wird, damit ich das Stadtoberhaupt befrage.«

»Das macht Jolanta.« Sophia nahm eine Zigarette aus der

Schachtel und steckte die Packung zurück in ihren City-Rucksack.

Anne war wie vor den Kopf gestoßen. Sie hatte so große Hoffnung in den heutigen Tag gesetzt. Das wäre ihr erstes wichtiges Interview geworden. Bisher hatte Max Scherf sie nur mit einem Kameramann und einem Tontechniker auf die Straße geschickt, um Passanten zu einem aktuellen Thema zu befragen oder Beiträge zu drehen, die so unwichtig waren, dass sie am Ende auf wenige Minuten gekürzt wurden. »Woher willst du das wissen?«

»Weil ich gestern dabei war, als Scherf Jolanta damit beauftragt hat«, sagte Sophia und steckte sich die Kippe in den Mundwinkel, ohne sie anzuzünden.

Anne konnte ihre Enttäuschung nicht verbergen. Sie verstand ja, dass Journalisten, die schon länger für *Tele Nord* arbeiteten, den Vorzug erhielten, aber langsam wurde sie ungeduldig. Traute ihr der Programmdirektor etwa keine ernsthaften Themen zu? Hatte er eine Reporterin nur für die Lückenfüller gesucht? Würde er sie nie etwas anderes machen lassen?

Der Bus hielt an einer Haltestelle auf der Hauptstraße. Anna und Sophia stiegen aus. Mit zittrigen Händen zündete sich Sophia ihre Kippe an und nahm gierig einen Zug. Anne zog sich die Kapuze ihrer Regenjacke über. Es regnete noch immer.

Sie musste noch zehn Minuten bis zum Fernsehsender gehen. Während Sophia sich anscheinend vollkommen auf die Befriedigung ihrer Nikotinsucht konzentrierte, grübelte Anne über ihren Vorgesetzten nach.

Sie hatte kein besonders gutes, aber auch kein schlechtes Verhältnis zu ihm. Er war stets hektisch, schien ständig unter Strom, aber vielleicht war das normal, wenn man einen kleinen Sender am Leben erhalten wollte. Mochte er sie? Sie wusste es nicht.

»Hast du letzte Nacht auch eine Kurzmitteilung von Scherf bekommen?« Anne befürchtete, dass sie die Einzige war, die er heute Morgen sehen wollte. Der Signalton ihres Smartphones hatte sie kurz nach Mitternacht geweckt. Sie hatte Scherfs Anweisung sofort gelesen und danach kaum noch geschlafen.

»Klar«, antwortete Sophia, während Rauchwölkchen aus ihrem Mund drangen. »Alle Mitarbeiter. Das macht Scherf immer so. Er lässt es wie eine persönliche Nachricht aussehen, damit du dich auch angesprochen fühlst und was-auch-immer-er-will ernst nimmst. Aber in Wahrheit gehörst du bloß zu seiner Kurznachrichtengruppe.«

Anne war erleichtert. Also ging es nicht um sie allein. Er zitierte sie nicht in sein Büro, um ihr zu kündigen, weil sie seinen Ansprüchen nicht genügte. »Warum will er uns sehen? Weißt du etwas darüber?«

»Mach dir keinen Kopf.« Ohne ihr Bescheid zu geben, betrat Sophia einen Kiosk. Nach einer Weile kehrte sie mit einer Schachtel Zigaretten zurück.

Sie setzten ihren Weg durch die Nebenstraßen fort.

»Machst du dir etwa keine Sorgen?«, fragte Anne etwas außer Atem, denn beim schnellen Tempo ihrer Kollegin hatte sie Mühe, Schritt zu halten.

Sophia, die mit langen, schlanken Beinen gesegnet war, steckte die Packung in ihren City-Rucksack. »Du bist immer so angespannt.«

»Ich will auf keinen Fall meinen Job verlieren.« Was sollte Anne dann tun? Sie wollte nicht zurück zu einer Lokalzeitung. Seit ihrer Kindheit träumte sie davon, Reportagen zu drehen, und seit einem halben Jahr gehörte sie zur Welt des Fernsehens. Sollte sie gefeuert werden und dieses Privileg wieder verlieren, würde sie ins Bodenlose stürzen.

»Wer will das schon«, murmelte Sophia in einem Ton, der Anne verriet, dass die Kamerafrau kein Verständnis für ihre Nöte hatte. Umständlich schulterte ihre Kollegin ihren Rucksack.

Es hörte auf zu regnen. Anne schob die Kapuze vom Kopf. Der April war bisher feucht, aber keineswegs kalt. Jetzt schwitzte sie unter ihrer Regenjacke. »Findest du das denn gar nicht merkwürdig?«

»Doch, da ist was im Busch. Aber warum soll ich mir im Vorfeld den Kopf darüber zerbrechen? Wir werden es doch in wenigen Minuten erfahren.« Vorwurfsvoll sah Sophia sie an. »Die Fernsehbranche ist ein hartes Pflaster. Wenn du klarkommen willst, musst du cooler werden.«

Anne sah das nicht so locker. Wahrscheinlich brauchte sie diese Anstellung mehr als Sophia. Sie befürchtete, dass sie nie wieder bei einer Fernsehstation arbeiten würde, sollte ihr gekündigt werden. *Tele Nord* war vielleicht ihre erste und letzte Chance. Der einzige TV-Sender, der sie überhaupt zu einem Vorstellungsgespräch eingeladen hatte. Sollte sie ihren Job verlieren, wäre sie wahrscheinlich für immer raus aus dem Fernsehgeschäft. Ihr ging es nicht um Karriere, aber sie wollten ihren Traumberuf ausüben.

Als sie das Gebäude, in dem sich *Tele Nord* befand, betraten, kam ihnen Jonas entgegen. Der Kameramann winkte sie aufgeregt zu sich. »Beeilt euch. Ihr seid die Letzten. Alle warten nur noch auf euch.«

»Tut mir leid. Der Bus hatte Verspätung«, beeilte sich Anne zu sagen. Vor Aufregung brach ihr der Schweiß aus. »Durch den Regen ist auf der Straße die Hölle los.«

»Entschuldige dich nicht für Dinge, für die du nichts kannst.« Sophia sah auf Anne herab, verzog das Gesicht und schloss dann zu Jonas, der voranging, auf.

Betrübt folgte Anne den beiden Kameraleuten in den großen Besprechungsraum. Annes nasse Schuhe schmatzten bei jedem Schritt, was die Blicke auf sie zog. War das Lächeln ihrer Kollegen freundlich oder verächtlich? Verunsichert sah sie weg.

Sie fühlte sich so anders als die anderen Angestellten. Woran das lag, wusste sie nicht. Vielleicht gehörte sie einfach zu einem anderen Schlag Mensch, oder sie tickte als Bayerin anders als die Norddeutschen. Wahrscheinlich passte sie einfach nur nicht in das *Tele-Nord*-Team.

Sie machte sich Sorgen, dass sie zu empfindlich für die Fernsehbranche war. Tatsächlich empfand sie sich als Kämpferin, aber es widerstrebte ihr, die Ellbogen auszufahren. Jolanta schien damit keine Probleme zu haben. Die Fernsehjournalistin reklamierte alle wichtigen Projekte für sich, und keiner der anderen Mitarbeiter sah sie darum schief an. Im Gegenteil, Jolanta war beliebt.

Ich muss tougher werden, dachte Anne. Sollte sich ihr Kindheitswunsch erfüllen, musste sie so werden wie Jolanta – selbstbewusst, zielsicher und entschlossen.

Alle Stühle waren besetzt. Sie stellte sich in die hinterste Ecke, zog ihre Regenjacke aus und verlagerte nervös ihr

Gewicht von einem Bein auf das andere. Ihr wurde klar, dass sie nicht umsetzte, was sie sich gerade vorgenommen hatte. Denn sie versteckte sich hinter ihren Kollegen wie ein scheues Mäuschen. Also atmete sie tief durch, legte ihre Jacke und ihre Tasche auf die Fensterbank und schob sich an den Kollegen vorbei zwei Sitzreihen weiter nach vorne.

Unruhig lief Max Scherf vor den Versammelten auf und ab. Er hatte einen daumengroßen Kaffeefleck auf seinem beigefarbenen Herrenhemd und fing ohne Begrüßung an zu sprechen. »Wie ihr wisst, sind wir bloß ein kleiner Privatsender.«

»Klein, aber oho«, warf jemand ein, und alle lachten.

»Wir standen von Anfang an auf dünnem Eis, aber bisher haben wir es geschafft, nicht einzubrechen.« Scherf ballte zwar eine Faust, aber seine Stimme klang belegt. Ständig musste er sich räuspern.

Alle klatschten. Anne stimmte mit ein. Vermutlich hatte Scherf das Team herzitiert, um eine Motivationsrede zu halten, damit sie noch härter arbeiteten, um *Tele Nord* bekannter zu machen. So blass, wie er war, mochte er aber auch krank sein. Unter Umständen wollte er sich für die nächsten Tage nach Hause verabschieden und an seine Mitarbeiter appellieren, sich in seiner Abwesenheit weiterhin zu engagieren. Befürchtete er, sie würden die Arbeit schleifen lassen, wenn er ihnen nicht auf die Finger sah?

»Es sind harte Zeiten. Alle Unternehmen haben zu kämpfen, die großen wie die kleinen«, fuhr Scherf fort. Schweißperlen glänzten auf seiner Stirn. »Aber die kleinen wie wir haben es schwerer, denn uns fehlen Rücklagen für schlechte Zeiten.«

»Wollen Sie uns schon wieder das Gehalt kürzen?«, fragte Jonas ungehalten.

»Nein, nein.« Scherf winkte ab. Er war kleiner als die meisten Männer im Raum. »Darum habe ich Sie nicht hergebeten.«

»Haben Sie vor, unsere Arbeitsverträge von *fest angestellt* auf *freiberuflich* zu ändern, um zu sparen?«, sagte Jolanta in einem bissigen Ton. »Ich bin auf keinen Fall bereit dazu, nur projektbezogen zu arbeiten.«

»Und leben kann man davon auch nicht«, warf Sophia ein, die unentwegt ihre Zigarettenschachtel in der Hand drehte.

»Wenn Sie mich ausreden lassen würden, wüssten Sie längst, warum ich dieses außerplanmäßige Meeting einberufen habe.« Der Programmdirektor hatte Schatten unter den Augen. Mit dem Ärmel wischte er sich den Schweißbart von der Oberlippe.

Anne spannte sich an. Würde er ihnen gleich mitteilen, dass einige von ihnen gehen müssten? Sparmaßnahmen? Aus nachvollziehbaren Gründen würden die Mitarbeiter, die zuletzt beim Sender angefangen hatten, zuerst ihren Hut nehmen müssen.

Also ich, dachte Anne bedrückt. Ihr Magen zog sich zusammen.

Natürlich konnte Max Scherf auch gute Neuigkeiten für sie haben. Vielleicht würde *Tele Nord* von einem großen Medienunternehmen aufgekauft werden, dann hätten alle Angestellten mehr Sicherheit. Aber so recht glaubte Anne nicht daran. Hätte Scherf positive Nachrichten zu verkünden, würde er nicht so mitgenommen aussehen.

»Ich habe alles versucht, das müsst ihr mir glauben.« Der 49-Jährige legte die Handflächen aneinander. Auf seinen Handrücken wuchsen Haarbüschel. »Ich habe gespart, wo ich konnte. Habe Werbezeiten immer günstiger angeboten, um sie überhaupt verkauft zu bekommen. Genutzt hat es nicht viel. Im Grunde hat es das Sterben von *Tele Nord* nur verlängert. Als lokaler Privatsender finanzieren wir uns nun einmal hauptsächlich durch regionale TV-Spots und Auftragsproduktionen. Die Lage ist schwieriger denn je.«

Jolanta trat vor. Wie immer trug sie einen dunkelblauen Rock und einen passenden Blazer, dazu eine weiße Bluse und Pumps. »Woran liegt das?«

»Wie ich bereits sagte, die Zeiten sind für alle Firmen hart. Da bleibt zu wenig Geld übrig, um Fernsehwerbung zu finanzieren.« Scherf nahm seine Brille ab und rieb sich die Augenlider. »Unser größter Sponsor ist abgesprungen.«

»Das wussten wir nicht.« Bestürzt sah Jonas erst Scherf und dann seine Kollegen an.

»Wir bedienen keine Sparte, sondern sind breit aufgestellt, was ich gut finde, aber in unserem Fall hat es sich negativ ausgewirkt«, sagte Scherf und setzte die Brille wieder auf. »Unsere Zuschauerzahlen sind in den letzten Monaten stetig gesunken. Darum wurde unlängst auch das Fördergeld nicht verlängert. Man hat das Vertrauen in uns verloren. Wir befinden uns in einer Abwärtsspirale.«

»Wir machen gute Arbeit«, rief Sophia dazwischen.

»Ja, das machen wir, aber uns fehlen Formate mit Alleinstellungsmerkmalen. Außerdem gucken viele lieber Streamingdienste als Lokalfernsehen.« Müde lächelte Scherf Anne zu. »Ich hatte Frau Huber eingestellt, damit sie frischen Wind reinbringt, aber ihre Anstellung kam bereits zu spät.«

Anne lief rot an. Die Blicke ihrer Kollegen brannten auf ihrer Haut. Am liebsten wäre sie im Boden versunken. Plötzlich fühlte sie sich, als wäre sie schuld an den ganzen Problemen des Senders.

Der Programmdirektor holte tief Luft. »Ich will ehrlich zu Ihnen sein. Es sieht schlecht aus.«

»Was heißt das?«, fragte Anne zaghaft.

»Wir…« Scherf sah auf seine Schuhspitzen. »Wir stehen kurz vor dem Aus.«

Alles vor Annes Blickfeld verschwamm. Ihre Beine gaben nach. Sie ließ sich auf einen Stuhl in ihrer Nähe fallen, der frei geworden war, weil sich ein Kollege entsetzt erhoben hatte.

Ihr Traum, als Fernsehjournalistin zu arbeiten, stand kurz davor zu platzen.

Kapitel 2

Für dieses kurze Intermezzo in Bremen habe ich meine Familie, meine Freunde und Toni verlassen, dachte Anne mit feuchten Augen. Ihre Opferbereitschaft zahlte sich anscheinend nicht aus.

Während ihre Kollegen schweigend zu ihren Schreibtischen zurückgingen, blieb sie stehen, denn sie hatte gar keinen eigenen Arbeitsplatz. Man hatte einen neuen für sie schaffen wollen, doch dazu war es nie gekommen.

Bald saß sie allein im Konferenzraum. Aus den angrenzenden Büros drangen kaum Geräusche zu ihr. Es herrschte eine ungewöhnliche Ruhe im Sender.

Anne war hin- und hergerissen. Ihre Entscheidung, ihre Zelte in München abzubrechen und nach Bremen zu ziehen, kam ihr plötzlich falsch vor. Trotzdem bereute sie keine Minuten, die sie für *Tele Nord* gearbeitet hatte. Immerhin hatte sie für sechs Monate Fernsehluft schnuppern dürfen.

So schön diese Erfahrung war, sie machte den Abschiedsschmerz nur noch schlimmer. Anne wollte nicht wieder für eine kleine Zeitung schreiben. Noch hatte man ihr nicht gekündigt, aber das würde nicht mehr lange auf sich warten lassen.

In Kürze würde sie mit leeren Händen nach Bayern zurückkehren. Ohne Wohnung. Ohne Job. Sie würde vorübergehend bei ihren Eltern einziehen und jede Arbeit, die sich ihr bot, annehmen müssen. Die Aussicht zog sie weiter runter.

»Annegret und ihre großen Träume«, hatte der ein oder andere Bekannte vor ihrer Abreise mit einem abfälligen Unterton gesagt und sie belächelt.

Andere waren da direkter gewesen: »Du wolltest schon immer unbedingt aus Bayern raus. Wir sind dir wohl nicht gut genug.«

Deprimiert lehnte Anne ihre Stirn gegen die kühle Fensterscheibe, gegen die der Regen von außen unaufhörlich trommelte. Es pochte unangenehm hinter ihren Schläfen. Sie schloss ihre Augen.

Plötzlich räusperte sich jemand. »Frau Huber?«

Erschrocken riss Anne ihre Augen auf. Sie drehte sich um und sah zur Tür. Fragend zog sie ihre Brauen hoch. Sie wollte etwas sagen, doch der Trübsinn hatte ihr für den Moment die Stimme geraubt.

»Kommen Sie in mein Büro. Sofort.« Mit einer ungeduldigen Geste signalisierte Max Scherf ihr, ihm zu folgen. Dann verschwand er.

Ihr Herz schlug einen Takt schneller. Was hatte das zu bedeuten? Würde der Programmdirektor sie höchstpersönlich feuern? Wohl kaum. Dazu war die Personalabteilung da. Was wollte er von ihr?

Scherf stand erneut in der Tür. »Worauf warten Sie denn noch? Beeilen Sie sich. Uns läuft die Zeit davon.«

Schnell packte Anne ihre Regenjacke und ihre Tasche und eilte ihrem Vorgesetzten hinterher. Ihr Puls raste, als sie sein Büro betrat.

In dem Zimmer herrschte das pure Chaos. Auf dem Schreibtisch türmten sich Dokumente. Überall lagen Kugelschreiber und Textmarker herum. Das gerahmte Foto mit seiner namibischen Ehefrau und seinem achtzehnjährigen Sohn lag auf dem Rücken. Der Mülleimer quoll über vor Bonbonpapier. Scherf schien süchtig nach Drops. Er machte nie Pause, ging nie essen. Er arbeitete durch und ernährte sich anscheinend ausschließlich von belegten Brötchen vom Bäcker nebenan und von Bonbons.

Max Scherf nahm einige Akten von den Stühlen, die vor seinem Schreibtisch standen. »Nun bleiben Sie doch nicht im Türrahmen stehen. Setzen Sie sich, Frau Huber.«

Während Anne sich bange fragte, ob das Personalakten waren, nahm sie Platz. Hatte er vor, einige Angestellte schon heute zu feuern, in der Hoffnung, den Fernsehsender noch den ein oder anderen Monat länger betreiben zu können? Und ich werde die Erste sein, dachte Anne mit weinendem Herzen.

»Genau das ist Ihr Problem. Sie sind zu zögerlich, dadurch wirken Sie unsicher.« Der Programmdirektor legte die Akten einfach irgendwo ins Regal. »Darum habe ich Sie bisher auch noch nicht zu wichtigen Terminen geschickt.«

Seine Worte versetzten Anne einen Stich. Sie hatte sich nach einem halben Jahr immer noch nicht daran gewöhnt, dass bei *Tele Nord* Klartext gesprochen wurde. Man redete nicht um den heißen Brei herum oder verschleierte Kritik mithilfe von freundlichen Floskeln, sondern kam sofort zur Sache. Das tat mitunter weh, so wie jetzt.

»Dadurch treten Sie auf der Stelle, Frau Huber«, sagte Scherf und klopfte energisch auf seinen Schreibtisch, »und der Sender somit auch. Dabei hatte ich große Hoffnungen in Sie gesetzt.«

Annes Augen wurden feucht. Tapfer blinzelte sie ihre Tränen fort. Sie fühlte sich ungerecht behandelt, denn sie war keineswegs zu unsicher. Sie hatte sich bloß zurückgehalten.

Anfangs, wenn sie Ideen geäußert hatte, hatten die Kollegen stets abgewiegelt. Später hatten sie ihr unter vier Augen gesagt, sie wäre die Neue und sollte sich erst einmal eine Weile alles angucken. Man hatte ihr durch die Blume mitgeteilt, dass ihr Enthusiasmus und Engagement nicht gut ankamen. Also hatte sie bei Besprechungen den Mund gehalten und, ohne zu murren, die Aufgaben erledigt, die man ihr zugeteilt hatte.

Anscheinend hatte Scherf andere Erwartungen an sie gehabt. Anne fühlte sich von den Kollegen ausgebootet. »Das tut mir leid. Ich kann mehr, als ich bisher gezeigt habe«, stellte sie beherzt klar.

»Ich bin mir da nicht mehr sicher. Nehmen Sie doch nur das Meeting eben.« Wild gestikulierte der Programmdirektor herum. »Sie haben sich erst ganz hinten hingestellt. Aber wenn Sie etwas erreichen wollen, müssen Sie nach ganz vorne.«

»In der ersten Reihe saßen aber bereits Jolanta und andere führende Mitarbeiter.« Kaum hatte sie die Worte ausgesprochen, bereute sie sie auch schon. Sie hätte sich nicht entschuldigen sollen, denn das ließ sie noch schwächer wirken.

»Fahren Sie Ihre Ellbogen aus, Frau Huber.« Scherf ballte eine Faust und tat so, als würde er einen unsichtbaren Gegner boxen. »Wer ganz nach oben will, muss kämpfen.«

Zögerlich nickte Anne. Sie war ja bereit, für ihren Traum zu kämpfen, aber nicht mit harten Bandagen. Das widersprach ihrem Charakter, ihrem Harmoniebedürfnis. Sie wollte durch Leistung überzeugen. Das Problem bestand darin, dass man sie erst gar nicht zeigen ließ, was sie draufhatte.

Vielleicht hatte ihr Chef recht. Sie würde es nicht weit bringen, wenn sie immer nett und rücksichtsvoll war. Die Kollegen hatten sie manipuliert und klein gehalten. Das würde sie ab sofort nicht mehr mit sich machen lassen.

»Das werde ich«, sagte sie bestimmt.

»Wirklich?« fragte der Programmdirektor skeptisch.

Sie setzte sich aufrechter hin. »Versprochen.«

Als Max Scherf sich in seinen Bürostuhl fallen ließ, gab er ein erleichtertes Seufzen von sich. »Nun gut, ich gebe Ihnen eine letzte Chance. Im Grunde ist es die letzte Chance für uns alle. Sollten Sie das Wunder nicht vollbringen, werden wir alle in wenigen Wochen auf der Straße stehen. Das wollen Sie doch nicht verantworten, oder?«

Anne hatte zwar keine Ahnung, wovon er sprach, schüttelte jedoch ihren Kopf. »Auf keinen Fall.«

»Retten Sie *Tele Nord*.« Scherf rückte auf seinem Stuhl nach vorne und legte beide Arme auf den Schreibtisch.

Der plötzliche Stimmungswechsel brachte sie durcheinander. »Ich?«

»Nur Sie allein können das, Frau Huber.« Mit beiden Zeigefingern zeigte er auf sie. Das Pflaster auf seiner Wange löste sich an einer Seite und klappte auf. Darunter kam eine Blutkruste zum Vorschein. Er musste sich beim Rasieren geschnitten haben.

Der Regen, den der Wind eben noch gegen die Fensterscheibe gepeitscht hatte, hörte abrupt auf. Anne hatte fest erwartet, gesagt zu bekommen, sie würde noch heute aus dem Lokalsender ausscheiden. Und nun sollte sie die Macht dazu haben, ihn aus dem finanziellen Tief herauszuholen? »Das verstehe ich nicht.«

»Sie sind unser Ass im Ärmel.« Scherf faltete die Hände zusammen und grinste. »Unsere Geheimwaffe.«

Sie fühlte sich geschmeichelt. Ihr Herz pochte wie verrückt und saugte jede Freundlichkeit auf wie ein Schwamm. »Was kann ich tun, um dem Sender aus der Krise zu helfen?« Und meine Anstellung zu behalten, fügte sie in Gedanken hinzu.

»Ein Interview in die Wege leiten.« Ihr Vorgesetzter klatschte in die Hände, was wohl motivierend wirken sollte.

Anne legte die Stirn in Falten. Wo lag das Problem? »Nur das?«

»Nur?«, empörte sich Scherf. »Wenn Sie das schaffen, werden wir ein neues Format entwickeln, für das Sie das Gesicht wären. *Tele Nord* wäre plötzlich in aller Munde. Wir würden mit einem Fingerschnippen neue Sponsoren gewinnen und Werbespots verkaufen. Dann wären wir aus dem Schneider.«

»Wer soll der Interviewpartner sein?«, fragte Anne. Die Königin von England, fügte sie in Gedanken ironisch hinzu. Seine Worte hallten in ihr nach. Ein eigenes Format, dachte sie euphorisch.

»Jemand, der nicht mit Journalisten spricht, das ist die Krux«, sagte Scherf mit einem bitteren Zug um den Mund. »Der Kameras hasst, der Reporter nicht mag und den Medien skeptisch gegenübersteht.«

Anne konnte sich immer noch keinen Reim darauf machen. Unruhig rutschte sie auf ihrem Stuhl hin und her. »Um wen geht es?«

»Ich weiß nicht, ob man ihn in Bayern kennt. Hier oben im Norden ist er jedenfalls eine Berühmtheit. Alle Frauen schwärmen für ihn und seine beiden Brüder Finn und Thies.« Nervös trommelte Scherf auf die Schreibtischunterlage. »Joos Lorentz. Haben Sie den Namen schon mal gehört?«

»Von der Schokoladeninsel?« Anne staunte nicht schlecht. Ihr Herz pochte. Das erste Mal an diesem Morgen lächelte sie.

Scherf packte ein Bonbon aus, steckte es sich in den Mund und warf das orangene Papier in den Abfalleimer. Eine Weile durchsuchte er die Dokumentenstapel vor sich, warf eine Brötchentüte weg und entdeckte darunter, was er gesucht hatte. Er reichte Anne ein großes Foto.

Es stellte sich als Schnappschuss von Joos Lorentz heraus. Man hatte ihn am Fenster seines Büros stehend fotografiert. Teile des Schriftzugs *Gebrüder Lorentz* an dem Gebäude der Schokoladenfabrik waren zu lesen. Joos hatte offenbar nicht gemerkt, dass man ihn ablichtete. Gedankenversunken blickte er auf Flensburg. So wirkte er düster und verschlossen.

»Selbstverständlich habe ich schon von ihm gehört.« Anne lief das Wasser im Mund zusammen, trotz seiner finsteren Ausstrahlung sah Joos Lorentz appetitlich aus, außerdem waren Süßigkeiten ihre größte Schwäche. Sie fand es unhöflich, dass ihr Vorgesetzter ihr keinen Drops angeboten hatte, zumal sie angeblich zurzeit seine wichtigste Mitarbeiterin war. »Viele Klatschzeitungen haben im Februar über die Hochzeit von Thies Lorentz berichtet. Joos und Finn sind auch im Süden Deutschlands zwei der begehrtesten Junggesellen.«

Scherf schob das Bonbon in seine Wangentasche und sagte mit feuchter Aussprache: »Stellen Sie sich das nicht leicht vor. Er ist eine harte Nuss. Ich kenne keinen, der sich mehr vor der Presse abschottet als er. Sein jüngerer Bruder Thies ist dagegen viel zugänglicher.«

»Und warum machen wir dann keine Sendung über ihn?« Anne stellte ihre Tasche, die sie auf ihrem Schoß festgehalten hatte, auf den Boden. Unauffällig strich sie mit dem Daumen über die Fotografie von Joos.

»Thies ist der Kontakt der Gebrüder Lorentz zur Presse. Über ihn gibt es Reportagen wie Sand am Meer. Jolanta hat ihn auch schon zu diesem und jenem befragt. Darum ist er für uns uninteressant. Aber Joos«, der Programmdirektor rieb sich die Hände, »ja, der ist ein dicker Fisch.«

»Weil er kamerascheu ist?« Zurzeit sah Anne sich zwar lieber Nachrichtensendungen und Dokus im Fernsehen und Internet an, um sie zu analysieren und von ihnen zu lernen. Aber als sie noch in München wohnte, hatte sie Magazine verschlungen. Natürlich war sie in der einen oder anderen Illustrierten auch auf Artikel über die drei attraktiven Brüder Lorentz gestoßen. Doch sie musste sich eingestehen, dass sie den Bildern mehr Aufmerksamkeit geschenkt hatte als den Texten.

»Genau.« Scherf schob sein Bonbon von einer Seite auf die andere. »Das wäre eine echt heiße Story, wenn wir ihn vor die Kamera kriegen würden. Das hat bisher noch kein

Sender geschafft. Joos Lorentz hat schon kurze Statements gegeben, aber noch kein längeres Interview.«

Anne legte das Foto vor sich auf den Schreibtisch, sie konnte ihren Blick kaum von Joos abwenden. Er war wirklich eine Augenweide. »Aber wie soll ich ihn dazu kriegen?«

»Denken Sie sich etwas aus. Werden Sie kreativ.« Er beugte sich vor und zwinkerte. »Flirten Sie mit ihm.«

Anne bekam Bauchschmerzen. »Geht das nicht zu weit?«

»Herrgott, Sie sollen ja nicht mit ihm in die Kiste steigen«, blaffte Max Scherf. Er verschluckte sein Bonbon, musste husten und wurde rot im Gesicht. »Es reicht, wenn Sie ihm Hoffnungen machen.«

Anne konnte kaum glauben, was sie da hörte. Das war unmoralisch. Ihr Vorgesetzter war anscheinend mit allen Wassern gewaschen. Und Jolanta bestimmt auch.

Sollte ich ablehnen, wird sie bestimmt den Auftrag bekommen, dachte Anne beunruhigt. Endlich wurde sie auf Reisen geschickt. Diese Chance wollte sie sich unter keinen Umständen nehmen lassen.

Zögerlich sagte sie: »Ich werde besser professionelle Distanz wahren. Damit kommt man bei einem Geschäftsmann wie ihm bestimmt weiter.«

»Papperlapapp.« Energisch tippte ihr Chef auf den Schnappschuss. »Er muss einsam sein, es wurde schon lange keine Frau mehr an seiner Seite gesehen. Nutzen Sie all Ihre Fähigkeiten, um Joos Lorentz vor unsere Kamera zu bekommen.«

Anne hatte ein schlechtes Gefühl, Scherf drängte sie, Dinge zu tun, die sie nicht tun wollte. Aber er würde nicht mir ihr auf die Insel kommen. Er würde nicht dabei sein, wenn sie versuchte, Joos Lorentz davon zu überzeugen, sich ihr in einem Interview zu öffnen. Also konnte sie so vorgehen, wie sie es für richtig hielt. Mit Fingerspitzengefühl. Das machte ihr Mut. »Welches Team wird denn mitkommen?«

»Sie fahren vor und machen das Exklusivinterview klar. Dann schicke ich Jolanta, einen Kameramann und einen Tontechniker hinterher.« Er öffnete eine Schublade und entnahm ihr einen Zettel. Grinsend klatschte er ihn vor Anne auf den Schreibtisch.

»Jolanta?« Sie krallte die Hände so fest um die Armlehnen, dass ihre Fingerknöchel weiß hervortraten. Dann neigte sie sich vor und las, was darauf stand. Es handelte sich um ein Fährticket für die Schokoladeninsel, datiert auf den nächsten Tag.

Scherf gestikulierte so heftig herum, als würde er eine Fliege verscheuchen, die ständig um seinen Kopf herumschwirrte und ihn verrückt machte. Dadurch wippte das Pflaster auf seiner Wange auf und ab. »Selbstverständlich Jolanta. Wer sollte sonst Joos Lorentz in die Mangel nehmen?«

»Ich«, sagte Anne und straffte ihre Schultern. Sie war empört und konnte sich nur mit Mühe beherrschen. Glaubte er im Ernst, sie würde die Drecksarbeit machen und dann ihrer Reporterkollegin das Scheinwerferlicht überlassen?

»Ihnen fehlt die Erfahrung, mit einem so toughen Kerl wie Joos Lorentz fertigzuwerden.« Ihr Vorgesetzter riss sich das Pflaster ab und warf es in den Mülleimer. »Das müssen Sie doch einsehen, Frau Huber?«

»Wenn Sie glauben, dass ich Joos Lorentz nicht gewachsen bin«, sagte Anna und schob demonstrativ das Ticket auf Scherf zu, »warum fährt Jolanta dann nicht zu ihm und überredet ihn dazu, uns Frage und Antwort zu stehen?«

»Weil sie nicht den Hauch einer Chance hat. Genauso wenig wie die anderen Kollegen. Es ist so ...« Der Programmdirektor seufzte schwer, nahm seine Brille ab und massierte seine Nasenwurzel. »Ich habe im vergangenen Jahr schon jeden auf Joos Lorentz angesetzt, aber er hat alle schriftlichen Anfragen abgelehnt und alle Reporter, die ihn direkt angesprochen haben, weggeschickt. Er ist eine harte Nuss.«

»Dann brauchen Sie mich«, stellte Anne freudig fest.

»Sie sind die Einzige von *Tele Nord*, die er noch nicht kennt. Darum kann ich nur Sie nach Möwesand schicken. Sie müssen ihn vor vollendete Tatsachen stellen. Machen Sie ihm klar, dass Sie die Schokoladeninsel nicht verlassen werden, bevor er nicht sein Okay für dieses verdammte Interview gegeben hat. Treten Sie selbstsicher auf. Akzeptieren Sie kein Nein. Denn wenn Sie das tun«, fügte Scherf hinzu, während er seine Brille wieder aufsetzte und sie eindringlich ansah, »wird es den Sender in Kürze nicht mehr geben. Denken Sie an all Ihre Kollegen, die ihren Job verlieren werden. Manja aus der Personalabteilung und Ute aus der Buchhaltung sind alleinerziehende Mütter. Wie sollen sie sich und ihre Kinder durchbringen, ohne Job? Es liegt in Ihrer Verantwortung, was aus ihnen wird.«

»Ich werde mein Bestes geben.« Anne spürte eine unglaubliche Last auf ihren Schultern. Es lag allein in ihren Händen, *Tele Nord* und seine Mitarbeiter zu retten. Außerdem wollte sie doch so gerne weiterhin als Fernsehjournalistin arbeiten.

Insgeheim nahm sie sich vor, Jolanta zuvorzukommen. Wenn Anne erst auf der Schokoladeninsel war, würde sie Max Scherf mitteilen, dass Joos Lorentz ausschließlich von ihr interviewt werden wollte. Dann blieb ihrem Boss keine andere Wahl, als ihr den großen Auftritt zu überlassen.

Dieser Auftrag war ihre große Chance, endlich an Ansehen bei ihren Arbeitskollegen zu gewinnen und in ihrem Traumberuf durchzustarten. Dies war der Moment, auf den sie so lange hingearbeitet hatte und an den sie schon fast nicht mehr geglaubt hatte. Plötzlich war er da.

Ich werde allen Zweiflern beweisen, dass ich es draufhabe, dachte Anne kämpferisch. Dann wäre sie nicht länger *die Neue*, sondern *die, die unsere Arbeitsplätze gerettet hat.*

»Es gibt eine weitere Herausforderung.« Scherf zog eine kleine, runde Dose unter seiner Schreibmappe hervor. Er nahm einen roten Drops heraus und steckte ihn sich in den Mund. Diesmal bot er Anne ein Bonbon an.

Strahlend nahm sie einen grünen Drops. Anscheinend hatte sich während des Gesprächs ihr Ansehen bei ihrem Vorgesetzten gebessert. Seine Enttäuschung darüber, dass sie in den letzten sechs Monaten nicht den Wandel bei *Tele Nord* eingeläutet hatte, war der Hoffnung, sie könnte das Ruder doch noch herumreißen, gewichen.

Kaum lag das Bonbon jedoch auf ihrer Zunge, bereute sie es bereits, zugegriffen zu haben. Es war so sauer, dass sich ihr Mund zusammenzog. Am liebsten hätte sie es ausgespuckt, aber das wagte sie nicht. »Noch eine Hürde, die ich nehmen muss?«

»Sie müssen Joos Lorentz dazu bringen, dass er darüber spricht, wie er als Kind entführt wurde und wie das furchtbare Erlebnis sein Leben bis heute beeinflusst hat. Er soll haargenau erzählen, wie es damals war. Wie die Kidnapper aussahen. Wie sie rochen. Ob sie ihn geschlagen haben. Ob er Todesangst hatte.« Jedes Mal, wenn Scherf den Mund öffnete, war das Bonbon zu sehen. »Jedes schreckliche Detail ist für den Fortbestand von *Tele Nord* wichtig.«

Anne schnappte nach Luft. »Warum um alles in der Welt? Reicht es nicht, ihn überhaupt vor die Kamera zu bekommen?«

»Wen interessiert schon, welche Feste die Gebrüder Lorentz auf der Schokoladeninsel feiern und welche neuen Produkte in der Fabrik hergestellt werden?« Scherf wischte durch die Luft. »Die Zuschauer wollen Dramen. Wenn jemand sich an einem Thema reibt, sich quält und heult, ja, dann sitzen sie wie gebannt vor den Fernsehern.«

»Das erwartet man aber doch nicht von einem Lokalsender«, wandte Anne zögerlich ein.

»Sie müssen noch viel lernen, Frau Huber«, tadelte ihr Chef sie. »Alle Menschen sind Voyeure. Sie schauen hin und horchen auf, wenn es um Schicksalsschläge geht. Sie wollen mitleiden. Geheimnisse fesseln sie, und je schrecklicher, desto faszinierender. So ist das nun mal, ob Sie das wahrhaben wollen oder nicht.

»Und die Entführung des kleinen Joos ist ein solches Geheimnis.« Bedrückt neigte sich Anne vor und betrachtete das Foto. War das wirklich ihre große Chance, nach der sie sich so gesehnt hatte? Ihr erstes wichtiges Fernsehprojekt hatte sie sich jedenfalls anders vorgestellt.

Als Max Scherf nickte, rutschte seine Brille auf der Nase runter. Beiläufig schob er sie wieder hoch. »Niemand in der Familie Lorentz hat je darüber geredet. Wenn Joos nun sein Schweigen ausgerechnet auf unserem Sender brechen würde, wäre das eine Sensation. Der Coup würde uns wieder schwarze Zahlen bescheren.«

»Ist das Publikum von Katastrophen-TV wirklich unsere Zielgruppe?«, fragte Anne. Bisher hatte sie gedacht, dass *Tele Nord* über die Schönheit ebenso wie die Sorgen und Nöte Norddeutschlands, insbesondere Bremens berichtete.

Selbstverständlich war ihr klar, dass Journalismus auch wehtat. Man bohrte in Wunden, um auf Missstände aufmerksam zu machen und so die Verhältnisse, in denen ja auch die Zuschauer lebten, zu verbessern. Man wollte etwas Gutes bewirken. Aber von diesem Interview würde einzig und allein der Fernsehsender selbst profitieren. Rechtfertigte die mögliche Rettung von *Tele Nord*, dass man einen verschlossenen Menschen wie Joos dazu brachte, vor der Kamera über einen der schlimmsten Momente seines Lebens zu erzählen?

Schweißperlen traten auf Annes Stirn. Sie war hin- und hergerissen.

Vor ihrem geistigen Auge sah sie die Nachbarn ihrer Eltern in München abschätzig lächeln, wenn Anne wieder dort einziehen würde. »Hat wohl nicht geklappt, das mit dem Fernsehen. Waren wohl zu große Schuhe. Früher sagte man, Schuster bleib bei deinen Leisten. Aber heute denken die jungen Leute ja alle, sie wären schlauer.«

Anne rang sich dazu durch, wenigstens mit Joos Lorentz über das Projekt zu sprechen. Wenn sie erst einmal auf der Insel war, würde sie das Ganze so angehen, wie sie es für richtig hielt. Sie würde sich nicht aus dem fernen Bremen von Max Scherf lenken lassen wie eine Marionette.

Womöglich würde der Ausgang dieser Geschichte maßgeblichen Einfluss darauf haben, wie sich ihre Zukunft in ihrem Lieblingsmedium gestaltete. Sollte sie versagen, wäre sie wahrscheinlich nicht bloß bei *Tele Nord* raus, sondern aus der gesamten Fernsehbranche. Es würde schwer werden, einen anderen Sender davon zu überzeugen, ihr eine zweite Chance zu geben. Positiv betrachtet, hatte Scherf ihr ein eigenes Format versprochen. Das motivierte sie ungemein.

Zärtlich strich sie über das Foto. Nicht nur aus professionellen Gründen fühlte sie sich zur Schokoladeninsel hingezogen, es war auch Joos Lorentz selbst. Sie wollte ihn kennenlernen. Bei der Vorstellung, ihm bald persönlich gegenüberzustehen, wurde ihr heiß, ihr ganzer Körper kribbelte vor Aufregung. Ein Lächeln stahl sich auf ihre Lippen.

Sie glaubte nicht, dass er so verschlossen war, wie er auf Bildern wirkte. Sie wollte herausfinden, wie er privat war. Was für eine Person steckte hinter der Fassade des harten Geschäftsmannes, der die Medien nicht an sich heranließ? Scherf hatte ihren journalistischen Spürsinn geweckt.

»Wenn Sie es sich nicht zutrauen, den Stier bei den Hörnern zu packen, sagen Sie es mir gleich«, sagte ihr Chef plötzlich laut. Auf seinem Gesicht zeichnete sich Enttäuschung ab.

»Doch«, beeilte sie sich klarzustellen.

»Ich höre ein Aber heraus. Was ist los? Raus damit!« Eine Zornesfalte zeigte sich auf seiner Stirn. Mürrisch starrte er sie an.

Ihr Vorgesetzter wirkte angefressen. Sie ahnte es, sie würde ihn nicht davon überzeugen können, dass ein normales Interview für die Rettung des Senders reichte. Möglicherweise lag sie mit dieser Vermutung auch falsch. Er musste das besser wissen. Oder? Ihre Zweifel blieben hartnäckig. Anne rutschte im Stuhl tiefer.

»Nichts weiter.«

»Jetzt machen Sie sich schon wieder klein.« Abschätzig musterte er sie. »Sie sind zu zartbesaitet.«

»Das stimmt nicht. Ich kann auch anders …, wenn ich muss«, fügte sie leiser hinzu.

»Sie haben diese Chance, und trotzdem zögern Sie.« Anklagend zog er eine Augenbraue hoch.

»Es tut mir leid«, sagte Anne.

»Also, was nun?«, fragte Max Scherf ungehalten. Er sah auf seine Armbanduhr. »Werden Sie zur Schokoladeninsel fahren oder Ihre Sachen packen und zurück nach München ziehen?«

Anne nahm das Ticket und steckte es in ihre Tasche. Mit jeder Minute ertrug sie es weniger, in einem Raum mit ihrem Chef zu sein. Ihr Hals war wie zugeschnürt. Sie wollte nur noch raus aus diesem Büro, um wieder normal atmen zu können. »Ich werde morgen früh die erste Fähre nehmen.«

»Prima.« Er klatschte in die Hände und lächelte. »Warum nicht gleich so? Wer zögert, verliert, merken Sie sich das. Sie werden mir noch dankbar für meine Geduld sein.«

Sollte er nicht vielmehr mir dankbar sein, dachte Anne angesäuert. Mühsam schluckte sie ihren Ärger herunter und schwieg. Sie sagte sich, dass er und der Fernsehender bloß ein Sprungbrett für sie waren. Joos Lorentz konnte ihr helfen weiterzukommen und *Tele Nord* hinter sich zu lassen.

»Ich erwarte Berichterstattung von Ihnen. Rufen Sie mich an, sobald Sie mit ihm gesprochen haben.« Er nahm einen raschen Schluck aus seinem Wasserglas, sprang auf und ballte eine Siegerfaust. »Schnappen Sie sich Joos Lorentz!«

Anne hielt sich gerade noch davon ab, die Augen zu verdrehen. Sie hatte den Eindruck, Scherf jetzt erst kennengelernt zu haben. Vermutlich würde er über Leichen gehen, um den Sender zu retten. Sie bekam eine Gänsehaut. »Ich versuche es.«

»Das ist die falsche Herangehensweise. Sie sollen es nicht versuchen, sondern tun.« Während er ein Papiertaschentuch aus seiner Hosentasche holte und sich damit über die Stirn wischte, führte er Anne zur Tür. »Ganz einfach.«

Es bereitete ihr Unbehagen, dass er sie am Rücken berührte. »Okay.«

»Denken Sie immer daran.« Er legte seine Hand auf ihre Schulter und übte leichten Druck aus. »Sie haben das Schicksal von *Tele Nord* in Ihrer Hand.«

Die Vorstellung war furchtbar. Alle Mitarbeiter würden auf der Straße stehen, ihre Mieten nicht zahlen können und verzweifeln. Und das alles nur, weil sie, Anne, sich nicht genug ins Zeug gelegt hatte. Die Verantwortung lastete schwer auf ihr.

»Also setzen Sie alle Waffen ein, die Sie haben. Ich zähle auf Sie. Enttäuschen Sie mich nicht.« Mit diesen Worten schob er sie aus seinem Büro und schloss die Tür hinter ihr.

Die unterschiedlichsten Empfindungen tobten so heftig in Anne, dass sie einen Moment lang wie erstarrt war. Sie stand auf dem Korridor, rang nach Luft und versuchte sich zu sammeln. In der vergangenen halben Stunde war sie durch ein Wechselbad der Gefühle gegangen, und noch immer wusste sie nicht, was sie von ihrem Sonderauftrag halten sollte.

Freute sie sich auf ihren ersten großen Einsatz?

Ja, denn sie war so aufgeregt, Joos Lorentz zu treffen, wie vor ihrer ersten romantischen Verabredung. Und nein, denn am Ende sollte Jolanta das Interview führen, das ärgerte sie sehr. Außerdem hatte sie ein schlechtes Gewissen, weil sie Joos Lorentz dazu bringen sollte, etwas zu tun, das ihm widerstrebte.

Endlich gehorchte ihr Körper Anne wieder. Auf wackeligen Beinen ging sie zum Besprechungsraum, setzte sich in eine Ecke weit weg von der Tür und klappte ihren Firmenlaptop auf. Als sie im Internet nach Fotos von Joos Lorentz suchte, verspürte sie ein wohliges Prickeln.

Auf Anhieb fand sie eine Menge professioneller Hochglanzbilder, perfekt, gestellt. Die Gebrüder Lorentz hatten sie entweder selbst in Auftrag gegeben, oder sie waren extra für einen Zeitungsartikel gemacht worden.

Immer stand Joos in der Mitte und ein Stück hinter Thies und Finn. Oft hatte er seine Hände auf die Schultern der beiden gelegt, wodurch die drei wie eine Einheit wirkten. Er trug einen goldenen Siegelring der Gebrüder Lorentz mit einem Logo, das aus einer mit Schokoladenbonbons gefüllten Kakaoschote und den kunstvoll geschwungenen Buchstaben G und L bestand. Während Thies und Finn stets locker in die Kamera lachten, wich Joos ihr mit seinem Blick aus. Er war ernst und wirkte angespannt.

Meistens trug er dunkle Kleidung, anders als seine Brüder, die ihre offenbar sonnige Art durch farbenfrohe Oberteile unterstrichen. Joos kam keineswegs unfreundlich rüber, aber wer genauer hinsah, bemerkte, dass er sich bei den Shootings unwohl fühlte.

Anne musste sich eingestehen, dass sie seine verschlossene Art anziehend fand. Er war rätselhaft. Wie konnte er bloß so anders sein als seine Brüder? Sie liebte es, Rätsel zu lösen.

Ihrer Meinung nach sah er männlicher aus als seine Brüder, was vielleicht auch daran lag, dass er drei Jahre älter als Thies und sieben Jahre älter als Finn war. Aber er hatte auch eine kräftigere Statur, ein charaktervolles Gesicht und geheimnisvolle dunkle Augen.

In ihrem Bekanntenkreis standen die meisten Frauen auf die beiden blonden Sonnenscheine, doch Anne fühlte sich zum dunkelhaarigen und geheimnisvollen Joos hingezogen.

Es reizte sie, hinter seine Fassade zu gucken. Wenn er sich jemandem öffnete, war das gewiss etwas Besonderes. Derjenige konnte sich glücklich schätzen. Anne wünschte sich, diese Person zu sein.

Je länger sie die Fotos von Joos ansah, desto neugieriger wurde sie auf ihn. Sie wollte so sehr, dass er endlich seinen Blick hob und sie ansah.

»Warum guckst du den Betrachter nie an?«, sagte Anne laut zu sich. »Weil Augen die Fenster zur Seele eines Menschen sind und du niemanden in den Abgrund in dir blicken lassen willst?«

Kapitel 3

Als Joos vor den Spiegel im Foyer seines Hauses trat, fragte er sich scherzhaft, wer der Mann war, der ihm entgegenblickte.

»Warum siehst du so verkniffen aus?«, wollte er vorwurfsvoll von seinem Spiegelbild wissen, immerhin war er auf dem Weg zu einem Fest. Er versuchte sich an einem Lächeln. »Schon besser.«

Anders als seine angespannte Miene hätte vermuten lassen, freute sich Joos auf die Einweihungsfeier von Hannahs Edelkakao-Manufaktur. Hannah war ein Goldstück. Sie hatte ihm seine anfängliche Skepsis, die er allen fremden Menschen gegenüber zeigte, nicht übel genommen. Seit seinem Kidnapping traute er niemandem, den er nicht gut kannte. Und selbst wenn das der Fall war, schaffte er es nicht immer, seinen Schutzwall vollkommen einzureißen.

»Du lässt mich nicht ganz an dich heran, dabei bin ich doch deine Freundin. Damit komme ich einfach nicht klar. Ich habe den Eindruck, dich nicht einmal richtig zu kennen«, hatte Tanja, seine letzte Beziehung, ihm vorgeworfen, bevor sie ihn verließ.

Kein Wunder, dass ich Single bin, dachte er zerknirscht. Um sich wieder etwas besser zu fühlen, suchte er den Blick seines Hundes Zorro. Mit großen Augen sah der stattliche Rüde zu ihm auf. Das wärmte sein Herz.

Insgeheim sehnte sich Joos so sehr danach, mit einer Partnerin schöne Dinge zu unternehmen, beispielsweise mit befreundeten Paaren zusammen essen zu gehen oder in Urlaub zu fahren. Er wünschte sich nichts Besonderes, nur das, was andere Paare wie Hannah und Thies für normal hielten. Arm in Arm einzuschlafen und morgens zusammen zu frühstücken zum Beispiel.

Doch keine Frau schien es lange mit ihm auszuhalten. Er hatte die Hoffnung, die Liebe seines Lebens zu finden, noch nicht vollkommen aufgegeben. Allerdings war er befangen geworden, zu oft schon waren seine Beziehungen gescheitert.

Jede Trennung schmerzte mehr. Die Enttäuschung, dass es wieder einmal nicht geklappt hatte, wuchs mit jedem Lebewohl. Seine Verzweiflung, er könnte einsam alt werden, ließ den bitteren Zug um seinen Mund immer tiefer werden.

Mit beiden Händen massierte Joos seine Nackenmuskulatur. In letzter Zeit war er oft verspannt. Er lenkte seine Gedanken von sich weg, weil sie ihm zusetzten.

Längst gehörte Hannah zur Familie. Joos hatte sie ins Herz geschlossen und beneidete seinen Bruder Thies sehr um sein Glück. Warum konnte er seine Freude darüber, dass Hannah die Schokoladeninsel ab heute mit ihrem eigenen Laden bereicherte, so schlecht zeigen? Wieso sah sein Lächeln so bemüht aus?

Er war es einfach so gewohnt, seine Gefühle zu verbergen, dass er selbst dann eine starre Maske trug, wenn er gut drauf war. Das musste sich dringend ändern. Er wollte kein Griesgram sein! Aber so leicht ließen sich in 27 Jahren erlernte Verhaltensmuster nicht ändern.

Seine Anspannung kam auch daher, dass für seinen Geschmack zu viele Menschen auf dem Einweihungsfest sein würden. Die Bewohner Möwesands waren zwar wie seine Familie. Aber wenn er die Tagestouristen dazurechnete, würde es in Hannahs Laden voll werden.

Bestimmt würden sich Neugierige auf der Straße in Nordwinden versammeln, dem einzigen Dorf auf der Privatinsel seiner Familie. Joos mochte es nicht, von Fremden angestarrt zu werden. Dann fühlte er sich bedrängt, als wäre er ein Esel in einem Streichelzoo. Er wollte keine Selfies mit ihnen machen, schließlich ging es auf der Insel um Naschereien und nicht um ihn und seine beiden Brüder.

Seufzend öffnete Joos die beiden obersten Knöpfe seines Hemdes. Schließlich war er nicht zu einer steifen Gesellschaft eingeladen, sondern zu einer lockeren Zusammenkunft. Warum hatte er sich nur ganz in Schwarz gekleidet? Er sah aus, als würde er zu einer Beerdigung gehen.

Vielleicht hat Finn recht, und die Schokoladeninsel ist zu überlaufen, grübelte Joos, während er seinen Kragen richtete. Sein jüngster Bruder hatte anfangs geholfen, den Ort als Attraktion zu gestalten. Inzwischen aber war sein Bekanntheitsgrad um ein Vielfaches gestiegen, und es kamen für Finns Geschmack zu viele Menschen her.

Der Unfalltod ihrer Mutter vor zweieinhalb Jahren hatte Finn am meisten von allen aus der Familie getroffen, ja, aus der Bahn geworfen. Seitdem hatte er sich aus dem Schokoladengeschäft zurückgezogen. Er wohnte abseits des Trubels hinter einem Kiefernwäldchen im Leuchtturm. Dieser stand auf dem einzigen Hügel Möwesands, der sich kaum merklich über die Umgebung erhob und den die Insulaner ironisch als Berg bezeichneten.

Sanft, aber bestimmt schob Joos Zorro von sich weg. Der schwarze Schäferhund ahnte wohl, dass sein Herrchen ihn nicht mitnehmen würde, winselnd rieb er seinen Körper gegen Joos' Beine.

»Tut mir leid, Kumpel«, sagte Joos und strich dabei beruhigend über Zorros Kopf. »Das wäre nichts für dich. Du magst genauso wenig Menschenaufläufe wie ich. Aber ich habe Verpflichtungen und du nicht. Hannah hat es verdient, dass ich bei ihrer Ladeneröffnung dabei bin. Außerdem würden sich einige Touristen vor dir fürchten.«

Zorro bellte, als wollte er protestieren.

»Ich weiß, dass du ein großes Kuscheltier bist.« Tröstend kraulte ihn Joos. »Aber mit deiner Größe und deinem schwarzen Fell siehst du für einige Menschen gefährlich aus. Mir geht's doch genauso wie dir. Manche Menschen denken, ich wäre der Brummbär der Lorentz-Brüder, dabei bin ich ein echt netter Kerl.«

Hannahs neue Manufaktur befand sich im Parterre. Thies' Ehefrau hatte das Gebäude letztes Jahr von ihrer Verwandten Bente, die auf tragische Weise verstorben war, geerbt. Seitdem war viel geschehen. Auf der Insel hatte es gebrannt. Heimliche Affären waren ans Licht gekommen. Es wurde über ein mögliches Verbrechen spekuliert, das erste auf der Insel seit einer Ewigkeit. Und Thies hatte Hannah geheiratet.

Joos warf Zorro einen mitfühlenden Blick zu. Dann suchte er das Erdgeschoss nach Ebba Alwart ab, in der Hoffnung, die Haushälterin wäre noch im Haus. In dem Fall könnten sie gemeinsam nach Nordwinden spazieren, und er musste nicht wieder einmal alleine auftauchen.

Aber anders als Finn hatte er kein Problem mit dem Ansturm auf die Schokoladeninsel, bedeutete das große Interesse doch, dass ihr Business florierte. Das Geschäft war alles, was er hatte.

Allerdings missfiel ihm, dass es inzwischen viele Touristen nicht in erster Linie wegen der handgemachten Schokofrüchte, Bonbons, Macarons, Schaumtiere und anderer exquisiter Süßigkeiten aus Biozutaten herzog. Besonders die weiblichen Gäste hatten die Hoffnung, den Lorentz-Brüdern zu begegnen und sich bestenfalls einen von ihnen zu angeln. Thies war jedoch seit etwas mehr als zwei Monaten ganz offiziell vom Markt.

Das haben wir nun davon, dass wir uns in den Mittelpunkt der Werbung gestellt haben, dachte Joos.

Auf der Suche nach Ebba, die mehr ein Familienmitglied als eine Angestellte war, sah er in die Räume und rief ihren Namen. Beiläufig fuhr er sich durch sein nussbraunes Haar.

Thies hatte gemeint, dass man eine Marke schneller aufbauen konnte, wenn man ihr ein Gesicht gab. In ihrem Fall waren es drei Gesichter – die von Thies, Finn und ihm, Joos. Es hatte funktioniert.

Facebook-Gruppen waren entstanden, in denen Frauen Fotos von Thies, Finn und ihm posteten und von ihnen schwärmten. Immer mehr Zeitschriften und Illustrierte veröffentlichten Artikel über sie. Sie bekamen regelmäßig Anfragen für Radio- und Fernsehinterviews, die Thies wahrnahm.

Leider geriet ihr Unternehmen zunehmend in den Hintergrund. Alle waren nur noch daran interessiert, mehr über ihr Privatleben herauszufinden. Das störte Joos, denn er befürchtete eine ähnliche mediale Hetzjagd wie damals, als er als Neunjähriger entführt wurde.

Sein Vater Hauke hatte zu der Zeit mit der Schokoladenfabrik einen ersten Aufschwung erlebt. Er brachte als einer der ersten Chocolatiers außergewöhnliche Geschmackssorten wie Zartbitterschokolade mit Chiliflocken, Vollmilchschokolade mit Meersalz und weiße Schokolade mit Lakritz auf den Süßigkeitenmarkt. Seine Tafeln mit kandierten Orangen- und Ingwerstücken und solche, die gefüllt waren mit Glühwein, Eierpunsch und Salzkaramell, sorgten für große Aufmerksamkeit. Begeisterte Kunden erzählten Freunden von der exquisiten Lorentz-Schokolade. Die Mundpropaganda löste eine Kauflawine aus. »Die beste Schokolade der Welt wird bei uns in Flensburg hergestellt«, titelte die *Norddeutsche Rundschau.*

In der Presse wurde Joos' Vater zum »Schokoladenkönig«. Anfangs waren die Fotos in den Printmedien ihm und seiner Familie unangenehm, aber dann hatte Hauke sich dazu durchgerungen, offensiv damit umzugehen. Seine Marketingabteilung überredete ihn und betonte, Familienbilder würden das Unternehmen liebenswert erscheinen lassen, und das würde den Umsatz steigern. Tatsächlich behielten sie recht. Die Offenheit brachte dem Schokoladenkönig Sympathiepunkte und der Schokoladenfabrik Publicity.

Unglücklicherweise hat die Freimütigkeit meine Entführer auf den Plan gerufen, dachte Joos bitter, während er in die Küche trat.

Nun hatte Joos die Befürchtung, dass sich die Geschichte wiederholen könnte. Hannah und Thies erwarteten ihr erstes Kind. Aus diesem Grund und weil vergangenes Jahr ein Fremder aufgetaucht war und für Aufruhr auf der Insel sorgte, hatte Joos im letzten August das Sicherheitsteam auf Möwesand aufgestockt.

Ebbas Geschenk für Hannah, eingepackt in narzissengelbes Papier, mit einer großen Schleife, lag nicht mehr auf dem Küchentisch. Sie war wohl schon vorgegangen.

Joos sah auf die Küchenuhr und seufzte. Er hatte zu lange gearbeitet und die Zeit vergessen, genau so, wie es ihm ständig alle vorwarfen. Ihn nervte das, aber er wusste auch, dass sie es nur gut mit ihm meinten. Vielleicht hatten sie sogar recht mit ihren Ermahnungen.

Thies trug sein Herz auf der Zunge, war stets schonungslos ehrlich mit ihm. »Du verbringst zu viel Zeit in deinem Büro. Wenn du mal rausgehst, dann mit Zorro. Du weißt, ich liebe deinen Hund auch, aber er kann dir keine Frau ersetzen.« Mit dieser oder einer ähnlichen Bemerkung versuchte er ihn immer wieder hinter seinem Schreibtisch hervorzulocken.

»Merkst du eigentlich nicht, dass das Leben an dir vorbeizieht?«, hatte Finn auf der Hochzeitsfeier von Hannah und Thies gefragt. »Du hast keine Zeit, mit mir mit dem Boot rauszufahren so wie früher. Manchmal kannst du dich nicht einmal von deiner Arbeit losreißen, um mit mir im Klönschnak einen Tee zu trinken. Dabei bist du in weniger als fünf Minuten am Hafenrestaurant. Und wann hast du das letzte Mal bei mir im Leuchtturm vorbeigeschaut? Irgendwann wirst du grau sein und dich fragen, was du mit deinem Leben angefangen hast. Dann wirst du bereuen, dich hinter deinem Computer versteckt zu haben.«

Die mahnenden Worte seiner Brüder hatten Joos wehgetan, aber er hatte es sich nicht anmerken lassen. Wahrscheinlich hielten sie ihn für unverbesserlich und hart. In Wahrheit fühlte er sich isoliert und einsam.

Joos schritt zur Haustür. Eilig nahm er sein Geschenk für Hannah und den riesigen Blumenstrauß, die er neben dem Ausgang bereitgestellt hatte, und verließ das Haus. Er würde zu spät kommen. Das war ihm unangenehm, schließlich gehörte ihm zusammen mit Thies und Finn die Schokoladeninsel, und für gewöhnlich sagte er bei der Neueröffnung eines Ladens ein paar Worte. Aber heute war ohnehin nicht sein Tag, sondern der von Hannah und auch ein bisschen der von Thies. Es stand den beiden zu, die Einweihungsrede zu halten.

Während Joos hinaus auf die Straße trat und den rechten Flügel des Tores in der Mauer, die das Haus seiner Familie umgab, hinter sich schloss, fiel sein Blick auf den Pavillon. Das Hexagon aus Fichtenholz mit den Friesenfenstern stand inmitten der Kastanienbäume, die um das Hauptgebäude herum wuchsen. Tanja und er hatten dort oft ganz romantisch zu zweit gefrühstückt. Wie er solche kleinen Glücksmomente im Alltag vermisste!

Gedankenversunken spazierte Joos die Küstenstraße entlang. In den vergangenen Tagen hatte es fast ununterbrochen geregnet. Der kleine Süßwassersee in der Inselmitte war übergelaufen, das Gras aufgeweicht.

Am Morgen hatte es endlich aufgehört zu schütten. Der Asphalt glänzte noch feucht. Pfützen standen auf der Wildblumenwiese, auf der die ersten zarten Pflänzchen wuchsen. Die Wolkendecke über ihm erinnerte farblich nicht mehr an Basalt, sondern an fluffige Taubenfedern.

Der Wind allerdings war noch immer frisch. Joos bekam

eine Gänsehaut und wünschte sich, eine Jacke angezogen zu haben. Seine Gedanken kehrten zu Tanja zurück. Sie hatte auf Möwesand ständig gefroren.

Es war nicht so, dass er seiner Ex-Freundin hinterhertrauerte. Im Gegenteil, im Nachhinein fand er, dass sie nicht zusammengepasst hatten. Sie war unternehmungslustig, wollte ständig zum Shoppen nach Hamburg oder Berlin fahren, Sommerurlaub in Kampen auf Sylt machen oder im Winter beim Hahnenkamm-Rennen in Kitzbühel dabei sein. Hauptsache die Promidichte stimmte. Er hatte zunehmend den Eindruck gehabt, dass sie vor allem an der Seite eines bekannten reichen Firmenerben hatte glänzen wollen.

Aber er hatte auch viele schöne Augenblicke mit Tanja geteilt. Diese vermisste er sehr. Wenn sie gemeinsam mit dem Segelboot hinausfuhren, einen Liebesurlaub in einer ehemaligen Jagdhütte in der Steiermark machten und im Restaurant für den anderen das Essen auswählten, weil jeder wusste, was der andere mochte und was nicht.

Doch leicht und frei hatte er sich in ihrer Gegenwart nie wirklich gefühlt. Vielmehr hatte er sich bemüht, ihren Erwartungen gerecht zu werden, damit diese Beziehung endlich hielt. Bei ihr war er nie er selbst gewesen.

Und das war sein größter Wunsch: um seiner selbst willen geliebt zu werden. Aber war das überhaupt möglich, wo er oft unbeabsichtigt hart und verschlossen rüberkam? Vielleicht war er nicht liebenswert. Dass er so oft über die Liebe nachdachte, zeigte ihm, wie sehr er sich nach ihr sehnte. Er hatte so viel zu geben.

Als er von der Straße abbog, an dem »Betreten verboten«-Schild vorüberging und das Kiefernwäldchen durchquerte, war sein Herz schwer vom vielen Grübeln. Er klopfte an die Tür des Leuchtturms. Keine Reaktion. Erneut machte er sich bemerkbar, aber auch diesmal meldete sich Finn nicht.

Joos sah sich um, in der Hoffnung, seinen Bruder in der Nähe zu erspähen, sah ihn jedoch nicht. Finn musste auch bereits auf der Feier sein, wie Ebba. Also würde Joos doch wieder alleine erscheinen.

»Wo ist deine Freundin?«, wurde er oft gefragt, wenn er ohne Begleitung auf eine Veranstaltung oder zu einer Restaurantverabredung kam, was ihm einen Stich versetzte. »Ach, du hast immer noch keine Neue? Wie schade.«

»Ich verstehe das nicht. Du bist doch so ein netter und attraktiver Kerl. Wie kann es sein, dass du keine Frau findest?«, wollte man manchmal sogar von ihm wissen.

Zwischen den Zeilen las er den Vorwurf heraus, dass es an ihm liegen musste. Die mitleidigen Blicke schnürten ihm die Kehle zu, sodass er oft einfach schwieg. Was sollte er auf solche peinlichen Fragen auch antworten?

Die Wahrheit war, dass ihn die Entführung unwiderruflich geprägt hatte. Danach hatte er oft zu hören bekommen, in ihm, dem Jungen, würde eine alte Seele wohnen. Die Leute meinten es positiv, doch durch das Kidnapping war er lediglich von einem Tag auf den anderen erwachsen geworden.

Darüber, dass das Verbrechen Spuren hinterlassen hatte, wollte er aber nicht reden. Wenn er es ausnahmsweise doch mal tat, zog sein Gesprächspartner die Augenbrauen hoch und sagte in ungläubigem Ton: »Immer noch? Damals warst du neun Jahre alt. Jetzt bist du erwachsen. Diese Sache liegt doch schon ewig zurück.«

Sollte heißen: »Komm endlich darüber hinweg.«

Aber das werde ich niemals, dachte Joos, als er zur Straße zurückkehrte und nach Nordwinden spazierte.

Die schlimme Erfahrung, Opfer eines Verbrechens gewesen zu sein, war ein Teil von ihm. Seit 26 Jahren schleppte er sie mit sich herum, schwer wie einen Rucksack mit Backsteinen. Er hatte sich daran gewöhnt, die Last zu tragen. Nur manchmal drohte das Gewicht ihn niederzudrücken.

Auch jetzt, da er im Ort ankam und zwischen den Touristen hindurch an den ersten Naschwerk-Manufakturen vorbeiging, spürte er den Druck auf seinen Schultern wieder.

Er hatte keine Probleme damit, ein bedeutendes Unternehmen zu führen und Verantwortung für ein großes Mitarbeiterteam zu tragen. Aber in Menschenmengen fühlte er sich schutzlos und angreifbar. Es war keine bewusste Reaktion, sein Körper versteifte sich instinktiv.

Joos versuchte Abstand zu den Besuchern zu halten. Das wurde immer schwerer, je näher er Hannahs Laden kam, an diesem Morgen das Zentrum des Geschehens.

Die weiße Farbe an Hannahs Haus trocknete noch, der Anstrich war erst gestern fertig geworden. Die friesisch blauen Sprossenfenster stachen heraus. Gerit Brodersen, die das Gästehaus Nis Puk leitete, und ihre Freundin und Nachbarin Rieke Knuten hatten extra auf dem Festland Osterglocken und Traubenhyazinthen besorgt. Die Frühlingsblumen verschönerten nun die Fensterbänke der neuen Manufaktur.

Joos passierte einen Tafelaufsteller, auf dem mit Kreide »Heute Einweihungsfeier« geschrieben stand. Auf die Ränder hatte Hannah Syltrosen und in die untere Ecke einen Hund, der Zorro ähnelte, gemalt. Joos schmunzelte. Die

Glastür des Geschäfts wurde nicht nur von zahlreichen Besuchern offen gehalten, sondern auch von einem Türstopper in Form einer Lachmöwe.

Joos trat über eine blaue Schmutzfangmatte mit dem weißen Schriftzug *Kakao ist ein Seelenschmeichler* in das Geschäft ein und tauschte den kalten Nordseewind gegen die Wärme von Hannas Edelkakao-Manufaktur ein. Der köstliche Duft von Trinkschokolade hieß ihn willkommen. Darunter mischten sich die Gerüche von Orangen und Zimt. Die heimelige Atmosphäre machte ihn schon etwas lockerer.

Joos streckte den Rücken durch, um sich größer zu machen, und zog sich zugleich hinter seine starre Maske zurück. Automatisch traten die Frauen und Männer vor ihm beiseite und ließen ihn durch. Seine abweisende Ausstrahlung tat ihm leid, aber damit hielt er die Menschen auf Distanz. Seine Entführer hatten damals seine Familie ausgekundschaftet, einer von ihnen hatte sogar mit Joos in einem Kaufhaus in Flensburg ein paar freundliche Worte gewechselt.

Als Neunjähriger hatte Joos zusammen mit seiner Mutter in der Kinderabteilung nach neuen Hosen für ihn gesucht. Ein Mann, der sich später als einer der Kidnapper entpuppte, lächelte ihm zu. Er meinte zu Joos, das Paar Hosen, das er gerade anprobierte, würde ihm gut stehen, das sollte er nehmen.

Seither traute Joos keinem Lächeln mehr. Freundlichkeit konnte vorgetäuscht sein. Nette Worte entpuppten sich vielleicht im Nachhinein als Lügen. Ebba hatte einmal gesagt, dass man den Menschen nur vor den Kopf gucken kann. Damit hatte die Haushälterin recht.

Er empfand eine tiefe Verbundenheit mit der Schokoladeninsel, weil er sich selbst wie eine Insel fühlte. Schon früh hatte er herausgefunden, dass er anders war als die meisten Menschen, die sich ausgelassen unterhalten und lauthals lachen konnten. Wie er sie beneidete! Er dagegen trug seit seiner Kindheit diesen Fluch mit sich herum, den er nicht loswurde.

Um niemandem die Sicht zu versperren, stellte er sich neben den Verkaufstresen in Finns Nähe. Du kommst zu spät, besagte der Blick, den ihm sein jüngster Bruder, der einen hellgrünen Kapuzenpullover mit dem Logo einer Sylter Surfschule und schwarze Bermudashorts trug, zuwarf. Joos zuckte entschuldigend mit den Achseln.

Thies, der neben Hannah hinter der Theke stand, beendete gerade seine Ansprache an die Gäste und übergab seiner Ehefrau das Wort. Eifrig begann er die bereitstehenden Becher mit Trinkschokolade zu füllen. Wie in allen Naschwerk-Manufakturen in Nordwinden benutzte auch Hannah Porzellan mit Zwiebelmuster.

»Als ich herkam, um das Erbe von Bente zu sichten und mehr über sie herauszufinden, konnte ich nicht ahnen, wie sehr die Schokoladeninsel mein Leben verändern würde.« Hannah sah zu Thies und errötete. Ihr weites Kleid aus himmelblauem Stoff mit winzigen Gänseblümchen-Applikationen schmiegte sich locker um ihre runde Körpermitte. »Ich habe eine neue Familie gefunden, und damit meine ich alle Bewohner Möwesands. Hier im Wattenmeer wusste ich plötzlich ganz genau, was ich für mein Leben wollte.«

»Und das war Thies«, rief Finn dazwischen und brachte alle zum Lachen.

Hannah strahlte übers ganze Gesicht und nickte. Mit einer ausladenden Geste zeigte sie auf die Einrichtung, die die gleiche war wie in den anderen Naschwerk-Manufakturen. Alles war in Kobaltblau und Weiß gehalten. An den Wänden hingen alte Fotos, teils bunt, teils in Schwarz-Weiß. Sie zeigten die ehemalige Bewohnerin des Hauses Benedikte Mommsen und einige Bewohner Nordwindens. »Eigentlich dachte ich an meine berufliche Selbstständigkeit. Aber du hast recht, viel wichtiger ist, dass ich auf der Schokoladeninsel die Liebe meines Lebens getroffen habe.«

Thies schloss die Augen, während er ihr einen langen Kuss gab, als wären sie allein und nicht in einem gut gefüllten Raum. Zahlreiche Augenpaare waren auf sie gerichtet. Jeder freute sich mit den beiden.

Zärtlich streichelte Thies über Hannahs Babybauch. Hannah war im neunten Monat schwanger. In einer Woche war es so weit, dann würden sie und Thies Eltern werden, etwas, das ihr Leben für immer auf wundervolle Weise verändern würde. Eine kleine Familie zu haben, davon träumte auch Joos, seit er sein Studium der Betriebswissenschaft beendet hatte und von Hamburg nach Flensburg zurückgekehrt war. Er hatte diesen Wunsch fast aufgegeben. Aus ganzem Herzen wünschte er Thies und Hannah nur das Beste, zugleich tat ihm ihr Glück manchmal weh.

Nachdem sich Thies von Hannah gelöst hatte, lachte er verlegen und begann wieder, Trinkschokolade einzuschenken. Ein paar der Gäste klatschten und kicherten.

Als sich ihre Blicke trafen, nickte Joos seinem Bruder lächelnd zu.

»Es war das Beste, was mir passieren konnte, dass Bente

mich als ihre Erbin benannt und mich damit nach Möwesand geholt hat. Manchmal kommt es mir so vor, als hätte sie erst für immer gehen müssen, damit ich meinen Platz im Leben finde.« Hannahs Strahlen verschwand, Trauer zog ihre Mundwinkel nach unten. Einen Moment lang war sie in Gedanken versunken. Wahrscheinlich dachte sie an Bente und was diese ihr bedeutete, seitdem sie Bentes Geheimnisse gelüftet hatte. »Ich hätte sie so gerne kennengelernt. O nein, ich versaue gerade die gute Stimmung, nicht wahr? Tut mir leid.«

»Bente wäre stolz auf dich«, sagte Joos und lächelte ihr zu.

»Sie ist hier. Bei dir. Bei uns. Ich weiß das.« Gerit zupfte an ihrer Jacke herum. »Ihr Geist wird immer in diesem Haus sein.«

»Ich bin so froh, dass ihr alle gekommen seid, um mit mir den großen Tag meiner Eröffnung zu feiern. Viele von euch haben uns in den vergangenen Monaten geholfen, Bentes Haus zu renovieren. Dadurch ist es endgültig zu meinem Heim geworden.« Hannahs Wangen leuchteten. Sie faltete ihre Hände und drückte sie gegen ihren Oberkörper. Joos konnte sich vorstellen, wie engelsgleich sie als Mädchen mit ihren blonden Locken ausgesehen hatte.

»Das Untergeschoss ist jetzt ein richtiges kleines Café. Das Küchenfenster wird als Ausschank genutzt. Dort kann man Trinkschokoladen zum Mitnehmen kaufen. Mein Traum geht in Erfüllung.« Die Worte sprudelten nur so aus Hannah heraus. »Erst die Nachricht im September des vergangenen Jahres, dass ich schwanger bin, dann Thies' und meine Hochzeit im Februar und jetzt die Eröffnung meiner eigenen Manufaktur.«

»Ihr legt ein Tempo vor, dass einem schwindelig wird«, rief Simon, der die Pralinen-Manufaktur nebenan leitete, amüsiert. Mit dem kleinen Finger fuhr er über seine Augenbraue, die genauso weiß war wie sein Haupthaar. Seine Fingernägel waren dagegen schwarz lackiert.

Hannah warf Thies einen Luftkuss zu. »Auf was soll man warten, wenn man genau weiß, was man will?«, fragte sie rhetorisch und erntete Applaus. »Und jetzt gibt es Gratis-Trinkschokolade für alle. Das ist Glück in flüssiger Form. Für die Erwachsenen auf Wunsch verfeinert mit Orangenlikör«, fügte sie mit einem Augenzwinkern hinzu.

Joos wusste nicht, ob es daran lag, dass er für viele eine Autoritätsperson war oder sie ihm einfach nur den Vortritt auf dem Weg zu seiner Schwägerin ließen, aber er gratulierte ihr als Erster zu ihrer Manufaktur. Ihr Gesicht glühte vor Aufregung.

Er hauchte ihr einen Kuss auf die Wange, weil er sie mit den Geschenken in den Händen nicht umarmen konnte. Ihr Parfüm kitzelte ihn in der Nase. Sie roch wundervoll leicht nach Maiglöckchen. »Ich wünsche dir viel Erfolg mit deinem neuen Laden und vor allen Dingen viel Freude an der Arbeit.«

»Danke, Lieblingsschwager«, sagte Hannah lächelnd. »Auch für deine Hilfe bei der Renovierung. Deine Tipps waren Gold wert.«

Liebevoll umarmte Thies sie von hinten, streichelte über ihren Babybauch und blinzelte seinen Bruder grinsend an. »Lieblingsschwager – so nennt sie Finn auch.«

Hannah schnaubte und zwickte Thies. »Das trifft ja auch auf beide zu.«

Als Joos Hannah den riesigen Blumenstrauß gab, verschwand ihr Gesicht kurz dahinter.

»Einen Größeren hatten sie nicht?«, frotzelte Thies. Sein Bruder hatte seine Haare ungewöhnlich glatt gekämmt. Normalerweise standen sie, auch wegen des permanenten Windes auf der Insel, in alle Richtungen ab. Die ordentliche Frisur passte nicht zu ihm. Er erinnerte an einen Chorknaben, der vor Glück übers ganze Gesicht strahlte.

»Sie hat ihn verdient«, sagte Joos zu ihm, dann reichte er ihr sein Geschenk. »Das wird dich vielleicht inspirieren, was die Erweiterung deines Angebots betrifft.«

»Stell die Blumen bitte ins Wasser«, bat Hannah Thies und drückte ihm das Bukett in die Hand. Dann nahm sie Joos' Gabe an. »Ein Rezeptbuch?«

»Aus dem Antiquariat«, erklärte Joos, überrascht darüber, dass sie erraten hatte, was sich unter dem roségoldfarbenen Geschenkpapier befand. Er war stolz darauf, diesen Schatz gefunden zu haben. »Es ist sehr alt. Vielleicht wirst du darin auf Desserts, die nicht so bekannt sind, stoßen.«

Hannah hatte beschlossen, in ihrer Manufaktur klassische Kreationen aus Edelkakao anzubieten, wie Tote Tante und Russische Schokolade. Daneben schenkte sie auch originelle und exotische Varianten aus, unter anderem mit Likören, Earl Grey, Erdnussbutter und Kurkuma. Auch weiße Trinkschokolade mit Lavendel hatte sie im Angebot.

Sobald ihr Kind das Licht der Welt erblicken und sich die neue Situation eingespielt haben würde, wollte sie auch norddeutsche Süßspeisen wie Wandsbeker Speck, Mädchenröte, Groter Hans und Fliederbeersuppe servieren.

Während sie das Buch auspackte, musterte sie Joos

schmunzelnd von oben bis unten. »Wie schick du wieder aussiehst.«

Hitze stieg ihm in die Wangen. Ihm fiel ein, dass eine Gruppe von Frauen auf Facebook über ihn, Thies und Finn abgestimmt hatte. Die Marketingmitarbeiter, die die Schokoladenfabrik und die Schokoladeninsel betreuten, hatten sie amüsiert auf die Wahl hingewiesen. Er erinnerte sich noch daran, dass Finn für die meisten Nutzerinnen der Coolste und Thies der Süßeste war. Als gefragt wurde, wer von den Lorentz-Brüdern sich am besten anzog, hatte man ihn, Joos, auf den ersten Platz gewählt. Manche der Userinnen verglichen ihn mit Jeffrey Dean Morgan, was er zwar schmeichelhaft, aber unzutreffend fand.

Wenn er darüber nachdachte, kam ihm das surreal vor. Diese Fremden glaubten ihn zu kennen, dabei ließ er nicht einmal Thies und Finn in sein Innerstes sehen. Er schützte sich, um stark zu sein, die Rolle des Familienoberhaupts spielen zu können, die er übernommen hatte, nachdem ihr Vater vor anderthalb Jahren an einem Herzinfarkt gestorben war.

Zugleich wünschte er sich, er würde den Mut finden, sich zu öffnen, vielleicht sogar um sich von der Last, die die Entführer ihm aufgebürdet hatten, befreien zu können. Er wollte nichts lieber, als frei sein, frei von der Dunkelheit, die sein Herz umgab.

Inzwischen gratulierten andere Gäste Hannah zum Start in ihre Selbstständigkeit, auf die sie seit Juni letzten Jahren so hart hingearbeitet hatte. Joos trat zur Seite und sah dem Treiben zu.

Wie bezeichnend, dachte er. Beruflich stand er an der

Spitze eines erfolgreichen Unternehmens. In der Schokoladenfabrik wurde nichts ohne seine Einwilligung gemacht, alle Fäden liefen bei ihm zusammen. Doch privat nahm er zu oft die Rolle des Beobachters ein. Er sah zu, wie andere ausgelassen feierten und zueinanderfanden, wie sie heirateten, Familien gründeten und zusammenwuchsen. Er dagegen tat nichts von dem, weil er zu gefangen in sich selbst war.

In letzter Zeit hatte Joos sogar den Eindruck, dass er sich von seinen Brüdern entfernte oder, besser gesagt, sie sich von ihm, weil sie ihre eigenen Wege gingen. Er war allein im Lorentz-Haus, wo sie einst zusammen mit ihren Eltern gelebt hatten, zurückgeblieben.

Finn, der kreative Kopf der Schokoladenfabrik, machte seit dem Unfalltod ihrer Mutter vor mehr als zweieinhalb Jahren auf eigenen Wunsch eine berufliche Pause. Abseits der Touristenströme führte er im Leuchtturm eine Art Einsiedlerleben. Obwohl er schon immer freiheitsliebend und abenteuerlustig gewesen war, wie ihre Mutter, machte Joos sich Sorgen um ihn. Er befürchtete, sein jüngster Bruder würde womöglich nie mehr an seinen Platz als Leiter der Abteilung für Produktentwicklung zurückkehren.

Thies dagegen kümmerte sich zwar weiterhin um die Touristen, die auf die Schokoladeninsel kamen, aber sein Job hatte nicht mehr seine ungeteilte Aufmerksamkeit wie früher. Hannah war ungeplant schwanger geworden, aber sie und Thies hatten sich riesig über die Überraschung gefreut. Die beiden legten eine Geschwindigkeit bei der Familiengründung vor, die alle erstaunte. Sie passten ja auch zusammen wie Nut und Feder.

Bei dem Gedanken musste Joos schmunzeln.

Wenn man sie mit Schienenfahrzeugen vergleichen müsste, wären sie ICEs, und ich ein Nachtzug, dachte er halb amüsiert, halb zynisch.

Im Herbst vergangen Jahres war Thies aus dem Lorentz-Haus ausgezogen. Seitdem teilte er Tisch und Bett mit Hannah. Seit sechs Monaten wohnten sie nun schon zusammen. Genauso lange lebte Joos allein, abgesehen von der Haushälterin Ebba, wenn sie nicht gerade bei ihrem Ehemann Rasmus in Rensburg weilte.

Nun drückte Thies auch Joos einen dampfenden Becher heiße Schokolade in die Hand. Er nickte seinem Bruder dankbar zu. Köstlicher Schokoladenduft stieg ihm in die Nase, das Wasser lief ihm im Mund zusammen. Nicht alles Süße konnte ihn begeistern, an sich war er kein Schleckermäulchen wie Thies, aber bei hochwertiger Schokolade machte er eine Ausnahme.

Genüsslich nippte er an seinem Getränk. Hannah hatte wirklich Geschmack. Sie stellte ihre heißen Schokoladen nicht etwa aus Konsumkakao, sondern aus Edelkakao her. Edelkakao war weniger bitter als sein Verwandter und hatte ein kräftiges und volles Aroma, je nach Variante nussig, fruchtig, erdig oder blumig. Die Kakaobohnen mussten zudem aus einem einzigen Land und von einem anerkannten Produzenten stammen. Joos war der Meinung, dass man die Qualität schmeckte.

Er nahm einige Schlucke und entspannte sich. Der köstliche Geschmack der Trinkschokolade hob seine Stimmung. Auch die leicht bittere Note des Orangenlikörs, wohl nicht für jedermann, fand Joos perfekt.

Plötzlich stellte sich eine Frau neben ihn. Er kannte alle Einwohner Möwesands, und sie gehörte nicht dazu. Besuchte sie hier Bekannte? Eine Touristin? Sie wirkte nicht wie ein weiblicher Fan, der nur hergekommen war, um sich Finn oder ihn zu angeln. Dennoch guckte sie ihn immer wieder mit ihren hellbraunen Augen an. Jedes Mal sah sie sofort wieder weg, als hätte sie etwas zu verbergen, das er an ihrem Blick ablesen könnte, wenn sie sich lange ansehen würden. Sie sprach ihn nicht an. Vielleicht suchte sie nach den passenden Worten.

Joos spürte ein leichtes Kribbeln in sich aufsteigen.

Üblicherweise hätte er sich weggedreht oder wäre zurück nach Hause gegangen, wo eine Mauer ihn vor aufdringlichen Fans schützte. Thies war für die Betreuung der Besucher zuständig, nicht er.

Doch diesmal blieb Joos, wo er war. Der offene Blick der Frau hatte eine beruhigende Wirkung auf ihn. Er konnte keine Falschheit an ihr erkennen. Er meinte ihre Wärme zu spüren, so dicht stand sie neben ihm. Ihre kurzen braunen Haare ließen sie pfiffig aussehen. Sie war so zierlich und klein, dass sie seinen Beschützerinstinkt weckte.

Was ist bloß los mit dir, fragte er sich, als würde er mit einer anderen Person sprechen, er erkannte sich kaum wieder. Das sind bloß Frühlingsgefühle, rechtfertigte er seine untypische Reaktion.

Hinter dem Fenster, durch das er in Hannahs Garten spähen konnte, riss die Wolkendecke auf. Die ersten Sonnenstrahlen seit einer gefühlten Ewigkeit fielen auf die Schokoladeninsel. Joos' Herz schlug höher.

Schuld daran bist du, sagte er in Gedanken zu der bezaubernden Unbekannten, ohne jeden Vorwurf, und lächelte in sich hinein.

Plötzlich ging alles ganz schnell.

Die Frau neben ihm blies in ihr Getränk, wahrscheinlich damit es schneller abkühlte. Unglücklicherweise pustete sie viel zu stark, sodass der Kakao herumspritzte. Vor Schreck schrie sie auf. Mit hochrotem Kopf fragte sie die Personen in ihrer Umgebung, ob sie Flecken auf ihrer Kleidung hätten. Erfreulicherweise hatten die braunen Tröpfchen niemanden getroffen.

Joos fragte sich, ob die Nervosität der schönen Fremden daher rührte, dass sie neben ihm stand. Das kannte er, normalerweise war ihm das unangenehm, doch bei ihr fand er es charmant. Rasch ging er zur Theke, stellte seinen Becher ab, nahm eine Papierserviette und kehrte zu ihr zurück.

Er reichte sie ihr. »Sie haben einen Kakaomund.« Erneut lief ihm das Wasser im Mund zusammen, doch diesmal aus einem anderen Grund.

»Danke«, sagte sie sichtlich verlegen und entblößte dabei eine kleine Lücke zwischen ihren Vorderzähnen. Hastig tupfte sie sich ihre Lippen ab. »Sie sind ein Gentleman. Die gibt's heutzutage nur noch selten.«

»Eigentlich fühle ich mich bloß verantwortlich.« Kaum ausgesprochen, bereute er seine ungelenke Antwort auch schon. Innerlich verdrehte er die Augen über seine Reaktion.

»Weil Ihnen die Schokoladeninsel gehört?«, fragte sie, während sie mit der Serviette den Kakao abwischte, der an ihrem Becher heruntergelaufen war.

Er spannte sich an. Überrascht und auch ein wenig argwöhnisch, wie es seine Art war, zog er seine Brauen hoch. »Sie wissen, wer ich bin?«

»Jeder, der sich von der Fähre auf die Schokoladeninsel übersetzen lässt, weiß das, oder?« Entwaffnend lächelte sie ihn an. »Aber diese Naschwerk-Manufaktur hier ist die einzige auf Möwesand, die nicht Ihnen und Ihren Brüdern gehört.«

»Sie sind gut informiert. Ja, Hannah Lorentz ist die Eigentümerin. Aber da sie mit meinem Bruder Thies verheiratet ist, gehört ihr Laden doch irgendwie auch zu den Gebrüdern Lorentz.« Er zwinkerte und wurde wieder lockerer. Wie bezaubernd sie duftete. Sie hatte ein leichtes Parfüm aufgetragen, Pfingstrose.

Sein Argwohn war ihm nun peinlich. Eindringlich ermahnte er sich, nicht ständig auf der Hut zu sein. Was sollte schon passieren, wenn er sich mit der Schönen unterhielt? Sie würde schon kein Messer ziehen und ihm die Klinge zwischen die Rippen stoßen. Ihr Blick war offen, ihr Lächeln aufrichtig, und sie strahlte eine Wärme aus, die er aufsaugte wie ein trockener Schwamm.

»Ich heiße übrigens Annegret«, sagte sie und streckte ihm ihre Hand hin, »aber alle nennen mich Anne.«

Diese Frau hatte etwas an sich, das ihn neugierig machte. Während er wie die Nacht war, schien sie wie der Tag zu sein. Stimmte der erste Eindruck? Oder hatte nicht jeder dunkle Geheimnisse? Verbarg sie etwas hinter ihrer liebreizenden Art? Ihre Augenfarbe faszinierte ihn. Er hatte noch nie so hellbraune Iriden gesehen.

Als er Annes Hand schüttelte, hätte er sie am liebsten nicht mehr losgelassen. »Joos Lorentz, aber das weißt du ja schon. Freut mich, dich kennenzulernen.«

Kapitel 4

»Und mich erst«, sagte Anne charmant und meinte es auch so. Sie zitterte ein wenig, so aufgeregt war sie, Joos Lorentz zu treffen.

Gleichzeitig kam sie sich hinterhältig vor. Sie sollte ihm sagen, dass sie als Fernsehjournalistin arbeitete und wegen eines Interviews mit ihm hergekommen war. Er hatte es verdient, von Anfang an im Bilde zu sein, erst recht, weil er so furchtbar nett zu ihr war. Doch sie brachte die Worte nicht über die Lippen, es würde alles zwischen ihnen verändern, und nicht zum Positiven, befürchtete sie. Keinesfalls durfte sie ihn verärgern.

Zum einen wollte sie ihm gefallen. Diese Erkenntnis machte sie verlegen, schließlich war sie beruflich hier, aber damit machte sie sich bloß etwas vor. Denn bereits während ihrer Vorabrecherche hatte sie ihn auf Fotos attraktiv gefunden. Und nun, da er vor ihr stand und sie herzerweichend anblickte, musste sie sich sehr zusammenreißen, sachlich professionell zu bleiben. Seine männliche Erscheinung, sein geheimnisvoller Blick und sein sinnliches Lächeln brachten ihr Blut in Wallung. Sie musste zugeben, dass er einer der bestaussehenden Männer war, die sie jemals getroffen hatte. In seiner Nähe kam sie sich unscheinbar vor. Offenbar sah er das anders, denn er war noch da, bei ihr, und schien in diesem Raum voller Menschen nur sie wahrzunehmen.

Sie musste ihren Auftrag auch deshalb vor ihm geheim halten, weil er sich sonst wie eine Auster verschließen würde. Sein verführerisches Lächeln würde verschwinden, und er würde sie unter Garantie einfach stehen lassen. Bevor sie ihm reinen Wein einschenkte, musste sie ihn erst für sich gewinnen. Wenn sie ihm sympathisch war, würde er ihr bestimmt eher zuhören. Nur dann hatte sie eine Chance, ihn zu einem Auftritt bei *Tele Nord* zu überreden. Vielleicht könnte sie an sein Mitleid appellieren, dachte sie kurz. Er allein könnte einen kleinen, aber wertvollen Lokalsender und viele Arbeitsplätze retten.

Der Kakao, den sie inzwischen ausgetrunken hatte, lag ihr schwer im Magen. Als hätte sie ein großes Steak gegessen, was ihr Übelkeit bereitete, da sie aus Tierliebe überzeugte Vegetarierin war.

Wie gerne würde sie jetzt im Münchner Tierheim auf dem weiß gekachelten Boden sitzen und sich damit beruhigen, dass sie Zeit mit ihren geliebten Leisetretern verbrachte, die auf ihre Vermittlung warteten. Vor ihrem Umzug nach Bremen hatte sie dort nicht bloß den Samtpfötchen die Wartezeit auf ein neues Zuhause versüßt, sondern auch selbst Kraft getankt.

»Ein Königreich für deine Gedanken.« Joos schmunzelte.

Anne tauchte aus ihrer Erinnerung auf. »Der Tausch würde sich nicht lohnen.«

»An was hast du gerade gedacht?«, fragte er, nahm ihr ihren Becher aus der Hand und stellte ihn auf das Tablett, mit dem Hannah herumging. »Ich würde es wirklich gerne wissen.«

Sie runzelte ihre Stirn. Weshalb interessierte ihn das?

Wieso stand er immer noch neben ihr? Um sicherzugehen, dass sie sich als Touristin wohlfühlte und allen ihren Freunden erzählen würde, wie schön es auf der Schokoladeninsel war? Oder genoss er ihre Gesellschaft wirklich?

»Warum?«

»Du hast verträumt gelächelt.« Sanft schob Joos sie zwischen zwei Regale, denn der Laden war proppenvoll, und es herrschte ein reges Kommen und Gehen.

»Ich war früher in meiner Heimatstadt München ehrenamtliche Katzenstreichlerin.« Anne befürchtete, dass er das lächerlich finden würde, aber ihr Herz hing an diesem Ehrenamt. »Das vermisse ich.«

»Daran erinnerst du dich jetzt hier?« Er zog eine Augenbraue hoch. »Dann scheint die Schokoladeninsel dich nicht zu begeistern.«

»Doch, doch«, beeilte sie sich zu sagen. »Aber ich habe gerade in der Menge ein Mädchen mit einem rosa T-Shirt und einer weißen Katze drauf gesehen.«

Joos sah sich um auf der Suche nach der Person.

Er fand sie nicht.

Schnell redete Anne weiter. »Ich liebe Tiere, kann zurzeit aber keine eigenen Haustiere haben, weil meine Lebensumstände nicht passen.«

»Die Zeit wird kommen«, sagte er und drängte sich neben sie in die Lücke zwischen den Regalen, »dann wirst du eigene Katzen haben.«

»Sobald ich die Haltung von Tieren mit meinem Alltag vereinbaren kann, werde ich sofort zwei Felltiger aus dem Tierheim adoptieren. Das ist so sicher wie das Amen in der Kirche.« Sie fühlte sich von ihm verstanden. »Und einen

Hund«, fügte sie hinzu. »Und Hühner. Am besten einen ganzen Bauernhof.«

Joos lachte. »Vielleicht hätte ich Zorro doch mitbringen sollen.«

»Zorro?« Neugierig sah sie zu ihm hoch. Er überragte sie deutlich. Eng standen sie beieinander. Sie konnten sich kaum bewegen. Ab und zu streiften sich ihre Handrücken.

»Mein schwarzer Schäferhund. Ein imposanter Rüde.« Sein Gesichtsausdruck wurde ganz weich. »Seine Erscheinung macht einigen Menschen Angst, aber er ist ein Lamm.«

»Ein Schaf im Wolfspelz sozusagen.«

Joos lachte.

»Muss ein toller Hund sein. Ich würde ihn gerne kennenlernen«, sagte sie, und sofort dachte sie, dass sie sich da zu weit vorgewagt hatte.

Ihr Puls beschleunigte sich, ihre Körpertemperatur stieg weiter an. Würde Joos sie jeden Moment zu sich nach Hause einladen? Als Anne vom Hafen nach Nordwinden spaziert war, hatte sie einen Blick drauf werfen können. Die hohe Mauer, offenbar wollte sich die Familie Lorentz ein bisschen Privatsphäre erhalten.

Wenn Joos sie in sein Allerheiligstes führen würde, könnte sie Max Scherf erzählen, dass sie dorthin vorgedrungen war, wohin es bestimmt noch kein Journalist geschafft hatte, und ihn damit zum Staunen bringen. Vielleicht würde er sie sogar das Interview mit Joos doch selbst führen lassen. Sie freute sich schon darauf, Jolantas wütendes Gesicht zu sehen.

Ihr Herz schlug immer schneller. Erwartungsvoll sah sie Joos an. Sie ballte die Hände zu Fäusten, weil sie die Anspannung kaum aushielt.

Ich werde auch niemandem erzählen, was ich in deinen vier Wänden sehe und höre, versprochen, sagte sie in Gedanken zu ihm und meinte es ehrlich. Sie hatte nicht vor, ihn zu verletzen oder bloßzustellen. Unglücklicherweise war das nicht mit Scherfs Plänen vereinbar, aber dafür würde sich schon eine Lösung finden.

Joos wich ihrem eindringlichen Blick aus. »Vielleicht werden wir uns über den Weg laufen, wenn Zorro und ich heute Nachmittag eine Runde drehen, wer weiß.«

Ernüchtert ließ Anne ihre Mundwinkel hängen. Sie schalt sich eine Närrin. Hatte sie ernsthaft gedacht, er würde sie so bald zu sich nach Hause einladen? Für ihn war sie vermutlich eine Touristin von vielen, jedenfalls nicht jemand Besonderes, nur weil er sich höflich mit ihr unterhielt.

Ihre Enttäuschung war groß. Sie fühlte sich zurückgewiesen, als Frau, nicht als Reporterin. Sie sah nicht so sexy aus wie Scarlett Johansson, das wusste sie. Aber Joos war mehr als bloß professionell freundlich zu ihr. Es prickelte zwischen ihnen. Oder spürte nur sie das?

Sie wollte ihn noch nicht gehen lassen, denn das, was sie schon beim Betrachten der Fotos gespürt hatte, war nun, da er dicht bei ihr stand, noch intensiver. Dieses umwerfende Lächeln, und er zog sich schick an, was sie an Männern schätzte. Ihn umgab eine geheimnisvolle Aura. Und er sah sie an. Er nahm sie wahr. Er lächelte ihr zu.

»Ich muss hier raus«, sagte er plötzlich. »Entschuldige, bitte. Viel Spaß noch auf der Schokoladeninsel.«

Sein Gesicht war gerötet. Sein Blick huschte über die Gesichter der Menschen, die sich vor der Theke drängten, um einen Gratis-Edelkakao zu bekommen. Raschen Schrittes ging er zum Ausgang. Er zwängte sich an den Touristen vorbei, ignorierte ihren Unmut, und im nächsten Moment war er verschwunden.

Anne eilte ihm hinterher. Da er die Frau in ihr zurückgestoßen hatte, übernahm die Journalistin die Führung. So leicht würde sie nicht aufgeben. Sie musste verhindern, dass das hauchdünne Band zwischen ihr und Joos riss.

Joos stand auf der Straße und atmete tief durch. Sein Teint wurde wieder normal. Er erholte sich schnell und wandte sich in Richtung Ortsausgang, wohl um heimzugehen.

»Du magst keine Menschenmengen, nicht wahr?«, fragte Anne und stellte sich ihm in den Weg. Der köstliche Duft von gebrannten Mandeln stieg ihr in die Nase. Darunter mischte sich der Geruch von Lakritz und frischen Waffeln, gebacken mit vielen Eiern und reichlich Butter. Eine wilde Mischung und sehr appetitlich.

»Da drinnen war es mir zu voll und zu stickig.« Er winkte einer Frau zu, die das Outfit der Gebrüder Lorentz trug, karamellfarbenes Hemd und nougatbraune Stoffhose. Sie hatte rot gefärbte Haare, trug rote Macaron-Ohrringe und knallroten Lippenstift. »Ich kann es nicht ausstehen, wenn sich fremde Menschen an mir reiben, weil es eng ist.«

Seine Wortwahl amüsierte sie. »Dafür hast du aber lange in der Manufaktur ausgehalten.«

»Jemand hat mich vom Gedränge abgelenkt.« Endlich lächelte er wieder. »Ohne dich wäre ich viel früher geflüchtet.«

Anne fühlte sich geschmeichelt. Ihr Herz pochte schon wieder heftiger. »Danke für das Kompliment.«

»Welche Naschereien auf der Schokoladeninsel hast du schon probiert?«

»Gar keine.« Das bedauerte sie ehrlich. Überall roch es verführerisch. Auf keinen Fall würde sie Möwesand wieder verlassen, ohne schamlos genascht zu haben, und zwar auf Kosten von *Tele Nord*. »Ich bin mit der ersten Fähre gekommen und gleich zur Eröffnungsfeier gegangen.«

»Dann greif zu! Warte nicht länger. Die Zeit vergeht bei uns schneller, weil man sich amüsiert.« Er zwinkerte. »Nordwinden ist das Schlaraffenland für alle Süßmäuler.«

»Die Nordseeinsel an sich ist schon ein Paradies.« Anne schöpfte Hoffnung, dass sie noch etwas Zeit mit ihm verbringen durfte. Er tat ihr gut, bei ihm fühlte sie sich nicht mehr einsam. Bald würde sie zurück nach Bremen fahren und ihre Freizeit damit verbringen, Seifenopern zu schauen. »Was würdest du mir empfehlen?«

»Von den Leckereien?«, fragte er.

Anne nickte und blickte einer Hummel hinterher, die an ihr vorbei zu den Blumenkästen auf der Fensterbank einer Naschwerk-Manufaktur flog.

»Das ist schwierig, ich kenne deinen Geschmack ja noch nicht. Und natürlich ist alles, was du in unseren Naschwerk-Manufakturen bekommst, aus hochwertigen Biozutaten und mit viel Liebe hergestellt.«

Nachdenklich schaute Joos von einem Geschäft zum anderen. An einem blieb sein Blick haften. Auf das zeigte er dann. »Aber ich persönlich kann unseren Pralinen und Schokoladenkreationen einfach nicht widerstehen. Das waren die ersten Produkte, die mein Vater auf den Markt brachte, und meine Brüder und ich haben sie nach seinem

Tod weiterentwickelt. Besonders Finn war verantwortlich für neue kreative Ideen.«

»War?«, fragte Anne nach und hob ihren Blick. Einige Möwen landeten auf dem Dach eines Reetdachhauses. In einer Reihe saßen sie nebeneinander, krakeelten und beobachteten neugierig die Touristen unter ihnen.

»Nach dem Tod unserer Mutter wollte er ein Sabbatjahr einlegen.« Seufzend rieb sich Joos über die Wange. »Leider dauert seine Auszeit nun schon mehr als doppelt so lange.«

»Das tut mir leid zu hören.«

Anne hatte zwar schon im Internet gelesen, dass Finn aktuell nur noch ein stiller Teilhaber war, kannte aber die Gründe nicht. Sie fand die Familie Lorentz immer interessanter. Joos, Finn und Thies hatten von außen betrachtet alles, was man sich wünschen konnte. In den Medien kamen sie sympathisch rüber, sie waren reich, und die Frauen liefen ihnen hinterher. Aber es machte sie menschlich, dass sie offenbar Sorgen und Nöte hatten wie alle anderen auch. »Ist es wegen eurer Mutter?«

»Ich denke, dass er den Verlust inzwischen überwunden hat, aber er findet einfach nicht in sein altes Leben zurück. Thies und ich wollen ihn zu nichts zwingen. Wenn er so weit ist, wird er uns Bescheid geben. Aber ich muss gestehen, dass seine Pause mich immer mehr bedrückt, je länger sie dauert. Zu zweit sind die Gebrüder Lorentz nicht vollständig. Es ist, als würde an einer Hand ein Finger fehlen. Man kann mit ihr trotzdem noch greifen, aber schlechter.« Plötzlich stockte Joos. Er sah sie entgeistert an. »Ich weiß nicht, was mit mir los ist. Normalerweise bin ich nicht so mitteilsam.«

Anne lachte. »Liegt es an mir?«

»Du bist eine gute Zuhörerin.« Er lächelte.

»Danke«, sagte sie und dachte, das gehört zu meinem Beruf. Aber gerade jetzt, wo er ihr einen Einblick in sein Privatleben gewährte, durfte sie das Thema auf keinen Fall ansprechen. Dann käme er sich womöglich hintergangen vor. Sie schmeckte bittere Galle. Was tat sie hier eigentlich?

»Unsere Probleme gehen nur uns etwas an«, sagte Joos prompt.

Es machte den Anschein, als würde er sich innerlich von ihr zurückzuziehen. Die Situation drohte zu kippen. Gleich würde er sich endgültig verabschieden. »Selbstverständlich.«

Er schlang die Arme um seine Körpermitte. Obwohl die Wolkendecke über ihren Köpfen immer weiter aufriss und die Sonne den Himmel eroberte, war der Meereswind noch frisch, und er trug ja bloß ein Hemd. »Vielleicht wäre es Finn nicht recht, wenn ich über ihn rede.«

»Ich werde alles, was du eben erzählt hast, für mich behalten.« Sachte berührte sie kurz seine Schulter. Selbst der Programmdirektor, der sie auf Joos angesetzt hatte, würde kein Sterbenswort erfahren. Max Scherf hatte sie nicht auf Finn und Thies angesetzt. Ohnehin musste sie ihm nicht alles berichten. »Es bleibt unser Geheimnis.«

Sein Blick wurde wieder offener. »Du wirkst vertrauenswürdig.«

Plötzlich spürte sie einen schmerzhaften Stich im Zwerchfell. Ihr Lächeln erstarrte. Die bittere Galle brannte in ihrer Kehle. Betont fröhlich sagte sie: »Dank deiner Empfehlung werde ich als Nächstes eure Pralinen kosten.

Konfekt mag ich auch besonders gerne, da wird man jedes Mal überrascht.«

Er lächelte sanft und schwieg.

Glaubte er ihr etwa nicht? Dachte er vielleicht, dass sie zu seinen Groupies zählte oder darauf aus war, seine Freundin zu werden oder auch nur eine Nacht mit ihm zu verbringen? Das wollte sie auf keinen Fall. Sie war nicht leicht zu haben. Aber wenn sie doch schwach werden und ihre Prinzipien über Bord werfen würde, dann bei ihm. »Ich habe sogar mal einen Kurs besucht, in dem gelehrt wurde, wie man Pralinen selbst herstellt.«

»Wirklich?« Sein dezentes Lächeln wurde zu einem Strahlen.

Mit erhitzten Wangen erzählte sie ihm von einem der Teilnehmer, der nach eigener Aussage eher mit bloßen Händen Häuser abreißen als filigrane Arbeiten durchführen konnte. Jörg, so hieß er, konnte Spiegeleier und Spaghetti mit Bolognese-Soße aus dem Glas kochen, mehr nicht. Gebacken hatte er noch nie. Um seiner Freundin seine Liebe zu beweisen, war er über sich hinausgewachsen. Er hatte aus Fondant Buchstaben geschnitzt und sein selbst gemachtes Konfekt mit *Willst du mich heiraten?* verziert. Die wollte er seiner Liebsten überreichen, wenn er sie um ihre Hand bat. »Ist das nicht ein zauberhafter Heiratsantrag? So eine tolle Idee.«

»Ich hoffe, sie hat Ja gesagt.« Beiläufig strich er über seinen goldenen Siegelring.

»Wenn nicht«, sagte Anne kess und wünschte sich, sein Ring zu sein, »dann hat sie Jörg nicht verdient.«

»Warte.« Wie ein Stoppschild streckte er ihr seine Handfläche hin. »Nicht weggehen!«

Was hatte er vor? Bevor sie ihn fragen konnte, lief er auch schon in eins der Geschäfte hinein. Als Joos kurz darauf zurückkehrte, hielt er eine Schachtel in seiner Hand. »Ein Geschenk.«

Als er sie Anne überreichte, las sie die Schrift auf dem Karton. *Unsere erlesensten Pralinenspezialitäten, jedes Konfekt ist so süß wie ein Kuss* stand in goldener Farbe auf dem Deckel. »Für mich?«

»Meine Bestechung, damit du das, was ich über Finn gesagt habe, wieder vergisst«, sagte er scherzhaft.

Das erste Mal fielen Anne die milden Lachfalten an seinen Augen auf. Für Anne waren sie der schönste Schmuck. Die kleinen Fältchen, die an Sonnenstrahlen erinnerten, machten ihn noch attraktiver.

»Das wäre nicht nötig gewesen.« Mit den Fingerspitzen fuhr sie über das Logo der Gebrüder Lorentz.

Als er den Karton umdrehte, streiften seine Finger die ihren. Ihre Blicke begegneten sich, blieben aneinander haften. Auf dem Boden war der süße Inhalt abgebildet und beschrieben. »Es sind Pralinen dabei, die schon mein Vater mit seinem Team kreiert und auf den Markt gebracht hat und die seither in der Beliebtheit unserer Kunden ganz oben stehen. Die meisten hat allerdings Finn entwickelt. Die Fachpresse nennt sie kulinarische Meisterwerke. Für die eine oder andere Kreation ist er sogar ausgezeichnet worden. Er kennt den Geschmack unserer Zielgruppe am besten. Auch darum brauchen wir ihn so dringend. Das Konfekt ist wirklich köstlich. Genieße es.«

Ich werde bei jedem köstlichen Bissen an dich denken, antwortete Anne in Gedanken. »Das werde ich.«

»Viel Spaß weiterhin.« Joos führte seine Hand zu ihrem Oberarm, doch kurz bevor er Anne berührt hätte, zog er sie zurück.

»Du gehst schon?« Sie verspürte ein sehnsüchtiges Ziehen in ihrem Brustkorb. Es war so schön, mit ihm zusammen zu sein. Anders als bei ihren Arbeitskollegen war es für sie leicht gewesen, einen Zugang zu ihm zu finden. Sie musste nicht über jedes Wort, das sie zu ihm sagte, nachdenken.

Bei ihm fühlte sie sich wohl. Sie wollte, dass dieses Hochgefühl noch andauerte. »Hannahs Einweihungsfeier ist noch in vollem Gange«, sagte sie schnell.

»Dort würde ich jetzt nur stören. Außerdem mag die Schokoladeninsel für alle ein Ort sein, an dem sie sich entspannen und es sich gutgehen lassen, aber für mich ist sie mein Arbeitsplatz.«

Er sah Anne an und zuckte mit den Achseln.

Grinsend blinzelte sie ihn an. »Ich kann mir schlimmere Arbeitsbedingungen vorstellen.«

»Da hast du auch wieder recht.« Er lachte.

Sie fasste sich ein Herz. »Darf ich dich begleiten?«

»Du willst, dass ich dich mit zu mir nach Hause nehme?«, fragte Joos mit deutlicher Skepsis in der Stimme. Er trat einen Schritt von ihr weg.

Anne ahnte, dass ihre Wege sich trennen würden, wenn sie zu aufdringlich vorging. Aber sie musste und wollte an ihm dranbleiben, aus beruflichen Gründen, aber auch weil ihre Haut in seiner Nähe so wundervoll kribbelte. »Ich muss in dieselbe Richtung. Am Hafen habe ich ein paar Sachen im Schließfach gelassen.«

»Wenn Engel reisen … Sagt man das nicht so?« Kurz blickte er zum Himmel auf. Dann sah er sie intensiv an.

Hitze stieg in ihre Wangen. »Ich möchte dein Geschenk dort deponieren, um die Hände freizuhaben.«

Anne ging hoffnungsvoll voran. Glücklicherweise schloss Joos zu ihr auf.

Im Schließfach hatte sie auch einen kleinen Reisekoffer deponiert. Sie wusste ja nicht, wie lange sie auf der Insel bleiben musste. Vielleicht würde sie auf dem Festland übernachten oder sogar noch länger auf der Halbinsel Nordstrand bleiben müssen. Der Gedanke gefiel ihr.

Das nordfriesische Wattenmeer, die grüne Küste mit dem frischen Wind, den tosenden Wellen und dem urtypischen würzigen Geruch des Meeres hatten sie sofort nach ihrer Ankunft begeistert. Durch die Naturgewalten fühlte sie sich lebendig, spürte sich selbst wieder.

Seit sie in Bremen lebte, war sie nur noch ein Schatten ihrer selbst, gefangen in ihrem Kopf mit Gedanken, die sich im Kreis drehten. Sie war unglücklich, obwohl sie doch endlich ihren großen Traum lebte. Wie konnte das sein? Was stimmte nicht? Sie hatte ständig Kopfschmerzen gehabt.

Doch kaum war sie im Hafen Strucklahnungshörn auf und ab gelaufen, während sie auf die Fähre nach Möwesand wartete, schon hatte sich trotz zerzauster Haare und einer Gänsehaut vor Kälte ein Lächeln auf ihre Lippen geschlichen. Sie hatte ihren Blick über die Nordsee schweifen lassen, und die Weite hatte ihr Herz geöffnet. In dem Moment verstand sie, warum Seemänner sagten, dass man die wahre Freiheit nur auf dem Meer fand.

»Du lebst also in München«, sagte Joos und riss sie aus

ihren Gedanken. »Bist du den ganzen Weg in den Norden gereist, nur um die Schokoladeninsel zu besuchen?«

»Ich muss dich enttäuschen. Vor einem halben Jahr habe ich Bayern verlassen.« Warum war ihre Stimme auf einmal belegt? Sie räusperte sich, klang danach aber nicht besser. »Ich wohne zurzeit in Bremen.«

Er schmunzelte. »War das ein Kulturschock für dich?«

»Es ist anders hier, aber darum nicht besser oder schlechter. Ich liebe meine Heimat, trotzdem wollte ich schon immer gerne Neues entdecken. Abenteuer warten nicht um die nächste Ecke. Wenn man etwas erleben will, muss man seine Komfortzone verlassen. Schon deshalb hab ich mich gefreut, in einen anderen Teil Deutschlands zu ziehen.« So euphorisch wie in den ersten Wochen war sie nicht mehr, aber immer noch neugierig.

Sie rieb sich den Bauch. Hätte sie doch nur nicht den Kakao getrunken. Anscheinend war er ihr nicht bekommen. Oder machte sie sich damit nicht bloß etwas vor? Wenn sie ehrlich zu sich war, wusste sie, dass das Getränk nicht verantwortlich für ihre Magenschmerzen war.

»Bist du wegen eines Jobs in die Hansestadt gezogen?« Joos rieb über seine Oberarme, wohl um sich zu wärmen.

Anne dagegen wurde es alleine durch seine Frage heiß. Ihre Zunge klebte an ihrem Gaumen. Sie rang um eine Antwort, während sie neben Joos an den windschiefen Kiefern vorüberging. Hinter dem Wäldchen ragte der Leuchtturm auf. Sie hatte gelesen, dass Finn darin wohnte.

Joos neigte sich zu ihr und fragte mit funkelnden Augen: »Oder wegen der Liebe?«

Sein Blick brannte auf ihrem Gesicht. Sie konnte ihm

noch nicht die Wahrheit sagen, ihr fiel partout nicht ein, wie sie das geschickt anstellen sollte. Alle Möglichkeiten, die ihr in den Sinn kamen, würden ihn am Ende nur gegen sie aufbringen, weil sie ihm nicht sofort reinen Wein eingeschenkt hatte. Aber anlügen wollte sie ihn auch nicht. »Ich bin solo«, antwortete sie also ausweichend.

Joos bog nach links ab und folgte der Küstenstraße, die zum Lorentz-Haus und dann weiter zum Fährsteg und zum Hafenrestaurant Klönschnak führte. Lächelnd musterte er sie von oben bis unten. »Das hätte ich nicht gedacht. Ich verstehe nicht, wie eine Frau wie du alleine sein kann. Ehrlich, das ist mir unbegreiflich.«

»Ist das etwa ein Kompliment?« Ihr Herz schlug schneller.

Er sah sie zärtlich an. »Warum bist du nicht in festen Händen, Anne?«

»Du bist ganz schön neugierig, Joos Lorentz.«

»Ich möchte dir nicht zu nahe treten«, sagte er und hob dabei beschwichtigend seine Hände. »Lass uns das Thema wechseln. Ich hätte nicht nachfragen sollen. Das war unhöflich. Es ist nur so leicht, sich mit dir zu unterhalten. Das habe ich lange nicht mehr erlebt.«

»Schon gut«, antwortet sie lächelnd. »In letzter Zeit habe ich nur noch gearbeitet, deshalb bin ich … Single.«

»Das kenne ich«, warf er ein und verzog das Gesicht. Sein Haus kam in Sicht. Er ging langsamer, als wollte er die Ankunft und damit den Abschied von Anne hinauszögern.

»Ich bin kein Workaholic«, fing Anne an, »aber ich liebe meine Arbeit. Doch in letzter Zeit frage ich mich manchmal schon, ob ich nicht zu verbissen bin. Ich kann gar nicht mehr entspannen, wenn ich freihabe.« Anne hielt die Schachtel

Pralinen, als klammerte sie sich an einem Rettungsreifen fest. »Meine Gedanken kreisen nur um meinen Job.«

»Das kommt mir bekannt vor«, murmelte Joos, während er ein Bonbonpapier vom Asphalt aufhob und in seine Hosentasche steckte.

»In Bremen, wo ich jetzt wohne, habe ich nicht einmal Freunde gefunden. Wie auch? Meine Arbeitskollegen und ich sind nicht auf einer Wellenlänge, und alle weiteren Versuche, Anschluss zu finden, sind bisher gescheitert.« Kaum waren die Worte aus ihrem Mund gesprudelt, erschrak sie über ihre Offenheit. Zugleich tat es so gut, endlich mit jemandem über ihre Probleme zu sprechen.

Er blieb stehen und sah sie lange an. »Das klingt ziemlich einsam.«

»Es tut weh, das zuzugeben«, sagte sie verlegen und wich seinem Blick aus, indem sie einigen Graugänsen, die fröhlich schnatternd über die Küstenstraße flogen, hinterhersah. »Aber ja, so ist es wohl.«

»Da haben wir ja etwas gemeinsam«, sagte er mehr zu sich selbst als zu ihr. Er stellte den Kragen seines schwarzen Hemds auf und setzte seinen Weg fort. »Bereust du es, nach Bremen gezogen zu sein?«, fragte er Anne, bevor sie nachhaken konnte.

»Nein. Es war ein Schritt in die richtige Richtung, aber bleiben werde ich dort nicht.«

Vier fröhlich schwatzende Frauen kamen ihnen entgegen. Mit funkelnden Augen sahen sie Joos an, als wäre er ein Popstar. Die Größte von ihnen holte ihr Handy heraus, worauf Joos die kleine Gruppe freundlich grüßte und schnell an ihnen vorbeiging. Anne gegenüber rechtfertigte er sich:

»Ich will nicht unhöflich wirken, aber ich mag nicht fotografiert werden. Wer bin ich schon?«

»Einer der begehrten Schokoladenprinzen«, frotzelte sie.

Joos lachte. »Ja, so nennen uns einige Zeitschriften. Aber auf der Schokoladeninsel bin nicht ich die Attraktion, sondern unsere Naschwerk-Manufakturen.«

»Das sehe ich anders.« Kess grinste sie ihn an.

»Ach, ja?« Erneut blieb er stehen. Fast hatten sie das austerngraue Tor zum Lorentz-Haus erreicht. Er stemmte die Hände in die Hüften. »Willst du etwa auch ein Selfie mit mir machen?«

»Nein, danke.« Ich will viel mehr von dir, dachte Anne und spannte sich an. Sie merkte, dass sie den Karton in ihren Händen zusammendrückte, und hielt ihn wieder lockerer.

Joos schirmte seine Augen mit der Hand vor der Sonne ab. »Hast du vor, irgendwann zurück nach München zu ziehen?«

»Ich werde dorthin gehen, wohin mich der Wind trägt. In Bremen werde ich jedenfalls nicht sesshaft werden. Die wunderschöne Stadt kann nichts dafür, aber ich werde mit den Leuten, mit denen ich dort zu tun habe, einfach nicht warm.« Plötzlich strahlte sie. »Aber auf Möwesand kann ich endlich wieder durchatmen. Das erste Mal seit Wochen habe ich kein Kopfweh.«

Joos lächelte und zwinkerte. »Der Nordseewind pustet einem so schön den Kopf frei.«

»Ja, tatsächlich, man kann klarer denken«, sagte Anne erfreut. Sie fühlte sich von ihm verstanden.

Sie verspürte eine Euphorie, völlig unabhängig davon, dass sie sich womöglich gerade mit Joos anfreundete und damit den Weg für ein Interview ebnete. Der Traumjob, beruflich Fuß zu fassen, in diesem Moment war ihr das alles egal.

Es kam ihr so vor, als würde die Last, die sie seit einem halben Jahr mit sich herumtrug, immer kleiner. Mit jeder Minute, die sie auf Möwesand verbrachte, fühlte sie sich leichter. Sie genoss einfach den Moment, die klare und salzige Meeresluft, den kalten, aber sonnigen Apriltag und Joos' Nähe.

Bei allen anderen, Familienmitgliedern, Freunden und Arbeitskollegen, hatte sie entweder versucht, Erwartungen zu erfüllen oder zu verbergen, wie schlecht es ihr ging. Bis vor Kurzem hatte sie sich das selbst nicht eingestehen können.

»Genau das ist Ihr Problem«, hörte sie plötzlich Max Scherf in ihrer Erinnerung sagen. »Sie sind zu zögerlich. Wenn Sie es sich nicht zutrauen, den Stier bei den Hörnern zu packen, sagen Sie es mir gleich. Wer ganz nach oben will, muss kämpfen.«

Joos berührte kurz ihre Schulter. »Geht es dir nicht gut?«

»Warum?« Anne runzelte die Stirn. Dort, wo er sie angefasst hatte, blieb eine angenehme prickelnde Wärme zurück.

»Du hast leise geseufzt«, sagte er besorgt, »als hättest du Bauchschmerzen.«

»Der Kakao ist mir auf den Magen geschlagen.« In Wahrheit war es die bevorstehende Konfrontation, die ihr Unwohlsein bereitete. Nur noch wenige Schritte trennten sie von seinem Zuhause. Ihr blieb nichts anderes übrig, als ihn um das Interview für den Fernsehsender zu bitten, bevor er hinter der Mauer verschwand. Ausgerechnet ihn, der den

Medien gegenüber so skeptisch war. »Wahrscheinlich lag es daran, dass ich heute noch nichts gegessen habe. Ich war zu aufgeregt, um zu frühstücken.«

»Das Klönschnak hat geöffnet.« Er zeigte zum Hafen. »Du solltest im Restaurant einkehren, wenn du beim Schließfach warst.«

Sie nickte, obwohl sie ahnte, dass sie keinen Bissen herunterkriegen würde. »Das werde ich.«

Schweigend gingen sie die letzten Meter zum Tor des Familienanwesens.

Anne lief die Zeit davon. Sie schwitzte, obwohl der kühle Nordseewind auf der Küstenstraße stärker wehte als im Schutz Nordwindens. Jeder Schritt fühlte sich für sie an, als würde sie mit nackten Fußsohlen über Glasscherben gehen. Ihre Anspannung wurde so stark, dass sie Nackenschmerzen bekam.

Sie hatte gedacht, dass ihr gutes Verhältnis es leichter für sie machen würde, ihn auf das Interview anzusprechen. Unglücklicherweise war das Gegenteil der Fall.

Warum schob sie das Unvermeidliche bloß so weit wie möglich hinaus? Indem sie versuchte, ihre Absichten zu verschweigen, machte sie alles nur komplizierter. Hatte Scherf recht, taugte sie nicht fürs Fernsehbusiness? Denn das hatte er ihr zwischen den Zeilen vorgeworfen.

Sie war doch Journalistin. Es gehört zu ihrem Beruf, Menschen auf die Füße zu treten, um Informationen aus ihnen heraus zu kitzeln. Und jetzt dieser innere Widerwille. Das war ihr in ihrer Laufbahn noch nie passiert.

Mochte sich Joos auch ihr gegenüber offen geben, so wusste sie doch, dass er sie noch lange nicht nah an sich herangelassen hatte. Sie hatte bisher nur an der Oberfläche gekratzt, dabei interessierte er sie mehr als jeder Mann zuvor.

Der andere Grund für Annes Zögern war, dass Scherf, selbst wenn sich Joos zu einem Interview bereit erklären würde, zu viel von Joos verlangen würde. Aber ein verschlossener Mann wie Joos würde wahrscheinlich nicht vor der Kamera über seine Entführung reden. Es geschah Scherf recht, dass er auf dem Schwarzmarkt einen horrend hohen Preis für das Ticket, das Anne so kurzfristig den Besuch auf der Schokoladeninsel ermöglichte, bezahlen musste.

Aber was wusste sie schon? Joos' Kidnapping lag sehr lange zurück. Bestimmt hatte er bereits als Kind das Verbrechen mit einem Psychologen aufgearbeitet und hinter sich gelassen. Nach 27 Jahren musste er es überwunden haben. Andernfalls wäre er vermutlich ein gebrochener Mann, aber er führte ein erfolgreiches Unternehmen.

Plötzlich hatte Anne eine Idee. Möglicherweise gab es doch noch eine Chance, ihn dazu zu bringen, zu erzählen, wie er seine Entführung erlebt hatte.

Vor dem Tor blieben sie stehen. Joos öffnete den rechten Flügel, blieb aber vor dem Eingang stehen. Er schien ebenfalls unschlüssig zu sein. Er sah auf den Karton in ihrer Hand.

»Also, dann …«, sagte er und fuhr sich verlegen durchs Haar.

Anne suchte nach den passenden Worten, doch ihr fiel nichts ein.

»Iss erst einmal etwas«, bat er sie. Hinter ihm ragte in einiger Entfernung sein Haus zwischen den großen Kastanienbäumen mit den ausladenden Baumkronen empor. »Versprich mir das.«

»Das werde ich. Ganz bestimmt.«

Sie wollte es wenigstens versuchen. Ihre Haut kribbelte angenehm, weil es ihm anscheinend schwerfiel, sich von ihr zu verabschieden.

Tief sah er ihr in die Augen. »Und hab viel Spaß.«

»Wie kann man sich auf der Schokoladeninsel nicht amüsieren?«, fragte sie rhetorisch und lächelte ihn an. Ihr wurde heiß. Sein Blick ging ihr durch und durch.

Sachte zog er sie zu sich, denn eine große Gruppe eilte an ihnen vorbei in Richtung Nordwinden. Eine Fähre musste gerade angekommen sein. Alle Frauen und Männer trugen dasselbe marineblaue T-Shirt mit dem weißen Aufdruck *Kegelklub Fischköppe Friedrichskoog*. Ausgelassen schwatzten und lachten sie.

Schützend stellte er sich vor Anne, sodass keiner der Kegelfreunde sie anrempeln konnte. »Du wirkst angespannt«, sagte er.

»Ach, ja?«

Hitze stieg in ihre Wangen. Als er sich kurz wegdrehte, neigte sie sich rasch vor und roch an seinem Rücken. Männerparfüm und sein eigener Körperduft schmeichelten ihrer Nase. Eine Mischung, die den Wunsch in ihr weckte, die Arme um Joos zu schlingen und sich an ihn zu schmiegen.

Als er sich ihr wieder zuwandte, stand er dicht vor ihr. »Vergiss deinen Job für einen Tag. Das Leben besteht nicht nur aus Arbeit. Auf der Schokoladeninsel darfst du wieder das kleine Mädchen von damals sein und dich nach Herzenslust vergnügen.«

Neckisch blinzelte Anne ihn an. Sie stellte sich kurz auf ihre Zehenspitzen, um seinem Gesicht näher zu kommen. »Lautet so nicht ein Werbespruch von euch? Ich glaube, ich habe ihn auf einem Poster an einer Bushaltestelle in Bremen gelesen.«

»Erwischt.« Er lachte. »Aber die Aussage stimmt. Wer uns besucht, lebt im Moment. Hemmungsloses Schlemmen ist ausdrücklich erwünscht.«

»Damit habe ich kein Problem. Wenn ich eins kann, dann ist das Essen. Seit ich an der Weser wohne, habe ich schon ein kleines Bäuchlein bekommen.«

Aus Einsamkeit hatte sie alles in sich hineingestopft. Wie unglücklich sie mit ihrer Gesamtsituation war, hatte sie sich jedoch erst auf der Schokoladeninsel eingestanden. Mit Abstand wurde so manches klarer.

»Unsinn, du bist schlank.« Er deutete an, mit seinem Zeigefinger ihre Nase anzustupsen, berührte sie jedoch nicht. »Außerdem ist es bei uns verboten, Kalorien zu zählen und an die Arbeit zu denken.«

»Letzteres wird schwierig werden.« Der erste Schritt war getan. Gleich würde sie ihm die Wahrheit über sich und ihre Reise zur süßesten Insel Deutschlands erzählen, wie sie in Werbespots hieß. Sie zitterte leicht.

Anne wollte, dass sie einander nahe blieben, und sie wollte zwischen seinen Interessen und denen ihres Arbeitgebers vermitteln. Sie wollte helfen, ein Interview mit Joos zu machen, mit dem beide zufrieden waren.

Es fiel ihr leicht, wildfremde Menschen vor der Kamera zu befragen, aber bei Joos wollte sie vor allem verhindern, dass er sie plötzlich nur noch als eiskalte Reporterin sehen könnte, nicht mehr als Frau, mit der er sogar ein bisschen flirtete.

Joos nickte einem Angestellten, der an ihnen vorbeiging, zu. »Dann haben Thies und Finn anscheinend etwas falsch gemacht.«

Anne sah dem Mitarbeiter hinterher. Er trug einen grünen Arbeitsoverall, schwarze Stiefel und eine dunkelblaue Fischermütze. Seine Nickelbrille hatte er mit einem Band an seinem Kopf befestigt. Das musste Mattes, der Inselgärtner, sein. Bei ihrer Recherche über Möwesand hatte sie in Gartenmagazinen sogar ganze Artikel nur über ihn und seine Arbeit gefunden. Sie fand es aufregend, alle Menschen, über die sie gelesen hatte, zu treffen. »Wie meinst du das?«, fragte sie Joos.

»Weil dich die Schokoladeninsel nicht so sehr fasziniert, dass du deinen Job vergisst.« Er lächelte traurig.

»Möwesand ist ein Traum«, rief sie fast. »Daran liegt es nicht.«

»Woran dann?«, fragte er und breitete seine Arme aus. »Deine Arbeit in Bremen ist doch weit weg.«

»Ist sie leider nicht. Sie ist mit mir hierhergekommen.« Ihre Kehle fühlte sich plötzlich eng an. Es fiel ihr schwer, zu sprechen. »Genau genommen hat sie mich erst hierher geführt.«

»Ach, ja? Jetzt machst du mich neugierig.« Nachdenklich tippte er sich gegen sein Kinn. »Bist du Gourmettesterin?«

»Nein, aber das klingt nach dem perfekten Beruf für eine essfreudige Person wie mich. Vielleicht hätte ich besser diesen Weg eingeschlagen.« Dann wäre ich jetzt nicht in diesem Zwiespalt, fügte sie in Gedanken hinzu.

»Bist du eine Testerin für Ausflugsziele?« Er schmunzelte. Anscheinend machte es ihm Spaß, sich Berufe für sie auszudenken. »Hat dich ein Online-Portal hergeschickt oder ein Buchverlag, der einen Ratgeber plant?«

Verlegen lächelte sie. »Nein.«

»Was arbeitest du dann? Nun verrate es mir schon endlich.« Lässig steckte er seine Hände in die Taschen seiner schwarzen Jeans und zog die Schultern hoch. Anscheinend war ihm immer noch kalt. »Jetzt bin ich wirklich gespannt.«

Ihr rutschte das Herz in die Hose. Sie zog den Reißverschluss ihrer roten Steppjacke hoch. »Du darfst nicht böse auf mich sein, bitte.«

»Warum sollte ich?« Überrascht sah er sie an. Anne erinnerte das Blau seiner Augen an das dunkle Wasser der Tiefsee. Die wunderschöne Farbe machte seinen Blick unergründlich.

»Versprich es mir.« Sie kam sich lächerlich vor. So zögerlich wie sie gerade verhielt sich keine Journalistin. Jolanta hätte bestimmt längst Klartext gesprochen, aber Anne wollte behutsam vorgehen.

Joos' Gesicht sprach Bände, seine Freundlichkeit wandelte sich anscheinend in Besorgtheit. »Das kann ich nicht«, sagte er leise.

»Natürlich nicht, du hast recht.« Anne atmete langsam ein und wieder aus, aber das half ihr nicht, sich zu beruhigen. »Hast du schon mal etwas von *Tele Nord* gehört?«

Wolken zogen auf. Der Frühling schien sich wieder zurückzuziehen. Joos runzelte seine Stirn. »Ist das eine Telefongesellschaft?«

Sie musste niesen und putzte sich die Nase.

»Tele steht für … Television.«

Er spannte seine Schultern an. »Du arbeitest fürs Fernsehen?« Seine Stimme klang plötzlich hart.

»Ja, seit einem halben Jahr, um genau zu sein. Schon als Kind habe ich davon geträumt, einmal vor der Kamera zu stehen. Kein anderer Job übte einen so großen Reiz auf mich aus. Ich habe mir einen Bildschirm aus Pappe gebastelt, mich dahintergestellt und berichtet, was es in meiner Nachbarschaft Neues gab.« Aus Nervosität redete sie wie ein Wasserfall. »Dass Naomi ein weißes Kätzchen aus dem Tierheim adoptierte und es Flecki nannte, obwohl es keinen einzigen Fleck hatte. Dass sich Fatima Löcher in ihre langen schwarzen Haare schnitt, was vielmehr ein Unfall als Absicht war. Meine Eltern mussten sich vor den Pappfernseher setzen und das Publikum spielen.«

Seine Miene verfinsterte sich. »Bist du …?«

»Journalistin, ja.« Die Bombe war geplatzt.

»Dann haben wir uns nichts mehr zu sagen.« Joos wollte durch das geöffnete Tor gehen.

Doch Anne stürmte an ihm vorbei und stellte sich ihm in den Weg. »Vor *Tele Nord* war ich bei Lokalzeitungen in München. Das ist meine erste Anstellung bei einem Fernsehsender. Es war sehr schwer, zu den Bewegtbildern zu wechseln. Ich habe hart dafür gekämpft, in meinem Traumberuf arbeiten zu dürfen.«

»Und jetzt soll ich dein Sprungbrett für die große Karriere sein, ist es nicht so?«, fragte er bitter.

Heftig schüttelte sie ihren Kopf. »Nein, so ist es nicht.«

»Du bist nicht die Erste und wirst auch nicht die Letzte

sein, die versucht, mich zu manipulieren. Nur hätte ich das von dir niemals gedacht.« Er sah ehrlich betroffen aus. »Du hast so aufrichtig gewirkt. Du hättest Schauspielerin werden sollen.«

Sie wollte die Hände zusammenfalten und ihm flehend hinhalten, doch das ging nicht, da sie die Schachtel Pralinen festhielt. »Ich wollte dich nicht hinters Licht führen.«

»Und warum hast du dann nicht von Anfang an mit offenen Karten gespielt?« Er schob seine Augenbrauen so stark zusammen, dass eine Zornesfalte auf seiner Stirn entstand.

»Ich wusste nicht, wie ich das anstellen sollte.« Eine Windböe schlug Anne ins Gesicht. Hinter Joos' Rücken ging ein Pärchen vorbei, das sich lauthals stritt. »Ich befürchtete, dass du mir nicht einmal zuhören würdest.«

»Damit hattest du recht. Darum hast du auch in der Edelkakao-Manufaktur in dein Heißgetränk geblasen. Du hast gehofft, ich würde dir helfen. Das tat ich auch, und schon waren wir im Gespräch.«

»Das stimmt nicht, ich schwöre es. Das war ein Versehen.« Anne fühlte sich ungerecht behandelt, denn sie sagte die Wahrheit. »Ich war nervös und darum ungeschickt.«

Das letzte Blau am Himmel verschwand hinter Wolken. Die Sonne war nicht mehr zu sehen. »Das interessiert mich nicht mehr«, sagte Joos kühl.

»*Tele Nord* braucht deine Hilfe«, beeilte sie sich zu sagen. Ihre Stimme zitterte, ihre Nerven flatterten. »Wir stehen kurz vor dem Aus. Das wäre ein weiterer herber Verlust für die norddeutsche Kulturlandschaft.«

Er packte ihre Schultern und schob sie sanft, aber bestimmt beiseite. Nun war der Weg für ihn frei, sofort trat er auf sein Privatgrundstück. »Das ist nicht mein Problem, Anne.«

Der Anflug eines Lächelns stahl sich auf ihre Lippen, sie mochte es, ihren Namen aus seinem Mund zu hören. Doch es prallte an Joos' abweisender Haltung ab und verschwand wieder. Wo war der verständnisvolle Mann, mit dem sie sich so gut unterhalten hatte? Er war weg, nur weil sie einen Beruf ausübte, den er gering schätzte. »Ich weiß, dass du mit den Medien auf Kriegsfuß stehst, aber das finde ich unfair.«

»Ach, ja?« Er zog eine Augenbraue hoch. Demonstrativ legte er eine Hand an das Tor, wohl um zu signalisieren, dass er es jeden Moment schließen würde.

»Du benutzt sie, um die Gebrüder Lorentz bekannter zu machen.« Sie wusste, dass sie sich, wenn sie ihn kritisierte, von ihrem Ziel, ihn für das Interview zu gewinnen, entfernte. Aber sie war sauer, weil er ihr nicht glaubte und ihr keine Chance gab. »Dafür sind sie dir gut genug.«

»Ich bezahle Fernsehsender dafür, dass sie Werbefilme senden, und Zeitungen, dass sie Anzeigen abdrucken, das ist ein großer Unterschied.«

»Sie haben die Gebrüder Lorentz berühmt gemacht«, blaffte sie ihn an, seine Gleichmut machte sie wütend.

»Das haben wir selbst geschafft.« Mit beiden Füßen stand er fest auf dem Boden und wankte kein bisschen, als erneut eine Böe kam. Die Blätter an den Kastanienbäumen im Park hinter ihm flatterten geräuschvoll. »Es ist allein unser Verdienst.«

»Du schuldest ihnen etwas.« Mehrmals klopfte sie gegen ihren Brustkorb. »Du schuldest uns etwas.«

»Ich weiß genau, wem ich etwas schuldig bin, und du gehörst nicht dazu.« Er zog das Tor zu.

Doch bevor es einrasten konnte, hielt sie es fest. Durch den Spalt sah sie ihn eindringlich an. »Bitte. Es geht bloß um ein Interview. Damit würdest du den Sender vor dem Untergang retten.«

»Als ob ein kleines Interview mit mir so eine große Wirkung hätte«, sagte Joos höhnisch.

Der Wind wurde stürmischer. Er brachte die Erinnerung an den eiskalten Winter im nordfriesischen Wattenmeer zurück. Annes Herz pochte heftig. »Es wäre Teil einer 45-minütigen Dokumentation«, setzte sie an. »In der Doku will *Tele Nord* Menschen porträtieren, die ein Trauma erlebt und es überwunden haben und nun glücklich und erfolgreich sind.« Das war zwar geflunkert, konnte aber noch wahr werden. Wenn sie Joos dazu bekäme mitzuwirken, ließe sich Max Scherf bestimmt für ihren Vorschlag begeistern.

Seine Beherrschung bröckelte. Er atmete schwerer. »Ein Trauma?«

»Deine Entführung als Kind.« Sie sprach leise, weil sie befürchtete, dass sie einen wunden Punkt traf.

»Eine solche Sendung würde nur Voyeuristen interessieren.« Mit einer harschen Geste tat er ihren Vorschlag ab.

Dadurch hatte Anne die Chance, das Tor wieder etwas weiter aufzuschieben. »Sie würde anderen Betroffenen Mut machen.«

»Kaum jemand hat erlebt, was ich erlebt habe.« Heftig schüttelte er den Kopf.

»Du würdest Opfern von Verbrechen eine Stimme geben. Das würde sie aufbauen. Wenn sie sehen, dass du das Erlebte hinter dir gelassen hast und darüber hinausgewachsen bist, werden sie Hoffnung schöpfen, dass sie das auch schaffen können.« Zögerlich lächelte sie ihn an.

»Das werden deine anderen Interviewpartner schon machen.« Er spähte hinauf zu zwei Lachmöwen, die einen wilden Tanz auf den Windböen aufführten und krakeelend stritten. »Dazu braucht ihr mich nicht.«

»Ich möchte dich unbedingt dabeihaben. Bitte«, fügte Anne sanft hinzu.

»Auf keinen Fall.« Sein Gesicht war eine starre Maske.

»Du hast niemals öffentlich darüber gesprochen, was dir zugestoßen ist«, sagte sie behutsam. »Erzähle alles in der Doku, und du wirst nie wieder von Reportern belästigt werden.«

»Ich habe nicht darüber geredet, weil ich es nicht wollte, und das hat sich bis heute nicht geändert.« Joos sah ihr direkt in die Augen. »Egal, was du sagst, du wirst mich nicht umstimmen.«

Vielleicht doch, dachte Anne. Immerhin stand er noch bei ihr.

Wäre es ihm ernst gewesen, hätte er doch längst das Tor geschlossen und sie ausgesperrt. Sie wusste, dass er ein guter Kerl war und wollte noch einmal an sein Herz appellieren. »Du bist doch selbst Geschäftsmann. Bestimmt liegen dir deine Mitarbeiter am Herzen. Denk doch an die vielen Arbeitsplätze, die bei *Tele Nord* erhalten blieben, wenn du zustimmen würdest.«

Sein Lächeln wirkte bitter. »Vor allen Dingen deiner.«

Er knallte das austerngraue Tor zu. Laut rastete das Schloss ein. Anne hörte Joos' Schritte, die sich entfernten.

»Dann bleib doch in deinem Elfenbeinturm«, schrie sie zu ihm hinüber. Im nächsten Moment bereute sie es schon. »Tut mir leid. Ich meinte es nicht so.«

Sie lehnte ihre Stirn gegen die Mauer und schloss ihre Augen. Das war gehörig schiefgegangen.

Kapitel 5

Für gewöhnlich hielt Anne ihre Versprechen. Darum suchte sie Schutz vor dem kalten, stürmischen Aprilwind im Klönschnak, um die erste feste Nahrung des Tages zu sich zu nehmen, wie sie es Joos versprochen hatte. Das Hafenrestaurant bot erfreulicherweise gleich fünf vegetarische Speisen an, doch es war noch zu früh für ein Mittagessen. Daher bestellte sie nur eine Himbeerlimonade und ein Brot mit Wilstermarschkäse.

Wie heimelig es in dem Lokal war. Wohlig warm und gemütlich eingerichtet. Sie sah sich die Skulpturen aus Treibholz, die die Sitzbereiche trennten, genauer an und erkannte einen fliegenden Storch, ein Seepferdchen, ein Unterwasserfarn, ein Haimaul und zwei Liebende in einer innigen Umarmung. Bei Letzterem spürte sie ein sehnsüchtiges Ziehen. Das mit Joos hatte sie ordentlich vergeigt. Draußen auf der Aussichtsterrasse standen blau-weiße Strandkörbe. Bei ihrer Ankunft hatte Anne kurz überlegt, ob sie es wagen sollte, draußen Platz zu nehmen. Aber sie hatte sich dagegen entschieden, weil sie fror.

Frustriert vom Streit mit Joos versank sie in Erinnerungen. Bloß ein einziges Mal hatte sie ein Versprechen gebrochen.

Vor drei Jahren hatten die Ärzte ihren Opa, den Vater ihrer Mutter, aus dem künstlichen Koma geholt, damit seine Familie sich von ihm verabschieden konnte. Die Mediziner konnten nichts mehr für Luis Brandl tun. Eine Urosepsis, von Giftstoff bildenden Bakterien in Niere und Harnleiter verursacht, hatte die Nieren und die Leber unwiderruflich geschädigt.

In Schutzkleidung betrat Anne mit ihren Eltern die Intensivstation. Der Anblick ihres Großvaters traf sie tief. Seine Augen, die er kaum aufhalten konnte, waren milchig und seine Lippen spröde. Sie rissen an zwei Stellen auf, als er den Mund öffnete, um seine Lippen mit der Zunge zu befeuchten, aber selbst die war trocken.

Auf dem Sterbebett forderte er Anne durch ein schwaches Winken auf, dicht heranzukommen. Seine Stimme hatte kaum Kraft und war nicht mehr als ein Flüstern. »Annegret, der Toni ist ein Lieber. Er wird dich versorgen. Bleib bei ihm, ja? Versprich mir das. Dann kann ich beruhigt gehen. Bei ihm wirst du es gut haben.«

Anne verstand nur die Hälfte der Worte, weil er so leise und undeutlich sprach, und reimte sich den Rest zusammen. Mit Tränen in den Augen und einem Kloß im Hals nickte sie. Es fiel ihr schwer, sich zusammenzureißen und nicht loszuheulen, aber das hätte ihrem Opa den Abschied nur noch schwerer gemacht.

Toni hieß eigentlich Anton wie sein Vater, aber um die beiden Männer besser auseinanderzuhalten, benutzten alle beim Junior die Koseform und beim Senior respektvoll den vollen Namen. Anne wusste, wie wichtig es ihrem Großvater war, dass ihr damaliger Freund als Kinderarzt im Krankenhaus arbeitete. Der gute Ruf und, wie er glaubte, die gute Bezahlung eines Arztes, waren Grund genug, ihr die Zusicherung zu entlocken.

Kurz darauf verstarb ihr Opa Luis an den Auswirkungen der Blutvergiftung. Sein Tod war ein großer Verlust, er trieb Anne auch jetzt noch die Tränen in die Augen, während sie durch die Fensterfront des Hafenrestaurants auf die raue Nordsee spähte. Sie hatte ihn sehr geliebt. Er würde immer einen Platz in ihrem Herzen haben, aber seinen letzten Wunsch hatte sie ihm trotzdem nicht erfüllen können.

Der Kellner, der sich als Kurt vorgestellt und ihre Bestellung aufgenommen hatte, brachte ihr das Essen und das Getränk. Er hatte gerötete Wangen, als käme er von draußen. Seine hellblonden Haare waren so kurz, dass Anne seine Kopfhaut sehen konnte. Freundlich lächelnd wünschte er ihr einen guten Appetit.

Auch jetzt noch, da Anne in ihr Käsebrot biss, hatte sie ein schlechtes Gewissen, Toni nicht wie versprochen geheiratet zu haben. Aus Liebe war Gewohnheit geworden. Außerdem stellte sich heraus, dass ihre Lebenspläne zu unterschiedlich waren. Es passte einfach nicht. Sie forderte einen Liebesbeweis von ihm, den er ihr nicht geben wollte, oder konnte. Sie waren beide nicht ganz unschuldig daran, dass sie nun getrennte Wege gingen.

Würde sie jemals ihren Seelenpartner finden? Gab es so etwas überhaupt? In Liebesromanen las man darüber, aber Anne bezweifelte, dass so etwas wie Seelenverwandtschaft existierte. Zu schön, um wahr zu sein. Warum musste sie plötzlich wieder an Joos denken?

Anne zog ein niederschmetterndes Fazit. Sie hatte alles falsch gemacht. Jetzt fühlte er sich von ihr hintergangen. Aber Jammern nutzte nichts. Sie musste ihn noch einmal sprechen. Zweifellos würde das nicht leicht werden.

Sie wollte noch eine Weile hier sitzen bleiben und auf die Nordsee starren, ein Anblick, der ihrem waidwunden Herz guttat. Außerdem waren ihre Glieder schwer wie Blei.

»Kann ich bitte einen Kaffee haben?«, rief sie Kurt zu, der die Salz- und Pfefferstreuer, kleine Leuchttürme, auf den Tischen auffüllte.

Er nickte. »Klar, gerne.«

Anne war müde, nicht so sehr körperlich als psychisch. Das ständige Kämpfen bei *Tele Nord* hatte sie erschöpft. Sie war es so satt, mehr zu geben als sie zurückbekam. Immerzu arbeitete sie hart. Sie ging an den Rand ihrer Kräfte und trat doch auf der Stelle. Und nun, da Joos das Interview konsequent ablehnte, stand sie auch noch kurz davor, ihren Traumjob wieder zu verlieren.

Was machst du dann, fragte sie sich.

Kurt brachte den Kaffee und auf einem Teller mit Zwiebelmuster-Dekor einige Schokoladenherzen.

Abwehrend riss sie die Hände hoch. »Die habe ich nicht bestellt.«

»Sie sehen aus, als könnten Sie eine kleine Aufmunterung gebrauchen«, sagte der Kellner lächelnd.

»Das ist sehr nett von Ihnen. Herzlichen Dank.« Überhaupt schienen die Mitarbeiter der Schokoladeninsel äußerst freundlich. Kein falsches Lächeln, kein genervtes Seufzen. Das Arbeitsklima mochte wohl besser sein als bei *Tele Nord*. Sie beneidete Kurt. »Ich wette, es ist unglaublich schwer, eine Stelle auf Möwesand zu ergattern. Bestimmt ist die Fluktuation sehr gering.«

»Ich kann mir keinen besseren Arbeitsplatz vorstellen«, erwiderte er.

»Wer es einmal hierher schafft, bleibt, habe ich recht?«, fragte sie und nippte an ihrem Heißgetränk. Es schmeckte köstlich bitter und stark genug, um ihre Lebensgeister zu wecken.

»Wenn jemand geht, dann nur weil er mit dem Leben auf einer Insel nicht klarkommt.« Er zuckte mit den Achseln. »Auf Möwesand sind wir eine große Familie.«

»Beneidenswert.« Sie blinzelte ihn an. »Es ist nicht zufällig eine Stelle frei?«

Sein Lachen schallte durch den Raum. »Nein, tut mir leid.«

»Schade.« Sie zwinkerte ihm zu, bevor er zur Tür ging, um ein Pärchen zu begrüßen und zu einem Fensterplatz zu führen.

Anne erkannte sie wieder. Es handelte sich um das Paar, das an ihr und Joos vorbeigegangen waren, als Anne vor vom Tor versucht hatte, die Wogen zu glätten. Der Streit der beiden Fremden war offenbar beigelegt. Verliebt sahen sie sich in die Augen. Unentwegt streichelte der Mann den Arm seiner Partnerin, und die Frau küsste zärtlich seinen Handrücken.

Innerlich seufzte Anne. Wäre es doch nur immer so einfach, sich wieder zu vertragen wie bei den beiden. Bei Joos und ihr würde es schwer werden. Vielleicht war es sogar unmöglich. Aber sie musste es versuchen, sonst würden Jolanta, Sophie, Jonas, Max Scherf und all die anderen Kollegen ihr die Schuld in die Schuhe schieben.

Sollte sie es nicht schaffen, Joos zum Mitwirken zu überreden, würde sie ihren Traumberuf aufgeben, beschloss sie. Sie hatte keine Kraft mehr, um weiterzukämpfen. Dann würde sie nach Bayern zurückkehren und im Baumarkt ihrer Familie in Obersendling mitarbeiten. Das hatten sich ihre Mutter Traudl und ihr Vater Veit schon immer gewünscht. Wenn es nach ihnen ginge, würde Anne ihre Firma übernehmen. Wenigstens wären die beiden glücklich.

Sie zahlte und verließ das Klönschnak. Der Wind war nicht mehr so stürmisch wie zuvor, aber immer noch frisch. Doch der Kaffee und die Freundlichkeit von Kurt hatten Anne von innen gewärmt.

In den kommenden Stunden klingelte sie mehrfach am Tor, doch Joos reagierte nicht. Einmal traf sie eine ältere Dame mit aschgrauem Dutt und freundlichen Augen, die vom Leuchtturm kam und das Tor aufschloss. Bevor sie auf dem Privatgelände verschwinden konnte, sprach Anne sie beherzt an.

Doch die Frau weigerte sich, ihr zu helfen. »Ich bin nur seine Wirtschafterin. Wenn Joos Sie nicht sehen will, kann ich nichts machen. Er ist sehr konsequent.« Ihr rutschte ihr Stoffbeutel vom Arm, und drei leere Plastikdosen fielen heraus.

Rasch bückte sich Anne, hob die Behälter auf, steckte sie zurück in die Tasche und reichte sie Joos' Hausdame. »Sie meinen wohl stur.«

»Danke fürs Aufheben. Mein Rücken tut weh, darum fällt mir das Bücken schwer. Ich befürchte, ich muss bald unters Messer. Aber wer soll sich dann um Joos und Finn kümmern?« Die Haushälterin musterte Anne, als würde sie darüber nachdenken, ob sie diese Aufgabe übernehmen könnte. »Ich bringe Finn manchmal etwas zu essen in den

Leuchtturm, meistens kommt er es sich aber holen oder kocht selbst.«

Anne schmunzelte. Die drei Männer waren erwachsen und konnten sich selbst versorgen. Aber der Frau schien es gutzutun, sich gebraucht zu fühlen. »Ihre Fürsorge wissen die beiden bestimmt zu schätzen.«

»Tut mir leid, dass ich Ihnen nicht weiterhelfen kann. Joos weiß, was er will, und was nicht. Wenn er Sie nicht reinlassen will, kann niemand auf der ganzen weiten Welt etwas dagegen tun.« Die Hausangestellte klopfte auf ihre Tasche und dankte Anne. »Sie hätten Ende April kommen sollen, dann feiern wir hier das Frühlingsfest. Das ist so wunderschön, das müssen Sie gesehen haben. Dann wird es auch etwas wärmer sein.«

Sie lächelte, dann betrat sie das Grundstück und schloss das Tor hinter sich.

Anne hielt sich die meiste Zeit in der Nähe des Eingangs auf, in der Hoffnung, Joos würde sein Haus verlassen, zum Beispiel, um mit Zorro eine Runde über die Insel zu drehen. Dann hätte sie ihn angesprochen, und er hätte ihr zuhören müssen. Aber er blieb, wo er war. Hinter der Mauer. Außerhalb ihrer Reichweite.

Aus Verzweiflung suchte sie Thies und Finn, um sie um Hilfe zu bitten, denn sie galten als zugänglicher. Doch den älteren der beiden fand sie knutschend mit Hannah hinter der Edelkakao-Manufaktur, und den anderen sah sie auf den Wellen reiten. Besorgt und gleichzeitig beeindruckt beobachtete sie, wie Finn auf seinem Surfboard übers Wasser raste.

Der Abend kam viel zu schnell. Anne lief die Zeit davon. In einer halben Stunde würde sie Möwesand mit der letzten Fähre verlassen müssen. Sie setzte sich auf ihren kleinen Koffer an den Landungssteg. Fieberhaft grübelte sie darüber nach, was sie noch tun konnte, aber ihr fiel nichts ein. Keinesfalls wollte sie versuchen, über die Mauer zu steigen. Das hätte Joos nur noch wütender gemacht.

Sie betrachtete die Pralinenschachtel, die Joos ihr geschenkt hatte und die zusammen mit ihrer Handtasche neben dem Koffer lag, und seufzte. Wie gerne würde sie ihn wiedersehen. Wie schön war es gewesen, mit ihm zusammen zu sein! Wie angenehm hatte es geprickelt, als er ihr in die Augen geblickt hatte.

Plötzlich klingelte ihr Smartphone. Sie holte es aus ihrer Jackentasche und prüfte das Display. Die Handynummer von Max Scherf. Auch das noch.

Sofort spannten sich ihre Schultern an. Was sollte sie ihm erzählen? Dass sie grandios gescheitert war? »Ich hatte nichts anderes von Ihnen erwartet«, würde er wahrscheinlich sagen, um sie endgültig runterzuziehen.

Zögerlich meldete sie sich.

»Sie sollten mich doch anrufen«, plärrte es aus ihrem Smartphone.

Anne stand von ihrem Koffer auf und begann, nervös auf und ab zu laufen. »Das hätte ich noch getan.«

»Ich will einen Lagebericht von Ihnen.« Am anderen Ende der Leitung zischte ein Feuerzeug. Scherf musste sich eine Zigarette angezündet haben. »Wie sieht's aus?«

»Gut«, antwortete sie ausweichend und biss sich auf die Unterlippe. Sie hasste es, sich jedes Mal klein zu fühlen, wenn sie mit ihrem Vorgesetzten redete. Sie hatte nie den Eindruck gehabt, dass er an sie glaubte.

Als der Programmdirektor an seiner Zigarette zog, knisterte es leise in der Leitung. »Was soll das heißen?«

Besorgt sah Anne zum Himmel hinauf. Die Wolken dort oben wurden immer dunkler. Würde es bald regnen? »Ich habe Joos Lorentz getroffen.«

»Wie ist er so?«, fragte er, und Anne hörte deutlich seine Neugier heraus. »Nun erzählen Sie schon.«

»Er ist offener, als ich erwartet hatte.« Und noch anziehender als auf Fotos. Ihr Herz schlug einen Takt schneller. Vor ihrem geistigen Auge sah sie wieder seine breiten Schultern, an denen sie sich in diesem Moment liebend gerne angelehnt hätte. Sie würde nur zu gerne wieder seine Aufmerksamkeit genießen und sein unwiderstehliches Lächeln. Es ließ die Dunkelheit, die sonst auf seinem Gesicht lag, schlagartig verschwinden. Es war wie Magie, hatte Anne fasziniert gedacht. Der Unterschied zwischen normalem Blick und Lächeln war bei ihm so stark wie bei niemanden sonst, den sie kannte.

»Sehr gut.« Im Hintergrund zischte es immerzu. Max Scherf spielte offenbar unruhig mit seinem Feuerzeug. »Gut für uns. Dann wird er uns das Interview geben?«

Anne überlegte, wo der Programmdirektor sich aufhalten mochte. Im Sender war das Rauchen verboten. Entweder stand er im Freien oder war schon zu Hause. »So weit bin ich noch nicht.«

»Sagen Sie mir nicht, Sie haben ihn nur gesehen, Frau Huber?«

Es lag eine Schärfe in seiner Stimme, die Anne rasch »natürlich nicht« antworten ließ. »Wir haben uns unterhalten.«

»Worüber?« Erneut inhalierte er.

»Über dies und das.« Sie erinnerte sich daran, was Joos über Finn erzählt hatte. Auf keinen Fall würde sie ausplaudern, dass der Jüngste der *Schokoladenprinzen* eventuell nicht mehr zu den Gebrüdern Lorentz zurückkehren wollte. Das wäre eine Schlagzeile wert, aber sie wollte Joos beschützen. Und sich als vertrauenswürdig erweisen. »Nichts, was wir in der Dokumentation verwenden könnten«, fügte sie also betont locker hinzu.

Hörbar stieß Scherf den Rauch aus und musste husten. Es dauerte eine Weile, bis er mit rauer Stimme fragte: »Doku?«

»Um Joos zu ködern, musste ich unser Projekt mit ihm etwas größer machen.« Sie wagte kaum zu atmen. Hatte sie sich zu weit aus dem Fenster gelehnt?

Aber ihr Vorgesetzter überraschte sie. »Prima. Eine tolle Idee. Wir machen eine ganze Reportage über ihn.«

»45 Minuten lang.« Lächelnd nickte sie Kurt zu. Der Kellner ging an ihr vorbei zum Hafen. Er hatte zwei Glastassen mit Tee in den Händen und übergab sie den Hafenmitarbeitern. Bei *Tele Nord* hatte nie jemand Anne etwas zu trinken gebracht.

»Gerne auch länger. Wir werden die Orte, die er in seiner Erzählung über sein Kidnapping erwähnt, filmen und Personen, die damals involviert waren, zu Wort kommen lassen. Zum Beispiel die führenden Ermittler.« Scherfs Schritte waren zu hören. Es klang, als würde er auf Asphalt auf und ab gehen. »Das wird eine große Sache. Selbst die größten Sendeanstalten werden vor Neid erblassen.«

Sie räusperte sich. »So weit habe ich Joos noch nicht.«

»Er macht aber mit«, hakte er beunruhigt nach, »ja?«

Anne hob ihre Handtasche und die Pralinenschachtel auf und legte sie auf ihren Koffer. »Daran arbeite ich noch.«

»Herrgott noch mal, was haben Sie denn eigentlich heute erreicht?«, platzte es aus Scherf heraus.

Ihr wurde heiß. Sie öffnete ihre rote Steppjacke zur Hälfte. Sie erkannte ihre Stimme kaum wieder, als sie sagte: »Der Köder ist am Haken. Jetzt muss ich ihn nur noch an Land ziehen.«

»Worauf warten Sie dann noch?« Erneut plagte ihn Raucherhusten. »Verdammt, jetzt habe ich meine Fluppe fallen lassen!«

Selbst schuld, dachte Anne. Schon etwas selbstbewusster sagte sie: »Ich brauche mehr Zeit.«

»Dann mieten Sie sich ein Zimmer auf dem Festland und kehren Sie morgen zur Schokoladeninsel zurück.« Er klang genervt.

»Wie soll ich das machen? Mein Fährticket«, das gleichzeitig als Eintrittskarte galt, »ist nur heute gültig.«

»Werden Sie kreativ!« Im Hintergrund wurde immer wieder durchdringend und lange gehupt. »Wir sind verzweifelt, daher sind alle Mittel erlaubt«, schrie Max Scherf über den Lärm hinweg.

Solche Sätze wie den letzten hörte Anne gar nicht gerne. »Was meinen Sie damit?«

»Bezahlen Sie einen Fischer dafür, Sie überzusetzen«, schlug der Programmdirektor vor und zündete sich eine neue Zigarette an.

»Das geht nicht.« Sie schüttelte den Kopf, als könnte er sie sehen. »Möwesand wird bewacht. Man kann nicht einfach in den Hafen einlaufen oder heimlich irgendwo an Land gehen.«

»Ihnen wird schon etwas einfallen. Sie sind doch pfiffig.« Endlich hörte das Hupen auf seiner Seite der Leitung auf. »Die ganze Belegschaft zählt auf Sie. Enttäuschen Sie uns nicht.«

Wütend ballte Anne eine Faust. »Ich denke mir etwas aus«, brachte sie gepresst hervor.

»Lassen Sie Lorentz so schnell wie möglich den Vertrag mit uns unterschreiben. Und filmen Sie ihn mit der Handkamera in seiner aktuellen Lebenssituation auf dieser verdammten Insel, von der alle reden, als wäre sie der Himmel auf Erden. Moment.« Sein Fluchen war zu hören. Dann meldete er sich wieder. »Mir ist Asche auf meinen Pullunder gefallen. Verdammt, ein Brandloch. Im Geburtstagsgeschenk von meiner Frau, sie wird ausflippen.«

Anne fragte nicht nach dem Datum seines Ehrentags, sie wollte ihm nicht nachträglich gratulieren müssen. Ihr Herz klopfte wie verrückt. Sollte sie es wagen? Ja, sie musste es wenigstens versuchen. »Es gibt da noch etwas.«

»Ich will keine Hiobsbotschaften hören«, zischte Scherf. »Im vergangenen Jahr habe ich zu viele schlechte Nachrichten erhalten. Das muss aufhören. Ich krieg schon Herzrasen.«

»Ich habe einen sehr guten Draht zu Joos Lorentz.« Das traf zu, nicht jedoch das, was sie dann sagte. »Er möchte, dass ich das Interview mit ihm führe.«

»Das ist eine Nummer zu groß für Sie, Frau Huber. Lassen Sie das lieber Jolanta machen. Sie ist ein alter Hase und wird alles aus Lorentz herausquetschen, auch die grausamsten Details der Entführung. Auf die sind wir doch alle scharf, nicht wahr?« Der Programmdirektor lachte. »Wir wollen ja schließlich einen großen Coup landen.«

Joos tat Anne leid. Auf keinen Fall würde sie ihn an dieses kaltherzige Miststück ausliefern. Sie musste ihn vor Jolanta schützen, und das konnte sie nur, indem sie ihn vor laufender Kamera befragte. Sie würde behutsam vorgehen und ihn auf keinen Fall bloßstellen. Außerdem, warum sollte sie die Vorarbeit machen, vermutlich das Schwierigste bei dem Vorhaben, und Jolanta die Lorbeeren ernten lassen? Das sah sie nicht ein. Sie war vor Ort und würde diese einmalige Chance nutzen. »Er besteht darauf.«

Max Scherf fluchte wieder. »Dann geht es wohl nicht anders.«

»Dann bin ich drin?«, fragte Anne aufgeregt. Ein Lächeln zupfte an ihren Mundwinkeln.

»Das Projekt gehört Ihnen«, sagte ihr Chef in bitterem Ton. »Aber enttäuschen Sie mich nicht.«

Anne verabschiedete sich. Nachdem die Leitung unterbrochen worden war, fiel ihr ein Stein vom Herzen. Sie grinste fröhlich. Vielleicht würde doch noch alles gut werden. Für *Tele Nord*, für Joos Lorentz und für sie selbst.

Plötzlich war sie höchst motiviert, Joos doch noch zu überzeugen, denn der Einsatz hatte sich erhöht. Indem sie mit ihm vor die Kamera trat, würde sie über Nacht als Fernsehjournalistin bekannt werden. Alle würden sagen, das ist die Frau, die geschafft hat, was niemandem zuvor gelang. Während Anne sich das ausmalte, glühten ihre Wangen vor Aufregung.

Fernsehanstalten würden auf sie aufmerksam werden. Sie könnte zu einem anderen Sender wechseln, denn bei *Tele Nord* würde sie es nicht mehr lange aushalten. Die Aufträge, die sie bekam, waren belanglos, ihre Arbeitskollegen kühl und abgestumpft und der Programmdirektor skrupellos.

Anne befürchtete jedoch, dass es in allen Sendern so zuging. Die Zeiten waren schwierig, auch wegen des Internets. Viele Medien kämpften ums Überleben. Was sollte Anne bloß machen, wenn woanders ähnliche Zustände wie bei *Tele Nord* herrschten? Die Vorstellung erschreckte sie.

Anne fragte sich, warum die Schokoladeninsel eigentlich keinen eigenen kleinen Lokalsender hatte. Er könnte über das Frühlingsfest, das Sommerpicknick, den *internationalen Tag der Schokolade,* Halloween und den Weihnachtsmarkt berichten, die freundlichen Angestellten porträtieren, die einzelnen Aufgaben auf der Insel beleuchten und Neuerungen wie Hannahs Edelkakao-Manufaktur vorstellen.

Ich wäre sofort dabei, dachte Anne schmunzelnd.

Sie rieb ihre Handflächen aneinander, vor Kälte, aber auch vor Tatendrang. Sie war wild entschlossen, Joos doch noch zu überzeugen. Doch wie konnte sie morgen auf die Schokoladeninsel zurückkehren? Während sie über diese Frage nachgrübelte, lief sie ziellos hin und her. Sie steckte ihr Smartphone in ihre Jackentasche.

Würde einer der für morgen gebuchten Passagiere ihr spontan sein Fährticket verkaufen? Zweifellos würde Anne einen absurd hohen Preis anbieten müssen, um überhaupt eine Chance zu haben, jemanden zum Verkauf zu überzeugen. Aber würde das reichen, um jemanden, der extra zum Strucklahnungshörn gereist war, davon abzubringen, auf den Tag auf Möwesand zu verzichten? Die Tickets waren sehr schwer zu bekommen.

»Ich würde es nicht«, murmelte Anne skeptisch.

Eine andere Möglichkeit, als mit dem offiziellen Schiff überzusetzen, gab es jedoch nicht. Was sollte sie also machen? Sich verstecken? Das hatten schon andere Besucher versuchte und nicht geschafft. In einem Artikel hatte Anne gelesen, dass die Sicherheitsleute alles durchsuchten, nachdem die letzte Fähre abgelegt hat. Sie hinderten auch fremde Boote daran anzulegen.

Am Horizont erspähte Anne das Fährboot. Sie musste sich beeilen. War sie erst einmal eingestiegen, würde es vorerst kein Zurück mehr geben. Nervös schaute sie in alle Richtungen.

Plötzlich fiel ihr ein, dass die Insel ein eigenes Gästehaus hatte. Nachdenklich tippte sie mit dem Zeigefinger gegen ihr Kinn.

Wie hieß es noch gleich, fragte sich Anne und sagte dann laut: »Nis Puk, genau, das ist der Name.«

Unglücklicherweise waren die Zimmer grundsätzlich für Freunde und Bekannte der Insulaner reserviert, wäre das nicht der Fall, hätten die Einwohner Möwesands und das Personal der Gebrüder Lorentz keine Chance, jemals länger als einen Tag Besuch zu empfangen. Die Pension bekam nach eigenen Angaben so viele Anfragen, dass die Zimmer Jahre im Voraus ausgebucht wären, dürften dort auch Touristen absteigen.

Anne musste es trotzdem schaffen, dass die Betreiber der Pension für sie eine Ausnahme machten und ihr ein Zimmer überließen. Wie sie das erreichen sollte, wusste sie nicht. Aber da das Schiff immer näher kam, nahm sie sich ihren Koffer, ihre Handtasche und die Schachtel Pralinen und eilte am Anlegesteg vorbei in Richtung Nordwinden.

Einer der Angestellten, ein Mann mit Bart und einer hellgrauen Strickmütze, riss seinen Arm hoch. »Wo wollen Sie hin?«, rief er ihr zu, da Anne nicht anhielt. »Die Fähre ist gleich da.«

»Ich muss unbedingt noch die Praline des Jahres mitnehmen.« Sie schämte sich dafür, wie leicht ihr die Lüge über die Lippen kam.

»So sind sie alle, kriegen nicht genug.« Der Mann lachte. »Aber beeilen Sie sich.«

Anne musste sich gegen den Wind stemmen, der inzwischen wie verrückt blies. Zu allem Übel fing es auch noch an zu nieseln. Als sie sich die Kapuze ihrer Jacke überzog, wurde diese jedoch sofort wieder von ihrem Kopf geweht. Aber was nutzte es zu jammern? Da musste sie jetzt durch.

Sie folgte der Küstenstraße am Lorentz-Haus vorbei. Als sie am Tor vorbeiging, kamen die Erinnerungen an die schönen Momente mit Joos hoch.

Wenn wir uns doch nur unter anderen Umständen getroffen hätten, dachte Anne voller Sehnsucht und seufzte.

Die ersten Manufakturen schirmten sie zwar etwas vor der steifen Brise ab, aber nicht vor dem Regen, der immer stärker wurde. Ihre Haare waren schnell nass, und ihre seriöse Fernsehjournalistinnen-Frisur hinüber.

Es war, als würde der Regen die Reporterin abwaschen, und darunter kam die alte Annegret Huber wieder hervor. Die junge Frau aus München, die vorgab, tough zu sein, die sich aber in Wirklichkeit nach der Geborgenheit ihrer Familie und Freunde sehnte.

Die Schokoladeninsel zog ihr die Maske vom Gesicht,

das gefiel Anne nicht. Sie ging schneller, um ins Trockene zu kommen.

Die Angestellten der Läden räumten schon auf. Nur noch zwei junge Frauen liefen von einem Geschäft zum anderen, wohl weil sie noch letzte Einkäufe machen wollten. Sie zogen sich die Kapuzen ihrer bunten Funktionsjacken in die Stirn und beugten sich etwas vor, um ihre Gesichter vor dem Niederschlag zu schützen. Anne hörte sie lachten, bevor die Frauen in die Weingummi-Manufaktur eintraten. Das Schietwetter schien ihrer guten Laune nichts anzuhaben.

Vielleicht ist das der wahre Zauber der Schokoladeninsel, dachte Anne lächelnd, als sie die letzten Geschäfte hinter sich ließ und zwischen den reetgedeckten Wohnhäusern hindurchging. Bei Sonnenschein war es überall schön, aber auf Möwesand amüsierte man sich immer, egal bei welchem Wetter. Zumindest wenn man sich nicht beruflich hier aufhielt und Joos dazu bringen wollte, etwas zu tun, das ihm widerstrebte.

Das Nis Puk stand ganz am Ende der Straße auf der linken Seite. Forsch schritt Anne über den Weg, der durch eine Tür in der Steinmauer zum Eingang führte. Sie hatte gelesen, dass man diese Art von Natursteinmauer Friesenwall nannte. Sie fand ihn bezaubernd, wie so vieles auf der Schokoladeninsel. Rasch stellte sie sich unter das kleine Vordach.

Über der in Blau und Weiß gestrichenen Tür hing ein Holzschild, auf dem der Name des Gästehauses mit roter Farbe geschrieben stand. Daneben war ein Kind gemalt. Weizenblonde Haare lugten unter einer blauen Mütze hervor. Es trug eine gelb-schwarze Hose über einer blauen

Jacke. Schalkhaft sah es jeden Besucher an, als plante es, ihm einen Streich zu spielen.

Anne spähte durch das Fenster in der Tür. Sie erschrak, als ein faltiges Gesicht hinter der Scheibe auftauchte. Misstrauisch wurden die wässrig blauen Augen zusammengekniffen. Als die ältere Frau ihr öffnete, musterte sie Anne zunächst wortlos.

Das musste die Pensionsbetreiberin sein. Da Anne sich noch nicht zurechtgelegt hatte, wie genau sie die Frau davon überzeugen wollte, sie entgegen den Regeln doch bei sich übernachten zu lassen, schindete sie Zeit. Sie deutete auf das spitzbübische Kind. »Ist das eins Ihrer Kinder?«

»Die sind alle erwachsen und wohnen auf'm Festland«, antwortete die Frau mit nordfriesischem Akzent. »Ich bin Gerit Brodersen. Das Gästehaus ist meins.«

»Annegret Huber«, stellte Anne sich vor. Sie merkte Gerit Brodersen an, dass sie sich bemühte, Hochdeutsch zu sprechen, eine sehr freundliche Geste. »Ich dachte nur …«

»Das ist natürlich Nis Puk.« Mit ihrem Gehstock klopfte die Frau unsanft gegen die gemalte kindliche Gestalt, worauf das Schild hin und her zu schwingen begann.

»Natürlich.« Verlegen sah Anne sich um, ob jemand sie beobachtete, aber da war niemand. »Wer ist das?«

Mit dem Zucken der Mundwinkel deutete Gerit Brodersen ein Lächeln an. »Sie sind nicht aus'm Norden, Frau Huber. Das hab ich gleich gehört.«

»Ich bin in Bayern geboren.« Endlich stellte Anne ihren Koffer, der sich immer schwerer anfühlte, ab.

»Das liegt nicht am Meer.« Es war eine Feststellung, keine Frage.

Anne lächelte. »Leider nicht.«

»Das tut mir leid.« Mit der flachen Hand rieb Gerit Brodersen über die lederne Haut auf ihrer Wange. »Muss schlimm sein, da zu wohnen.«

»Nein, gar nicht«, widersprach Anne. Wie kam die alte Dame nur darauf? »Bayern ist voller beeindruckender Berge und saftig grüner Wälder. Bei uns gibt es sogar noch Gartenschläfer, Biber, Wildkatzen und Luchse. Diese Tierarten sind in Deutschland selten geworden.«

»Aber kein Meer.« Die verhärmte Frau rümpfte ihre Nase.

Ach, darum fand sie den Süden Deutschlands schrecklich. Anne konnte sich nicht verkneifen zu lachen. Viele andere Menschen hätten die Pensionsleiterin wahrscheinlich für unhöflich gehalten, weil sie geradeheraus sprach. Aber Annes Mutter Traudl hatte einen ebenso herben Charme, merkte das selbst jedoch nicht und meinte es eigentlich nur gut. Durch diese Erfahrung konnte Anne mit der schroffen Art der Einheimischen umgehen. »Nein, das nicht.«

Gerit Brodersen winkte ab. »Das wär' ja nichts für mich.«

Ihre Liebe zur Nordsee musste stark sein, was Anne nur zu gut nachvollziehen konnte. »Wer ist denn nun Nis Puk?«

»Den kennt hier oben jeder.« Während Gerit Brodersen fortfuhr, hielt sie sich mit einer Hand an der Türklinke fest. Mit der anderen zog sie einen ihrer samtroten Hausschuhe aus und kratzte sich unter ihrem Fuß. »Das ist ein Hausgeist, ein guter. Wenn er nicht jeden zweiten Tag einen Topf mit Grütze bekommt, macht er allerlei Schabernack. Kram verlegen und Leitern ansägen, so was eben.«

Unauffällig sah Anne sich draußen nach einer Schüssel oder etwas Ähnlichem um. »Sie stellen nicht wirklich alle zwei Tage Essen für ihn raus, oder?«

»Man darf ihn nicht ärgern, sonst wird er böse.« Die Pensionsleiterin zog ihren Pantoffel wieder an. Dann klopfte sie energisch mit ihrem Gehstock auf die weißen Bodenfliesen in ihrer Diele.

Grinsend blinzelte Anne sie an. »Aber gesehen haben Sie ihn noch nicht, habe ich recht?«

»Selbstverständlich nicht. Er hat doch eine Mütze auf, die ihn unsichtbar macht. Sie kennen ihn wirklich nicht.« Seufzend nahm Gerit Brodersen ein Heftchen von einer Kommode, die direkt hinter der Tür stand. Sie reichte es Anne. »Meine Tochter Sina hat für ihren Sohn Max das Volksmärchen über den Kobold Nis Puk aufgeschrieben, und ich habe es für alle Gäste drucken lassen. Das Bild vorne drauf hat mein Enkel gemalt. Das Heft ist für Sie.«

»Das ist aber lieb von Ihnen.« Anne nahm das Geschenk an und bedankte sich. »Ich werde diese Bildungslücke gerne schließen.«

Gerit Brodersen hielt ihr ihre Hand hin. »Kostet fünf Euro.«

»Oh.« Überrascht hob Anne die Augenbrauen. Ihre Tochter Sina mochte die Kreative in der Familie sein, aber Gerit Brodersen war die Geschäftstüchtige. Anne holte einen Schein aus ihrer Handtasche und bezahlte das Heft.

Nachdem Gerit Brodersen das Geld eingesteckt hatte, wollte sie die Tür schließen.

»Warten Sie«, rief Anne und streckte die Hände aus, um sie gegen die Tür zu stemmen.

Doch das war gar nicht notwendig, denn Gerit Brodersen verharrte abrupt.

Fragte sich die ältere Frau denn gar nicht, was Anne von ihr wollte? Anne zeigte auf das Schild mit dem Namen des Gästehauses. »Ich bin wegen eines Zimmers hier.«

Gerit Brodersen zog die Augenbrauen hoch.

»Ich suche dringend eine Übernachtungsmöglichkeit.« Aufgeregt verlagerte Anne ihr Gewicht von einem Bein auf das andere. Ihr war eiskalt, was nicht allein daran lag, dass die Temperaturen am Abend sanken.

»Sie sind nicht angemeldet worden.« Erneut klopfte die ältere Frau ungehalten mit ihrem Gehstock auf den Boden. »Das geht so nicht. Ich muss planen können. Alle wissen das eigentlich.«

»Das tut mir leid. Bis eben wusste ich selbst nicht, dass ich noch eine Nacht bleiben muss. Es hat sich so ergeben. Bitte …« Anne faltete ihre Hände. »Ich brauche ein Bett, in dem ich heute Nacht schlafen kann.«

»Wer hat Ihnen gesagt, ich würde Sie aufnehmen?« Gerit Brodersen zeigte mit dem Gehstock auf Anne.

Mit den Namen Max Scherf würde die Einheimische wohl kaum etwas anfangen können. Hilflos zuckte Anne mit den Achseln. »Wie bitte?«

»Wer ist Ihr Kontakt auf Möwesand? Dem werd ich was erzählen. Mir einfach jemanden zu schicken.« Gerit Brodersen sah in alle Richtungen, als würde sie vermuten, dass sich derjenige, der Anne an sie verwiesen hatte, irgendwo in der Nähe versteckte.

»Ich befürchte«, sagte Anne zögerlich, »wir haben uns missverstanden.«

»Wie, missverstanden?« Misstrauisch kniff die ältere Frau ihre Augen zusammen.

»Ich kenne niemanden auf der Schokoladeninsel«, gab Anne schweren Herzen zu. »Nun gut, mit Joos Lorentz habe ich mich heute Morgen unterhalten.«

Der Blick der Pensionsleiterin erhellte sich etwas. »Sind Sie eine Freundin von Joos?«

»O nein, nein.« Leider nicht, fügte Anne stumm hinzu und fühlte Wärme in ihren Wangen.

Die Eigentümerin des Gästehauses lächelte das erste Mal richtig, als hätte sie Annes Gedanken erraten.

Gedanken, die Annes Wangen noch etwas heißer brennen ließen. »Wir haben uns erst heute kennengelernt. Aber Joos Lorentz ist sehr nett, wirklich sehr.«

»Wegen ihm möchten Sie in Nordwinden bleiben?«, fragte Gerit Brodersen leicht spöttisch. »Weil er so nett ist. Das haben schon andere Frauen probiert.«

Annes Puls beschleunigte sich. Sie horchte auf. Alles, was Joos betraf, interessierte sie brennend. »Was haben andere versucht?«

»So lange wie möglich hier zu bleiben, um ihn sich zu angeln.« Gerit Brodersen machte eine wegwerfende Geste. »Aber das ist vergebene Liebesmüh. Er lässt sich nicht mit Fans ein.«

Regentropfen landeten auf Annes Stirn. Sie zog wieder ihre Kapuze über. Das Vordach, unter dem sie stand, war klein, und der Wind wehte den Niederschlag bis knapp vor die Tür. »Ich bin kein Groupie, falls Sie das meinen.«

»Is' klar.« Die ältere Frau zupfte an ihrer weißen Schürze

herum. »Joos mag Frauen, die ihm auf Augenhöhe begegnen, nicht solche, die sich ihm zu Füßen werfen.«

»Keine Sorge, zur letzteren Sorte gehöre ich nicht.« Warum sprachen sie eigentlich über Joos Lorentz? Anne war nicht hergekommen, um die Inselbewohnerin über ihn auszufragen. Im Moment hatte sie ein anderes Problem. Ihr lief die Zeit davon. Bestimmt hatte die Fähre bereits angelegt. Einer der Sicherheitsleute konnte sie jederzeit zum Hafen begleiten, um zu garantieren, dass sie auch einstieg.

»Aber er gefällt Ihnen«, stellte Gerit Brodersen in ihrer eigentümlichen trockenen Art fest. »Er gefällt vielen Frauen. Darum hat er eine große Auswahl.«

Anne spannte sich an. »Soll das heißen, er hat viele Freundinnen?«

»Joos ist wählerisch.« Der Ton und Blick der älteren Frau machten deutlich, dass sie diese Eigenschaft an ihm schätzte. »Er nimmt nicht jede.«

Und bestimmt würde er sich niemals mit einer Journalistin einlassen, dachte Anne enttäuscht. »Was ist nun mit dem Zimmer?«

»Sie haben keine Verwandten oder Freunde in Nordwinden, nicht wahr?« Gerit Brodersen starrte sie anklagend an.

Betreten presste Anne ihre Lippen zusammen.

Mit ihrem Stock hämmerte die Leiterin des Gästehauses gegen die geöffnete Tür. Durch die Bewegung geriet sie leicht ins Wanken, sie fing sich jedoch schnell wieder. »Sie sind eine Touristin.«

»Ja, aber …« Vorsichtig machte Anne einen Schritt auf sie zu.

»Dann kann ich nichts für Sie tun.« Die Worte kamen

hart und unerbittlich aus Gerit Brodersens Mund. »Im Nis Puk dürfen nur Gäste der Inselbewohner übernachten.«

»Ich weiß.« Flehentlich sah Anne sie an. »Allerdings befinde ich mich in einer Art Notsituation.«

»Ist die Fähre schon weg?« Die ältere Frau spähte in Richtung Hafen, als könnte sie durch die gegenüberliegenden Häuser und den Laubwald bis zum Landungssteg sehen. »Dann bringt Sie ein Angestellter mit einem Schnellboot zum Festland.«

»Bitte, ich zahle Ihnen auch den doppelten Preis, wenn Sie mich für eine einzige Nacht bei sich aufnehmen.« Anne schob ihre Hände in die Taschen ihrer Jacke und drückte sich selbst die Daumen.

Gerit Brodersens Augen erstrahlten, doch sie schüttelte den Kopf. »Das ist gegen die Abmachung.«

»Sie haben eine Vereinbarung mit den Gebrüdern Lorentz?«, hakte Anne nach, denn auf sie wirkte die Insulanerin nicht abgeneigt, ein bisschen mehr Geld zu verdienen. Durch Hilfsbedürftigkeit war sie offenbar nicht zu erweichen. Wahrscheinlich hatten schon andere Besucher alle möglichen Tricks versucht, um auf der Insel bleiben zu dürfen. Anne musste taktischer vorgehen.

Die Einheimische nickte.

Anne stemmte ihre Fäuste in die Hüften. Kämpferisch streckte sie ihr Kinn in die Höhe. »Haben Sie die Vereinbarung schriftlich?«

»Ja«, sagte Gerit Brodersen sanfter. »Ich krieg' monatlich Geld, damit ich die Zimmer freihalte. Ich muss ja schließlich von irgendwas leben. Die Zimmermiete kommt obendrauf, aber meine Gäste zahlen nur halb so viel wie auf anderen

Nordseeinseln. Das wollen die Lorentz' so. Sie legen Wert darauf, dass ihre Mitarbeiter und die Insulaner zufrieden sind. Darum zahlen sie die andere Hälfte.«

»Wie großzügig.« Und gleichzeitig schade, denn eine mündliche Absprache zwischen Gerit Brodersen und den Lorentz-Brüdern hätte ihre Argumentationen leichter gemacht. »Gehört Ihnen das Gästehaus oder Joos, Finn und Thies Lorentz?«

»Mir natürlich.« Die ältere Frau stellte sich aufrechter hin. »Ich habe schon immer hier gewohnt, noch bevor aus Möwesand die berühmte Schokoladeninsel wurde.«

»Dann können Sie auch darüber bestimmen, wer bei Ihnen einziehen darf und wer nicht.« Aufmunternd lächelte Anne sie an. »Habe ich recht?«

Gerit Brodersens dachte einen Moment darüber nach, dann sagte sie zögerlich:

»Ja, schon, aber ...«

Anne ließ sie nicht ausreden. »Also, haben Sie ein freies Zimmer oder nicht?«, fragte sie forsch.

»Wer kommt bei dem Schietwetter schon auf die Insel?« Die Insulanerin schnaubte. »Die nächsten Gäste haben für das Frühlingsfest reserviert. Das ist erst in zwei Wochen.«

Es goss immer stärker. Der Wind wehte den Regen auch unters Vordach. Inzwischen war Annes rote Steppjacke am Rücken nass. Sie trat so nah an den Eingang heran, dass ihre Schuhspitzen die Stufe, die ins Haus führte, berührten. »Dann steht Ihr Haus leer?«

»Nein, ich wohne ja drin«, bemerkte Gerit Brodersen trocken.

Überrascht riss Anne ihre Augen auf. »Sie haben kein einziges Zimmer vermietet?«

Die Pensionsleiterin schüttelte den Kopf. »Zwischen Weihnachten und dem Frühlingsfest ist immer tote Hose, wie man so sagt.«

»Warum lassen Sie mich dann nicht bei sich übernachten? Das verstehe ich wirklich nicht. Sie sind doch eine geschäftstüchtige Frau. Ich bezahle doppelt, bar und im Voraus«, fügte Anne selbstbewusst hinzu.

Gerit Brodersen spähte zu den gegenüberliegenden Wohnhäusern. Nachdenklich sah sie dann auf ihre samtroten Hausschuhe. Mit ihrem Gehstock fuhr sie die Fugen zwischen den Bodenfliesen entlang.

»Sie können das Extrageld während dieser Durststrecke bestimmt gut gebrauchen«, legte Anne beschwingt nach. Innerlich jedoch war sie angespannt. Der Moment war gekommen, in dem sich entschied, ob sie auf der Schokoladeninsel bleiben würde oder nicht.

Verstohlen schaute die ältere Frau zu den Nachbarhäusern rechts und links neben der Pension, als befürchtete sie, dass man ihr Gespräch belauschen könnte. Sie öffnete ihren Mund, schloss ihn jedoch wieder.

Anne bangte um ihren Aufenthalt, von dem so viel abhing. Sie gab sich zuversichtlicher, als sie war. »Der Zusatzverdienst kommt Ihnen doch wie gelegen. Die Lorentz-Brüder hätten garantiert Verständnis dafür, dass Sie einen außerplanmäßigen Gast bei sich aufnehmen.«

Erschrocken riss Gerit Brodersen ihre Augen auf.

Rasch machte Anne eine beschwichtigende Geste. »Aber Joos, Finn und Thies Lorentz müssen es ja nicht erfahren.

Morgen früh werde ich mich gleich wieder unter die Tagestouristen mischen. Niemand wird mitbekommen, dass ich bei Ihnen abgestiegen bin.«

Plötzlich packte die Gästehausleiterin Annes Arm. Sie zog sie ins Haus und sagte leise: »Einverstanden. Aber wehe, die drei erfahren etwas davon! Joos, Finn und Thies haben es nicht verdient, dass man sie hintergeht.«

Anne verspürte einen Stich in ihrem Zwerchfell.

Als sie noch einmal hinaustrat, um ihren Koffer und ihre Handtasche zu holen, bemerkte sie, dass die Schachtel Pralinen, die Joos ihr geschenkt hatte, durchnässt war. Der Karton quoll bereits auf.

Bevor sie vor dem ungemütlichen Wetter zurück ins Nis Puk flüchtete, blies eine kräftige Windböe ihr einen Schwall Regen ins Gesicht. Als wollte die Schokoladeninsel ihr damit zeigen, was sie davon hielt, dass sie Gerit Brodersen dazu gebracht hatte, die Regeln zu brechen.

Kapitel 6

Als Anne auf ihrem Zimmer ihre wenigen Sachen aus dem Koffer in den Schrank räumte, fiel die Anspannung der vergangen zwei Tage von ihr ab. Plötzlich war sie sehr müde. Sie musste ständig gähnen und konnte ihre Augen kaum offen halten.

Die Einrichtung war gemütlich, aber schlicht. Anne hatte nichts anderes erwartet. Blümchenkissen und Hummel-Figuren hätten auch nicht zu Gerit Brodersen gepasst. Das Doppelbett aus Pressspanplatten musste noch aus den Siebzigerjahren stammen. Auf einem weißen Spannbettlaken lagen zwei petrolfarbene Kissen und zwei Bettbezüge.

Bevor die Pensionsbetreiberin gegangen war, hatte sie noch erwähnt, dass sie die weißen Häkeldeckchen auf den Nachttischen bei einer gewissen Bente gekauft hatte. Diese hatte bis letztes Jahr in Nordwinden den einzigen Laden geführt, der keine Süßigkeiten oder Backwaren anbot, sondern Wolle und Strick- und Häkelutensilien.

Anne hatte den Namen Bente schon einmal gehört. Fieberhaft überlegte sie, wann und wo. Schließlich fiel es ihr ein. Hannah hatte sie in ihrer Rede auf der Einweihungsfeier ihrer Manufaktur erwähnt. Bente war eine Verwandte von ihr gewesen und verstorben. Ihr Tod hatte Hannah auf die Schokoladeninsel geführt. Anscheinend hatte sie hier Thies kennengelernt und sich in ihn verliebt.

So tragisch wie romantisch, dachte Anne und erinnerte sich mit positivem Neid daran zurück, wie die beiden sich in der Manufaktur verliebt angeguckt hatten. Joos schlich sich in ihre Gedanken. Um sich von dem ziehenden Gefühl der Sehnsucht abzulenken, guckte sie sich weiter um.

Über dem Bett hingen zwei eingerahmte Fotos, die Möwesand im Sommer zeigten. Auf dem rechten Bild standen die Blumenwiese und die Heide vor dem Laubwald in voller Pracht, und zwei Gänse schwammen auf dem See. Auf dem linken sah man die weißen und pinken Blüten der Syltrosen vor dem grünen Strand, den Strandflieder am Ufer und der dahinterliegenden Nordsee.

Anne verspürte den starken Wunsch, Möwesand im Wechsel der Jahreszeiten zu erleben. Im Moment war die Landschaft noch trist, abgesehen vom Blütenmeer vor den Naschwerk-Manufakturen, das der Inselgärtner Mattes gezaubert hatte. Sie vermutete, dass der Frühling im Nordfriesischen Wattenmeer etwas später kam, da die Temperaturen im Norden noch kühler waren als im Rest Deutschlands.

»Ich muss unbedingt im Sommer wiederkommen«, sagte Anne zu sich selbst. Sie legte ihre Hände auf ihren Brustkorb, unter dem ihr Herz bejahend pochte.

Durch die dunkelgrauen Wolken am Himmel und den Dauerregen brach die Nacht an diesem Tag früh herein. Anne machte das nichts aus. Sie zog die vanillefarbenen Gardinen zu und schaltete das Licht auf ihrem Nachttisch ein. Dann setzte sie sich aufs Bett und las die Geschichte über den Kobold Nis Puk, die Gerit Brodersens Tochter Sina niedergeschrieben hatte.

Anne fand die Idee bezaubernd. Sie nahm sich vor, für

ihre Kinder ebenfalls ein Büchlein zu schreiben. Schreiben konnte sie als Journalistin ja. Vielleicht würde sie auch zur Unterhaltung ihrer Kleinen Videos aufnehmen. Im Aufbaustudium »Fernsehjournalismus und Digital Storytelling« hatte sie nicht bloß etwas über Fernsehjournalismus und Medienkunde gelernt, sondern auch über die Produktion. Vielleicht würde sie sogar ein eigenes kleines Kinderprogramm erstellen. Das wäre ein Spaß.

Plötzlich wurde sie wehmütig. Aus beruflichen Gründen hatte sie ihre Familienplanung nach hinten geschoben. Noch war sie erst 29 Jahre alt, aber die Zeit verging wie im Flug, wenn man so beschäftigt war wie sie. Sie hatte Angst, dass es irgendwann zu spät für die Familiengründung sein könnte. Ihrer Mutter gegenüber gab sie das natürlich nicht zu, wenn diese sich mal wieder Sorgen über Annes Zukunft machte. Aber je älter sie wurde, desto mehr wünschte sie sich, einen Mann fürs Leben zu finden, und Kinder, denen sie all die kleinen und großen Wunder auf der Welt zeigen konnte.

Plötzlich klingelte ihr Smartphone.

Anne schreckte aus ihren Gedanken auf. War es noch mal Max Scherf? Wollte er erfahren, in welchem Hotel sie untergekommen war? Würde er ihr mitteilen, dass er Jolanta schon losgeschickt hatte, oder wollte er sogar selbst anreisen?

»Gott bewahre, nein«, sagte sie laut.

Aufgewühlt holte sie ihr Handy aus ihrer Handtasche.

Als sie auf dem Display die Festnetznummer ihrer Eltern las, war sie nicht minder beunruhigt. »Ist etwas passiert?«, meldete sie sich aufgebracht.

»Herrje, erschreck mich doch nicht so, Annegret«, antwortete ihre Mutter mit ihrer rauen, dunklen Stimme. Annes Vater hatte einmal gesagt, dass Traudl entweder Femmes fatales oder kettenrauchende Trinkerinnen synchronisieren könnte, was seine Ehefrau nicht lustig fand. »Natürlich ist nichts passiert. Darf ich dich etwa nicht mehr anrufen?«

Erleichtert atmete Anne aus. »Selbstverständlich darfst du das.«

»Denkst du immer das Schlimmste, wenn ich bei dir durchklingle?« Ihre Mutter nieste und entschuldigte sich.

Anne verdrehte die Augen und ließ sich wieder aufs Bett fallen. Eigentlich hatten sie ein gutes Verhältnis. Aber nachdem ihre Beziehung mit Toni in die Brüche gegangen war, sie ihren Job beim Lokalmagazin *Hallo München* gekündigt und weit weg nach Bremen gezogen war, diskutierten sie oft miteinander. Ihrer Mutter waren die Veränderungen zu schnell gegangen. Zudem gefielen ihr Annes Entscheidungen nicht. Sie wünschte sich, dass ihre Tochter in ihrer Nähe wohnte. Anne wiederum hatte vollstes Verständnis, wusste aber, dass sie ihren eigenen Weg gehen musste.

Anstatt auf die Frage ihrer Mutter einzugehen, was zu nichts geführt hätte, fragte sie: »Wie geht es dir?«

»Ich vermisse dich«, sagte Traudl Huber frei heraus. Hatte sie gerade leise geschluchzt?

Die Worte trafen Anne. Ihr Herz wurde schwer. »Ich dich auch, Mama. Und Vati. Und Oma Datschi. Und alle anderen.«

»Warum kommst du dann nicht heim?«, fragte ihre Mutter mit zitternder Stimme.

Anne ging zum Fenster. Es tat ihr sehr leid, ihre Mutter zu enttäuschen. »Weil ich in Bremen arbeite.«

»Beim Fernsehen.« Ihre Mutter klang vorwurfsvoll.

Anne versuchte, nicht zu seufzen. Sie schob die Gardine ein Stück beiseite und spähte hinaus. Auf der Straße brannten nur die Laternen und die Lichter in den Fenstern der Reetdachhäuser. Trotz Regen war es eine heimelige Atmosphäre dort draußen, zumindest wenn man im Trockenen saß. »Du weißt doch, dass ich in München und Umgebung keine Anstellung beim Fernsehen gefunden habe.«

»Was war falsch daran, für eine Lokalzeitung zu schreiben?«, fragte ihre Mutter und putzte sich die Nase.

Am liebsten hätte Anne sie in den Arm genommen, sie spürte ein Ziehen in der Kehle. »Die machen nun einmal keine Bewegtbilder-Reportagen. Tut mir leid, Mama, dass ich so weit weg bin.«

»Mir auch. Keine spontanen Treffen mehr auf eine Tasse Kaffee in unserem Baumarkt, kein gemeinsames Durchblättern von Gartenratgebern, kein Planen von Reisen zu den schönsten britischen Gärten, keine langen Shoppingausflüge in Gartencenter und kein gemeinsames Katzenstreicheln. Den Felltigern fehlst du auch«, fügte sie mit leiserer Stimme hinzu.

»Sie mir auch. Sehr.« In den Monaten vor ihrer Abreise nach Bremen hatte sich Anne immer öfters mit ihrer Mutter im Münchner Tierheim zum Katzenstreicheln verabredet. Sie teilten ihre Liebe zu Tieren und zur Natur. Doch Annes Eltern wohnten in Obersendling in einer Etagenwohnung, hatten nicht einmal einen Balkon und arbeiteten zu viel, um ein Haustier zu halten.

Ihrer Mutter reichte es offenbar, von einem eigenen Garten und einem Haustier zu träumen und die Umsetzung aufzuschieben. Aber Anne wollte nicht bis zur Rente warten, um ihre Träume zu leben, wie ihre Mutter.

Zugleich hatte sich Anne in der Großstadt nie so richtig wohlgefühlt, sondern es immer genossen, bei ihren Großeltern Luis und Rosi auf dem Land zu sein. Bis zu seinem Tod, als Rosi in München in eine Etagenwohnung zog, lebten die beiden vor den Toren Rosenheims in einem Haus mit Charakter, einer umgebauten Scheune.

Am liebsten wollte Anne von Grün umgeben sein und mit Tieren zusammenleben. Darum fühlte sie sich auf Möwesand auch so wohl. Auf der Insel spürte Anne sich selbst genauso stark wie bei ihrem Opa und ihrer Oma damals. Die Natur erdete sie und ließ sie die Dinge klarer sehen. Leider kamen dadurch auch unangenehme Wahrheiten an den Tag, zum Beispiel dass ihr Wunsch, naturnah zu leben, mit ihrem Traumberuf schwer zu vereinbaren war. Als Reporterin musste sie dort sein, wo das Leben pulsierte. Wie sollte sie das, was ihre Seele brauchte, mit dem vereinbaren, was sie beruflich am liebsten tat?

Plötzlich musste sie an Zorro denken. Wie gerne würde sie Joos' schwarzen Schäferhund kennenlernen, ihn streicheln und mit ihm spielen. »Sobald ich mehr Zeit habe, werde ich in den Tierheimen in Bremen anrufen und fragen, ob sie Katzenstreichler oder Gassigänger suchen.«

»Wie gefällt es dir denn nun bei den Nordlichtern?«, fragte ihre Mutter. »Immer, wenn ich dich bisher gefragt habe, hast du ausweichend geantwortet.«

Wenn Anne ihr gestanden hätte, wie unwohl sie sich bei *Tele Nord* fühlte, hätten ihre Eltern so lange auf sie eingeredet, bis sie entweder zurück nach München gezogen oder wahnsinnig geworden wäre. Aber im Moment befand sie sich weit weg von Max Scherf und ihren Arbeitskollegen. Auf der Schokoladeninsel konnte sie zumindest nachdenken, wie es weitergehen sollte. Natürlich hing das auch davon ab, ob Joos bereit war, bei der Dokumentation mitzuwirken oder nicht. Ein eigenes Format bei *Tele Nord* oder die Aussicht auf Stellenangebote bei anderen Fernsehsendern würde ihre Laune erheblich verbessern und ihr endlich wieder eine Perspektive geben.

Aber davon abgesehen, war Anne an einem Punkt angekommen, an dem sie sich ernsthaft fragte, ob ihr ihr Seelenfrieden nicht wichtiger war, als weiterhin tapfer zu sein und durchzuhalten. Denn darum war es in den vergangenen Monaten gegangen: durchhalten. Noch eine Woche. Noch einen Monat. *Vielleicht lebe ich mich in Bremen ein. Eventuell freunde ich mich mit meinen Arbeitskollegen beim Lokalsender ja doch noch an. Möglicherweise wird es mir bald wieder leichter fallen, morgens aufzustehen.*

»Es ist toll hier«, schwärmte Anne, ohne zu erwähnen, dass sie auf Recherchereise war. »Die Menschen sind alle so fröhlich, es gibt so viele leckere Naschereien zu kaufen, dass ich bestimmt zunehmen werde, und einen attraktiven Mann habe ich auch schon getroffen.«

»Du hast einen neuen Freund?«, schallte es überrascht durch die Leitung.

»Wir sind nicht zusammen«, antwortete Anne, und sie merkte, dass ihre Stimme trauriger als beabsichtigt klang.

»Aber du magst ihn, ja?«, hakte ihre Mutter nach.

Sanft strich Anne über die Schachtel Pralinen, die Joos ihr geschenkt hatte. Ob er es bereute? Vermutlich. »Sehr.«

»Wie ist er so?« Es raschelte, ihre Mutter musste sich ein neues Papiertaschentuch aus der Packung genommen haben.

Anne legte sich auf den Rücken und schloss die Lider. Vor ihrem geistigen Auge tauchte Joos auf. Ihr Puls beschleunigte sich. »Der ziemlich männliche Typ, seine Hände sind groß und kräftig. Manchmal guckt er grimmig. Das ist nicht böse von ihm gemeint, sondern einfach seine Art. Sobald er lächelt, schmelzt man dahin.«

»Scheint ein echter Teufelskerl zu sein. Die sind gefährlich. Sie versprechen einer Frau die Liebe, dabei bandeln sie schon mit der Nächsten an. Pass auf dich auf, Annegret. Tust du mir den Gefallen?« Ihre Mutter räusperte sich und sprach weiter, ohne auf Annes Antwort zu warten. »Toni hat geheiratet. Wusstest du das schon?«

Die Neuigkeit versetzte Anne einen Stich. Natürlich gönnte sie es Toni, aber sie hatten sich erst vor einem halben Jahr getrennt, und schon hatte er sich in eine andere verliebt und war sich sogar sicher, zusammen mit ihr alt werden zu wollen. Anne und er dagegen waren fünfeinhalb Jahre ein Paar gewesen, und ihm war nicht eingefallen, um ihre Hand anzuhalten. Anscheinend war er für diese andere Frau bestimmt. Mit einem Mal machte ihre Trennung für Anne Sinn, auch wenn sie sich dabei noch einsamer fühlte.

Sie beneidete Toni darum, dass er sein Happy End in der Liebe gefunden hatte. »Das wusste ich nicht.«

»Seine Frau ist im dritten Monat schwanger«, sagte ihre Mutter in einem Ton, als meinte sie: »Das hättest auch du sein können, Annegret.«

Sie musste sich eingestehen, dass sie sich ein bisschen

verletzt fühlte, weil er sie nicht hatte heiraten wollen. Im Nachhinein machte es den Anschein, als hätte er auf eine andere gewartet, sei es, ohne es selbst zu wissen. Aber es war Anne gewesen, die ihren eigenen Weg gegangen war. Auch wenn man nicht klar sagen konnte, wer sich von wem getrennt hatte.

»Ich freue mich für ihn.« Ihr Mund war trocken. »Er ist ein guter Mann. Seine Ehefrau kann froh sein, ihn an ihrer Seite zu haben.«

»Das sagt die Frau, die ihn verlassen hat«, bemerkte ihre Mutter ironisch.

Anne massierte ihre Schläfen, ihr Kopf fing an zu schmerzen. Sie setzte sich auf und trank hastig aus der Wasserflasche, die sie in der Waffel-Manufaktur gekauft hatte. »Ich habe ihn nicht verlassen. Lass uns nicht schon wieder darüber streiten, Mama.«

»Du hast recht, das will ich auch nicht«, lenkte ihre Mutter zu Annes Überraschung ein. »Wir haben uns seit sechs Monaten nicht gesehen. Dann muss man nicht auch noch aneinandergeraten.«

Erleichtert wischte sich Anne mit dem Handrücken über ihre Stirn. »Danke.«

»Wann wirst du morgen bei uns sein?«, fragte ihre Mutter und klang schon heiterer.

Anne krallte ihre Finger in die Bettdecke, auf der sie saß. Sie hatten geplant gehabt, gemeinsam Oma Rosi zu besuchen. Sie hatte ihren Eltern ihre Absage noch nicht gebeichtet, und das aus gutem Grund, denn sie würden verstimmt sein. Aber es half nichts, sie konnte das Geständnis nicht länger hinauszögern. »Ich kann nicht kommen«, sagte sie und spürte, wie ihr schlechtes Gewissen ihr den Hals zuschnürte.

»Wie bitte?«, schrillte es durch die Leitung. »Deine Großmutter hat Geburtstag. So etwas verpasst man doch nicht.«

Anne packte den Butterkuchen aus, den sie in der Manufaktur gekauft hatte, löste ein karamellisiertes Mandelblättchen ab und steckt es sich in den Mund. Sie brauchte jetzt einen Stimmungsheber. »Der Fernsehsender hat mich auf Reisen geschickt. Ich habe Oma Datschi gestern schon Bescheid gegeben, dass ich es morgen nicht schaffe. Sie meinte, für sie wäre das kein Problem. Ich solle mir keine Gedanken machen. Alle anderen würden ja kommen. Außerdem hätte ich alle ihre Jahrestage zuvor mit ihr gefeiert.«

»Was soll sie auch anderes zu deiner Absage sagen?«, zischte ihre Mutter. »Du bist ihre einzige Enkelin, ansonsten hat sie nur Enkel. Sie liebt dich.«

»Ich konnte *Tele Nord* nicht absagen.« Annes Hals fühlte sich eng an. Ihre Mutter hatte ja recht. Als sie das Mandelblättchen herunterschluckte, hätte sie beinahe einen Hustenanfall bekommen. »Schließlich arbeite ich noch nicht lange für den Sender. Du hast mich Verantwortungsbewusstsein gelehrt.«

»Aber ich habe dir auch beigebracht, dass die Familie stets an erster Stelle steht. Was ist nur los mit dir, Annegret?«, fragte ihre Mutter vorwurfsvoll. »Du hast dich verändert.«

»Findest du?« Anne wurde nachdenklich. War etwas dran an ihrem Vorwurf?

»Früher hättest du um nichts in der Welt eine Familienfeier verpasst.« Ihre Mutter atmete hörbar tief durch. »Ich meine das doch nicht böse. Aber wir haben bloß eine kleine Familie. Da muss man doch besonders zueinanderhalten.«

»Es tut mir wirklich leid, aber ich kann nichts daran ändern.« Die Situation bedrückte Anne. Sie liebte ihre Oma Datschi.

Wenn sie als Kind ihre Großeltern in Rosenheim besuchte, hatte ihre Oma Zwetschgendatschi und manchmal auch Apfelringe in Bierteig zubereitet. Anne erinnerte sich an den Duft nach säuerlichen Boskop-Äpfeln und süßem Teig in der Küche. Oma Datschi erhitzte Milch mit Honig und Zimt und servierte das Getränk und die Apfelringe in der guten Stube. Ob im Winter, wenn der Kachelofen seine wohlige Wärme verströmte, oder im Sommer, wenn die Sonne durch die Fenster schien, immer war es urgemütlich gewesen. Besonders Apfelringe weckten bei Anne nach wie vor die wundervollsten Erinnerungen an die großelterliche Liebe.

»Ich werde selbstverständlich gleich morgen früh als Erstes Oma Rosi anrufen und ihr gratulieren«, versprach Anne und bemühte sich, fröhlich zu klingen. »Mein Geschenk habe ich gestern schon abgeschickt. Mit etwas Glück kommt es rechtzeitig an. Ich werde es wiedergutmachen, das habe ich Oma versprochen. So bald wie möglich werde ich mit ihr verreisen. Ein Wochenende nur für uns. Quality time.«

Ihre Mutter schnaubte. »Ich verstehe kein Englisch.«

»Mehr kann ich zurzeit nicht tun.« Anne war selbst überrascht, wie verzweifelt sie sich anhörte. »Ich versuche es allen recht zu machen, schaffe es aber nicht.«

Zum wiederholten Mal hörte Anne ihre Mutter husten, und als sie ausatmete, waren ein Rasseln und Pfeifen dabei.

»Warst du schon beim Arzt? Du solltest hingehen, gleich morgen früh.«

»Es ist bloß eine harmlose Erkältung.« Ihre Mutter klang schon wieder freundlicher, wohl weil sie sich darüber freute, dass Anne sich um sie sorgte.

Anne glaubte, auf dem Flur ein Geräusch gehört zu haben. Sie sprang auf und horchte, doch sie musste sich getäuscht haben.

»Ich mache mir jetzt erst einmal einen Salbeitee, der hilft mir immer«, sagte ihre Mutter. Geklapper war zu hören, dann das Rauschen von Wasser. »Oder versuchst du nur, das Gespräch von dir wegzulenken? Deine Anstellung, ist sie es wert, was du alles verpasst?«

Nein, lag ihr auf der Zunge, doch sie wagte nicht, dieses kleine unscheinbare Wort auszusprechen, denn das käme einer Kapitulation gleich.

»Ich weiß es nicht«, brachte Anne kraftlos hervor.

»Ich liebe dich trotzdem. Das ist dir doch klar, oder?«, sagte ihre Mutter in ihrer eigenen Art, die manche Menschen als schroff bezeichneten. Anne wusste, dass sie es nicht so barsch und vorwurfsvoll meinte, wie es klang.

Anne runzelte die Stirn. »Trotzdem?«

»Trotz der Tatsache, dass du dein Leben kaputtmachst, weil du die falschen Entscheidungen triffst«, sagte ihre Mutter mit kratziger Stimme.

»Ich habe mein Leben nicht zerstört, sondern nur verändert.« Anne lag auf der Zunge zu erwidern, dass sich alles zum Besseren gewendet hatte, aber das wäre eine Lüge gewesen. »Ich liebe dich auch, Mama.«

Sie beendeten das Gespräch.

Das Telefonat hatte Anne erschöpft, aber auch zum Grübeln gebracht.

Möglicherweise war sie zu harmoniebedürftig für den Job als TV-Reporterin. Die Erkenntnis erschreckte sie. Ihr wurde klar, dass sie ein größeres Problem hatte, als gedacht. Am liebsten würde sie auf der Schokoladeninsel bleiben.

Ein Lächeln stahl sich auf ihr Gesicht. Doch einen Atemzug später, als ihr Blick auf die Handkamera fiel, die Max Scherf ihr mitgegeben hatte, um Probeaufnahmen von Joos zu machen, verschwand es schon wieder.

Müde schleppte sie sich ins Gemeinschaftsbad, das gleich neben ihrem Zimmer lag und das sie an diesem Abend allein für sich hatte.

Sie stellte sich vor den Spiegel und sagte: »Du wirst Joos vor diesen Geiern beschützen. Hörst du? Du wirst das Interview mit ihm machen, aber nach deinen Konditionen. Er soll über seine Entführung mit neun Jahren erzählen, aber du wirst keine schmutzigen Details aus ihm herauskitzeln. Er wird sich ohnehin unwohl vor der Kamera fühlen. Und vielleicht wird er dich zum Dank für deine gefühlvolle Vorgehensweise danach noch auf einen Kaffee einladen.«

Sie musste ihm klarmachen, dass es eine Win-win-Situation war, wenn er das erste Mal vor eine Kamera trat. Hatte er erst öffentlich über sein Kidnapping gesprochen, würden die Medien ihn in Ruhe lassen, weil es bei ihm nichts mehr zu holen gab. Zudem würde man über die Gebrüder Lorentz reden, das wäre kostenlose Werbung. *Tele Nord* wäre gerettet, und Anne könnte in Ruhe schauen, wie sie ihre Zukunft gestalten wollte. Das klang perfekt.

Schon etwas besser gelaunt, zog sie sich aus und stieg in

die Duschkabine. Sie drehte das heiße Wasser auf. Mit geschlossenen Augen stellte sie sich unter den Strahl. Ihre Gedanken bekamen ein Eigenleben. Anne stellte sich vor, dass die warmen Wassertropfen Joos' Hände wären. Die sanften Berührungen entspannten sie. Unaufdringliche Liebkosungen, die ihr jegliche Freiheit ließen und sie gleichzeitig wohlig umarmten. Sie meinte förmlich, Joos zu riechen. Sein Duft schien sie zu umfangen. Sie sah sein ungemein attraktives Lächeln im feuchten Sprühnebel. Wenn er sie anlächelte, fühlte sie sich nicht mehr wie eine kleine Reporterin, der niemand etwas zutraute, sondern wie die Schokoladenprinzessin von Möwesand.

Nach dem Duschen trocknete sie sich ab und föhnte ihre Haare. Eingehüllt in ein Badetuch, ging sie zurück in ihr Zimmer, schlüpfte in ihr Nachthemd und setzte sich aufs Bett.

Die Pralinen lockten sie. Sie hatte noch keine Einzige gekostet. Joos hatte gemeint, sie wären das leckerste Naschwerk, das in Nordwinden angeboten wurde, es mussten kleine Meisterwerke sein. Die Verlockung war zu groß. Anne nahm die Schachtel vom Nachttisch und strich zärtlich über die abgebildeten Konfekte. Als sie den Karton öffnete, stieg der appetitliche Duft von Schokolade und anderen Zutaten daraus empor. Anne lief das Wasser im Mund zusammen.

Aufgeregt betrachtete sie die Naschereien. Welche sollte sie als Erste kosten? Wahllos nahm sie eine heraus. Als sie hineinbiss, seufzte sie genüsslich. Es folgte eine wahre Geschmacksexplosion. Unter einer zarten Doppelhülle aus Vollmilch- und Zartbitterschokolade verbarg sich eine

Füllung aus Marillen und Mohn, die Anne in Verzückung brachte. Welch ein Hochgenuss. Eine vorzügliche Kombination, die sie nie zuvor gegessen hatte.

Während sie sich die Köstlichkeit auf der Zunge zergehen ließ, legte sie sich hin und schloss ihre Augen. Sie stellte sich vor, dass Joos' Küsse so schmeckten, süß und delikat. Die Medien nannten ihn den Schokoladenprinzen. War es nicht naheliegend, dass seine Küsse nach Schokolade schmeckten?

Vor Erschöpfung schlief Anne ein, in Gedanken bei Joos.

Kapitel 7

Anne träumte davon, mit Joos ein eigenes Geschäft auf der Schokoladeninsel zu eröffnen. Ihr Laden war zur Eröffnungsfeier rappelvoll. Es herrschte eine ausgelassene Stimmung. Alle Touristen wollten Katzen adoptieren. Denn das war es, was Anne anbot: Katzen aller Farben und Größen. Alte und junge, getigerte und einfarbige, mit einem eingerissenen Ohr und einem Stummelschwanz, Rassekatzen und Charakterköpfe, kleine Panther und Glückskatzen. Der Laden war erfüllt von munterem Miauen. Überall sah man hingerissene Gesichter von Kindern, Frauen und Männern. Für jeden Interessenten gab es das passende Samtpfötchen. Zwei Seelen, die eine menschlich und die andere *feline*, die mit Annes Hilfe zusammenfanden.

Gelassen lag Zorro auf einer moosgrünen Kuscheldecke hinter dem Tresen und schaute dem Treiben zu.

Als Joos ein schneeweißes Kitten auf den Arm nahm, sah er Anne verliebt an. »Die würde doch gut zu uns passen, meinst du nicht auch?«

»Es gibt ein *uns*?« Überrascht hielt Anne kurz die Luft an. Konnte es wahr sein, dass er ebenfalls starke Gefühle für sie hegte? Das wäre zu schön, um wahr zu sein.

Hingerissen lächelte er sie an. »Hätte ich dich sonst gefragt, ob du bei mir einziehen möchtest?«

Sie wohnten zusammen? Anne war verwirrt, doch sie

ließ sich nichts anmerken. Behutsam streichelte sie das Kitten, das noch keine dreizehn Wochen alt war, und strahlte Joos glücklich an. »Du willst das Kätzchen behalten?«

»Ich weiß doch, welch eine große Freude ich dir damit bereite.« Sein Mund streifte zärtlich ihre Wange. »Außerdem würde ich es auch nicht übers Herz bringen, die Kleine wegzugeben.«

Liebevoll schmiegte sich Anne an seine Seite. »Danke. Das ist das schönste Geschenk, das du mir machen kannst.«

»Ich möchte sie Wölkchen nennen.« Er küsste sachte das Köpfchen des Fellknäuels. »Was meinst du dazu?«

Während Anne ihm antwortete, dass sie den Namensvorschlag toll fand, hielt er das Kätzchen vorsichtig Zorro hin. Der schwarze Schäferhund beschnupperte es behutsam und blieb dabei entspannt auf der Seite liegen. Dann legte Joos das Kätzchen vorsichtig zwischen die ausgestreckten Pfoten des imposanten Rüden. Neugierig beschnupperte er den Familienzuwachs und leckte fürsorglich dessen Fell.

Joos legte seine Hand an Annes Rücken und zog sie zu sich heran. Glückselig beobachteten sie ihre beiden Haustiere, die sich alles andere als spinnefeind waren, wie man es Hund und Katze nachsagte. Würde dieser Augenblick doch ewig dauern. Die kleine Familie, ein gemischtes Rudel, das so unterschiedlich war und dennoch zusammengehörte.

Plötzlich wurden die Türen der Vermittlungsstelle aufgerissen. Sie schlugen gegen die Wände rechts und links des Eingangs und schwangen wieder zurück. Max Scherf mit Jolanta, Jonas, Sophia und fünf weiteren Personen traten ein, wie Kampfflugzeuge rauschten sie zwischen den Touristen hindurch zur Theke, aufzuhalten durch nichts und niemanden.

Erschrocken flogen Annes und Joos' Köpfe herum. Anne erkannte ihr eigenes Entsetzen auf Joos' Gesicht. Ihr wurde heiß, sie fühlte sich fiebrig, Schweiß perlte von ihrer Stirn, zitternd wischte sie über ihre glühende Haut. Sie war entsetzt über den ungebetenen Besuch.

Was war hier los? Warum war der Programmdirektor von *Tele Nord* persönlich gekommen und mit dem ganzen Trupp? Das war nicht abgesprochen. Anne wollte Scherf zurufen, dass er sie über sein Kommen hätte informieren müssen und sie noch nicht so weit war, aber das hätte Joos verraten, dass sie ein schreckliches Geheimnis vor ihm hütete.

Ihre Zeit mit Joos durfte noch nicht zu Ende gehen. Es lief doch gerade so gut. Sie liebten sich. Unter allen Umständen musste sie verhindern, dass ihr harmonisches Zusammenleben zerstört würde. Aber ihr fiel nicht ein, wie sie es vermeiden konnte, dass *Tele Nord* ihr nahm, was ihr am wichtigsten war.

Hilflos musste sie zusehen, was geschah.

Ungeniert schulterten die Kameraleute ihre Aufnahmegeräte und richteten sie auf Anne und Joos. Die Tontechniker hielten ihre Tonangeln über den Tresen, sodass diese jedes Wort aufzeichneten. Jolanta stand mit einem Handmikrofon bereit und grinste hinterhältig, als wollte sie sagen: »Zögerst du es noch länger heraus, Joos ans Messer zu liefern, bist du raus, und ich werde das übernehmen, Kleine.«

»Und, hast du Lorentz endlich so weit, dass er uns das Interview gibt?«, fragte Scherf Anne.

»Halt die Klappe und verschwinde wieder«, hätte Anne

ihn am liebsten angeschrien, doch sie brachte kein Wort heraus. Das Entsetzen darüber, dass sie soeben enttarnt worden war, raubte ihr die Luft. Ihre Zunge lag nutzlos und schwer wie Blei in ihrem Mund.

»Was geht hier vor?« Mit weit aufgerissenen Augen sah Joos zwischen Anne und den Kamerateams hin und her. »Du hattest mir doch geschworen, dass du nicht mehr fürs Fernsehen arbeitest. Das war die Voraussetzung dafür, dass wir ein Paar wurden.«

Endlich fand sie ihre Stimme wieder, doch sie klang fremd in ihren Ohren. »Ich hatte noch nicht die Kraft dazu, meine Stelle zu kündigen.«

»Weil du es nicht wirklich willst.« Er schnaubte, an seinem Hals zeigten sich rote Stellen. Sein Blick verfinsterte sich.

Anne faltete ihre Hände. Beschwörend hielt sie sie ihm hin. »Du weißt doch, dass das mein Traumberuf ist, meine Identität. Ich will sie nicht verlieren. Wer wäre ich, wenn alles, wofür ich gekämpft habe, weg wäre?«

»Dann ist dir keine Karriere wichtiger als ich?«, fragte er mit finsterer Miene.

»Ich wollte dich vor diesen Aasgeiern beschützen, Joos«, antwortete sie mit bebender Stimme. Er machte eine wegwerfende Geste, fegte versehentlich ein Einmachglas mit Kugelschreibern von der Verkaufstheke, das zu Boden fiel und klirrend zerbrach. »Das sind doch nur Ausreden.«

»Ich liebe dich.«

»Das ist keine Liebe, sonst hättest du dich längst für mich entschieden.« Er bückte sich und hob Wölkchen auf. »Aber du hast mir nur etwas vorgemacht.«

»Flirten Sie mit Lorentz! Das riet ich Ihnen, bevor ich Sie zur Schokoladeninsel schickte, Frau Huber«, sagte Max Scherf in dem Moment grinsend. »Und Sie haben sogar noch mehr getan. Haben sich in sein Herz und Bett geschlichen. Ich ziehe meinen Hut vor Ihnen. Das hätte ich Ihnen gar nicht zugetraut.«

Joos wurde kreidebleich, und Anne war kurz davor, sich zu übergeben.

Plötzlich streckte Jolanta Joos ihr Mikrofon über die Theke hinweg. »Wie haben Sie sich damals gefühlt, als die Kidnapper Sie verschleppt haben? Hatten Sie Todesangst, Herr Lorentz? Haben die Entführer Sie angefasst? Was war das Schlimmste, dass Ihnen angetan wurde?«

»Annes Verrat!«, schrie Joos wütend und markerschütternd laut. »Du hast mich ausspioniert«, fügte er an Anne gewandt hinzu, »und mein Vertrauen missbraucht. Ich will dich nie wiedersehen!«

Dann verschwand er durch die Hintertür und nahm Wölkchen mit. Zorro trottete hinter ihnen her.

Alle, die zur Einweihung von Annes Manufaktur gekommen waren, buhten und pfiffen sie aus. Schimpfend drängten sich die Gäste hinaus, und Anne blieb ausgerechnet mit den Menschen zurück, mit denen sie am wenigsten zusammen sein wollte: dem Team von *Tele Nord*.

Anne heulte bitterlich. Eben noch war sie das erste Mal in ihrem Leben rundum glücklich gewesen. Jetzt stand sie allein und mit gebrochenem Herzen da.

Als auch noch die Manufaktur wie ein Kartenhaus aus Lügen zusammenfiel, schreckte Anne aus dem Albtraum auf.

Sie atmete heftig. Im ersten Moment war sie irritiert,

riss ihre Augen auf und sah sich um. Ihr Blick streifte die vanillefarbenen Gardinen des Gästehauses, zwischen denen bereits taghelles Licht hereinschien. Da lagen das Heftchen über den Hausgeist Nis Puk, das Gerit Brodersen ihr auf findige Art und Weise verkauft hatte, und die geöffnete Pralinenschachtel von Joos.

Wahrscheinlich bildete sie es sich nur ein, aber sie meinte, den Geschmack des Marillen-Mohn-Konfektes, das sie vor dem Einschlafen genascht hatte, noch auf der Zunge zu haben, und Joos' sanfte Hand an ihrem Rücken zu spüren. Letzteres hatte jedoch nur im Traum stattgefunden.

Gähnend setzte sich Anne auf. Jetzt, da sie wach war, ärgerte sie sich über so manches.

Ihre Augen waren sogar feucht, und das nur, weil Joos sie im Traum verlassen hatte. Das war doch verrückt.

Wie hatte sie zudem Katzen in einem Geschäft anbieten können? Niemals hätte sie einen dieser entzückenden Leisetreter ohne vorherige Prüfung des Interessenten abgegeben. Aber waren Katzen auf der Schokoladeninsel wirklich so abwegig? Schließlich waren sie genauso süß wie Schokolade, wenn auch auf andere Art und Weise.

Im Traum hatte sie eine Samtpfote nach der anderen über die Theke gereicht. Für ihre Vermittlung war sie nicht bezahlt worden, aber sie hatte ein Lächeln so vieler Menschen als Entlohnung erhalten. Alle Adoptanten waren so glücklich gewesen, und Anne hatte sich mit ihnen gefreut.

Der Traum hatte ihre jetzige Situation infrage gestellt. Er zeugte von ihrem schlechten Gewissen. Anne wusste nicht, wie sie damit umgehen sollte, also stand sie auf, um sich abzulenken.

Ein Blick auf ihr Smartphone verriet ihr, dass es bereits nach zehn Uhr morgens war. Sie erschrak. Wie hatte sie so lange schlafen können? Im letzten halben Jahr hatten Grübeleien sie nachts wachgehalten, und die Verzweiflung hatte Anne aus dem Bett getrieben. Sie war immer öfter nachts aufgestanden, hatte eine heiße Milch getrunken und war ziellos durch ihre kleine Wohnung gestreift. Darum fühlte sie sich tagsüber auch zunehmend abgeschlagen. Und abends legte sie sich früh aufs Ohr, um zwei Stunden zu schlafen, dann aufzuwachen und die Decke anzustarren, während ihr Gedankenkarussell sich drehte.

Auf der Bettkante sitzend, rief sie Rosi an. »Alles Liebe und Gute zu deinem Geburtstag, liebste Oma Datschi«, zwitscherte sie fröhlich ins Telefon.

»Danke, mein Liebling.« Auf der anderen Seite der Leitung murmelten Stimmen im Hintergrund. Anscheinend hatte ihre Großmutter Besuch. Das tröstete Anne jedoch nicht. Sie versuchte herauszuhören, ob ihre Oma, weil Anne bei der Feier fehlte, traurig oder gar verstimmt war, aber sie stellte weder Unmut noch Enttäuschung fest. »Ich wünsche dir von ganzem Herzen einen zauberhaften Ehrentag.«

»Das ist lieb von dir. Ich freue mich sehr, dass du dich meldest.« Erst ein Schlucken, dann ein verlegenes Kichern. »Du wirst es nicht glauben, ich stoße schon mit den Nachbarn an. Sekt am frühen Morgen, das gab es noch nie.«

»Lass dich feiern!« Dann verlor Annes Stimme an Kraft. »Viel lieber wäre ich allerdings jetzt bei dir und würde dich in die Arme schließen. Du fehlst mir, auch dein Duft nach Wildrosenparfüm und Kräutertee.«

»Dir wurde nun einmal ein sehr wichtiges Projekt anvertraut. Da ist es nur verständlich, dass du dich so richtig ins Zeug legst, wo du endlich fürs Fernsehen drehst. Meinen Segen hast du.« Ihre Oma schickte einen Kuss durch die Leitung. »Ich drücke dir die Daumen. Du weißt, dass ich hinter dir stehe.«

»Ja, und das bedeutet mir viel. Ich hab dich lieb, Oma Datschi.« Annes Augen wurden feucht.

»Ich dich auch, mein Engel. Du klingst bedrückt. Nun mach dir doch keinen Kopf, dass du heute nicht mit mir feiern kannst. Es ist doch nur das eine Mal.«

»Tue ich aber.« Anne fühlte sich elend, weil sie ihre Familie vernachlässigte.

»Das könnte deine große Chance sein, dir als TV-Journalistin erste Lorbeeren zu verdienen. Von dem Beruf hast du doch geträumt, seit du ein Kind warst.« Es war Rosi anzuhören, dass sie lächelte. »Damals hast du ein altes Holzfenster ohne Glasscheibe, das Luis und ich auf unserer Silberhochzeit für Fotos genutzt hatten, genommen. Du hast dich dahintergestellt und uns Rosenheimern die Neuigkeiten aus München berichtet. Wie eine kleine Reporterin. Erinnerst du dich daran?«

»Ja.« Früher war alles so einfach gewesen. Es tat weh, sich von ihrer Oma zu verabschieden, aber diese wollte zurück zu ihren Gästen.

Bevor sie auflegten, sang Anne Rosi ein Ständchen. Es klickte kurz in der Leitung, aber sie schob das auf eine Störung. Als sie fertig gesungen hatte und Rosis Besuch applaudierte, begriff Anne, dass ihre Großmutter den Lautsprecher angeschaltet hatte. Verlegen lachte sie.

Nach dem Telefonat fühlte sich Anne niedergeschlagen. Es war der erste Geburtstag ihrer Oma, den sie verpasste.

Anne stand auf. Durch ihre Gewissensbisse waren ihre Beine schwer. Langsam ging sie zum Fenster und schob die Gardine etwas zur Seite. Auf der Straße tummelten sich die ersten Tagestouristen.

Und ich bin noch nicht einmal angezogen, dachte Anne besorgt. Womöglich war Joos heute nicht einmal auf der Insel, zum Beispiel weil er Geschäftstermine in der Flensburger Schokoladenfabrik hatte.

Eilig zog sie sich an. Nach der Morgentoilette lief sie die Stufen ins Erdgeschoss herunter.

Der Duft von Pfefferminze und einer süßlichen Note hieß sie willkommen. Sie folgte ihm in die Küche, wo eine blaue Keramikkanne auf einem Stövchen stand. Das Teelicht darunter erlosch in dem Moment, als sie an den Frühstückstisch trat. Auf der blau-weiß gestreiften Metalldose neben dem Holzbrettchen stand *Schokominzetee.* Annes Augen leuchteten. Sie hatte gar nicht gewusst, dass es Schokoladenminze gab. Neben zwei hellen Brötchen lag auch ein Franzbrötchen in einem Brotkorb mit weißem Baumwolleinsatz.

Plötzlich wünschte sich Anne, als Feriengast auf Möwesand zu sein. Urlaub zu haben, sich durch den Tag treiben zu lassen, die Alltagsprobleme eine Zeit lang zu vergessen und vollkommen entspannt zu sein.

Gerit war weder zu sehen noch zu hören.

Als Anne das Franzbrötchen nahm, spürte sie, dass es noch warm war. Es musste auf der Insel gebacken worden sein und duftete köstlich.

Glücklich über die kulinarische Überraschung, goss sich

Anne eine Tasse Tee ein. Sie verließ das Gebäude durch die Hintertür und setzte sich dort auf die Stufe, die das Nis Puk mit der Rasenfläche dahinter verband. Fünf Schritte weiter, und sie stünde bereits im Meer.

Anders als die Reetdachhäuser im Inselinneren hatten die Gebäude in Ufernähe anscheinend keine Gärten. Anne vermutete, weil die Nordsee Möwesand Jahr für Jahr Land abtrotzte, wie es auch auf anderen Inseln der Fall war.

Zu Annes Überraschung war das Wetter besser. Es wehte nur eine laue Brise, noch frisch, aber nicht mehr kalt. Am hellblauen Himmel zogen kleine Wölkchen vorüber. Sie sahen für Anne aus wie weiße Katzen, die sich spielerisch jagten. Prompt musste Anne an das Kitten aus ihrem Traum denken. Und an Joos, der es so liebevoll gehalten und sein Köpfchen geküsst hatte. Sogleich verspürte sie ein starkes sehnsüchtiges Ziehen in ihrem Bauch.

Sie schob das auf ihren Hunger und biss in das Franzbrötchen. Der Geschmack von Plunderteig, Zucker und Zimt bereitete ihr ein solches Wohlbehagen, dass sie lächelnd und wonnevoll seufzte. Welch ein Genuss.

Während sie einem Silberreiher, der auf leisen Schwingen über die ruhige Oberfläche der Nordsee flog, nachsah, spülte sie mit einigen Schlucken Schokominztee nach. Er schmeckte köstlich. Konnte es etwas Schöneres geben, als genauso wie jetzt in den Tag zu starten?

Begleitet vom sanften Schwappen des Wassers gegen das Ufer, aß Anne weiter. Einmal glaubte sie eine Krabbe im niedrigen Uferbereich zu erspähen, war sich aber nicht sicher. Fische, die Anne nicht benennen konnte, schwammen auf der Suche nach Futter dicht unter der Oberfläche.

Irgendwo krächzten Möwen, doch Anne konnte sie nirgends sehen. Wahrscheinlich saßen die Meeresvögel auf einem Reetdach in der Nähe des Nis Puk und hielten die Besucher im Blick. Sollte einer der Gäste etwas Essbares fallen lassen, würden die ausgezeichneten Flieger mit ihren kräftigen Schwingen hinuntersausen, es geschickt und schnell mit ihren leicht gebogenen Schnäbeln aufsammeln und sofort fressen. Das Schauspiel hatte Anne am gestrigen Tag beobachtet und sich über die erschrockenen Gesichter der Touristen, die das Herunterstürzen der Möwen nicht hatten kommen sehen, amüsiert.

Nachdem Anne fertig gefrühstückt hatte, reckte sie sich. Was für ein schöner Morgen.

Plötzlich musste sie an die Streuobstwiese ihrer Großeltern denken. Sommerbirnenbäume, aus deren saftigen Früchten Opa Luis und Oma Rosi im Juli Saft gepresst hatten, hatten bei Hitze reichlich Schatten gespendet. Die ganze Familie hielt sich oft unter den ausladenden Kronen der alten Bäume auf. Am Rand der Wiese direkt hinter dem Hauptgebäude reckte ein Mirabellenbaum einige hohe Äste über die Backsteinmauer, die den Hof hinterm Haus umgab.

Im Frühjahr duftete die Obstwiese herrlich blumig, und in den Bäumen summte es, als hätten sie über Nacht eine Stimme bekommen. Dabei flogen all die Insekten von Ast zu Ast, tranken den Nektar der Blüten und bestäubten sie nebenbei mit dem an ihnen haftenden Pollen.

Wie gerne war Anne als Kind im April unter den Bäumen hindurchgerannt, während der Wind die weißen Blätter der Blüten abriss und durch die Luft davontrug. Der Blütenregen verströmte einen ganz besonderen Zauber, geradezu märchenhaft. Als Erwachsene hatte Anne die Magie der Natur nie wieder so intensiv erlebt. Bis jetzt.

An diesem idyllischen Morgen auf der Schokoladeninsel fühlte sie sich ähnlich beseelt. Sie genoss die Schönheit des Moments und die Harmonie, die von ihm ausging. Die Welt wirkte so friedlich, und alle Sorgen waren weit weg.

Die Obstwiese ihrer Großeltern in Bayern und der Frühlingsmorgen auf Möwesand waren vollkommen unterschiedlich, und dennoch empfand Anne dasselbe Glück. Ein Hauch von Vertrautheit wehte durch die Luft.

Es nutzte nichts, sich zu wünschen, den ganzen Tag auf der Stufe des Hintereingangs sitzen bleiben und aufs Nordfriesische Wattenmeer gucken zu können. Sie musste dringend Joos finden und einen zweiten Versuch starten, ihn für ihr Fernsehprojekt zu gewinnen.

Ich muss ihn wiedersehen, dachte Anne voller Sehnsucht. Sie erinnerte sich an die Zweisamkeit in ihrem Traum, wie gut diese sich angefühlt hatte, und erhob sich.

Als sie durch Gerits Wohnzimmer zurück zur Küche ging, fiel ihr ein Bild an der Wand auf, das sie zuvor nicht bemerkt hatte. Vogelfedern, Muscheln, Sand und die leeren Gehäuse einiger Strandschnecken klebten an einer Leinwand, zur Hälfte hellblau und zur anderen beigefarben grundiert.

Ob die Materialien, abgesehen vom Sand, wohl von der Schokoladeninsel stammten? Anne hätte es gerne gewusst, aber Gerit schien immer noch nicht im Haus zu sein. Der Künstler hatte am rechten unteren Rand der Leinwand mit grünen Buntstiften in Kinderschrift signiert. Max, Gerits Enkel, hatte ein unsymmetrisches Herz neben seinen Namen gemalt, wohl eine Botschaft an seine Oma.

Das Bild zauberte ein Lächeln auf Annes Gesicht. Wärme durchflutete sie.

Im nächsten Moment stieg die Angst in ihr hoch, sie könnte niemals ein Bild von einem Enkel oder einer Enkelin geschenkt bekommen. Nachdenklich ging sie in die Küche. Sie spülte ihre Tasse und stellte sie auf den Esstisch.

Als sie den Raum verlassen wollte, fiel ihr eine Fotografie auf. Sie hing an der Wand, in einem Rahmen aus weiß gestrichenem Holz. Auf dem Bild stand Gerit neben einigen Frauen und Männern. Es mussten ebenfalls Einheimische sein, denn die Lorentz-Brüder waren darunter, und hinter der Gruppe ragte der weiß-rot gestreifteLeuchtturm auf.

Auch auf diesem Foto blickte Joos nicht in die Kamera. Gerade darum erregte es Annes Aufmerksamkeit. Mit verschlossener Miene sah er einen Punkt außerhalb des Bildes an. Ihn umgab die Aura des Geheimnisvollen. Gerade weil er sich abwandte, wollte Anne ihm nah sein, herausfinden, was er vor ihr verbarg.

Hochgewachsen, wie er war, wirkte er wie ein windererprobter Baum mit kräftigen Wurzeln, der jedem Sturm trotzte. Die Entführung als Kind hatte ihn äußerlich hart gemacht, aber auch stark, vermutete Anne.

Plötzlich klopfte es an der Haustür. »Gerit, hallo, Gerit, bist du da?«

Finn Lorentz trat so leichtfüßig ein, dass es wirkte, als würde er über die Schwelle ins Haus schweben. Als er Anne in der Küche bemerkte, lächelte er. Ihr kam es so vor, als würde es dadurch im Inneren des Gästehauses heller werden.

»Guten Morgen«, sagte er mit einer klaren Stimme. »Ich suche Gerit Brodersen.«

»Tut mir leid, Finn, dabei kann ich dir nicht weiterhelfen.« Anne war ein bisschen aufgeregt, weil sie mit einem weiteren Lorentz-Bruder sprach, der so attraktiv war wie seine beiden älteren Brüder. Mit seinen blonden Haaren und seinem sonnigen Lächeln ähnelte er äußerlich eher Thies, war allerdings drahtiger als dieser. Zugleich lag ein Schatten auf seinen nordseeblauen Augen, die Anne an Joos erinnerten. Es grenzte schon an ein Wunder, dass weder Joos und Thies noch Finn Frauenhelden waren. Und trotz ihres Erfolgs schienen sie auf dem Boden geblieben zu sein. »Ich habe Gerit heute noch nicht gesehen.«

Schmunzelnd rieb er sich sein Kinn mit dem Zeigefinger. »Ziemlich unfair, dass alle Fremden meinen Namen kennen, aber ich weiß nie, wen ich vor mir habe.«

»Anne«, stellte sie sich vor und reichte ihm ihre Hand.

»Schön, dich kennenzulernen, Anne. Ich wusste nicht, dass Gerit einen Gast hat«, sagte er und schüttelte ihr die Hand.

Anne wurde nervös, und sie ermahnte sich, ihre Worte genau zu wählen. Auf keinen Fall durfte sie versehentlich verraten, dass Gerit und sie die Gästeregeln auf der Schokoladeninsel gebrochen hatten. »Hat sie mich nicht bei euch angemeldet? Das hat sie bestimmt vergessen. Alles ging so schnell.«

»Gott bewahre, sie muss doch nicht mit Joos, Thies und mir absprechen, wen sie in ihrem Gästehaus übernachten lässt.« Als Finn den Kopf schüttelte, wirbelten seine sandblonden Haare, die er länger trug als seine Brüder, umher.

Finn sah sportlich aus in seinen Jeans-Bermudashorts, die viel zu kalt für die Temperaturen draußen waren, und mit seinem mintgrünen Hoodie mit der Aufschrift *Schwimmt ihr nur alle mit dem Strom, ich werde die Welle nehmen.* Er wirkte so, als wäre er gerade erst von seinem Surfboard gestiegen.

Innerlich schmunzelte Anne. Sie konnte sich vorstellen, dass Finn an irgendeinem Nordseestrand eine Surfschule führte und nachts in einer selbst gezimmerten Hütte hinter den Dünen schlief. Das fand sie sympathisch, er sah aus, als bräuchte er nicht viel, um zufrieden zu sein. Als würde er sein Glück in einfachen Dingen finden, nicht auf dem Fahrersitz eines Lamborghinis.

Als Anne ihn genauer betrachtete, erkannte sie, dass hinter Finns Welpenblick etwas Tiefgründigeres lag. Anne musste an das denken, was Joos ihr über seinen jüngsten Bruder verraten hatte. Die Trauer um den Verlust der Eltern, besonders der Mutter. Am liebsten hätte sie ihn in die Arme genommen und getröstet.

Als Finn in die angrenzenden Zimmer spähte, betastete er die Zinn- und Holzperlen an der braunen Lederkette um seinen Hals. »Du weißt nicht zufällig, wann Gerit zurückkommen wird?«

»Nein.« Sie ging zu ihm in die Diele. Durch die offen stehende Haustür spähte sie hinaus auf die Straße. Eine siebenköpfige Familie aus Großeltern, Eltern und drei Töchtern, die alle denselben nougatbraunen Pullover mit der Aufschrift *Ich bin reich – an Schokolade* trugen, spazierte am Nis Puk vorbei. »Da kann ich dir leider nicht weiterhelfen.«

»Schade.« Er ließ seine Surferhalskette los, holte einen hellgelben Flyer aus seiner Hosentasche und entfaltete ihn. Plötzlich funkelten seine Augen belustigt. »Ich wollte, dass sie mal etwas Verrücktes tut.«

Anne zog eine Braue hoch. »Ich kenne Gerit noch nicht so lange, aber ich befürchte, was das betrifft, stehst du auf verlorenem Posten.«

Finns Lachen klang so sanft und leicht. »Ehrlich gesagt, habe ich auch keine große Hoffnung, dass sie zustimmen wird, aber ich wollte es wenigstens versuchen.«

»Du machst mich neugierig«, sagte sie und versuchte zu lesen, was auf dem Handzettel stand. »Um was geht es denn?«

»Kennst du Philipp aus der Eiscreme-Manufaktur?« Finn ging an ihr vorbei in die Küche und legte den Flyer auf die Arbeitsfläche neben den Wasserkocher.

Erst da fiel ihr auf, dass Finn barfuß war. Bevor sie ihm in die Küche folgte, schloss sie die Eingangstür. »Nein.«

»Er ist Franks Assistent. Frank leitet den Laden. Jedenfalls hat Philipp im Februar Urlaub in seiner Heimatstadt Hamburg gemacht. Er ist dreißig geworden und hat mit seiner Familie und seinen Freunden eine Riesenparty gemacht. Später hat er mit uns auf Möwesand nachgefeiert.« Beiläufig hob er den Deckel der Teekanne und sah hinein. »Zum Geburtstag hat er von seinen Kumpels eine Ausbildung zum Lachtrainer geschenkt bekommen. Das sollte eigentlich ein Gag sein, aber im Seminar hat es ihn gepackt. Er ist begeistert. Meinst du, ich kann mir eine Tasse nehmen? Ich esse keine Schokolade mehr, aber Schokominztee liebe ich immer noch. Das ist die große Ausnahme. Hab ihn ewig nicht getrunken.«

»Kannst du keine Schoki mehr sehen, weil sich bei den Gebrüdern Lorentz alles darum dreht?«, fragte Anne. Wie köstlich war doch eine Tasse Kakao am Morgen, ein Champagnertrüffel nach dem Mittagessen oder ein Gläschen Schoko-Sahnelikör am Abend mit Freunden.

Finn wich ihrem Blick aus. »Das hat eher andere Gründe.«

Sie bohrte nicht nach, anscheinend hatte sie einen wunden Punkt bei ihm getroffen. »Gerit hat bestimmt nichts dagegen.«

»Lachtrainer?«, fragte sie, während er die Oberschränke nach einer Tasse durchsuchte.

»Schon kurios, was es alles gibt, nicht wahr?«, sagte er amüsiert. Er fand eine Tasse, nahm sie aus dem Schrank und goss sich Tee ein. »Philipp würde gerne für die Insulaner Lach- und Atemtrainings anbieten. Meine Brüder und ich übernehmen die Kosten, sodass es für die Teilnehmer gratis ist.«

Begeistert setzte sie sich an den Küchentisch. »Das ist aber nett von euch.«

»Man muss etwas dafür tun, dass die Angestellten und Einheimischen sich wohlfühlen. Sonst könnte der ein oder andere unserer Mitarbeiter einen Inselkoller bekommen, und den Einwohnern Nordwindens könnte der Rummel bald zu viel werden. Deshalb versuchen Joos, Thies und ich für Ausgleich zu sorgen.« Er nahm einen Schluck und seufzte zufrieden. »Alle sollen hier glücklich sein.«

Wie schön es doch hier war, dachte Anne. Alle bemühten sich um ein gutes Miteinander, das war schon etwas Besonderes. »Lachen macht gute Laune und ist gesund.«

»Philipp und ich überlegen, das Lachtraining auch für die Touristen anzubieten. Kurze Gruppenkurse auf der Wiese neben der Heidefläche. Aber einen Schritt nach dem anderen. Philipp wird ja auch in der Eis-Manufaktur gebraucht.« Beiläufig berührte Finn seinen Ear Cuff, den Tribals zierten. »Jetzt fangen wir erst einmal mit den Insulanern an, und da wollte ich eben Gerit dazu überreden, dem Ganzen eine Chance zu geben.«

Anne setzte sich aufrecht hin. Sie legte ihre Hände auf den Tisch. Sachte strich sie über ihre Fingernägel, die sie vor ihrer Abreise in Bremen noch schnell in zartem Rosa lackiert hatte. »Darf ich ehrlich sein?«

»Das erwarte ich sogar«, sagte er und nahm einen kräftigen Schluck von seinem Tee.

»Wenn du Gerit dazu bringen willst, auch nur an einer einzigen Stunde teilzunehmen, wirst du nichts Geringeres als ein Wunder vollbringen müssen.« Sie grinste.

Er lehnte sich gegen die Arbeitsplatte. Über seine Tasse hinweg sah er sie an. »Um was wetten wir?«

»Oh.« Damit hatte Anne nicht gerechnet. Wahrscheinlich würde sie nicht einmal lange genug auf Möwesand bleiben, um das Ergebnis ihrer Wette mitzubekommen. Unsicher antwortete sie: »Ich weiß nicht.«

»Wenn ich Gerit nicht überzeugen kann, werde ich dir eine Surfstunde geben, hier bei uns. Die meisten denken beim Surfen immer noch als Erstes an Australien, Hawaii und Südafrika, dabei hat die Nordsee auch viel zu bieten.« Er stellte seine Tasse ab, stützte sich auf dem Küchentisch ab und kam dichter an ihr Gesicht heran. »Und was wirst du für mich tun, wenn ich Gerit doch dazu bringe, beim Lachtraining mitzumachen?«

Nun, da Anne ihm nah war, bemerkte sie einige Sommersprossen auf seinen Wangen. Die Märzenflecken ließen ihn verschmitzt aussehen. Er musste ein süßer Junge gewesen sein, nun war er ein hübscher Mann. Mit einem Mal wurde ihr bewusst, dass sie gleich alt waren. Nach dem, was Joos ihr erzählt hatte, suchte auch sein jüngster Bruder noch seinen Platz im Leben, genauso wie sie. »Ich kann nichts Besonderes, ich bin langweilig.«

»Das sehe ich anders.« Er richtete sich auf und schob die Ärmel seines Hoodies hoch. Als er die Tasse zum Mund führte, rutschte das dunkelbraune Lederband ein Stück an seinem Arm herunter. »Du warst doch gestern auf der Eröffnungsfeier von Hannahs Edelkakao-Manufaktur, oder?«

»Genau wie alle anderen auf der Insel.« Ihr wurde warm, als sie an ihr Treffen mit Joos dachte. »War ganz schön voll.«

»Du hast Joos zum Lächeln gebracht. Das warst doch du, nicht wahr? Dabei mag er keinen Trubel. Meistens verschwindet er auf Festen schon nach einer Viertelstunde. Das war gestern anders, und ich denke, das lag an dir.« Er zwinkerte ihr zu.

Damit ihr Gesicht ihre Gefühle für seinen Bruder nicht verriet, stand sie auf, drehte ihm den Rücken zu und räumte die Brötchen in den cremefarbenen Brotschrank neben dem Wasserkocher. »Erwischt, die bin ich.«

»Danke dafür. Er machte den Anschein, als hätte er sich sogar amüsiert. Schon andere Frauen haben ihn bei öffentlichen Auftritten angesprochen, aber er hat sie immer abblitzen lassen.« Finn räumte das unbenutzte Messer in die Besteckschublade. Dann stellte er das Tischset zu den anderen zwischen Wasserkocher und Kühlschrank. Offenbar kannte er sich in Gerits Haus aus. »Bei dir war das anders.«

Sie drehte sich wieder zu ihm und zuckte mit den Schultern. »Vielleicht war er gestern nur gut drauf.«

»Nein, das glaube ich nicht. Er mag dich. Du solltest am Ball bleiben.«

Hatte sie richtig gehört? Sein Statement überraschte sie. Er kannte sie doch gar nicht. Anscheinend wünschte er sich eine Partnerin für Joos. Ihr Puls beschleunigte sich. »Wie meinst du das?«, fragte sie unsicher nach.

»Das weißt du genau.« Finn ging zu dem Foto mit ihm, Joos, Thies, Gerit und den anderen Insulanern. Mit dem Zeigefinger malte er ein Herz um Joos. »Meinen Segen hast du.«

»Wo kann ich ihn denn wiedertreffen?«, fragte Anne überrascht und ermutigt von so viel Offenheit. Im nächsten Moment fühlte sie sich wie eine falsche Schlange, weil Finn nichts von ihrem Beruf und ihrem Auftrag wusste. Aber das war nicht ihre ganze Motivation. Sie konnte es kaum abwarten, Joos wieder so nah zu kommen, dass sein Lächeln ihr Herz erwärmte. Außerdem wollte sie ihn davon überzeugen, dass sie kein schlechter Mensch war.

»Meistens versteckt er sich in seinem Büro.« Lässig zeigte Finn in die Richtung, in der das Lorentz-Haus lag.

Anne verschränkte ihre Arme und gab ein Murren von sich. »Hinter hohen Mauern.«

»Arbeit ist sein zweiter Vorname. Aber heute Abend ist er um acht Uhr zum Essen mit Thies und mir im Hafenrestaurant verabredet. Bis dahin sind alle Touristen weg, und wir haben das Klönschnak für uns allein.« Einen Moment lang war er in sich gekehrt und sprach mehr zu sich selbst als zu Anne. »Joos hat uns etwas Wichtiges mitzuteilen, das alles verändern könnte – die Gebrüder Lorentz, die Schokoladeninsel und die Schokoladenfabrik, unsere ganze Familie.«

Dann hellte sich seine Miene wieder auf, und er richtete seinen Blick wieder auf Anne. Schelmisch sah er sie an. »Du könntest ihm dort zufällig über den Weg laufen.«

»Rein zufällig um acht am Hafen?« Sie lächelte dankbar. Sein Tipp war Gold wert. Max Scherf wäre stolz auf sie, wie mühelos sie auf Möwesand einen Verbündeten gefunden hatte, sogar einen aus Joos' direktem Umfeld.

Sag Finn, dass du Reporterin bist, mahnte Anne sich. Doch sie bekam die Worte nicht über die Lippen. Sie mochte Finn, wollte ihn nicht enttäuschen und hatte zugleich Angst, dass er sie von der Insel werfen könnte.

Während er den Flyer so in der Mitte des Küchentischs platzierte, dass die Inhaberin des Gästehauses ihn bei ihrer Rückkehr sofort sehen würde, sagte er: »Wenn Gerit am Lachtraining teilnimmt und du damit unsere Wette verlierst, wirst du Joos einladen, mit dir eine Flasche Réserve Waalem zu trinken, bei Sonnenuntergang auf dem grünen Strand. Das ist dein Einsatz, einverstanden?«

Was für eine entzückende Idee! Anne war sofort Feuer und Flamme, wollte aber erst darüber nachdenken, ob das zielführend wäre. Aber die Leichtigkeit, die Finn ausstrahlte, färbte auf sie ab. Sie fühlte sich berauscht vor Glück, weil Finn ihr half, und war in Flirtlaune.

»Joos mag den Weißwein vom einzigen Föhrer Weingut. Angeblich soll der Réserve Waalem nach Honigmelone und Apfel riechen und nach Birne und Stachelbeere schmecken«, erklärte Finn im Plauderton. »Joos behauptet, er würde das alles herausriechen und schmecken, aber ich glaube ihm kein Wort.«

»Ich soll mit Joos einen Abend am Strand verbringen, das

ist mein Wetteinsatz?« Innerlich machte sie Finns Vorschlag ganz euphorisch. Doch ihr war auch klar, dass Joos ihre Einladung ausschlagen würde, da er mehr über sie wusste als sein jüngster Bruder. Einen Moment lang wollt sie sich der Illusion hingeben, er würde annehmen und sie ein Date haben.

»Er scheint dich zu mögen. Mach ihn glücklich. Bitte«, fügte Finn mit weicher Stimme hinzu. »Joos lächelt viel zu selten.«

Anne hielt ihm ihre Hand hin. »Die Wette gilt.«

»Sei dir aber bewusst, dass ich alles dafür tun werde, dass Gerit zum Lachtraining kommt.« Er schlug ein. Sein Griff war sanft und warm wie Seide, die in der Sonne gelegen hatte. Mit einem verschwörerischen Lächeln verabschiedete er sich. »Mir ist es übrigens egal, ob du Joos verrätst, dass ich dir den Tipp mit dem Klönschnak gegeben habe. Bis heute Abend dann.«

Anne hatte Gewissensbisse. Wenn Finn wüsste, weshalb sie auf die Schokoladeninsel gekommen war, würde er nicht versuchen, sie mit Joos zusammenzubringen. Sie hatte seine Freundlichkeit nicht verdient. Eben noch war Joos hinter den Mauern, die sein Haus umgaben, unerreichbar für sie gewesen, jetzt hatte sie gleich zwei Chancen, ihn wiederzusehen. Ausgerechnet dank seines Bruders. Falls das Ärger zwischen den beiden geben würde, könnte sie sich das nie verzeihen.

Dennoch glühte Anne vor Vorfreude. Sie eilte in ihr Zimmer im Obergeschoss, um ihr Geld zu holen und die Naschwerk-Manufakturen zu stürmen. Bis zum Treffen mit Joos durfte sie sich wie eine Touristin fühlen und ausgelassen und fröhlich sein. Ein Luxus. Schon lange hatte sie das Leben nicht mehr in vollen Zügen genossen, heute würde sie ein bisschen Spaß nachholen.

Als Anne das Gästehaus Nis Puk verließ, um sinnbildlich in Schokolade zu baden, fühlte sie sich angenehm fiebrig und musste immer wieder lächeln. Das alles nur wegen eines Mannes, für den sie ein rotes Tuch war.

Kapitel 8

»Wo bleibt Finn denn nur?« Joos stand auf und ging von dem Tisch an der Meerseite, den er und seine Brüder im Hafenrestaurant reserviert hatten, zu einem Fenster, das einen Blick in Richtung Landesinneres gewährte. Er spähte in alle Richtungen, doch seinen jüngsten Bruder konnte er nirgends sehen.

Hinter seinem Rücken lachte Thies. Er blieb bemerkenswert ruhig, obwohl der Anlass für dieses Treffen bedrückend war. »Geduld war nie deine Stärke.«

»Vater hat mir beigebracht, dass Pünktlichkeit eine Tugend ist«, sagte Joos, während er die Hafenarbeiter beobachtete. Sie machten gerade Feierabend und stiegen in ein Boot, das sie von der Schokoladeninsel zum Hafen Strandlahnungshörn brachte. Die meisten von ihnen wohnten in Husum, ein paar verstreut in den kleinen Gemeinden an der Küste.

»Als Finn noch in der Schokoladenfabrik mitgearbeitet hat, war er immer dann schlecht gelaunt, wenn ein Meeting auf das nächste folgte. Er lässt sich eben nicht gerne in ein Korsett pressen.« Der Holzstuhl, auf dem Thies saß, knarrte. »Vermutlich will er sich lieber auf seine kreative Arbeit konzentrieren, auf neue Schokoladen- und Pralinenkreationen, und nicht herumsitzen und reden.«

Über seine Schulter hinweg lächelte Joos ihn an. »Du hast ja auch die Ruhe weg, genau wie er.«

»Finn wird bestimmt bald da sein«, sagte Thies und spielte mit dem Salz- und Pfefferstreuer auf dem Tisch.

»Ich mache mir Sorgen um ihn. Früher war er pflichtbewusster. Er kam nie zu spät. Damals hatte er noch Ziele, jetzt lässt er sich durch den Tag treiben, und ich befürchte, er treibt von uns weg.« Die Bäume des Laubwaldes, auf die Joos blickte, wiegten sich im sanften Abendwind. Joos meinte das Rascheln der Blätter zu hören, er kannte die Geräusche und Gerüche von Möwesand in- und auswendig, hatte er doch die meiste Zeit seines Lebens im nordfriesischen Wattenmeer verbracht.

Als Kind hatte er mit seiner Familie zu jeder sich bietenden Möglichkeit hier Urlaub gemacht, und seit er mit seinen Brüdern die Naschwerk-Manufakturen führte, wohnte er fest im Lorentz-Haus. Praktischer wäre Flensburg als Wohnort gewesen, in der Nähe der Schokoladenfabrik, da er sich zurzeit fast alleine um das Administrative kümmerte. Aber Joos brauchte den ewigen Wind, das Geschrei der Möwen und die Kraft der Gezeiten.

Er liebte es, dass er an schönen Tagen bis zur Insel Pellworm und zur Hallig Nordstrandischmoor sehen konnte, was ihm ein Gefühl von Freiheit gab, und es erdete ihn, mit nackten Füßen durchs Watt zu wandern. Keinesfalls wollte er die bodenständigen und gradlinigen Insulaner, die für ihn wie Familie waren, und die Leichtigkeit und Fröhlichkeit, die auf der Schokoladeninsel herrschten, missen. In Flensburg hätte er sich noch einsamer gefühlt.

»Hast du es eilig?« Mit unverhohlener Neugier sah Thies ihn an. »Willst du noch irgendwohin?«

»Selbstverständlich nicht.« Es beruhigte Joos zu sehen,

dass die Sicherheitsleute über die Insel patrouillierten. Seine Geschichte durfte sich keinesfalls wiederholen. Er war bereit, alles für den Schutz von Hannah und ihrem ungeborenen Kind zu tun. Aber auch für alle anderen auf der Schokoladeninsel fühlte er sich verantwortlich.

Thies bedankte sich bei Kurt, der ihnen drei kalte Küstenbiere in der Flasche brachte. »Ich dachte nur …«

»Was dachtest du?«, fragte Joos, da sein Bruder nicht weitersprach. Er trank selten Bier, eigentlich nur im Hochsommer oder auf Grillfesten. Aber ihr Vater hatte Küstenbier geliebt, darum wollten sie auf ihn anstoßen. Hauke Lorentz war vor anderthalb Jahren an einem Herzinfarkt gestorben, weil man ihn nicht schnell genug von Möwesand in eine Klinik auf dem Festland hatte transportieren können. Er weilte nicht mehr unter ihnen, aber er war der Grund für eine Sorge, die Joos und seine Brüder seit einem Dreivierteljahr belastete. Sie nannten es nur *die Familiensache*, um nicht aussprechen zu müssen, was ihr Vater heimlich getan haben könnte.

»Ich hatte gehofft, du hättest ein Rendezvous«, sagte Thies und sah kurz zu der Skulptur aus Treibholz, die zwei Liebende darstellte.

Joos fand rosafarbene T-Shirts an Männern befremdlich, musste aber zugeben, dass es Thies gut stand. »Wie kommst du denn darauf?«

»Finn ist eine Veränderung an dir auf Hannahs Einweihungsfest aufgefallen.« Thies blinzelte ihn an und grinste. »Du hattest Farbe im Gesicht, während du dich mit einer Frau unterhalten hast.«

Als Joos an Anne dachte, wurde ihm warm.

Sie hatte ihn durcheinandergebracht. Eigentlich hatte er eine Abneigung gegen Reporter, empfand sie meist als aufdringlich und unverschämt, aber wenn er an Anne dachte, spielte sein Körper verrückt. Joos hatte sich im Lauf des Tages mehrmals dabei ertappt, wie er unbewusst ein Lied gesummt hatte, und zwar immer dann, wenn sich Anne in seine Gedanken geschlichen hatte. Davor hatte er nie gesummt. Er strotzte nur so vor Energie, und ständig streichelte er Zorro, mehr als sonst. Wenn das so weiterging, hätte der Rüde bald kahle Stellen im Fell.

Joos durchquerte den Raum, öffnete die Terrassentür und ließ frische Luft herein. An diesem Abend waren Thies und er die einzigen Gäste. »Du willst mich nur aufziehen. Das hast du dir gerade ausgedacht, oder?«

»Wenn dir eine Frau gefällt, glühen deine Ohrläppchen«, sagte Thies belustig. »Wusstest du das noch nicht?«

Verlegen betastete Joos seine Ohren. Sie fühlten sich tatsächlich warm an. Ob Anne dieses verräterische Zeichen ebenfalls bemerkt hatte? Er winkte ab, während er zum Tisch zurückkehrte. »Unsinn.«

»Wenn du meinst.« Thies verschränkte die Arme. »Sie sah nett aus.«

Als Joos sich setzte, gab er ein Murren von sich. »War sie aber nicht.«

»Das verstehe ich nicht«, sagte Thies und schaute Joos zweifelnd an.

»Ist auch nicht so wichtig«, presste Joos zwischen seinen Zähnen hervor.

»Du scheinst dich in ihrer Gegenwart gut amüsiert zu haben.« Thies trommelte auf dem Tisch herum, wie er es schon als Junge getan hatte, was Joos nervös machte. Damit sein Bruder endlich Ruhe gab, zischte er: »Anne ist eine Fernsehjournalistin. Jetzt weißt du es. Sie hatte sich bloß an mich herangemacht, weil ich offiziell keine Interviews gebe. Es ging ihr nicht wirklich um mich.«

»Eine Reporterin?« Abrupt rückte Thies bis auf die Stuhlkante vor.

»Von einem kleinen Bremer Lokalsender. Wie hieß er noch gleich? Ach ja, *Tele Nord*.«

»Von dem habe ich noch nie gehört.« Als sich Thies durch die sandfarbenen Haare fuhr, funkelte sein goldener Ehering im Licht der Deckenlampen.

»Es gibt ihn tatsächlich. Zuerst dachte ich, das wäre eine weitere Lüge.«

»Warum eine weitere Lüge?«

»Zuerst hat Anne mir vorgespielt, bloß eine Touristin zu sein.« Schnaubend schüttelte Joos den Kopf, auch darüber, dass er beinahe auf ihre hübschen karamellfarbenen Augen hereingefallen war. »Sie hat versucht mich zu überreden, vor ihre Kamera zu treten. Angeblich geht es dem Lokalsender, der sie geschickt hat, schlecht, nur ich könnte ihn und damit einige Arbeitsplätze mit meinem Interview retten.«

»Und wenn das stimmt?« Thies legte beide Hände an die Bierflasche, die so kalt war, dass sich außen feines Kondensat gesammelt hatte.

»Ich habe keine Lust mit dem Trinken auf Finn zu warten.« Verstimmt, weil ihr jüngster Bruder sie warten ließ und Thies seine Abneigung gegenüber den Medien nicht verstand, nahm Joos einen großen Schluck. Seine Handfläche fühlte sich angenehm kühl an. Am liebsten hätte er sich die Flasche an seine heißen Ohren gehalten. »Du würdest ihr doch nicht ernsthaft glauben, oder?«

Thies knibbelte am Etikett der Flasche. »Hast du mal darüber nachgedacht, dass sie die Wahrheit gesagt haben könnte?«, fragte er dann.

Joos wurde nachdenklich. Anne hatte verzweifelt gewirkt, das schon. Aber er traute den Medien nicht über den Weg, auch dann nicht, wenn ihre Vertreterinnen zuckersüße Lippen und einen Teint in der Farbe von Aniskuchen hatten. Er liebte Aniskuchen. »Trotzdem bin ich der Falsche.«

»Ein kleines Interview tut doch nicht weh«, sagte Thies über den Rand seiner Bierflasche hinweg. »Du könntest etwas Gutes bewirken.«

»Es soll eine Dokumentation werden, in der Opfer von Verbrechen porträtiert werden. Wie sie überlebt und zurück in die Normalität gefunden haben. Angeblich, um anderen Opfern zu helfen. Für mich ist diese Erklärung bloß ein Vorwand, damit Betroffene sich dazu überwinden, bei dem reißerischen Projekt mitzumachen.« Joos stellte sein Bier so fest auf den Tisch ab, dass es krachte. »Es geht nicht um Mitgefühl, sondern um Sensationslust. Alle wollen doch bloß die schockierenden Einzelheiten hören.«

»Meinst du?« Thies rieb sich sein Kinn, auf dem schon wieder die ersten Bartstoppeln zu sehen waren. »Du könntest ein Vorbild sein und anderen Opfern zeigen, dass man nach einem Schicksalsschlag zurück ins Leben finden kann. Klingt nicht übel.«

Für Joos' Ohren war das der blanke Horror. Alle hielten ihn für stark. Von den verschwitzten Bettlaken nach seinen schlechten Träumen nachts, von all den Erinnerungen, die ihn immer wieder heimsuchten, ahnte niemand etwas. Ebba hatte ihn dankenswerterweise nie darauf angesprochen, warum er so oft neue Laken brauchte, sondern sie kommentarlos gewaschen. »Nein, darauf lasse ich mich nicht ein. Man weiß nie, was am Ende rauskommt, was der Fernsehsender zeigt und was er rausschneidet. Ich liefere mich nicht freiwillig Haien aus.«

»Betrachte dein Mitwirken doch als gute Tat. Außerdem ...« Thies nahm die Speisekarte, sein Magen knurrte.

Sein Bruder weckte Gewissensbisse in Joos. Für gewöhnlich war er stets dazu bereit, anderen zu helfen, doch er konnte seinen inneren Widerstand gegen die Doku nicht ignorieren. War er etwa egoistisch, wenn er bei seiner Absage blieb? »Ja?«

Aufmunternd lächelte Thies. Er breitete seine Arme aus, als wollte er jemanden willkommen heißen. »Der Fernsehbeitrag wäre kostenlose Publicity für die Gebrüder Lorentz. Ein Geschenk, das man nicht ablehnt.«

»Wir brauchen es nicht. Es wollen so viele Touristen auf die Schokoladeninsel, dass die Tagestickets für das nächste halbe Jahr bereits verkauft sind.« Als Joos heftig abwiegelte, hätte er beinahe Finns Bierflasche runtergeworfen. Er fühlte sich gleich von zwei Seiten bedrängt, von Anne und von Thies.

Thies ließ für einen Moment den Kopf hängen. »Aber unser Umsatz geht zurück, das weißt du besser als ich.«

»Leider. Da fällt mir ein, ich habe euch etwas mitgebracht.« Mit einem Kopfnicken deutete Joos auf seine schwarze Aktentasche auf dem Stuhl neben sich. Der Sitzplatz würde frei bleiben, doch in seiner Vorstellung saß das Phantom Julius Schneider mit am Tisch. In der Aktentasche befand sich die Hoffnung auf baldige neue Erkenntnisse in Bezug auf *die Familiensache.*

Joos und seine Brüder hatten das Problem aus unterschiedlichen Gründen schleifen lassen. Finn hatte Angst gehabt herauszufinden, dass seine Mutter Karin unter seinem Vater gelitten hatte. Thies war zu sehr mit der Renovierung der Edelkakao-Manufaktur, seiner Hochzeit mit Hannah und jetzt auch noch mit dem Nachwuchs beschäftigt. Monatelang hatte Joos die Geschäfte weitestgehend allein geführt und sich nicht um das Geheimnis aus der Vergangenheit ihres Vaters kümmern können. Seit Monaten hing es über Joos und seinen beiden Brüdern wie ein Damoklesschwert. Wenn sie nichts unternahmen, drohte es auf sie hinabzusausen und die Gebrüder Lorentz zu zerschlagen.

»Wir müssen noch auf Finn warten. Er hat wohl nur noch Surfen im Kopf.« Joos fuhr sich mit seiner Hand durch die Haare. »Was macht er eigentlich in der restlichen Zeit?«

Sachte berührte Thies Joos' Arm. »Du musst nicht die Vaterrolle übernehmen.«

Doch, genau den Eindruck hatte Joos. Ihre Eltern waren tot, sie hatten wenige Verwandte, und die lebten in Hamburg, Bremerhaven und Kiel, also nicht in unmittelbarer Nähe. In Flensburg wohnte nur noch ihre geliebte Tante Luisa, die Schwester ihrer Mutter.

Joos erinnerte sich noch gut, in Luisas altem Haus in Mürwik hatte ein Flügel den meisten Raum im Wohnzimmer eingenommen. Auf dem wunderbaren großen schwarzen Instrument hatte sie ihm beigebracht, *Für Elise* zu spielen. Wie stolz er gewesen war, ein Musikstück vom berühmten Komponisten Ludvig van Beethoven zu beherrschen.

Mittlerweile hatten sie die 58-Jährige in der Seniorenresidenz *Herbstgold* untergebracht. So oft wie möglich besuchten sie Luisa, aber um Rat oder Hilfe konnten sie sie nicht bitten. Denn seit vier Jahren litt sie an Demenz.

Joos' Herz wurde schwer, wenn er an das Schicksal ihrer Tante dachte. Bevor sie erkrankt war, hatte er nicht gewusst, dass es auch Menschen weit vor dem Rentenalter treffen konnte. Die Ärzte hatten ihm gesagt, dass jeder Tausendste zwischen 45 und 65 Jahren betroffen war und die Zahl der jüngeren Demenz-Patienten steigen würde. Sie hatten auch gemeint, Luisas dauerhafter und übermäßiger Alkoholkonsum sei ein Faktor gewesen.

Zu trinken fing sie an, als ihr Mann Paul mit nur 23 Jahren starb. Er war ihre große Liebe, der Verlust warf sie unwiderruflich aus der Bahn. Luisa ertränkte ihren Kummer in Alkohol. Joos' Mutter meinte sogar, ihre Schwester würde versuchen, sich totzutrinken, um wieder mit Paul vereint zu sein.

Auf der Schokoladeninsel waren Thies, Finn und er jedenfalls allein. Ich bin der Älteste, dachte Joos, ich muss uns drei zusammenhalten. »Ich will mich nicht aufspielen, wir sind alle erwachsen. Aber wie ich bereits sagte, ich mache mir Sorgen um Finn.«

»Er wird schon zu den Gebrüdern Lorentz zurückfinden«, sagte Thies und nippte an seinem Bier, aber er klang selbst nicht so richtig überzeugt.

»Ich bin mir da nicht so sicher.« Die Beleuchtung auf der Außenterrasse ging automatisch an. Joos schaute auf seine Armbanduhr. Nach dem tödlichen Herzinfarkt ihres Vaters hatten die Krankenhausmitarbeiter mit betretenen Mienen

Joos und seinen Brüdern dessen Kleidung, den Inhalt seiner Hosentaschen und seine Uhr gegeben. Seitdem trug Joos die Uhr mit dem Edelstahlgehäuse und dem pechschwarzen Ziffernblatt als Erinnerung an seinen geliebten Vater. »Seine Auszeit dauert schon zu lange.«

Thies Lächeln wirkte bemüht. »Immerhin kommt er heute zu unserem Treffen.«

Falls er uns nicht versetzt, denn danach sieht es im Moment aus, dachte Joos.

Er wollte nun endlich zum Thema kommen. »Glaubst du, dass Vater Mutter betrogen hat und das weitreichende Konsequenzen hatte? Sei ehrlich.«

Heftig schüttelte Thies seinen Kopf. »Ich kann mir das nicht vorstellen.«

Joos zögerte. »Ich weiß es nicht«, sagt er dann. »Er hatte bereits vor 28 Jahren eine Beziehung mit Bente.«

»Aber nicht körperlich«, gab Thies zu bedenken und riss das Etikett von seiner Bierflasche. »Sie haben geflirtet, mehr war nicht zwischen ihnen. Sie brauchten einander, weil es ihnen schlecht ging. Wenn du mich fragst, war das keine Liebe, sie haben sich bloß gegenseitig gestützt.«

»Aber später scheint Vater doch ein Verhältnis gehabt zu haben … und ein uneheliches Kind.« Joos trank, das Bier war ihm eigentlich zu bitter. Er hätte es nicht bestellen sollen, nur um sich seinem verstorbenen Vater näher zu fühlen. Im Moment deuteten alle Zeichen darauf hin, dass er seine Familie verraten hatte. »Nämlich dieser Julius Schneider, der auf den Rechnungen und Überweisungsbelegen, die du und Hannah in Vaters Nachlass gefunden habt, stand.«

Mit einer ausladenden Geste wischte Thies diese Option

weg. »Schon möglich, aber alles kann auch ganz anders gewesen ist. Vielleicht hat er diesen Julius aus einem vollkommen harmlosen Grund finanziell unterstützt.«

»Und zwar?«, fragte Joos und sah ihn hoffnungsvoll an. Die Zahlungen waren zwischen Julius' vierzehntem und einundzwanzigstem Lebensjahr und während dessen Fortbildung zum Fachwirt im Gastgewerbe erfolgt. Es musste schon einen Anlass gegeben haben, warum ihr Vater ihm über einen langen Zeitraum regelmäßig Geld überwiesen hat. Hauke war großzügig gewesen, aber so großzügig nun auch wieder nicht. Auffällig war, dass er keinen Dauerauftrag eingerichtet, sondern die Beträge einzeln über sein Privatkonto und ohne Angabe des Grundes überwiesen hatte.

Thies zuckte mit den Schultern. »Das weiß ich auch nicht.«

Die Summen waren an eine Roswitha Schneider gegangen. Weder Joos noch seine Brüder konnten sich daran erinnern, den Namen jemals gehört zu haben. Sie vermuteten jedoch, dass es sich bei der Frau um Julius' Mutter handelte.

Hatte ihr Vater etwa einen weiteren Sohn gezeugt? Gab es noch einen Bruder da draußen? Waren die Lorentz-Brüder eigentlich zu viert? Wusste Julius Schneider von seiner wahren Herkunft und somit von Joos, Finn und Thies? Falls nein, würde er, wenn er eines Tages erfuhr, dass er der Sohn von Hauke Lorentz, dem Schokoladenkönig von Flensburg, war, seinen Erbteil einfordern? Würde er sich auszahlen lassen, was ein großes Loch in ihre Kasse reißen würde, gerade jetzt, wo die Schokoladenfabrik ernsthafte Konkurrenz bekommen hatte und die Zahlen rückläufig waren? Würde er möglicherweise sogar Anteile am Schokoladenunternehmen verlangen?

Die Eingangstür schwang auf. Finn schlenderte herein, als käme er pünktlich und nicht eine halbe Stunde zu spät.

»Da bist du ja endlich.« Joos fiel ein Stein vom Herzen, hatte er doch befürchtet, Finn könnte Thies und ihn versetzen. In dem Fall hätte ihr jüngster Bruder, auf den früher stets Verlass gewesen war, sich noch weiter von ihnen entfernt. Glücklicherweise war das nicht passiert.

In letzter Zeit lief Finn immer in Bermudashorts und Hoodie herum. Selbst bei schlechtem Wetter ging er meistens barfuß, als würde er auf einer karibischen Insel leben und nicht an der Nordsee. Immerhin hatte er sich heute Abend Turnschuhe angezogen.

Joos, der sehr auf sein Aussehen achtete, sich alle vier Wochen die Haare schneiden ließ und Designerhemden und, wenn er nicht gerade mit Zorro über die Insel tollte, schwarze Lederschuhe trug, befürchtete, dass Finns Kleidung, sein Fünftagebart und die herausgewachsene Frisur die Einstellung des 29-Jährigen widerspiegelten. Je legerer sich Finn anzog, desto mehr befürchtete Joos, dass sein jüngster Bruder nie wieder in der Schokoladenfabrik arbeiten würde.

Finn schien das Lotterleben zu gefallen. Doch wenn Joos genauer hinsah, konnte er die unsichtbare Last sehen, die auf Finns Schultern lag.

Joos befürchtete, dass Finn es sich in seiner Trauer eingerichtet hatte, sie zu einem Teil von ihm geworden war. Seine Brüder schafften es nicht, ihn von ihr zu befreien, sie hatten es wahrlich versucht. Joos hoffte aus ganzem Herzen, dass es irgendwo einen Menschen gab, der Finn helfen konnte, wieder glücklicher zu werden.

Vielleicht wird eine Frau das Wunder vollbringen, dachte

Joos. Als ihm der alte Spruch von der Liebe, die alle Wunden heilt, durch den Kopf ging, tauchte prompt das Bild von Anne vor seinem inneren Auge auf. Er fragte sich, ob sie ihm helfen konnte, seine Entführung zu verarbeiten und seine Einsamkeit hinter sich zu lassen. Möglich wäre es, immerhin hatten sie sofort einen Draht zueinander gehabt, und er konnte nicht aufhören, sich eine zweite Begegnung zu wünschen. Aber keinesfalls beim Fernsehen.

Finn setzte sich lässig auf einen Stuhl, schnappte sich seine Flasche Bier und trank sie in einem Zug halb aus. Zufrieden seufzend stellte er sie ab. »Das hat gutgetan.«

»Du kommst zu spät«, merkte Joos an, fügte aber, um die Atmosphäre aufzulockern, hinzu: »Thies' Magen knurrt so laut, dass man denken könnte, es gäbe Bären auf der Möwesand.«

»Tut mir leid.« Finn hob die Hände in einer Geste der Entschuldigung. »Von mir aus können wir sofort Essen bestellen. Ich war noch bei Gerit. Hat länger gedauert als erwartet. Sie ist echt eine harte Nuss. Hab sie nicht überreden können.«

Nachdem Joos Kurt, der am Besteckschrank stand und Messer polierte, ein Zeichen gegeben hatte, wandte er sich Finn zu. »Was soll sie denn tun?«

»Beim Lachtraining mitmachen«, sagte sein Bruder und grinste.

Lächelnd schüttelte Thies den Kopf. »Gerit und lachen? Das ist wie ein Pferd, das tauchen soll.«

Fröhlich kam der Kellner zu ihnen an den Tisch, begrüßte Finn und nahm die Bestellung seiner drei einzigen Gäste auf. Kurt musste seine hellblonden Haare frisch geschnitten haben, denn sie waren extrem kurz. Kurts gerötete Wangen erinnerten Joos daran, dass der Mitarbeiter an Couperose – Französisch für Kupferrose – litt, einer Krankheit, bei der sich das Blut in den Adern staute, was zur sichtbaren Erweiterung unter der Oberfläche gelegener kleiner Blutgefäße und zu weiteren Symptomen führte. Kurt wusste, dass sein übermäßiger Koffeinkonsum die Kupferfinne, wie man auch dazu sagte, begünstigte, aber er konnte die Finger nicht vom Kaffee lassen und trank eine Tasse nach der anderen.

»Philipp bietet ein Seminar für alle Insulaner an, nicht wahr?« Joos war überrascht und froh, dass Finn sich wieder einbrachte. Überhaupt konnte er seinem jüngeren Bruder mit seiner offenen Art nie lange böse sein. Er hatte sich ja auch nicht verspätet, weil ihm das Treffen mit seinen Brüdern egal war, sondern wegen seines Besuchs bei Gerit und der Idee für eine Aktivität auf der Schokoladeninsel.

»Wir hängen ab und zu zusammen ab. Phil ist ein cooler Typ, fühlt sich auf der Insel wohl. Er würde gerne Lach- und Atemkurse für die Einwohner und später vielleicht auch für die Touristen geben.« Finn nippte an seinem Bier. »Ich finde die Idee toll.«

»Schön, wenn sich alle einbringen.« Zustimmend nickte Joos, drehte aber nervös seine Flasche hin und her. Finn hatte Thies von Philipps Vorschlag erzählt, und Thies hatte Joos nach seiner Meinung gefragt. Weil er ihn nicht selbst angesprochen hatte, hatte Joos wieder einmal den Eindruck, dass sein jüngster Bruder ihm aus dem Weg ging. Er wusste, dass das seine Schuld war. Es hatte eine Zeit gegeben, da hatte er Finn zu sehr bedrängt, wieder in der Schokoladenfabrik mitzuarbeiten. Sie brauchten Finns kreative Einfälle, was Rezepturen und Formen betraf, jetzt, da die Luft im Schokoladengeschäft dünner wurde, mehr denn je. Aber Joos verbot sich, ihn erneut zu fragen, wann er zurückkehren würde, weil er ihn dann endgültig verlieren könnte. Diesmal wollte er das geschickter angehen. »Das bedeutet doch, dass die Leute gerne für uns arbeiten.«

Thies strahlte, seine Augen leuchteten und er wirkte, als wollte er vor Tatendrang aufspringen. »Wir könnten den Kurs als Anlass für eine neue Marketingoffensive nehmen.«

»Ich denke nicht, dass wir im Moment noch mehr Werbung brauchen.« Joos wollte kein Spielverderber sein, und Thies zu bremsen, war meistens ohnehin nicht möglich, aber sie hatten ihre Kapazitäten schon ziemlich ausgereizt.

»Ich find's jetzt schon zu überlaufen.« Finn rutschte auf dem Stuhl zurück. »Wir wollen doch nicht, dass der nordfriesische Charme der Schokoladeninsel verloren geht. Die Touristen suchen hier doch Idylle und die Nähe zur Natur.«

»Neben den köstlichen, handgefertigten Naschereien«, bemerkte Joos. Sein jüngster Bruder hatte ja recht. Aber Finn würde die Besucheranzahl am liebsten so stark beschränken, dass sich die Läden nicht rentierten. »Die Besucher rennen uns die Bude ein«, sagte Joos.

»Aber wir sollten dafür sorgen, dass wir im Gespräch bleiben.« Thies schien bereits eine Strategie im Sinn zu haben. »Erst einmal füttern wir die Zeitungs- und Fernsehredaktionen mit der Neuigkeit, dass die Schokoladeninsel durch Lachtraining noch unterhaltsamer wird, und ich wette, sie werden darüber berichten. Die Werbung kostet uns keinen Cent. Die Schokoladeninsel ist immer eine

Schlagzeile wert, und Lachtraining ist ungewöhnlich, interessant und verspricht gute Laune. Bisher war das nur so eine Idee von Philipp. Aber morgen besprechen wir das weitere Vorgehen und machen Nägel mit Köpfen. Hannah und ich werden bei seinem Kurs dabei sein.«

»Ich auch. Das werde ich mir nicht entgehen lassen.« Finn rutschte unruhig auf seinem Stuhl herum. »Wie sieht es mit dir aus, Joos?«

»Ich kann nicht auf Knopfdruck lachen.« Wenn Joos seine Brüder so betrachtete, kam er sich wieder einmal wie ein Außenseiter vor. Zwar hatten sie ihn nie so behandelt, aber alle wussten, dass er anders war als sie. Thies und Finn, beide blond, waren kontaktfreudig, während er, dunkelhaarig, den meisten Fremden gegenüber Distanz hielt. Die beiden waren von klein auf die Sonnenscheine der Familie Lorentz gewesen, er dagegen fühlte sich durch die Entführung gebrandmarkt, und als würde er eine Gewitterwolke mit sich herumtragen.

Mitschüler hatten Joos ›Schattenkind‹ genannt, weil er sich auf dem Schulhof und selbst auf Geburtstagen zwischen Bäume und in Zimmerecken zurückzog, um nicht gesehen zu werden, aus Angst vielleicht auch, erneut entführt zu werden. Das hatte er allerdings lange hinter sich gelassen, inzwischen hielt er sich zwar vom Trubel fern, war aber ein Kämpfer geworden.

Sachte boxte Finn gegen Joos' Oberarm. »Versuch es wenigstens. Vielleicht macht es dir zufällig Spaß.«

»Ich werde es mir überlegen«, sagte Joos wenig überzeugend. Er nahm die Aktentasche von dem freien Stuhl. Mit spitzen Fingern zog er die Dokumente, die Thies im Schlafzimmer ihres Vaters gefunden hatte, heraus und legte sie auf den Tisch.

»Es ist immer noch alles möglich«, gab Joos zu bedenken.

»Zum Beispiel?«, fragte Finn skeptisch und zog eine Augenbraue hoch. Seine Miene verfinsterte sich.

»Dass Julius Schneider bloß der Sohn einer Freundin unseres Vaters ist und Roswitha Schneider damals in finanzieller Not war. Du weißt, wie hilfsbereit er war.« Entspannter, als sich Joos fühlte, zuckte er mit den Schultern.

Finn schüttelte den Kopf. »Dann hätten wir ihren Namen doch schon mal gehört.«

»Es sei denn«, warf Thies ein, »er hat diese Roswitha vor uns geheim gehalten.«

Finn ballte eine Faust. »Und vor Mutter.«

»Lasst uns keine voreiligen Schlüsse ziehen«, erwiderte Joos. Er wollte Finn raten, sich endlich die Haare schneiden zu lassen. Doch er schluckte die Bemerkung herunter, weil er ihn nicht kritisieren wollte. »Aber wir haben die Suche nach der Wahrheit lange genug hinausgezögert, meint ihr nicht auch?«

Während Finn die Fingernägel in seine Handballen bohrte, nickte Thies.

»Julius Schneider stellt eine Gefahr für die Gebrüder Lorentz dar. Er könnte ein Viertel der Schokoladenfabrik gerichtlich einfordern, sollte sich herausstellen, dass … er tatsächlich der Sohn unseres Vaters und somit unser Bruder ist.«

Energisch klopfte Thies auf den Tisch. »Vergiss nicht, dass in dem Fall Julius auch ein Viertel der privaten Vermögenswerte unseres Vaters zustehen würde. Das Geld von seinen Privatkonten, seine Aktien, die Stadtwohnung, seine Autos und sogar Möwesand. Die Schokoladeninsel ist zwar unser Baby, aber unser Vater hat die Nordseeinsel gekauft.«

»Julius Schneider hätte ein Mitspracherecht bei allem, oder er könnte sich auszahlen lassen, was uns wirtschaftlich in Schieflage bringen würde. Wir verdienen gut, investieren aber auch viel.« Joos' Magen zog sich zusammen. »Besonders die Schokoladenfabrik bekommt immer mehr Probleme.«

Er zog zwei Tafeln Schokolade aus seiner Aktentasche. Die eine stammte aus ihrer Fabrik in Flensburg und war in schwarzbraunes Papier eingewickelt. Auf dem Papier bewirkte eine Handvoll kleiner geprägter roter appetitlicher Kirschen einen kleinen 3D-Effekt. Die andere Tafel hatte Joos in einem Supermarkt in Husum gekauft. Sie kam von einer großen Süßwarenfirma aus Magdeburg. Das Einpackpapier zeigte auf braunem Hintergrund eine kreischend rote Kirsche neben der anderen. Weniger stilvoll, dafür aber auffälliger.

Schon als Joos die Tafeln auseinanderbrach, sahen er und seine Brüder den Unterschied.

Die billige Kopie war trocken und hart, sie splitterte regelrecht. Ein Verlust für die Kunden, denn die warfen die kleinen Stücke meistens weg. Außerdem waren Lufteinschlüsse zu erkennen, zurückzuführen auf eine nachlässige Herstellung. Ihr Original dagegen war cremig und wies feine Bruchstellen auf.

Joos bot Thies und Finn an zu kosten.

»Du weißt doch, dass ich keine Schokolade mehr esse«, knurrte Finn.

»Ja, schon, aber du kannst doch mal eine Ausnahme

machen.« Joos hatte wenig Verständnis für seine starre Haltung. »Mich interessiert deine Meinung.«

»Ich mache keine Ausnahmen.« Demonstrativ verschränkte Finn die Arme.

Joos schüttelte den Kopf. »Dass man unsere Sorten nachahmt, war schon immer der Fall, aber dieser Konkurrent reagiert rasend schnell. Wenige Monate nachdem wir eine neue Sorte eingeführt haben, reproduziert er sie und bringt sie in die Läden, zum Beispiel diese Zartbitterschokolade mit Kirschlikör.«

»Dagegen müssen unsere Anwälte vorgehen.« Thies' Hals rötete sich, als er ein Stück nahm.

»Die Chancen für uns stehen schlecht«, erwiderte Joos. Unser Konkurrent benutzt bloß Aromen, hier zum Beispiel Kirsche. Ein kleiner, aber wichtiger Unterschied für die Gerichtsbarkeit. Ich habe mich schlau gemacht. Man müsste der Süßwarenfirma nachweisen, dass sie zeitlich versetzt dieselben Sorten wie wir auf den Markt bringt. Sie ahmt unser Sortiment zwar sehr geschickt nach, benutzt aber andere, schlechtere Zutaten.«

»Das heißt, unsere Produkte sind ähnlich, aber nicht identisch«, fasste Finn zusammen.

»Laut unseren Anwälten sind die Unterschiede groß genug, um daran zu zweifeln, dass wir einen Prozess gewinnen würden. Ähnliche Rezepturen sind ja nicht verboten. Zudem wäre ein Gerichtsverfahren schlechte Publicity, meinten sie, ob wir nun Recht bekämen oder nicht. Leider scheint die schlechte Qualität die meisten Kunden nicht zu stören, die aromatisierte Billigschokolade verkauft sich wie verrückt. Der Preis ist vielen Konsumenten wichtiger als die Qualität. Diese hier«, fügte Joos hinzu und zeigte mit verächtlicher Miene auf die Kopie, »kostet fast die Hälfte weniger als unsere.«

»Wir können aber den Preis nicht herabsetzen, sonst verdienen wir nichts mehr«, gab Finn zu bedenken.

»So ist es leider. Und unsere erlesenen Zutaten durch preiswertere austauschen wollen wir auch nicht. Das widerspricht unserer Firmenphilosophie.« Joos hatte die Billigschokolade bereits im Vorfeld probiert und wollte sich das nicht noch einmal antun, daher nahm er ein Stück von ihrer eigenen Schokolade und ließ es sich auf der Zunge zergehen. Sie schmolz nur langsam, was den Genuss verlängerte. Zuerst breitete sich der herbe Zartbittergeschmack mit seiner dezenten Süße und dem hintergründigen Kaffeearoma aus. Dann folgte der fruchtig süße Kirschlikör. Die süßen und herben Noten vermischten sich zu einer Geschmacksexplosion. Für Joos war das eine perfekte Kombination.

»Früher war das kein Problem für uns. Unsere Produkte verkauften sich trotz der höheren Preise. Die Kunden wussten die Qualität zu schätzen.« Finn runzelte die Stirn. »Was hat sich geändert?«

Thies kostete die Schokolade des Konkurrenten und verzog das Gesicht. Er stand auf, nahm eine Papierserviette vom Kellnertisch und spuckte die Schokolade hinein. Dann warf er sie in den Mülleimer und nahm wieder Platz. »Widerlich. Es lohnt sich nicht, sie zu essen. Die Konsistenz ist, als würde man Briketts lutschen.«

Joos lachte. »Nun übertreib mal nicht. Aber ja, die Schokolade schmeckt fürchterlich. Sie verkauft sich aber trotzdem ausgezeichnet, das haben mir unsere Händler versichert.«

»Was machen wir also falsch?«, fragte Finn.

»Wir haben unsere Vorreiterrolle verloren. Uns fehlt der Unique Selling Point, der auch ein breiteres Publikum sofort anspricht.« Joos lächelte müde. »Auf dem Markt gibt es kaum noch etwas, das es noch nicht gibt. Es ist schwer, neue Geschmackskombinationen zu erfinden, darum kommen ja manche Firmen auf die schräge Idee, Pralinen mit Grünkohl oder Wasabi zu füllen.«

Angewidert schüttelte sich Finn.

»Das hört sich verzweifelt an«, meinte Thies schmunzelnd.

»Du mit deinen kreativen Ideen fehlst uns«, sagte Joos in sanftem Ton zu Finn.

Sein jüngster Bruder wich seinem Blick aus, begann an seinem Lederarmband zu zupfen. »Ihr schafft das auch ohne mich.«

»Eben nicht, das hast du doch eben gehört.« Das Thema zerrte an Joos' Nerven, er musste sich bewegen. Er stand auf, ging zur Terrassentür und schloss sie. »Die Luft in unserer Geschäftssparte wird dünner.«

»Ihr wart schon immer die Köpfe der Gebrüder Lorentz.« Während Finn redete, nahm er seinen silbernen Ear Cuff ab und massierte sein Ohrläppchen. »Thies ist das Gesicht der Schokoladeninsel, und du bist der Kopf der Schokoladenfabrik.«

»Aber *deine* Ideen haben uns dahin gebracht, wo wir jetzt sind.« Joos versuchte so motivierend wie nur irgend möglich zu klingen, doch eigentlich war Thies darin besser. Er kehrte zum Tisch zurück, stellte sich hinter seinen Stuhl und umfasste die Rückenlehne. »Nimm nur das Lachtraining.«

»Das war Philipps Idee«, murmelte Finn und steckte den Ear Cuff in seine Hosentasche.

Seufzend setzte sich Joos wieder. »Aber du hast sofort gemerkt, dass das eine große Sache werden könnte. Du hast ein untrügliches Gespür für erfolgreiche Projekte.«

Finns Stimme klang belegt, als er leise sagte: »Ich bin noch nicht so weit.«

»Wir benötigen deine Hilfe. Nur du kannst verhindern, dass wir abrutschen.« Trug er zu dick auf? Joos rutschte unruhig bis zur Stuhlkante vor, faltete seine Hände und schob sie in Finns Richtung.

»Es geht euch doch bloß um Gewinnmaximierung.« Finn rümpfte die Nase. »Das ist aber nicht mein Lebensinhalt.«

»Das siehst du falsch«, sagte Joos bestimmt und setzte sich gerade hin. »Thies und ich lieben, was wir tun. Wir möchten die Fabrik weiterführen, weil sie das Vermächtnis unseres Vaters ist. Es würde uns das Herz brechen, wenn wir pleitegingen.«

Finn machte eine wegwerfende Geste und stieß dabei seine Flasche um. Sie rollte über den Tisch und drohte herunterzufallen, doch geschickt, wie er war, fing er sie rechtzeitig auf. Nur einige Bierspritzer blieben auf der Tischplatte zurück. »Unsere Mutter würde sich im Grabe umdrehen, wenn sie wüsste, dass unser Vater Gefühle für Bente gehegt und er sie mit Roswitha Schneider betrogen hat. Ich muss sein Erbe nicht in Ehren halten.«

»Geh nicht so hart mit ihm ins Gericht. Du weißt nicht, was ihn mit Roswitha Schneider verbunden hat.« Joos verspürte den starken Wunsch, seinen Vater zu verteidigen. Als Kind hatte er immer so werden wollen wie er.

Mit der flachen Hand schlug Finn auf den Tisch. »Dann finden wir es endlich heraus.«

»Das sehe ich genauso. Wenigstens diese eine Sache haben wir noch gemeinsam.« Kaum hatte Joos die Worte ausgesprochen, bereute er sie bereits.

Endlich sah Finn ihn wieder an und sagte sanft: »Uns verbindet mehr als die Suche nach der Wahrheit. Wir sind Brüder und werden das auch immer bleiben, egal, ob ich zu den Gebrüdern Lorentz zurückkomme oder nicht.«

Joos war gerührt. Finn hatte recht. Nur das zählte. Joos hatte Angst gehabt, seinen jüngsten Bruder zu verlieren, aber nun wurde ihm klar, dass das nie passieren würde. Finn, Thies und er waren wie Finger an ein und derselben Hand. Nichts und niemand konnte sie trennen, keine unterschiedlichen Lebenswege und auch kein Julius Schneider.

Joos zog einen Vertrag heraus und schob ihn zu Thies und Finn hinüber. »Ich habe einen Privatdetektiv engagiert, er heißt Dirk Schwarz. Darum habe ich euch in erster Linie gebeten, heute Abend herzukommen. Einer unserer Anwälte hat ihn mir empfohlen. Ich hoffe, das war in eurem Sinne.«

»Du hättest das vorher mit uns besprechen sollen.« Vorwurfsvoll sah Thies ihn an.

»Ich weiß, entschuldigt bitte. Aber du, Thies, warst verständlicherweise beschäftigt mit Hannah, ihrer Schwangerschaft und der Eröffnung der Manufaktur, und du, Finn, bist mir aus dem Weg gegangen.«

»Nimm das nicht persönlich.« Finn legte die Hand auf Joos' Unterarm. »Das hatte nichts mit dir zutun. Ich brauche einfach Zeit für mich.«

»Schon gut.« Sachte tätschelte Joos Finns Hand. »Ich

habe dich zu sehr bedrängt. Das bedauere ich.« Damit hatte Joos bloß das Gegenteil des Gewünschten erreicht. »Jedenfalls musste ich die Initiative ergreifen. Es ging nicht anders. Ich muss es einfach wissen.«

Thies nickte. »Ob Julius unser Bruder ist.«

»Und ob unser Vater unsere Mutter betrogen hat«, presste Finn zwischen seinen Zähnen hervor.

Joos hatte ein schlechtes Gewissen. Falls es einen vierten Bruder gab, sollten Thies, Finn und er ihn dann nicht mit offenen Armen willkommen heißen?

Julius Schneider konnte ja nichts dafür, falls seine Mutter und sein Vater eine Affäre gehabt hatten. Doch Joos war schon zu oft mit Gier konfrontiert worden. Wer würde schon Nein sagen, wenn er ein Stück vom großen Kuchen ihres Schokoladenimperiums abhaben konnte?

Selbst ihr einziger Cousin hatte die Gebrüder Lorentz aus Habsucht verklagt. Klaas war der Sohn von Joos' Onkel Arndt, dem jüngeren Bruder ihres Vaters. Arndt war geschieden und lebte in Bremerhaven.

Bereits wenige Monate nach der Eröffnung, als der Ansturm auf die Schokoladeninsel begann, hatte Klaas behauptet, in der Vergangenheit bei einem geselligen Abend am Sandstrand von Poel, wo Arndt und Hauke mit ihren Söhnen Urlaub gemacht hatten, maßgeblich zu der Idee einer Naschwerk-Insel beigetragen zu haben. Ja, damals während ihres Aufenthalts auf der Ostseeinsel, hätte er sogar die Marke *Die Schokoladeninsel*, die sich Joos, Finn und Thies hatten sichern lassen, erfunden, und jetzt wollte er entweder an dem Projekt beteiligt oder ausgezahlt werden.

Die Lüge hatte Joos zutiefst enttäuscht und ihn in seinem Misstrauen gegenüber anderen bestärkt. Den Urlaub hatte es tatsächlich gegeben, doch Klaas hatte nur schweigend zugehört, während Joos und seine Brüder herumspannen.

»Poel ist wirklich schön«, seufzte Joos am Lagerfeuer, aber Möwesand ist ein ungeschliffener Rohdiamant. Es ist doch schade, dass so wenige Menschen unsere malerische kleinen Nordseeinsel kennen.«

»Gerit hat in ihrem Gästehaus kaum etwas zu tun, dabei bräuchte sie dringend Einnahmen«, sagte Finn, während er zum wiederholten Male Spätburgunder in sein Weinglas füllte. »Die meisten Touristen fahren lieber nach Sylt und Föhr.«

Der Wind wehte Rauch in Thies' Richtung. Mit der Hand versuchte er ihn vor seinem Gesicht weg zu wedeln. »Möwesand hat ihnen zu wenig zu bieten.«

»Wir sollten sie mit unserer Schokolade überziehen, dann würden die Menschen in Massen kommen.« Grinsend prostete Finn ihnen zu.

Thies nahm ein Stück Salzwiesenkäse aus der Frischhaltedose. »Wie wäre es, wenn wir alternativ die Produkte der Schokoladenfabrik nach Möwesand holen?«

Etwas beschwipst vom Wein, lachte Finn. »Dann hätten wir eine Insel voller Schokolade. Wer könnte da noch widerstehen?«

»Eine Schokoladeninsel.« Genüsslich aß Thies den Käse. Dann legte er sich auf den Rücken in den vom heißen Sommertag immer noch warmen Sand und schaute zu den Sternen hinauf.

In Joos formte sich unweigerlich ein Plan. Er blickte an

Klaas vorbei übers dunkle Wasser, das in sanften Wellen gegen den Strand schwappte. »Gar keine so schlechte Idee.«

Keine vier Wochen später machte er seinen beiden jüngeren Brüdern den Vorschlag, in Nordwinden kleine Manufakturen zu eröffnen für erlesenes Naschwerk aus hochwertigen Biozutaten, vor Ort gefertigt und angeboten.

Joos präsentierte sogar eine erste Skizze des Szenarios, das ihm auf der Wattenmeerinsel vorschwebte. Euphorisch zeigte er auf ein Gebäude und teilte ihnen mit, dass es zum Verkauf stand. Sie könnten das Reetdachhaus in einen Laden umbauen und darin für den Anfang die Produkte ihrer Schokoladenfabrik verkaufen.

Die beiden reagierten erst überrascht, schließlich hatten sie am Lagerfeuer einen Monat zuvor bloß eine launige Unterhaltung geführt. Doch bald schon brachten sie begeistert eigene Vorschläge ein. Das war die Geburtsstunde der Schokoladeninsel.

Klaas hatte sich auf Poel nicht an dem Gespräch beteiligt, er hatte lieber ein Bier nach dem anderen getrunken und dabei die ganze Zeit eine Blondine angestarrt, die mit einer Gruppe junger Leute in der Nähe saß.

Da es keine Beweise für Klaas' Behauptung, er wäre am Entstehungsprozess der Schokoladeinsel beteiligt gewesen, gab, hatte er den Prozess verloren. Seitdem hatten Joos und seine Brüder keinen Kontakt mehr zu ihrem Cousin. Die traurige Angelegenheit trübte auch das Verhältnis zwischen ihnen und ihrem Onkel bis zum heutigen Tag, obwohl Arndt sich aus der Sache herausgehalten hatte.

Der Rechtsstreit war Arndt unangenehm gewesen, doch da Klaas nun einmal sein Sohn war, weigerte er sich, Partei für eine Seite zu ergreifen. Sie sahen einander nur noch selten, was Joos schade fand, und wenn sie sich trafen, dann herrschte eine angespannte Atmosphäre.

Im Nachhinein sollte sich herausstellen, dass nicht nur Joos den Gedanken, den sie am Lagerfeuer aus Spaß weitergesponnen hatten, nicht mehr loswurde. Finn war auf die Idee für die Schokoladeninsel gekommen, Thies hatte ihr ihren Namen gegeben, und Joos hatte schon bald konkrete Pläne geschmiedet, die die beiden jüngeren Brüder sofort begeisterten. Das Projekt hatte bald nach der schicksalhaften Nacht am Strand Konturen angenommen.

Jetzt, Jahre später, hatte Joos Angst, alles zu verlieren, was ihm am Herzen lag.

Als Kurt mit dem Essen kam, hatte Joos keinen Hunger mehr. Seinen Brüdern schien es ähnlich zu gehen, lustlos stocherten sie in ihren Speisen herum. Joos ermahnte sich, ihren Vater nicht zu schnell zu verurteilen. Solange nichts bewiesen war, galt auch für ihn die Unschuldsvermutung.

Dennoch fragte er sich, ob ihr Vater noch weitere Details aus seinem Privatleben geheim gehalten hatte. Nach dem, was sie in den letzten Monaten über ihn herausgefunden hatten, wusste Joos nicht mehr so genau, ob er seinen Vater richtig gekannt hatte.

Nach dem Abendessen tranken sie schweigend Espresso. Alle hingen ihren Gedanken nach.

Finn umklammerte die kleine blau-weiß gestreifte Porzellantasse so fest, dass Joos befürchtete, sie würde zerbrechen. Während Finn wütend wirkte, sah Thies eher bedrückt aus, müde stützte er sich mit den Ellbogen auf dem Tisch ab.

Nachdem Joos die Rechnung abgezeichnet hatte, wünschten er und seine Brüder Kurt einen schönen Feierabend, dann verließen sie das Klönschnak.

Beim Hinausgehen hatte Joos die Stimme seines Vaters im Ohr: »So schlecht denkt ihr also von mir.«

Als er nach einer Weile aufschaute, traute er seinen Augen kaum. In wenigen Metern Entfernung schlenderte Anne auf ihn zu. Sie ist noch da, wie schön, war sein erster Gedanke. Erleichterung und Freude. Er spürte eine angenehme Wärme in sich, trotz des Windes, der an seiner Jacke zerrte und der durch Annes kurze Haare fuhr, wie Joos es gerne getan hätte.

Ihm fiel ein, dass sie gar nicht mehr auf der Schokoladeninsel sein dürfte. Wie hatte sie es geschafft zu bleiben?

Anne musste sich ein zweites Eintrittsticket für den heutigen Tag besorgt haben. Hatte sie versucht, ihm aufzulauern? Woher wusste sie, dass er hier war?

Misstrauisch sah Joos erst Thies und dann Finn an. Seine beiden Brüder grinsten abwechselnd ihn und Anne an und wünschten ihm dann eine gute Nacht. Vergnügt schritten sie zügig die Küstenstraße entlang und ließen ihn mit Anne allein.

»Was machst du noch hier?« Joos hatte Schärfe in seine Stimme legen wollen, doch zu seiner eigenen Überraschung klang er sanft.

Kapitel 9

Annes Herz wummerte in ihrem Brustkorb, als wollte es ihn sprengen. Joos blickte etwas finster, aber sie war glücklich, ihn wiederzusehen. Immerhin hatte er noch nicht zornentbrannt seine Sicherheitsleute gerufen. Vielleicht wollte er ihr noch eine Chance geben.

Sein skeptischer Blick stand ihm gut. Wie der tragische, düstere, adelige Held aus einem historischen Liebesroman.

Sie schüttelte den Kopf über ihre eigenen Gedanken und blieb wenige Schritte vor ihm stehen. Was war bloß los mit ihr? »Ich bin etwas beschwipst«, sagte sie entschuldigend mehr zu sich selbst als zu Joos.

»Das kann nicht sein.« Er stemmte die Hände in die Hüften. »Auf der Schokoladeninsel schenken wir keinen Alkohol an Touristen aus.«

Sie blinzelte ihn an. »Das ist gelogen, Joos Lorentz.«

Sichtlich überrascht zog er eine Augenbraue hoch.

»Hannah bietet Edelkakao mit Schuss an.« Mit jedem Schritt, den Anne weiter auf ihn zuging, fiel ihr das Atmen schwerer. Schließlich stand sie dicht vor ihm. »Man hat die Wahl zwischen irischem Sahnewhiskey, Jamaika Rum und diversen Likören.«

»Stimmt. Das hatte ich vergessen.« Joos nickte und fuhr sich durchs Haar. Die Außenbeleuchtung des Hafenrestaurants warf ihr warmes Licht auf ihn. »Sie hat eine Sondergenehmigung.« Er verschränkte seine Arme vor seinem Oberkörper. »Und die Variationen hast du alle probiert?«

Energisch winkte sie ab. »Nein, nein. Ich liebe Kakao, aber den hatte ich ja gestern schon. Heute habe ich gefühlt alles in den anderen Naschwerk-Manufakturen gekostet.«

»Aber du sagtest doch, du wärst betrunken.«

»Nur angeheitert von zu vielen Champagnertrüffeln.« Sie meinte, den köstlichen Geschmack der Pralinen noch auf der Zunge zu schmecken.

»Marc-de-Champagne-Trüffel können keinen Rausch auslösen.«

Mit der Spitze ihrer bordeauxroten Wildlederstiefeletten stieß sie einen Kieselstein in Joos' Richtung. »Ich habe sehr viele gegessen.« Vor Aufregung, weil ich dich heute wiedersehen würde, fügte sie in Gedanken hinzu.

Er neigte sich etwas vor, sein köstlicher Kaffeeatem liebkoste ihre Wangen. »Dann ist das wohl eher eine Art Zuckerflash«, bemerkte er amüsiert.

»Schon möglich. Ich habe den ganzen Tag nur Süßes gegessen. Ein Franzbrötchen am Morgen, einen Pancake mit Ahornsirup als zweites Frühstück, am späten Mittag einen Crêpe mit Banane und Nutella, nachmittags ein klitzekleines Stück Blondie.« Sie hatte gar nicht gewusst, dass man Brownies auch mit weißer Schokolade herstellen konnte. »Und kurz vor Geschäftsschluss eine Herzwaffel mit heißen Kirschen, Sahne und einer Kugel Vanilleeis. Dazwischen ein Erdbeereis mit einer Schokohaube und einen eurer handgemachten Schokoriegel. In dem Geschmack könnte ich baden.« Sie rieb sich den Bauch. »Ich muss gestehen, mir ist übel von den Naschereien, aber ich konnte einfach nicht widerstehen. Wer weiß, ob ich jemals wieder herkommen darf.«

»Ein Hausverbot hast du dir redlich verdient«, sagte er.

Plötzlich packte er ihren Oberarm und zog sie mit sich mit. Im ersten Moment befürchtete sie, er würde sie zum Hafenwächter bringen und sie wegschaffen lassen. Doch er führte sie bloß ins Klönschnak hinein und rief nach dem Kellner.

Kurt kam mit dem Koch aus der Küche und wollte gerade das Licht ausschalten. »Die Kaffeemaschine ist wohl nicht mehr an, oder?«, fragte Joos.

»Die habe ich schon sauber gemacht.« Entschuldigend zuckte Kurt mit den Schultern. Der Mann in Kochuniform verabschiedete sich und verließ das Restaurant.

»Schade, ich habe hier jemanden, der ein leichtes Völlegefühl verspürt, von zu viel Süßigkeiten. Das ist Anne.« Joos ließ Annes Arm los und berührte ihren Rücken, was ein wohliges Prickeln hervorrief.

Als Kurt lachte, blinzelte ihn Anne wütend an. »Auf der Schokoladeninsel lauert die Versuchung aber auch überall. Wie soll man da widerstehen können?«

»Auch wieder wahr«, sagte Kurt zu ihr und wandte sich dann wieder an Joos. »Da hilft nur Köm.«

»Der Aquavit ist gut gegen alles.« Mit einem Daumen hoch gab Joos Kurt zu verstehen, was er von seiner Idee hielt.

Als Kurt hinter die Getränketheke ging und gleich darauf mit einer Schnapsflasche und einem Stamper zurückkehrte, winkte Anne ab. »Ich trinke nichts Hochprozentiges.«

»Danach wird es dir besser gehen, versprochen. Und

dann wirst du mir beichten, in welchem Winkel du dich verkrochen hast, um bleiben zu können. Damit ich der Security mitteilen kann, wo sie in Zukunft nach hartnäckigen Besuchern suchen müssen.«

Anne bohrte die Fingernägel in ihre Handballen. Auf keinen Fall wollte sie Gerit Ärger bereiten.

Kurt hielt die Flasche hoch. »Unser Vorrat ist ausschließlich für die Einheimischen reserviert, für Notfälle oder für wilde Partys am grünen Strand«, sagte Kurt betont scherzhaft, während er eingoss. Aber Anne glaubte, dass ein Fünkchen Wahrheit in seiner Bemerkung steckte.

Grinsend reichte Kurt ihr das Gläschen.

Also nippte sie notgedrungen am Kümmelschnaps, der sich, obgleich eisgekühlt, in ihrem Mund ausbreitete wie flüssiges Feuer.

»Wenn das Glas leer ist, stehe ich in Flammen«, keuchte sie.

Sie trank aus, und gemeinsam verließen sie das Hafenrestaurant.

»Die heutige Nacht ist sternenklar, allerdings wird es kalt werden. Ich hoffe, ihr wisst euch zu helfen«, sagte Kurt und verabschiedete sich mit einem vieldeutigen Lächeln.

Joos schmunzelte und führte Anne an einigen Löffelenten vorbei, die ihr Nachtlager unter dem Pier aufgeschlagen hatten, und dann auf den Landungssteg der Fähre.

Was hatte er nun vor? »Du wirst mich doch wohl nicht von der Insel werfen lassen, oder?«

»Das wäre naheliegend.« Er baute sich vor ihr auf. »Warum sollte ich dich nicht zum Festland bringen lassen?«

Weil du mich magst, sonst würdest du nicht mit mir darüber diskutieren, sondern es einfach tun, dachte sie, traute sich aber nicht, die Worte auszusprechen. Seine Nähe war wie Balsam für ihre waidwunde Seele. Joos strahlte eine Ruhe aus, die sie einhüllte, seine Gelassenheit färbte auf sie ab.

Wenn ich nur mehr Zeit mit ihm verbringen dürfte, wer weiß, was dann alles geschehen könnte, dachte Anne schwärmerisch und betrachtete seine Lippen, die sie nur zu gern mit ihren berührt hätte.

Behutsam griff Joos ihr Kinn, hob es an, ihre Nasen berührten sich fast. »Du bist schließlich widerrechtlich hier, Frau Reporterin.«

»Meine Sachen sind noch«, fing Anne an, biss sich dann aber auf die Unterlippe. »In Nordwinden.«

Zu ihrer Überraschung ließ Joos sie los, setzte sich an den Rand des Landungsstegs und ließ die Beine über den Rand hängen. »Kein Problem. Da muss ich auch hin. Ich werde dich begleiten, ich will ja sehen, wo du untergekommen bist. Ich wollte sowieso noch beim Pub Quiz vorbeischauen.«

»Ihr habt einen Pub?«, fragte Anne überrascht. Sie hatte im Ort keine Kneipe bemerkt. Neugierig setzte sie sich neben Joos auf das raue Holz des Fähranlegers, dem man die zahlreichen Stürme und harten Winter ansah.

Der salzige Duft des Meeres, das leise Schnattern der Enten am Ufer und das sanfte Plätschern gegen die Pfosten des Piers wirkten beruhigend. Die Außenlichter des Hafenrestaurants spiegelten sich im Wasser. Anne sah zu den Sternen am dunklen Himmel auf und hätte beinahe zufrieden geseufzt.

»Nein, wir haben keine Kneipe, aber das hält uns nicht davon ab, uns zu treffen und ein Kneipenquiz zu veranstalten.« Während er fortfuhr, stützte sich Joos hinter seinem Rücken ab. »Es findet immer in einer anderen Naschwerk-Manufaktur statt. Jeder bringt einen Stuhl mit, und der Quizmaster wechselt.«

»Das klingt gemütlich.« Als Anne sich zu ihm drehte, stieß ihr Knie an seinen Oberschenkel. Ein Blitz durchfuhr sie. Sie nahm ihr Bein nicht weg.

Auch Joos änderte seine Haltung nicht. Aufmerksam musterte er sie. »Wir haben auch eine Nähgruppe, einen Bücherklub, eine Clique, die regelmäßig Boule spielt, und vieles mehr.«

»Darf ich zum Pub Quiz mitkommen?« Offenbar war die Schokoladeninsel nicht nur ein Paradies für Touristen, sondern auch für die Angestellten der Gebrüder Lorentz. »Dabei wollte ich schon immer mal mitmachen.«

»Auf keinen Fall«, antwortete er strikt, aber seine Stimme klang zugleich weich. »Du solltest gar nicht hier sein.«

»Aber ich bin es nun einmal.« Kämpferisch sah Anne ihn an. »Und die nächste Fähre geht erst morgen früh.«

Joos schien mit sich zu ringen.

Am Tag zuvor war er stinksauer auf sie gewesen. Trotzdem hatte er sie nicht von der Insel werfen lassen. Heute Abend hätte er sie sofort von einem Sicherheitsmitarbeiter zum Festland bringen lassen können, doch er zögerte den Abschied hinaus. Joos schien sie nicht ernsthaft loswerden zu wollen. Lag sie mit dieser Vermutung richtig, bedeutet das, dass er sie mochte. Reines Wunschdenken?

»Was machen wir eigentlich hier?«, fragte Anne leise und zögerlich, sie wollte jetzt nicht in ein Fettnäpfchen treten. »Die romantische Nacht genießen?«

»Du findest es gerade romantisch?«

»Ja«, antworte sie, überrascht von ihrer eigenen Offenheit. Eine kühle Brise streichelte über ihren Nacken.

»Und das«, seine Stimme klang auf einmal weich, »obwohl du mit mir zusammen bist, dem Mann, der Reporter nicht mag.«

»Ich habe nicht den Eindruck, dass du mich so gar nicht leiden kannst.«

Er wiegelte nicht ab, blickte jedoch betrübt drein. »Aber ich werde dir nicht geben, was du von mir willst.«

»Wir werden sehen«, flüsterte sie neckend, wollte aber eigentlich nicht darüber nachdenken, was sie zu ihm geführt hatte. Sie war jetzt hier, bei ihm, sie fühlte sich geborgen und zugleich leicht und flattrig wie ein Kolibri.

Eine Weile blickte Joos ihr tief in die Augen. Die Zeit schien stillzustehen. Die Enten hörten auf zu schnattern, es trat eine himmlische Ruhe ein. Kein Mensch war zu sehen, nicht einmal der Sicherheitsmann, der den Hafen bewachte. Es wirkte auf Anne, als wären Joos und sie allein auf der Welt.

Plötzlich setzte er sich aufrecht hin und ließ seinen Blick über die Nordsee schweifen. »Ich weiß nicht, ob das sinnvoll ist, du gehörst nicht wirklich hierher.«

»Dann werden wir jetzt einfach mein Gepäck in Nordwinden holen, und du lässt mich von einem Mitarbeiter fortbringen?«

Joos schwieg und presste seine Lippen aufeinander. Er hatte wieder einen bitteren Zug um seinen Mund. Seine Miene wirkte starr und seine Schultern angespannt, aber sein Brustkorb hob und senkte sich heftig.

Anne fühlte sich, als hätte Joos ihr einen Kübel mit Eiswasser über den Kopf gekippt. Hatte sie seine Signale so vollkommen falsch verstanden? Sehnte sie sich vielleicht so sehr nach Zuneigung, dass sie mehr in seine Worte und Gesten hineininterpretierte, als da war? Nein, das konnte sie sich nicht vorstellen. Sie war einsam, aber nicht naiv.

Joos berührte sie sanft am Rücken, sah ihr tief in die Augen, dann wies er sie plötzlich zurück. Machte er sich etwa lustig über sie? Glaubte er, dass Journalisten kalt wie Fische wären? Oder wollte er sie vorführen, eben weil sie eine Reporterin war?

Vielleicht hatte Joos sich bemüht, sie als Frau zu sehen, doch es hatte nicht funktioniert. Am Ende blieb sie für ihn eine Pressevertreterin, und die Medien hielt er auf Distanz, also auch sie. Gut, wenn er sie ohnehin noch an diesem Abend zur Küste bringen lassen würde, konnte sie es jetzt auch noch mal mit aller Kraft mit Argumenten versuchen und an sein soziales Gewissen appellieren.

»Die Dokumentation über die Opfer von Verbrechen ...«, begann sie.

Doch Joos sprang auf. »Ich will nicht darüber reden.«

»Du könntest anderen Opfern mit deinem Interview helfen.« Anne erhob sich ebenfalls. »Du bist doch ein guter Mensch, nicht wahr? Du tust alles dafür, dass sich deine Mitarbeiter wohlfühlen. Du hast ein großes Herz, das wissen alle. Du willst das Richtige tun.«

Er riss seine Hand hoch. »Auf keinen Fall werde ich vor laufender Kamera über meine Entführung reden.«

»Du würdest mir helfen.« Ihr Puls beschleunigte sich.

Joos' Blick flackerte verunsichert. »Ich würde dir helfen,

deinen Job zu behalten, weil der Sender, für den du arbeitest, kurz vor der Pleite steht. Aber ich werde keinen Seelenstriptease machen.«

»Das meinte ich nicht.« Während sie fortfuhr, kam es ihr so vor, als würde sie jemand anderes sprechen hören. Ihre eigene Stimme klang ihr fremd und die Sätze, die sie sagte, erschreckten sie, aber Schnaps und Kränkung lenkten sie in eine ungewohnte Richtung, direkt hinein in die Dunkelheit. »Sondern mein eigenes Trauma.«

»Was soll das heißen?« Bewegungslos stand er vor ihr und sah sie intensiv an.

Anne drehte ihm den Rücken zu, weil sie sich plötzlich schämte. Aber da musste sie jetzt durch. »Sie sind zu zögerlich, Frau Huber«, dröhnte es in ihr. Ihre Beine zitterten, sie lehnte sich über das Geländer des Landungsstegs und hielt sich gleichzeitig daran fest. Unter ihr schwappte das Wasser gegen einen Holzpfosten, es war schwarz wie Teer. »Da war ein merkwürdiger Mann. Er war ganz in Schwarz gekleidet und verschmolz fast mit der Nacht. Obwohl es tropisch warm war, trug er eine schwarze Wollmütze.«

»Wo war er?«, fragte Joos. Er trat von hinten dicht an sie heran, Anne konnte ihn spüren.

»Im Englischen Garten in München.« Aus den Augenwinkeln heraus sah sie eine Bewegung, Joos schien sie berühren zu wollen, tat es dann aber nicht. »Vor etwas mehr als zwei Jahren. Im Hochsommer. Es waren tagsüber vierzig Grad, darum trug ich nur Shorts und ein Trägertop. Erst war die leichte Bekleidung angenehm. Doch als der Typ plötzlich vor mir stand, kam ich mir darin verletzlich vor.«

Er stützte sich neben ihr auf dem Geländer ab und schob seine Hand an ihren Arm heran. Seine Stimme klang sanfter als zuvor. »Was hat er gemacht?«

Als Anne sich in Erinnerung rief, was damals genau geschehen war, bekam sie eine Gänsehaut. »Ich hatte mich mit Freunden am Eisbach getroffen. Wir sind ein wenig herumspaziert, haben dann Schatten gesucht und den Surfern zugeschaut. Als es dämmerte, besorgten wir uns kühle Radler. Mit den Flaschen in den Händen setzten wir uns auf die Stufen des Monopteros. Wir genossen den Ausblick vom Rundtempel auf den Park und die Altstadt und beobachteten den Sonnenuntergang. Es war so idyllisch.«

»Kanntest du den Mann?«, hakte Joos nach.

Sie schüttelte den Kopf. »Als ich zur U-Bahn-Station ging, war es schon dunkel. Meine Freunde mussten in eine andere Richtung, darum war ich allein unterwegs. Aber es waren noch andere Menschen im Park, deshalb habe ich mir nichts dabei gedacht.«

»Hat der Fremde dir etwas getan?« Sachte berührte Joos ihren Oberarm.

»Er hat mich überfallen. Hat mir gedroht«, sagte Anne. Das entsprach der Wahrheit, doch was sie dann hinzufügte, war erfunden. »Mit einem Messer. Ich hatte solche Angst …« Die Worte blieben ihr im Halse stecken. Sie hatte den versuchten Raubüberfall ausschmücken wollen, um Joos' Mitleid zu erregen und ihn zu überzeugen, ihr das Interview zu geben, aber sie schaffte es im Moment nicht weiterzusprechen. Es fühlte sich falsch an, sie wollte nicht so sein wie Jolanta.

»Wollte er …?« Joos atmete schwer. »Hat er …?«

»Er wollte meine Handtasche mit meinem Geld und meinem Smartphone.« Der Fremde hatte versucht, ihr die Tasche zu entreißen, mehr nicht. Doch das reichte nicht, um Joos für das Projekt von *Tele Nord* zu gewinnen. »Wer weiß, was er noch vorhatte«, fügte sie hinzu.

»Verdammt«, stieß Joos neben ihr aus.

Die Haut an ihrem Hals juckte. Als sie sich kratzte, brannte die Stelle leicht, aber nur kurz. Der Einfluss des Alkohols ließ langsam nach. Was tat sie hier eigentlich? Sie manipulierte Joos mit falschen Details. Vor Verlegenheit vergrub sie ihr Gesicht in ihren Händen. Aber jetzt gab es kein Zurück mehr. Denk daran, dass deine Zukunft beim Fernsehen davon abhängt. »Zum Glück kamen zwei Jogger und vertrieben ihn.«

»Das tut mir unendlich leid.« Sanft zog er sie in seine Arme.

Überrascht sah sie zu ihm auf. Der zärtliche Ausdruck auf seinem Gesicht rührte sie. Sie berührte seinen Oberkörper und vergrub die Finger in seiner Jacke. Plötzlich war sie ihm ganz nah. Sein Duft betörte sie. Der Groll, den sie eben noch gegen ihn empfunden hatte, löste sich in Luft auf. Doch ihr Hals juckte erneut. »Es war natürlich nichts im Vergleich dazu, was dir passiert ist, dennoch lässt mich das Erlebnis bis heute nicht los.«

»Durch deine eigene traumatische Erfahrung bist du also auf die Idee mit der Doku gekommen«, sagte Joos und streichelte ihr über die Oberarme.

Die Tatsache, dass Anne den Überfall gefährlicher dargestellt hatte, als er tatsächlich gewesen war, lag ihr schwer im Magen. Sie rechtfertigte ihre Übertreibung damit, dass der nordfriesische Sturkopf sie dazu getrieben hatte, kreativ zu werden, doch sie wusste, dass das nicht stimmte.

Nun wusste sie, wie es sich anfühlte, wie die erfolgreiche und coole Jolanta zu sein. Es war furchtbar. Zwar hatte Anne Joos wieder auf ihre Seite gezogen, doch sie fühlte sich erbärmlich. Die Haut an ihrem Hals schien in Flammen zu stehen.

»Dann haben wir wohl etwas gemeinsam«, sagte er mit sanfter Stimme. »Wir haben beide Bekanntschaft mit Verbrechern gemacht.«

Annes Beine drohten nachzugeben. Sie überlegte, ob sie beichten sollte, dass der Mann im Englischen Garten kein Messer gehabt hatte. Er hatte auch nicht vor, ihr an die Wäsche zu gehen, er wollte nur ihre Handtasche. Es war beängstigend gewesen, hatte sie aber nicht nachhaltig verstört und geprägt. Doch sie wollte die hauchzarte Verbindung, die Joos und sie durch das Ausschmücken der Geschehnisse verband, nicht kappen. Es war etwas, auf dem sie aufbauen konnten, und dabei dachte Anne nicht an ihr berufliches Ziel. Sie sah ihm in die Augen.

»Du bist der erste Mensch, von dem ich mich verstanden fühle.« Behutsam legte er seine Hand an ihren Hals. Es war eine besitzergreifende wie sensible Geste.

Innerlich seufzte Anne vor Entzücken. Sie genoss es, von ihm berührt zu werden. Durch seine Liebkosungen trat ihr immer stärker werdendes Schamgefühl in den Hintergrund, und das Jucken an ihrem Hals verschwand. »Und das sagst du, obwohl ich will, dass du deine Geschichte in einer Fernseh-Doku erzählst?«

»Jeder geht anders mit solchen Erfahrungen um. Der eine

kann darüber reden, der andere nicht.« Als er ihr liebevoll eine Haarsträhne aus der Stirn schob, strich sein Daumen zärtlich über ihre Haut. »Aber das ändert nichts daran, dass wir beide etwas Traumatisierendes erlebt haben.«

Ihr Herz hämmerte wie verrückt, denn Joos sah so aus, als wollte er sie küssen. Er neigte den Kopf etwas zu ihr herunter. Sein Blick glitt von ihren Augen über ihre Nase zu ihrem Mund. Dort blieb er haften. Joos' Lippen öffneten sich. Sekunden vergingen.

Doch dann richtete er seinen Oberkörper wieder auf. Der Moment war vorbei. Er ließ sie los und trat einen Schritt von ihr weg. »Wollen wir beim Pub Quiz ein Team bilden?«

»Sehr gerne«, sagte Anne verdutzt, um im nächsten Moment zu lächeln, weil er sie mitnehmen wollte. Das hatte sie sich so lange gewünscht: einen Mann an ihrer Seite, gemeinsame Aktivitäten, endlich wieder ein Privatleben. »Heißt das, ich darf auf der Schokoladeninsel bleiben?«

Er atmete tief ein und langsam wieder aus. Dann zog er den Reißverschluss seiner Jacke höher und sagte beiläufig. »Ich hatte nie vor, dich wegbringen zu lassen.«

Überrascht sah sie ihn an. Sie wusste nicht, ob sie ihm das glauben sollte. »Warum nicht? Ich verstoße immerhin gegen die Regeln, mein Tagesticket ist bereits gestern Abend abgelaufen.«

Joos zwinkerte. »Ich bin eben dem Reiz des Verbotenen erlegen.«

Ein Lächeln, so leuchtend wie die Sonne, stahl sich auf Annes Lippen.

Sein Blick wurde durchdringender.

»Du bist gut darin, deine Gefühle zu verbergen.« Besser als jeder andere Mensch, den Anne kannte, dachte sie. Eigentlich meinte sie, ein gutes Gespür für Menschen zu haben, aber Joos konnte sie einfach nicht durchschauen.

»Das habe ich gelernt, nachdem ich entführt wurde und in den Medien war. Alle starrten mich an, egal ob Freunde oder Fremde, und die Presse hat mich gejagt. Ich kam mir vor wie ein Frosch unter dem Mikroskop, der jeden Moment bei lebendigem Leib seziert wird.«

Er klang wütend, zugleich sah sie in seinen Augen, wie sehr er verletzt worden war. »Das muss furchtbar gewesen sein.«

Plötzlich drückte er sachte ihre Schulter. »Bleib über Nacht, und nimm morgen früh die erste Fähre.«

Das war zwar nicht das, was Anne am liebsten von ihm gehört hätte, aber der Aufschub gab ihr Zeit, darüber nachzudenken, wie sie weiter vorgehen wollte. Vielleicht würde sie tatsächlich morgen abreisen, aber keinesfalls früher als mit dem letzten Boot. »Wirst du wenigstens überlegen, bei der Doku mitzumachen?«

»Das brauche ich nicht.« Am Hafenmast hinter Joos flatterte die Flagge Nordfrieslands im Wind. »Du kennst meine Meinung dazu. Ich würde dir helfen, dein Trauma zu bewältigen, aber nicht *Tele Nord*, einen sensationslüsternen Fernsehbeitrag zu produzieren.« Seine Entscheidung klang endgültig.

Enttäuscht schluckte Anne. Joos war wirklich eine harte Nuss. Aber jetzt wollte sie eigentlich nur noch Joos' Nähe genießen.

Seite an Seite spazierten sie nach Nordwinden.

»Bist du dir bewusst, dass dein Haus die Farbe von Mäusespeck hat?«, fragte Anne, als sie an der Mauer vorbeikamen, hinter der Joos wohnte.

»Nun ja, es ist weiß«, bemerkte er in der typischen trockenen Art der Nordfriesen, die Anne charmant fand.

»Es sieht aus wie ein riesiger Marshmallow mit einem Dach aus Lakritz.« Kaum hatte sie die Worte ausgesprochen, kam sie sich kindisch vor. Aber das gehörte wohl zum Zauber dieses Ortes. Mit all den Naschereien und den Glücksgefühlen fühlte man sich wieder wie ein Kind.

Lachend schüttelte er den Kopf. »Du scheinst schon wieder etwas essen zu können. Also hat der Köm gewirkt.«

»Wie kannst du auf der Schokoladeninsel leben und schlank bleiben?« Sie musterte ihn genüsslich von oben bis unten und fand, dass er appetitlicher aussah als alle Süßigkeiten in den Manufakturen. Es war wirklich schade, dass er nicht auf der Speisekarte stand.

Beiläufig zuckte er mit den Schultern. »Disziplin ist alles.«

»Das klingt nicht nach viel Spaß«, scherzte sie, aber sie traf wohl einen Nerv bei ihm.

Denn Joos wurde nachdenklich und schwieg.

Sie erreichten Nordwinden und betraten die einzige Naschwerk-Manufaktur, in der noch Licht brannte. In dem Laden duftete es appetitlich nach Zuckerwatte. Einige Schaumküsse mit heller oder dunkler Schokolade, verziert mit Himbeerstückchen oder Walnüssen, standen auf einem Tablett auf der Verkaufstheke.

Anne fühlte sich fast schon, als würde sie zur Inselgemeinschaft gehören, als sie feststellte, dass sie bereits alle zehn Quizteilnehmer und den Quizmaster vom Sehen kannte. Die Frauen und Männer standen tagsüber in den Läden, pflegten die Landschaft oder hießen im Hafen neue

Touristen willkommen. Hannah und Thies waren auch unter den Quizzern, was Anne besonders freute. Ohne sie näher zu kennen, mochte sie die beiden. Sie strahlten Lebensfreude aus.

Thies' Augen funkelten, als er seinen Bruder neckte: »Welch eine Überraschung. Du kommst in Begleitung. Das ist ja mal ganz was Neues.«

Anne fühlte sich geschmeichelt und fand es süß, dass Joos leicht errötete.

Plötzlich sprang Hannah von ihrem Stuhl auf und lief in den hinteren Bereich des Geschäfts. »Sorry. Ich muss für kleine Schokohasen.«

»Schon wieder?«, fragte eine Frau mit roten Macaron-Ohrringen und rotem Lippenstift.

Anne hatte schon lange keine Frau mehr getroffen, die sich ihre Haare mit Henna färbte.

Thies lachte. »Hannah muss ständig aufs Klo. Das Baby …«

»Ich muss ja auch für zwei«, rief Hannah aus dem Korridor.

Da es keine Sitzgelegenheiten mehr gab, stellten sich Anne und Joos hinter die Theke. Sie bekamen einen Zettel und einen nougatbraunen Kugelschreiber mit dem cremefarbenen Schriftzug *Schokoladeninsel* ausgehändigt.

Die Inselkulis konnte man in allen Manufakturen kaufen, ebenso wie Postkarten von Möwesand, T-Shirts mit Sprüchen wie *Küss mich, ich bin ein Schokoladenprinz* und *Ich habe ein Herz aus Schokolade* oder *Alles ist gut, wenn es aus Schoki ist* und weitere Souvenirs.

Anne und Joos standen nebeneinander, Schulter an

Schulter und Arm an Arm. Alle Anwesenden sahen sie neugierig an und lächelten vielsagend.

Weil die Gruppe auf Hannahs Rückkehr wartete, wurde bald angeregt geplaudert. Ein Mann und eine Frau traten auf die Straße, um zu rauchen.

Thies stand von seinem Stuhl auf, kam zu Anne und Joos und sagte leise zu seinem Bruder: »Du wirst nicht glauben, was in der E-Mail stand, die ich heute bekommen habe, Bruderherz. Eben im Klönschnak hatte ich vergessen, dir und Finn davon zu erzählen.«

»Ich verwette meine Sammlung mit Vintage-Blechschildern darauf, dass du es mir gleich verraten wirst.« Joos bot Anne einen Schaumkuss an.

Als Antwort rieb sie über ihren Bauch, dem es gerade erst wieder gut ging. »Du sammelst Schilder?«

»Ja, Retro-Werbung für Eiscreme, Seife, Kaffee und so weiter. Mein Vater hat angefangen, sie von seinen Reisen mitzubringen und meiner Mutter zu schenken. Nach dem Tod meiner Eltern habe ich als Erinnerung an sie damit weitergemacht.« Genüsslich biss er in einen Schokokuss.

Thies füllte eine Holzschale mit Kokoschips und reichte sie herum. Dann wandte er sich wieder seinem Bruder zu. »Die E-Mail kam von einem Konzern aus Peking.«

»Was will denn ein chinesisches Unternehmen von uns?«, fragte Joos mit etwas Zuckerschaum auf der Oberlippe, die Anne ihm gerne abgeleckt hätte.

»Ob du's glaubst oder nicht«, meinte Thies, während er zwei Gläser mit Mineralwasser füllte und leicht den Kopf schüttelte, »sie wollen die Schokoladeninsel kaufen.«

»So ein Unsinn.« Mit einer Geste wischte Joos sinnbildlich die Anfrage vom Tisch. »Wir würden niemals verkaufen. Sag ihnen ab.«

»Habe ich schon.« Thies stellte zwei Gläser Sprudelwasser vor sie hin. »Sie haben dann wegen einer Lizenz angefragt. Sie wollen im Gelben Meer eine schwimmende Insel bauen, ein Abbild der Schokoladeninsel. Keine Ahnung, ob sie sich das nach unserer Absage spontan überlegt haben oder das von Anfang an ihr Plan B war.«

»Möwesand liegt im Nordfriesischen Wattenmeer, das macht einen Teil ihres Charmes aus.« Der Schaum verschwand von Joos' Lippen, als er erneut in den Schokokuss biss.

»Sehe ich auch so.« Thies stützte sich auf der Theke ab und neigte sich vor. »Aber dir ist schon klar, dass sie trotzdem etwas Ähnliches aufziehen und es nur anders nennen werden, Pralineninsel, Naschparadies oder Schokoschlaraffenland?«

»Ja, ich weiß. Aber was auch immer sie sich ausdenken, es wird keinesfalls wie die Schokoladeninsel der Gebrüder Lorentz sein.« Die Waffel verschwand in Joos' Mund.

»Sie ist einzigartig und nicht zu kopieren«, pflichtete Anne ihm bei. Joos' war nun offen und herzlich, und sein Blick ließ ihre Knie weich werden.

Kapitel 10

Als Anne später alleine in ihrem Zimmer im Gästehaus Nis Puk saß und den Abend Revue passieren ließ, wurden ihr zwei Dinge klar.

Joos hegte zärtliche Gefühle für sie, doch die meiste Zeit über versuchte er das zu verbergen. Vielleicht immer noch wegen ihres Berufs und Auftrags. Aufgrund seines inneren Zwiespalts hatte sie ihn zuvor so wankelmütig erlebt und sein Verhalten nicht deuten können.

Vor Glück über die Gewissheit seiner Zuneigung stahl sich ein Lächeln auf ihre Lippen.

Aber trotz seines Interesses an ihr würde er wahrscheinlich niemals bei einer Fernsehdokumentation wie der geplanten mitwirken. Für ihn kam das einer Selbstentblößung gleich, und davor graute ihm.

Ihr Lächeln verschwand, denn die Chance, dass er sich ihr auf romantische Weise nähern würde, standen denkbar schlecht. Möglicherweise würde er sie nicht einmal um eine Verabredung bitten, solange sie als Journalistin tätig war.

Was sollte sie also Max Scherf berichten? Er hatte den ganzen Abend versucht, sie auf ihrem Smartphone zu erreichen. Sie hatte das Handy stumm gestellt und seine Anrufe ignoriert.

Gerade las sie seine Nachricht. Er schrieb: »Ich werde Sie auf der Stelle feuern, wenn Sie sich nicht bis Mitternacht bei mir gemeldet haben und Bericht erstatten. Wir werden alle wegen Ihnen auf der Straße landen. Mir sitzen die Gläubiger im Nacken. Ich kann sie nicht noch viel länger hinhalten.«

Es lief ihr kalt den Rücken runter.

Anne hatte keinen Nerv, mit dem verärgerten und ungeduldigen Scherf zu telefonieren. »Bin mit Joos Lorentz zusammen«, textete sie ihm. »Kann nicht anrufen.«

»Sehr gut, Frau Huber«, kam es prompt zurück. »Bleiben Sie am Ball. Ab 1. Mai ist es aus mit uns, wenn Lorentz uns kein Interview gibt.«

Ihr Handrücken juckte. Als sie sich kratzte, brannte ihre Haut merkwürdig, wie von Brennnesseln, wie zuvor am Hafen, als sie Joos angeschwindelt hatte. Sie holte einen Schminkspiegel aus ihrer Handtasche und betrachtete sich darin. Gerötete und erhabene längliche Streifen waren unter ihrem Kinn zu sehen. Sie verschwanden nur sehr langsam. Was war bloß los mit ihr? Ratlos legte sie den Spiegel weg.

Ihr Herz schlug schmerzhaft. Sie wollte die Schokoladeninsel noch nicht verlassen. Und erst recht nicht Joos. »Ich brauche mehr Zeit«, tippte sie hastig in ihr Smartphone.

»Jolanta und ihr Team sitzen auf gepackten Koffern«, textete er sofort zurück.

Empört schnappte Anne nach Luft. Was hatte ihre schärfste Konkurrentin mit alldem zu tun? Jolanta war doch raus aus der Sache. Anne war so aufgeregt, dass sie sich mehrmals vertippte, als sie antwortete: »Sie haben mir versprochen, dass ich das Interview führen darf.«

»Ja, ja, sicher«, schrieb er nach einer Minute, und dann kam gleich eine zweite Nachricht hinterher: »Sie kommt bloß zur Unterstützung.«

Verstimmt warf Anne ihr Smartphone aufs Bett. Hatte Max Scherf sie etwa beim letzten Telefonat angelogen? Hatte er gar nicht vor, Joos vor der Kamera von ihr befragen zu lassen? Es machte den Anschein.

Sie befürchtete, dass ihr Vorgesetzter versuchen würde, sie auszubooten. Wenn Jolanta erst auf der Schokoladeninsel war, würde sie gewiss alles dafür tun, das Projekt an sich zu reißen. Konnte Scherf dann seiner Starreporterin den Wunsch verwehren? Wohl kaum.

»Aber das wird nicht passieren«, sagte Anne beherzt. Sie nahm ihr Smartphone und textete Scherf: »Das Team bitte erst schicken, wenn ich das Okay von Joos Lorentz habe, sonst macht er im letzten Moment noch einen Rückzieher.«

Scherf schickte ihr ein Daumen hoch. Damit hatte sie Zeit gewonnen.

Schon seit dem Gespräch mit ihrem Chef in Bremen fühlte sich Anne, als wäre sie in einen Tornado geraten. Seitdem sie auf der Schokoladeninsel Joos kennengelernt hatte, hatte der Wirbelsturm noch an Fahrt aufgenommen.

Sie wollte es gerne allen recht machen, aber das war unmöglich. Sie wollte am Ende nicht als Verliererin dastehen, ohne Job und ohne Joos.

Vielleicht würde sie sich, vor die Wahl gestellt, sogar für Joos entscheiden. Aber um diesen schmerzhaften Schritt zu machen, müsste er ihr schon ein deutliches Signal senden, dass er an einer Beziehung mit ihr interessiert wäre. Leider tat er das nicht.

Kaum hatte er seinen Kopf aus seinem Schneckenhaus herausgestreckt, zog er ihn auch schon wieder zurück. Unter Umständen würde er ihr niemals vollkommen vertrauen, aus ständiger Sorge, ob sie nicht doch bloß etwas mit ihm anfing, um eine Story über ihn zu schreiben. Anne hatte sogar Verständnis für sein Zögern, Joos war ein gebranntes Kind. Wegen dieser Bedenken konnte sie sich einfach nicht auf seine Seite stellen und Scherf absagen.

Seufzend nahm sie ihren Laptop und setzte sich aufs Bett.

Bisher hatte sie bloß alle Fakten zu Joos recherchiert, nicht aber zu seiner gesamten Familie. Sie hatte zwar nebenbei die ein oder anderen Dinge über Thies, Finn und ihre verstorbenen Eltern Hauke und Karin erfahren, aber nicht viel. Niemand war in den sozialen Netzwerken aktiv, hatte sie überrascht festgestellt. Es gab bloß offizielle Profile der Schokoladeninsel auf Facebook und Instagram.

Neugierig öffnete sie den Internetbrowser. Wer waren die beiden Menschen, die Joos geprägt hatten? Wie hatten sich seine Eltern verhalten, als er mit neun Jahren entführt worden war?

Anne suchte nach Informationen über Karin Lorentz, um das Bild, das sie von Joos hatte, zu vervollständigen. Sie war eine wunderschöne Frau gewesen, graziös und lebenslustig. Anscheinend hatte sie weitaus mehr Partys und Benefizveranstaltungen besucht als ihr Mann Hauke. Thies und Finn hatten ihre blonden Haare von ihr geerbt, ebenso wie ihr sonniges Lächeln. Auf den Schnappschüssen zog sie die Aufmerksamkeit auf sich, sie strahlte wie ein Stern am Nachthimmel.

Doch in der Zeit während und nach Joos' Kidnapping war dieses Strahlen kurzzeitig erloschen. Sie hatte ihre Augen hinter dunklen Sonnenbrillen versteckt und nicht wie vorher in die Kameras geguckt. Nachdem die Polizisten das Versteck gestürmt, die Entführer verhaftet hatten und Joos gerettet worden war, hatte man seine Mutter lange nicht in der Öffentlichkeit gesehen.

Von Hauke Lorentz gab es fast nur Bilder von offiziellen Anlässen, Besuche bei Händlern, Treffen mit neuen Geschäftspartnern, werbewirksam vermarktet, und Fototermine in der Schokoladenfabrik in Flensburg. Entweder hatte er keine Zeit oder keine Lust gehabt, privat auszugehen. Er war ein charismatischer Mann gewesen. Anne erkannte deutlich, dass Joos mehr Gene von seinem Vater als von seiner Mutter geerbt hatte. Beide Männer waren dunkelhaarig und äußerst männlich.

Hauke Lorentz kam auf den Fotos souverän und sympathisch rüber. Seine Haltung war stets gerade, und seine Augen leuchteten. Die von Joos jedoch hatten zwar dieselbe Farbe wie die seines Vaters, wirkten aber, als würde ein Schatten auf ihnen liegen, was ihm eine dunkle und rätselhafte Ausstrahlung verlieh.

Berichte über Skandale fand Anne nicht. Aber Joos' Entführung war nicht das einzige tragische Ereignis in der Familie. Karin war bei einem Unfall gestorben, Hauke hatte einen tödlichen Herzinfarkt erlitten.

Anne hatte inzwischen mehrere Browserfenster geöffnet. Sie wechselte hin und her und verglich die Fotos, aufgenommen in den verschiedenen Jahrzehnten. Wissbegierig suchte sie nach Schlagzeilen und las einen Artikel nach dem anderen.

Die Familie Lorentz hatte mit Fleiß, Kreativität und Herzblut ein norddeutsches Schokoladenimperium aufgebaut, das seine hochwertigen Produkte längst in die ganze

Welt exportierte. Anscheinend war sie trotz ihres internationalen Erfolgs bodenständig geblieben.

Nur Karin Lorentz hatte ab und zu mit dem Geldadel gefeiert und in Promi-Lokalen gegessen. Auf den Bildern vermittelte sie den Eindruck, wie ein offenes Buch zu sein und alle einzuladen, darin zu lesen. Im Gegensatz zu ihr konnte Anne nicht umhin, Joos und seinen Vater mit einem Buch mit sieben Siegeln zu vergleichen. Es schien, als hätte Hauke Lorentz der Öffentlichkeit nur seine professionelle und nicht seine private Seite gezeigt. Ganz so, wie Joos es auch hielt.

Aus diesem Grund war Anne auch mehr an den beiden Männern interessiert. Nicht bloß aus journalistischer Sicht waren sie faszinierender. Es reizte sie, hinter ihre Fassaden zu blicken.

Bei weiterer Internetrecherche fand Anne heraus, dass Hauke Lorentz sich für das Schokoladengeschäft entschied, weil er zu Lebzeiten selbst gerne und regelmäßig naschte. In einem Interview im Oktober 1999 zum Thema Jahrtausendwende sagte er dem Wirtschaftsmagazin *Impulse*: »Ich kann allem widerstehen, nur Schokolade nicht. Das wird sich auch im nächsten Jahrtausend nicht ändern.«

Er erklärte, dass eine Freundin ihm und seiner Frau Karin selbst gemachte Pralinen angeboten hatte. Die süßen Eigenkreationen von Gesine Ulrich hatten Hauke so viel köstlicher geschmeckt als die Industrieware.

»Das Konfekt war einfach himmlisch. Sie erzeugten kleine Geschmacksexplosionen auf meiner Zunge«, schwärmte er. Daraufhin arbeitete es in ihm. Er begann sich die Süßwaren-Branche genauer anzuschauen, Informationen einzuholen und Kalkulationen zu erstellen. »Es ist immer ein Risiko, sich selbstständig zu machen, und ich habe es gleich im großen Stil getan. Aber in mir fließt Unternehmerblut, denn mein Vater gründete in den Sechzigerjahren ein Warenhaus in Flensburg. Ich empfand das tiefe Bedürfnis, den Schokoladenliebhabern den Genuss zu verschaffen, den ich dank Gesines Kreationen erlebt hatte. Außerdem hat nicht jeder die Zeit und die Lust, selbst Pralinen herzustellen.«

In einem anderen Interview vor 33 Jahren ließ Hauke Lorentz beiläufig fallen, dass er einem Gustav Groß soeben die nordfriesische Insel Möwesand abgekauft hatte. Zu dem Zeitpunkt war Joos drei Jahre alt.

Der Name des Vorbesitzers der späteren Schokoladeninsel wurde ansonsten nirgends erwähnt. Anne merkte es sich als eine Art *fun fact*. Vielleicht konnte sie bei Scherf mit diesem Wissen punkten oder Joos beeindrucken, falls das Gespräch darauf kam.

Als sie nichts Neues mehr über Hauke fand, gab sie den Namen Gustav Groß in die Suchmaske ein.

Sollte es jemals zu der Dokumentation mit Joos kommen, konnte sie möglicherweise als Einleitung Groß vor der Kamera fragen, wie Hauke Lorentz auf ihn gekommen war. Was er dazu sagte, dass aus seinem ehemals kargen Eiland in der Nordsee die berühmte Schokoladeninsel geworden war. Ob er zum Zeitpunkt von Joos' Entführung noch Kontakt zur Familie hatte.

Eine Liste mit Links erschien auf Annes Computer. Sie führten zu einem Stahlhandel, einem verstorbenen Universitätsprofessor und Politiker und zu einigen Wikipedia-Einträgen. Nur wenige Zeitungsartikel waren darunter. Aber einer hatte es in sich.

Plötzlich riss Anne die Augen auf. Sie konnte kaum glauben, was sie da las.

Laut einem Bericht im *Weser Kurier* war der Groß, den sie suchte, bei einem Bootsunfall in der Nähe von Helgoland ums Leben gekommen. Vor 33 Jahren. Die Tragödie hatte sich kurz nach der Vertragsunterzeichnung ereignet. Die Leiche von Groß wurde zwar nie gefunden, aber die Polizei ging damals davon aus, dass er ums Leben gekommen war.

Wie tragisch, dachte Anne bestürzt.

Gustav Groß hatte wahrscheinlich mit Hauke Lorentz den Deal seines Lebens gemacht und kaum etwas von der gewiss beträchtlich hohen Kaufsumme gehabt.

Falls Joos das Interview mit ihr weiterhin rigoros ablehnen würde, wollte Anne dem Programmdirektor alternativ eine Reportage über das traurige Schicksal von Gustav Groß anbieten. Scherf wäre bestimmt nicht begeistert, aber vielleicht besänftigt. Ein schwacher Trost für den Fernsehsender, aber diese Story war für Anne besser als mit leeren Händen zurück nach Bremen zu fahren.

Ohne Erwartungen klickte sie einige weitere Links an, fand aber bloß andere Männer mit demselben Namen. Ihre Suche verlief zunehmend ins Leere. Merkwürdigerweise wurde sie zu dem Artikel einer Online-Zeitung weitergeleitet, der auf den ersten Blick nichts mit einem Gustav Groß zu tun hatte.

Der Bericht handelte von einem Bodo Seibold, der im letzten Jahr in Nordrhein-Westfalen verhaftet worden war. Dort hatte er versucht, ein Wasserschloss zu verkaufen. Das

Besondere dabei war, dass es ihm gar nicht gehörte. Mit derselben Methode hatte er es vor drei Jahren in Brandenburg versucht. Er hatte dort einem amerikanischen Unternehmen ein riesiges Areal, angeblich als Baugebiet ausgewiesen, angeboten. Doch die Anwälte hatten die Papiere von Seibold rechtzeitig als Fälschungen erkannt.

Anne wollte schon aufhören zu lesen, als ihr der Name Gustav Groß im Text weiter unten auffiel. War der Vorbesitzer Möwesands etwa vor seinem Tod auch auf den Betrüger hereingefallen?

Bodo Seibold war wegen mehrfachen Betrugs angeklagt und verurteilt worden. Zurzeit saß er im Lübecker Hof. Den Spitznamen trug die Justizvollzugsanstalt Dortmund, weil sie in der Lübecker Straße lag.

Seibold hatte sogar seinen eigenen Tod vorgetäuscht oder, besser gesagt, den Tod einer seiner Decknamen, stand in dem Bericht. Denn er trat unter den Pseudonymen Olaf Schreiber, Sascha Junkersheim und Gustav Groß auf und hatte gefälschte Papier und Lebensläufe zu jeder seiner fiktiven Figuren, hinter denen er seine wahre Identität verbarg. Hatte er jemand übers Ohr gehauen, ließ er den jeweiligen Tarnnamen verschwinden.

Anne fühlte sich, als hätte sich der Boden unter ihr aufgetan. Ihr war schwindelig. Ihr wurde heiß. Sie stand auf und öffnete das Fenster.

Die Zusammenhänge zwischen dem Verkauf Möwesands, dem Unfalltod Groß' vor 33 Jahren und Seibolds Betrugsmasche wühlten sie auf. Konnte das wirklich sein? Hatte sie soeben eine heiße Spur entdeckt, die jedem anderen Reporter entgangen war? Unwahrscheinlich. Aber wenn doch?

War der Gustav Groß, der Hauke Lorentz diese malerische Nordseeinsel verkauft hatte, in Wahrheit Bodo Seibold oder doch bloß ein harmloser Geschäftsmann mit demselben Namen? Fotos von Groß und Seibold fand sie leider nicht.

Ihr journalistischer Spürsinn war geweckt, sie fühlte sich wie elektrisiert. Sie musste dem Netzfund unbedingt nachgehen.

Vorerst würde sie Joos, Thies und Finn nicht auf Gustav Groß ansprechen. Sie wollte sich nicht lächerlich machen oder schlafende Hunde wecken, bevor sie wusste, ob etwas an der Sache dran war. Denn sollte Hauke Lorentz tatsächlich auf einen Betrüger hereingefallen sein, wäre es naheliegend, dass seine drei Söhne mit aller Macht versuchen würden, die Angelegenheit unter den Tisch zu kehren. Schließlich stand ihr Lebenswerk auf dem Spiel.

Nachdenklich tippte Anne mit dem Zeigefinger gegen ihr Kinn. Wo sollte sie mit der Suche nach der Wahrheit anfangen?

Das Grundbuchamt besaß womöglich hilfreiche Informationen. Stand vor seinen Söhnen tatsächlich Hauke Lorentz als Eigentümer der Insel im Melderegister? Gab es notariell beglaubigte Urkunden über alle Besitzerwechsel der letzten 35 Jahre? Stimmten die Namen in den Dokumenten der Eigentumsübertragung mit dem Register überein?

Würde man Anne dort so einfach einen Grundbuchauszug ausstellen? Vermutlich nicht. Aber sie sah keine andere Möglichkeit, als es wenigstens zu versuchen. Nach einer kurzen Suche im Internet fand sie heraus, dass sich das nächste Amtsgericht in Husum befand, zuständig unter anderem für Nordstrand, Hallig Hooge, Pellworm und Möwesand.

Das frei stehende, zweigeschossige Walmdachhaus mit dem Sockelgeschoss war ein richtiger Prachtbau, das erkannte Anne schon auf den Fotos. Laut den Angaben auf mehreren Websites 1906 im Stil der Neorenaissance erbaut und inzwischen denkmalgeschützt. Sie freute sich schon darauf, das geschichtsträchtige Gebäude mit eigenen Augen zu sehen. Es hatte eine Putzfassade, und das Portal und die Ornamente waren aus Sandstein gefertigt. Zudem gab es reizvolle Anbauten auf der Rückseite und hervorspringende Treppengiebel.

Vor ihrem Fenster hörte sie ein Flattern. Dann klang es so, als wäre ein Vogel auf dem Dach gelandet.

Es war schon nach Mitternacht, als ihr klar wurde, dass sie zwar bloß die Inselfähre nehmen musste, um zum Festland zu gelangen, es aber schwierig werden würde, nach ihrem Besuch in der Hafenstadt auf die Schokoladeninsel zurückzukehren. Sie hatte kein Tagesticket und würde auch nicht so schnell eins auftreiben können. Wie konnte sie diese Hürde überwinden?

Das Säuseln des Windes draußen war zu hören. Kalte Luft drang durch den Fensterspalt.

Anne klappte ihren Laptop zu, nahm ihren Kulturbeutel und ging ins Gemeinschaftsbadezimmer. Während sie sich die Zähne putzte, grübelte sie darüber nach, wie sie diese Schwierigkeit bewältigen konnte. Sie hatte zwar bereits einige Angestellte der Gebrüder Lorentz kennengelernt, aber nicht so gut, dass sie sie fragen könnte, ob sie ihr helfen würden. Wahrscheinlich besaßen ohnehin nur die Einheimischen eigene Motorboote. Anne hatte jedoch bloß näheren Kontakt zu Gerit Brodersen, und die fuhr bestimmt nicht mehr selbst mit dem Boot.

»Halt, das stimmt nicht«, sagte Anne mit einem Mund voller minzigem Zahnpastaschaum zu ihrem Spiegelbild. »Du kennst noch jemanden von hier ein bisschen näher.«

Finn. Er war sehr nett zu ihr gewesen und hatte sie mit offenen Armen empfangen. Sie musste sich an ihn wenden, eine andere Möglichkeit sah sie nicht. Allerdings hatte sie noch keinen blassen Schimmer, mit welcher Begründung sie ihn bitten wollte, sie abends von der Küste abzuholen und zurück zur Schokoladeninsel zu bringen, ohne ihm zu verraten, was sie tagsüber auf dem Festland getan hatte.

Außerdem würde das zu einem weiteren Problem führen. Finn würde sie bestimmt fragen, warum sie keinen Gästeausweis hatte, wo sie doch in Nordwinden übernachtete. Dass es eine Art Pass für private Besucher gab, wusste Anne. Sie hatte mehrere Touristen mit Legitimationskarten, die an Bändern um ihre Hälse hingen, gesehen. Höchstwahrscheinlich waren diese Personen Familienmitglieder oder Freunde der Mitarbeiter oder Einwohner.

Finn auf die Bootsfahrt anzusprechen, musste ohnehin bis nach dem Frühstück warten. Ein Blick auf ihr Smartphone verriet ihr, dass es bereits ein Uhr morgens war.

Nach ihrer Abendtoilette ging Anne zurück in ihr Schlafzimmer. Es roch behaglich nach frisch gebügelter Bettwäsche. Draußen bellte ein Hund. Ob Joos vor dem Schlafengehen noch mit Zorro einen letzten Gang über die Insel machte? Mit einem Lächeln auf den Lippen legte Anne sich hin.

Ihre Gedanken schweiften wieder zu Gustav Groß und dem Amtsgericht.

Vielleicht verspreche ich mir zu viel von dem Grundbucheintrag, dachte sie, wollte dem aber trotzdem nachgehen und erhoffte sich durch die offizielle Stelle weitere Informationen. Wenn Joos erführe, dass sie hinter seinem Rücken Nachforschungen anstellte, würde er ihr vermutlich doch ein Hausverbot für die Schokoladeninsel erteilen. Die Vorstellung schmerzte. Aber sie konnte nicht anders, sie musste der neuen Spur nachgehen.

Anne drehte sich auf die Seite und zog die Bettdecke bis unters Kinn. Trotz des turbulenten Tages war sie nicht müde. Sie ahnte, dass sie, aufgekratzt, wie sie war, kaum ein Auge zutun würde.

Kapitel 11

Die Schokoladeninsel besaß Zauberkräfte. Zu ihrer eigenen Überraschung hatte Anne trotz der aufregenden Gedanken, die in der Nacht durch den neuen Rechercheansatz in ihrem Kopf herumgewirbelt waren, tief und fest geschlafen. Das musste an der Seeluft liegen, ebenso wie an der paradiesischen Urlaubsatmosphäre und an den wundervollen Insulanern, die so freundlich waren und glücklich wirkten.

Anne fühlte sich erholt und voller Tatendrang. In Bremen hatte sie sich täglich zur Arbeit geschleppt. Hier war das anders. Sie konnte gar nicht abwarten, in Husum ihre Nachforschungen fortzuführen.

Nach dem Frühstück, das sie diesmal gemeinsam mit Gerit Brodersen einnahm, machte sie sich auf den Weg zum Leuchtturm. Der köstliche Geschmack des Brötchens mit dem Käse *Kleiner Friese* aus der Inselkäserei Pellworm lag ihr noch auf der Zunge.

Kurz blieb sie in Ufernähe stehen und spähte aufs Meer hinaus. Die Flut hatte eingesetzt, jedoch noch nicht den Normalstand erreicht, also konnte sie die Insel ohnehin noch nicht verlassen. Schaumkronen tanzten auf den Wellen, aufgepeitscht von den Gezeitenströmen.

Der Leuchtturm stand auf dem einzigen Hügel Mövesands, der auch in den Broschüren über die Schokoladeninsel augenzwinkernd als Berg bezeichnet wurde. Als sie klopfte, öffnete Finn nicht. Womöglich hatte er auf dem Festland zu tun oder machte einen Bootsausflug. Oder er schlief schlicht und einfach noch.

Sie schirmte ihre Augen mit der Hand vor der Sonne ab und ließ ihren Blick übers Wasser schweifen. Das Meer funkelte wie blaues Glas, das von einer warmen Lichtquelle angestrahlt wurde. Unbewusst leckte sie sich über den Mund. Durch die Seeluft schmeckten ihre Lippen salzig.

Am Horizont machte sie ein großes Schiff aus. Für sie sah es aus wie ein Tanker. Aber was wusste sie schon über die Seefahrt? Sie war das erste Mal an der Nordsee, war sich aber jetzt schon sicher, dass es nicht das letzte Mal sein würde. Nirgends war die Luft ihrer Meinung nach klarer als auf den Gipfeln der Berge und am Meer.

Bei dem Wetter an diesem Apriltag konnte Anne sogar in der Ferne den Leuchtturm von Pellworm erspähen. Ihr erschien er als hellroter Fleck, aber sie ahnte, dass er genauso rot-weiß gestreift war wie der Leuchtturm von Möwesand, in dem Finn wohnte.

Unsicher, was sie nun tun sollte, verlagerte Anne ihr Gewicht von einem Bein auf das andere. Sie musterte nachdenklich die rote Eisentür. Erst jetzt fiel ihr auf, dass sie nach feuchter Farbe roch. Sie betrachtete ihre Finger, die Knöchel waren rot. Finn musste die Tür am frühen Morgen frisch gestrichen haben, er konnte also nicht weit sein.

Anne wischte sich mit einem Papiertaschentuch die Farbe von der Hand. Voller innerer Unruhe kehrte sie nach Nordwinden zurück. In einem schwachen Moment kaufte sie sich Pralinen mit Lübecker Marzipan, in deren Innerem sich eine gebrannte Pistazie verbarg. Sie hatte noch nie gebrannte Pistazien gegessen. Welch ein außergewöhnlicher Genuss!

Sie rief sich in Erinnerung, wie sie sich gestern nach ihrem Süßigkeitenrausch gefühlt und sich geschworen hatte, den Fehler nicht noch einmal zu machen. Aber sie konnte nicht widerstehen und naschte gleich zwei Konfekte hintereinander.

Zu ihrer Freude begrüßten sie einige Mitarbeiter der Gebrüder Lorentz, die sie von dem Quizabend kannte, wie eine von ihnen.

Ach, könnte ich nur bleiben, dachte Anne sehnsüchtig. Aber das war für sie ungefähr so unwahrscheinlich wie ein Flug zum Mond.

Plötzlich sah sie Finn. Er bog gerade zu den windschiefen Kiefern ab und ließ dann das »Betreten verboten«-Schild hinter sich.

Schnell steckte Anne das Konfekt in die Tasche ihrer roten Steppjacke und eilte ihm hinterher. Sie bahnte sich ihren Weg zwischen den Touristen hindurch und winkte einer sehr großen und schlanken Frau mit roten Macaron-Ohrringen zu. Diese hatte sich ihr gestern Abend als Claudia vorgestellt und bot in ihrer Naschwerk-Manufaktur Schokofrüchte, Bananenchips und andere Leckereien an.

In Nordwinden hatten die Gebäude Anne vor dem Wind, der stetig vom Meer ins Inselinnere wehte, geschützt. Doch kaum kam sie wieder auf dem »Berg« an, flatterte ihre offene Jacke. Die steife Brise kühlte ihre vor Aufregung erhitzten Wangen. Die Sonne hatte Kraft, aber der Wind war frisch. Noch rangen die kalte und die warme Jahreszeit um die Vorherrschaft. Während der Frühling sich in anderen

Teilen Deutschlands bereits ausgebreitet hatte, zeigte er sich auf Möwesand noch von seiner zarten Seite.

»Moin, moin«, rief Anne Finn zu, bevor er in den Leuchtturm eintreten konnte.

»Wir sagen bloß Moin. Du willst doch nicht als geschwätzig gelten.« Lachend blieb er in der geöffneten Tür stehen und strahlte sie mit seinen blauen Augen an. »Welch eine Überraschung.«

Sie war ein wenig atemlos, als sie bei ihm ankam, nicht zuletzt aus Nervosität. »Störe ich?«

Seine sandfarbenen Haare wurden von den Windstößen hin und her gerissen. »Selbstverständlich nicht. Möchtest du einen Tee? Ich habe auch Schokominze da. Die Tasse, die ich bei Gerit getrunken habe, hat meine Lust auf mehr geweckt.«

»Nein, danke.« Sie legte die Hand auf ihren Bauch. »Ich habe gerade erst beim Frühstück eine halbe Kanne getrunken.«

»Was führt dich zu mir?« Mit einer einladenden Geste forderte er sie auf, ihm zu folgen. Er schlenderte zum Ufer. Dort setzte er sich hin und ließ seine Beine über der Kante hängen. Seine Zehen berührten gerade eben die Oberfläche, aber die Priele füllten sich schnell.

Anne nahm neben ihm Platz. »Du fühlst eine tiefe Verbundenheit zur Nordsee, nicht wahr?«

Obwohl es frisch war, trug er olivfarbene Bermudashorts. Während er antwortete, rieb er über die hellen Härchen auf seinen Unterschenkeln. »Ich könnte nirgendwo anders leben als am Meer. Dieser einzigartige Duft, die weite Sicht und der ewige Wind, das bedeutet für mich Heimat. Dort, wo sich das helle Blau oben und das dunkle Blau unten treffen, bin ich zu Hause.«

»Das hast du aber schön gesagt.« Anne staunte nicht schlecht. Finn schien ein sensibler Typ zu sein, der wusste, wo er hingehörte. Beneidenswert.

Er steckte seine Surferkette unter seinen beigefarbenen Kapuzenpullover, als befürchtete er, der Wind könnte sie ihm entreißen. »Was ist mit dir? Mit was oder wem fühlst du dich verbunden?«

»Warum fragst du?« Sie blinzelte ihn an.

Sanft strich er über seinen Hoodie. *Glück kann man nicht kaufen, ein Surfboard schon, das ist ziemlich nah dran*, stand da drauf. »Du wirkst, als würdest du auf der Schokoladeninsel bleiben, weil du nicht weißt, wohin du sonst gehen sollst.«

Gut erkannt, dachte sie. Weil sie sich um eine Antwort drücken wollte, witzelte sie: »Möwesand ist umgeben von Wasser. Weit würde ich ohnehin nicht kommen.«

»Dir kann man aber auch nichts vormachen«, scherzte er. »Also?«

»Du gibst nicht schnell auf, habe ich recht?« Anne zog eine Augenbraue hoch.

Grinsend schüttelte er den Kopf.

»Mit wem oder was ich mich verbunden fühle, ist einen recht philosophische Frage. Warum interessiert dich das?« Sie stützte sich mit den Händen hinter ihrem Rücken ab und lehnte sich zurück.

Mit seinen Zehen erzeugte er kleine Wellen. »Du bist die Einzige auf unserer schönen Insel, die bedrückt aussieht.«

Überrascht riss sie die Augen auf. »Ist das so?«

Mit ernster Miene nickte er.

»Das war mir nicht bewusst.« Sie seufzte und rieb sich übers Gesicht. Im Vergleich zu Finn war sie blass, sie musste aufpassen, keinen Sonnenbrand zu bekommen. Durch den Wind wirkte es kühler, als es war, und man unterschätzte die Gefahr. »Vor einem halben Jahr bin ich von München nach Bremen gezogen, um in meinem Traumberuf zu arbeiten. Leider stellte er sich als nicht so traumhaft heraus, wie ich gedacht hatte.«

»Vielleicht liegt es bloß an deinem Arbeitgeber.« Behutsam bespritzte er seine Unterschenkel mit Meerwasser.

»Ja, das denke ich auch.« Anne hatte große Lust, ihre Beine auch in die Nordsee hängen zu lassen. Aber dann hätte sie später mit nassen Füßen in ihre Schuhe steigen müssen. Wäre das wirklich so tragisch, fragte sie sich selbst. Vielleicht hielt sie sich zu oft davon ab, Spaß zu haben. »Es kann aber auch sein, dass ich zu harmoniebedürftig für den Job bin.«

»Ich schätze, als Journalistin muss man den Menschen auf die Nerven gehen, um Dinge von ihnen zu erfahren.« Finn zog die Beine an und schlang seine Arme um die Knie. »Das ist nicht jedermanns Sache.«

»Du weißt, wer ich bin?«, fragte sie erstaunt.

»Joos hat es Thies erzählt.« Er zuckte mit den Schultern. »Und Thies mir.«

Bei der Erwähnung von Joos' Namen wurde ihr heiß. Verlegen klappte sie den Kragen ihrer roten Steppjacke hoch und sofort wieder runter. Was ihre berufliche Identität betraf, hatte es ja so kommen müssen. Unter Umständen hatte sich die Neuigkeit wie ein Lauffeuer auf der Schokoladeninsel verbreitet, und alle Insulaner wussten es bereits. Grüßte das Team der Gebrüder Lorentz sie bloß, weil es einen guten Eindruck bei ihr hinterlassen wollte? »Wer ist noch im Bilde?«

»Niemand.« Finn klang aufrichtig. Warum sollte er sie auch anschwindeln?

Erleichtert stieß sie die Luft aus. Sie zog ihre Schuhe und Socken aus und krempelte ihre marineblaue Stoffhose hoch. Als ihre Füße das Wasser berührten, gab Anne einen Schrei von sich. »Das ist aber kalt.«

»Die Nordsee ist immer kalt, mal mehr und mal weniger.« Finn neigte sich zu ihr hinüber, wieder sah sie seine Sommersprossen. »Du bist mir immer noch eine Antwort schuldig«, sagte er mit dunkler Stimme.

»Du bist hartnäckiger als jeder Reporter.« Sie musste schmunzeln. Scharf sog sie die Luft zwischen ihren geschlossenen Zähnen ein, während sie tapfer ihre Beine in das kühle Nass tauchte. Kaum hatte sie sich an die Temperatur gewöhnt, empfand sie sie als angenehm. »Alles in mir sträubt sich dagegen, zurück zum Lokalsender zu fahren, meine Abneigung wird sogar immer schlimmer. Aber als Journalistin beim Fernsehen zu arbeiten, war immer schon mein größter Wunsch.«

Während Finn sprach, spielte er mit seinem dunklen Lederarmband. »Du könntest auch zurück nach Bayern ziehen.«

»Das möchte ich nicht, es würde mir wie ein Rückschritt vorkommen. Zudem war mein altes Leben dort langweilig.« Verlegen sah sie weg und tat so, als würde sie eine Möwe, die auf den Wellen ritt, beobachten, doch ihr Blick war nach innen gerichtet. »München wird immer meine Heimat bleiben, schon weil meine Familie dort wohnt. Aber für meine Zukunft möchte ich etwas anderes als das, was für mich neunundzwanzig Jahre lang Alltag war. Verstehst du, was ich meine?«

»Deine Reise ist eben noch nicht zu Ende.« Aus dem Wäldchen hinter dem Leuchtturm war eine Unterhaltung zu hören. Finn sah über seine Schulter hinweg zu den Kiefern. Sein Blick verfinsterte sich, aber es trat niemand zwischen den Bäumen heraus. Die Stimmen wurden leiser. Vielleicht hatten die Touristen doch noch das »Betreten verboten«-Schild entdeckt.

Er hatte recht. Anne fand, dass er weise für sein Alter war. Selbst in ihren Ohren klang sie unglücklich, als sie sagte: »Zurzeit bieten sich mir bloß diese beiden Alternativen.«

»Das mag so aussehen, und du grübelst viel, ohne eine Lösung zu finden, was quälend ist. Aber irgendwann wirst du plötzlich einen Weg aus deinem Dilemma erkennen. So war es bei mir immer.«

»Hoffentlich«, antwortete sie. Sie musste daran denken, was Joos ihr verraten hatte, bevor er erfahren hatte, dass sie als Reporterin arbeitete. Finns Auszeit vom Schokoladengeschäft nahm kein Ende. Hatte Finn sich etwa längst dazu entschlossen, nie mehr zu den Gebrüdern Lorentz zurückzukehren? Suchte er bloß noch nach dem passenden Moment, um Joos und Thies seine Entscheidung mitzuteilen? Das würde die beiden bestimmt sehr traurig stimmen, ahnte Anne. Immerhin hatte Joos ihn und seine Brüder mit den fünf Fingern einer Hand verglichen.

»Was hat dich eigentlich zu mir geführt? Das hatte ich

dich eben schon einmal gefragt und keine Auskunft bekommen. Willst du etwa geheimnisvoll wirken?«

Anne brach in Lachen aus. »Nein, das ist es nicht, aber normalerweise stelle ich die Fragen und andere antworten.«

»Verstehe. Nun?«

»Ich muss die Schokoladeninsel verlassen.«

Er zog seine Augenbrauen nach oben. »Das tut mir leid.«

»Aber nur kurz. Ich möchte zurückkommen.« Sie seufzte. »Und hier liegt das Problem.«

»Lass mich raten.« Finn tippte mit dem Zeigefinger gegen sein Kinn und tat so, als würde er nachdenken, dann fuhr er fort: »Du hast kein Tagesticket für heute oder einen der nächsten Tage und auch keinen Gästepass für einen längeren Zeitraum.«

Woher wusste er das? Sie musste auf der Hut sein. Annes Puls beschleunigte sich. Sie machte ein langes Gesicht. »Und damit keine Möglichkeit, zurückzukehren.«

»Du dürftest jetzt eigentlich gar nicht neben mir sitzen, habe ich recht?« In Finns Bermudas erklang plötzlich Ozeanrauschen, ein Klingelton.

Entschuldigend riss Anne ihre Hände hoch. »Du hast mich durchschaut.«

»Was ist mit Gerit?« Lässig ignorierte er die Meeresgeräusche, die sein Handy von sich gab. »Du wohnst doch bei ihr.«

»Ich habe sie überredet, mich bei ihr übernachten zu lassen.« Anne zeigte auf seine Hosentasche. »Willst du den Anruf denn nicht annehmen?«

»Ich unterhalte mich doch gerade mit dir.« Finn holte sein Smartphone heraus, drückte den Anruf weg, schaltete das Mobiltelefon stumm und steckte es wieder ein. »Gerit ist eine harte Verhandlungspartnerin. Mit anderen Worten: Sie ist ganz schön stur. Wie hast du sie überzeugt?«

Anne fühlte sich geschmeichelt, dass er ihr den Vorrang vor dem Anrufer gab. »Es war nicht einfach, aber am Ende waren meine Argumente überzeugender, und sie hat nachgeben. Seid ihr nicht böse, weil sie das eigentlich nicht hätte tun dürfen.«

Nachdenklich fuhr er sich mit dem Handrücken über die blonden Bartstoppeln auf seinem Kinn. »Du bist wegen Joos auf Möwesand, hat Thies gemeint.«

Sie nickte. Also hatte sie recht gehabt, Finn war im Bilde, was sie betraf.

»Und du willst zurück auf die Insel wegen Joos«, sagte er, während er über seine Fußknöchel rieb, die schon wieder trocken waren.

Anne war klar, Finn merkte ihr an, dass sie in Joos verliebt war. Sie hielt ihm ihre gefalteten Hände hin. »Du musst mir glauben, dass ich ihm nichts Böses will.«

»Thies hat mir von deiner geplanten Dokumentation erzählt.« Finn sah ihr in die Augen.

Annes Magen zog sich zusammen. Gleich würde er sie bitten, seinen ältesten Bruder in Ruhe zu lassen und abzureisen. »Es bleibt Joos' Entscheidung, ob er mitwirkt oder nicht«, sagte sie.

»Vielleicht täte ihm die Mitarbeit gut«, erwiderte er zu Annes Überraschung und massierte seine Wade. »Selbst mit Thies und mir hat er kaum über seine Entführung geredet. Aber manche Dinge müssen ausgesprochen werden, damit man sich von ihnen befreien kann.«

»Ja, genau«, stimmte sie euphorisch zu. Beschwingt plätscherte sie mit ihren Beinen im Salzwasser. Ein Fisch, den sie zuvor nicht bemerkt hatte, floh vor ihren Bewegungen. Bei dem Gedanken an Joos pochte ihr Herz schneller.

Sanft berührte Finn ihren Unterarm. »Versprich mir, dass du ihn vor der Kamera nicht mit deinen Fragen quälen wirst.«

»Ich habe nicht vor, ihn zu verletzen. Du weißt doch inzwischen, dass ich sehr harmoniebedürftig bin.« Anne zwinkerte.

»Aber Joos soll nur das erzählen, was er erzählen will«, wandte Finn ein.

»Das wird nicht funktionieren, dann wird er stumm wie ein Fisch bleiben«, sagte sie in einem scherzhaften Ton, doch es lag ein Fünkchen Wahrheit in ihren Worten.

»Schon möglich«, pflichtete Finn ihr schmunzelnd bei. »Du musst es eben schlau anstellen.«

»Warum stehst du auf meiner Seite?«

»Du tust Joos gut«, antwortete er nach einem kurzen Zögern. Gefühlvoll drückte er ihre Schulter. »Du scheinst ein gutes Herz zu haben.«

Die Situation war Anne unangenehm, sie wollte Finn gegenüber nicht den falschen Eindruck vermitteln, als hätte sie großen Einfluss bei *Tele Nord* und somit auf die Dokumentation.

»Ich mache mir Sorgen um ihn«, fügte Finn hinzu. »Was ich dir jetzt erzähle, darfst du auf keinen Fall für deine Arbeit fürs Fernsehen verwenden, okay?«

Anne wusste nicht, ob sie hören wollte, was er zu sagen hatte, sie wollte nicht in eine noch größere Zwickmühle geraten. Aber die Neugier überwog. »Ja.«

»Enttäusche mich nicht, Anne. Du fragst dich vielleicht,

warum ich ausgerechnet mit einer Reporterin über Joos' dunkle Seite spreche. Weil ich verzweifelt bin, das ist die Wahrheit. Aber ich setze auch große Hoffnungen in dich. Warum? Dazu komme ich später.«

Viele Menschen fanden, dass sie harmlos wirkte, weshalb sie sie wohl in so manches Geheimnis einweihten. Tatsächlich war sie gut darin, Dinge für sich zu behalten. Als Journalistin hatte sich das bisher eher negativ ausgewirkt, denn die Chefredakteure hatten ihr oft nur wenig zugetraut, ihr einen Mangel an Biss unterstellt. Aber damit lagen sie falsch. Anne knetete ihre Hände. »Was immer du mir sagen wirst, ich werde es für mich behalten. Ehrenwort.«

»Gut. Joos hat sich jahrelang nach seiner Entführung gefragt, warum es ausgerechnet ihn getroffen hat. ›Warum ich? Was habe ich verbrochen, dass man mir das angetan hat?‹, hat er als Kind mit Tränen in den Augen immer wieder gesagt. Er hatte Angstzustände und Panikattacken, darum engagierten unsere Eltern damals einen Psychologen, der auf Traumata spezialisiert war. Nach der Phase des Kummers kam bei Joos der Zorn.« Ein Schatten fiel auf Finns Gesicht. Am Himmel war nur eine einzige Wolke weit und breit zu sehen, und die hatte sich ausgerechnet vor die Sonne geschoben. »Ich sah die Wut in Joos' Augen und machte mir große Sorgen. Nicht weil ich befürchtete, Joos könnte sie gegen mich richten, sondern ich hatte Angst, dass sie ihn kaputt machen würde. Aber auch sie verschwand nach einiger Zeit. Nachdem seine letzte Freundin Tanja sich von ihm trennte, da sie das Gefühl hatte, er würde sie nicht an sich heranlassen, ist mir der Groll in seinem Blick wieder aufgefallen.«

Anne bekam eine Gänsehaut. »Das klingt schlimm.«

»Ich verstehe ihn, schließlich haben ihn die Entführer in eine Holzkiste gesteckt und diese dann im Wald vergraben.« Finn drückte die Handballen auf seine geschlossenen Lider und atmete schwer. »Wie könnte ihn dieses schreckliche Erlebnis nicht geprägt haben?«

»Er muss Todesangst gehabt haben«, sagte sie leise und erschauderte. »Wie furchtbar.«

»Joos ist stark, ein echter Kämpfertyp, dennoch mache ich mir Sorgen, dass sein Zorn größer werden und ihn von innen heraus auffressen wird. Aber ich kann ihm nicht helfen. Es muss ihn dringend jemand von seinem Schutzpanzer befreien, bevor er immer dicker wird und ihn erdrückt, aber Thies und ich schaffen das nicht. Du dagegen hast ihn auf der Einweihungsparty von Hannahs Manufaktur so leicht für dich eingenommen und zum Lächeln gebracht. Er kam problemlos aus sich heraus, das war erstaunlich. Mir geht es gerade genauso. Ich kenne dich kaum, und du bringst mich dazu, dir mein Herz zu öffnen.« Er lächelte zaghaft. »Joos und du, ihr habt einen Draht zueinander, das hat Thies auch gespürt.«

»Ich werde es versuchen«, sagte sie mit sanfter Stimme.

»Bei dem Interview musst du der Engel sein, der über ihn wacht.« Freundschaftlich drückte Finn sie an sich.

Anne blinzelte ihn neckisch an. »Und gleichzeitig das Teufelchen, das ihn befragt?«

Abrupt ließ er sie wieder los.

Ausgelassen lachte sie. Sie mochte Finn. In seiner Gegenwart entspannte sie sich und war ein bisschen mehr wie die alte Annegret Huber. Sie genoss seine Anwesenheit, er tat ihr gut. »Das war ein Scherz.«

Sachte stupste er sie an. »Ich mag dich, und darum bekommst du von mir einen Vertrauensvorschuss.«

Anne war gerührt. Unter ihrer Steppjacke juckte es. Beiläufig schob sie den Ärmel hoch und kratzte sich. Als es jedoch an der Stelle genauso merkwürdig brannte wie gestern am Hals, sah sie nach. Die Haut war gerötet und von kleinen Quaddeln überzogen. Das Jucken hörte nicht auf, es wurde quälend. Was hatte das nun wieder zu bedeuten?

Plötzlich stand Finn auf. »Ich werde dir helfen, damit du nach deinem Ausflug zum Festland zur Schokoladeninsel zurückkehren kannst.«

»Danke.« Sie sah zu ihm auf. »Das ist lieb von dir.«

Er hielt ihr seine Hand hin. »Aber nur, wenn du die Wette gewinnst.«

»Welche Wette?«, fragte Anne und ließ sich von ihm hochziehen. »Meinst du die mit Gerit Brodersen und dem Lachtraining? Bei der bist doch du in Zugzwang.«

»Wir werden die Wette abändern, ich habe mir bisher die Zähne an Gerit ausgebissen.« Als Finn sie zerknirscht anblickte, sah er jünger aus, als er war. Wie ein Welpe, der einen Turnschuh zerfetzt hatte und zu spät begriff, dass er das nicht hätte tun sollen.

Mit seinem Aussehen und seiner Ausstrahlung war er bestimmt attraktiv für viele Frauen, aber er wohnte allein und abseits in einem Leuchtturm und schien zufrieden zu sein, wenn er surfen konnte. Anne wünschte ihm wirklich sehr, dass er bald jemanden traf, die ihn aus seiner selbst gewählten Isolation herausholte. Vielleicht waren er und Joos am Ende gar nicht so verschieden. »Das ist es also. Du siehst deine Felle davonschwimmen.«

»Ich hätte Gerit wirklich gerne beim Atem- und Lachtraining dabei, sie könnte etwas Spaß gebrauchen. Leider weigert sie sich konsequent. Wenn du sie also dazu bringst, an Philipps Kurs teilzunehmen, setze ich dich mit meinem Boot im Strucklahnungshörn-Hafen ab und lasse dir einen Gästepass für die Schokoladeninsel ausstellen.«

Kurz dachte Anne über den abgeänderten Wetteinsatz nach, dann stellte sie sich kess auf die Zehenspitzen und fragte: »Würdest du mich stattdessen auch nach Husum fahren?«

Statt zu antworten, hielt er ihr erneut seine Hand hin.

Beherzt schlug sie ein und ging damit eine neue Wette mit Finn ein. Falls Anne sie gewann, würde ihr die Tür zur Schokoladeninsel offen stehen, und sie konnte nach Herzenslust vor Ort recherchieren. Hätte er gewusst, dass sie herausfinden wollte, ob die Schokoladeninsel ihm, Joos und Thies auch wirklich rechtmäßig gehörte, hätte er ihr bestimmt nicht geholfen.

Eine große Hürde blieb allerdings noch bestehen. Unglücklicherweise hatte sie keinen blassen Schimmer, wie sie Gerit Brodersen dazu bringen sollte, am Lachtraining teilzunehmen. Wenn Finn das als Gerits Freund nicht geschafft hatte, wie sollte dann ausgerechnet sie, eine Fremde, das hinbekommen?

Kapitel 12

Bevor Anne nach Nordwinden spazierte, sagte Finn lächelnd zu ihr: »Du hast eine Gabe, die Menschen zum Reden zu bringen. Das wird dir beruflich noch sehr nützen.«

Er meinte das positiv, ohne jegliche Anspielung, doch die Worte versetzten Anne einen Stich.

Wenn Max Scherf wüsste, was Finn und Joos ihr schon alles erzählt hatten, würde er darauf bestehen, dass sie ihre Unterhaltungen mit den Lorentz-Brüdern vor der Kamera wiedergab. Aber so sehr sie auch ihren Job behalten und dafür sorgen wollte, dass ihre Kollegen nicht auf der Straße landeten, sie würde lieber sterben, als einer dritten Person von ihren vertraulichen Gesprächen mit den Lorentz-Brüdern zu berichten.

Bevor sie im Kiefernwäldchen verschwand, drehte sie sich ein letztes Mal zu Finn um. Er streckte seinen Daumen nach oben und lächelte verschmitzt. In dem Moment wusste Anne, dass sie gerne mit ihm befreundet wäre. Vom ersten Treffen im Gästehaus an hatte sie ihn sympathisch gefunden und sich ihm nah gefühlt.

Aufgeregt kehrte sie zur Inselgemeinde zurück. Wenn der Wasserstand hoch genug war und die Fähre wieder fahren konnte, würden die ersten Touristen kommen. Noch war es ruhig auf Möwesand. Das fröhliche Schwatzen der Besucher, ihre strahlenden Gesichter und ihr ausgelassenes Lachen fehlten. Emsig stellten die Teams in den Naschwerk-Manufakturen frische Köstlichkeiten her. Die Luft roch schokoladig und zuckersüß.

Während Anne ihren Weg zum Nis Puk fortsetzte, schob sie sich eine der Pralinen, die sie am Morgen gekauft hatte, in den Mund. Der cremige Schokoladengeschmack zerging ihr auf der Zunge. Anne biss auf die gebrannte Pistazie im Lübecker Marzipan und seufzte vor Hochgenuss.

Als sie an ihrem Ziel ankam, fühlte sie sich gestärkt und hoch motiviert. Sie liebte Herausforderungen, und die Wette war eine. Selbstverständlich befürchtete sie zu scheitern. Aber Anne musste Gerit einfach dazu bringen, bei Philipps Kurs mitzumachen, eine andere Option gab es für sie nicht.

Mit heftig pochendem Herzen betrat sie das Gebäude am Ende der kleinen Inselgemeinde. Drinnen war es um einiges dunkler als draußen, denn die Fenster waren klein. Sie hörte Gerit in der Küche telefonieren. Unschlüssig blieb sie stehen. Keinesfalls wollte sie sie jetzt stören, aber sie verspürte den unbändigen Drang, so schnell wie möglich zum Festland zu kommen.

Im angrenzenden Raum wurde das Telefonat beendet. Als Anne eintreten wollte, vernahm sie ein Schluchzen. Überrascht blieb sie auf dem dunkelblauen Teppich im Eingang stehen, sie wollte Gerit in keine unangenehme Situation bringen. Sie lauschte, um herauszufinden, ob sie sich möglicherweise bloß verhört hatte.

Konnte es sein, dass Gerit weinte? Ja, tatsächlich. Das passte nicht zu ihr. Sie wirkte so hart und zäh, als könnte nicht einmal der heftigste Sturm ihr etwas anhaben. Aber wahrscheinlich war sie es nur nicht gewohnt, ihre Gefühle zu offenbaren. Sie machte das, was sie beschäftigte, wohl bloß mit sich selbst aus.

Anne wollte sich gerade zurückziehen, als Gerit plötzlich mit ihren samtroten Hausschuhen aus der Küche in die Diele geschlurft kam und sie bemerkte. Die Pensionsbetreiberin hatte gerötete Augen.

Rasch wischte sie sich mit dem Ärmel ihrer schwarzen Strickjacke, die sie über einer braunen Bluse und einer dunklen Stoffhose trug, über die nassen Wangen. »Ich dachte, ich wäre allein.«

»Ich bin gerade erst eingetreten.« Anne bekam feuchte Augen, sie konnte nichts dagegen tun. Das passierte ihr immer, wenn jemand in ihrer Gegenwart heulte.

»Sie sind leise wie eine Maus, Frau Huber«, sagte Gerit Brodersen in anklagendem Ton.

»Ich habe mich nicht reingeschlichen«, verteidigte sich Anne. Hätte sie doch bloß früher den Rückzug angetreten. Falls Gerit Brodersen sauer auf sie war, würde sie erst gar nicht mit ihr über das Lachtraining sprechen.

Mit einem bitteren Zug um den Mund ging Gerit Brodersen zu einem Bild an der Wand, das einen Fischer auf seinem Boot bei Sonnenaufgang zeigte, und rückte es gerade. »Sie wollten sich aber gerade rausschleichen.«

»Ja, weil ich nicht … stören wollte. Ich hatte nicht vor, Sie zu belauschen, ehrlich«, fügte Anne hinzu.

Plötzlich legte Gerit Brodersen den Kopf schief. »Warum haben Sie Tränen in den Augen?«

»Wenn jemand weint, muss ich mitweinen, das war schon immer so.« Mit dem Handrücken wischte sich Anne über ihre Augenwinkel und kam sich töricht vor. »Meine Freunde haben sich früher immer darüber amüsiert.«

»Ich finde das nicht lustig, sondern sympathisch«, erwiderte Gerit Brodersen und entspannte sich sichtlich. »Sie mögen Menschen, nicht wahr?«

Anne wusste nicht, was sie sagen sollte, also nickte sie. Das war ein Grund für ihre Berufswahl gewesen.

»Sie können sich gut in sie hineinversetzen.« Die Pensionsbetreiberin zeigte ungeniert mit ihrem Gehstock auf ihren einzigen Übernachtungsgast. »Sie arbeiten bestimmt in einem Sozialberuf.«

Diesmal schüttelte Anne den Kopf. Sie ging nicht auf Gerit Brodersens Vermutung ein, weil das Thema sie verlegen machte.

Anstatt mich sozial zu engagieren, gehe ich meinen Mitmenschen mit meinen investigativen Fragen auf die Nerven, dachte sie ironisch.

Je älter Anne wurde, desto mehr wünschte sie sich, den Zuschauer mit Reportagen zu unterhalten, aber auch zu erreichen, dass ihr Publikum sich mit kritischen Themen auseinandersetzte, und die Welt ein bisschen besser zu machen. Doch mutige Dokumentationen, ob nun im Fernsehen, bei Printmedien oder in Online-Magazinen, waren ein Luxus, der den Top-Journalistinnen vorbehalten blieb.

Reporter, die ganz unten in der Hierarchie standen, wie Anne, mussten über Hafenfeste, die Eröffnung von Tanzschulen und Maßnahmen gegen Krötenwanderungen berichten. Mit einer Reportage, in der Joos vorkäme, würde sie endlich etwas bewegen können.

Anne trat näher an Gerit Brodersen heran. »Warum haben Sie geweint?«, fragte sie vorsichtig.

Gerit Brodersen wich ihrem Blick aus. Ihre Wangen färbten sich rot. Auf ihren Stock gestützt schlappte sie zum Ausgang und strich dort über ein weißes Häkeldeckchen, das auf der Kommode an der Tür neben den Flyern der Schokoladeninsel, den Ausflugsbroschüren und dem Heftchen über den Hauskobold Nis Puk lag.

Behutsam berührte Anne den Arm der älteren Frau, als diese an ihr vorbei zurück in die Diele wollte. »Kann ich Ihnen helfen?«

»Das kann niemand.« Als Gerit Brodersen ins Wohnzimmer lief, war nur das Rascheln ihrer Schuhe zu hören. Sie stellte sich ans Fenster und schaute auf die aufgewühlte Nordsee hinaus.

Beherzt ging Anne hinterher und blieb neben ihr stehen. Ihre Gastgeberin roch nach Mehl und Hefe, als hätte sie in der Waffel-Manufaktur ausgeholfen. Vielleicht hatte sie das sogar. Anne folgte ihrem Blick und dachte, wie schön es doch wäre, diese Aussicht täglich genießen zu dürfen. Wussten die Insulaner, an welch paradiesischem Ort sie lebten, oder sahen sie die Schönheit des Nordfriesischen Wattenmeers nicht mehr, weil sie sie täglich vor Augen hatte? »Ich könnte es versuchen«, sagte Anne leise.

Die Falten in Gerit Brodersens wettergegerbtem Gesicht wurden noch tiefer. »Die Leute sagen, ich wäre stur, aber Barne ist noch sturer.«

»Wer ist Barne?«, fragte Anne.

Gerit Brodersen zögerte. Umständlich holte sie ein Stofftaschentuch aus ihrer Jackentasche und putzte sich die Nase.

Als Anne schon befürchtete, sie würde keine Antwort erhalten, erwiderte die alte Dame: »Mein jüngster Sohn.«

»Inwiefern ist er eigensinnig?« Anne sprach leise, aus Sorge, sie könnte mit ihrem Nachbohren den Kummer der älteren Frau noch verstärken.

»Nie hat er Zeit.« Aufgebracht stopfte Gerit Brodersen das Taschentuch zurück in ihre Tasche. »An Weihnachten war er bloß für einen Tag auf Möwesand, an Ostern nur wenige Stunden, und zum Frühlingsfest wird er gar nicht herkommen. Er muss arbeiten, meinte er.«

»Auch an den Feiertagen?«

»Er richtet Firmenfeste, Tagungen, Weihnachtsfeiern und so was eben aus.« Gerit Brodersen zuckte mit den Achseln. »Hat eine eigene Firma, da muss er bei allem dabei sein, behauptet er. Bei ihm laufen alle Fäden zusammen. Aber man kann jeden ersetzen, auch den Chef.«

Unter ihrer Steppjacke wurde ihr warm, darum öffnete Anne den Reißverschluss. »Hat er eine Eventagentur?«

»Ja, so nennt man das wohl heutzutage.« Mit einer wegwerfenden Geste deutete Gerit Brodersen an, was sie von solchen neumodischen Begriffen hielt. »Die ist ihm wichtiger als ich. Er wohnt in Kiel. Mit dem Auto ist er schnell in Nordstrand, dann muss er nur noch mit der Fähre auf die Schokoladeninsel übersetzen. Aber für mich ist der Weg zu weit. Ich kann ihn nicht besuchen. Hab kein Auto, und mit dem Zug ist das mühsam für mich. Meine Knochen tun bei jeder Bewegung weh.«

»Das tut mir sehr leid«, erwiderte Anne.

»Er sagt, er arbeitet, wenn andere freihaben, darum kann er mich nur selten besuchen. Aber meine Tür steht immer für ihn offen. Er kann kommen, wann er will. Ich habe immer Zeit für ihn.« Die alte Dame ging in die Küche und nahm das wohl frisch gespülte Kaffeeservice von der Arbeitsfläche, um es ins Wohnzimmer zu bringen.

Anne hatte das Geschirr mit dem altmodischen, hübschen Rosendekor in einer Vitrine stehen sehen. Bevor Gerit Brodersen protestieren konnte, nahm sie ihr das Porzellan ab und brachte es weg. »Bestimmt sagen ihm seine Ehefrau und Kinder dasselbe. Dass sie ihn zu selten sehen. Das macht es schwierig für ihn.«

»Barne lebt allein, hat keine Zeit für eine eigene Familie. Er kennt nur die Arbeit, er geht völlig darin auf und vergisst alles andere. Aber ich bin geschwätzig.« Gerit Brodersen machte den Anschein, als wäre es ihr auf einmal unangenehm, Anne ihr Herz auszuschütten.

Eine Idee formte sich in Annes Kopf. »Ich würde Ihnen gerne helfen.«

»Das können Sie nicht. Warum sind Sie eigentlich im Nis Puk? Sie wollen doch wohl nicht den schönen Tag auf Ihrem Zimmer verbringen«, sagte Gerit Brodersen nun schon wieder schroff, wie es ihre Art war.

Anne faltete ihre Hände und hielt sie unter ihr Kinn. »Ich bin gekommen, um etwas Gutes zu tun.«

»Hier im Gästehaus?«, fragte die Einheimische überrascht.

»Sie könnten etwas mehr Fröhlichkeit in Ihrem Leben gebrauchen«, sagte Anne lächelnd, »jetzt mehr denn je.«

Misstrauisch kniff Gerit Brodersen ihre wässrig blauen Augen zusammen. »Was soll das heißen?«

»Kommen Sie mit zum Lachtraining.« Anne nahm die

faltigen Hände der Pensionsleiterin in die ihren. Sie erwartete, dass Gerit Brodersen sie ihr sofort entziehen würde, doch das tat sie nicht. Möglicherweise fehlte der alten Dame Körperkontakt, schließlich lebte sie alleine, und genoss ihn in diesem Moment. Gefühlvoll rieb Anne über die kalte, ledrige Haut, um sie zu wärmen. »Bitte.«

»Woher wissen Sie von diesem Unsinn? Lachen auf Knopfdruck, wie soll das funktionieren?« Die Inselbewohnerin zischte abschätzig. »Man braucht keinen Kurs, um zusammen zu lachen. Wie kommt man bloß auf solch lächerliche Ideen?«

»Finn hat mir davon berichtet«, sagte Anne frei heraus, »und ich war sofort begeistert.«

Tadelnd schnalzte Gerit Brodersen mit der Zunge, aber auf eine gutmütige Art und Weise, als wäre sie nicht ernsthaft böse. »Er hat Sie geschickt, um mich zu überreden, nicht wahr?«

»Philipps Angebot ist doch wundervoll. Ich wünschte, in Bremen könnte ich an Atem- und Lachtrainings teilnehmen. Bestimmt wäre ich entspannter und glücklicher. Sobald ich zurück bin, werde ich mich erkundigen, ob dort auch so tolle Seminare stattfinden.« Anne hatte den Eindruck, sich um Kopf und Kragen zu reden.

»Sie stecken mit Finn unter einer Decke.« Das war eine Feststellung, keine Frage.

»Ich bin aus eigenem Antrieb hier«, sagte Anne und dachte an Gustav Groß und das Husumer Amtsgericht.

Doch Gerit Brodersen schnaubte, wohl um klarzumachen, dass sie ihr nicht glaubte.

»Sollte ich noch auf der Schokoladeninsel sein, wenn

Philipp seinen Kurs gibt, werde ich teilnehmen.« Betont fröhlich sagte Anne: »Das würde ich mir um nichts in der Welt entgehen lassen.«

»Jetzt übertreiben Sie aber.« Gerit Brodersen zog ihre Hände zurück und verschränkte die Arme vor ihrem Oberkörper.

Anne sah ihre Felle davonschwimmen. »Ich möchte Barne dazu bringen, Sie bald zu besuchen.«

Die Insulanerin winkte ab, aber ihr Protest war schwach. »Sie kennen ihn nicht einmal.«

»Alle Ihre Kinder leben auf dem Festland. Ich kann mir gut vorstellen, dass Sie sie seltener sehen, als Sie es sich wünschen. Auf einer Insel zu leben ist wunderschön.« Lächelnd zeigte Anne aus dem Fenster auf die wildromantische Nordsee. »Es kann aber auch einsam sein.«

Gerit Brodersen presste die Lippen zusammen.

Also hatte Anne recht, sie fühlte sich bestätigt. Sie empfand Mitleid mit der älteren Frau, die so unerschütterlich und spröde wirkte, sich aber insgeheim nach der Liebe ihrer vier Kinder verzehrte. »Selbst dann, wenn man viele Menschen um sich herum hat, wie in Nordwinden.«

»Woher wollen Sie das wissen?«, fragte Gerit Brodersen.

Anne atmete tief durch und gestand: »Weil es mir in Bremen, wo ich zurzeit wohne, genauso geht. Ich fühle mich in der Hansestadt wie auf einer Insel. Um mich herum tobt das Leben, aber ich bin einsam.«

Es tat so gut, die Dinge beim Namen zu nennen. Das konnte sie bisher bloß auf der Schokoladeninsel. Hier durfte sie sein, wer sie wirklich war, und musste nicht ständig die Tapfere spielen.

»Dann suchen Sie sich einen Ort, an dem Sie sich geliebt fühlen", schlug Gerit Brodersen vor und zeigte doch tatsächlich so etwas wie ein Lächeln. Dann drehte sie sich herum, sodass sie mit dem Rücken zum Fenster stand.

Gerits Vorschlag berührte Anna. Doch sie dachte zu ihrer eigenen Überraschung nicht an München, sondern an die Schokoladeninsel.

»Ich kann das nicht, einen alten Baum verpflanzt man nicht mehr.« Während Gerit Brodersen fortfuhr, zupfte sie Wollknötchen von ihrer schwarzen Strickjacke. »Sina hat mich mal gefragt, ob ich zu ihr, Max und Niels ziehen will. Niels ist ihr Ehemann und Max ihr Sohn«, erklärte sie, wohl weil sie vergessen hatte, dass sie Anne bereits von ihrer einzigen Tochter und ihrem Enkel erzählt hatte. »Aber dort käme ich mir wie ein Eindringling vor. Sie hat inzwischen ihre eigene Familie und ihr eigenes Leben.«

»Falls Sie denken, Sie würden stören«, sagte Anne behutsam, »das wird bestimmt nicht der Fall sein, immerhin will Ihre Tochter Sie in Ihrer Nähe haben.«

»Das schon, aber …« Gerit Brodersens Blick schweifte in ihrem Wohnzimmer umher. »Ich kann hier nicht weg. Hier wurde ich in einer Sturmnacht vor 66 Jahren geboren, und hier werde ich sterben.«

Also würde alles so bleiben, wie es war. Gerit Brodersen würde geduldig und sehnsüchtig darauf warten, dass ihre Kinder sie besuchten. Bei Barne hatte sie wohl lange Durststrecken durchzustehen. Würde er eines Tages gar nicht mehr auf die Schokoladeninsel kommen? Entfernte er sich immer weiter von seiner Mutter? Anne fand die Vorstellung furchtbar. Familien mussten doch zusammenhalten.

Ihre Gewissensbisse wegen ihrer Oma Datschi kehrten zurück. Sie nahm sich fest vor, nie wieder einen Geburtstag von ihrer Großmutter oder einem anderen Familienmitglied zu verpassen. Gestern sollte das erste und letzte Mal gewesen sein. Sie fühlte sich schlecht. Aber eins war sicher: Sie würde sich niemals von ihrer Familie entfremden, wie es bei Barne der Fall zu sein schien.

Vielleicht tat sie ihm auch unrecht. Möglicherweise ging es ihm genauso wie ihr. Er saß zwischen den Stühlen, hatte einen stressigen Job und glaubte, seine Firma würde den Bach runtergehen, wenn er nicht alles selbst regelte. Das würde sie erst noch herausfinden müssen. Tatsache war, dass Gerit Brodersen unter Barnes Fernbleiben litt. War ihm das überhaupt klar?

»Barne …«, nachdenklich tippe Anne mit dem Zeigefinger gegen ihre Lippen.

Gerit Brodersen zog ihre grauen Augenbrauen hoch. »Was ist mit ihm?«

»Wenn ich ihn dazu bringe, zum Frühlingsfest der Schokoladeninsel in anderthalb Wochen herzukommen, werden Sie dann am Lachtraining teilnehmen?« Annes Puls beschleunigte sich. Jetzt war der Moment der Wahrheit gekommen. Es stand für sie viel auf dem Spiel, aber das war es nicht allein, was sie dazu gebracht hatte, ihrem Gegenüber den Vorschlag zu machen. Gerit, die viel älter aussah, als sie war, tat ihr leid. Anne mochte sie. Am liebsten hätte sie sie an sich gedrückt und getröstet, aber dafür kannten sie sich nicht gut genug. Gerit war auch nicht der Typ dafür. Anne befürchtete, dass ihre Herzlichkeit die ältere Dame irritieren könnte.

»Das schaffen Sie nie. An dem Samstag wird Barne eine große Hochzeit ausrichten. Zweihundert Gäste sind eingeladen. Er erhofft sich dadurch weitere Kunden.« Energisch nickte Gerit Brodersen. »Er hat mir schon abgesagt.«

»Lassen Sie es mich wenigstens versuchen.«

Die Pensionsbetreiberin wirkte verunsichert und knetete den Saum ihrer Strickjacke. Einen Moment lang war sie in Gedanken versunken.

»Ich werde ihn nur ein einziges Mal anrufen«, versprach Anne. »Er wird sich durch mich nicht belästigt fühlen.«

Gerit Brodersen schlurfte zum Friesensofa. Nachdenklich ließ sie sich darauf fallen und federte auf und ab. Weiße Ranken zierten den glänzenden dunkelblauen Stoffbezug. »Warum sollte Barne auf Sie hören? Er kennt Sie doch gar nicht.«

»Weil ich beide Seiten verstehe, ihn und Sie.« Mit energischen Schritten ging Anne zu ihr hin und blieb vor dem Couchtisch stehen. »Ich habe einen Beruf, der mich sehr einnimmt, und eine Familie, die ich liebe und der ich gerecht werden möchte. Manchmal ist das ein Drahtseilakt, aber meiner Meinung nach sollte die Familie stets vorgehen. In manchen Situationen vergisst man das schon mal, zum Beispiel, wenn man unter starkem Stress steht oder man große private oder finanzielle Probleme hat. Dann lebt man wie unter einer Glocke und nimmt nichts anderes mehr wahr.«

»Barne kommt nach meinem verstorbenen Mann Heinrich. Hein hat auf dem Festland gearbeitet, weil es auf Möwesand keine Arbeit für ihn gab, und er kam selten auf die Insel. Unsere Kinder wären zu unruhig, meinte er, und er bräuchte in seiner freien Zeit seine Ruhe, weil er so viel schuftete. Wie können Kinder stören? Es gibt doch nichts Schöneres. Warum will man überhaupt welche bekommen, wenn man sie als zu laut und hibbelig empfindet? Ich war so sauer, dass ich ihn gar nicht mehr sehen wollte.« Gerit Brodersen umfasste den Griff ihres Gehstocks, den sie zwischen ihre Beine geschoben hatte, so fest, dass ihre Knöchel weiß wurden. »Später gingen dann unsere Kinder ins Internat auf dem Festland, eins nach dem anderen. Irgendwann war ich allein. Darum bleibe ich lieber auf der Insel. Das Festland hat mir alles genommen.«

»Das tut mir wirklich leid.« Anne setzte sich neben sie und drehte die Knie zu ihr. »Aber Ihre Kinder sind noch da, auch wenn sie weiter weg wohnen. Sie lieben Sie.«

Gerit Brodersens Stimme verlor an Kraft. »Bei Barne bin ich mir da nicht sicher.«

»Ich aber«, sagte Anne optimistisch, um ihrem Gegenüber Mut zu machen. Sie würde Gerits Sohn an die Liebe zu seiner Mutter erinnern und ihn ermahnen, sich mehr um sie kümmern. »Wollen Sie mir nun seine Telefonnummer geben?«

Nachdenklich rieb Gerit Brodersen über ihr Gesicht, in dem ihr arbeitsreiches Leben Spuren hinterlassen hatte. Durch den Kummer, den Barne verursachte, waren die Falten in ihrem Gesicht noch tiefer. Ihre blauen Augen sahen müde aus. Ihre dünnen Lippen wirkten blutleer. Schließlich nickte sie und diktierte Anne die Handynummer ihres jüngsten Sohnes.

Anne gab sie in ihr Smartphone ein und verließ das Gästehaus durch den Hinterausgang, um sich zu sammeln und ungestört zu telefonieren. Kreischend stoben einige Möwen auf, die hinter dem Nis Puk auf dem Rasen gesessen hatten. Die Sonne blendete Anne, sie drehte sich zur Seite, ihr Blick fiel auf die wunderschönen Syltrosen.

Inzwischen hatte das Meer die erforderliche Pegelhöhe erreicht, soweit Anne das beurteilen konnte. Ihr stand daher nichts mehr im Weg, die Insel zu verlassen. Die Fähre der Gebrüder Lorentz, die zwischen dem Festland und der Schokoladeninsel pendelte, fuhr bestimmt wieder. Aber Anne brauchte weiterhin Finn, um zurückkehren zu können, und damit er ihr den Gefallen tat, musste sie einen Fremden dazu bringen, seine Mutter besuchen.

Tief atmete Anne den typisch salzigen Geruch der Nordsee ein, den der Wind vom Wasser zu ihr wehte und der ein Wohlgefühl bei ihr auslöste. Dann drückte sie auf die grüne Taste an ihrem Mobiltelefon und hielt es sich ans Ohr. Aufgeregt lauschte sie dem Klingeln.

Um ihren Puls zu beruhigen, beobachtete Anne, wie das Schilfrohr, das in der Uferzone des grünen Strands wuchs, von der Brise kräftig hin und her gebogen wurde. Sie meinte sogar das Rascheln des Süßgrases zu hören, aber das musste sie sich einbilden, denn dafür stand sie zu weit weg.

In einiger Entfernung machte sie die Passagierfähre aus, die Pellworm ansteuerte. Einheimische und Touristen tummelten sich auf dem Aussichtsdeck. Ein Junge lehnte sich gerade über die Reling, was Anne den Atem stocken ließ. Aber dann fiel ihr auf, dass sein Vater ihn an der Jacke festhielt, damit er nicht ins Meer fiel. Im Kielwasser der *MS Pellworm I* tanzten Schaumkronen auf den Wellen. Möwen begleiteten das Passagierschiff wohl in der Hoffnung, von den Reisenden gefüttert zu werden. Geschickt glitten die Vogelakrobaten durch die Luft. Sie stürzten sich kühn hinab und schossen dann wieder kraftvoll gen Himmel. Ihr wilder Flug faszinierte Anne.

Als sie schon befürchtete, Gerits Sohn könnte nicht abnehmen, meldete sich eine angenehm weiche Baritonstimme. »Barne Brodersen.«

»Annegret …« Ihre Stimmbänder waren belegt, sie räusperte sich. »Annegret Huber hier«, fuhr sie dann mit klarer Stimme und selbstsicherer fort.

Kapitel 13

Barne Brodersen brauchte einen Moment, um zu antworten, vielleicht weil er überlegte, ob ihr Name ihm etwas sagte. »Wer?«

»Sie kennen mich nicht. Ich bin eine …«, sie wollte schon ›Freundin‹ sagen, aber das wäre gelogen, »Bekannte Ihrer Mutter«, sagte sie also.

»Ist etwas mit ihr? Geht es ihr nicht gut?« Im Hintergrund waren Stimmen zu hören. Er entschuldigte sich bei Anne, hielt wohl das Mikrofon zu, als er jemandem in seiner Nähe Anweisungen gab, klangen seine Worte gedämpft. Dann nahm er die Hand wieder weg. »Ich habe doch eben noch mit ihr gesprochen. Da hörte sie sich normal an.«

Es freute Anne, dass er besorgt reagierte, seine Mutter war ihm also keineswegs egal. »Es ist alles in Ordnung. Zumindest körperlich«, fügte sie mehr zu sich selbst als zu ihm hinzu.

»Was meinen Sie damit?«, fragte er erschrocken.

»Es geht um ihr Herz.« Anne lächelte, ob der romantischen Umschreibung.

Doch Barne Brodersen missverstand sie. »Hat sie mich deshalb heute angerufen? Hatte sie mir eigentlich mitteilen wollen, dass sie unter Herzrhythmusstörungen leidet und sich dann doch nicht getraut? Befürchtete Sie, dass es ausgesehen hätte, als wollte sie mich damit unter Druck setzen? Sie fragt nämlich ständig, wann ich endlich wieder vorbeikomme. Doch eben am Telefon sagte sie bloß, dass sie meine Stimme mal wieder hören wollte und dass ihr Anruf keinen besonderen Anlass hätte.«

Anne vermied es, ihn darauf hinzuweisen, dass sie ihm bereits mitgeteilt hatte, dass seine Mutter körperlich unversehrt war. Anscheinend hörte er nicht richtig zu. Kein Wunder, der Lärmpegel auf seiner Seite war hoch. Eine Frau schrie jemandem etwas zu, etwas schepperte, und ein Mann fluchte, dann waren laute Zurufe verschiedener Personen und das Klirren von Metallstangen zu hören. Die Geräusche lenkten Anne ab. »Ein ganz schöner Krach bei Ihnen.«

»Mein Team und ich bauen gerade eine Bühne auf. Eigentlich gehört das zu unserer Routine, aber heute geht alles schief.«

»Solche Tage gibt es, Herr Brodersen. Das Beste an ihnen ist, dass sie auch wieder vorbeigehen.«

Er lachte. »Stimmt. Es sind einige Mitarbeiter krank. Das Risiko hatte ich nicht einkalkuliert und zu viele Projekte gleichzeitig angenommen. Meine Schuld, aber immerhin packe ich mit an. Darum habe ich eigentlich keine Zeit zum Telefonieren.«

»Es ist wirklich dringend«, beeilte sich Anne klarzustellen, »und wird nicht lange dauern.«

»Ich finde nicht einmal Zeit zum Trinken. Ich habe jetzt schon Kopfschmerzen, dabei ist der Tag noch jung.« Es zischte, anscheinend hatte Barne Brodersen eine Flasche geöffnet. Mehrmaliges Schlucken drang zu Anne herüber, dann ein erleichtertes Seufzen. »Nur müsste ich genau genommen überall gleichzeitig sein. Warum erzähle ich Ihnen das alles eigentlich? Ich kenne Sie doch gar nicht.«

Weil ich gut darin bin, Menschen zum Reden zu bringen, dachte Anne schmunzelnd. Das hatte Finn gesagt. Anscheinend hatte er tatsächlich recht. Aber Barne Brodersen redete anscheinend auch so gerne und viel, was Anne seiner Arbeit zuschrieb. Bestimmt war er es gewohnt, Neukunden durch geschickte Verkaufsgespräche von seiner Eventagentur zu überzeugen. »Wahrscheinlich, weil die Worte rausmussten. Es nimmt etwas von dem Gewicht, das auf den Schultern lastet, wenn man über seine Sorgen spricht.«

»Da ist was dran, Frau Huber.«

»Atmen Sie erst einmal tief durch«, riet sie ihm und tat dasselbe. Die frische Meeresluft füllte ihre Lungen. Wenn sie sich darauf konzentrierte, schmeckte sie Salz.

»Keine Zeit«, entgegnete er zu ihrer Überraschung.

»Zum Atmen?« Anne lachte, doch er tat ihr leid. »Vielleicht sollten Sie sich besser einen ruhigen Ort für unser Telefonat suchen.«

»Können wir das nicht verschieben?« Erneut waren Schluckgeräusche zu vernehmen. »Heute ist Land unter bei uns.«

»Und morgen wahrscheinlich auch, oder?«, mutmaßte sie. War sie nicht genauso gewesen wie er, bevor sie auf die Schokoladeninsel gekommen war? Hektisch, von einem Termin zum nächsten hetzend, gefangen im Hamsterrad.

Er zögerte. Schließlich seufzte er. »Ja, leider. Mein Team wird auch morgen nicht vollständig sein. Aber ich werde daraus lernen und in Zukunft nicht mehr so eng kalkulieren.«

Anne bezweifelte das. Sie wunderte sich, wie offen und zugänglich er im Gegensatz zu seiner Mutter war.

Sie fasste sich ein Herz und wurde offensiver, etwas, das

sie während ihres Journalismus-Studiums gelernt hatte, um aufrichtige Reaktionen zu provozieren. »Haben Sie mal darüber nachgedacht, dass sich einige Ihrer Mitarbeiter krankgemeldet haben könnten, weil das Arbeitspensum bei Ihnen so hoch ist?«

»Sie sind schockierend ehrlich, Frau Huber«, drang es von der Ostsee über die Leitung zu ihr herüber ins nordfriesische Wattenmeer.

Anne beneidete alle, die in Schleswig-Holstein wohnten, weil das Bundesland sich zwischen die beiden deutschen Küsten schmiegte.

»Es tut mir leid«, ruderte sie zurück, sie wollte ihn ja nicht gegen sich aufbringen. »Ich bin zu weit gegangen.«

»Nein, Sie haben ja recht. Ich muss mir das alles überlegen«, sagte Barne und klang nachdenklich. »Sobald ich mal Ruhe habe«, rief er dann jemandem zu.

Anne verdrehte ihre Augen, sie glaubte nicht daran, dass es jemals dazu kommen würde. Wahrscheinlich war für ihn Freizeit gleichbedeutend mit schlafen. Mehr freie Zeit gönnte er sich bestimmt nicht, weil er Angst hatte, dass seine Firma den Bach runterging. Sobald er das Telefonat mit Anne beendete, würde er sich wieder seinem Tagesplan widmen und den Grund ihres Anrufs vergessen haben. Das durfte jedoch nicht geschehen. »Aber ruhig ist es bei Ihnen nie, oder?«

»Nein, nicht wirklich. Meine Eventagentur ist noch jung, und die Konkurrenz ist groß.« Hörbar schraubte er die Trinkflasche wieder zu und stellte sie ab. Er presste den nächsten Satz förmlich heraus: »Ich muss hart kämpfen, um mich auf dem Markt zu behaupten.«

»Und Ihre Mutter bleibt dabei auf der Strecke.« Anne klang nicht anklagend, sondern nüchtern. Nichts lag ihr ferner, als in Barne Brodersen Schuldgefühle zu wecken. Sie wollte bloß, dass er seine Prioritäten überdachte.

»Wie kommen Sie darauf?«, fragte er defensiv. »Hat sie Sie beauftragt, mich anzurufen, um mir ein schlechtes Gewissen zu machen?«

»Das hat sie nicht«, beeilte sich Anne klarzustellen. »Ich musste sie zuerst dazu überreden, mir Ihre Rufnummer zu geben. Es war meine Idee, mit Ihnen über sie zu sprechen.«

Das Knirschen von Kies war zu hören. Barne Brodersen musste umhergehen. »Ich fühle mich unter Druck gesetzt.«

»Das war nicht meine Absicht, wirklich nicht. Druck haben Sie beruflich schon genug. Den Spagat zwischen Job und Familie kenne ich selbst nur zu gut. Manchmal kann man es niemandem recht machen.« Anne vernahm Stimmen und fröhliches Lachen von der Straße her. Die ersten Touristen mussten angekommen sein. »Aber für mich steht meine Familie immer an erster Stelle.«

Atemlos, wie das weiße Kaninchen in *Alice im Wunderland*, das ständig die Uhrzeit prüft und von hier nach dort hetzt, weil es befürchtet, zu spät zu kommen, sagte er: »Ich habe meine Mutter doch erst neulich besucht.«

»An Ostern für wenige Stunden bloß, davor für einen Tag an Weihnachten.« Sanft fügte sie hinzu: »Das ist nicht gerade viel. Meinen Sie nicht auch?«

»Weniger als meine Schwester und meine Brüder«, zischte Barne Brodersen. »Das ist es doch, was Sie mir vorwerfen.«

»Das haben Sie gesagt«, stellte sie rasch klar. Offenbar lag in der Familie Brodersen mehr im Argen, als sie geahnt hatte. Wahrscheinlich fühlte sich Barne wie das schwarze Schaf. Egal, ob ihm das nur so vorkam oder die anderen ebenso dachten, es war riskant, denn es konnte ihn noch weiter an den Rand der Familie drängen und im schlimmsten Falle sogar darüber hinaus.

»Meine Mutter wird nicht müde, mich darauf hinzuweisen, dass die anderen drei verheiratet sind, Kinder haben und sie öfter besuchen als ich.« Er schnaubte. Unvermittelt brach etwas, das ihn wohl schon sehr lange Zeit quälte, aus ihm heraus: »Aber ich bin schwul und weiß nicht, wie ich ihr das mitteilen soll. Ich habe sie bisher glauben lassen, dass ich zu viel Arbeit hätte, um eine eigene Familie zu gründen, und das stimmt ja auch, aber das ist eben nur die halbe Wahrheit. Meine Mutter ist vom alten Schlag, wie man so schön sagt. Sie würde das nicht verstehen. Ich mache mir Sorgen, dass sie mich nicht mehr sehen will, wenn sie die Wahrheit kennt.« Plötzlich keuchte er. »Mist, das hätte ich für mich behalten sollen. Für mich ist es schlichtweg normal, schwul zu sein, darum habe ich kein Problem damit, darüber zu sprechen. Außer mit meiner Mutter, ausgerechnet. Mein Freund und ich sind schon zweieinhalb Jahre zusammen.«

»Dreißig Monate, und Ihre Mutter weiß nichts von Ihrer Liebesbeziehung?« Etwas flog Anne ins Auge, vielleicht ein Insekt. Sie versuchte es durch behutsames Reiben herauszubekommen.

»Sie kennt Marc nicht einmal.« Mit einer deutlichen Schärfe in seiner Stimme warnte er sie: »Wehe, Sie erzählen ihr von uns.«

»Das würde ich niemals tun. Ihr Geheimnis ist bei mir sicher.« Endlich war kein Widerstand mehr in ihrem Auge zu spüren, aber es brannte noch vom Reiben. »Allerdings sollten Sie bald mit Ihrer Mutter darüber sprechen. Ich bin mir sicher, dass Marc das auch wollen würde. Bestimmt würde sie sich weniger Sorgen um Sie machen, wenn sie weiß, dass Sie geliebt werden.«

»Sie haben recht, es ist an der Zeit.« Das Knirschen von Kies war nicht mehr zu hören. »Aber ich weigere mich, in Konkurrenz mit meinen Geschwistern zu treten.«

»Darum geht es auch nicht, Herr Brodersen.«

»Worum dann?«

Anne ging bis zum Ufer und ließ ihren Blick über das Wasser schweifen. »Sie vermisst Sie.«

»Das hätte sie mir doch bei unserem Telefonat eben selbst sagen können.« Seine Stimme wurde weich.

»Das würde Sie niemals tun, Sie kennen doch Ihre Mutter. Sie trägt Ihre Gefühle nicht gerade auf der Zunge, darum spreche ich ja mit Ihnen.« Anne hockte sich hin, tauchte ihre Finger ins Meer und erzeugte Wellen. »Aber sie ist einsam und sehnt sich nach Ihnen.«

»Ich wusste nicht, dass sie so sehr unter unserer räumlichen Trennung leidet. Sie ist doch umgeben von vielen Touristen.« Es schien, als würde er versuchen, betont locker zu klingen. »Und mit den Mitarbeitern der Gebrüder Lorentz hat sie auch täglich Kontakt.«

»Das ist doch etwas ganz anderes.« Ging er wirklich davon aus, dass diese Menschen seiner Mutter ihre Kinder ersetzen konnten? Verständnislos schüttelte Anne den Kopf. »Diese Menschen bedeuten Ihrer Mutter nicht annähernd das Gleiche wie Sie, Barne.«

Leise, als würde er mehr zu sich selbst als zu Anne sprechen, sagte er: »Ich dachte, sie hat ja Sina und meine beiden Brüder, die näher wohnen und öfter vorbeikommen.«

»So oft auch wieder nicht, wenn ich das richtig verstanden habe. Außerdem liebt sie Sie genauso sehr wie ihre anderen Kinder.« Behutsam redete Anne ihm ins Gewissen. »Ihre Geschwister sind kein Ersatz für Sie.«

Barne Brodersen schwieg. Hatte die Aussage ihn nachdenklich gemacht?

Anne hoffte es. »Sie würde sich wirklich sehr freuen, wenn Sie zum Frühlingsfest auf die Schokoladeninsel kommen würden.«

»Das geht nicht«, schoss es aus ihm heraus.

Seufzend richtete sie sich wieder auf. Wassertropfen perlten von ihren Fingern und fielen ins Meer. Plötzlich schoss ein Fisch an die Wasseroberfläche und schnappte nach einem der Tropfen, wohl weil er ihn für ein Insekt hielt. »Das würde ihr immens viel bedeuten.«

Nun klang er wieder leicht genervt: »Ich habe ihr schon gesagt, dass ich an dem letzten April-Wochenende arbeiten muss.«

»Wie vermutlich an jedem anderen Wochenende auch«, bemerkte sie bitter.

»Ja, so ist es«, antwortete er patzig. »Viele Großveranstaltungen finden meistens in der Woche abends oder samstags und sonntags statt. Mein Beruf bringt es nun einmal mit sich, dass ich arbeite, wenn andere freihaben.«

Anne erinnerte sich, dass er sich mit diesen Worten auch bei seiner Mutter gerechtfertigt hatte. »Dann ist es doch egal, welches Wochenende Sie sich für einen Besuch bei Ihrer Mutter freinehmen.«

»Ich kann hier nicht weg. Ich muss alles im Blick haben, schließlich ist es meine Firma. Meine ganzen Ersparnisse sind hineingeflossen.« Es mischte sich Verzweiflung in seine Stimme. »Für mich steht viel auf dem Spiel, der Ruf meiner Eventagentur und damit meine Zukunft. Alles muss perfekt sein, sonst gehen die Kunden zu einem anderen Anbieter.«

Aber er konnte doch nicht immer und überall dabei sein. Dann müsste er sich klonen lassen, mehrmals. Marc sah ihn vermutlich auch kaum. Anne fragte ihn: »Vertrauen Sie Ihrem Team?«

»Selbstverständlich, sonst hätte ich meine Mitarbeiter nicht eingestellt.« Im Hintergrund war es überraschend leise geworden. Keine Schreie mehr und auch kein Scheppern.

»Dann schaffen Ihre Angestellten das auch mal ohne Sie. Meinen Sie nicht auch?« Anne sprach betont ruhig und leise. »Sie haben doch eben gesagt, dass die Veranstaltungen für Sie und Ihr Personal Routine sind.«

»Ja, schon, aber …« Er machte eine Pause. Vielleicht musterte er sein Team eindringlich. »Ich weiß nicht. Ich habe meine Mitarbeiter noch nie alleine machen lassen. Zumindest bei den Vorbereitungen und am Anfang eines Events war ich immer dabei.«

»Also haben Sie sie doch schon mal allein gelassen, wenn auch nur stundenweise, und es ist nichts Schlimmes passiert«, sagte Anne heiter. »Alles ist seinen Weg gegangen, wie immer. Betrachten Sie den zweitägigen Besuch bei Ihrer Mutter als Testballon.«

»Zweitägig?«, fragte er schrill.

»Das Frühlingsfest findet am Samstag und Sonntag statt«, erinnerte Anne ihn. »Sie können doch nicht ewig so weitermachen.«

»Nur bis meine Agentur lukrative Aufträge bekommt«, er räusperte sich, »und finanziell stabil ist.«

»Ich will ehrlich zu Ihnen sein, Herr Brodersen.«

»Das waren Sie von Anfang an.« Er lachte. »Darum habe ich unser Telefonat noch nicht beendet. Es gibt selten Menschen, die so aufrichtig mit mir reden wie Sie.«

Mit der Wahrheit konfrontiert zu werden, tat mitunter weh. Barne Brodersen musste einen starken Charakter haben, sonst hätte er längst aufgelegt. Aber er hatte ihr bis jetzt zugehört und sich mit seinem eigenen Verhalten auseinandergesetzt. Das rechnete sie ihm hoch an.

»Vor einigen Jahren bekam meine Mutter im Winter hohes Fieber. Ihre Nachbarin Rieke Knuten stand ihr bei. Meine Mutter wollte auf keinen Fall, dass ihre Freundin den Krankentransport ruft oder ihre Kinder informiert. Frau Knuten tat es trotzdem und rief mich an. Erst dadurch bekam ich mit, dass es meiner Mutter schlecht ging, erzählte er. Das wiederholt sich gerade mit Ihnen, Frau Huber. Darum bin ich Ihnen genauso dankbar wie Frau Knuten. Meine Mutter kann sehr stur sein, und ich lebe zu weit weg, um alles, was sie betrifft, mitzubekommen. Ich bin auf die Bewohner Möwesands angewiesen.«

Anne klärte ihn nicht darüber auf, dass sie nur eine Besucherin war. Für den Moment gab sie sich der bezaubernden Illusion hin, ein Teil der Inselgemeinschaft zu sein. »Ich kenne Sie nicht, aber nach dem, was Sie mir bisher erzählt haben, sind Sie nicht der Typ, der sich irgendwann im

Job zurücklehnt und Ihr Team die Veranstaltungen alleine durchführen lässt.«

Es lag ein Lächeln in seiner Stimme, als er antwortete: »Sie haben eine gute Menschenkenntnis, Frau Huber.«

»Sie würden auch dann alles, was in Ihrer Eventagentur vorgeht, kontrollieren wollen, wenn Sie Millionen Umsatz im Jahr machen würden.« Das Telefonat kostete Anne Kraft, sie wollte sich setzen. Da ihr bloß die Stufe, die ins Haus führte, blieb, nahm sie dort Platz. Leiser, damit Gerit Brodersen sie im Haus nicht hörte, fügte sie hinzu: »Wenn noch mehr Arbeit dazukommt, wird es in Ihrem Leben gar keinen Platz mehr für Ihre Mutter geben, befürchte ich.«

»Auf keinen Fall!«, brach es aus Barne Brodersen heraus.

»Ihnen reicht es vielleicht, Sie wenige Stunden im Jahr an Weihnachten, Ostern und vielleicht an ihrem Geburtstag zu sehen.« Anne schüttelte den Kopf, als könnte er sie sehen. »Aber ihr nicht.«

»Mir war nicht klar, wie sehr meine Mutter unter meinem Zeitmangel leidet.« Er klang bedrückt.

Es war ein wenig unfair, diese Frage zu stellen, aber Anne musste ihn herausfordern, damit er einwilligte, Ende des Monats herzukommen. Im Moment standen die Chancen noch bei 50/50. »Wie wichtig ist Ihnen Ihre Mutter?«

»Sehr. Mein Vater ist ja bereits verstorben. Meine Geschwister und ich haben nur noch sie. Auch wenn es vielleicht nicht den Eindruck auf Sie macht, Frau Huber«, er atmete hörbar ein und langsam wieder aus, »ich liebe meine Mutter.«

Wärme breitete sich in Anne aus. Es ging ihr schon längst nicht mehr um ihre Wette mit Finn. Von ganzem Herzen wollte sie diese beiden Menschen, die sich eigentlich gerne mochten, sich aber auseinandergelebt hatten, wieder zueinander führen. »Das freut mich wirklich sehr zu hören!«

»Sagten Sie nicht, Sie sind bloß eine Bekannte meiner Mutter?«, fragte er verwundert. »Sie klingen für mich wie eine gute Freundin von ihr.«

»Das ist nett. Ich habe ihren Kummer erkannt und wollte ihm eine Stimme geben.« Denn das konnte sie als Journalistin: auf Probleme hinweisen und Mitgefühl wecken.

Barne Brodersen seufzte unverkennbar erleichtert. »Danke, dass Sie mir gesagt haben, was meine Mutter nicht aussprechen konnte.«

»Gerne.« Sie drückte sich selbst die Daumen und wollte hoffnungsvoll von ihm wissen: »Also werden Sie Ende April auf die Schokoladeninsel kommen?«

»Ich werde sehen, was ich tun kann«, drang durch die Leitung zu ihr. In ihren Ohren klang das geschäftlich und vor allen Dingen unverbindlich. Sie konnte sich lebhaft vorstellen, wie er auf zahlreiche Kundenanfragen mit diesem Satz geantwortet hatte, um sich alle Optionen offenzuhalten.

»Nein, nein, so leicht kommen Sie mir nicht davon.« Anne lachte. Auf keinen Fall durfte sie zulassen, dass er seine Entscheidung aufschob. Zu groß war das Risiko, dass er am Ende nicht über seinen eigenen Schatten springen und doch fernbleiben würde. »Ich werde Ihrer Mutter gleich mein Smartphone reichen und möchte, dass Sie ihr versichern, dass Sie das Wochenende des Inselfests mit ihr verbringen werden.«

»Sie sind aber resolut.« Seiner Stimme war anzuhören, dass er lächelte. »Schon ein bisschen frech.«

»Aber erfolgreich?«, fragte sie grinsend.

Er zögerte lange. Eine Pause entstand, die Anne nicht mit Worten füllte, das überließ sie ihm.

Schließlich gab er ein Murren von sich. »Sie sind hartnäckig, aber ich muss das alles doch erst durchdenken und mit meinem Stellvertreter sprechen. Das muss gut geplant sein. Ich muss sichergehen können, dass alles läuft.«

Betreten schwieg Anne. Mit der freien Hand fuhr sie sich über die geschlossenen Augenlider. Möglicherweise war Barne Brodersen unverbesserlich. Es machte den Anschein, als hätte sie sich die Zähne an ihm ausgebissen.

Plötzlich schnaubte er. »Ach, was. Sie werden ohnehin nicht lockerlassen. Außerdem möchte ich nicht, dass meine Mutter wegen mir traurig ist. Ich könnte sowieso zwei Tage Urlaub sehr gut gebrauchen und werde Marc mitnehmen, dann können meine Mutter und die Liebe meines Lebens sich endlich kennenlernen. Das ist überfällig. Nun gut, geben Sie mir bitte meine Mutter, Frau Huber.«

»Prima.« Anne strahlte übers ganze Gesicht.

Sie sprang auf. Erst da fiel ihr Blick auf zwei Zuhörer, die hinter dem Reetdachhaus nebenan standen und zu ihr herüberschauten. Finn und eine ältere Frau. Annes Puls beschleunigt sich. »Habt ihr mich etwa belauscht?«

Finn riss die Arme hoch. Eine Windböe zerrte an seinen Haaren und seinem Hoodie. Selbst seine Bermudahose flatterte wie eine um die Beine gewickelte Fahne. Seine nackten Zehen spielten mit den Grashalmen der Rasenfläche, die alle ufernahen Häuser miteinander verband. »Das wollten wir nicht, ehrlich.«

»Ja, klar.« Finster blinzelte sie ihn an, aber sie war nicht ernsthaft verstimmt.

»Es war meine Schuld.« Die Wangen der älteren Frau neben ihm röteten sich. »Ich bin übrigens Rieke Knuten. Sagen Sie ruhig Rieke zu mir.«

»Schön, Sie kennenzulernen. Ich bin Anne.« Das war also Gerit Brodersens Freundin. Anne signalisierte ihr und Finn mit einer Geste, dass das Telefonat noch nicht beendet war und ihr Gesprächspartner alles, was sie sagten, mithören konnte.

Plötzlich wurde die Hintertür des Nis Puk geöffnet. Gerit war aschfahl, als sie heraustrat, kraftlos ließ sie ihre Arme hängen. Erwartungsvoll sah sie Anne an.

Lächelnd reichte ihr Anne ihr Smartphone. »Barne möchte Ihnen etwas mitteilen.«

»Ja?« Die verhärmte Frau blieb bewegungslos stehen, als traute sie sich nicht, das Mobiltelefon zu nehmen. Sie wirkte, als hätte sie Angst zu hören, was ihr jüngster Sohn ihr zu sagen hatte, und somit der Wahrheit darüber, wie viel oder wenig sie ihm bedeutete, ins Gesicht zu blicken.

Anne drückte ihr das Smartphone in die Hand und deutete dann mit einem Kopfnicken auf Finn und Rieke. »Vielleicht möchten Sie lieber reingehen.«

»Ja, das mache ich.« Gerit Brodersen sprach leise. Ihre Hand zitterte, und ihre Wangen röteten sich. Schlurfend verschwand sie auf ihren samtroten Hausschuhen wieder im Haus.

»Ich habe jemanden draußen reden hören und befürchtete, dass wieder einmal ein Tourist hinter meinem Haus herumläuft und ungeniert in meine gute Stube hineinspäht. Das mag ich nicht. Ein bisschen Privatsphäre möchte ich mir erhalten«, sagte Rieke.

Die resoluten Worte passten nicht zu ihr, fand Anne, denn sie sah mit ihrem blonden Pony und ihrem gutmütigen Lächeln wie eine Frau aus, die Konflikte eher scheute. Anscheinend traf das jedoch nicht zu.

Rieke fuhr fort: »Jedenfalls habe ich dich gesehen und wollte schon zu dir kommen, um zu fragen, was du hinter dem Nis Puk treibst. Alle Besucher sind angehalten, nicht in die Gärten zu steigen, und als solchen betrachte ich den Rasen hinter unseren Häusern.«

Schmunzelnd rieb Finn über seinen zarten Kinnbart. »Ich kam zufällig vorbei und hab Rieke davon abgehalten, dich bei dem Telefonat zu stören und rundzumachen.«

»Da fiel auch schon Barnes Name.« In einer dramatischen Geste legte Rieke Knuten ihre Hände an ihre erhitzten Wangen. Ihre Fingernägel waren nicht lackiert, aber gepflegt. Ihr goldener Ehering funkelte im Sonnenschein.

»Dann konnten wir nicht mehr aufhören, dir zuzuhören, weil du mit ihm gesprochen hast, wie wir es dir nicht zugetraut hätten«, sagte Finn und lachte. »Du siehst so … lieb aus.«

Das habe ich anscheinend mit Rieke Knuten gemein, dachte Anne amüsiert.

»War ich etwa zu ehrlich zu ihm?«, fragte sie besorgt. »Ich wollte ihn zu nichts drängen.«

»Es war schon richtig, ihm einen Spiegel vorzuhalten.« Energisch schüttelte Rieke ihr fliederfarbenes Halstuch aus und band es neu. Sie trug einen dünnen weißen Pullover und eine schwarze Stoffhose. Sie musste ungefähr im selben Alter wie Gerit Brodersen sein, wirkte aber jünger als ihre Nachbarin. »Gerit ist oft schroff, aber das ist nur ein Schutzpanzer. Sie ist eine herzensgute Frau und hat alle Liebe der Welt verdient.«

Unvermittelt kehrte Gerit Brodersen zurück zu ihnen. Tränen schimmerten in ihren Augen. Sie gab Anne ihr Mobiltelefon zurück. Ein paar Sekunden lang tat sie gar nichts, außer Anne dankbar anzusehen. Dann drückte sie sie plötzlich an sich. Der unerwartete Gefühlsausbruch der ansonsten kühlen Frau überraschte Anne. Annes Herz lief über, sie war glücklich, dass sie hatte helfen können. Es tat so gut, die Puzzleteile an die richtige Stelle zu legen, besonders, wenn sie das Bild einer glücklichen Familie ergaben.

Nachdem die Insulanerin sie wieder losgelassen hatte, fuhr Gerit sich mit dem Handrücken über die glänzenden Wangen. »Ab jetzt duzen wir uns.«

Sie fragte nicht, sondern bestimmte es, was Anne amüsierte. »Sehr gerne. Alle meine Freunde nennen mich Anne.«

»Gerit, aber das weißt du ja schon.« Verlegen strich sie über ihre Kleidung, als wollte sie jegliche Sentimentalität abstreifen.

Aufmunternd lächelte Anne sie an. »Wirst du nun zu Philipps Atem- und Lachtraining kommen?«

»Abgemacht ist abgemacht.« Gerit verzog das Gesicht. »Ich brauche jetzt einen starken Ostfriesentee mit einem großen Kluntje und viel Sahne. Ich mache eine Kanne für alle. Kommt rein.«

Anne lehnte dankend ab, auch wenn sie es bedauerte, aber sie musste endlich los. Ihre Nachforschungen in Husum würden einige Zeit in Anspruch nehmen, und sie wollte auf jeden Fall die letzte Fähre am Abend zurück auf die Schokoladeninsel kriegen. »Es tut mir leid, aber ich kann nicht. Ich muss etwas Dringendes auf dem Festland erledigen.«

»Und ich werde dich mit meinem Boot hinbringen, wie versprochen.« Finn nickte ihr zu. Dann wandte er sich wieder Gerit und Rieke zu. »Wir sehen uns später.«

»Das bleibt wohl auf einer Insel nicht aus«, antwortete Gerit in ihrer ureigenen trockenen Art, ohne eine Miene zu verziehen, bevor sie mit Rieke ins Haus trat.

Anne lachte. Sie fühlte sich unglaublich gut, energiegeladen und bereit, die Hürden im Husumer Rathaus zu nehmen.

Joos schob sich in ihre Gedankenwelt, wie so oft seit ihrer ersten Begegnung. Dieser verschlossene Mann, der etwas in ihr öffnete. Anne wusste, dass sie ihn von ihrer Fahrt nach Husum in Kenntnis setzen sollte, wenn sie ihn nicht endgültig verärgern wollte. Aber sie ahnte, dass er ohnehin verstimmt reagieren würde, weil die Möglichkeit bestand, dass sie die Gebrüder Lorentz in eine Krise stürzen könnte. Unter Garantie würde er versuchen, sie davon abzuhalten, tiefer in der Geschichte seiner Familie zu graben. Also weihte sie ihn noch nicht in ihr Vorhaben ein.

Auffordernd berührte Finn sie an der Schulter. »Bist du bereit zur Abfahrt?«

Eigentlich wollte Anne die Wattenmeerinsel, in den Werbebroschüren auch als die Schwester von Pellworm bezeichnet, nicht verlassen, aber das ließ sich nicht vermeiden. Sie nahm sich einen Moment, um die friedliche Atmosphäre in sich aufzunehmen. Das Rascheln des Schilfrohrs drang wieder zu ihr. Diesmal war sie sich sicher, es tatsächlich zu hören und sich nicht bloß einzubilden. Der Wind musste gedreht haben. Sachte schwappten die Wellen gegen das Ufer.

Daran könnte ich mich gewöhnen, dachte sie verzückt.

Wie schön es wäre, jeden Abend mit dem Rauschen der Nordsee einzuschlafen und morgens damit aufzuwachen. Es wirkte so beruhigend.

»Ich bin bereit«, sagte Anne und lächelte Finn an.

Als sie gemeinsam zum Hafen spazierten, sagte er fröhlich: »Wenn du einen von uns *Schokolanern* glücklich machst, machst du uns alle glücklich.«

»Schokolaner?« Sie fand es toll, dass er sich so sehr für Gerit freute.

»Damit sind scherzhaft alle Bewohner der Schokoladeninsel gemeint.« Sonnenstrahlen fielen auf Finns Augen, ließen sie heller wirken und funkeln wie zwei blaue Diamanten. »Keine Ahnung, wer den Begriff geprägt hat. Vielleicht Monika, die in ihrem Laden Schokoriegel, Nuss Nougatcreme und Pralinen aus unserer Fabrik verkauft. Er ist mir jedenfalls in Erinnerung geblieben.«

Lächelnd ließ Anne ihren Blick über die Wildblumenwiese, den Süßwassersee und den Laubwald zu ihrer Rechten und die Syltrosen, den grünen Strand und das glitzernde Meer zu ihrer Linken schweifen. »Mensch, ist es schön bei euch.«

»Dann komm doch zurück, sobald eine Stelle in unseren Naschwerk-Manufakturen frei wird.« Verschwörerisch dämpfte er seine Stimme. »Ich könnte ein gutes Wort für dich einlegen.«

Sachte knuffte sie ihn. Sofort dachte sie an Joos und wie traumhaft schön es wäre, ständig in seiner Nähe zu sein.

Wenn sie keine Reporterin mehr wäre, würde er vielleicht zu seinen Gefühlen für sie stehen. Sie könnten ein Paar werden, heiraten und Kinder kriegen. Das klang so perfekt wie im Märchen.

»Dafür habe ich nicht studiert und so lange auf meinen Traumberuf hingearbeitet«, sagte sie betrübt.

Auf Möwesand konnte sie nicht als Journalistin arbeiten. Hier gab es weder eine Zeitung noch einen Fernsehsender. Praktisch betrachtet, schienen Anne und die Nordseeinsel nicht zueinanderzupassen. Warum sehnte sich Anne dann trotzdem so sehr danach, hierbleiben zu können? Das war unvernünftig. Es tat bloß weh, sich etwas zu wünschen, das man nicht haben konnte.

Aber ich wünschte mir so sehr, mit Joos zusammen sein zu können, dachte sie und verspürte das erste Mal seit Teenagertagen wieder Liebeskummer.

Kapitel 14

Als Anne in Finns Motorboot stieg, erntete sie giftige Blicke von zwei jungen Frauen, die auf dem Landesteg der Passagierfähre standen. Wahrscheinlich waren sie Freundinnen, denn die eine hatte sich bei der anderen eingehakt. Vielleicht waren sie sogar Schwestern.

Beide hatten ihre weißblond gefärbten Haare zu einer Beehive-Frisur drapiert und ihre Augen dick mit schwarzem Kajal umrandet, sodass sie wie blonde Amy-Winehouse-Kopien aussahen. Ihre Hotpants fielen auf, nicht allein wegen der knallroten Farbe, sondern auch weil sie bei der frischen Brise, die die Fahne Nordfrieslands am Hafenmast flattern ließ, vollkommen unpassend waren. Ihre glänzenden schwarzen Bomberjacken blähten sich im Wind. Ihre Wangen waren gerötet, ob von Rouge oder vor Aufregung konnte Anne nicht sagen. Geradezu gierig starrten sie Finn an.

Auf Anne wirkten sie wie Jägerinnen, die Finn als ihre Beute auserkoren hatten. Wahrscheinlich hatten sie es auch auf Joos abgesehen. Anne stellte sich vor, dass sie auf die Schokoladeninsel gereist waren, um sich die verbliebenen Singles zu angeln, bevor es zu spät war. Aber Anne würde ihre Anstellung bei *Tele Nord* darauf verwetten, dass die beiden Amys weder Joos' noch Finns Typ waren. Sie hatten attraktive Gesichter und atemberaubende Figuren, keine Frage, waren aber zu aufgedonnert.

Mit leichter Genugtuung nahm Anne wahr, dass die Frauen sie und Finn neidisch beobachteten, bis sein Boot den kleinen Hafen verlassen hatte. Finn hatte einen kleinen, wendigen Flitzer mit rapsgelben Streifen an den Seiten.

Plötzlich gab Finn Gas. Seine langen blonden Haare wurden ihm aus dem Gesicht geweht. Von der Seite sah sie, dass er strahlte. Im ersten Moment konnte sie seine Freude über die rasante Fahrt nicht teilen. In den Sitz gedrückt, hielt sie sich ängstlich an den Haltegriffen fest. Doch je länger sie unterwegs waren, desto mehr entspannte sie sich. Finn liebte die Geschwindigkeit, das war offensichtlich, aber er blieb besonnen.

Finn fuhr einen Bogen um eine elegante, schnittige Motoryacht mit einer Badeplattform und großen Fenstern. *Morning Glory* stand in Buchstaben, die die Farbe des Sonnenaufgangs hatten, seitlich am Bug. Sie steuerte in gemäßigter Geschwindigkeit entweder Pellworm an oder würde daran vorbei zu den Halligen, nach Amrum, Föhr oder Sylt schippern. Anne tippte auf Letzteres.

Eine braun gebrannte Frau in einem Bikini rekelte sich auf dem Sonnendeck. Ihr Partner saß in der Lounge im Heck und schirmte das Display seines Tablets mit der Hand vor der Sonne ab, um besser lesen zu können. Eine Bedienstete in einem orangeroten Kleid brachte ihm gerade einen Cocktail. Der Schiffsführer trug ein weißes Hemd mit orangeroten Schulterklappen und farblich passender Brusttasche, eine Art Fantasieuniform.

Bestimmt gab es viele Menschen, die davon träumten, mit einem luxuriösen Wasserfahrzeug auf den Weltmeeren unterwegs zu sein und von eigenem Bordpersonal verwöhnt zu werden. Anne jedoch fand die Vorstellung, nie wirklich alleine zu sein, ständig unter Beobachtung zu stehen und somit keine ernsthafte Privatsphäre zu haben, wenig reizvoll.

Finn folgte dem Kurs, den die Fähre der Schokoladeninsel nach Strucklahnungshörn mehrmals täglich nahm, nur ein kurzes Stück, dann scherte er nach rechts aus und düste mit Anne an Südfall vorbei. In einem Tempo, das Anne hin und her wiegte, umrundete er die kleine Hallig, auf der es nur eine einzige Warft mit einem Wohnhaus und einem Stall gab und die ausschließlich im Rahmen von Führungen betreten werden durfte. Dann fuhr er in Richtung Küste, Nordstrand lag zu ihrer Linken. Glücklich lachte er Anne zu.

Da konnte sie nicht anders als mitzulachen. Seine Begeisterung war ansteckend, sie entspannte sich, fühlte sich sogar bald ein wenig übermütig, ausgelöst durch das Adrenalin. Nun konnte sie den wilden Ritt auf den Wellen sogar genießen. Der kühle Wind streichelte sie. Ihre umherflatternden Haare kitzelten sie an der Stirn. Gischt spritzte ihr ins Gesicht. Sie ließ die Griffe los und riss ihre Arme hoch. Welch ein Spaß diese rasante Fahrt doch war, wenn man seinem Skipper vertraute.

Für ihren Geschmack kamen sie viel zu schnell in Husum an. Langsam und aufmerksam lenkte Finn sein Motorboot im Außenhafen an Frachtschiffen und Menschen, die die hereinkommenden Wasserfahrzeuge beobachteten, vorbei. Fröhlich winkte Anne den Schiffeguckern zu, und sie winkten zurück. Dann fuhr er in den bei Touristen beliebten Innenhafen, wo auf Kuttern fangfrischer Fisch verkauft wurde und Segelboote sich auf einem separaten Liegeplatz aneinanderschmiegten wie Sardinen in der Büchse.

Geschickt wich Finn einem Boot aus, das wohl eine Hafenrundfahrt machte, denn ein älterer Mann mit Fischermütze und Fischerhemd, anscheinend der Touristenführer, erklärte den Passagieren lautstark durch ein Megafon, dass es 1362 eine Sturmflut gegeben hatte. Diese war als *Grote Mandränke* in die Geschichte eingegangen. Durch die Naturkatastrophe hatte Husum einen Zugang zum Meer bekommen und dadurch an Einfluss und Wohlstand gewonnen. Damals hatte die Stadt noch Husembro geheißen, was so viel wie *Brücke an den Häusern* bedeutete, berichtete er lautstark, damit alle seine Gäste ihn verstanden.

Im Stillen dankte Anne ihm für die Informationen, denn Geschichte interessierte sie sehr. Sie musste unbedingt privat an die Nordseeküste zurückkehren, hier gab es noch so viel zu entdecken. Schon nach so kurzer Zeit hatte sie sich in die wildromantische Nordseeküste und die malerischen Wattenmeerinseln verliebt.

Finn legte an, und Anne konnte einen ersten Blick auf die Fischrestaurants, Cafés, Teeläden, Geschenkartikelgeschäfte und Bars in den teils historischen Häusern werfen. Die Luft war nicht geschwängert vom Gestank von abgestandenem Wasser, Seetang und totem Fisch, von dem ihr Freunde nach Besuchen anderer Häfen berichtet hatten. Die Gezeiten sorgten im Husumer Hafen für einen regelmäßigen Wasseraustausch.

Zuvorkommend half Finn Anne beim Aussteigen, und sie freute sich über seine aufmerksame Art. Das Boot lag zwar in ruhigem Wasser, doch es schaukelte durch Annes

Bewegungen leicht, und das war sie nicht gewohnt. Mit ihrem freien Arm versuchte sie die Balance zu halten. Sie kam sich ungeschickt vor und vermied es aus Verlegenheit, Finn anzusehen, bis sie festen Boden unter den Füßen hatte.

»Es gibt sie noch«, stieß sie sodann freudig aus. Die Gelassenheit und Heiterkeit der Touristen, die mit einem Eishörnchen in der Hand an ihr vorbeiflanierten oder in der Nähe mit ihren Smartphones Fotos schossen, färbten sofort auf sie ab.

Mit gerunzelter Stirn sah Finn zu ihr auf, denn er blieb in seinem Boot, und sie stand am Rand des Hafenbeckens, der etwa einen Meter über der Wasseroberfläche lag. »Wen?«

»Gentlemen.«

»Man tut, was man kann.« Er zwinkerte. »Wie lange wirst du brauchen?«

Anne überlegte. Sie wusste nicht, ob es im Amtsgericht Wartezeiten gab. Außerdem wollte sie die Stadt ein wenig erkunden, wo sie schon einmal hier war. Schon jetzt konnte sie sich dem fröhlichen Treiben um sich herum nicht entziehen. »Das kann ich leider nicht abschätzen.«

Lässig zuckte er mit den Schultern. »Dann werde ich zur Schokoladeninsel zurückfahren.«

»Amüsiere dich doch ein bisschen in Husum.« Es hätte Finn bestimmt gutgetan, mal eine längere Zeit von Möwesand runterzukommen. So traumhaft schön die Insel war, manchmal sollten die Bewohner wohl auch etwas anderes sehen und hören. Auch das Paradies konnte sich abnutzen.

»Ich kenne diesen Ort wie meine Westentasche, ich war schon so oft hier. Aber du«, mit einer ausladenden Geste zeigte er auf die Flaniermeile, »genieße deinen Ausflug.«

»Danke.« Wahrscheinlich glaubte er, dass sie hierher wollte, um die Stadt kennenzulernen und einen Bummel zu machen. Hätte er den wahren Anlass erfahren, wäre er bestimmt besorgt gewesen. Aber im Gegensatz zu Joos, der seine Brüder beschützte wie ein Leitwolf sein Rudel und erbost über ihre Nachforschungen wäre, weil diese das Schokoladenunternehmen der Gebrüder Lorentz in den Grundfesten erschüttern könnte, hätte Finn sie vermutlich trotzdem begleitet und die Wahrheit herausfinden wollen. Einen Moment lang dachte sie darüber nach, ihn einzuweihen, doch am Ende bekam sie die Worte *Lüge* und *Betrug* nicht über die Lippen. »Wie komme ich dann zurück nach Möwesand?«

»Ich würde dich ja wieder abholen, aber ich muss nach Sylt. Dort helfe ich regelmäßig als Surflehrer aus.« Verschwörerisch lehnte er sich zu ihr herüber und legte den Zeigefinger an seine Lippen. »Aber erwähne es Joos gegenüber nicht. Er weiß es nicht und wäre vielleicht nicht begeistert.«

»Er wünscht sich, dass du wieder als kreativer Kopf in der Schokoladenfabrik mitarbeitest, oder?« Es war niemand in der Nähe, darum sprach sie offen.

Finn stellte einen Fuß auf den Rand seines Bootes, stützte sich mit seiner Hand auf seinem Oberschenkel ab und schmunzelte. »Du hast deine Hausaufgaben als Journalistin gemacht.«

Die Bemerkung versetzte ihr einen Stich. Enttäuscht hakte sie nach: »Ist es das, was du in mir siehst, nur eine Reporterin?«

»Nein, in erster Linie sehe ich Anne.« Es wirkte verlegen, wie er sich durchs Haar fuhr. »Früher wollte ich übrigens immer mal gerne für Wassersportmagazine zu den beliebten und weniger bekannten Tauchspots fliegen, sie testen und darüber schreiben.«

»Klingt toll«, sagte sie und fand, dass der Job ausgezeichnet zu ihm gepasst hätte. Unter anderen Umständen hätten sie Kollegen sein können.

»Unsere Mutter hat mich mit ihrer Leidenschaft fürs Tauchen angesteckt, aber seit ihrem Tod bleibe ich lieber an der Wasseroberfläche. Nicht aus Angst, mir könnte etwas zustoßen …« Er zögerte, eine Schönwetterwolke schob sich vor die Sonne und warf seinen Schatten auf sein Gesicht. »Immer sehe ich ihr bleiches, entsetztes Gesicht im Dunklen dort unten.«

Trotz der Wärme, die im Schutz des Binnenhafens herrschte, fröstelte es Anne. Unauffällig rieb sie über ihre Arme. »Es tut mir so leid, dass sie so früh von euch gegangen ist.«

»Mir auch.« Finn lächelte traurig.

Anne überlegte, ob sie das Thema auf sich beruhen lassen sollte, seine Wunden waren noch immer nicht verheilt. Aber sie wusste auch, dass es Menschen wie Barne Brodersen gab, denen es guttat, über ihre Probleme zu reden. »Hast du dich wegen ihres Tauchunfalls gegen eine Laufbahn als Reisejournalist entschieden?«

Er schüttelte den Kopf. »Mein Weg schien vorgezeichnet. Joos und Thies wollten unbedingt bei der Schokoladenfabrik einsteigen, um von unserem Vater zu lernen und sie später weiterzuführen. Sie waren unglaublich stolz auf ihn, darauf, dass er etwas so Großes erschaffen hat. Außerdem scheint Schokolade in ihren Adern zu fließen.«

»Dagegen hätte ich auch nichts.« Anne lachte. Die Wolke zog weiter und gab die Sonne wieder frei.

»Obwohl es lange niemand aussprach, war klar, dass ich mit im Boot sitzen sollte.« In ironischem Ton fügte er hinzu: »Drei ist eine magische Zahl, sagten Joos und Thies später zu mir, als ich zögerte, mich festzulegen. Die Gewaltenteilung, die heilige Dreifaltigkeit, der Dreisatz, das magische Dreieck der Geldanlage ...«

»Die drei Affen, die nichts sehen, nichts hören und nichts sagen«, warf sie neckisch ein.

Finn lachte schallend.

»Hast du damals an deinem Entschluss gezweifelt?«, fragte sie leiser.

»Nein, das nicht. Am Anfang fühlte ich mich dazu gedrängt, weil ich den Eindruck hatte, dass meine Brüder bereits über meine Zukunft entschieden hatten. Aber mir wurde bald klar, dass das nicht stimmte. Es war allein meine Wahl. Ihre Begeisterung und Leidenschaft rissen mich schnell mit.« Seine Stimme klang mit einem Mal weich und warmherzig, als er hinzufügte: »Außerdem machte ich damit unsere Mutter glücklich.«

»Und euren Vater«, erinnerte sie ihn.

»Ja, das auch. Für ihn gab es nichts Schöneres, als seine Söhne schon zu Lebzeiten mit seinem Vermächtnis bekanntzumachen.« Finn holte sein Smartphone aus der Tasche seiner Bermudashorts und sah auf das Display. »Schon so spät. Jetzt muss ich aber wirklich los.«

Der Riemen von Annas Umhängetasche rutschte von ihrer Schulter. Sie schob ihn zurück. »Es tut mir leid, dich aufgehalten zu haben.«

»Mir nicht«, sagte Finn und nahm seinen Fuß vom Bootsrand. »Ich unterhalte mich gerne mit dir.«

»Mir macht es auch Spaß, mit dir zusammen zu sein.« Wahrscheinlich war es mit Finn einfacher, weil sie gleichaltrig waren. Heimlich wünschte sich Anne jedoch, mehr Zeit mit Joos zu verbringen und ein ebenso entspanntes Verhältnis mit ihm zu haben wie mit seinem jüngsten Bruder.

»Ich habe den Eindruck, dir alles erzählen zu können.« Finn nickte ihr dankend zu. »Es tut gut die Dinge mal in einem anderen Licht zu sehen.«

»Oder Dinge mal eine Weile zu vergessen.« Wie Max Scherf und sein Damoklesschwert, das über Anne hing.

Im ersten Moment runzelte er die Stirn, dann wurde er ernst. »Darüber würde ich gerne mehr erfahren.«

Annes Magen zog sich zusammen.

»Aber jetzt muss ich wirklich los«, sagte Finn zum Glück. »Ein Mitarbeiter der Surfschule ist krank, und Tommy, der Chef, braucht mich heute Nachmittag dringend. Er, die Kollegen und ich sind Freunde. Ich würde das nicht mal arbeiten nennen.«

Sie trat einen Schritt vom Rand des Hafenbeckens weg. »Dann viel Spaß.«

»Dir auch. Warte! Das hätte ich beinahe vergessen.« Er holte etwas aus seiner Hosentasche und reichte es ihr.

Erst als sie es in der Hand hielt, erkannte sie, was es war: ein kleiner Legitimationsnachweis, der in einer Klarsichthülle steckte. Von diesem hing ein nougatbraunes Band herab. »Eine Personalkarte von der Schokoladeninsel mit meinem Namen darauf?«

»Gästeausweise gelten stets zeitlich begrenzt, meist nur

für wenige Tage oder Wochen.« Sie hielt das Dokument erstaunt und feierlich fest, als wäre es der heilige Gral. »Diese Mitarbeiterkarte behält bis Jahresende ihre Gültigkeit. Mit ihr kommst du überall hin und kannst die Inselfähre kostenlos nutzen, wann immer du möchtest.«

Überrascht riss Anne die Augen auf. Was für ein wertvolles Geschenk! »Glaubst du etwa, ich werde so lange bleiben?«, fragte sie scherzend.

»Von mir aus gern.« Er blinzelte sie an und lächelte. »Und ich glaube, Joos hätte auch nichts dagegen.«

Ihr Herz pulsierte stürmisch. »Meinst du wirklich?«

»Thies hat mir erzählt, dass du gestern zusammen mit Joos beim Pub Quiz warst und Joos den Blick nicht von dir nehmen konnte.«

Anne wurde heiß. Es stimmte. Ständig hatte Joos sie angesehen, lange und eindringlich. Und beide hatten sie die kleinen Berührungen offenbar genossen, sehr sogar.

Seitdem sie ihm erzählt hatte, dass sie auch das Opfer eines Verbrechens geworden war, verhielt er sich einfühlsamer und liebevoller ihr gegenüber. Sie waren sich nähergekommen. Das Band, das sie dadurch geknüpft hatten, ermutigte ihn, die Zuneigung, die er für sie empfand und so hartnäckig versucht hatte zu verbergen, zu zeigen.

Nach dem Quiz hatte er sie zum Gästehaus gebracht. Er stand dicht vor ihr. Sanft legte er seine Hand an ihren Hals und streichelte mit seinem Daumen über die Haut hinter ihrem Ohr. Das fühlte sich für Anne so wundervoll an, dass sie kurz ihre Augen schloss und genießerisch ein- und ausatmete.

Es hatte den Anschein gemacht, als wollte er sich nicht

von ihr verabschieden. Mehr noch als das, als wollte er sie küssen. Sie sehnte den Kuss so sehr herbei, er hätte alles zwischen ihnen verändert. Anne konnte die prickelnde Anspannung kaum aushalten. Vor Aufregung und Verlangen kribbelte es auf ihren Lippen. Ihr Körper fühlte sich an wie elektrisiert.

Worauf wartest du? Ich will es doch auch. Spürst du das denn nicht, dachte sie sehnsüchtig und reckte sich seinem Mund etwas entgegen.

Aber Joos bemerkte ihre Signale im Dunkeln der Nacht nicht oder verstand sie nicht. Oder er entschied sich dagegen, sie zu küssen, weil es alles kompliziert machen würde. Am Ende wünschte er ihr eine gute Nacht. Zärtlich ließ er seine Fingerspitzen in ihrem Nacken kreisen, über die feinen Härchen an Annes Haaransatz. Ein wohliges Erschaudern erfasste sie. Doch dann war Joos heimgegangen.

Heute, einen Tag später, bereute sie es trotz ihrer darauffolgenden Annäherung, ihm von dem Vorfall im Englischen Garten erzählt zu haben. Es war falsch gewesen, das Ganze so auszuschmücken. Noch sah es zwar aus wie das Beste, das sie hatte tun können, doch die kleine Schwindelei konnte sich noch als der größte Fehler ihres Lebens entpuppen. Sie konnte wie ein Bumerang zu ihr zurückkommen und sie verletzen.

»Mir läuft die Zeit davon. Wir werden uns wahrscheinlich heute nicht mehr sehen, ich sitze mit meinen Freunden von der Surfschule immer noch bis spät nachts am Strand«, sagte Finn. Anne hörte ihm seine Vorfreude an.

Bevor sie noch etwas erwidern konnte, legte er ab und fuhr mit seinem Motorboot in Richtung Hafenausfahrt. Sie hatte gerade noch Zeit, ihre Hand zum Abschiedsgruß zu heben.

Ihr Magen knurrte. Sie beschloss, auf dem Weg zum Grundbuchamt eine Kleinigkeit zu essen. Entspannt spazierte sie umher. In einem Souvenirladen kaufte sie zwei Bilderrahmen aus weiß bemaltem Holz, einen für ihre Eltern und einen für ihre Oma. Rahmen für ein Selfie, das sie später auf der Schokoladeninsel machen würde, vielleicht vor den Syltrosen. Der grüne Strand und die Nordsee sollten im Hintergrund zu sehen sein.

Als sie in einer Seitenstraße ein Bistro entdeckte, das sich auf belegte Brote spezialisiert hatte, musste sie einfach eins kosten, denn auf den Fotos am Eingang sahen sie wie kleine kulinarische Kunstwerke aus. Die meisten Zutaten stammten von lokalen Produzenten, oft Bauern aus der Umgebung.

Anne trat ins *Dat Botterbrood* ein, setzte sich an einen freien Platz am Fenster. Sie bestellte eine Scheibe in Butter geröstetes Roggenbrot mit Deichkäse, hergestellt nur drei Gemeinden entfernt, wie auf der Speisekarte vermerkt war. Obendrauf gab es Pesto Verde, Rucola und Kirschtomaten. Mit großem Genuss verspeiste Anne die Köstlichkeit. Sie nahm sich die Zeit, nach dem Essen in Ruhe einen Cappuccino mit einem Schuss Macadamia Sirup zu trinken. Gesättigt und zufrieden über die unerwartete Gaumenfreude und das Urlaubsgefühl, das aufkam, rief sie die Bedienung. Während sie bezahlte, erfuhr sie von ihr, dass das Amtsgericht nicht weit vom Hafen entfernt war.

Dann verließ sie das Lokal, gestärkt und dazu bereit, endlich herauszufinden, ob der Gustav Groß, der Hauke Lorentz

Möwesand verkauft hatte, das Pseudonym des Betrügers Bodo Seibold war. Vielleicht versprach sie sich zu viel von dem Grundbucheintrag, aber sie hoffte, durch ihn weitere Hinweise zu erhalten.

Als Anne mitten in Husum an einem Schloss vorbeikam, staunte sie nicht schlecht. Sie googelte es und erfuhr, dass sie vor dem einzigen Schloss an der Nordseeküste Schleswig-Holsteins stand, erbaut im 17. Jahrhundert, inzwischen ein Geschichtsmuseum, Veranstaltungsort und Kulturzentrum. Sein Park war bekannt für seine Krokusse, doch die Blumen, die Anne erspähen konnte, waren zu ihrem Bedauern bereits verblüht. Sie nahm sich vor, auf ihrem Rückweg in dem schlosseigenen Café einen Kaffee zu trinken und ein Stück Kuchen zu essen.

Schweren Herzens ging sie weiter. Es dauerte nicht lange, und sie erreichte ihr Ziel. Als sie vor dem weißen, zweistöckigen Gebäude mit dem hohen Dach und dem Giebel stand, beschleunigte sich ihr Puls. Wie konnte sie die Mitarbeiter davon überzeugen, ihr einen Grundbucheintrag zu erstellen und bestenfalls weitere Details für sie im Archiv nachzuschauen. Sie war aufgeregt, ihr Kopf wie leergefegt,

Es half nichts, ihr würde spontan etwas einfallen müssen. Tief atmete sie einmal durch und betrat das Gebäude durch die Sicherheitsschleuse. Drin war es kühl.

Plötzlich musste sie daran denken, wie sie sich damals gefühlt hatte an dem Tag, als sie im Hochsommer mit der Schulklasse ins Schyrenbad in Untergiesing gefahren war. Es war furchtbar heiß gewesen.

Anne hatte zu dem Zeitpunkt die vierte Klasse besucht. Erst voller Freude über diesen Schulausflug zum ältesten

Freibad Münchens, dann entsetzt, weil ihr Klassenkamerad Bastian plötzlich leblos mit dem Rücken nach oben im tiefen Wasser trieb. Keine drei Sekunden vorher war er noch lachend ins Becken gesprungen, hatte mit einer Arschbombe die Mitschüler, die am Rand standen, nass gespritzt.

Während die Bademeisterin und ihr Lehrer Herr Igleder ins Wasser eilten, um Bastian zu retten, stand Anne an der Treppe, die ins Schwimmbecken führte, und begann, wie Espenlaub zu zittern. Trotz der Hitze bekam sie eine schmerzhafte Gänsehaut, überwältigt von der Angst, ihr Schulkamerad könnte tot sein.

Glücklicherweise überlebte Bastian, der sofort mit Martinshorn und Blaulicht ins Krankenhaus gefahren wurde, den Vorfall. Ihr Klassenkamerad hatte sich, wie Herr Igleder der Klasse 4b später berichtete, von der Sommersonne erhitzt, vor seinem Sprung ins Wasser nicht durch eine Dusche abgekühlt. Der abrupte Temperaturwechsel war zu viel für seinen Kreislauf gewesen.

Bis heute erinnerte sich Anne lebhaft daran, wie bestürzt sie war, als man Bastian ohnmächtig aus dem Wasser zog, und wie sehr sie inmitten der Hitze vor Schrecken gefroren hatte.

Jetzt, zwanzig Jahre später, fröstelte sie wieder, doch diesmal mehr aus Nervosität. Sie hatte Angst zu versagen.

Das Amtsgericht war überraschend leer, kaum Menschen auf den Fluren.

An der Tür, hinter der sich das Grundbuchamt verbarg, stand der Name Corinna Jacobsen. Anne hoffte, dass es sich bei der Beamtin um eine Frau in ihrem Alter handelte.

Sie würde das Gespräch gleich auf ein Thema lenken, das

Frauen ihrer Generation interessierte. Zum Beispiel konnte sie beiläufig fallen lassen, dass sie zurzeit auf der Schokoladeninsel wohnte und wie charmant Joos, Finn und Thies Lorentz doch waren. Bestenfalls würde die Sachbearbeiterin erröten und verträumt lächeln. Schon würde Anne fragen, ob sie einen der drei Männer einmal persönlich getroffen hatte und wen sie am attraktivsten fand. Das private Gespräch würde ein entspanntes Verhältnis schaffen und eine gute Voraussetzung dafür sein, ihr Anliegen vorzubringen. Denn es würde bestimmt nicht leicht werden, an die gewünschten Informationen heranzukommen.

Mit der einen Hand klopfte Anne an die Tür, mit der anderen drückte sie sich den Daumen. Die Stimme, die sie hereinbat, klang eher älter. Entschlossen trat Anne ein.

Kapitel 15

Die Frau, die kerzengerade in ihrem Bürostuhl saß, hatte einen kurzen stahlgrauen Bürstenschnitt. Sie war eher klein und drahtig und trug ein Samtsakko über ihrem panzergrauen Rollkragenpullover. Ihre Jacke hatte die Farbe überreifer Pflaumen und war so dunkel, dass der Stoff fast schwarz wirkte. Ihre Hände lagen flach auf dem Schreibtisch. Sie trug keinerlei Schmuck, auch keinen Ehering.

Anne hatte den Eindruck, von einer Eule angestarrt zu werden, was wohl an den dicken Gläsern ihrer Brille lag. Sie fühlte sich, als würde sie von ihr durch eine Lupe gemustert werden. Als könnte sie nichts vor ihr verheimlichen.

Unsicher blieb Anne hinter einem der beiden Gästestühle stehen. »Einen wunderschönen guten Morgen. Mein Name ist Annegret Huber«, sagte sie und zeigte ihren Personalausweis. »Ich möchte ein Haus kaufen.«

»Und was wollen Sie dann bei mir?«, fragte Frau Jacobsen überrascht. Ihre Stimme klang, als würden Kieselsteine auf ihren Stimmbändern kleben und beim Sprechen aneinander reiben.

»Ich bin für einige Tage Gast auf der Schokoladeninsel.« Erwartungsvoll hielt Anne inne.

Sie hatte damit gerechnet, dass die Sachbearbeiterin lächeln oder »Ach, wie schön!« sagen würde. Doch die Erwähnung der wohl berühmtesten nordfriesischen Insel löste bei ihrem Gegenüber keinerlei Reaktion aus. Schade, dachte Anne enttäuscht, und bebte innerlich vor Ungewissheit.

Verlegen hielt Anne sich an der Rückenlehne des Stuhls vor ihr fest. »Dort ist mir ein Reetdachhaus aufgefallen. Es ist das schönste Eigenheim, das ich jemals gesehen habe. Genauso habe ich mir immer mein Zuhause vorgestellt. Ich habe mich Hals über Kopf verliebt.«

Immer noch keine Regung in Frau Jacobsens Gesicht. Mit einer derart zum Ausdruck gebrachten Leidenschaft konnte »die graue Eminenz«, die wohl kurz vor der Rente stand, wohl nichts anfangen. Trotz der Kühle im Amtsgericht spürte Anne, dass sich einige kleine Schweißperlen auf ihrer Oberlippe sammelten. Beiläufig wischte sie mit dem Handrücken weg. Sie durfte keine Schwäche zeigen, sonst hatte sie gegen Frau Jacobsen keine Chance. Und sie wollte ihr auch nichts über ihren Verdacht verraten, dass Hauke Lorentz hereingelegt worden und dass Joos, Finn und Thies ihre Schokoladeninsel unwissentlich auf Sand gebaut hatten.

»Könnten Sie mir helfen, den Eigentümer ausfindig zu machen? Bitte«, sagte Anne inbrünstig und neigte den Oberkörper leicht vor. »Sie sind meine einzige Hoffnung.«

»Nein«, antwortete die Sachbearbeiterin strickt. »Ihr Kaufwunsch ist kein berechtigtes Interesse.«

Anne runzelte die Stirn. Nervös verlagerte sie ihr Gewicht von einem Bein auf das andere. »Wie bitte?«

»In Ihrem Fall darf das Grundbuchamt keine Auskunft geben. Wir sind kein öffentliches Register. Sie können nicht einfach herkommen und einen Grundbuchauszug beantragen, nur weil Sie eine Immobilie kaufen wollen.« Frau Jacobsen seufzte und fügte hinzu: »Außerdem ...«

Eine Sekunde zuvor war Anne noch enttäuscht über den herben Rückschlag gewesen, jetzt schöpfte sie schon wieder Hoffnung: »Ja?«

»Es ist doch allseits bekannt, wem die Schokoladeninsel gehört, also auch das Haus, für das Sie sich interessieren«, sagte Frau Jacobsen ein wenig genervt, »den Gebrüdern Lorentz.«

»Ja, sicher. Das ist mir klar. Ich habe mich falsch ausgedrückt. Ich möchte nicht den jetzigen Eigentümer ausfindig machen, sondern den vorherigen«, versuchte Anne mühsam die Kurve zu kriegen. Hitze stieg in ihre Wangen. Sie ärgerte sich, dass sie sich keine Strategie zurechtgelegt hatte. Frau Jacobsen schien auch immun gegen Annes Gabe, die Menschen zum Reden zu bringen, und stand wie eine Mauer zwischen ihr und den Informationen, die sie haben wollte. »Ich würde gerne erfahren, wem die Insel gehört hat, bevor Hauke Lorentz Möwesand kaufte.«

»Warum das um alles in der Welt?«, fragte Frau Jacobsen.

Anne redete einfach drauf los, um ihr Gegenüber zu verwirren. »Die Geschichte meines Traumhauses interessiert mich einfach. Außerdem möchte ich alles wissen, um nicht die Katze im Sack zu kaufen. Das verstehen Sie doch, nicht wahr? Ich würde schließlich eine Menge Geld investieren, ich müsste bei einer Bank einen Kredit aufnehmen und ihn fast mein ganzes Leben lang abbezahlen. Das will gut überlegt sein.«

»Dabei kann ich Ihnen nicht helfen. Fragen Sie bei den Gebrüdern Lorentz nach. Vielleicht kann einer ihrer Mitarbeiter Ihnen helfen. Aber ich bezweifle doch stark, dass die drei bekanntesten Brüder Norddeutschlands ein Gebäude auf ihrer berühmten Insel verkaufen werden.« Schwang da etwa leichter Spott in Frau Jacobsens Stimme mit?

»Ich kann Joos, Finn und Thies Lorentz leider nicht fragen, das hat seine Gründe. Ihr Team weiß nicht Bescheid, Letzteres habe ich schon geprüft. Ich bin verzweifelt.« Anne knetete die Stuhllehne.

Verdammt, was machte sie jetzt bloß?

Hatte Scherf vielleicht doch recht? Hatte sie es einfach nicht drauf?

Ein leichter Schmerz pulsierte hinter Annes Schläfen. Sie nahm ihre rote Thermosflasche, die sie stets mit Leitungswasser gefüllt in ihrer Handtasche mitführte, heraus und nahm einige Schlucke. Das Pochen wurde besser, ging aber nicht weg. »Es ist kompliziert.«

Die Beamtin saß immer noch genauso da, wie zu dem Zeitpunkt, als Anne in ihr Büro getreten war. »Warum?«, fragte sie.

Dass Frau Jacobsen nachfragte, wertete Anne als gutes Zeichen. Anne packte ihre Trinkflasche wieder weg und setzte sich. Sie hatte Gewissensbisse, aber in diesem Fall heiligte der Zweck die Mittel. Jetzt oder nie würde sie herausfinden, ob man Hauke Lorentz beim Inselkauf betrogen hatte. »Ich habe Ihnen nicht die ganze Wahrheit gesagt, Frau Jacobsen.«

Die grau melierten Augenbrauen der Beamtin schnellten nach oben. »Wie bitte?«

»Das tut mir äußerst leid. Dafür möchte ich mich entschuldigen. So etwas mache ich normalerweise nicht.« Anne knetete ihre Handtasche wie zuvor die Lehne. Betreten sah sie Frau Jacobsen an. Wenn man eine Lüge zugab, wirkte das auf viele Menschen reumütig und liebenswert. »Aber ich habe einen guten Grund.«

Die Teflonlady blinzelte sie an. »Das bezweifle ich doch stark.«

»Ich habe ehrenwerte Absichten, das müssen Sie mir glauben, bitte.« Anne sah so aufrichtig betroffen drein wie nur möglich und ahnte, dass sie erfolgreich war, denn ihr Gegenüber wirkte plötzlich neugierig.

Frau Jacobsen rückte bis an den Rand ihres Bürostuhls vor, faltete ihre Hände und legte sie auf eine aufgeschlagene Akte, in der sie vor Annes Eintreffen wohl gelesen hatte. Dabei verschob sie die Mappe versehentlich ein bisschen. Darunter kam die Ecke eines Buchs zum Vorschein.

Anne glaubte, dass es sich um einen Heftroman handelte, weil das Buch recht dünn war. Las die spröde Frau etwa heimlich während ihrer Arbeitszeit einen Liebesroman? Der Gedanke gefiel Anne, sie fand diesen kleinen Regelbruch sympathisch.

Frau Jacobsen hatte nicht gemerkt, dass sie ihr süßes Geheimnis aufgedeckt hatte. Anne lächelte sie aufrichtig an. Anscheinend war Frau Jacobsen doch nicht so hart, wie sie sich gab.

»Es ist so …« Unruhig bewegte sich Anne hin und her, fand aber keine bequeme Sitzhaltung. Ihr linkes Augenlid zuckte ständig, während sie sagte: »Ich gehöre zu den Mitarbeitern der Schokoladeninsel und …«

»Das kann jeder behaupten«, fiel Frau Jacobsen ihr ins Wort.

»Nur darum darf ich dort wohnen.« Das Zucken ihres Lids irritierte Anne, es brachte sie aus dem Takt. »Übernachtungsmöglichkeiten werden nicht angeboten, also für Touristen«, stammelte sie.

Mit ihren Eulenaugen starrte Frau Jacobsen sie über ihren Schreibtisch hinweg skeptisch an. »Sie könnten bloß der Gast eines Mitarbeiters sein und im Gästehaus Nis Puk übernachten dürfen.«

Anne staunte nicht schlecht. »Anscheinend kennen Sie sich aus.«

»Mein Neffe arbeitet in Nordwinden. Christian leitet die Naschwerk-Manufaktur, die Früchtebrot, kandierte Früchte und so weiter verkauft. Er hat Konditor gelernt. Es war schon immer sein Traum, seinen Lebensmittelpunkt auf Möwesand zu haben. Ich kann das nicht nachvollziehen. Wenn man da wohnt, wo man arbeitet, hat man gefühlt niemals frei, weil der Kopf nicht abschalten kann und man immer greifbar ist. Aber diese Erfahrung muss Christian selbst machen.« Die Beamtin trommelte mit den Fingerspitzen auf der aufgeschlagenen Akte vor ihr herum. Sie wirkte, als würde ihr die Geduld mit Anne ausgehen.

Anne sah ihre Felle davonschwimmen. Egal, was sie nun in Bezug auf die Schokoladeninsel sagen würde, Frau Jacobsen würde wissen, ob sie aufrichtig war oder die Wahrheit zu ihren Gunsten verbog. Aber es half nichts, sie musste sich weiter vorantasten, wenn sie herausfinden wollte, ob der Betrüger Bodo Seibold beim Eigentümerwechsel Möwesands vor 33 Jahren womöglich seine Finger im Spiel hatte. »Es sind zwar noch zwei Jahre bis zum großen Jubiläum …«

»Welches Jubiläum?« Die Sachbearbeiterin des Grundbuchamts schielte zu ihrem Wochenkalender, der schräg vor ihr stand. »Davon hat Christian nichts erwähnt.«

»Dann jährt sich der Jahrestag zum fünfunddreißigsten Mal, an dem die Wattenmeerinsel in den Besitz der Familie Lorentz überging. Das wollen Joos, Finn und Thies groß feiern, denn Möwesand hat ihr Leben verändert. Nun hat sich die Marketingabteilung, in der ich arbeite, einige tolle Aktionen für die Besucher ausgedacht. Unter anderem wollen wir ein Buch über die Geschichte der Schokoladeninsel herausbringen, ein bebildertes Hardcover mit goldfarbenem Lesebändchen. Dafür recherchiere ich.« Anne überlegte, ob sie ihren journalistischen Hintergrund erwähnen sollte, entschied sich aber dagegen. Womöglich würde Frau Jacobsen dann misstrauisch werden.

Die Beamtin lehnte sich vor und stützte sich auf ihren Ellbogen ab. Skeptisch blinzelte sie Anne an. »Woher soll ich wissen, dass das, was Sie mir da erzählen, stimmt?«

Diese Frau war eine harte Nuss. Während Annes Lächeln verkrampfter wurde, bohrten sich ihre Finger in die Handtasche auf ihrem Schoß. »Warum sollte ich Sie belügen?«

»Das haben Sie eben noch versucht.« Abschätzig grinsend richtete sich Frau Jacobsen wieder auf.

»Ich möchte bloß einen Grundbuchauszug beantragen und, wenn möglich, eine Kopie der notariell beglaubigten Urkunde über den Eigentümerwechsel bekommen, damit wir sie im Buch abdrucken können.« Damit hatte sich Anne eigentlich zu weit aus dem Fenster gelehnt. Aber wie sonst sollte sie an diese Dokumente kommen, wenn nicht durch ein waghalsiges Manöver? »Selbstverständlich werden wir einige Stellen schwärzen, zum Beispiel die Adressen aller Beteiligten. Aber diese Unterlagen sind für meine Auftraggeber und alle Fans der Schokoladeninsel wichtige historische Dokumente.«

Die Mitarbeiterin des Amtsgerichts nahm einen schwarzen Kugelschreiber und drückte immer wieder auf den Knopf. »Dafür müssen sich Joos, Finn und Thies Lorentz schon selbst herbequemen.«

»Sie haben sicher Verständnis, dass die drei Brüder beim besten Willen keine Zeit für so etwas haben.« Das Klacken, das ihr Gegenüber im Sekundentakt verursachte, machte Anne noch nervöser, als sie ohnehin schon war.

Plötzlich hörte es auf. Frau Jacobsen tippte mehrmals hintereinander mit dem unteren Ende des Kulis auf den Schreibtisch. »Die Urkunde liegt ihrem Notar doch auch vor.«

Mist, natürlich. Anne biss sich auf die Unterlippe. Da hatte sie sich wohl in ihre eigenen Schwindeleien verstrickt und drohte, der Länge nach hinzuknallen. »Ich befürchte, der Notar hat die Unterlagen verschlampt, jedenfalls kann er sie nicht finden.« Das war eine lahme Ausrede, selbst in ihren Ohren. Doch dann kam ihr eine Idee. »Ich habe einen Beleg, der mich dazu legitimiert, im Namen meiner drei Chefs nachzuforschen.«

»Ach, ja?«, fragte die Beamtin. »Und warum sagen Sie das nicht gleich?«

Aufgeregt kramte Anne in ihrer Handtasche herum. Zuerst fand sie nicht, was sie suchte. Hatte sie die Personalkarte, die Finn ihr gegeben hatte, etwa verloren? Ihr brach kalter Schweiß aus. Als Anne den Mitarbeiterausweis endlich am Boden ihrer Tasche fand, nahm sie ihn heraus und hielt ihn hoch wie eine Trophäe. Das nougatbraune Bändchen hing herab. Die Klarsichthülle, in der er steckte, klebte leicht an ihren vor Anspannung feuchten Fingern.

»Das ist nur eine Mitarbeiterkarte.« Mit dem Kugelschreiber deutete die Sachbearbeiterin auf das Kärtchen, auf dem das Logo der Schokoladeninsel prangte. Die Kakaobohne war eingestanzt, und die kunstvoll geschwungenen Buchstaben G und L glänzten golden.

Stolz hängte Anne sich den Ausweis um. Noch gestern hätte sie nicht zu träumen gewagt, jemals etwas so Kostbares zu besitzen. »Sie legitimiert mich dazu, im Namen der Gebrüder Lorentz zu sprechen.«

»Das ist trotzdem keine Bevollmächtigung«, wandte Frau Jacobsen ein, aber ihr Protest klang schwach, und ihr Blick drückte Verunsicherung aus. Sie schob den goldenen Bilderrahmen auf ihrem Schreibtisch zum Telefon und stellte ihn sofort wieder zurück neben die Ablagekörbe.

Neugierig fragte sich Anne, wer ihr so viel bedeutete, dass sie sein Foto selbst auf der Arbeit bei sich haben wollte. Die Beamtin wirkte eher so, als würde sie abends alleine nach Hause gehen und mit ihren Blumen reden, weil sie nach einem anstrengenden Arbeitstag im Amtsgericht Menschen satthatte.

»Nein, leider nicht, genau darum habe ich anfangs den Hauskauf vorgeschoben. Entschuldigen Sie bitte meinen Vorwand. Ich wollte diese Sache beschleunigen und habe alles nur komplizierter gemacht.« Anne fühlte sich in die Ecke gedrängt, darum griff sie auf ihre Fantasie zurück, von der sie bis jetzt gar nicht gewusst hatte, wie reichhaltig sie war. »Eine Vollmacht müsste ich in der Schokoladenfabrik in Flensburg beantragen, das geht nicht auf Möwesand, weil die Hauptverwaltung an der Ostseeküste sitzt. Bis ich sie bewilligt bekäme, würde das ewig dauern. Dann noch die weite Hin- und Rückfahrt.«

»Du bist wohl nie um eine Ausrede verlegen«, hatte ihre Mutter öfter gesagt, als sie als Teenager immer tausend Ausflüchte gefunden hatte, etwa wenn sie später als verabredet nach Hause gekommen war. Manche Dinge änderten sich wohl nie.

Aus Erfahrung wusste Anne, dass ihre Superkraft darin bestand, unschuldig auszusehen und unterschätzt zu werden.

Als junge Erwachsene war sie einmal mit ihrer Clique in einer Bar gewesen, ihr Freund Michael hatte einen Zehn-Euro-Schein am Boden liegen sehen, sich aber genauso wenig wie die anderen Freunde getraut, ihn aufzuheben. Sie hatten Angst, dass der Barkeeper auf sie aufmerksam werden, misstrauisch werden und sie rauswerfen oder gar die Polizei rufen könnte. Außerdem saßen zwei finster blickende bärtige Männer in Bikerkluft, mit schwarzen Bandanas in unmittelbarer Nähe auf Barhockern. Nur Anne hatte den Mut aufgebracht, an der langen Theke vorbeizuschlendern und das Papiergeld aufzuheben, als gehörte es ihr.

Niemand bemerkte es, aber auf dem Rückweg zu ihren Freunden bekam Anne ein schlechtes Gewissen, und so fragte sie die beiden Biker, ob es ihr Schein war.

»Ja, ist meiner«, sagte einer der beiden. »Hatte mich schon gewundert, wo der ist, dachte, er wäre mir an der Tanke rausgefallen. Es gibt nur noch wenig anständige Menschen, das muss belohnt werden. Behalte den Zaster, als Finderlohn.«

Jetzt, zehn Jahre später, setzte Anne alles auf eine Karte und sah der Beamtin in die Augen. Gleich würde sie an ihr

Mitgefühl appellieren, wusste aber nicht, ob diese Masche bei Frau Jacobsen funktionierte.

Anne schlug einen sanften, aber bestimmten Ton an, als sie sagte: »Sie sind der einzige Mensch, auf der Welt, der den Lorentz-Brüdern bei diesem ambitionierten Buchprojekt helfen kann. Es wäre wirklich schön, wenn wir die Geschichte so lückenlos wie nur irgend möglich dokumentieren könnten.« Absichtlich richtete sie ihren Blick auf den Heftroman, der unter der Akte hervorlugte.

Frau Jacobsen sah ebenfalls hin, errötete und schob rasch die Mappe darüber.

»Meine Kolleginnen und Kollegen und ich haben bereits viele Monate Arbeit hineingesteckt und Überstunden gemacht. Wir schreiben jeden Text für das Buch mit Herzblut und laufen uns die Hacken ab, um Details zu recherchieren oder Belege aufzutreiben. Das soll nämlich eine große Sache werden und das Jubiläum krönen. Alle sind deshalb furchtbar aufgeregt.« Etwas Merkwürdiges geschah. Obwohl sich Anne alles bloß ausgedacht hatte, verspürte sie die Euphorie, über die sie sprach, tatsächlich. So verliebt hatte sie sich offenbar in die Insel, der bezaubernde Ort hatte sie in seinen Bann gezogen.

Als sie fortfuhr, klang sie verträumt, was nicht zum Inhalt ihrer Aussage passte. »Die Termine in der Druckerei müssten abgesagt werden, was für unseren Geschäftspartner einen hohen Verlust bedeuten würde. Er rechnet mit diesen Einnahmen und Sie, Frau Jacobsen, wissen sicherlich, wie schlecht es durch die digitale Welt um alle Druckereien steht. Die Stornierung des Buchprojekts könnte dramatische Folgen für diesen Betrieb haben. Selbstverständlich arbeiten wir ausschließlich mit Firmen aus der Umgebung zusammen.«

Anne fragte sich, woher all diese Worte, die aus ihr heraussprudelten, kamen. Es schien fast so, als wären sie die ganze Zeit da gewesen, hatten aber jetzt erst hinausgefunden. Sie war wie ein Kessel, der unter Druck stand, und ihre Angst zu versagen, hatte ihn zum Überlaufen gebracht. »Die Region würde also von diesem Projekt profitieren, auch Husum, weil es gewiss erwähnt werden wird. *Unsere* Leser könnten zu Touristen *Ihrer* Stadt werden.«

Als Anne schwieg, gab die Beamtin ein Brummen von sich. Sie fixierte etwas hinter Anne und leckte über einen Kratzer in ihrer Oberlippe. Schließlich nickte sie. »Es ist wichtig, dass sich die regionalen Firmen und Institutionen unterstützen. Also, was genau brauchen Sie?«

Innerlich jauchzte Anne, blieb äußerlich jedoch gelassen. Sie bat Frau Jacobsen die Grundbucheinträge in den letzten 35 Jahren zu prüfen, erwähnte den Namen Gustav Groß aber nicht. Die Sachbearbeiterin reagierte erst irritiert, tat ihr aber schließlich den Gefallen. Vielleicht wollte sie sie auch nur loswerden. Es dauerte nicht lange, da bestätigte »die graue Eminenz« ihr, dass aktuell Joos, Finn und Thies als Inseleigentümer eingetragen waren und davor Hauke Lorentz im Register stand.

Anne war enttäuscht und erleichtert zugleich. Sie wünschte der Familie Lorentz nur das Allerbeste, aber ihr journalistischer Spürsinn hatte sie anscheinend im Stich gelassen. Sie hatte einen anderen Namen als Hauke Lorentz erwartet.

Offenbar hatte sie unrecht gehabt.

»Das verstehe ich nicht«, murmelte Frau Jacobsen plötzlich.

»Was meinen Sie?« Neugierig neigte Anne den Oberkörper vor, konnte jedoch trotzdem nicht auf den Computerbildschirm sehen. Dafür erhaschte sie endlich einen Blick auf das Foto, das sich im goldenen Bilderrahmen an die Ablagekörbe schmiegte. Es zeigte drei hellblonde Jungen im Alter von schätzungsweise vier bis zehn Jahren mit blauweiß gestreiften Pullovern, die auf einem Deich standen und lachten. Vermutlich Frau Jacobsens Enkel.

Konzentriert las die Sachbearbeiterin, was auf ihrem Rechner stand. Ihr Mund stand ein Stück weit offen. Ihre Zunge glitt über ihren Schneidezahn. »Es liegen uns zwei notariell beglaubigte Eigentumsübertragungsurkunden für denselben Zeitraum vor.«

»Für die Schokoladeninsel?« Annes Puls beschleunigte sich.

»Für Möwesand«, korrigierte die Frau sie. »Das ist der offizielle, eingetragene Name. Beide sind noch gültig, aber das kann nicht sein. Es muss ein Fehler vorliegen.«

Anne wäre am liebsten aufgesprungen, um den Tisch herumgegangen und hätte sich neben Frau Jacobsen gestellt, um mit auf den Monitor gucken zu können. »Was steht genau darin?«

»Eine Urkunde wurde vor dreiunddreißig Jahren ausgestellt. Darin wurde beglaubigt, dass Hauke Lorentz die Insel von einem Gustav Groß erworben hat.« Während Frau Jacobsen die Einträge auf ihrem Computer angewidert musterte wie ein Insekt, das in ihren frisch aufgebrühten Kaffee gefallen war, knetete sie ihre Unterlippe.

»Das ist so weit bekannt«, sagte Anne ungeduldig.

»Die andere, und das ist merkwürdig, wurde erst vor drei Jahren ausgestellt.« Die Beamtin wirkte irritiert.

»Als Hauke Lorentz seinen drei Söhnen die Insel übertrug«, sagte Anne. Wo lag das Problem? Sie verspürte ein Kitzeln im Nacken, als würde eine Spinne auf ihrer Haut von einer Schulter zur anderen krabbeln. Wieder die Anspannung, dachte sie und kratzte sich.

Frau Jacobsen schüttelte den Kopf. »Ein Marten Petersen hat die Insel einer Merle Witt überschrieben. Sagen Ihnen die Namen etwas?«

»Nein«, brach es aus Anne heraus. »Das kann nicht sein. Unmöglich. Möwesand gehörte zu dem Zeitpunkt bereits Hauke Lorentz.«

»Wie gesagt, da muss ein Fehler im Register vorliegen.« Frau Jacobsen wurde rot. »Ich arbeite hier erst seit letztem Sommer, als ich von Neumünster nach Husum gezogen bin, um in der Nähe meines Sohnes und seiner Familie zu leben. Vor mir haben die Kollegen ständig gewechselt. Kaum jemand blieb lange auf diesem Posten. Das ist keine Entschuldigung für das Chaos, aber eine mögliche Erklärung. Zur Verteidigung meiner Vorgänger muss ich betonen, dass beide Urkunden von einem Notar beglaubigt worden sind. Ich werde dem nachgehen, das verspreche ich Ihnen und den Gebrüdern Lorentz.«

Anne bekam ein mulmiges Gefühl. Hatte sie gerade eine Lawine losgetreten, die Joos, Finn und Thies unter sich begraben würde? »Könnten Sie bitte noch eine Kleinigkeit für mich nachschauen?«, fragte sie mit leicht schriller Stimme.

Frau Jacobsen brummte ungehalten, nickte aber.

»Wem gehörte die Insel vor Gustav Groß?« Anne wagte kaum zu atmen.

Es dauerte lange, bis die Beamtin antwortete. Wie wild hämmerte sie auf der Computertastatur herum. Immer wieder kniff sie ihre Augen zusammen. Sie sah verdutzt aus. Ihr Brustkorb hob und senkte sich sichtbar. Schließlich lehnte sie sich zurück. Sie nahm ihre Brille ab und massierte ihre Oberlider. »So etwas habe ich noch nie erlebt, dabei arbeite ich schon mein ganzes Leben lang bei Amtsgerichten. Was für ein Durcheinander! Ich habe keine Ahnung, wie das passieren konnte.«

»Haben Sie etwa noch einen Fehler im Register entdeckt?«, fragte Anne.

Plötzlich stand die Beamtin auf. Sie zog ihr pflaumenfarbenes Jackett aus und hängte es über die Rückenlehne ihres Bürostuhls. »Der Name Gustav Groß taucht erst in der Grundstücksübertragungsurkunde auf. Vor Hauke Lorentz stand der erwähnte Marten Petersen im Register. Aber Groß hätte die Insel erst von Petersen erwerben müssen, um sie an Lorentz verkaufen zu können. Das hat er jedoch nicht.«

»Wie kann das sein?« Anne sah ihren Verdacht bestätigt, wollte es aber aus dem Mund ihres Gegenübers bestätigt hören. Das Adrenalin heizte ihr ein. Sie öffnete ihre Steppjacke.

Frau Jacobsen zuckte mit den Schultern und ließ sich in ihren Stuhl fallen. Dann krempelte sie die Ärmel hoch. »Auf mich macht es den Eindruck, als hätte Groß die Insel nie besessen. Somit hätte sie auch nicht im Grundbuchamt auf Lorentz überschrieben werden dürfen. Ich kann mir das nur so denken, dass sich einer meiner Vorgänger davon hat einschüchtern lassen, dass der große Hauke Lorentz ihn aufgesucht hat. Diensteifrig wollte er die Sache so schnell wie möglich erledigen und hat das Ganze nicht richtig überprüft. Wahrscheinlich hat er sich allein an der Besitzübertragungsurkunde der Anwaltskanzlei Dr. Theo Kohlhannes, die das Dokument notariell beglaubigt hat, orientiert. Das sind selbstverständlich alles Vermutungen. Jedenfalls wird das aufgeklärt werden müssen. Das wird noch für gehörigen Wirbel sorgen und ein Nachspiel haben.«

Der Verkauf war nicht rechtens. Annes schlimmste Befürchtungen wurden wahr. Jetzt bereute sie es, ihrem Verdacht nachgegangen zu sein. Hätte Frau Jacobsen ihr doch nur die Grundbuchauszüge ausgehändigt und nicht selbst eingesehen. Dann hätte Anne die Angelegenheit diskret behandeln können, doch dafür war es nun zu spät.

Die Schokoladeninsel hatte Hauke Lorentz nie gehört. Er hätte sie nie an Joos, Finn und Thies übertragen dürfen. Sie waren nicht die rechtmäßigen Eigentümer, sondern eine gewisse Merle Witt. Ihr gesamtes Schokoladenunternehmen war in Gefahr, wenn das publik werden würde. Herr Petersen und Frau Witt könnten insgesamt für 33 Jahre Regressansprüche stellen. Die Forderung würde die Gebrüder Lorentz in den Ruin treiben.

Und ich habe den Stein gerade ins Rollen gebracht, denn Frau Jacobsen würde die Sache auf keinen Fall auf sich beruhen lassen, dachte Anne bestürzt.

Was hatte sie nur getan? Sie fühlte sich schrecklich. Ihr Magen zog sich zusammen, und ihr wurde übel. Um sich davon abzulenken, richtete sie ihre Gedanken auf Gustav Groß.

Es musste sich bei ihm um den Betrüger Bodo Seibold handeln. Alles passte zusammen. Damals hatte er eine Nordseeinsel veräußert, laut eines Artikels hatte er letztes Jahr versucht, ein Wasserschloss in Nordrhein-Westfalen zu verkaufen, davor ein naturbelassenes Grundstück in Brandenburg. Nichts davon hatte ihm gehört. Zudem hatte Seibold eine fiktive Person sterben lassen, ihren Tod vorgetäuscht. Wahrscheinlich hatte er sich dieses Tricks auch nach dem illegalen Geschäft mit Hauke Lorentz bedient.

Seibold hatte mindestens drei falsche Identitäten besessen, wahrscheinlich waren es sogar weitaus mehr. Für jedes seiner Pseudonyme hatten die Ermittler der Polizei gefälschte Papiere gefunden. Bei der kriminellen Energie durfte man Seibold, der letztes Jahr im Gefängnis gelandet war, auch zutrauen, dass er Besitzurkunden und notarielle Beglaubigungen fälschte.

Mit zitternden Händen holte Anne ihr Smartphone heraus, ging ins Internet und suchte nach der Anwaltskanzlei Kohlhannes. Sie musste unbedingt mit dem Notar sprechen. Doch sie fand keinen Eintrag unter dem Namen. Auch das hatte anscheinend zu Seibolds Betrugsmasche gehört. Wahrscheinlich hatte er Hauke Lorentz angeboten, den Verkauf über seinen Notar zu regeln, um ihm entgegenzukommen. Er musste sehr vertrauenswürdig gewirkt haben, wenn sogar ein Mann wie Lorentz auf ihn hereingefallen war.

Anne wurde abwechselnd heiß und kalt. Nur wegen ihrer Nachforschungen konnten Joos, Finn und Thies alles verlieren. Das musste Anne unter allen Umständen verhindern!

Es gab bloß eine Möglichkeit, die Katastrophe abzuwenden. Sie musste Joos mit dem, was sie herausgefunden hatte, konfrontieren und mit ihm zusammen Merle Witt suchen, um die Dinge geradezubiegen, bevor die pikante Angelegenheit publik werden und einen Skandal auslösen würde.

Der Drucker ratterte. Die Sachbearbeiterin legte drei Blätter vor Anne hin und hielt ihre Hand auf. »Das macht dann dreißig Euro für die drei Grundbuchauszüge.«

Kapitel 16

Anne blieb den Nachmittag in Husum, auch um sich zu sammeln. Abends ließ sie sich mit einem Taxi nach Strucklahnungshörn bringen. Dank der Personalkarte, die Finn ihr gegeben hatte, konnte sie ohne Probleme die letzte Fähre des Tages nehmen.

Aufgeregt setzte sie sich auf einen Platz am Sonnendeck. Als sie sich den frischen Nordseewind um die Ohren pusten ließ, fragte sie sich, ob Joos, Finn und Thies nicht darüber Bescheid wussten, dass ihr Vater einem Betrüger auf den Leim gegangen war. Konnte es sein, dass sie die Wahrheit längst herausgefunden, aber unter den Tisch gekehrt hatten? Hegten sie die Hoffnung, dass niemand auf den unrechtmäßigen Eigentümerwechsel Möwesands aufmerksam werden würde? Immerhin lag der Betrug schon 33 Jahre zurück.

Die Möglichkeit, dass die drei Männer den unglücklichen Umstand totschwiegen, war nicht auszuschließen. Immerhin standen nichts Geringeres als ihr Lebensinhalt und ihre Heimat auf dem Spiel.

Allerdings war Joos nicht der Typ, der ein solches Risiko einging, fand Anne. Bestimmt klärte er die Dinge lieber und hätte das Problem, wenn er davon gewusst hätte, vor langer Zeit aus der Welt geschafft. Aber wie hätte er das bewerkstelligen sollen? Sobald er etwas in die Richtung getan hätte, wäre er Gefahr gelaufen, Staub aufzuwirbeln. Außerdem war die Übertragung der Insel von seinem Vater auf ihn und seine Brüder ja gut gegangen. Vielleicht wiegte er sich darum in trügerischer Sicherheit.

Anne lehnte sich über die Reling, schirmte ihre Augen mit der Hand ab und spähte zur Hallig Südfall, an der sie gerade in einiger Entfernung vorbeituckerten. Lachmöwen sonnten sich auf den Salzwiesen um die einzige Warft, und Anne glaubte sogar, Brutgelege von Küstenseeschwalben zu erkennen, Menschen waren jedoch nicht zu sehen. Das Wasser glitzerte, als würde es aus unzähligen Austernperlen bestehen, in denen sich das gleißende Licht der Sonne brach.

Wie Anne gelesen hatte, konnte man bei Ebbe mit der Pferdekutsche von Nordstrand nach Südfall fahren. Das musste sie unbedingt noch machen, bevor sie nach Bremen zurückkehrte. Im nordfriesischen Wattenmeer gab es noch so viel zu entdecken, erst recht für jemanden aus Bayern. Der bloße Gedanke daran, wieder abzureisen, drohte ihr Herz zu zerreißen. Auch wegen Joos. Obwohl es bestimmt nicht leicht werden würde, mit ihm über das, was sie in Husum erfahren hatte, zu sprechen, konnte sie es kaum erwarten, ihn wiederzusehen.

Verträumt lächelnd atmete sie die würzige Seeluft ein. Gischt spritzte am Fährschiff empor, ein paarmal so hoch, dass Anne Tropfen auf ihrem Gesicht spürte.

Als Joos und sie sich am Abend zuvor am Gästehaus Nis Puk verabschiedet hatten, hatte es gewaltig zwischen ihnen gefunkt. Daran gab es nichts zu deuteln. Wahrscheinlich hatte Joos sie nur nicht geküsst, weil sie als Journalistin arbeitete. Warum musste sie auch ausgerechnet den Beruf ausüben, mit dem er auf Kriegsfuß stand? Manchmal war das Leben ungerecht.

Vermutlich wären sich Joos und sie längst nähergekommen, hätte ein anderer Grund als das Interview mit ihm sie auf die Schokoladeninsel geführt. Konnte es sein, dass allein *Tele Nord* zwischen ihnen stand?

Hielt ausgerechnet die Erfüllung ihres beruflichen Lebenstraums sie davon ab, einem Mann näherzukommen, mit dem sie sich eine gemeinsame Zukunft vorstellen konnte?

Das mochte zu sehr vorgegriffen sein, immerhin lernten sie sich erst noch kennen. Aber sie wollte nichts lieber, als einer Beziehung mit ihm eine Chance zu geben und herausfinden, ob sie füreinander bestimmt waren. Ihr Herz klopfte so heftig, dass es das Plaudern der wenigen Fahrgäste und die Zurufe zwischen den Hafenmitarbeitern und der Bootscrew übertönte.

Anne wollte aus ganzem Herzen bei Joos bleiben. Auf Möwesand. Zusammen mit Finn, Thies und Hannah, Gerit, Rieke, Mattes, Kurt und all den anderen freundlichen Insulanern. Wo die Luft gleichzeitig salzig und süß roch, nach Meer und der Schokolade aus den Naschwerk-Manufakturen.

Wo Löffelenten Vorfahrt hatten, wenn sie über die Küstenstraße zum Süßwassersee in der Inselmitte watschelten, und Knuttstrandläufer und Kiebitzregenpfeifer während der Zugzeiten den grünen Strand übernahmen. Das hatte sie in einem Sachbuch über die Fauna des Wattenmeers, das sie in Husum gekauft hatte, gelesen. Das Buch trug sie in einem malvefarbenem Rucksack, auf dem eine niedliche Robbe und die Worte *Sehnsucht nach Meer* gestickt waren.

Für ihre Einkäufe hatte sie sich sogar zusätzlich zum Rucksack einen Shopper zulegen müssen. Ein Mädchen mit roten Pippi Langstrumpf-Zöpfen, das an der Hand ihrer Mutter neben Anne am Ausgang stand, versuchte unbeholfen, den blauen Anker von dem weiß-rot gestreiften Stoff der Einkaufstasche abzupflücken. Als die Mutter, die ungefähr in Annes Alter sein musste, das bemerkte, zog sie den Arm ihrer Tochter zurück und entschuldigte sich bei Anne.

Was für eine süße Maus, dachte Anne und lächelte die Kleine an. Zu wem auf der Schokoladeninsel mochten die beiden gehören? Anne freute sich schon darauf, wenn eines Tages in ihrem Bauch ein kleines Wunder heranwachsen würde.

Während Pipi mit ihrer Mutter vor Anne ausstieg, ließ diese ihren Blick übers glitzernde Wasser schweifen. Sie hatte in Husum viel zu viel Geld ausgegeben. Geld, das sie von ihrem mageren Gehalt eigentlich nicht übrighatte.

Erst auf der Schokoladeninsel war ihr richtig bewusst geworden, dass sie eigentlich dringend von *Tele Nord* wegmusste, dass ihr der Job nicht guttat. Es würde sich nichts ändern, das war reines Wunschdenken

Aber wie konnte sie ihre Situation ändern? Und um welchen Preis? Sie steckte fest. Ihre Gedanken zu dem Thema drehten sich im Kreis. Es musste endlich eine Entscheidung her. Wer würde sie für sie treffen, wenn sie es selbst anscheinend nicht konnte? Scherf, der ihr kündigte? Joos, indem er sie von Möwesand warf und ihr sagte, er wolle sie nie wiedersehen?

Anne verließ die Barkasse. Während sie schwer bepackt über den Steg zum Ufer eilte, weil sie nicht schnell genug zu Joos kommen konnte, und einer Strandkrabbe auswich, nagte ein Gedanke an ihr. Er trübte die Sehnsucht, die sie nach Joos hatte, ebenso wie die Hoffnung darauf, dass sie entgegen der widrigen Umstände doch ein Liebespaar werden könnten.

Sie musste daran denken, dass im Mittelalter oft die Herolde getötet wurden, wenn sie schlechte Nachrichten gebracht hatten, obwohl sie gar nichts für deren Inhalt konnten. Sollten Joos, Finn und Thies nichts von Bodo Seibolds Betrug wissen, könnten sie ihre Wut darüber womöglich auf Anne projizieren. Hätte Anne die Füße stillgehalten, wäre alles so weitergelaufen wie bisher.

Nun wackelte das Damoklesschwert, das über den Gebrüdern Lorentz hing, und das war Annes Schuld. Sie fühlte sich schlecht, aber sie hatte ja nicht geplant, jemanden ins Vertrauen zu ziehen. Leider änderte das nichts daran, dass genau das passiert war. Frau Jacobsen war keine Frau, die eine Angelegenheit wie diese auf sich beruhen ließ.

Plötzlich rief jemand hinter ihr ihren Namen. Ein Mann mit einer Stimme, die so angenehm warm klang, dass sie an einen lauen Sommerabend erinnerte. Überrascht drehte sich Anne um.

Als sie Joos sah, erhellte sich ihr vom Grübeln finsterer Blick. Ihr Herz schlug einen Takt schneller. Mit einem Mal merkte sie den kühlen Wind, der an ihrer Steppjacke und ihren Haaren zerrte und das Laub der Bäume im Wald neben ihr zum Rascheln brachte, nicht mehr.

Joos stieg gerade die Treppenstufen, die zum Hafenrestaurant führten, hinab. Lächelnd winkte er ihr zu. Dann eilte er mit großen Schritten zu ihr.

Schon von Weitem fragte er: »Möchtest du etwas essen?«

»Nein, danke.« Ihr Magen war vor Sorge mittlerweile zu der Größe einer Rosine geschrumpft.

»Es ist schon spät. Du musst doch hungrig sein.« Er schien bestens gelaunt zu sein. Mit einem charmanten Lächeln blieb er vor ihr stehen, ein wenig atemlos, als wäre er gerannt, was nicht zutraf. Seine Arme waren ständig in Bewegung. Erst zeigte er auf sie, dann auf das Hafenrestaurant, dann wieder auf sie und stemmte schließlich die Hände in die Seiten. War er etwa nervös? »Ich könnte dir Gesellschaft leisten. Selbstverständlich nur, falls du das möchtest.«

»Aber du kommst doch aus dem Klönschnak. Hast du dort nicht gerade zu Abend gegessen?«, wollte sie verwundert wissen. Er wirkte viel fröhlicher als sonst. Ganz offensichtlich freute er sich, sie zu treffen. Er strahlte sie glücklich an. Das färbte auf sie ab. Sie konnte nicht aufhören, ihn anzulächeln.

Zwei Mitarbeiterinnen gingen an ihnen vorbei. Sie grüßten Anne und Joos und grinsten. Als sie an ihnen vorbei waren, tuschelten sie und guckten sich immer wieder zu ihnen um.

Rote Flecken zeigten sich auf Joos' Hals. »Das stimmt schon, aber ich würde dich trotzdem begleiten. Komm. Ich lade dich ein.«

Ihr Brustkorb füllte sich mit Wärme, weil er bei ihr sein wollte und sie so intensiv ansah. Ihr ganzer Körper war in Aufruhr. Unter seinem Blick wurde ihr heiß. Sie hätte das Angebot gerne angenommen, aber sie wusste, dass sie keinen Bissen herunterkriegen würde. Erst musste sie dringend mit ihm sprechen, nicht im Restaurant, sondern unter vier Augen. »Ein andermal liebend gerne.«

Die Art, wie er sich durch seine nussbraunen Haare fuhr, ließ darauf schließen, dass er verunsichert war. Sein Lächeln flackerte. Nachdenklich rieb er mit seinem Finger über seine Mundwinkel.

Anne hatte ihn bisher nur in dunkler Kleidung gesehen. Heute trug er ein lindgrünes Hemd zu einer honigfarbenen Cargohose und einer Fleecejacke. Die hellen Farben standen ihm ausgezeichnet. Sie unterstrichen den dunklen Teint, den er von seinem Vater geerbt hatte. »Ich habe im Schlosscafé in Husum ein riesiges Stück Friesentorte gegessen. Der Teig war fingerdick, mit der Schlagsahne haben sie nicht gegeizt, und auch die Schicht Pflaumenmus war üppig. Das alles war lecker, aber eben auch sehr mächtig. Ich bin immer noch pappsatt.«

»Du warst in Husum? Zum Sightseeing oder … vielleicht eher Shopping?« Er deutete auf ihren proppenvollen Rucksack, dessen Gewicht ihre Schultern nach unten zog, und auf die Einkaufstasche mit dem Anker.

Ihre Beine fühlten sich an wie Gummi, als sie an ihren Besuch im Grundbuchamt dachte. »Weder noch, eigentlich.«

»Eigentlich?« Neckisch blinzelte er sie an.

»Ich habe Mitbringsel für meine Familie gekauft.«

»Ach, ja?« Er klang aufrichtig neugierig. »Welche denn?«

»Einen Keramikleuchtturm mit Teelicht und Möweneier im Glas für meine Mutter. Ein Puzzle von den Naschwerk-Manufakturen der Schokoladeninsel und Schafsköttel im Glas für meinen Vater. Einen Porzellanbecher in Friesisch

Blau, in dem innen auf dem Boden *Ebbe* und oben am Rand *Flut* steht.« Dass jeder zweite Tourist mit den gleichen Andenken heimfuhr, tat ihrer Begeisterung keinen Abbruch. »Und Wattwürmer im Glas für meine Oma Datschi. Außerdem noch Holzbilderrahmen und Schietwettertee für alle.«

»Da hast du dich ja echt zurückgehalten«, bemerkte er mit einem ironischen Schmunzeln.

»Ich weiß, ich hab mich von den Auslagen verführen lassen.« Anne fühlte sich erwischt, aber sie hatte jedes Andenken voller Liebe fürs nordfriesische Wattenmeer gekauft. Sie wollte damit ihre Eltern und ihre Oma an ihrer Begeisterung für Norddeutschland teilhaben lassen. Vielleicht würden ihre Eltern ja ihren nächsten Urlaub an der deutschen Küste verbringen, denn bisher flogen sie für längere Urlaube ins Ausland und blieben bei kürzeren Trips in Bayern. Dabei hatte Deutschland so viele bezaubernde Ecken zu bieten.

Als Joos sich vorneigte, kam er ihr so nah, dass sie seine Wärme wahrzunehmen meinte, auch einen Hauch von Cognac-Duft. »Hast du dir denn wenigstens auch etwas gegönnt?«

»Ich konnte diesem Rucksack aus Segeltuch einfach nicht widerstehen.« Zärtlich strich Anne über ihre Neuanschaffung, doch sie hätte lieber Joos' Wangen liebkost. »Außerdem habe ich ein Buch über die Tiere des Wattenmeers erstanden und ein nachtblaues Strickkleid. Ja, ich weiß, das klingt altmodisch, aber es sieht nach Strandparty mit Lagerfeuerromantik aus, ein bisschen Retro, aber auf eine erfrischende Art und Weise.«

Es war recht kurz und ließ ihre Beine gut zur Geltung

kommen. Dadurch, dass sie klein war, sah sie in Kleidern oft gedrungen aus, aber das traf nicht auf dieses zu. Die Fledermausärmel schwangen hin und her, wenn sie sich bewegte, Schnitt und Muster ließen von anderen Zeiten träumen. Sie sah sich schon darin die Hüften zu einem Lied schwingen, das ein Musiker auf seiner Akustikgitarre spielte. Mit nackten Füßen im warmen Sand und dem herrlich prickelnden Gefühl von Sorglosigkeit im Herzen. Wie ein modernes Hippiegirl.

Ihr war bewusst, dass da das Wunschdenken aus ihr sprach. Denn ihr Alltag bestand daraus, sich am Riemen zu reißen, zu kämpfen und sich viel zu viele Gedanken zu machen. Im Grunde lebte sie nur für eine bessere Zukunft.

Abrupt richtete Joos seinen Oberkörper wieder auf. Der köstliche Duft von Kaffee und Cognac verschwand. Seine Augen wurden groß. »Du willst es auf einer Strandparty anziehen? Hat dich denn jemand eingeladen? Wer?«

Verlegen schüttelte sie den Kopf. War er etwa eifersüchtig? Wie süß, dachte sie und fühlte sich geschmeichelt. In Wahrheit träumte sie davon, das Kleid auf dem Frühlingsfest der Schokoladeninsel zu tragen. Aber das fand erst in anderthalb Wochen statt. Voraussichtlich würde sie bis dahin längst zurück in Bremen sein. Oder in München. »Das war nur so dahergesagt.«

»Du wirst bestimmt atemberaubend aussehen.« Seine Stimme hatte diesen Klang bekommen, ein wenig rauer und dunkler.

Überrascht sah sie Joos an. Noch nie hatte ein Mann das Adjektiv *atemberaubend* mit ihr in einem Atemzug genannt. Sie hatte keine langen Beine und keine schmale Taille wie ein Model. Auch war sie keine feurige Südländerin mit Hüftschwung und üppigem Busen, nach der sich die Männer umdrehten. Sie sah sich eher als Grießkuchen zwischen Donauwellen, Sachertorte und Tarte Tatin. Etwas gewöhnlich und deshalb leicht zu übersehen. Doch Joos ging es offenbar anders. Das machte sie einen Moment lang sprachlos.

Einer ihrer Freunde, Adrian aus der Parallelklasse, hatte sie mal mit einem Monchhichi verglichen. Damals, mit sechzehn, wusste sie gar nicht, wovon er sprach. Er erzählte ihr, dass seine Mutter seit ihrer Kindheit Monchhichis sammelte und sogar die Vitrinen im Wohnzimmer für sie reserviert hatte, und zeigte Anne die Sammlung. Sie konnte nicht fassen, dass Adrian sie mit diesen affenähnlichen, babyhaften Fellpuppen, die ihren Daumen oder einen Schnuller im Mund stecken hatten, verglich. Doch er meinte, die seien doch süß, und genau das wäre sie ebenfalls.

Auch viele der Jungen und Männer, mit denen sich Anne später verabredete, hatten sie wegen ihrer geringen Körpergröße und ihrer großen, hellbraunen Augen als niedlich bezeichnet. Was als Kompliment gemeint war, begeisterte Anne keineswegs. Das zeigte sich schon in Kosenamen wie Spätzchen, Mäuschen und Schneckchen. Ihre Freunde benannten sie stets nach kleinen Tieren und wählten dann zusätzlich die Verniedlichungsform, als wäre klein für Anne noch nicht klein genug. Einzig wie Toni sie gerufen hatte, gefiel ihr. Bambi.

»Danke«, sagte sie jetzt aus tiefstem Herzen. Damit meinte sie nicht bloß Joos' liebenswürdigen Zuspruch und die Bewunderung an sich, sondern dass er der erste Mann war, der anscheinend dermaßen von ihrem äußeren Erscheinungsbild eingenommen war.

Bisher hatte sie gedacht, er würde über ihr stehen. Immerhin war er nicht bloß ein attraktiver Mann, dem die Frauen in Scharen nachliefen, während mit ihr niemand mehr flirtete, seit sie sich die Haare hatte kurz schneiden lassen. Sondern er war auch ein erfolgreicher Geschäftsmann, sie dagegen konnte gerade eben so ihre Rechnungen zahlen und lebte in einer Wohnung, nicht größer als eine Abstellkammer.

Aber nun erkannte sie, dass er das anders sah. Er begegnete ihr auf Augenhöhe. Das schmeichelte ihr mehr als alles, was er hätte sagen können.

»Komm.« Er nahm ihr den Shopper ab und hielt ihr seine Hand hin. »Ich muss dir etwas geben.«

Ihr Puls beschleunigte sich, als sie seine Hand nahm. »Ich muss mit dir reden.«

»Worüber?«, fragte er erstaunt.

»Das sage ich dir am besten an einem ruhigen Ort, an dem uns niemand stört.« Bei der Vorstellung, ihn auf den Betrug, dem sein Vater aufgesessen war, anzusprechen, wurde ihr leicht schwindelig. Wie gut, dass Joos sie festhielt.

»In Ordnung. Gehen wir zu mir.« Sein Blick streifte ihre Lippen, dann richtete er ihn auf die Küstenstraße und zog Anne mit sich. »Nur dort haben wir wirklich Privatsphäre.«

Sie lief wie auf Wolken. Alle Insulaner, die in der Nähe waren, konnten sehen, dass sie Händchen hielten. »Was willst du mir denn überreichen?«

»Das hätte ich schon gestern tun sollen. Ich bereue es, gezögert zu haben. Manchmal reagiere ich anders, als ich eigentlich gerne möchte. Ich warne dich«, sein Lächeln wirkte entschuldigend, »ich bin kompliziert.«

Anne lachte. »Ich wette, du bist nicht komplizierter als ich.«

»Das werden wir sehen.« Sein Schmunzeln war hinreißend.

»Wirst du mir nun verraten, was es ist?« Je weiter sie an der Mauer, die das Lorentz-Haus umgab, entlanggingen, desto aufgeregter wurde sie. Was erwartete sie?

Vor dem austerngrauen, zweiflügligen Tor blieb Joos stehen und tippte ihre Nasenspitze an.

»Du wirst es mögen«, sagte er und ließ ihre Hand los, um das Tor zu öffnen. »Hoffe ich zumindest.«

Sie stellte sich kurz auf ihre Zehenspitzen. »Ist es etwas Süßes?«, flüsterte sie ihm von hinten ins Ohr.

»Irgendwie schon.« Über seine Schulter hinweg sah er sie schmunzelnd an.

»Irgendwie? Was soll das denn heißen?«, platzte es aus Anne heraus. »Reden wir gerade von Grünkohl-Trüffeln und Meerrettich-Pralinen, so etwas in der Art?«

»Gott bewahre, nein!« Gestenreich wiegelte Joos ab. »Die Gebrüder Lorentz werden niemals solche Geschmacksverirrungen anbieten.«

Mit dem Handrücken wischte sie sich imaginären Schweiß von der Stirn. »Das freut mich. Ich kann mir auch nicht vorstellen, dass das schmeckt. Aber was meintest du dann?«

Joos stieß einen Torflügel auf. »Du wirst das, was ich dir gleich geben werde, köstlich finden, hoffe ich.«

»Deine Hinweise helfen mir absolut nicht weiter.« Spielerisch boxte sie ihn gegen die Schulter.

Joos warf den Kopf in den Nacken und lachte. Dann schob er sie sanft auf das Grundstück des Lorentz-Hauses und folgte ihr

Anne fand, dass Joos nie besser ausgesehen hatte. Bisher war er zu oft reserviert oder verstimmt gewesen. So gut gelaunt wie heute kannte sie ihn noch gar nicht. Es war, als hätte er das Licht in seinem Herzen eingeschaltet und die Eingangstür für sie offen stehen lassen.

Sie wünschte sich, er wäre immer so entspannt und frohgemut. Das stand ihm ausgezeichnet. Trotz seiner markanten Gesichtszüge wirkte er so weicher. Der bittere Zug um seinen Mund war vollkommen verschwunden, seine geheimnisvolle Ausstrahlung jener von Offenheit und Entschlossenheit gewichen. Als wäre er glücklich, weil er endlich wusste, was er wollte.

Hinter ihr fiel das große Tor ins Schloss. Als hätte er es plötzlich eilig, stellte er den Shopper ins Gras und trat dicht an Anne heran. Die Atmosphäre zwischen ihnen änderte sich. Die Temperatur stieg schlagartig an, die Luft schien dick und zäh wie Sirup zu werden. Anne konnte kaum atmen. Ihr Puls raste, und ihr wurde heiß. Einige Atemzüge lang tat Joos nichts, außer ihr tief in die Augen zu schauen. Sein Blick ging ihr durch und durch. Ihr eigenes Verlangen spiegelte sich darin. Beiläufig streifte sie ihren Rucksack ab und ließ ihn vorsichtig auf den Boden hinab.

Zärtlich ließ Joos seine Fingerspitzen über Annes Stirn kreisen und hinterließ eine heiße Spur. »Ich habe schon den ganzen Tag nach dir Ausschau gehalten.«

»Hast du befürchtet, ich könnte abgereist sein?« Ihr Herz pochte wie ein Presslufthammer.

»Ja, aber …«, seine Finger glitten tiefer und liebkosten ihre Wangen so behutsam wie kostbares Porzellan, »dann habe ich Gerit gefragt, ob du noch bei ihr wohnst.«

Überrascht riss sie ihre Augen auf. »Du hast mir nachspioniert?«

»So würde ich das nicht nennen.« Mit dem Zeigefinger fuhr er über ihre Unterlippe. »Ich wollte bloß nicht vergeblich darauf hoffen, dich wiederzusehen.«

Das Blut rauschte in ihren Ohren. »Warum?«, fragte sie aufgeregt. Würde er ihr gleich ihre Liebe gestehen? Oder sich abwenden, weil ihm das, was zwischen ihnen war, plötzlich zu intensiv wurde?

Joos tat nichts dergleichen. Er legte seine Hand an ihren Hals. Sanft strich er über die Stelle, an der ihre Haut gestern Abend so fürchterlich gejuckt und merkwürdig gebrannt hatte. Dann vergrub er sachte seine Finger in ihren Haaren. Er atmete schwerer.

Die Sekunden fühlten sich für Anne wie Minuten an, die Zeit schien stillzustellen.

Nach einer gefühlten Ewigkeit neigte er sich zu ihr hinab und küsste sie. Zärtlich schmiegte er seine Lippen an die ihren, behutsam und vorsichtig, als befürchtete er, sie könnte empört reagieren und ihn wegstoßen.

Anne hielt sich an seiner Fleecejacke fest und zog ihn zu sich, um ihn stärker zu spüren und ihm zu signalisieren, dass sie ihn auch wollte. Sein Kuss schmeckte nicht nach Mirabellen, wie sie es sich als Zehnjährige von dem Mann ihrer Träume erhofft hatte, sondern nach Espresso, Cognac und nach Joos, was viel berauschender war.

Das Zwitschern der Vögel in den Kastanienbäumen um

sie herum, das Klappern von Geschirr, das aus dem Haus drang, und die Unterhaltung zweier Frauen, die gerade an der Mauer vorbeigingen, traten in den Hintergrund. Anne nahm nichts mehr um sich herum wahr. Sie konzentrierte sich vollkommen auf Joos und das wundervolle Ziehen, das er unterhalb ihres Bauchnabels auslöste. Tief im Herzen wünschte sie sich, dass dieser Moment niemals vergehen würde. Er sollte ewig andauern. Das Leben konnte nicht süßer sein.

Leider löste sich Joos von ihr. Er lächelte leicht verlegen, wodurch er noch hinreißender aussah. »Das ist es, was ich dir hatte geben wollen.«

»Einen Kuss?« Das klang banal, war es aber nicht. Er hatte alles zwischen ihnen geändert. Er sah sie nicht länger bloß als eine Journalistin, die ihn für eine Dokumentation gewinnen wollte. Sein Verlangen, ihr näherzukommen, überwog die Abneigung gegenüber ihrem Beruf und dem Fernsehprojekt, bei dem er mitwirken sollte. Anne war hingerissen.

»Viele Küsse.« Seine Lippen glänzten noch feucht. »Das gerade, das hätte ich gestern Nacht schon tun sollen.«

Sie fragte nicht, was ihn davon abgehalten hatte, denn sie ahnte es bereits.

»Über was wolltest du mit mir reden?«, fragte er plötzlich unglücklicherweise.

»Hättest du ein Glas Wein für mich?« Aus Verlegenheit fuhr sie sich mit den Fingern durchs Haar, um es etwas zu richten.

Amüsiert schüttelte er den Kopf. »Musst du dir etwa erst Mut antrinken?«

Das war tatsächlich der Fall, aber sie zuckte mit den Schultern. »Ich habe nur gerade Lust darauf, und der Tag war anstrengend.«

»Einkaufen ist schon beschwerlich«, frotzelte er.

»Zieh mich ruhig auf, das habe ich verdient. Ich habe in Husum wohl die Kontrolle über meinen Geldbeutel verloren.« Sie hob ihren Rucksack und ihre Einkaufstasche auf, Joos nahm sie ihr ab.

Er brachte Anne zu einem Pavillon, der unter den Kastanienbäumen in Ufernähe stand. Das Hexagon aus Fichtenholz wirkte einladend. Einige der Friesenfenster standen offen, der laue Wind fuhr hinein. Anscheinend hatte Joos dort vor seinem Abendessen im Klönschnak gearbeitet, ein Laptop und eine Dokumentenmappe lagen auf dem Tisch neben einer Teekanne und einer Tasse.

Tief atmete Anne ein. »Hier duftet es köstlich.«

»Ebba, der gute Geist des Hauses, lässt es sich nicht nehmen, unser Brot selbst zu backen. Ihr macht das Spaß, und sie sagt, dann wüsste sie wenigstens, was drin ist.« Joos stellte Rucksack und Shopper auf die Sitzfläche, die rundherum verlief. »Darum ist Zorro auch nicht zur Begrüßung gekommen. Wenn jemand in der Küche ist, bleibt er beharrlich dort, in der Hoffnung, dass etwas Essen auf den Boden fällt, selbst wenn es nur Teig ist. In dem Fall braucht man sich jedenfalls nicht danach zu bücken, der Rüde kann überraschend schnell sein.«

Anne lachte. »Es muss schön sein, ein Haustier zu haben.«

»Ich möchte ihn nicht missen. Er ist immer an meiner Seite, Tag und Nacht. Nach einem stressigen Arbeitstag bringt er mich zum Lachen. Neben Finn und Thies ist er mein bester Kumpel.« Lächelnd legte er die Hand an Annes Wange und gab ihr einen Kuss. »Nimm schon mal Platz. Ich hole den Wein.«

Dann steckte er sich den Rechner unter den Arm, stellte die Kanne und die Tasse auf die Mappe und balancierte damit zur Terrasse.

Glückselig sah Anne ihm nach. Doch dann dachte sie an das Gespräch, das sie gleich führen würden.

Nun, da sie kurz davorstand, Joos von dem dramatischen Ergebnis ihrer Nachforschung zu berichten, verspannte sich ihr Nacken. Sie reckte sich, um die Muskulatur zu lockern, und schlenderte zum Schilf am Ufer. Sie machte ein Nest darin aus, konnte aber nicht erkennen, welcher Vogel dort brütete.

Die Sonne stand schon tief und warf ein orangenes Licht aufs Meer mit seinen sanften Wellen. Leise schwappte das Wasser gegen das grüne Ufer, einige Möwen dümpelten auf der ruhigen Oberfläche. Bewegungslos stand ein Reiher auf dem Trockenen und schien zu dösen. Alles wirkte so friedlich. Es würde ein idyllischer Abend auf der Schokoladeninsel werden. Aber Anne wurde den Gedanken nicht los, dass es sich dabei um die Ruhe vor dem Sturm handelte.

Als Joos zurückkehrte, ging sie zu ihm und wäre vor Nervosität fast über ihre eigenen Füße gestolpert. Rasch nahm sie Platz.

Er stellte zwei Weißweingläser auf den Tisch in der Laube und hielt die Flasche hoch. »Dieser Réserve Waalem stammt vom einzigen Weingut auf Föhr. Man sagt ihm nach, dass die salzige Seeluft, die nordfriesische Sonne und das milde

Reizklima ihn besonders machen. Wenn du mich fragst, ich glaube, das stimmt.«

»Finn hat mir schon verraten, dass das dein Lieblingswein ist.« Kaum hatte sie die Worte ausgesprochen, bereute sie es auch schon. Joos sollte nicht denken, dass sie seine Brüder über ihn aushorchte.

»Du hast dich mit Finn über mich unterhalten?« Im ersten Moment sah er überrascht und wenig begeistert aus. Doch dann schmunzelte er, als wäre er sich plötzlich bewusst geworden, dass ihr Gespräch mit seinem Bruder ein Zeichen für ihr Interesse war.

Verlegen fragte sich Anne, ob sie seine Gedanken richtig gelesen hatte, während er einen Korkenzieher aus seiner Hosentasche zog.

Sie dachte an ihre Teenagerzeit zurück. Als sie in Adrian, den Jungen aus der Parallelklasse, verknallt gewesen war, hatte sie heimlich von seinem besten Freund Kris wissen wollen, auf welche Band ihr Schwarm stand. Später stellte sie sich dann neben Adrian, pfiff laut ein Lied genau dieser Gruppe, in der Hoffnung, über den gemeinsamen Musikgeschmack ins Gespräch zu kommen. Damals funktionierte das. Adrian wurde auf sie aufmerksam, und später wurden sie ein Paar, für aufregende sechs Wochen.

Bei Joos hatte sie jedoch nichts dergleichen vor. Die Wette, die Finn vorgeschlagen hatte, wollte sie auf keinen Fall erwähnen, und sie machte sich Sorgen, dass Joos sauer auf seinen jüngsten Bruder werden könnte. »Er hat es nur am Rande erwähnt«, antwortete sie ausweichend.

»Was habt ihr sonst noch über mich gesprochen?«

Plötzlich packte Anne die Flirtlaune. Die Worte drangen

aus ihrem Mund, bevor sie genauer über sie nachgedacht hatte. »Er würde uns gerne verkuppeln.«

»Das hat er gesagt?« Joos machte große Augen. Für einen Moment hörte er auf, den Korkenzieher zu drehen.

Anne wurde bewusst, dass ihre erste Wette mit Finn zwar hinfällig war, sie nun aber doch ihr Rendezvous mit Joos bekommen hatte. Das machte sie glücklich, und dieses warme Gefühl im Brustkorb stachelte sie an, weiter zu kokettieren. »Wir haben seinen Segen, das waren seine Worte.«

»Dann scheint er dich sehr zu mögen.« Joos hatte die Flasche zwischen seine Oberschenkel geklemmt.

»Ich kann ihn auch gut leiden«, sagte sie aus vollem Herzen, »er ist ein wahnsinnig netter Typ.«

»Wow, du schwärmst ja regelrecht von ihm.« Erneut schwang ein Hauch Eifersucht in seiner Stimme mit. Kraftvoll zog Joos den Korken heraus und blinzelte sie an. »Magst du mich auch ein wenig?«

»Bei dir liegen die Dinge anders.« Sie waren verzwickter.

»Ach, ja? Das klingt beunruhigend«, scherzte er und goss Weißwein in die Gläser. Die klare gelbliche Flüssigkeit duftete nach Apfel und Honigmelone. »Inwiefern?«

»Ich mag dich auch.« Ihr Puls raste, als sie daran dachte, wie ungünstig es war, dass Joos ausgerechnet heute beschlossen hatte, seinen Schutzschild abzulegen und sie an sich heranzulassen, wo sie schlechte Neuigkeiten für ihn hatte. Seine plötzliche Zuneigung hatte sie überrumpelt. Wie gerne würde sie ihm ihr Herz zu Füßen legen, aber erst musste sie mit ihm über seinen Vater und Gustav Groß alias Bodo Seibold sprechen. Danach würde seine Laune bestimmt in den Keller sinken.

Mit einem Mal bereute sie es, mit Joos geflirtet zu haben. Ihr Herz hatte die Kontrolle über ihre Zunge übernommen. Sie war erschöpft von der Achterbahn der Gefühle, auf der sie saß, seit sie ihn in der Edelkakao-Manufaktur kennengelernt hatte. Das Auf und Ab, der schnelle Wechsel von Nähe und Distanz und diese bittersüße Mischung aus Sehnsucht und Aussichtslosigkeit waren auf Dauer zermürbend.

»Sehr sogar«, seufzte sie verzweifelt.

»Höre ich da ein Aber heraus?«, hakte er nach, als er ihr ein Glas reichte.

Sie hatte auf der Zunge liegen, dass sie sich in ihn verliebt hatte. Aber Liebe war ein großes Wort, das man erst in den Mund nehmen sollte, wenn man sich sicher war, dass man eine gemeinsame Zukunft hatte, und das war Anne nicht. Joos hatte sich zwar dazu entschlossen, ihr zu vertrauen, dennoch stand weiterhin die Fernsehdokumentation zwischen ihnen. Darüber wollte sie mit ihm im Moment aber keinesfalls sprechen. Das würde nur die Stimmung zerstören.

»Ich mag dich mehr als Finn, so viel steht fest«, sagte sie kess.

»Wie viel mehr?« Schalkhaft funkelten seine Augen.

Anne verlor sich in seinem Blick. Sie lächelte ihn an und wünschte sich, mit ihm glücklich zu werden. »Wie Sterne am Himmel und Sand am Meer.«

»Das klingt wirklich hübsch und nach – viel.« Joos lachte leise. Dann stieß er mit ihr an. »Auf diesen schönen Abend.«

»Auf den Abend.«

»Auf den Sonnenuntergang.«

»Auf den Untergang …, der Sonne, meine ich.«

Erneut lachte Joos, diesmal laut und befreit. »Auf uns.«

Anne staunte nicht schlecht. Was war heute nur los mit ihm? Als wäre ein Damm in ihm gebrochen. Als hätte er sich über Nacht eingestanden, dass Amors Pfeil ihn längst getroffen hatte.

Als er leise sagte: »Vielleicht können wir uns ja gegenseitig heilen«, begriff sie, was zu diesem Dammbruch geführt hatte. Ihre Beichte darüber, dass sie ebenfalls zum Opfer eines Verbrechens geworden war.

Sie wollte seinen Toast wiederholen, brachte jedoch keinen Ton heraus. Ihr Handrücken juckte. Beiläufig kratzte sie sich. Erst als sie ein merkwürdiges Brennen spürte, sah sie hin. Kleine rote Pusteln überzogen ihre Haut. Insektenstiche? Nein, danach sah es nicht aus, eher nach einer allergischen Reaktion. Aber auf was? Sie hatte gar nichts mit ihrem Handrücken berührt. Das Jucken fühlte sich genauso an wie das an ihrem Hals gestern.

Er setzte sich neben sie, nippte an seinem Wein und küsste sie. Der Kuss schmeckte nach hellen Trauben, die vom Strauch direkt in den Mund wuchsen. Paradiesisch.

Anne musste an Eva im Garten Eden denken. An Eva, die von der Schlange dazu verführt worden war, die verbotene Frucht der Erkenntnis zu naschen und sie auch Adam zum Essen zu geben. Das hatte zum Ende der Unschuld und zur Verbannung aus dem Paradies geführt.

Anne war auf der Suche nach Erkenntnis und mit ihrem journalistischen Eifer in die Nähe der Achillesferse der Gebrüder Lorentz gekommen, was das Ende der himmlischen Schokoladeninsel bedeuten könnte.

War Anne nun zufrieden, da sie gute Arbeit als investigative Journalistin geleistet hatte? Nur im ersten Moment hatte sie sich gefreut, dass sie den richtigen Riecher gehabt hatte, jetzt fühlte sie sich einfach nur schlecht.

Ich werde es wiedergutmachen, versprach sie Joos, Finn und Thies in Gedanken und trank einen großen Schluck Weißwein. Die Flüssigkeit lief kühl ihre Kehle hinab. Sie weckte wunderschöne Erinnerungen an Weintrauben in Apfelgelee, eine Süßspeise, einfach, aber köstlich, die ihre Mutter gerne im Juli und August zubereitete. Sie dachte zurück an schweißtreibende Schulausflüge. Egal, ob sie und ihre Klassenkameraden durch den Botanischen Garten hatten spazieren müssen und Stadtdetektive spielen oder auf der Isar eine Raftingtour hatten machen dürfen, hinterher hatte es stets Fruchtsaft zu trinken gegeben.

Der Réserve Waalem war wie eine angenehm erfrischende Dusche nach einem heißen Tag im Hochsommer. Vielleicht bildete sie sich das bloß ein, schließlich war sie keine Expertin, oder Finns Beschreibung des Weins beeinflusste ihre Wahrnehmung, aber sie meinte Stachelbeere und Birne herauszuschmecken. »Eine gute Wahl«, schwärmte sie.

Sanft streichelte Joos ihr Handgelenk und schob seine Finger unter den Ärmel ihrer Jacke.

»Frisch und fruchtig. Der perfekte Sommerwein. Den man auch gut im Frühling trinken kann«, fügte sie schnell hinzu. »Wir haben ja erst April. Bestimmt schmeckt er zu jeder Jahreszeit.«

Was faselte sie da eigentlich? Sie war höllisch aufgeregt, der Moment der Wahrheit stand kurz bevor. In der letzten halben Stunde hatte sich ihre innere Anspannung bis ins Unerträgliche gesteigert.

»Ich muss dir dringend etwas sagen«, brach es aus ihr heraus.

Amüsiert fragte er: »Dann hilft der Wein?«

»Wie bitte?« Verwirrt sah sie ihn an.

Er schmunzelte und legte den Arm um sie. »Als Mutmacher.«

Sie hatte Mühe, sich zu konzentrieren. »Es ist wichtig. Ich kann nicht länger warten. Eigentlich wünschte ich, ich könnte es für mich behalten und die ganze Sache einfach vergessen, aber das ist leider nicht möglich. Ich habe Mist gebaut.«

»Inwiefern?«, fragte er ernst.

»Mein Geständnis muss raus«, sie zog den Saum ihres T-Shirts nach unten, weg vom Hals, weg von ihrer Kehle, die sich wie zugeschnürt anfühlte, »sonst ersticke ich daran.«

Er nahm seinen Arm weg. »So schlimm?«, fragte er besorgt.

»Es ist schlimmer«, antwortete sie atemlos.

Plötzlich sang Alice Merton in gedämpfter Lautstärke davon, dass sie keine Wurzeln hatte. Nicht jetzt, dachte Anne. Zuerst wollte sie ihr Smartphone ignorieren, aber ihr Klingelton fing schon von vorne an, kaum dass er aufgehört hatte. Da war jemand hartnäckig, vermutlich Max Scherf.

Anne entschuldigte sich bei Joos. Es dauerte, bis sie ihr Mobiltelefon herausgeholt und den Anrufer, tatsächlich der Programmdirektor, weggedrückt hatte. Doch so leicht ließ er sich nicht abwimmeln. Er schickte ihr eine Kurzmitteilung, noch bevor sie ihr Smartphone wieder weggesteckt hatte. Er musste sie vorbereitet haben, so schnell, wie sie eingetroffen war. Vielleicht hatte er geahnt, dass Anne seinen Anruf wieder einmal nicht annehmen würde.

Die ersten Worte wurden ihr angezeigt: »Die Ratten verlassen das sinkende Schiff.« Der Satz beunruhigte sie so sehr, dass sie seine Nachricht aufrief und überflog: »Jonas und Sophia haben gekündigt, gleich zwei Kameraleute. Sie glauben nicht daran, dass wir das Ruder noch herumreißen können. Beweisen Sie den verbliebenen Kollegen das Gegenteil, Frau Huber. Bevor noch mehr Mitarbeiter gehen und alles verloren ist.«

Seufzend, und ohne ihm zu antworten, steckte sie ihr Smartphone weg. Gebeugt saß sie da und befürchtete, dass sie den Druck, der auf ihr lastete, bald nicht mehr aushalten würde.

Joos berührte kurz ihren Arm. »Schlechte Nachrichten?«

Sie lächelte müde und blieb ihm eine Antwort schuldig.

»Was wolltest du mir eben sagen?«

»Ich bin da auf etwas gestoßen.« Der Wind frischte auf und drückte gegen die Fichtenholzwände des Pavillons. Ein Fensterladen schlug zu, erschrocken fuhr Anne zusammen. Ein schlechtes Omen?

Kapitel 17

Sofort sprang Joos auf und schloss alle Fenster. Er sprach lauter, um das Rascheln der Blätter an den Kastanienbäumen in seinem parkähnlichen Garten zu übertönen. »Wobei?«

»Ich habe mich über deine Familie informiert.« Anne fiel auf, dass kein Vogelgezwitscher mehr zu hören war. Vielleicht hatten sich die Vögel in den Schutz des nahe gelegenen Laubwaldes zurückgezogen.

»Mir war nicht klar, dass die Journalistin hier mit am Tisch sitzt. Die hatte ich nicht zu mir nach Hause eingeladen.« Sein Lächeln wirkte traurig. Er nahm wieder Platz, lehnte sich zurück und brachte dadurch mehr Abstand zwischen sich und Anne.

Seine Bemerkung versetzte ihr einen Stich. »Ja, ich habe bei meinen Recherchen ein Geheimnis aufgedeckt, aber ich bin als Freundin zu dir gekommen.«

»So oder so hast du deine Nachforschungen hinter meinem Rücken fortgeführt.« Sein Blick wurde hart. Das Blau seiner Augen wirkte mit einem Mal dunkler, bedrohlicher.

»Das hatte ich auch nicht vor«, stellte sie mit fester Stimme klar. »Ich bin nicht so berechnend, wie du glaubst.«

»Eben noch dachte ich, dass du Beruf und Privatleben trennen könntest.« Während er fortfuhr, nahm er den Korkenzieher und drehte den Korken so ungestüm ab, dass er entzweibrach. »Aber jetzt befürchte ich, dass du so fest mit deinem Job zusammengewachsen bist, dass man nie die private Anne ohne die Pressefrau haben kann.«

»Das sagt der Richtige. Du bist doch mit Leib und Seele Geschäftsführer der Gebrüder Lorentz. Du lebst sogar an deinem Arbeitsplatz.« Mit einer ausladenden Geste zeigte sie auf den Garten und das Haus.

»Du hast recht. Entschuldige.« Er beruhigte sich wieder, zumindest äußerlich. Mit ernster Miene nahm er einen kräftigen Schluck Wein. »Ich komme bloß nicht umhin zu denken, dass du in der Vergangenheit meiner Familie herumgewühlt hast. Wie eine Boulevardreporterin, die hofft, Dreck zu finden.«

Annes Blick fiel auf einen Holzsplitter, der noch mit einer Seite an der Sitzbank festhing. Als sie ihn abriss, bohrte sie sich die Spitze in ihren Daumen. Scharf sog sie die Luft ein. Sie zog den Splitter aus ihrem Finger und warf ihn ins Gras. »Ich arbeite nicht für die *Bild*-Zeitung, sondern für einen Bremer Lokalsender.«

»Das klingt so unschuldig.« Er bekam einen bitteren Zug um den Mund. »Aber das ist *Tele Nord* nicht.«

»Anscheinend hast du dir den Namen doch gemerkt«, sagte sie ironisch. »Ich dachte schon, du fändest ihn zu unbedeutend.«

»Das habe ich nie behauptet.« Abwehrend hob Joos die Arme, obwohl er noch das Glas in einer Hand hatte. Durch die schnelle Bewegung schwappte die Flüssigkeit über und Weißwein spritzte auf den Tisch. Gereizt wischte er die Tropfen mit der flachen Hand weg. »Aber er will mich vorführen, und du sollst mich dazu bringen mitzumachen.

Wolltest du darum ein Glas Wein mit mir trinken? Um mich weichzukochen?«

»Ich habe jetzt wirklich keine Lust, wieder darüber zu streiten«, wiegelte sie vehement ab. Wenn sie darauf einging, würde das bloß zu bösem Blut führen. Joos würde sich noch mehr aufregen und sie bitten zu gehen, bevor sie ihm die Grundbuchauszüge zeigen konnte. Aber sie musste ihn vor Frau Jacobsen und der Welle, die sie lostreten würde, warnen. »Es geht nicht um die Dokumentation.«

»Worum um alles in der Welt dann?«, fragte er mit deutlicher Ungeduld.

Die romantische Stimmung zwischen ihnen war zerstört. Nervös rieb sich Anne ihre Augenlider, hinter denen es pochte. Wie zerbrechlich der Friede zwischen ihnen gewesen war. Sie spürte einen Stich im Herzen. »Sagt dir der Name Gustav Groß etwas?«

»Selbstverständlich.« Misstrauisch blinzelte er sie an. »Falls du den Vorbesitzer von Möwesand meinst.«

Als Anne nickte, fühlte sich ihr Kopf schwer an. »Vor 33 Jahren hat er die Nordseeinsel an deinen Vater veräußert.«

»Das war leicht herauszubekommen.« Joos rieb mit den Handflächen über seine Oberschenkel. »Was ist mit diesem Groß?«

Anne beobachtete einen Zweig, der vom Baum gerissen worden war und nun von der unsichtbaren Hand des Windes in Richtung Ufer gezerrt wurde. Mit einer heftigen Böe wurde er sodann ins Meer geweht, wo die Strömung ihn von der Insel forttrieb. »Er hätte deinem Vater Möwesand niemals verkaufen dürfen.«

Plötzlich lehnte Joos den Oberkörper vor und starrte sie entgeistert an. »Wie bitte? Warum nicht?«

»Weil ihm die Insel nicht gehörte.« Anne hatte ein schlechtes Gewissen, weil sie es war, die ihm das Damoklesschwert, das über ihm, Finn und Thies hing, zeigte. Aber sie hatte es nicht dorthin gehängt. Sie wollte nur verhindern, dass es auf die drei Brüder hinabfuhr.

Er ballte seine Fäuste, bemerkte, dass Anne besorgt aussah, und öffnete seine Hände wieder. »Das ist doch Unsinn.«

»Groß war zu keinem Zeitpunkt ihr Eigentümer.« Seine Reaktion zeigte ihr, dass Joos nichts von dem Betrug gewusst hatte. »Es tut mir sehr leid.«

Heftig schüttelte er den Kopf. »Dann hätte er die Papiere, die ihn als Eigentümer auswiesen, nicht gehabt.«

»Er hat sie gefälscht.« Anne schaute auf die Nordsee, die so aufgewühlt war, wie Joos' Innerstes es sein musste. Sie wünschte, sie hätte dieses Gespräch niemals führen müssen.

»Das wäre doch jemandem aufgefallen«, wandte er ein, und in seiner Stimme schwang erstmals etwas Unsicherheit mit.

»Ich vermute, dass das damals nicht sein erster Betrug war. Schon davor hat er versucht, Schlösser oder Waldgebiete, die ihm nicht gehörten, zu veräußern. Einmal hat er sogar seinen Tod vorgetäuscht. Ich glaube, das hat er nach dem Geschäft mit deinem Vater auch getan.« Anne nippte an ihrem Wein, der plötzlich schal schmeckte.

»Willst du mir etwa sagen, dass der Gustav Groß, der meinem Vater Möwesand verkauft hat, ein Betrüger war?« Schweißperlen glänzten auf seiner Stirn.

Was sie herausgefunden hatte, musste Joos sehr wehtun, und er würde sich bestimmt Vorwürfe machen. Sie suchte nach einer Möglichkeit, es zu relativieren. »Er muss so überzeugend und vertrauenswürdig gewesen sein, wie man es auch Heiratsschwindlern nachsagt. Sein richtiger Name lautet Bodo Seibold. Er sitzt zurzeit wegen ähnlicher Verbrechen in der JVA Dortmund.«

Hastig leerte Joos sein Glas. Er schenkte Anne nach, obwohl sie bisher kaum etwas getrunken hatte, und dann sich selbst. Dann nahm er einen weiteren großen Schluck. »Das glaube ich alles nicht.«

»Vielleicht solltest du nicht so hastig trinken«, sagte sie leise. »Seibold benutzte im Laufe der Jahre mehrere gefälschte Identitäten, darunter Olaf Schreiber, Sascha Junkersheim und Gustav Groß. Ich kann dir eine Liste mit Links zu entsprechenden Online-Artikeln schicken.«

»Das … das darf nicht wahr sein.« Mehrmals fuhr sich Joos nervös mit der Hand über das Gesicht. Als er sie runternahm, waren seine Augen gerötet.

»Sicher sein können du, Finn und Thies natürlich nur, wenn ihr euch an die Polizei wendet und ihnen alle Unterlagen zur Verfügung stellt, aber für mich ist die Sachlage eindeutig. Ich empfehle euch, erst euren Rechtsanwalt zu bitten, die Behörden einzuschalten, wenn ihr Möwesand der rechtmäßigen Eigentümerin abgekauft habt. Nur dann seid ihr auf der sicheren Seite.« Vorsichtig berührte sie seinen Arm.

Doch er zog ihn weg. »Sind das bloß deine Schlussfolgerungen? Oder hast du Beweise für die Täuschung?«

Mit zitternden Händen reichte sie ihm die Grundbuchauszüge. »Als dein Vater die Insel dem vermeintlichen Gustav Groß abkaufte, gehörte sie in Wahrheit einem Marten Petersen. Danach wechselte das Eigentumsrecht legal auf eine gewisse Merle Witt über.«

»Und der Vertrag zwischen meinem Vater und diesem Groß ist nicht rechtens?«, hakte er nach.

Anne wischte über die Bank, dort wo sie den Splitter entfernt hatte. Das Holz an der Stelle war rau, aber es stand nichts Spitzes mehr ab. »Ich denke schon. Aber lies selbst.«

»Warum hat sich diese Frau Witt dann nie bei uns gemeldet und ihre Besitzansprüche geltend gemacht?« Der Wind schlug gegen die Wände des Pavillons. Joos stand auf und holte Annes Rucksack und Shopper ins Gartenhaus. Behutsam schob er beides unter den Tisch.

»Das weiß ich auch nicht. Schon merkwürdig.« Darüber hatte sie auch schon nachgedacht, hatte es sich aber nicht erklären können. »Vielleicht weiß sie gar nichts davon.«

»Das ist unwahrscheinlich«, sagte er, als er sich wieder setzte, »schließlich ist sie als Eigentümerin eingetragen.«

Als sie mit den Schultern zuckte, spürte sie wieder die Nackenverspannungen. »Möglicherweise will sie warten, bis du und deine Brüder weltweit bekannt seid, um noch höhere Regressforderungen einklagen zu können.«

»Weltweit?« Skeptisch zog er eine Augenbraue hoch. »Spielst du auf das Unternehmen aus Peking an, das uns eine Lizenz abkaufen und das Pendant zur Schokoladeninsel im Gelben Meer eröffnen will?«

»Auch. Habt ihr jemals Anfragen bekommen, ob auf der Insel ein Film gedreht werden darf? Ganz Südkorea kennt zum Beispiel Hallstatt im österreichischen Salzkammergut, weil der malerische Touristenort mal als Kulisse für eine südkoreanische Fernsehserie gedient hat.« Sie versuchte sich an einem lahmen Scherz: »Was euch betrifft, geht es also noch erfolgreicher als jetzt.«

»Wir sind zufrieden, wenn alles bleibt, wie es ist.« Er bekam einen bitteren Zug um den Mund. »Oder Frau Witt wird gar nicht wollen, dass wir sie rückwirkend am Gewinn beteiligen, sondern gleich Möwesand zurückfordern, um die Schokoladeninsel selbst weiterzuführen. So oder so, wir wären ruiniert.«

»Mal nicht den Teufel an die Wand!«, rief Anne.

»Es kann doch nicht sein, dass der Fehler niemandem im Amtsgericht auffiel, als mein Vater sich als neuen Eigentümer ins Register eintragen ließ.« Während er sprach, massierte er sich die Nasenwurzel.

»Die Mitarbeiter des Grundbuchamts wechselten wohl oft und haben schlampig gearbeitet. Vielleicht hat der Name Hauke Lorentz den Beamten, der damals die Daten aktualisierte, eingeschüchtert, und er hat die Angaben nicht kontrolliert.« Anne trank einen Schluck Föhrer Weißwein. Kühl lief er ihre Kehle hinab, wärmte aber ihren Körper. »Es gibt sogar eine notariell beglaubigte Eigentumsübertragung für den Wechsel von Bodo Seibold auf deinen Vater. Aber auch die scheint gefälscht zu sein, denn die Rechtsanwaltskanzlei, die sie ausgestellt hat, existiert nicht.«

Eindringlich musterte Joos sie. »Wie hast du das alles herausgefunden? Du hättest gar keinen Einblick ins Grundbuch haben dürfen.«

Ein großer Vogel flog trotz der kräftigen Brise über sie hinweg und warf seinen dunklen Schatten auf den Boden.

War das etwa eine Krähe? Rabenvögel hatte Anne auf der Schokoladeninsel noch nicht gesehen. Galten sie früher nicht als Unglücksboten? Besorgt spähte sie zum Himmel hinauf, aber er war schon weg. Ausweichend antwortete sie: »Hab's recherchiert, im Internet und heute in Husum. Dir steht es selbstverständlich frei, die Informationen zu überprüfen.«

»Du bist gut in deinem Job.«

»Warum klingt das aus deinem Mund wie ein Vorwurf?«

»Das war also der Grund für deinen Ausflug. In erster Linie bist du nicht zum Shopping nach Husum gefahren, sondern um den Gebrüdern Lorentz eine Grube zu graben.« Er sagte es mit einer merkwürdigen Ruhe, einer, in der eine subtile Bedrohung lag, wie die Ruhe vor dem Sturm.

»Das stimmt nicht.« Sie rieb sich ihre Oberarme, wie um sich zu wärmen. »Werd nicht unfair.«

»Wie bist du überhaupt zurück auf die Schokoladeninsel gekommen?« Er hob sein Glas an seine Lippen. Über den Rand hinweg sah er sie eindringlich an. »Du kannst doch so schnell kein neues Tagesticket aufgetrieben haben.«

Ihr brach der Schweiß aus. Auf keinen Fall wollte sie Joos' Zorn auf Finn lenken. Doch wenn sie eins von Politikern, deren Interview sie während ihres Studiums analysieren musste, gelernt hatte, dann war es, dass man nicht auf jede Frage eingehen musste. »Wir sollten morgen als Erstes nach St. Peter-Ording fahren.«

»Nach St. Peter-Ording?« Er nahm einen kräftigen Schluck Réserve Waalem. Sein Adamsapfel hüpfte, als er den Wein hinunterschluckte. »Wir?«

»Dort wohnt Merle Witt«, sagte Anne. Er hatte recht, sie

war eine gute Journalistin. Ausgerechnet auf der Schokoladeninsel bekam sie endlich die Möglichkeit, das zu beweisen.

Anne hatte Frau Witts Adresse in der Eigentumsübertragungsurkunde gelesen. Zuerst hatte Frau Jacobsen ihr das digitalisierte Dokument nicht zeigen wollen. Doch Anne hatte behauptet, sie müsste die Fakten schon mit eigenen Augen sehen, um den Gebrüdern Lorentz bestätigen zu können, dass ihr Vater beim Kauf der Insel betrogen worden war. Weil das Grundbuchamt bereits Mist gebaut hatte, wollte die Beamtin nicht noch mehr Ärger haben und hatte schließlich widerstrebend eingewilligt. Im Online-Telefonbuch stand Merle Witt immer noch unter derselben Adresse.

»Ich muss erst Finn und Thies über die Sachlage in Kenntnis setzen«, sagte er in einem geschäftlichen Ton und malte mit dem Zeigefinger Kreise in die Feuchtigkeit, die sich außen auf der Weinflasche angesammelt hatte. »Dann werden wir das mit unserem Rechtsanwalt besprechen.«

»Das würde zu lange dauern. Außerdem ist Finn heute auf Sylt, das hat er mir gesagt, und Thies muss sich um seine schwangere Frau kümmern.« Energisch schüttelte Anne den Kopf. »Uns läuft die Zeit davon.«

»Uns?«, fragte er in einem Ton, der unmissverständlich ausdrücken sollte, dass es kein *uns* gab.

Sie fühlte sich schuldig, sie hatte den Ball erst ins Rollen gebracht. »Es ist dringend«, erwiderte sie, obwohl Joos' Andeutung sie getroffen hatte.

Er lehnte sich vor und musterte sie eindringlich. »33 Jahre ist der Betrug nicht aufgefallen. Warum die plötzliche Eile?«

Gerade als Anne ihm beichten wollte, dass die Beamtin

im Grundbuchamt über alles Bescheid wusste, hörte sie ein Bellen. Aus den Augenwinkeln sah sie, dass sich ein großer dunkler Schatten vom Haus löste. Zorro kam von der Terrasse herangestürmt. Freudig sprang er vor dem Pavillon auf und ab. Er begrüßte Joos, indem er ihm die mächtigen Pfoten auf die Schultern stellte und ihm übers Gesicht leckte.

Protestierend schob Joos den schwarzen Rüden weg. »Du hast nur Flausen in deinem großen haarigen Kopf. Wofür trainiere ich eigentlich mit dir?«

Daraufhin kam der schwarze Schäferhund zu Anne. Er setzte sich überraschend ruhig vor sie hin. Neugierig legte er den Kopf schief und sah sie an. Dann machte er einen Schritt auf sie zu, wobei er zu winseln begann. Schließlich beschnupperte er ihre Hände. Liebevoll streichelte sie ihn. Hatte er im ersten Moment ungestüm gewirkt, so zeigte er nun seine sanfte Seite.

Plötzlich wurde ein Blatt gegen seine Schnauze geweht. Er jankte und schüttelte es schnell ab. Blitzartig jagte er um das Gartenhaus herum, als hätte ihn ein Insekt gestochen. Abrupt blieb er stehen und kläffte den Wind an, als wollte er sich bei ihm beschweren. Kurz darauf jagte er erneut dem Blatt, das es gewagt hatte, ihn zu erschrecken, und von einer unsichtbaren Schnur über den Rasen gezogen wurde, nach.

Lachend schüttelte Joos den Kopf. »Verrückter Hund. Ich lasse ihm zu viel durchgehen, aber ich kann nicht anders, denn ich liebe ihn.«

Verträumt sah Anne ihn an. Sie fragte sich, ob Joos ihr jemals wieder würde vertrauen können.

»Ich will den Grund wissen, warum die Zeit drängt«, sagte er ernst.

Ihr Herz raste. »Wie bitte?«

»Du verschweigst mir doch etwas.« Mit dem Stiel seines Weinglases deutete er auf sie. »Das merke ich dir an.«

»Ich wollte es dir ja eben sagen.« Ihr wurde flau im Magen. »Frau Jacobsen weiß über alles Bescheid.«

»Wer um alles in der Welt ist Frau Jacobsen?«

»Die Beamtin im Grundbuchamt«, brachte Anne stockend hervor. Nun hatte sie es gesagt, fühlte sich aber keineswegs erleichtert. »Ich hatte nicht vor, sie einzuweihen, brauchte dann aber ihre Hilfe, um an alle relevanten Dokumente und Einträge zu kommen und mir ein umfassendes Bild zu machen.«

»Wie konntest du bloß jemand Außenstehenden mit hineinziehen?« Das Entsetzen stand ihm ins Gesicht geschrieben.

»Es ist einfach passiert. Ich konnte nicht verhindern, dass sie sich ihren Reim drauf macht.«

»Du hast etwas in Gang gesetzt, das die Gebrüder Lorentz vernichten könnte.« Joos klang jetzt niedergeschlagen, fast resigniert.

»Das wird nicht passieren«, entgegnete Anne schnell. »Es war auch nicht meine Absicht, das musst du mir glauben.«

»Was war es dann? Journalistischer Eifer?«

»Ich … ich war bloß neugierig auf deine Familie.«

»Wolltest du meinen Hintergrund recherchieren, um dich auf das Interview mit mir, dem bemitleidenswerten Entführungsopfer, vorzubereiten?« Seine Stimme klang kalt.

»Nein! Du interessierst mich eben.«

Er lächelte ironisch. Sollte sie einfach aufstehen, ihre

Sachen packen und gehen? Nein, sie hatte Joos, Finn und Thies den Schlamassel eingebrockt, also würde sie auch helfen, das Problem wieder aus der Welt zu schaffen, oder sich zumindest um Schadenbegrenzung bemühen.

»Als ich sagte, dass du mich interessierst, habe ich nicht als Reporterin gesprochen«, versicherte sie ihm.

Ihr Bekenntnis brachte Joos endlich zum Schweigen. Einen Moment lang sah er sie nachdenklich an. Dunkle Schatten lagen unter seinen Augen. »Du hättest nicht hinter meinem Rücken zum Amtsgericht nach Husum fahren dürfen.«

Ja, es war ein Vertrauensbruch, den Anne bereute, rücksichtslos. So war sie eigentlich nicht. »Ich möchte das wiedergutmachen. Bitte. Lass uns morgen gemeinsam Merle Witt aufsuchen. Wir werden sie davon überzeugen, dir, Finn und Thies Möwesand zu verkaufen. Das schaffen wir, ich glaube fest daran.«

»Wie willst du das bewerkstelligen?«, fragte er und klang erschöpft.

»Wir werden an ihr Mitgefühl und ihren Gerechtigkeitssinn appellieren, weil man deinen Vater betrogen hat und ihr, seine Söhne, nun dafür büßen müsst. Anscheinend hat sie kein Interesse an der Schokoladeninsel, sonst hätte sie sich längst mit euch in Verbindung gesetzt. Ich denke, wir können sie davon überzeugen, diesen Ballast loszuwerden«, sagte sie optimistischer, als sie sich fühlte. Denn wer würde schon auf richtig viel Geld verzichten? »Eine eigene Insel bedeutet ja auch große Verantwortung. Neben der Kaufsumme werdet ihr Ausgleichszahlungen an Frau Witt für die vergangenen drei Jahre leisten müssen. Mit etwas Glück wird sie so überrumpelt von eurem großzügigen Angebot sein, dass sie zustimmt, bevor sie sich einen Rechtsanwalt nimmt, der ihr einredet, dass bei euch noch mehr herauszuholen ist.«

Er verzog das Gesicht. »Du klingst ja richtig euphorisch.«

»Hoffnungsvoll trifft es eher.« Sie versuchte sich an einem Lächeln.

Joos lehnte sich zurück und verschränkte die Arme vor seinem Oberkörper. »Was für eine aufregende Story, nicht wahr?«

Verwirrt runzelte sie die Stirn. »Ich möchte helfen, die Schokoladeninsel zu retten.«

»Vielleicht ist die Geschichte sogar noch spannender als mein Kidnapping«, sagte er fast sarkastisch. »Denn von meiner Entführung weiß immerhin schon jedermann.«

»Worauf willst du hinaus?«

»Von dem Betrug und der Gefahr, die Schokoladeninsel zu verlieren, hat bisher niemand auch nur einen blassen Schimmer, außer Frau Jacobsen, die du eingeweiht hast.«

»Ich sagte doch schon, dass das nicht geplant war«, rief Anne verzweifelt.

Joos legte den Korkenzieher weg. »Mit einer Reportage über diese Sensation würdest du schlagartig berühmt werden, und *Tele Nord* wäre plötzlich in aller Munde.«

»Was redest du denn da? Ich habe nicht vor, einen Fernsehbeitrag darüber zu drehen. Anne hielt drei Finger hoch. »Ich schwöre es.«

»Selbst wenn du dich erst später dazu entscheiden würdest, das publik zu machen, vielleicht nachdem Finn, Thies und ich uns mit Frau Witt einig geworden sind, würde das einen Skandal provozieren. Die Medien würden uns zerfleischen. Unser guter Ruf wäre dahin.« Jegliche Farbe war aus seinem Gesicht gewichen. »Marten Petersen würde auf den Fehler aufmerksam werden und eine Gewinnbeteiligung für all die Jahre fordern. Das wäre das Aus für die Gebrüder Lorentz.«

Sein Blick war starr, Anne bekam Angst. »Darüber musst du nicht nachdenken, ich werde euer Geheimnis hüten.«

Plötzlich sprang er auf. Er stellte sich mit dem Rücken zu ihr, spähte zum Ufer hinüber und schob die Hände in die Hosentaschen. »Ich werde dich mit zum Seebad nehmen. Was bleibt mir anderes übrig?«

»Warum sagst du das so abschätzig?«, fragte sie gekränkt. Wieso schaffte sie es nicht, ihn davon zu überzeugen, dass sie ihm und seiner Familie nichts Böses wollte?

»Ich habe eben einen Schwur geleistet.« Sie stand auf, stellte sich neben ihn und sah ihn bittend an. »Bedeutet dir das denn gar nichts?«

»Wie könnte ich dir noch trauen?«, erwiderte er bitter.

Anne wusste nicht mehr weiter. Was mussten ihm die Reporter damals nach seiner Entführung angetan haben, das ihn jetzt so misstrauisch machte? Hatte er wirklich jedes Vertrauen in Menschen verloren? Hatten sie ihn gejagt wie Freiwild? Hatten sie ihm ihre Mikrofone dicht vor den Mund gehalten, seine Angst mit Scheinwerfern ausgeleuchtet und ihm Vermutungen über das, was ihm zugestoßen war, unbarmherzig und provozierend ins tränenüberströmte Gesicht geschrien?

Haben Sie dir einen Zeh abgetrennt und ihn deinen Eltern geschickt, als Beweis, dass sie dich in ihrer Gewalt haben?

Hattest du Wasser, oder musstest du deinen eigenen Urin trinken? Hast du Dreck essen müssen, um zu überleben?

Er musste sich wie eine offene Wunde, in der herumgestochert wurde, gefühlt haben. »Ich habe dir doch mit keiner Silbe gedroht, die Geschichte öffentlich zu machen«, sagte Anne fast flehentlich.

»Das brauchst du auch gar nicht.« Zorro schmiegte sich an sein Bein, Joos kraulte sein Köpfchen und sagte in bitterem Ton: »Wir wissen beide, dass du mich in der Hand hast.«

Betreten schwieg sie, denn er hatte recht. Sie hatte es natürlich nicht beabsichtigt, aber es war so gekommen. Jolanta wäre bestimmt stolz auf sich gewesen und hätte sich mächtig gefühlt, doch Anne war elend zumute. Und das, obwohl klar war, dass sie Joos niemals wehtun würde.

Ihr Handrücken und Unterarm juckten. Sie versuchte, den Juckreiz zu ignorieren, aber er war zu stark. Also kratzte sie sich. Im ersten Moment tat es gut, doch das Behagen verschwand sofort wieder, und die Stellen brannten, als hätte Anne mit Brennnesseln über ihre Haut gerieben. Anne konnte nicht anders, als den Ärmel hochzuschieben und sich zu kratzen. Das Jucken machte sie fast wahnsinnig. Sie ging zum Ufer, bückte sich und tauchte ihren Unterarm in die kühle Nordsee. Sofort wurde es besser. Sie atmete auf.

»Du hast erreicht, dass ich bei der Dokumentation mitmachen muss«, sagte Joos hinter ihr. Er war ihr gefolgt. »Herzlichen Glückwunsch. Möchtest du wissen, wie es damals war?«, fragte er geradeheraus und stemmte die Fäuste in die Hüften.

»Ja«, gab Anne zu, denn sie wollte alles über ihn erfahren. So war das eben, wenn man verliebt war. »Aber nicht jetzt und nicht so.«

Obwohl es kalt geworden war, zog er sein lindgrünes Hemd aus der Hose und öffnete weitere Knöpfe. »Führt ihr TV-Journalisten nicht manchmal ein Vorabinterview, um herauszufinden, ob euer Gesprächspartner überhaupt ins Fernsehen passt, und um das, was er zu sagen hat, zu sondieren?«

Anne sah ihn an, unschlüssig, was sie sagen konnte.

»Dann werde ich dir jetzt erzählen, wie es war, als man mich mit neun Jahren entführte.« Er bückte sich, tauchte seine Fingerspitzen ins Wasser und fuhr sich mit den Händen durch die Haare. Einen Moment lang sahen sie aus, als hätte er sie mit Gel zurückgestrichen, doch der Wind brachte seine Frisur sogleich wieder durcheinander. »Willst du mich mit deinem Smartphone filmen oder meine Erzählung aufnehmen?«

»Hör auf, Joos!« Traurig sah Anne ihn an. Was er vorhatte, war selbstzerstörerisch. »Ich bitte dich.«

Aber er war so richtig in Fahrt. »Darauf hast du doch hingearbeitet, seit du auf die Schokoladeninsel gekommen bist. Warum jetzt die falsche Scheu?«

Sie glaubte nicht, dass er wirklich so wütend auf sie war, wie er vorgab. Vielmehr vermutete sie, dass der Groll über seine schlechten Erfahrungen mit der Presse aus ihm herausbrach, wie ein Vulkan, der über einen langen Zeitraum unter der Oberfläche gebrodelt hatte. »Ich wollte dich niemals vor der Kamera in die Mangel nehmen, damit du die grausamen Details deines Kidnappings verrätst.«

»Ich weiß«, lenkte er plötzlich ein und ließ seinen Blick

über die Weite des Meeres gleiten. »Aber dein Auftraggeber will das.«

»Das ist mir jetzt egal. Aber ja, zusammen könnten wir den Lokalsender vor dem Aus bewahren.«

»Du hast recht.« Seine Stimme erinnerte an Donnergrollen. »Warum bin ich auch so egoistisch? Ich sollte dieses Opfer bringen, um den Medien zu helfen.«

»Du wirst durch das Interview nicht erneut zum Opfer werden.« Aber stimmte das auch? Anne war sich da nicht sicher. Was wusste sie schon davon, was er durchgemacht hatte und welche Last er selbst heute noch mit sich herumtrug? Unter Umständen würden die alten Wunden wieder aufreißen.

»Doch, weil ich alles noch einmal durchleben werde, während ich darüber berichte. Und weil ich mich gar nicht öffnen will.« Er verschränkte die Arme vor dem Oberkörper und wandte sich von ihr ab. »Du zwingst mich aber dazu.«

Entsetzt riss sie ihre Hände hoch. »Das tue ich nicht.«

»Aber mit dem Wissen darüber, dass uns die Schokoladeninsel gar nicht gehört, hast du einen Joker in der Hand. Es ist bloß eine Frage der Zeit, bis du ihn ausspielen wirst.« Zorro brachte ihm ein Spieltau. Joos nahm es an und warf es mit einer Wucht fort, die darauf schließen ließ, wie wütend er war. Der Rüde sprintete los.

»Es tut mir leid, dass du so oft enttäuscht wurdest«, sagte sie leise. »Trotzdem ist es unfair, mich in dieselbe Schublade zu stecken. Außerdem, auch Reporter haben eine Moral.« Zumindest die meisten, fügte sie in Gedanken hinzu.

Endlich sah er sie wieder an. Die Fältchen in seinen Augenwinkeln waren stärker hervorgetreten. Er runzelte die Stirn und ignorierte den schwarzen Schäferhund, der mit dem Tau zurückgekehrt war und hechelnd vor ihm Sitz machte. »Wenn du kein Interesse daran hast, mich vor eure Kamera zu zerren, warum bist du dann noch hier?«

»In erster Linie nicht wegen des Interviews mit dir.« Meine Sehnsucht nach dir bringt mich dazu, zu bleiben, dachte sie, hockte sich hin und vergrub ihr Gesicht in Zorros flauschigem Fell, damit Joos nicht sah, dass sie feuchte Augen bekam. Der Rüde duftete nur ein bisschen nach Hund, aber vor allen Dingen nach frischem Gras und erdigen Pfoten. »Aber du klammerst dich an deine Abneigung gegen die Medien, und das macht dich blind, was mich angeht.«

»Du hast bereits klargemacht, dass du darauf brennst zu erfahren, was genau mir damals zugestoßen ist. Heute ist dein Glückstag, denn ich werde deine Neugier befriedigen.« Dann erzählte er von dem Tag vor 27 Jahren, der ihn offenbar so stark geprägt hatte, dass er sein Misstrauen auch gegenüber Anne nicht ablegen konnte.

Kapitel 18

»Ich brauche Wein«, sagte Joos und ging zügig zum Pavillon.

Aufgeregt folgte Anne ihm. Der köstliche Duft von frischem Brot wurde vom Haus herübergeweht. Ebba musste ihr selbst gebackenes Brot aus dem Ofen genommen haben.

»Vor fast genau 27 Jahren besuchte ich die Geburtstagsfeier meines besten Freundes. Toralf wurde als Erster aus unserer Clique zehn Jahre alt. Alle waren furchtbar aufgeregt. Es war erst Mai, aber die Sonne brannte vom Himmel wie im Hochsommer. Seine Eltern schmissen eine große Party in ihrem Garten. Leider dachten sie, wir hätten noch Spaß an einer Hüpfburg und an einem Clown. Toralf, Nils und ich fanden das einfach nur peinlich. Zu dem Zeitpunkt waren wir die besten Freunde. Toralf kam auf die Idee, heimlich abzuhauen und durch Flensburg zu streifen. Er sagte, er würde etwas von seinem Taschengeld holen. Erst als wir schon in der Stadt waren und er uns auf der Roten Straße ein italienisches Eis in der Waffel spendiert hatte, verriet er uns, dass er zwei Geldscheine aus dem Portemonnaie seiner Mutter genommen hatte.« Joos' Stimme veränderte sich. Hatte er am Anfang sachlich geklungen, so wurde er zunehmend emotionaler. »Damals dachte ich zum ersten Mal, dass wir besser auf der Feier geblieben wären.«

Annes Magen zog sich zusammen.

Im Pavillon ließ sich Joos auf den Sitz fallen, als würde ihn eine schwere Last niederdrücken. »Weil es uns auf der Roten Straße zu voll war, gingen wir zum Yachthafen. Schon da glaubte ich, dass wir verfolgt würden, aber Toralf und Nils hielten mich für verrückt. Sie lachten mich aus, also hielt ich den Mund. Doch auch am Yachthafen wurde ich das Gefühl, dass wir einen Schatten hatten, nicht los.«

Anne bekam eine Gänsehaut. Sie trank ihr Glas leer und schenkte Joos und sich Weißwein nach.

»Wir alberten herum, spazierten an der Flensburger Förde vorbei und bogen an der Museumswerft in eine Nebenstraße ein. Es wurde immer später und die Straßen zunehmend leerer. Ich hatte ein schlechtes Gewissen, weil Toralfs Eltern uns bestimmt suchten. Aber das Geburtstagskind wollte noch nicht nach Hause zurückkehren.«

Nachdenklich sah Anne ihn über den Tisch hinweg an. Konnte es sein, dass er sich gar nicht von ihr genötigt fühlte, ihr alles zu erzählen, sondern dass er jetzt doch froh war, den Druck, der sich all die Jahre in ihm aufgebaut hatte, endlich abzulassen? Sie vermutete, dass er unmittelbar nach der Entführung das Erlebte mit einem Psychologen aufgearbeitet hatte. Aber womöglich hatte das nicht gereicht, vielleicht musste er sich noch jemandem anvertrauen.

»Als das Nordertor in Sicht kam, rannten Toralf und Nils plötzlich los. Erst begriff ich nicht, was los war, dann sah ich sie. Lena. Alle in unserem Jahrgang fanden sie hübsch. Sie ging mit einer Freundin, deren Name ich nicht kannte, die Straße entlang. Meine beiden Freunde betonten immer, dass sie Mädchen langweilig fanden, und trotzdem liefen sie zu den beiden hin, als wären es Popstars.

Als ich ihnen folgen wollte, hielt plötzlich ein silberglänzender Wagen neben mir an. Zwei Männer stiegen aus, mehr sah ich nicht, denn als Nächstes stülpten sie mir eine schwarze Kapuze über den Kopf. Ich wehrte mich aus Leibeskräften, aber sie zogen mich ins Auto. Vor Schreck kam mir die Galle hoch, ich erinnere mich noch gut an den säuerlich-süßen Geschmack von Vanilleeis und Magensäure im Mund. Dann raste das Auto los. Mit mir.«

Anne empfand das Grauen nach. Die Geburtstagsfeier seines besten Freundes, der aufregende Ausflug in die Stadt, dann die plötzliche Gewalt der Kidnapper, die Dunkelheit, die Unsicherheit, die Todesangst. Joos war aus einer idyllischen Kindheit direkt in die Hölle katapultiert worden.

Eine Fliege suchte im Pavillon Schutz vor dem Wind. Sie landete auf der Fensterscheibe hinter Joos. Anne beobachtete, wie sie scheinbar ziellos herumkrabbelte, während Joos fortfuhr.

Unentwegt drehte er sein Glas, sodass sein Siegelring immer wieder klackend dagegen stieß. »Nach einer gefühlten Ewigkeit hielten die fremden Männer an. Sie zerrten mich aus dem Auto, ich verfiel in Panik, ich dachte, jetzt bringen sie mich um. Grob zogen sie mir die Kapuze vom Kopf. Da sah ich, dass wir in einem Wald waren. Ich fragte mich, was wir hier machten. Wollten die drei Männer mich hier töten und meine Leiche verscharren? Ich wollte ihnen meine Furcht entgegenschreien, aber ich brachte keinen Ton heraus. Um mich herum zwitscherten die Vögel fröhlich, ein Häschen hoppelte nur wenige Schritte an uns vorüber, die Sonnenstrahlen blinzelten freundlich durch das Blätterdach der Bäume. Doch in meinem Inneren tobte ein Sturm der Angst.«

Zorro kam in das sechseckige Gartenhaus, kroch unter die hintere Bank, ließ sich auf die Seite fallen und streckte alle viere von sich. Zufrieden schloss er seine Augen.

Joos betrachtete einen unbestimmten Punkt im Park, doch sein Blick war nach innen gekehrt. »Erst im Nachhinein erfuhr ich, dass sie mich in die Frøslev Plantage verschleppt hatten. Das Ausflugsgebiet liegt gleich hinter der deutsch-dänischen Grenze und ist auch bei den Flensburgern beliebt. Die Lösegelderpresser hatten sich den südlichen Teil für mein Versteck ausgesucht. Die meisten Besucher machen nur kurze Spaziergänge und halten sich ansonsten vorwiegend am Lagerfeuerplatz, auf dem Waldspielplatz und dem Zeltplatz auf. Glück für meine Entführer, Pech für mich. Niemand hörte meine Schreie, als ich endlich meine Stimme wiederfand. Ich schrie, denn mir war etwas Schreckliches klargeworden. Meine Kidnapper trugen keine Masken. Und so viel verstand ich damals … es bedeutete, dass sie nicht vorhatten …« Er machte eine Pause, rieb sich nervös über das Gesicht und massierte seine Nasenwurzel.

Anne wollte ihm seine Fleecejacke umlegen. Er schob sie weg, als fühlte er sich dadurch bedrängt und eingeengt. Er zog ein Papiertaschentuch aus seiner Hosentasche, schnäuzte sich und steckte es zurück. »Eigentlich durfte ich mit neun Jahren keine Kriminalfilme sehen. Meine Eltern hatten es mir verboten, weil ich noch zu jung war. Aber Verbote reizen umso mehr, daher schaute ich mir heimlich Krimis an. Deshalb wusste ich damals in der Frøslev Plantage, dass die drei widerlichen Kerle nicht vorhatten, mich gehen zu lassen. Wäre das ihr Plan gewesen, hätten sie ihre

Gesichter verdeckt, damit ich sie nach meiner Freilassung nicht identifizieren konnte.«

Annes Augen wurden feucht. Was hatte Joos damals alles durchstehen müssen! Während er vor ihr saß und tapfer von seinen grauenvollen Erinnerungen erzählte, fingen seine Schultern an zu beben.

»Aber das war noch nicht einmal der schlimmste Teil meiner Entführung.« Er sprach nun leiser, fast kraftlos. »Sie brachten mich zu einem tiefen Loch, das sie offenbar ausgegraben hatten. Darin stand eine große Kiste aus Spanplatten, die so dünn waren, dass sie wenig vertrauenserweckend wirkten. Als ich den Kanister mit Wasser, den Plastikeimer und die drei Kekspackungen bemerkte, ahnte ich, was die Kerle mit mir vorhatten. Mir wurde schwindelig. Meine Beine waren wie aus Gummi. Ich musste mich übergeben. Die Eiscreme, die ich gegessen hatte, als mein Leben noch unbeschwert gewesen war. Allerlei merkwürdige Gedanken schossen mir durch den Kopf. Ich fragte mich, ob Toralf und Nils dachten, ich wäre sauer, weil sie hinter Lena hergelaufen waren wie zwei Schoßhündchen, und ich wäre heimgegangen, anstatt ihnen zu folgen. Oder suchten sie bereits nach mir? Nach meiner Rettung sollte ich erfahren, dass sie mitbekommen hatten, wie ich in ein fremdes Auto gezerrt worden war. Toralf informierte sofort seine Eltern, die dann meine Eltern anriefen und die Polizei alarmierten. Das muss ungefähr zu dem Zeitpunkt gewesen sein, als meine Kidnapper mich ins Loch steckten.«

Annes Kehle war wie ausgedörrt. Sie musste erst einen Schluck trinken, um fragen zu können: »Ins Loch?«

»So nannte ich mein Gefängnis, nicht Kiste, sondern Loch.

Ich wehrte mich aus Leibeskräften, als sie mich hineinzwangen, aber gegen drei Männer hat ein Neunjähriger keine Chance. Einer verlor die Geduld mit mir und schlug mich nieder, ich ging zu Boden. Dann klappte er den Deckel über mir zu. Es wurde dunkel. Es roch muffig. Ein Insekt krabbelte über meinen Hals. Außerdem wurde es stickig, trotz des Absaugschlauchs, der nach draußen führte und die einzige Möglichkeit zum Luftaustausch war. Bis heute habe ich das Geräusch, das entstand, als die Männer Waldboden auf die Kiste schaufelten, nicht vergessen. Ich dachte, ich müsste ganz sicher sterben. Sie würden nicht wieder zurückkommen, um mich auszugraben. Plötzlich war ich mitten in einem realen Horrorfilm. Wie lange würden die dünnen Spanplatten halten? Stehen konnte ich nicht, nur sitzen. Bald tat mir alles weh. Irgendwann spürte ich jedoch meinen Körper nicht mehr, das setzte mir noch mehr zu als die Schmerzen.«

Lebendig begraben. Konnte man solch ein schauerliches Erlebnis jemals überwinden? Vielleicht, dachte Anne. Möglicherweise wurde man solch grauenhafte Erinnerungen auch nie los und konnte bloß lernen, mit ihnen zu leben.

»Aber dann wurde mir bewusst, dass die Kidnapper mir nicht Wasser und Kekse mit in die Kiste gegeben hätten, wenn sie mich auf diese Weise umbringen wollten. Sie wollten mich am Leben erhalten, um mich doch irgendwann freizulassen oder für den Fall, dass meine Eltern von ihnen einen Beweis fordern würden, dass sie mich auch wirklich in ihrer Gewalt hatten. Ich schöpfte Hoffnung und schwor mir durchzuhalten.« Die Fliege landete auf seiner Stirn. Er scheuchte sie weg. »Was mir einen Stich versetzte und mich zum Grübeln brachte, war, dass ich einen von ihnen kannte.

Er hatte mich mal in einem Kaufhaus angesprochen, als ich Hosen anprobierte. Ich erinnerte mich gut an ihn, denn er hatte mich angelächelt und war sehr nett zu mir gewesen. Doch nach dem, was passiert war, war klar, dass er mich nur beobachtet und ausspioniert hatte. Wie abgebrüht!«

Anne nickte. Kein Wunder, dass Joos Fremden gegenüber misstrauisch war, denn schon mit neun Jahren war ihm vor Augen geführt worden, dass man einem netten Lächeln nicht unbedingt trauen konnte. Das hatte ihn geprägt. Wäre sein Leben anders verlaufen, wenn er nicht als Kind Opfer eines Verbrechens geworden wäre? Hätte er längst eine Familie und würde sich nicht hinter seiner Arbeit verkriechen, wie hinter einem Schutzwall? Letzteres hatte Finn erwähnt. »Du wurdest gerettet. Die Sache ging zum Glück noch einmal gut aus.«

»Nicht für mich.« Joos zog seine dunklen Brauen so stark zusammen, dass sie aussahen wie eine Gewitterfront, die über seinen Augen hing. »Das denken zwar alle, immerhin lebe ich noch, aber ein Teil von mir ist in dem Loch gestorben, nachdem ich das Wasser getrunken und alle Kekse gegessen hatte. Die Luft wurde immer dünner. Ich drückte meinen Mund an den langen Schlauch und atmete kräftig ein, aber das funktionierte nicht gut. Apathisch und verzweifelt entschuldigte ich mich in Gedanken dafür, dass ich einfach von einer Geburtstagsparty, mit der man sich viel Mühe gegeben hatte, abgehauen war und mir von gestohlenem Geld ein Eis hatte spendieren lassen.«

»Das Geburtstagskind wollte seine eigene Feier verlassen«, wandte Anne ein. »Was blieb dir als sein bester Freund anderes übrig, als es zu begleiten?«

»Ja, vermutlich hast du recht. Aber irgendwie hat sich damals ein Gefühl der Schuld eingenistet. So irrational es sein mag.«

Vorsichtig berührte Anne Joos am Arm.

»Na ja, wie dem auch sei. Fünf Tage war ich dort unten, dann wurde ich erlöst. Bei der Übergabe des Lösegeldes hatten die Kidnapper einen Fehler gemacht und waren geschnappt worden. Die Polizei nahm sie in die Mangel, denn meine Zeit lief ab. Einer der Männer legte ein Geständnis ab und verriet mein Versteck, um eine Strafminderung zu bekommen. Ich war zu schwach, um selbst aus dem Loch zu kriechen. Ein Polizist musste mich herausheben.« Kaum hörbar flüsterte Joos, wohl mehr zu sich selbst als zu Anne: »Ein Teil von mir ist dort unten geblieben.« Dann fuhr er mit normaler Stimme fort, klang aber überraschend sachlich, als würde er sich dadurch von seinem Bericht distanzieren, um nicht an ihm zu zerbrechen: »Darum hat es auch Wochen gedauert, bis ich mich über meine Rettung freuen konnte. Ich war traumatisiert und depressiv und litt jahrelang unter Panikattacken. Jetzt kennst du die ganze Geschichte.«

Er schwieg. Die Stille war laut und quälend. Selbst der Wind heulte nicht mehr um den Pavillon, und Zorros Schnarchen war verstummt. Anne war noch mitgenommen, wusste nicht, was sie sagen sollte.

Nun, da Joos sie in sein Innerstes hatte blicken blassen, war es, als wäre er verletzt und sie könnte ihm nicht helfen, da sie weder Verbandszeug noch die medizinischen Kenntnisse hatte, um seine Wunden zu behandeln. Sie konnte nicht leugnen, dass sie neugierig gewesen war, und das machte sie nun verlegen. Aber sie wollte doch bloß alle Seiten von ihm kennenlernen, auch die dunklen. War das nicht ein natürlicher Wunsch, wenn man verliebt war?

Wie gerne hätte sie ihn jetzt in ihre Arme genommen, zärtlich sein Gesicht geküsst und ihm zugeflüstert, dass jetzt alles gut war und sie stets für ihn da sein würde. Doch all das konnte sie nicht tun. Er würde es nicht wollen, da er im Moment immer auch die Journalistin, die über ihn berichten wollte, in ihr sah.

Das brennende Jucken kehrte zurück, erst am Handrücken, dann am Arm, wo kleine Pusteln bereits ihre Haut röteten. Mit einem Mal meldete sich auch ihr Rücken.

Während Anne vergeblich gegen den Juckreiz ankämpfte und sich hier und da kratzte, wurde ihr plötzlich bewusst, dass er nur auftrat, wenn sie mit Joos zusammen war, und zwar immer dann, wenn sie ein schlechtes Gewissen hatte. Was hatte das zu bedeuten?

»Bist du zufrieden mit mir? War ich gut? Soll ich meine Geschichte genau so vor deiner Kamera vortragen?«, fragte er zynisch. »Bestimmt wollt ihr meinen Monolog mit dramatischen Hintergrundbildern untermalen. Ich hätte da ein paar Vorschläge, zum Beispiel ein Foto von einem ausgehobenen Grab im Wald und eins von einer düsteren Sturmfront. Ihr könntet hinter mir unruhiges schwarzblaues Wasser einblenden und einen neunjährigen Schauspieler, der mich verkörpert, als verängstigten Jungen zeigen.«

»Nun hör schon auf!« Anne hatte gehofft, er hätte sich, indem er die Geschichte erzählte, geöffnet und auch mehr Vertrauen zu ihr gefasst. Aber zu groß war wohl sein Misstrauen, er brauchte noch einen Schutzschild, der auch aus

Sarkasmus bestand. Das Brennen an ihrem Rücken wurde nahezu unerträglich.

»Ich kenne Fernsehsendungen wie die, die dein Arbeitgeber machen will«, sagte Joos mit kalter Stimme.

Anne erschrak. Sie fragte sich, was nur aus ihr geworden war, und sank in sich zusammen. Sie war doch nicht berechnend und skrupellos. Es widerstrebte ihr, Menschen für eine gute Story auszunutzen.

Jedes Mal, wenn Joos ihr einen Vorwurf machte, wuchsen auch die Zweifel, die sie ohnehin schon an ihrem Beruf hatte. Es war gut möglich, dass sie sich bei einem anderen Sender auch nicht sehr viel wohler fühlen würde als bei *Tele Nord*.

»Wenn ich in solche Dokus zufällig reinzappe«, fügte Joos gepresst hinzu, »schalte ich sofort angewidert weg.«

»So schlimm wird es nicht werden. Alle Interviewpartner machen freiwillig mit, und wir achten darauf, ihre Würde zu wahren.« Anne war verwirrt und wollte erst einmal die Wogen glätten.

Wenn es nach ihr ginge, würde Joos vor einer schwarzen Wand sitzen und mit warmem Licht so ausgeleuchtet werden, dass ihn eine behagliche Stimmung umgab, damit er und auch die Zuschauer sich wohlfühlten. Das Setting sollte aufs Wesentlich reduziert sein. Im Vorfeld würde sie alle Fragen mit ihm abstimmen und sich während der Aufnahme an diesen Leitfaden halten. Kein provozierendes Nachbohren, um Gefühlsausbrüche hervorzurufen. Keine bösen Überraschungen. Aber sie war bloß der verlängerte Arm des Senders. Sie hatte keinen Einfluss. Ihr Wille zählte nicht viel. Scherf wollte sie lenken wie eine Marionette. Oder war das nur ihre Ausrede, um sich von jeglicher Schuld freizusprechen?

Joos' Erzählung und ihr Streitgespräch waren ihr auf den Magen geschlagen. Der Wein stieß ihr auf, sie schmeckte ihn säuerlich auf ihrer Zunge. Besorgt, sie müsste sich übergeben, stand sie auf.

Als er sich erhob, hatte er sich bereits hinter die Maske des beherrschten Geschäftsmannes zurückgezogen, so Annes Eindruck. Er stand aufrecht, blickte kühl drein und strahlte eine gewisse Härte aus.

Doch Anne ließ sich davon weder beeindrucken noch abschrecken. Sie wusste, dass es ein Schutzwall war. Im Inneren blieb er der sensible Mann, der die Erinnerung an die Grausamkeit, die er als Kind erlebt hatte, ewig mit sich herumtragen würde.

Jeder Mensch hatte sein Päckchen zu tragen, doch Joos war schon in jungen Jahren tief traumatisiert worden. Die Entführung hatte sein ganzes Leben geprägt. Es lag auf der Hand, dass er keine normale Jugend verbracht hatte. Bestimmt war er vorsichtiger gewesen, stets pünktlich heimgekehrt, hatte sich von seinen Eltern oder einem Chauffeur zu Partys fahren und abholen lassen, anstatt mit Freunden durch die Stadt zu ziehen, zu rebellieren und seine Grenzen auszutesten.

Er musste eine Menge Spaß verpasst haben und ernster gewesen sein als seine Altersgenossen. Seine Kindheit hatte mit neun Jahren ein plötzliches Ende gefunden, und er war schlagartig erwachsen geworden. Das tat Anne unglaublich leid.

Wahrscheinlich zeigte er nur wenigen Menschen seine

Verletzlichkeit, weil er diese als Schwäche auffasste. Anne fühlte sich ihm verbunden und war stolz, zu den wenigen Personen dazuzugehören, die ihm zumindest etwas nähergekommen waren.

Herzlich lächelte sie ihn an. »Danke, dass du mir erzählt hast, was damals geschehen ist.«

»Danke mir nicht dafür, denn ich habe dir das alles nicht aus Freundschaft mitgeteilt«, sagte Joos mit einer gewissen Schärfe in der Stimme. »Sondern weil ich wütend bin.«

»Auf mich?«, fragte sie traurig.

»Auf den Fernsehsender, der dich geschickt hat«, antwortete er ausweichend.

Auch Anne war sauer auf *Tele Nord* und doch auch wieder nicht. Ihr missfiel, was ihr Arbeitgeber von ihr verlangte. Aber hätte er sie nicht auf die Schokoladeninsel entsandt, hätte sie Joos niemals kennengelernt.

»Nun hast du, was du wolltest. Jetzt weißt du, was damals geschah.« Er schob seine Hände in die Hosentaschen. »Ich mache bei deiner Dokumentation mit.«

»Ich will dich wirklich nicht zwingen«, entgegnete sie. Was hatte sie zu verlieren? Entschlossen sagte sie: »Ich will dich.«

Hitze stieg in ihre Wangen. Überrascht sah Joos sie an, und sie hielt seinem Blick stand, um ihm zu signalisieren, dass sie ihre Worte ernst meinte. Da er sich nicht rührte, machte sie den ersten Schritt zur Versöhnung und umarmte ihn. Zärtlich drückte sie ihn an sich und streichelte über seinen Rücken.

Im ersten Moment wurde Joos' Körper ganz weich, und in Anne keimte Hoffnung auf. Doch so rasch, wie seine Anspannung verschwand, so schnell kehrte sie zurück. Er versteifte sich erneut. Sanft schob er Anne von sich weg.

»Wir hätten uns nicht küssen sollen.« Joos klang unsicher, als hätte er eigentlich etwas anderes sagen wollen.

Sie verspürte einen Stich im Herzen, das daraufhin still weinte. »Sag so etwas nicht!«, bat sie ihn mit der Kraft, sie sie noch aufbringen konnte.

»Das war ein Fehler.« Sein Blick flackerte.

Seine Worte taten weh. »Warum hat es sich dann richtig angefühlt?«

Er zögerte, doch seine nächsten Worte klangen unwiderruflich. »Es steht zu viel zwischen uns.«

»Könntest du mich bitte als Frau sehen und nicht bloß als Reporterin«, bat sie inständig. Ihre Augen wurden feucht.

»Entschuldige, bitte. Du hast recht. Das Gefühlschaos ist meine Schuld, nicht deine. Morgen nach der Flut werden wir auslaufen und mit meinem Boot nach St. Peter-Ording fahren. Sei pünktlich! Du findest selbst heraus, nicht wahr? Ich wäre jetzt gerne alleine. Gute Nacht.«

Er gab dem Rüden ein Zeichen, ihm zu folgen, nahm seine Jacke und schritt entschlossen zum Haus.

Sehnsüchtig und unglücklich sah Anne ihm hinterher, versuchte jedoch nicht, ihn aufzuhalten. Als sie ihre Steppjacke anzog, waren ihre Arme vor Erschöpfung schwer. Sie schulterte den Segeltuch-Rucksack und nahm ihren Shopper mit dem Ankeremblem.

Als sie das Grundstück verließ, wurde ihr klar, dass es nur eine einzige Möglichkeit gab, Joos von ihren guten Absichten zu überzeugen. Sie musste es ihm beweisen. Wenn er Worten schon nicht glaubte, dann hoffentlich Taten.

Pünktlich würde sie morgen Vormittag im Hafen sein, ihn auf der Bootsfahrt zum Seebad begleiten, ihm bei der Konfrontation mit Merle Witt zur Seite stehen und für immer über den Betrug durch Bodo Seibold alias Gustav Groß schweigen. Vielleicht würde er dann erkennen, dass ihre Liebe aufrichtig war.

Aber wenn nicht, würde er das vermutlich niemals. Dann würde Anne schweren Herzens akzeptieren, dass das Schicksal sie und Joos nicht dazu bestimmt hatte, zusammen glücklich zu werden. Bereits der morgige Tag konnte eine Entscheidung bringen.

Kapitel 19

Auf dem Weg ins Haus musste Joos an Michelle denken. Seine erste Freundin vergisst man nie, dachte er.

Nachdem Joos bis zur 8. Klasse gemobbt worden war und es nicht mehr ausgehalten hatte, dass man ihm Spottnamen wie *Grabjunge* hinterherrief, *Piefke* mit Filzstift auf sein Pult kritzelte oder ihm heimlich Zettel mit *reicher Wichtigtuer* in seine Sporttasche steckte, hatte er die Schule gewechselt. Seine Entführung lag da bereits vier Jahre zurück. Aber wie hätte er das Verbrechen vergessen können, wenn sein Umfeld es nicht tat?

In seiner neuen Klasse waren seine Mitschüler endlich nicht mehr neidisch darauf, dass er durch seine Entführung eine kleine lokale Berühmtheit geworden war und dass seine Eltern wohlhabend waren. Er kam sich nicht mehr wie ein Sonderling vor, konnte nach all den aufreibenden Jahren wieder durchschlafen. Und lernte Michelle mit dem Engelsgesicht, den erdbeerblonden Locken und dem hübschen Grübchen auf dem Kinn kennen. In ihrer Gegenwart fühlte er sich normal. Sie horchte ihn nie über sein Kidnapping aus. Mit ihrer entspannten Art schaffte sie es, dass er sich mit vierzehn Jahren das erste Mal für ein Mädchen interessierte.

Irgendwann fragte sie ihn dann aber doch nach *dem Loch*. Erst ignorierte er es und verteidigte Michelle vor sich selbst. War es nicht nachvollziehbar, dass sie neugierig war, wie alle anderen auch? Dann, als sie hartnäckiger wurde, wehrte er ihr Nachbohren mit einem genervten »Ich will nicht darüber reden« ab. Ein ungutes Gefühl erwachte leise in ihm, aber er ließ nicht zu, dass es lauter wurde, schließlich mochte er Michelle mehr als jedes andere Mädchen zuvor.

Einige Wochen lang gab sie Ruhe, doch bald versuchte sie erneut, ihn auszufragen. Diesmal blieb sie unnachgiebig und bestand darauf, dass er ihr erzählte, was damals geschehen war, kurz bevor sich die Medien auf ihn gestürzt hatten wie Aasgeier. Dabei empfand Joos das skrupellose und sensationslüsterne Verhalten der Reporter und das unverschämte Benehmen seiner Mitmenschen als ähnlich abstoßend wie die Entführung selbst.

Die Presse druckte Interviews mit entfernten Bekannten ab. *So geht es Joos Lorentz wirklich, ein sehr guter Freund packt aus*, wurde dann zum Beispiel behauptet. *Das Kidnapping hat ihn zum Bettnässer gemacht. Er lutscht wieder am Daumen und hat seine Fingernägel so stark abgenagt, dass sie bluten.* Alles Lügen.

Die Journalisten belagerten sein Haus, riefen unentwegt an und schickten SMS und E-Mails. Er konnte nirgendwo hingehen, ohne von ihnen verfolgt zu werden. Sie waren wie ein Rudel hungriger Hyänen.

Einmal schlich sich ein Skandalreporter mit seinem Fotoapparat im Anschlag sogar auf das Jungsklo im Gymnasium und wartete dort auf ihn. Als Joos, der gerade in die 5. Klasse gekommen war, das WC aufsuchte, schoss der Paparazzo so viele Bilder, dass der Blitz ihn sekundenlang blendete. Dann bombardierte er ihn mit intimen Fragen, um ihn aus der Reserve zu locken, doch Joos wusste sich zu wehren.

Er sprühte dem Fotoreporter Pfefferspray, das ihm seine Mutter gekauft hatte, ins Gesicht. Danach musste er sich erst beim Schuldirektor, dann bei seinen Eltern und sogar bei der Polizei dafür rechtfertigen. Man nahm ihm das Spray ab und verwarnte ihn. Zwar zeigt die Schulleitung den Pressevertreter an, aber Joos empfand keine Genugtuung, schließlich wurde auch er bestraft. Er fühlte sich ungerecht behandelt, immerhin hatte der aufdringliche Mann ihn zu Tode erschreckt und ihn seelisch entblößen wollen, da durfte er sich doch wohl verteidigen. Er war wütend.

Vier Jahre danach wurde er ebenfalls sauer, als Michelle nicht aufhörte, ihn mit ihren Fragen zu löchern. Eine Weile hatte ihn seine junge Liebe blind für die Wahrheit gemacht. Doch dann hörte er Michelle mit ihren Freundinnen auf dem Schulhof über ihn tuscheln.

»Er will mir nichts über die Sache – ihr wisst schon, was ich meine – verraten, aber ich kriege das noch raus, das schöre ich euch«, sagte sie zu ihnen. »Der ist vielleicht schreckhaft. Manchmal, wenn ich ihn umarme, zuckt er zusammen. Er mag nicht gerne kuscheln. Könnt ihr euch das vorstellen? Dann fühlt er sich eingeengt. Als wären meine Arme Seile, die ihn umwickeln. Voll lächerlich. War er damals in der Kiste gefesselt? Habt ihr irgend so was gelesen? Nein? Ich auch nicht. Der ist schon ein bisschen komisch. Wenn wir unterwegs sind, guckt er sich ständig um. Ich meine ja nur, seine Entführung liegt vier Jahre zurück. Am liebsten würde ich ihm einfach mal ›Komm endlich darüber hinweg!‹ sagen. Alle halten mich für mutig, weil ich seine Freundin bin. Sie denken, die Sache hat einen Psycho aus ihm gemacht, weil er so wenig redet und oft böse guckt. Dabei ist er in Wahrheit ein Angsthase.«

Da erkannte Joos, dass sie bloß mit ihm zusammen war, um mehr über *das Loch* zu erfahren, und weil sie durch ihre Beziehung mit ihm etwas Besonderes sein wollte. Sie wollte ihn ausnutzen. Verliebt in ihn konnte sie jedenfalls nicht sein, sonst hätte sie nicht über ihn geredet, als wäre er ein Popmusiker wie Peter Doherty, zwar unattraktiv, aber man ging trotzdem mit ihm aus, damit etwas von seiner Popularität auf einen abfärbte. Tief enttäuscht trennte er sich von Michelle.

Jetzt hatte er sich in Anne verguckt und befürchtete, erneut verletzt zu werden. War sie wie Michelle? Wollte sie in seinem Glanz baden, bestenfalls beruflich, aber da das nicht zu klappen schien, dann eben privat?

Joos bekam Kopfschmerzen. Es tat ihm nicht gut, sich an früher zu erinnern. Er betrat sein Haus über die Terrasse. Im Schutz des Wohnzimmers spähte er durch die Fenster hinaus und sah sich nach Anne um. Weil sie so beharrlich war, hatte er damit gerechnet, dass sie ihm folgen würde, aber das tat sie nicht. Schwer bepackt ging sie mit ihren Einkäufen quer durch den parkähnlichen Garten zum Tor.

Es zog Joos zu ihr. Er wollte sie nicht verlieren, denn er hatte schon zu viele Menschen verloren. Toralf und Nils zum Beispiel. Einige Monate nach seiner Entführung hatten sie sich von ihm distanziert, weil ihnen der Rummel um seine Person zu viel geworden war. Außerdem wussten sie nicht, wie sie sich ihm gegenüber verhalten sollten.

Bei Treffen ließen sie durchklingen, dass sie sich schuldig fühlten, weil sie zu Lena und ihrer Freundin gerannt waren, ohne auf Joos zu achten. Wären sie bei ihm geblieben, wäre er nicht verschleppt worden. Joos versuchte sie zu beruhigen und sagte ihnen, dass die Entführer in dem Fall einfach nur einen anderen günstigen Moment abgewartet und später zugeschlagen hätten.

Nur ein paarmal besuchten ihn seine besten Freunde zu Hause. Da er nach seiner Rettung ein halbes Jahr lang kaum ein Wort sprach, blieben sie bald weg. Vollständig brach der Kontakt ab, als sich Joos eine längere Auszeit nahm und dann ein Schuljahr wiederholen musste, während Toralf und Nils versetzt wurden.

Zorro rannte an Joos vorbei zu seinem Körbchen, das vor dem Kamin stand. Als er sich schwungvoll hineinwarf, schob er es ein kleines Stück über den Parkettboden. Beschwichtigend sah er Joos an.

Joos lachte. »Du verrückter Kerl. Bei dir kann ich sein, wie ich wirklich bin.«

Der Duft von ofenwarmem Brot war von der Küche in alle Räume gezogen. Ebba war nirgends zu sehen. Entweder hatte sie sich auf ihr Zimmer zurückgezogen oder war zum Klootschießen nach Nordwinden gegangen. Einmal wöchentlich trafen sich Interessierte zum Standkampf auf der Wiese am Süßwassersee und machten untereinander aus, wer nach einem Absprung von einer Rampe eine kleine Kugel am weitesten werfen konnte. Die Sportart war an der norddeutschen Küste und auf den Inseln sehr beliebt und besonders auf Möwesand eine jahrhundertealte Tradition.

Joos konnte nicht aufhören zu grübeln. Selbst als er unter

der Dusche stand, dachte er an Anne. Genau genommen dachte er so gut wie immer an sie. Anne, Anne, Anne. Sie war zurzeit sein letzter Gedanke vor dem Einschlafen und sein erster nach dem Aufwachen. Gab es eine Möglichkeit, eine Brücke zwischen ihr und ihm zu bauen?

Während er sich die Haare wusch, fragte er sich, ob er Anne unrecht tat. Es machte den Anschein, als würde sie sich quälen, während sie ihn dazu überreden versuchte, bei der Dokumentation mitzuwirken. War sie in Wahrheit gar nicht überzeugt von dem TV-Projekt? Sah sie insgeheim ein, dass seine Argumente gegen die Doku berechtigt waren? Oder war sie hin- und hergerissen zwischen ihrem Engagement für den Bremer Lokalsender und ihren Gefühlen für ihn?

Bis heute hatte er befürchtet, sie könnte ihm aus egoistischen Gründen bloß vorspielen, dass sie ihn mochte, aber mehr und mehr gewöhnte er sich an den Gedanken, dass mehr dahinterstecken musste. Sie hatte sich wohl wirklich in ihn verliebt. Bald würde sie sich zwischen *Tele Nord* und ihm entscheiden müssen, daran führte kein Weg vorbei.

»Wirst du am Ende skrupellos oder mitfühlend sein? Was ist dein wahres Gesicht?«, fragte Joos ins Badezimmer hinein, als würde Anne auf der anderen Seite der Duschkabine stehen. Dann drehte er das Wasser ab. Aber konnte sie von ihrem Traumjob lassen? Und letztlich kannte sie ihn, Joos, doch kaum.

Seine Glieder waren schwer, als er aus der Dusche trat und sich abtrocknete.

Anne war der erste Mensch, von dem er sich wirklich verstanden fühlte. Sie war selbst Opfer eines Verbrechens geworden. Auch wenn dieses nicht dieselben Dimensionen hatte wie sein Kidnapping, so konnte sie sich, vielleicht auch wegen ihres eigenen traumatischen Erlebnisses, in ihn hineinversetzen. Darum hatte er ihr gegenüber auch mehr preisgegeben als jemals zuvor. Bereute er sein Geständnis, dass ein Teil von ihm *im Loch* geblieben war? Er horchte in sich hinein. Nein, er fühlte sich befreit. Letztlich hatte es gutgetan.

Unglücklicherweise blieb der Fernsehbeitrag ein Risiko, und darum konnte er ihr nicht das Interview geben. Denn wenn er das tat, würde er Gefahr laufen, dass er ihr gegenüber absichtlich oder unbeabsichtigt vor der Kamera und vor Millionen von Zuschauern zu viel preisgeben könnte. Nach all den Jahren wachte er immer noch manchmal nachts schweißgebadet und schreiend auf.

Auch die Albträume war er nie ganz losgeworden. Trotz psychologischer Betreuung und vieler Therapiesitzungen hatte er selbst als Erwachsener die Angst vor der Dunkelheit nie vollkommen verloren. Es fiel ihm schwer, Menschen zu vertrauen. Das hätte ihn zu einem einsamen Mann gemacht, wäre da nicht der starke Zusammenhalt mit seinen Brüdern und würde er nicht auf der Schokoladeninsel in dieser liebenswerten Gemeinschaft leben.

Niemand durfte von seinen Schwächen erfahren. Wie stände er denn dann da? Man würde ihn als Geschäftsführer der Schokoladenfabrik und der Schokoladeninsel nicht mehr ernst nehmen. Welche Frau würde sich schon auf einen Mann einlassen, der nie eine lange Liebesbeziehung geführt hatte, weil er keine Partnerin vollkommen an sich heranließ?

Anne war neben der Polizei, seiner Familie und seinen Psychotherapeuten eine der wenigen Personen, denen er jemals geschildert hatte, was vor 27 Jahren genau geschehen war. Ahnte sie das? Würde sie seinen Bericht vor der Kamera mit ihren eigenen Worten wiedergeben? Nicht nur für Joos, auch für *Tele Nord* stand viel auf dem Spiel.

Es liegt nicht mehr in meiner Hand, dachte er aufgewühlt.

Er hatte den Eindruck, die Kontrolle zu verlieren. Aber das war wohl normal, wenn man verliebt war. Bei seinen ehemaligen Liebesbeziehungen hatte er an diesem Punkt stets die Notbremse gezogen und sich nicht weiter geöffnet.

Würde Anne doch nur ihr Interview mit ihm abblasen. In dem unwahrscheinlichen Fall konnte er sich vorstellen, bei ihr weiterzugehen als bei jeder Frau zuvor. Er würde sie bis in den hintersten Winkel seiner Seele blicken und sich das erste Mal wirklich fallen lassen. Endlich mit einer Frau wahrhaft glücklich zu werden, wäre für Joos die Erfüllung eines Lebenstraums.

Vermutlich könnte er sich damit arrangieren, dass Anne als Journalistin arbeitete. Er wünschte sich allerdings, dass sie Beiträge bringen würde, die keinen Beigeschmack hatten wie bei *Tele Nord*.

Gerade als Joos sich fragte, ob sein Verhältnis zu Anne jemals anders als ambivalent sein würde, klingelte sein Handy.

»Wo bleibst du?«, fragte Thies.

Joos verstand nicht.

»Du hast es vergessen«, sagte Thies freundlich.

»Nein«, antwortete Joos aus dem Impuls heraus, sich verteidigen zu müssen, doch er wusste nicht, wovon Thies sprach. Glücklicherweise fiel ihm dann doch noch ein, dass er und seine beiden Brüder verabredet waren. »Wir wollten uns heute Abend treffen.«

»Ja, und zwar vor einer halben Stunde. Du wolltest uns erzählen, was Dirk Schwarz über Julius Schneider herausgefunden hat.«

Der Bericht des Privatdetektivs über den jungen Mann, den sein Vater zwischen Julius' vierzehntem und einundzwanzigstem Lebensjahr finanziell unterstützt hatte, lag ein Zimmer weiter auf Joos' Schreibtisch. »Tut mir leid, ich habe nicht auf die Zeit geachtet.«

Ein Lächeln lag in Thies' Stimme, als er fragte: »Hat dich etwa eine kleine süße Brünette abgelenkt?«

»Bleibt auf dieser Insel denn nichts verborgen?«, zischte Joos.

»Bestell Anne liebe Grüße.«

»Sie ist schon gegangen.« Barfuß lief Joos zum Fenster, schob den Vorhang beiseite und spähte zum Tor, an dem er sie zum ersten Mal geküsst hatte. Bei dem Gedanken daran hatte er Schmetterlinge im Bauch.

»Wie schade für dich. Sollen wir die Besprechung trotzdem verschieben? Finn ist eh ausgeflogen. Er hatte etwas Wichtiges zu erledigen.«

»Musste er wieder in der Surfschule einspringen?« Nackt ging Joos über den Korridor in sein Schlafzimmer, um frische Kleidung aus seinem Schrank zu holen.

»Woher weißt du davon?«, fragte Thies überrascht.

»Du weißt es doch auch.« Joos rieb über die dunklen Härchen auf seinem Brustkorb, während er vor dem offenen Kleiderschrank stand, um etwas auszusuchen.

»Finn hat es erwähnt«, sagte Thies betont beiläufig. Das ließ Joos erahnen, dass seine beiden jüngeren Brüder in Wahrheit ausgiebig darüber gesprochen hatten.

»Mir gegenüber hat er es verschwiegen. Dabei habe ich gar nichts dagegen, dass er als Surflehrer jobbt, wo ihm das Surfen doch so viel Spaß macht.« Weil Joos nicht wusste, was der Abend noch bringen und er diesbezüglich anziehen sollte, schlüpfte er erst einmal in eine lockere schwarze Stoffhose. »Ich will nur das Beste für ihn und für dich natürlich auch.«

Hannah war im Hintergrund zu hören. Sie bat Thies darum, ihr die geschwollenen Füße zu massieren. Das tat er dann wohl auch. »Aber?«, fragte er Joos.

Das Gespräch erhitzte Joos' Gemüt. Er ließ frische Abendluft ins Zimmer. Die Kühle fühlte sich angenehm auf seinem nackten Oberkörper an. »Ich wünschte bloß, Finn würde das in seiner Freizeit machen und hauptberuflich wieder in der Kreativabteilung der Schokoladenfabrik arbeiten. Seine originellen Ideen fehlen uns. Die anderen Schokoladenhersteller haben längst mit uns gleichgezogen. Bald werden sie uns überholen. Ich mache mir einfach Sorgen. Wir brauchen Finns Einfallsreichtum.«

»Was wirst du tun, wenn er nicht zurückkehrt?« Thies hatte leiser gesprochen als zuvor, vorsichtiger.

»Ihn weiterhin lieben«, sagte Joos aus dem Brustton der Überzeugung. »Was denkst du denn?«

Thies stieß die Luft aus, wohl aus Erleichterung. »Manche Menschen machen genau das Gegenteil von dem, was sie sollen, wenn man sie zu etwas drängt.«

»Das weiß ich doch. Darum habe ich mir vorgenommen,

ihn nicht mehr auf seine Rückkehr in unser Unternehmen anzusprechen. Entweder macht er freiwillig wieder bei den Gebrüdern Lorentz mit, oder er geht seinen eigenen Weg. Die Hauptsache ist doch, dass er glücklich ist.«

»Du hast Frieden mit dem Thema geschlossen? Das ist toll.« Thies hielt mit seiner Überraschung nicht hinterm Berg.

Joos legte sich mit dem Rücken auf sein Bett und fragte sich, ob Anne jemals neben ihm einschlafen und morgens aufwachen würde. »Mir fiel auf, dass das Verhältnis von Finn und mir immer schlechter wird. Ein Beweis dafür ist, dass er dir von seinem Job auf Sylt erzählt hat und mir nicht.«

»Das war nicht böse von ihm gemeint«, warf Thies ein.

»Selbstverständlich nicht. Er wollte bloß verhindern, dass ich ihm mal wieder einen Vortrag halte.« Zärtlich strich Joos über die leere Seite seines Bettes. »Jedenfalls habe ich darüber nachgedacht. Ich habe mich gefragt, was mir wichtiger ist. Dass er bei den Gebrüdern Lorentz mitarbeitet oder dass wir ein gutes Verhältnis zueinander haben, denn zurzeit kann ich anscheinend entweder nur das eine oder das andere haben. Sollte Geschäftliches auch privat zwischen uns stehen, würde mich das weitaus mehr belasten, als wenn er beruflich einen anderen Pfad einschlägt.«

»Damit ist das Problem, dass wir ihm seine Stelle freihalten und durch seine Unentschlossenheit nicht so flexibel sind, wie wir sein müssten, aber nicht gelöst.« Aus dem Einwand sprach doch Thies' Leidenschaft für das Schokoladengeschäft.

»Ich bin zuversichtlich, dass sich die Angelegenheit von

selbst lösen wird«, sagte Joos und wunderte sich über sich selbst. War seine Verliebtheit etwa der Auslöser für seinen Optimismus?

»Es überrascht mich, das aus deinem Mund zu hören, wo du doch gerne die Fäden in der Hand hältst.«

»Menschen ändern sich eben.« Joos schwang sich aus dem Bett. »Sie lernen dazu.«

»Ich wette, Anne hat etwas mit deinem Sinneswandel zu tun.« Thies schien zu lächeln, man hörte es heraus. »Liege ich richtig?«

Unruhig lief Joos hin und her. Auf keinen Fall wollte er jetzt über Anne reden, es würde ihn zu sehr aufwühlen. Er musste einen klaren Kopf bewahren, um über die Ermittlungsergebnisse von Schwarz berichten zu können. Was immer zwischen Anne und ihm lief, es war zu kompliziert, um es jemandem zu erklären. »Dann verschieben wir das Treffen?«

»Das müssen wir wohl. Wie wäre es, wenn wir morgen Mittag im Klönschnak Essen bestellen und uns in die Edelkakao-Manufaktur liefern lassen?«, schlug Thies vor. »Ich kann hier nicht weg. Die Geburt steht kurz bevor. Hannahs Füße sind so geschwollen, dass sie kaum gehen kann. Sie ist ständig furchtbar müde und hat sogar schon Vorwehen.«

»Dann kommt das Baby bald?«, fragte Joos begeistert. Thies war der Erste von ihnen, der Nachwuchs erwartete. Die ganze Insel fieberte mit. Rieke hatte sich schon als Babysitterin angeboten. Mattes kümmerte sich seit Monaten um Hannahs Garten. Ole hatte bereits das Konzept für eine Torte mit einer großen Fondant-Blüte, in der ein niedlicher Säugling aus Zuckermasse schlief, entworfen. Er wollte sie an dem Tag backen, an dem Hannah mit ihrem Kind aus dem Spital entlassen und auf die Insel zurückkehren würde.

»Ja, ich bin so aufgeregt, wie nie zuvor in meinem ganzen Leben«, sagte Thies, und die Nervosität war ihm anzuhören.

»Ich auch, stell dir das bloß vor. Wollt ihr nicht vorsorglich nach Flensburg fahren und in unserem Familienapartment wohnen, bis es losgeht?«, schlug Joos vor. Traurig dachte er daran, dass sein Vater gestorben war, weil er nicht rechtzeitig von der Insel in eine Klinik hatte gebracht werden können. »Dann seid ihr schneller im Krankenhaus.«

»Hannah möchte hierbleiben. Nicht bloß, weil sie ihre Manufaktur gerade erst eröffnet hat.« Thies hörte sich gestresst an. »Sondern vor allen Dingen, weil ihr die Schokoladeninsel guttut, hier fühlt sie sich sicher. Möwesand entspannt sie, meint sie. Aber unsere Freunde von der Luftrettung in Niebüll wissen Bescheid. Sobald es losgeht, werden sie den Rettungshubschrauber schicken, haben sie uns versichert.«

»Falls ihr Hilfe braucht, ich bin jederzeit für euch da.« Joos legte die Hand auf die Stelle auf seinem Brustkorb, unter der sein Herz aufgeregt schlug.

»Danke. Das hat Finn auch schon gesagt. Ihr seid die besten Brüder, die man sich wünschen kann.« Anscheinend ließ ihn die kurz bevorstehende Geburt seines Kindes emotional werden.

Joos wusste, dass Hannah und Thies gerade ziemlich gefordert waren. Seine Schwägerin wollte sich trotz der Schwangerschaft und ihrer körperlichen Probleme um ihr neu eröffnetes Geschäft kümmern, das nicht nur Beruf, sondern Berufung war. Sein Bruder unterstützte Hannah selbstverständlich hinter der Theke, hatte aber seine eigenen Aufgaben im Inselunternehmen. Philipp erging es genauso. Er half in der Edelkakao-Manufaktur aus, wann immer es sein eigentlicher Job im Eisladen zuließ. Lange würde das nicht mehr gut gehen. Joos machte sich Sorgen. Eine andere Lösung musste her.

»Was ist nun mit morgen?«, fragte Thies. »Mittagessen im Hafenrestaurant?«

»Ich kann leider nicht. Ich muss die Schokoladeninsel verlassen.« Joos wusste, dass er seinem Bruder erzählen musste, dass ihr Vater betrogen worden war und ihnen Möwesand gar nicht gehörte. Aber er zögerte, schließlich hatten Thies und Hannah jetzt andere Sorgen.

Im Hintergrund war ein Knistern zu hören. Leise fragte Thies Hannah, ob sie sicher wäre, dass sie eine sechste Praline essen wollte. Hannah flüsterte, dass das ungeborene Baby den zusätzlichen Zucker brauchte, worauf Thies entgegnete, dass das eine Ausrede sei. Was sie daraufhin antwortete, konnte Joos nicht verstehen, denn sie musste sich das Konfekt in den Mund gesteckt haben und schmatzte genüsslich.

Dann richtete sich Thies wieder an Joos: »Fährst du zur Schokoladenfabrik?«

»Nein.« Sollte Joos seinem Bruder doch von Bodo Seibold erzählen? Er wollte es, brachte es aber nicht übers Herz. Thies sollte sich jetzt ganz auf die Geburt seines ersten Kindes konzentrieren. Seine Freude sollte nicht durch existenzielle Sorgen getrübt werden. Daher beschloss Joos, ihm und Finn erst davon zu berichten, wenn er mit Merle

Witt gesprochen hatte. Bestenfalls konnte er ihnen dann schon erleichternd mitteilen, dass Frau Witt an sie verkaufen und alles gut werden würde. »Dann machen wir es doch kurz. Ich erzähle dir jetzt, was der Privatdetektiv herausgefunden hat, und werde Finn, sobald er zurück auf Möwesand ist, informieren.«

»Das wäre echt nett von dir. Es interessiert mich natürlich, ob Julius Schneider unser Halbbruder ist, ich bin einfach nur etwas abgelenkt. Ich wollte die Edelkakao-Manufaktur ja erst nach der Geburt unseres Kindes öffnen. Hannah meinte jedoch, dann hätten wir noch weniger Zeit, die Eröffnung würde sich immer weiter nach hinten verschieben, und am Ende würde es nie etwas mit dem Laden werden.« Im Hintergrund machte Hannah ihrem Ehemann klar, dass es genau so gekommen wäre. Thies fuhr fort: »Sie wollte Kind und Beruf eben von Anfang an verbinden. Und ich will, dass sie glücklich ist.«

»Du musst dich nicht rechtfertigen.« Joos stellte sich wieder vor seinen Kleiderschrank. Wahllos zog er ein dunkles T-Shirt heraus und schlüpfte hinein. »Ich kann das absolut verstehen.«

»Danke, Joos.«

»Dafür ist Familie doch da.«

»Aber Finn nimmt eine Auszeit, und jetzt falle ich auch zum Großteil aus. Alles bleibt an dir hängen.« Thies seufzte. »Die Schokoladenfabrik in Flensburg, die Schokoladeninsel und die Suche nach Julius Schneider.«

Thies hatte recht, es war tatsächlich gerade etwas viel für Joos. Die Sorge, dass Merle Witt Möwesand zurückfordern würde, kam noch hinzu und belastete ihn so sehr, dass sein

Körper schwer wie Blei war. Auch darum hatte er bei dem Gespräch mit Anne Dampf abgelassen, und sie hatte den Druck, unter dem er stand, abbekommen. Jetzt, mit etwas Abstand, tat es ihm leid, sie angefahren zu haben. Anne hatte in Husum recherchiert, das war nun einmal ihr Job. Außerdem konnte sie ja nichts dafür, dass sein Vater betrogen worden war.

Joos würde Thies gegenüber allerdings nicht zugeben, dass er überlastet war. Hannah ging auf jeden Fall vor, und er wollte seinem Bruder kein schlechtes Gewissen machen. »Ich befürchte, Letzteres ist nicht mehr notwendig.«

»Hat der Privatdetektiv diesen Julius gefunden?«, fragte Thies atemlos.

»Ja und nein.«

»Das verstehe ich nicht.«

»Dirk Schwarz hat mir ein Foto von Julius Schneider und seinen Eltern geschickt«, fing Joos an, während er in sein Büro lief. »Julius sieht seiner Mutter frappierend ähnlich. Sie haben die gleiche Nase und das gleiche Lächeln. Seine Haare allerdings sind nicht weißblond, wie die von Roswitha Schneider, sondern nussbraun, wie meine.«

»Das könnte Zufall sein.« Thies klang wenig überzeugt.

Nachdenklich zog Joos die oberste Schublade seines Schreibtischs auf. Sein Blick fiel auf die Dokumentenmappe, die Dirk Schwarz ihm vorbeigebracht hatte. »Vielleicht hat Julius die Haarfarbe von seinem Vater, der auch unser Vater ist, geerbt.«

»Das beweist gar nichts«, presste Thies hervor.

»Du hast recht. Außerdem sagt ein Foto nicht viel aus.« Joos nahm den Ermittlungsbericht heraus und legte ihn auf den Schreibtisch. »Jedenfalls ist Julius 24 Jahre alt.«

»Also neun Jahre jünger als ich«, sagte Thies mehr zu sich selbst.

»Zwischen mir und ihm liegen zwölf Jahre, und Finn und ihn trennen fünf Jahre«, rechnete Joos rasch aus. »Er ging auf eine Realschule in Flensburg. Dort, in unserer Geburtsstadt, war er auch Zeit seines Lebens gemeldet.«

»Das bedeutet, wir könnten ihm begegnet sein. Er könnte Finn über den Weg gelaufen sein, als die beiden Ausflüge mit ihren Klassen zur *Phänomenta* machten.« Vor Aufregung redete Thies immer schneller. »Du könntest neben ihm gestanden haben, als du, Toralf und Nils, so hießen deine Freunde doch damals, oder?, die historischen Gaffelsegler bei der Rum-Regatta bestaunt habt. Er könnte an der Badestelle Ostseebad neben mir auf einem Strandtuch gelegen haben, als ich dort mit meinen Kumpels die Sommerwochenenden verbrachte.«

»Schon möglich. Du wirst nicht glauben, wo er sich zum Koch ausbilden ließ.« Joos ließ sich in seinen Bürosessel fallen, der knarzte.

»Nun sag schon!«, forderte Thies ihn auf.

Joos schlug den Aktendeckel auf und suchte die entsprechende Stelle im Bericht. Mit dem Finger fuhr er über den Namen des Ausbildungsbetriebs. »Im Restaurant *Waterkant*.«

»Wo?« Eine Pause entstand. »Sagt mir nichts«, fügte Thies dann hinzu.

»So heißt das Lokal heutzutage. Früher nannte es sich *Fördekeller*. Erinnerst du dich nicht?«

»Doch, jetzt fällt es mir wieder ein. Der Laden gehörte einem Freund unseres Vaters. Wie hieß er noch gleich?«

»Peter Manteuffel. Er trug eine Goldkette mit dem Namen seiner Freundin, wie Thomas Anders die von Nora. Manche unkten, er würde den Schmuck am Anfang jeder neuen Beziehung anfertigen lassen, damit er den Namen seiner aktuellen Flamme nicht vergaß, weil er seine Partnerinnen wie andere Leute ihre Hosen wechselte. Wie auch immer, es gibt also eine weitere Verbindung zwischen Julius Schneider und unserem Vater. Ich glaube, Hauke hat ihm die Ausbildungsstelle bei Peter vermittelt. Meinst du nicht auch?«

»Oder sie haben sich über ihn kennengelernt«, wandte Thies ein.

»Das kann nicht sein, unser Vater unterstützte Julius ja schon seit seinem vierzehnten Lebensjahr. Sie kannten sich also bewiesenermaßen schon vorher.«

»Dann wirst du mit deiner Annahme recht haben, Joos.«

»Julius wurde mit sechzehn Jahren verhaftet.« Plötzlich knallte es hinter Joos. Erschrocken drehte er sich um und ging zum Fenster, sah aber nichts. Wahrscheinlich war ein Ast gegen die Scheibe geweht worden. Oder es war ein Vogel.

»Er ist ein Krimineller?«, fragte Thies laut.

»Wie man's nimmt.« Joos kehrte zum Schreibtisch zurück. Sein Blick fiel auf das Foto seiner verstorbenen Eltern, das neben seinem Computer in einem Art déco-Rahmen stand. War ihr Vater tatsächlich fremdgegangen? »Julius gehörte zu einer Gruppe von Umweltaktivisten. Sie wollten mit einer Sitzblockade einen Transport mit Castor-Behältern, der von La Hague nach Gorleben unterwegs war, aufhalten. Bestimmt erinnerst du dich an die *Atommüll verhindern statt verschieben*-Schilder.«

»Ja«, sagte Thies kurz, als hätte er bereits das Interesse an Julius' Kontakt zur Polizei verloren. »Und nach seiner Ausbildung?«

Joos holte Julius' Lebenslauf, den Dirk Schwarz rekonstruiert hatte, hervor und legte ihn oben auf die Dokumente. »Mit neunzehn machte er seinen Abschluss. Danach arbeitete er drei Jahre lang als Patissier.«

»Als Zuckerbäcker?« Thies klang überrascht und besorgt.

»Ich weiß, was du denkst.« Es bereitete Joos Probleme, sich vorzustellen, dass er einen Halbbruder hatte. Trotz Streitereien und Diskussionen waren Thies, Finn und er immer eine Einheit gewesen. Nach seiner Entführung hatte Finn ihn mit seiner guten Laune aufgemuntert, und Thies hatte ihm aufgezählt, welche schönen Erfahrungen noch auf ihn warteten. Sie hatten fast durchweg unter einem Dach gelebt, erst in Flensburg und dann auf Möwesand. Und jetzt sollte da noch ein Bruder sein, ein Außenstehender, ein Fremder. Es verband sie nichts, weder lustige noch traurige Momente. »Man fragt sich unweigerlich, ob unser Vater Julius mit seiner Schokoladenfabrik dazu inspiriert hat, Naschwerk herzustellen.«

Auf der anderen Seite des Gesprächs verabschiedete sich Hannah ins Bett. Es war noch früh, aber sie sagte, sie könnte ihre Augen nicht mehr offen halten. Schmatzend gab Thies ihr einen Kuss. »In den Bankunterlagen, die ich bei Vater gefunden hatte, wurde doch erwähnt, dass er Julius eine Weiterbildung zum Fachwirt im Gastgewerbe finanziert hat.«

»Die wollte er achtzehn Monate lang neben seinem Job machen, aber nach zehn Monaten brach er sie ab«, erzählte

Joos. »Seine ehemaligen Nachbarn, mit denen Schwarz gesprochen hat, sagten ihm, dass Julius der Unterrichtsstoff zu trocken war. Er liebte wohl in erster Linie die handwerkliche Seite seines Berufs.«

»Kann ich nachvollziehen. Darum überlasse ich dir auch weitestgehend den Papierkram«, scherzte Thies.

»Sehr witzig.« Joos nahm seinen Kaffeebecher und stand auf. »Als Julius 21 Jahre alt war, hörten die Zahlungen unseres Vaters an ihn auf. Weil Julius die Fortbildung abgebrochen hatte und er enttäuscht von ihm war? Oder weil Julius eigenes Geld verdiente? Was den Punkt betrifft, müssen wir ihn selbst fragen.«

Thies schnaubte. »Das alles bringt uns nicht weiter. Die Ermittlungsergebnisse werfen bloß neue Fragen auf.«

»Das stimmt schon, aber irgendwo mussten wir ja anfangen.« Joos verließ sein Büro ohne die Dokumente des Privatdetektives, da er die meisten Einzelheiten der Nachforschungen ohnehin auswendig kannte. »Mit 22 Jahren wollte Julius heiraten. Aber seine Verlobte Emma verließ ihn kurz vorher für einen anderen Mann, der nicht im Schichtdienst arbeitete und der, es ist kaum zu glauben, weniger romantisch war. Ihrer Meinung nach schenkten echte Kerle ihrer Freundin nicht ständig grundlos Blumen. Sie schütteten kein Mehl auf dem Küchentisch aus und malten ein Herz hinein. Ebenso wenig sangen sie im Auto bei offenem Fenster Liebeslieder mit. Das hat den Armen verständlicherweise getroffen, meinten seine Nachbarn, die den lautstarken Streit der beiden damals mitbekamen.«

»Hat der Privatdetektiv denn nicht mit seinen Eltern gesprochen?«

Joos hörte es knacken, Thies musste in einen Keks oder eine Käsestange gebissen haben.

»Das ging leider nicht«, erklärte Joos. »Julius' Vater verstarb vor zehn Jahren bei einem Autounfall. Seine Mutter lebt in Australien. Vor sechs Jahren lernte sie im Internet einen neuen Mann kennen und zog dreizehn Monate später zu ihm. Da hatte Julius gerade seine Ausbildung beendet.«

»Wo wohnt er jetzt? Können wir nicht einfach zu ihm fahren?«

Joos bog in die Küche ab. »Das wäre schön, leider ist er seiner Mutter vor ungefähr anderthalb Jahren nach Down Under gefolgt. Vielleicht hat ihn der Liebeskummer dazu gebracht, ins Ausland zu gehen. Möglicherweise will er sich dort beruflich weiterbilden, denn er hatte wohl eine Anstellung als Feinbäcker gefunden. Aber wo genau, das konnte dem Privatdetektiv niemand sagen.«

»Unser Vater verstarb ungefähr zur selben Zeit«, gab Thies zu bedenken. »Meinst du, Julius' Umzug nach Australien könnte etwas mit seinem Tod zu tun haben?«

»Daran hatte ich noch gar nicht gedacht.« Aufgewühlt blieb Joos in der Küche stehen.

Thies biss erneut auf etwas Knusprigem herum. »Wir müssen unbedingt mit ihm reden«, sagte er dann.

»Australien ist ziemlich weit weg.« Nachdenklich blieb Joos vor dem Kühlschrank stehen.

»Dann werden wir nie erfahren, warum unser Vater ihn jahrelang heimlich unterstützt und ob er ein Verhältnis mit Julius' Mutter gehabt hat?«

»Es sieht so aus«, antwortete Joos bekümmert.

Nachdem sie das Telefonat beendet hatten, holte Joos eine Schachtel Eiscreme mit echtem Vanillemark aus dem Tiefkühlfach und gab davon eine Kugel in den kalten Kaffee. Etwas Süßes löste zwar keine Probleme, half aber für den Moment, Sorgen leichter zu ertragen.

Kapitel 20

Joos' schneeweißes Motorboot war größer und schwerer als Finns windschnittiger Flitzer, und dennoch glitt er geschmeidig durchs Wasser. Zwei Möwen folgten ihnen, als sie den Hafen der Schokoladeninsel verließen. Auf der Höhe der Hallig Süderoog merkten sie wohl, dass Anne und Joos ihnen kein Essen zuwerfen würden, drehten ab und kehrten nach Möwesand zurück.

Als Anne zu ihrer eigenen Überraschung sah, wie in einiger Entfernung der kleine, rundliche Kopf einer Robbe durch die Wasseroberfläche stieß, konnte sie nicht anders, als Joos trotz der angespannten Stimmung, die auf dem Boot herrschte, aufgeregt am Ärmel zu zupfen und auf ihre Entdeckung hinzuweisen. Daraufhin lächelte er das erste Mal seit ihrer Wiederbegegnung. Im ersten Moment fragte sie sich, ob er sich über ihre kindliche Begeisterung lustig machte. Doch dann fiel ihr auf, wie warmherzig sein Lächeln war, und erkannte, dass er sich mit ihr freute.

An diesem Vormittag schien der Frühling an der Nordsee an Fahrt aufzunehmen. Die Sonne schien stärker, der Wind, der Annes Wangen kräftig streichelte, war nicht mehr ganz so frisch wie an den Tagen zuvor.

Während Joos Gas gab und Anne in den Beifahrersitz gedrückt wurde, wünschte sie sich, den milden Sommer in Nordfriesland erleben zu dürfen. Die Temperaturen stiegen durch den Klimawandel immer weiter an, aber bestimmt machte die steife Brise im nordfriesischen Wattenmeer die Hitzeperioden erträglich.

Sie hatte gelesen, dass die Herbststürme an der Küste heftig sein konnten, und dennoch sehnte sie sich danach, sie einmal selbst mitzuerleben. In ihrer Fantasie half sie Gerit ihr Gästehaus wetterfest zu machen. Danach würden sie schweigend nebeneinander auf dem Friesensofa im Wohnzimmer sitzen und dem Heulen des Windes lauschen, während eine Sturmfront hohe Wellen gegen das Ufer und Starkregen gegen das Nis Puk peitschte. Sie würde Gerit beistehen, damit die Insulanerin sich nicht mehr so einsam fühlte.

Und ich mich auch nicht, dachte Anne mit vor Sehnsucht glühendem Herzen.

Bestimmt würden andere Inselbewohner vorbeikommen, fragen, ob Gerit und sie Hilfe benötigten, und eine Weile bei ihnen bleiben. Der Zusammenhalt auf Möwesand schien groß zu sein. Anne wäre so gerne ein Mitglied der Gemeinde.

Sie liebte alle Jahreszeiten und fragte sich, wie wohl der Winter auf der Schokoladeninsel war. Sie stellte sich vor, dass eiskalte Böen die Schneeflocken über Möwesand herumwirbelten.

Dass ein Kamin Joos' Haus schmückte, hatte sie gestern gesehen, als sie beim Verlassen des Grundstücks an seinem Wohnzimmer vorbeigekommen war. Er würde Holzscheite nachlegen, die die fröhlich tanzenden Flammen zum Knistern brachten, während Anne fruchtigen Sanddornpunsch hereinbrachte.

Sie würden sich behaglich auf einer Decke vor dem Kamin aneinanderkuscheln, sich die Hände an der Tasse wärmen und mit nach Sanddorn, Orangenlikör und Zimt schmeckenden Lippen küssen. Zorro würde sich an ihre Füße schmiegen. Während sie es sich gemütlich machten, würde der Frost Möwesand weiß färben.

»Das ist Süderoogsand, die größte und südlichste der nordfriesischen Außensände.« Joos zeigte auf eine große Sandbank zu ihrer Rechten. »Norderoogsand nebenan wird immer grüner, und es brüten sogar schon Vögel darauf. Die Sandbank entwickelt sich zur Insel. Das ist faszinierend zu beobachten. Die Sandbänke liegen so hoch, dass sie höchstens bei Sturmfluten überschwemmt werden. Sie schützen die Inseln und die Halligen ein wenig, weil sie die Wellen brechen.«

Anne freute es, dass Joos langsam wieder auftaute. Sein Gemüt war nicht mehr so erhitzt wie am Vorabend, dennoch blieb er reserviert, genau wie sie.

»Wusstest du, dass das Wattenmeer seit 2009 UNESCO-Welterbe ist?«, fragte er. Da sie den Kopf schüttelte, fuhr er fort: »2011 und 2014 kamen weitere Teile wie das Hamburgische Wattenmeer dazu. Jährlich ziehen bis zu zwölf Millionen Zugvögel hindurch und stellen somit eine Verbindung zu anderen Naturgebieten her. Die weitaus mehr als zehntausend Tier- und Pflanzenarten machen deutlich, wie hoch die biologische Vielfalt ist. Zudem ist es die größte zusammenhängende Schlick- und Sandwattfläche der Welt. Die Gezeiten mit ihrer Dynamik und Kraft verändern die Landschaft unermüdlich.«

So begeistert, wie er sich anhörte, könnte Anne ihm

ewig zuhören. »Ich könnte mir vorstellen, dass viele, die hier wohnen, gar nicht mehr sehen, wie beeindruckend das alles ist. Du tust es.«

»Ich bin in Flensburg geboren. Das und die Tatsache, dass die Schokoladenfabrik dort steht, werden mich ewig mit der Ostsee verbinden.« Joos zeigte mit einer ausladenden Geste aufs Meer. »Aber hier habe ich eine Heimat gefunden. Mein Herz schlägt für Nordfriesland.«

»Das kann ich sehr gut nachvollziehen«, sagte sie mit weicher Stimme.

Kurz richtete er seinen Blick auf sie und dann sofort wieder nach vorne in Fahrtrichtung. Der Wind wehte ihm seine Haare aus der Stirn. »Obwohl es so anders ist als Bayern?«

»Gerade darum. Alles, was anders ist, übt einen unwiderstehlichen Reiz auf mich aus«, erwiderte Anne. Sie stand auf und stellte sich demonstrativ neben ihn, obwohl das eine Herausforderung für ihr Gleichgewicht war. Jede andere Frau hätte vermutlich längst das Weite gesucht, aber Anne verstand, warum er sich abweisend verhielt.

»Denkst du, ich bin auch anders?«, fragte er.

»Meine Meinung ist egal«, sagte sie und berührte sanft seine Hand. »Denn du denkst so über dich, und nur das zählt.«

Er war sichtlich überrascht. Im nächsten Moment wirkte er grüblerisch. »Du hast mein Problem besser erkannt als ich. Wie kann das sein?«

»In meinem Journalismus-Studium habe ich gelernt, hinter die Kulissen zu schauen.« Sie bemühte sich, fröhlich zu klingen, um die Stimmung aufzulockern.

»Das hört sich an«, sagte er, »als würdest du davon ausgehen, dass das Leben eine Bühne ist und andere Menschen dir etwas vorspielen.«

»So würde ich es nicht ausdrücken. Sie zeigen lediglich die Seite von sich, die sie zeigen wollen. Das ist normal, das tun wir alle, auch zum Selbstschutz.« Joos hatte das wasserdichte Radio angeschaltet. Ihre Worte wurden untermalt von der Hamburger Band *Fettes Brot*, bis der Radiomoderator das Lied unterbrach und erzählte, dass die eben gehörte Version von *Nordisch by nature* ein Livemitschnitt von einem Auftritt in Husum aus dem Jahr 2020 war. »Der Rest bleibt im Dunkeln.«

»Bei manchen bleibt mehr im Dunkeln als bei anderen. Aber bei dir hätte ich niemals gedacht, dass auch du Opfer eines Verbrechens geworden bist. Bei deinem sonnigen Gemüt.«

Seine Stimme klang jetzt weich und warm, und doch zuckte Anne zusammen. Da Joos es offenbar bemerkt hatte, tat sie so, als wäre es das Schaukeln des Boots gewesen, und ließ sich in ihren Sitz fallen. Ihr Unterarm juckte. Unauffällig schob sie den Ärmel ihrer Jacke hoch und fuhr mit ihren Fingernägeln über die Stelle auf ihrer Haut. »Ich habe eine dunkle Seite, wie jeder«, murmelte sie.

»Es tut mir leid, dass der Abend gestern so geendet hat.« Joos wich einem Segelboot aus, dessen Bug das Wasser teilte wie ein Brotmesser zimmerwarme Butter. »Ich bin nicht gerade einfach, das weiß ich, aber du bringst mich auch ziemlich durcheinander.«

»Das Kompliment gebe ich gerne zurück«, antwortete sie schmunzelnd.

»Da drin liegen zwei Flaschen Wasser, falls du durstig

wirst.« Er zeigte auf das Fach vor ihr. »Die Fahrt wird aber nicht lange dauern. Hast du die Adresse von Merle Witt?«

Anne nickte. Als sie an die bevorstehende Konfrontation mit der wahren Eigentümerin der Schokoladeninsel dachte, wurde es ihr mulmig zumute. Es würde für Joos schwierig werden, die Partie gegen Frau Witt zu gewinnen, sie hielt die Asse in der Hand. »Ich habe heute Morgen bei ihr angerufen. Es meldete sich eine Frau Wülken. Sie meinte, sie wäre bloß eine Krankenpflegerin, die Merle Witt kurz besuchte, um sie zu versorgen und ihr ihre Medikamente zu verabreichen. Sie konnte oder wollte mir nichts Näheres über den Gesundheitszustand ihrer Patientin sagen. Ich soll später noch einmal durchklingeln.«

»Du hast angerufen?«, fragte Joos entgeistert und schob den Gashebel nach vorne. »Was um alles in der Welt wolltest du Merle Witt sagen? Solche Gespräche führt man nicht am Telefon. Außerdem ist das meine Sache.«

»Selbstverständlich.« Anne wurde in ihren Sitz gedrückt und hielt sich an den Griffen fest. Das Jucken wurde immer stärker, ja, geradezu quälend. »Ich wollte mich nur vergewissern, dass sie tatsächlich noch da wohnt und wir nicht umsonst hinfahren.«

»Du hättest sie beinahe gewarnt.« Joos musste gegen das Geräusch des Motors, den er hochjagte, anschreien. »Sie hätte uns mit ihrem Rechtsanwalt und einem Lokalreporter empfangen können.«

Es half nichts, sie musste sich kratzen. Ihr Puls raste, als sie einen der Griff losließ, um sich endlich Linderung zu verschaffen. »Wollen wir wirklich schon wieder streiten?«, zischte sie genervt von dem rätselhaften Juckreiz, und davon, immer wieder dieselben Vorwürfe zu hören. Gischt spritzte an der Fahrerseite des Motorboots hoch.

»Nein, du hast recht.«

Sie lenkte das Gespräch auf ein anderes, unverfänglicheres Thema. »Warum sind die Schokoladeninsel und die Schokoladenfabrik eigentlich bloß auf Facebook und Instagram vertreten?«

Joos drosselte die Geschwindigkeit und redete wieder in normaler Lautstärke. »Wie bitte?«

»Es gibt so viele andere soziale Netzwerke, die ihr nutzen könntet.« Anne zuckte mit den Achseln. »YouTube und TikTok zum Beispiel.«

»Die Gebrüder Lorentz sind doch schon bekannt genug.«

»Dann solltet ihr dafür sorgen, dass das auch so bleibt. Nur weil es euch heute gut geht, muss es nicht morgen auch noch so sein. Ihr könntet Profile auf Twitter, Snapchat, Pinterest und so weiter erstellen und mit Neuigkeiten füttern. So breit gefächert, würdet ihr mehr Fans erreichen.«

Er schüttelte den Kopf. »Ich denke nicht, dass sich der zusätzliche Aufwand rechnen würde. Unsere Marketingabteilung in Flensburg ist bereits ausgelastet, weil sie beide Unternehmenszweige betreut, die Fabrik und die Insel.«

Nun, da sie langsamer fuhren, konnte Anne die Bootsfahrt wieder genießen. »Ist dir schon mal aufgefallen, dass ihr die Schokoladenfabrik vernachlässigt?

»Nein.« Er warf ihr einen überraschten Blick zu.

»Auf der Facebook-Seite erinnert ihr einmal wöchentlich an eure Produkte, was nachvollziehbarerweise nur wenige Reaktion hervorruft. Auf der Seite der Schokoladeninsel allerdings verlost ihr regelmäßig Merchandising-Produkte.

Ihr teilt täglich die Fotos der Besucher, die euch markieren. Noch lebendiger wäre es, wenn ihr nicht bloß auf Geschäftliches hinweisen, sondern die einzelnen Mitarbeiter vorstellen würdet. Oder ihr könntet Herstellungsmethoden beleuchten, ohne eure Rezepte zu verraten.«

Er schmunzelte. »Du scheinst dir ja viele Gedanken darüber gemacht zu haben.«

»Ja, ihr nutzt die sozialen Netzwerke nicht geschickt und intensiv genug. Dabei haben die Gebrüder Lorentz alles, was es braucht, um Begeisterung auszulösen: Naschereien, wunderschöne Natur, sympathische Mitarbeiter und drei äußerst attraktive Geschäftsführer.« Anne warf Joos einen verschmitzten Seitenblick zu, den er für einen wunderbaren Moment voller Offenheit erwiderte.

»Nur kein gutes Marketing, denkst du. Das ist übrigens die Halbinsel Eiderstedt.« Er wies in Richtung eines weißrot gestreiften Turmes, der von mindestens zwanzig Möwen umschwirrt wurde. »Das ist der Westerhever Leuchtturm. Er steht vor dem Deich auf einer Warft, und die Warft liegt im Tümlauer Koog.«

Vorsichtig lehnte sich Anne zu der Seite hinüber. Wie herrlich es hier war. Und wie gut es duftete, nach Salzwasser und Feuchtwiesen. »Eure Vermarktung ist gut, aber es gibt noch reichlich Luft nach oben.«

»Du solltest das übernehmen«, schlug er mit einem Lächeln vor.

Sie schüttelte den Kopf. »Ich bin Journalistin, keine Werbefachfrau.«

»Na, und?« Lässig zuckte er mit den Achseln. »Anscheinend hast du ein Händchen dafür.«

Sie fühlte sich geschmeichelt. »Ihr solltet alle Chancen nutzen. Die Konkurrenz schläft nicht. Ich habe gehört, dass auf der Insel Mainau im Bodensee Jahrmarktbuden aufgestellt werden sollen. Dort wollen sie das ganze Jahr über Waffeln, Eiscreme, Schokofrüchte und vieles mehr verkaufen. Ist etwas an dem Gerücht dran?«

»Das höre ich jetzt zum ersten Mal.« Seine Miene verfinsterte sich. »Du scheinst die Überbringerin schlechter Nachrichten zu sein.«

Wieder dieses Jucken, und inzwischen überzogen blassrote Quaddeln ihre Haut an einigen Stellen. Nicht zu wissen, was mit ihr los war, belastete sie. So konnte es nicht mehr weitergehen. »Das war nicht meine Absicht.«

»Ich habe dich bloß geneckt.« Beschwichtigend lächelte er sie an.

»Aber da ist etwas Wahres dran«, murmelte sie.

Joos bog in eine malerische Bucht ein und drosselte das Tempo stark. »Wir fahren übrigens gerade in die Tümlauer Bucht ein und sind gleich da.«

Annes Aufregung wuchs, je näher sie ihrem Ziel kamen. Als sie sich umschaute, sah sie auf dem Festland nur saftige grüne Wiesen, teilweise überflutet. »Aber wo ist der Hafen? Wo ist die Stadt?«

»St. Peter-Ording liegt im Westen der Halbinsel Eiderstedt und hat keinen eigenen Hafen. Im Süden gibt es den kleinen Yachthafen von Ehstensiel, aber wir werden hier im Norden anlegen. Siehst du den Hafen dort hinten?« Er wies nach vorne. »Er ist nicht besonders groß, aber malerisch gelegen. Früher waren dort Fischerboote vertäut, jetzt Sportboote und Segelschiffe.«

Anne war überrascht, weil der Hafen so anders war als in Husum. Weit und breit nur Grün zu sehen, keine Wohnhäuser, Geschäfte oder Mauern zum Schutz des Hafens. Der einzige Deich lag zurückgesetzt. Bei einer Sturmflut würde der Anlegeplatz überschwemmt werden. Eine Gruppe Erwachsener spazierte über den Damm, eine Schar Kinder lief voller unbändiger Energie voran. Meckernd wichen grasende Schafe aus.

Es dauerte nicht lange, und Joos legte an. Bis auf die Wanderer war weit und breit niemand zu sehen.

»Letzte Nacht habe ich viel nachgedacht«, sagte er, während er das Boot festmachte. »Mir ist klar geworden, dass du nur Gutes im Sinn hast. Dir bedeutet dein Job beim Fernsehen sehr viel. Du würdest alles für *Tele Nord* tun, genauso wie ich alles für die Gebrüder Lorentz tun würde. Ich habe Verständnis für deine Situation.«

Anne stellte nicht klar, wie falsch er mit seiner Schlussfolgerung lag. Erst beim Zähneputzen am Morgen hatte sie sich gefragt, ob die Erleichterung, die sie empfinden würde, wenn sie vom Sender wegkäme, nicht die Traurigkeit über den Verlust ihrer ersten und vielleicht einzigen Anstellung beim Fernsehen aufwiegen würde. »Und ich kann nachvollziehen, dass du in allen Reportern erst einmal ein rotes Tuch siehst. Das tut mir wirklich leid. Wir sind nicht alle skrupellos.«

»Daran hast du mich erinnert.« Nachdem er mit seinem Smartphone ein Taxi zum Hafen Tümlauer Koog gerufen hatte, gab er sich versöhnlich. »Dann war unser Streit gestern wohl wie ein reinigender Wolkenbruch. Er hat einiges klarer gemacht.«

Anne war sprachlos.

Plötzlich runzelte Joos die Stirn. »Aber die Dokumentation wird doch auch ohne mich gedreht werden, nicht wahr?«

»Nein, denn du wärst das Zugpferd.« Was nur die halbe Wahrheit war. Ihr Arm juckte wieder höllisch.

»Ich würde gerne Entlassungen verhindern helfen, aber ich will auch nicht vor eine Kamera treten. Einer von uns beiden wird am Ende unglücklich sein. Entweder du, weil du arbeitslos bist, oder ich, weil ich einen Seelenstriptease vor der Kamera mache.«

Betreten schwieg sie. Es schien so schwierig, mit Joos glücklich zu werden, aber sie wollte ihm auf jeden Fall helfen, die Schokoladeninsel zu behalten.

Plötzlich packte er sachte ihr Handgelenk. »Was sind das für Pusteln? Du kratzt dich seit dem Pub-Quiz-Abend.«

»Irgendeine Art von Allergie vielleicht. Es wird immer schlimmer.«

»Ich glaube, es gibt einen Hautarzt in der Nähe der Strandklinik.«

Das Taxi kam und holte sie ab.

Sie fühlte sich auf eine angenehme Weise fiebrig, als sie Joos auf dem Rücksitz vorsichtig einen Finger entgegenstreckte und er sich bei ihr einhakte. Joos' Geste schien gering, doch für Anne bedeutete sie die Welt. Trotz aller Widrigkeiten gab es Hoffnung für ihre Liebe.

»Was soll bloß aus uns werden?«, fragte er leise und streichelte zärtlich über die Stelle an ihrem Handgelenk, an der ihr heftiger Puls zu spüren war.

»Das liegt allein an uns.«

»Und daran, was wir bereit sind zu opfern.«

Ja, ihr Job war ihr wichtig, aber wenn er wegen ihr die Schokoladeninsel verlieren würde, hätte ihre Liebe ohnehin keine Chance. Ihre gemeinsame Zukunft lag vorerst in den Händen einer Fremden, denen von Merle Witt.

Kapitel 21

Als sie durch ein lichtdurchflutetes Wäldchen fuhren, öffnete Anne ihr Fenster und ließ den Duft der Kiefern ins Wageninnere. Bald gaben die Bäume die Sicht frei auf das beliebte Seebad, bei dessen Anblick man sich sofort wie im Urlaub fühlte. Gerne wäre Anne noch eine Weile herumgefahren und hätte die Landschaft genossen. Der Taxifahrer brachte sie viel zu schnell nach St. Peter-Dorf, in den überaus einladenden Stadtteil mit seinen urigen Backsteinhäusern, reichlich bepflanzten Vorgärten und kleinen Geschäften.

Zwei Paare mit kleinen Kindern, die noch nicht an die Schulferien gebunden waren, flanierten über die verkehrsberuhigte Dorfstraße. Unweigerlich stellte sich Anne vor, eine eigene Familie zu haben, Urlaub an der Nordsee zu machen oder, noch besser, hier zu leben. Aus den Augenwinkeln sah sie Joos an.

Als das Taxi in eine Stichstraße mit alten Häusern und schattigen Lindenbäumen einbog, ahnte Anne, dass sich in diese Sackgasse mit Wendehammer bestimmt nur selten Touristen verirrten. Alles war ordentlich, aber nicht ganz so auf Hochglanz poliert wie der Rest der Gemeinde und darum nicht unbedingt schöner, wohl aber ehrlicher.

Vor drei schmalen, zweistöckigen Reihenhäusern mit roten Backsteinfassaden, von denen die zwei linken durch

Blumenkästen mit rosafarbenen Ranunkeln, leuchtend gelben Narzissen, himmelblauen Stiefmütterchen und weißen Hyazinthen verschönert wurden, hielt das Taxi an.

Joos bezahlte, während Anne schon einmal ausstieg und sich umsah. Hinter einem geöffneten Fenster probte ein Akkordeonspieler eine Melodie, von der Anne glaubte, dass es sich bei ihr um ein Seemannslied handelte. Köstlicher Pfannkuchenduft lag in der Luft. Inzwischen war es Mittag.

Nervös suchte Anne die Hausnummer, zu der sie wollten. Es war das Gebäude ohne Blumenschmuck. Ein scharlachroter Kombi parkte davor. Rechts führte ein schmaler Durchgang zu einer Nebenstraße. Als sie die drei Treppenstufen, die zum Eingang führten, hochstieg, waren ihre Beine wie Pudding. *Familie Witt* stand auf einem selbst gemachten Schild aus terrakottabraunem Ton. Unter dem Namen waren vier bunte, unterschiedlich große Paar Regenstiefel aufgemalt worden, aus denen Anne schloss, dass hier ein Ehepaar mit einer Tochter und einem Sohn wohnte. Ob überhaupt jemand zu dieser Tageszeit daheim war?

Anne lauschte und meinte, im Inneren des Wohnhauses Geräusche zu hören. Sie trat zurück auf den Bürgersteig und spähte zu dem Fenster unmittelbar neben der Haustür hinauf. Das Erdgeschoss schloss nicht mit der Straße ab, sondern war etwas höher gelegen, daher konnte Anne nicht unmittelbar in die Zimmer sehen. Tatsächlich nahm sie hinter einer weißen, zweigeteilten und leicht transparenten Gardine zu ihrer Linken Bewegungen wahr. Ihr Atem beschleunigte sich.

Joos stellte sich neben sie. Sein Brustkorb hob und senkte sich rasch. Seine starre Miene verriet seine Anspannung.

Forsch, als wollte er das nervenaufreibende Gespräch endlich hinter sich bringen, ging er zum Eingang und drückte auf die Klingel. Ein heiseres Schrillen. Erst tat sich nichts, dann waren zögerliche Schritte zu hören.

Das Warten empfand Anne als unerträglich. Wie musste es da erst Joos ergehen?

Das Backsteinhaus sah renovierungsbedürftig, aber charaktervoll aus. Gehörte es der Familie Witt, oder wohnten sie bloß zur Miete? Anne tippte darauf, dass sie die Eigentümer waren, denn das Gebäude wäre eher an Touristen als Einheimische vermietet worden, weil damit mehr Geld zu verdienen war. Bisher hatten sie sich offenbar dagegen gewehrt, an Investoren, die aus ihrem Heim ein weiteres Feriendomizil machen wollten, zu verkaufen, denn Angebote mussten sie bestimmt genug erhalten haben. Warum blieben sie? Waren sie mit dem Ort tief verwurzelt? Das war etwas, das Anne nicht kannte, weil ihre Eltern mit ihr innerhalb Münchens mehrmals umgezogen waren. War Frau Witt hier aufgewachsen und zog nun in denselben vier Wänden gemeinsam mit ihrem Ehemann zwei eigene Kinder auf?

Besorgt erinnerte Anne sich daran, dass Frau Witt eine Krankenpflegerin brauchte. War sie schon sehr alt? Wie krank war sie? Wäre es nicht verständlich, dass die wahre Eigentümerin der Schokoladeninsel versuchen würde, eine Millionensumme von den Gebrüdern Lorentz zu bekommen, damit sie ihre Kinder versorgt wusste?

Anne ließ ihren Blick schweifen. Dabei fiel ihr der Aufkleber eines ambulanten Pflegedienstes an der Seite des roten Kombis auf.

Endlich wurde die Tür geöffnet. Eine hübsche Frau von etwas über zwanzig Jahren musterte überrascht erst Joos und dann Anne. Sie trug ein weißes Poloshirt und eine weiße Stoffhose. Ihr Teint war gerötet, ihr schwarzer Kajalstrich unter ihren intensiv grünen Augen zerlaufen. Ihr Haaransatz an der Stirn war feucht.

»Moin.« Höflich zeigte Joos auf seine Begleiterin. »Das ist Annegret Huber, und ich bin Joos Lorentz.«

Freundlich lächelte Anne sie an. »Sind Sie Frau Wülken?«

»Woher wissen Sie das?« Als die Pflegerin sich mit dem Handgelenk einige Schweißperlen von der Stirn wischte, kamen kräftige Oberarme zum Vorschein.

Weil es Anne vor Aufregung warm wurde, zog sie ihre rote Steppjacke aus. »Wir haben heute Morgen telefoniert.«

»Oh, Sie sind das. Ich arbeite bei einem ambulanten Pflegedienst, schaue bloß dreimal täglich rein, um Frau Witt zu waschen und ihr ihre Medikamente zu verabreichen. Ich muss gleich wieder los.« Frau Wülken warf einen besorgten Blick auf ihre Armbanduhr. »Der nächste Patient wartet schon im Ortsteil Bad, und im Zentrum findet man kaum einen Parkplatz. Ich muss leider sofort los.«

»Es dauert auch nicht lange«, warf Joos ein. »Versprochen.«

»Was auch immer Sie wollen, ich kann Ihnen nicht weiterhelfen. Es tut mir leid, Sie sind umsonst gekommen. Es ist niemand da, mit dem Sie sprechen könnten.« Frau Wülkens Tonfall drückte Missbilligung aus. »Ich bin meistens alleine mit Frau Witt. Herr Witt nutzt die freie Zeit für sich.«

»Im Grunde wollen wir Sie gar nicht aufhalten. Wir würden wirklich gerne Merle Witt sehen. Wenn Sie ihr das mitteilen würden, wären wir Ihnen sehr dankbar. Das wäre es dann auch schon.« Charmant lächelte er sie an, worauf die Krankenschwester leicht errötete. »Bitte«, fügte er leise hinzu.

Ihr Teint wurde noch eine Nuance dunkler. Sie wich seinem Blick aus. Fahrig löste sie ihre Schmetterling-Spange im Nacken und steckte ihre blondierten Haare ordentlicher hoch, als wäre ihr plötzlich bewusst geworden, dass sie nach körperlicher Arbeit aussah. »Sie kann Sie nicht empfangen.«

»Es ist dringend.« Joos' Haltung machte klar, dass er sich nicht so leicht abwimmeln lassen würde.

Nervös betastete sie ihr Tragus-Piercing, eine kleine perlmuttfarbene Perle. »Wirklich nicht.«

Amüsiert fragte sich Anne, ob Joos der Grund für Frau Wülkens Verunsicherung war. Oder vielleicht der Umstand, dass man mit einem Anliegen, das nicht in ihren Zuständigkeitsbereich fiel, an sie herantrat?

»Es geht um eine Angelegenheit, die keinen Aufschub duldet«, sagte er mit eindringlicher Stimme.

Kurz spähte die Pflegerin über ihre Schulter hinweg ins Innere des Hauses. »Das mag ja sein, aber ich gehöre nicht zur Familie.«

»Könnten Sie sie nicht einfach fragen, ob wir reinkommen dürfen?« Um die Dringlichkeit zu unterstreichen, faltete Anne ihre Hände und hielt sie ihr hin.

Immer wieder strich Frau Wülken den Kragen ihres ungebügelten Polohemds glatt, aber die Falten blieben beharrlich. »Leider nicht, das ist ja das Problem.«

»Geht es ihr so schlecht?« Anne bekam eine Gänsehaut. Aus Mitgefühl, aber auch aus Sorge, sie könnten Joos' existenzielles Problem gar nicht so einfach aus der Welt schaffen.

Eine Fliege wollte ins Haus fliegen. Energisch schlug Frau Wülken nach ihr und hinderte sie daran. Dann sagte sie leise: »Etwas stimmt hier nicht.«

»Was meinen Sie damit?«, fragte Joos freundlich.

»Eigentlich dürfte ich Ihnen das gar nicht sagen, aber ich brauche dringend einen Rat.« Sie fuhr sich mit dem Handrücken über den Mund. »Wir werden schweigen wie ein Grab.« Joos klang vertrauensvoll.

Die Krankenschwester öffnete einen weiteren Knopf an ihrem Shirt. »Frau Witt hat eine leichte Form der Trisomie 21, Diabetes und einen Herzfehler, müssen Sie wissen. Außerdem ist sie verhaltensauffällig.«

»Verhaltensauffällig?« Joos sah Anne an und dann wieder Frau Wülken. »Was bedeutet das?«

»Sie kann wohl auch aggressiv werden, hat meine Vorgängerin mich gewarnt, und die wusste es wiederum von Ulrich Witt. Das ist Merles Bruder, der sich um sie kümmert, aber erst seit dem Unfalltod ihrer Eltern vor anderthalb Jahren.« Die junge Frau neigte sich vor, schaute nach allen Seiten, als wollte sie prüfen, ob einer der Nachbarn mithörte.

Überrascht zeigte Anne auf das Tonschild über der Klingel. »Dann besteht die Familie Witt bloß noch aus zwei Personen?«

»Haben Sie denn nicht davon gehört? In St. Peter-Ording verbreitete sich die Geschichte über die Tragödie der Witts wie ein Lauffeuer.« Frau Wülken holte einen Fettstift aus ihrer Hosentasche und cremte sich ihre Lippen ein. »Das

Unglück passierte in der Nähe von Hamburg, als Uta und Jörn Witt das erste Mal seit einer Ewigkeit Urlaub machten. Ein Bus, der mit Touristen unterwegs nach Dänemark war, fuhr auf Fahrzeuge an einem Stauende auf. Das Auto, in dem Uta und Jörn saßen, wurde zusammengedrückt wie eine Treckfiedel. Sie starben, ebenso wie der Busfahrer und zwei Fahrgäste, die in den ersten Reihen saßen.«

»Das ist ja schrecklich«, stieß Anne entsetzt aus. Als Joos den Arm um sie legte und sie sanft zu sich heranzog, wurde ihr ganz warm ums Herz.

»Tragisch«, sagte er.

Die Krankenpflegerin musterte sie, als würde sie sich plötzlich fragen, in welcher Beziehung ihre beiden Besucher zueinander standen. »Sie sagen es. Seitdem bekommt Frau Witt Beruhigungstabletten. Sonst käme er nicht mit ihr zurecht, sagt ihr Bruder. Neulich hatte er einen bösen Kratzer am Hals, da hatte sie ihn wohl erwischt, aber vor mir spielt er solche Verletzungen immer runter.«

Aus einer Eingebung heraus fragte Anne: »Wie alt ist sie eigentlich?«

»28«, antwortete die junge Frau, »beinahe 29.«

»Im Ernst?« Merle war so alt wie sie selbst, das brachte Anne ins Grübeln. Unweigerlich stellte sie sich vor, dass bei ihr Trisomie 21 diagnostiziert worden wäre. Unter anderen Umständen hätte sie es sein können, die ruhiggestellt wurde, weil sich ihre Trauer über den Verlust ihrer Eltern in Wut verwandelt hatte. Mit einem Mal tat Merle Witt ihr unglaublich leid. Sie wünschte, sie könnte ihr helfen. »Ich dachte, sie bräuchte einen Pflegedienst, weil sie alt wäre.«

»Nein.« Energisch schüttelte die Mitarbeiterin des ambulanten Pflegedienstes den Kopf. »Das liegt an der Trisomie.«

»Wohl eher an den Beruhigungstabletten«, widersprach Joos.

Frau Wülken wurde feuerrot. Fühlte sie sich etwa mitschuldig an Merle Witts anhaltender Benommenheit? Plötzlich redete sie die Angelegenheit klein. »Merle schläft immer viel, war jedoch bisher nie ganz weggetreten. Aber die Dosis, die ich ihr heute Morgen verabreicht habe, wirkt so stark, dass sie immer noch apathisch ist.« Ihre Stimme wurde schriller. »Das war noch nie der Fall. Das dürfte gar nicht passieren. Ich habe nichts falsch gemacht, ich weiß genau, wie viel ich ihr geben kann und habe mich strikt an die Anweisung ihres Hausarztes gehalten, das schwöre ich.« Sie riss die Hände hoch.

»Beruhigen Sie sich. Niemand macht Ihnen Vorwürfe.« Behutsam berührte Anne den Oberarm der Krankenschwester.

»Sie sollten den Arzt rufen«, schlug Joos vor. »Er soll vorbeikommen und sich Merle angucken.«

»Meine Chefin möchte das nicht, ich hatte sie bereits informiert. Sie will keinen Ärger mit unseren Kunden bekommen.« Die Art, wie Frau Wülken das sagte, machte deutlich, dass sie anderer Meinung als ihre Vorgesetzte war.

»Wahrscheinlich reagiert Merle Witt einfach stärker auf das Beruhigungsmedikament als sonst«, sagte Joos ernst. »Aber Sie sollten sich auf jeden Fall absichern.«

»Ist wohl besser so. Bestimmt wird Dr. Matzen erst abends kommen können, wenn seine Praxis geschlossen hat. Aber ich werde Ulrich Witt bitten, sofort zurückzukommen und ein Auge auf seine Schwester zu werfen, bis der Arzt da ist.« Frau Wülken suchte ihre Hosentaschen nach etwas ab. Sie fand es offenbar nicht und ließ ihre Arme hängen. »Ich glaube, ich habe mein Handy auf Merles Nachttisch gelegt. Heute Abend werde ich noch mal nach ihr sehen und sie fragen, wie es ihr geht.«

Anne zog ihre Jacke wieder an, weil sie ahnte, dass der Abschied gekommen war. »Ihr Bruder wird auf sie aufpassen.« Machen Sie sich keine Sorgen.«

Erneut sah Frau Wülken auf ihre Armbanduhr. Plötzlich wurde sie hektisch. Sie gestikulierte heftig. »Jetzt muss ich aber reingehen, Herrn Witt anrufen und dann zum nächsten Patienten fahren. Ich bin schon spät dran.«

Anne bedankte sich bei ihr. Die Krankenpflegerin hatte sie zwar nicht zu Merle Witt gelassen, ihnen aber Informationen über sie gegeben. Jetzt mussten Joos und sie nur überlegen, was sie damit anfingen.

»Was ist eine Treckfiedel?«, fragte Anne Joos, nachdem die Haustür ins Schloss gefallen war.

Er lachte. »So nennt man in Norddeutschland eine Ziehharmonika.«

Beim Gedanken an den Autounfall von Uta und Jörn Witt zog sich ihr Magen zusammen. Sie trat auf den Bürgersteig und wechselte das Thema. »Sollen wir auf Ulrich Witt warten?«

»Nein, lass uns erst etwas trinken gehen oder vielleicht sogar zu Mittag essen. Ich muss in Ruhe überlegen, wie ich weiter vorgehen möchte.« Er stieg die Treppenstufen hinab, blieb am Absatz stehen und fuhr sich mit dem Handrücken übers Gesicht. »Wir werden wohl kaum mit Merle über das reden können, was du gestern im Grundbuchamt herausgefunden hast. Ihr Gesundheitszustand macht alles noch komplizierter.«

Zärtlich berührte Anne seinen Oberkörper. Man sah es ihm nicht an, dass er leicht bebte, aber nun spürte sie es. Er musste sehr aufgewühlt sein. »Wir müssen herausfinden, ob sie einen Vormund hat.«

»Ja, das ist der nächste Schritt.« Er seufzte.

Eine Ringeltaube flog über sie hinweg, und ihr Kot fiel auf die Treppe, auf der Joos und Anne eben noch gestanden hatten. Anne überlegte, ob es gut oder schlecht war, nicht getroffen worden zu sein. Denn die Sache an sich war eklig, aber dem Volksmund nach brachte es Glück.

Joos' Miene verfinsterte sich. »Leider werde ich dadurch gezwungen, Fremde ins Vertrauen zu ziehen. Es sollen so wenige Menschen wie möglich erfahren, dass die Schokoladeninsel meinen Brüdern und mir gar nicht gehört. Das darf erst bekannt werden, nachdem Merle Witt uns Möwesand übertragen hat.«

»Merle wird reich sein und so vollgepumpt mit Beruhigungstabletten, dass sie sich nicht dagegen wehren kann, von Gaunern ausgenommen zu werden.« Anne empfand großes Mitleid mit der fast gleichaltrigen Frau, die ihre Eltern auf tragische Art und Weise verloren hatte und nun ans Bett gefesselt war. Bestimmt sagte sie: »Wir müssen sie beschützen.«

»Das ist meine Aufgabe, nicht Ihre«, antwortete ein Mann, der plötzlich vor ihnen stand, barsch. Er musste durch die Gasse, die rechts am Haus entlangführte, gekommen sein.

Annes Puls beschleunigte sich. Hatte er sich etwa angeschlichen? Hatte er um die Ecke gestanden und ihr Gespräch belauscht? Sie schätzte den untersetzten Mann auf Anfang fünfzig. Ein Dreitagebart machte manche Männer attraktiver, bei ihm wirkte er ungepflegt. Erste graue Strähnen durchzogen sein dunkles Haar. Seine Föhnfrisur legte nahe, dass er am Morgen lange vor dem Spiegel gestanden hatte, doch anscheinend hatte er sich nicht die Mühe gemacht, sein weißes Hemd zu bügeln, denn es war zerknittert.

»Wer sind Sie?«, fragte Joos und stellte sich schützend zwischen Anne und den Mann.

»Ulrich Witt.« Der Korpulente zog ein Benzinfeuerzeug aus seiner Brusttasche, betrachtete die Bruchstelle in dem pinkfarbenen Plastikgehäuse, fluchte und warf es weg. »Sie haben recht, meine Schwester muss beschützt werden, und zwar vor Menschen wie Ihnen.«

Während Anne das Einwegfeuerzeug aufhob, um es ordnungsgemäß zu entsorgen, stemmte Joos die Hände in die Seiten. »Was soll das heißen?«

»Sie sind einer der Lorentz-Goldjungen.« Ungeniert zeigte Witt mit dem Finger auf Joos. »Ich kenne Sie aus dem *Wochenblatt*. Einmal im Monat wird darin über die Schokoladeninsel berichtet, als wäre sie der Himmel auf Erden, dabei ist sie bloß eine Geldmaschine.«

Joos sprach lauter als zuvor. »Meine Brüder und ich haben das Unternehmen mit großer Leidenschaft aufgebaut. Es ist ein Herzensprojekt.«

»Ja, klar«, sagte Witt spöttisch. »Das sagen alle reichen Piefkes, die etwas verkaufen wollen.«

Anne bemerkte, dass Joos bei dem Wort *Piefke* seine

Hände zu Fäusten ballte. Der Wind hatte gedreht, in der Stichstraße war es mit dem Erscheinen von Ulrich Witt merklich kühler geworden.

Merles Bruder holte ein schwarzes, abgenutztes Lederportemonnaie aus seiner Gesäßtasche und zeigte ihnen demonstrativ, dass das Fach für die Scheine leer war. »In Wahrheit ziehen Sie den Leuten nur das Geld aus der Tasche, um noch reicher zu werden.«

Anne roch Alkohol in Witts Atem. Hatte er tatsächlich heute Morgen schon gepichelt, oder hatte er von gestern Nacht noch eine Fahne? Hatte er sein ganzes Geld in einer Kneipe ausgegeben, war sauer auf sich selbst und suchte nun die Schuld für seine Schwäche bei Joos?

Obwohl Joos ihre Unterstützung gar nicht brauchte, sagte sie: »Sie halten mit Ihren Vorurteilen ja nicht gerade hinterm Berg.«

»Weil Sie meine Schwester übers Ohr hauen wollen.« Witt brauchte zwei Anläufe, um seine Brieftasche zurückzustecken. »Aber das werde ich nicht zulassen.«

»Das ist kompletter Unsinn«, sagte Joos. »Ich möchte ihr ein faires Angebot machen.«

»Dann stimmt es also?« Witt grinste. Er musste ihr Gespräch belauscht haben. »Möwesand gehört ihr?«

Widerwille spiegelte sich auf Joos' Gesicht, als er nickte.

»Wie kann das sein?«, fragte Witt und rieb Daumen und Zeigefinger seiner rechten Hand aneinander. »Sie hat in ihrem ganzen Leben noch keinen Fuß auf die Insel gesetzt.«

»Keine Ahnung«, antwortete Joos mit belegter Stimme. »Ich weiß nur, dass sie Möwesand vor zwei Jahren von einem Marten Peterson überschrieben bekommen hat.«

Witt zuckte mit den Achseln. »Hab noch nie von dem gehört.«

»Ihr Name steht jedenfalls im Grundbuch.« Joos verschränkte die Arme vor seinem Oberkörper.

»Ich kann es nicht fassen. Die berühmte Schokoladeinsel gehört einem Mongo.« Witt lachte überheblich.

Plötzlich brüllte Joos: »Passen Sie auf, was sie sagen!«

»Wie reden Sie denn von Merle?«, zischte Anne aufgebracht. Sie traute ihren Ohren kaum. Hatte er seine Schwester gerade wirklich so genannt?

»Sie ist meine Schwester.« Blasiert leckte Witt über seinen kleinen Finger und fuhr damit über seine Augenbrauen. »Ich kann sie nennen, wie ich will.«

Innerlich kochte Anne. Sie konnte sich nur schwer beherrschen. »Das werden wir Merles Vormund mitteilen.«

»Der weiß Bescheid, das bin nämlich ich.« Eine Fliege landete auf seinem Oberarm. Witt schlug so schnell zu, dass sie kurz darauf leblos zu Boden fiel. Selbstzufrieden grinste er und wandte sich wieder an Joos. »Sie müssen also mit mir verhandeln, und ich werde mich nicht mit einer Tafel Schokolade abspeisen lassen.« Er lachte über seinen eigenen Scherz. »Ich werde das Beste für Merle herausholen.« Er nannte ihnen eine Kaufsumme von mehreren Millionen Euro.

»Das kann nicht Ihr Ernst sein!«, brach es aus Joos heraus.

»Wenn Sie mir frech kommen, erhöhe ich den Preis, verstanden?« Witt trat so dicht an Joos heran, dass ihre Schuhspitzen sich fast berührten.

Er mochte einen halben Kopf größer als Joos sein, doch

dieser wirkte weitaus zäher und fitter. Verglich man Witt mit einer wütenden Welle, die auf die Küste zurollte, so war Joos der Wellenbrecher, entschlossen, sie um jeden Preis aufzuhalten.

Durch Ulrich Witts Bewegungen fiel Anne auf, dass er schwankte. Er musste mehr getankt haben, als sie bisher gedacht hatte. Dafür hielt er sich überraschend gut, vermutlich dank regelmäßiger Übung.

»Der Betrag ist absurd«, sagte Joos selbstsicher.

»Wenn Sie meinen.« Sichtlich beleidigt ging Witt um sie herum, wobei er sich nun doch schwer tat, die Balance zu halten. Als er einen Marienkäfer auf dem Bürgersteig bemerkte, schaffte er es, einen Ausfallschritt zu machen und ihn nicht zu zertreten. »Dann wende ich mich eben an einen Immobilienmakler. Der kennt bestimmt Interessenten, und die werden versuchen, sich gegenseitig zu überbieten. Es geht schließlich um die einmalige Chance, die beliebte Schokoladeninsel zu kaufen. Am Ende wird Merle noch viel mehr für Möwesand kriegen. Wetten wir?«

Joos wurde bleich. »Niemand wird ihr so viel zahlen, wie Sie verlangen. Das müssen Sie mir glauben.«

»Das werden wir ja sehen. Die Insel ist eine Goldgrube, das weiß ich, ich bin nicht so blöd, wie Sie denken.« Mit fahrigen Bewegungen zog Witt eine Packung Zigaretten aus seiner Gesäßtasche, steckte sich einen Glimmstängel in den Mund und suchte sein Feuerzeug. Als ihm aufging, dass er es kaputt gemacht und weggeworfen hatte, röteten sich seine Wangen. »Ich lasse mich nicht über den Tisch ziehen.«

»Ich halte Sie nicht für blöd.« Joos versuchte die Wogen zu glätten. »Und ich will Ihrer Schwester ein faires Angebot machen, aber meine Brüder und ich können die astronomisch hohe Summe, die Sie genannt haben, nicht aufbringen.«

Witt steckte die Schachtel zurück in seine Hosentasche. »Aber bestimmt jemand anders.«

Langsam kam Anne zu dem Schluss, dass es wenig Sinn machte, mit dem Angetrunkenen zu diskutieren. Sanft schob sie ihre Finger in die von Joos. »Wir sollten später noch einmal herkommen.«

Die Haustür wurde aufgerissen. Frau Wülken gestikulierte so heftig, dass ihr ihre große Ballontasche aus rosafarbenem Blümchenstoff von der Schulter rutschte und zu Boden glitt. »Da sind Sie ja endlich, Herr Witt.«

»Wie geht es meiner Merle?«, fragte er sanft.

Die Pflegerin hob ihre Tasche auf. »Inzwischen habe ich Dr. Matzen erreicht. Er kann erst gegen 18.15 Uhr hier sein. Wenn Sie nicht so lange warten wollen, sollen Sie den Notarzt anrufen, sagt er.«

Ulrich Witt winkte ab und schwankte dabei leicht. »Das wäre wohl übertrieben. Das Beruhigungsmittel wirkt bloß länger als sonst. Matzen muss die Dosierung korrigieren. Aber ich werde bei meiner Schwester bleiben, bis ihr Hausarzt da ist, das ist doch selbstverständlich.«

»Sie sollten Merle nicht aus den Augen lassen«, ermahnte Frau Wülken ihn. Sie schulterte ihre Tasche. »Jetzt muss ich aber dringend weiter.«

Während die junge Frau zu ihrem Auto hetzte und Witt ins Haus wankte, flüsterte Anne Joos zu: »Wir sollten noch einmal mit ihm sprechen, wenn er nüchtern ist.«

»Du hast recht. Wir kommen heute Nachmittag noch

mal her. Mehr Zeit möchte ich ungerne verstreichen lassen. Immerhin wissen wir, dass er zu Hause sein wird. Sollte es Probleme wegen Merles Gesundheitszustand geben, können wir helfen.« Joos führte sie aus der Stichstraße heraus. »Lass uns zum Strand spazieren und dort einkehren.«

»Gute Idee.« Auch Anne musste ihre Gedanken und Gefühle erst einmal sortieren. Die Situation, die sie hier vorgefunden hatten, war vollkommen anders als erwartet und machte ihr Vorhaben noch heikler. »Ulrich Witt scheint ein Mann voller Gegensätze zu sein.«

Joos spähte hinauf zu einer Krähe, die eine Elster jagte. »Wie meinst du das?«

»Er stylt seine Haare, schert sich aber nicht darum, wie der Rest von ihm aussieht. Er achtet darauf, einen Marienkäfer nicht zu zertreten, erschlägt aber eine Fliege. Er sagt, er will seine Schwester beschützen, nennt sie dann aber Mongo.« Erneut kochte Anne vor Wut. »Letzteres hat mich echt schockiert.

»Mich auch. Ich war fassungslos!« Wohl vor aufwallendem Zorn drückte er ihre Hand etwas zu fest, merkte es und sah sie entschuldigend an. »Am liebsten hätte ich ihm eine reingehauen, aber dafür bin ich zu gut erzogen.«

»Schade«, scherzte Anne und zwinkerte. Sie folgte Joos in eine verkehrsberuhigte Straße hinein.

»Witt sagt, er will Gerechtigkeit für Merle.« Kopfschüttelnd ging Joos um den Aufsteller, der vor einem Café stand und selbst gemachte Eierlikörtorte bewarb, herum, »Aber ich habe eher den Eindruck, dass er eine so hohe Summe wie möglich herausschlagen will, um seinen Vorteil daraus zu ziehen.«

»Was hat Merle davon, reich zu werden? Nichts. Allein ihr Bruder wird ihr Vermögen ausgeben können. Aber ich will ihn nicht vorverurteilen.« Sie zuckte mit den Achseln. »Vielleicht will er ihr die bestmögliche medizinische Versorgung zukommen lassen.«

»Ich hoffe es sehr für Merle«, sagte Joos eindringlich und trat dichter an Anne heran, um ein Paar, das einen Hovawart mit grauer Schnauze und müdem Blick in einem Bollerwagen zog, vorbeizulassen. »Unglücklicherweise hat Witt uns in der Hand. Er ist nicht der Typ, der Mitleid mit Finn, Thies und mir hat, weil wir ausbaden müssen, dass unser Vater hereingelegt worden ist. Ihm ist egal, dass wir viel in die Schokoladeninsel investiert haben, nicht bloß Geld, sondern auch Arbeit und Kreativität. Er sieht allein seine Chance abzusahnen. Im Grunde kann er verlangen, was er will. Entweder, wir bezahlen, oder wir verlieren, was wir mit viel Herzblut aufgebaut haben.«

»So weit wird es nicht kommen.« Anne wollte ihn aufbauen, konnte aber nachvollziehen, dass er sich machtlos fühlte und wie sehr er dieses Gefühl seit seiner Entführung verabscheute.

Auf dem Weg durch die malerischen Straßen von St. Peter-Ording mit seinen hübschen kleinen Esslokalen, Teeläden und Souvenirshops tröstete sie ihn liebevoll. Aber ihr war klar, dass es nicht schlimmer hätte kommen können. Witt würde versuchen, die Gebrüder Lorentz auszunehmen wie eine Weihnachtsgans.

Wie kann ich das verhindern, fragte sich Anne, während sie neben Joos über die Promenade flanierte. Sie wusste es nicht. Sie hoffte, dass Witt, einmal ausgenüchtert, zugänglicher sein und mit sich reden lassen würde. Aber sicher war sie sich da nicht.

Hand in Hand betraten sie eine sehr lange Seebrücke. Sie führte über Salzwiesen, auf denen sich unzählige Vögel tummelten, zum Strand. Am Ende des Stegs blieben sie stehen, um die Atmosphäre in sich aufzunehmen. Während Anne ihren Blick über die große Sandbank schweifen ließ und fasziniert zwei Kitebuggys zuschaute, die geschickt mithilfe eines Drachen und des Windes gelenkt wurden, legte Joos unerwartet den Arm um sie. Ihr Körper kribbelte wohlig.

In einiger Entfernung rollten Wellen heran und brachen tosend am Strand. Das Flattern von Strandmuscheln im Wind drang an Annes Ohr. Ausgelassen lachten Kinder, die eine Sandburg bauten. Ihre Eltern beobachteten sie lächelnd und unterhielten sich. Unbeschwert saßen sie im Sand und ließen sich von der Aprilsonne verwöhnen. Im Schatten ihres Windschutzes war es bestimmt schon frühsommerlich warm. Dieser paradiesische Ort hatte einen ganz eigenen Geruch. Er duftete betörend nach Sorglosigkeit.

Die Urlaubsatmosphäre ging auf Anne über, die Anspannung fiel von ihr ab. Ulrich Witt und die Probleme, die er Joos, Finn und Thies bereiteten, schienen plötzlich weit weg. Anne wusste, dass die Idylle trügerisch war, genoss sie aber trotzdem.

Jo führte sie zu einem Café. Das Lokal stand auf Stelzen auf dem Strand. Durch den Pfahlbau konnte es unabhängig von den Gezeiten oder von Hochwasser den Betrieb aufrechterhalten. Über Holztreppen stiegen sie in den blauen Himmel, so kam es Anne vor, und bekamen als Belohnung einen atemberaubenden Panoramablick. Strand und Meer, so weit das Auge reichte.

Sie nahmen an einem Tisch auf dem Sonnendeck Platz, wo Glasscheiben sie vor dem Wind schützten. Da sie beide keinen großen Hunger hatten, bestellte Anne nur einen Milchreis mit Kirschen, und Joos wählte einen Büsumer Nordseekrabbensalat.

Für einen Moment fühlte sich der Ausflug, der einen geschäftlichen Anlass hatte, für Anne wie ein Liebesurlaub an. Gerade hier, wo es so beschaulich war, spürte sie schmerzlich, wie sehr sie sich Joos als Partner an ihrer Seite wünschte. Ihn, mit dem sie schöne Momente wie diesen, aber auch ihre Sorgen teilen konnte. Einen Mann, der eine starke Führungspersönlichkeit war und auch eine sensible Seite hatte. Verträumt sah sie ihn an.

Er merkte es und schmunzelte. »Bist du gerne Single?«

»Nein, ganz und gar nicht. Warum fragst du?«

»Ich wundere mich nur, dass du keinen Freund hast. Eine Frau wie du.«

»Traust du mir etwa immer noch nicht?«, wollte sie wissen. »Denkst du weiterhin, ich würde dir bloß etwas vorspielen?«

Joos lehnte sich vor und guckte sie eindringlich an. »Nein, eigentlich nicht.«

»Warum möchtest du dich dann versichern, dass ich tatsächlich und wahrhaftig frei bin?«

»Weil …« Er stockte.

Die Heißgetränke, die sie geordert hatten, wurden gebracht. Joos rührte seinen Ostfriesentee um. Eine zarte Röte schimmerte auf seinen Wangen.

Joos empfand etwas für sie, so viel war ihr gestern in seinem Garten klar geworden. Doch wenn sie seine Reaktion hier und jetzt richtig deutete, erwog er, konkreter zu werden.

Heiße Wellen des Glücks brandeten durch sie hindurch. »Ich bin seit etwas mehr als einem halben Jahr Single. Mein letzter Freund hieß Toni. Ich konnte nicht anders, als nach Bremen zu ziehen, um meine beruflichen Träume endlich wahr werden zu lassen, und er wollte in München bleiben. Darum ging unsere Beziehung in die Brüche.«

»Tut es dir leid?« Er ließ ein Kluntje in sein Glas fallen.

»Nein, ich denke, wir hätten uns ohnehin getrennt.« Nachdenklich riss Anne ein Zuckerpäckchen mit dem Namen des Strandcafés auf und ließ den Inhalt in ihren Cappuccino rieseln. »Wir hatten uns längst auseinandergelebt, es aber nicht gemerkt.«

Gekonnt zauberte Joos Sahnewölkchen in sein Heißgetränk. »Wie lange wart ihr ein Paar?«

»Fünfeinhalb Jahre, aber wir haben nie über eine Hochzeit gesprochen.« Anne erinnerte sich an das Telefonat mit ihrer Mutter und die Neuigkeiten, die diese ihr erzählt hatte. »Inzwischen ist er verheiratet, und seine Ehefrau ist schwanger.«

Es lag ein lauernder Unterton in seiner Stimme: »Bist du eifersüchtig?«

»Nein, aber es hat mich getroffen, wie schnell er sich wieder gebunden hat. Schon wenige Monate nach unserer Trennung hat er seine Neue zum Traualter geführt, während eine Ehe bei uns nie Thema war. Ich will ihn aber nicht zurück, ich habe mich in einen anderen Mann verguckt.« Sie wusste nicht, warum sie das gesagt hatte, aber nun konnte sie die

Worte nicht zurücknehmen. »Ich wünschte, ich würde auch glücklich werden wie Toni, aber mit dem anderen.«

»Liebt der Mann, den du in deinem Herzen trägst, dich denn nicht?« Sein Blick wurde eindringlicher.

Ihr Körper glühte, sie zog ihre Jacke aus. »Doch.«

»Was ist dann das Problem?«, fragte er über sein Teeglas hinweg.

»Mein Beruf, wie schon bei meinem Ex-Freund.« Es tat Anne weh, das zuzugeben. »Es ist immer dasselbe.«

Sachte blies Joos in seinen Schwarztee. »Das verstehe ich nicht.«

»Ich habe Toni verloren, weil ich unbedingt als Fernsehjournalistin arbeiten wollte und dafür nach Norddeutschland gezogen bin. Ohne Rücksicht auf ihn zu nehmen«, fügte sie beschämt hinzu.

»Sei nicht so hart zu dir.« Sanft rieb er über ihren Unterarm, zog seine Hand jedoch zurück. »Du meintest ja, eure Beziehung war ohnehin am Ende gewesen.«

»Das stimmt. Aber bei dem Mann, für den ich starke Gefühle habe, steht erneut mein Job zwischen mir und ihm.« Sie nippte an ihrem Cappuccino, er schmeckte sahnig-süß. »Inzwischen zweifle ich daran, ob es richtig ist, meine Arbeit ständig über mein privates Glück zu stellen. Was ist gut daran, meinen Traumberuf auszuüben, wenn ich dadurch einsam bin?«

Während Joos ein langes Gesicht machte und durch die Scheibe auf den Strand schaute, sagte er: »Vielleicht wirst du irgendwann einen anderen Partner finden, der deinen Beruf akzeptiert und besser in deine Lebensplanung passt.«

»Ich will aber keinen anderen, sondern ihn.« Anne hoffte

aus tiefster Seele, dass Joos ihr jeden Moment versichern würde, dass er sie ebenso sehr begehrte wie sie ihn und sie trotz aller Widrigkeiten einen Weg finden würden, zusammen zu sein.

»Ich fühle mich auch oft einsam«, brachte er stattdessen mit belegter Stimme hervor. »Darin liegt eine weitere Gemeinsamkeit von uns beiden.«

»Eine weitere?« Sie war verwirrt. Versehentlich stellte sie ihre Porzellantasse so geräuschvoll ab, dass sie schepperte.

Zärtlich fuhr er ihre Finger entlang, einen nach dem anderen. »Neben der traurigen Tatsache, dass wir beide Verbrechen zum Opfer gefallen sind.«

Ihr Unterarm juckte wieder. Ihre Halsschlagader pochte unangenehm. Sie zog ihre Hand weg und verbarg sie unter dem Tisch. »Ich muss dir etwas sagen.«

Eine Möwe landete auf dem Nachbartisch. Neugierig spähte sie zu ihnen herüber, sah, dass sie noch kein Essen hatten, und flog wieder weg.

»Lass uns das jetzt nicht vertiefen. Das kostet zu viel Kraft, und die brauchen wir, um es mit Ulrich Witt aufzunehmen.« Joos lehnte sich wieder zurück. »Jedenfalls habe ich auch nur meine Arbeit. Finn und Thies denken, ich wäre zufrieden damit, aber das bin ich nicht.«

Köstlicher Essenduft kam aus dem gekippten Fenster, hinter dem die Küche lag. Annes Magen knurrte. »Hast du denn jemand, der dir etwas bedeutet?«

»Das weißt du doch. Sonst hätte ich dir gestern nicht erzählt, was am Tag meiner Entführung passiert ist. Nun gut, ich gebe es zu.« Joos stand auf. Er ging um den Tisch herum, legte ihre Jacke auf seinen Stuhl und setzte sich neben sie.

»Anfangs wollte ich dich schockieren, weil du mich damit verletzt hast, dass du hinter meinem Rücken recherchiert hattest.«

»Ich wollte dir nicht wehtun, ehrlich.«

Er nickte, inzwischen hatte er das wohl verstanden. »Ich wollte auch sehen, wie du reagierst. Ob du mit meiner dunklen Seite zurechtkommen könntest.«

»Das habe ich schon immer akzeptiert.« Anne legte ihre Hand auf seinen Oberschenkel.

»Ich wollte dich auf die Probe stellen.« Die Sonne kam hinter dem Restaurant hervor. »Das war nicht fair von mir.«

»Es war auch nicht fair von mir, ins Amtsgericht nach Husum zu fahren, ohne es dir vorher zu sagen«, erwiderte sie lauter als beabsichtigt und erntete missbilligende Blicke von den Gästen, die zwei Tische weiter saßen. Leiser fuhr sie fort: »Ich wollte nur keine Welle machen, ohne zu wissen, ob etwas an meiner Vermutung dran war.«

»Das habe ich jetzt begriffen. Uns stehen immer wieder Missverständnisse im Weg«, schlussfolgerte er bedauernd und machte eine Faust als Zeichen, wie unzufrieden er über diesen Umstand war.

Liebevoll nahm Anne seine geballte Hand. Sie streichelte sie, bis sie sich öffnete und entspannte. »Dieses Problem lässt sich leicht aus dem Weg räumen, indem wir miteinander reden.«

»Ja, nur trifft das leider nicht auf die Dokumentation zu.« Er verzog sein Gesicht.

Auf keinen Fall wollte sie sich die Laune von *Tele Nord* verderben lassen, wo doch gerade alles so schön war. Obwohl sie wusste, dass der Friede zwischen Joos und ihr zerbrechlich war, machte er ihr Hoffnung, dass sie auf dem richtigen Weg waren. Energisch stellte sie klar: »Ich will jetzt nicht daran denken.«

»Ich auch nicht.« Joos klang erleichtert. Er lächelte glücklich und küsste sie so unglaublich zärtlich, dass sie Sternchen sah. Vielleicht lag das aber auch an der Sonne, die ihr in die Augen schien.

Kapitel 22

Anne fiel der Abschied vom Meer schwer. Arm in Arm gingen sie und Joos dicht an zwei älteren Paaren, die fröhlich kicherten wie Kinder, vorbei. Der Strand schien die Menschen jünger zu machen. Der Geruch von Sonnencreme auf warmer Haut stieg Anne in die Nase. Sie verspürte ein sehnsüchtiges Ziehen in ihrem Brustkorb.

Ich will noch nicht fort und der Realität ins Auge blicken, dachte sie und seufzte so schwer, dass Joos sie fragend ansah. Sie lächelte bloß zurück, und er schien zu verstehen, was in ihr vorging, denn er nickte.

Auf den letzten Metern zog sie ihre Schuhe aus und bereute, das nicht schon vorher getan zu haben. Sie genoss den wohligen Kitzel, als ihre Zehen beim Gehen im Sand versanken. Die oberste Schicht war angenehm warm, doch unter der Oberfläche war er noch kühl. Als Joos und sie über die Seebrücke zurück zur Promenade spazierten, wurde das Wellenrauschen hinter ihnen immer leiser. Anne zog ihre Schuhe erst an, als die Holzbretter aufhörten.

Ganz in ihrer Nähe stand eine kleine Eisdiele. Da gab es Zitronensorbet, dem Anne nicht widerstehen konnte. Sie kaufte sich eine Kugel und wollte Joos ein Eis spendieren, doch er lehnte ab. Jeder andere hätte ihn in diesem Moment für unnahbar gehalten, doch Anne erkannte, dass er seine Nervosität hinter einer Maske der Beherrschtheit versteckte.

Als sie in die Stichstraße kamen, schob sich eine Schönwetterwolke vor die Sonne. Die Temperatur sank merklich ab. Durch die großen Linden mit ihren ausladenden Baumkronen war es in der Sackgasse dunkler als auf dem Hitzsand. Anne wünschte sich, baldmöglichst zur Schokoladeninsel zurückzukehren. Dort fühlte sie sich sicher und beschützt.

Vor dem Haus von Merle Witt blieben sie stehen. Joos atmete heftiger. Seine Finger waren ständig in Bewegung. Anne malte sich aus, wie furchtbar es für ihn, Finn und Thies sein würde, wenn sie ihre Koffer packen und Möwesand verlassen müssten. Unter Tränen müssten sie sich von Freunden wie Gerit und Rieke und lieb gewonnenen Mitarbeitern wie Ebba und Philipp verabschieden.

Bestimmt würde die Presse bereits am Fähranleger in Strucklahnungshörn auf sie warten, um den Untergang der Gebrüder Lorentz auf Fotos festzuhalten. Anne wusste, wie manche ihrer Kollegen tickten. Mitleidlos würden sie den drei bekannten Brüdern Fragen zurufen, die sie in Verlegenheit brachten. Aber Anne gab ihnen nicht allein die Schuld an ihrem rücksichtslosen Verhalten. Die Wahrheit war, dass mehr Menschen eine Zeitung kauften, wenn die Schlagzeile schockierend war.

Erneut von den Medien gejagt zu werden, wäre Gift für Joos, dachte Anne besorgt und berührte ihn sanft zwischen den Schulterblättern. Sie wollte ihn spüren lassen, dass sie bei ihm war und ihm den Rücken stärkte.

Sichtlich angespannt stieg er die kleine Treppe zum Eingang hoch. Er drückte so lange und fest auf die Klingel der Witts, dass ihr heiseres Schrillen in der ganzen Nachbarschaft zu hören war. Als es endlich aufhörte, lauschte Anne angestrengt. Drinnen tat sich nichts. Keine Schritte. Kein Getuschel. Kein Rücken von Stühlen oder Zuschlagen von Zimmertüren.

»Es scheint niemand da zu sein.« Damit hatte Anne nicht gerechnet.

Joos drehte sich zu ihr um und runzelte die Stirn. »Meinst du, Ulrich Witt hat seine Schwester zu ihrem Hausarzt oder ins Krankenhaus gebracht?«

»Vielleicht.« Sie zuckte mit den Achseln. »Es sei denn, er versteckt sich vor uns hinter diesen roten Backsteinmauern.«

»Dafür ist er nicht der Typ.« Energisch schüttelte Joos den Kopf. »So, wie ich ihn kennengelernt habe, genießt er die Konfrontation.«

Sie zeigte zu den Fenstern im Obergeschoss. »Es kann auch sein, dass er seinen Rausch ausschläft und uns nicht hört.«

»Dann hätte er aber einen festen Schlaf.« Durch ein schiefes Lächeln machte Joos deutlich, dass er das für unwahrscheinlich hielt. »Und er würde auch nicht mitbekommen, wenn Merle um Hilfe ruft.«

»Himmel! Du hast recht.« Anne schlug kurz die Hände vor den Mund. »Aber nach allem, was ich mitbekommen habe, scheint er sich gut um sie zu kümmern. Sie liegt ihm am Herzen.«

Mit gerümpfter Nase fragte er: »Wenn es so wäre, würde er dann so viel trinken?«

»Du hast schon recht, aber einen Menschen zu pflegen, verlangt einem mitunter viel ab.« Anne musste an die Mutter ihrer Freundin Inerl denken, die ihren schon recht früh an Demenz erkrankten Vater pflegte. Sie hatte stark zugenommen, und alle in ihrem Umfeld hatten sich gefragt, wie das sein konnte, wo die Pflege doch viel Energie kostete. Bis herauskam, dass sie nachts alles, was sie im Kühlschrank fand, in sich hineinstopfte, um den Druck, der sich tagsüber in ihr aufstaute, loszuwerden. Einige Menschen trieben Sport, um Stress abzubauen, andere aßen sehr viel, und wieder andere flüchteten sich in Alkohol. »Vielleicht ist das seine Art, mit der Situation umzugehen. Auch er hat seine Eltern verloren, vergiss das nicht. Er steht eines Tages vor anderthalb Jahren plötzlich alleine mit seiner Schwester da, sie braucht besondere Unterstützung, und dann äußert sich ihre Trauer auch noch in Aggressionen. Schon möglich, dass das alles zu viel für ihn war und ist.«

»Das ist eine Erklärung, aber keine Rechtfertigung, schließlich muss Merle sich auf ihn verlassen können. Sie ist abhängig von ihm.« Joos klang unerbittlich. Während er nachdenklich die Hausfassade betrachtete, rieb er mit seiner Hand über sein Kinn. »Ich werde das Gefühl nicht los, dass bei den Witts irgendetwas nicht stimmt.«

Anne trat auf die Straße, um in die Fenster im Obergeschoss spähen zu können, sah aber so gut wie nichts. »Vielleicht brauchen Merle und Ulrich jemand, der ihnen unter die Arme greift.«

»Ich werde mich gerne dafür einsetzen, dass sie Hilfe bekommen, aber ich habe den Eindruck, dass Ulrich das nicht zulassen wird.« Laut pochte er gegen die Haustür. »Diesmal werde ich nicht eher gehen, bis ich Merle gesehen habe. Es sei denn, sie ist in ärztlicher Obhut.«

Aus den Augenwinkeln heraus sah Anne eine Frau, die in der Tür des Nachbarhauses stand und vorsichtig um die

Ecke zu ihnen herüberlinste. Sie hatte ihre Haare unter einem bunten Tuch verborgen. Anne konnte ihr Alter schlecht schätzen, da sie zwar viele Falten um die Augen, aber einen wachen Blick hatte.

»Entschuldigung. Haben Sie zufällig einen Krankenwagen gesehen?«, frage Anne die Nachbarin.

»Was ist denn passiert?« Die Frau wurde blass.

Anne überlegte, wie viel sie der Nachbarin gegenüber preisgeben sollte, und entschied sich für die Wahrheit. »Merle Witt ging es am frühen Mittag nicht gut. Wir machen uns Sorgen um sie und hätten gerne gewusst, ob sie in eine Klinik gebracht wurde.«

»Sind Sie vom Pflegedienst? Oder von der Krankenkasse? Vielleicht vom Amt?« Ohne auf eine Antwort zu warten, fuhr die Nachbarin aufgeregt fort: »Ich bin froh, dass Sie endlich vorbeikommen und sich ein eigenes Bild machen. Hat ja lange genug gedauert. Ich heiße übrigens Elsa Dirksen, das könnten Sie sich ruhig notieren.«

Langsam machte Anne einen Schritt auf sie zu. »Haben Sie vielleicht beobachtet, wie Merle weggebracht wurde?«

»Das hätte ich mitbekommen. Nein, sie muss zu Hause sein.« Frau Dirksen rieb mit der Handfläche über ihr himmelblaues Kleid, als wollte sie die weißen Möwen darauf verscheuchen. »Mein Fernsehsessel steht so, dass ich rausgucken kann. Nicht dass ich die Nachbarschaft ausspionieren würde.«

Anne bemühte sich, nicht zu lächeln. »Aber es öffnet niemand. Ob Ulrich schläft, was meinen Sie? Vor zwei Stunden war er, ich will ehrlich sein, beschwipst.«

»Das ist der immer, den kenne ich gar nicht anders.«

Mit einer ausladenden Geste wischte Elsa Dirksen durch die Luft. »Er ist ungefähr vor einer halben Stunde weggegangen.«

Leichtfüßig stieg Joos die kleine Treppe hinab. »Er wird doch wohl nicht seine Schwester alleingelassen haben, erst recht nicht, da etwas mit ihrer Medikation nicht stimmt.«

»Als ob den das interessiert!« Elsa Dirksen schnaubte. »Der ist kaum zu Hause.«

Anne glaubte ihr, denn Frau Wülken hatte etwas Ähnliches angedeutet. Die Mitarbeiterin des Pflegedienstes hatte gesagt, Ulrich Witt wäre immer außer Haus, wenn sie sich um seine Schwester kümmerte. Allerdings ging sie davon aus, dass er wiederkam, sobald sie fertig war. Anscheinend war das jetzt nicht der Fall. »Wenn er sich so um Merles Pflege kümmern muss, wird er aber doch nicht arbeiten können, oder etwa doch?«

»Der ist viel zu verwöhnt, um sich die Hände schmutzig zu machen. Glauben Sie mir.« Frau Dirksen sah auf ihre abgewetzten Pantoffeln hinab. »Ich kenne die Familie, seit sie vor fünfzig Jahren hergezogen ist. Da war Ulrich gerade mal ein Jahr alt.«

»Der Altersunterschied zwischen ihm und seiner Schwester ist groß, nicht wahr?«, fragte Joos und stellte sich an Annes Seite.

Während Elsa Dirksen erzählte, pflückte sie verwelkte Blüten und braune Blätter aus dem mit Tulpen, Primeln und Krokussen bepflanzten Kübel vor ihrem Eingang. »Als Uta Merle bekam, hatte sie die fünfundvierzig schon überschritten. Ulrich war wenig begeistert über sein Schwesterchen. Dreiundzwanzig Jahre hatte man ihn verhätschelt, und plötzlich lief ihm ein anderes Kind den Rang ab. Alle kümmerten sich nur noch um Merle. Sie war zuckersüß und brauchte ja auch besondere Zuwendung.«

»Kein Wunder, dass er eifersüchtig wurde«, warf Anne ein.

»Das sehe ich anders«, widersprach die Bekannte der Familie Witt energisch und drückte die Pflanzenteile in ihrer Hand fest zusammen. »Er war damals bereits erwachsen, verhielt sich aber wie ein trotziges Kind. Wenn Sie mich fragen, lag das daran, dass Uta und Jörn ihn – und später auch Merle – zu sehr verwöhnt haben. Sie haben Ulrich auf Händen getragen, er war ihr kleiner Prinz. Er musste nie im Haushalt helfen, seine Eltern machten so manche seiner Hausaufgaben und besorgten ihm schließlich eine Ausbildungsstelle als Kfz-Mechatroniker in der Autowerkstatt eines Freundes. Das war der erste Job, den er hinwarf. Seitdem hat er nirgendwo lange durchgehalten.« Sie redete sich in Rage. »Wäre ich seine Mutter gewesen, hätte ich ihn auf die Straße gesetzt. Das klingt hartherzig, aber ich meine es nur gut. Manche Kinder müssen eben auf die harte Tour lernen, auf eigenen Beinen zu stehen. Aber er wohnt bis heute in seinem alten Kinderzimmer. Früher haben ihn Uta und Jörn durchgefüttert, jetzt lebt er auf Kosten des Staates und nutzt Merle aus, denn die Eltern der beiden haben ihr das Haus vermacht.«

Joos zog die Augenbrauen hoch. »Nicht beiden Kindern? Darüber wird er ziemlich sauer sein.«

»Ich denke, Uta und Jörn hatten die berechtigte Sorge, dass Ulrich die Immobilie verkaufen und den Erlös innerhalb eines Jahres durchbringen würde.« Unsicher sah Frau

Dirksen auf die trockenen und braunen Blüten und Blätter und steckte sie schließlich in die Tasche ihres Kleids. »Wenn er ein Dach über dem Kopf haben will, muss er sich um seine Schwester kümmern.«

»Wann haben Sie Merle das letzte Mal gesehen?«, wollte Joos wissen.

»Lassen Sie mich mal überlegen.« Elsa Dirksen tippte mit dem ausgestreckten Finger gegen ihre Lippen. »Das muss mindestens ein Jahr her sein, wahrscheinlich sogar länger.«

»Was?« Überrascht sah er Anne und dann wieder die Bekannte der Witts an. »So lange?«

»Eine traurige Entwicklung. Wer hätte vor zwei Jahren gedacht, dass es so weit kommen könnte? Merle war so ein fröhliches Kind.« Schmunzelnd zeigte Elsa Dirksen auf den Eingang des Nachbarhauses. »Sie hat oft auf den Treppenstufen drüben gesessen und Lieder gesungen. Sie hatte eine schöne Stimme, ich habe ihr gerne zugehört. Mein Mann und ich, wir konnten keinen Nachwuchs kriegen. Wir haben weiß Gott alles versucht. Andere Nachbarn flüsterten mir zu, dass sie Merle abgetrieben oder in eine Einrichtung für Behinderte gegeben hätten.« Frau Dirksens tupfte sich mit ihrem Kleiderärmel über ihre feuchten Augenwinkel. »Doch ich hätte alles dafür gegeben, ein Mädchen wie sie zu bekommen. Ich finde, sie sieht mit ihren Mandelaugen feenhaft aus. Außerdem lächelt sie immer und ist stets gutgelaunt.«

Bisher hatte Anne gedacht, dass die Frau nur neugierig und redselig war, aber nun glaubte sie, dass der Nachbarin der Witts ernsthaft etwas an Merles Wohl lag. »Der Unfalltod ihrer Eltern hat sie verändert, haben wir gehört. Jeder trauert anders, und sie ist wütend darüber geworden, dass ihre Eltern sie alleingelassen haben, darum schlägt sie um sich.«

»Wer erzählt denn so was?« Als wollte Elsa Dirksen eine lästige Wespe verscheuchen, wischte sie durch die Luft. »Das ist doch Unsinn. Sie würde niemals jemandem wehtun. Wenn überhaupt, dann würde sie die Aggression gegen sich selbst richten.«

Anne staunte nicht schlecht. Es wunderte sie aber auch, dass die Nachbarin so offen zu ihnen, zwei Fremden, war. Ihr wurde jedoch klar, dass Frau Dirksen erleichtert klang, endlich jemandem erzählen zu können, was ihr seit anderthalb Jahren auf der Seele brannte.

»Sie muss sogar ruhiggestellt werden, teilte man uns mit«, erzählte Anne ihr.

»Das glaube ich nicht«, sagte die Nachbarin rigoros. »In den ersten Monaten nach ihrem schweren Verlust habe ich Merle noch ab und zu am Fenster gesehen. Ihre Wangen waren meistens feucht, sie muss in der Zeit viel geweint haben. Sie war blass und ließ ihre Schultern hängen. Auf mich wirkte sie alles andere als wütend und angriffslustig, sondern als würde sie still leiden. Das hat mir fast das Herz gebrochen.«

Verwirrt blickte Anne zu den Fenstern hinauf, als würde Merle dort mit tränenüberströmtem Gesicht stehen. Doch da war niemand.

»Wenn ich sie besuchen wollte, ließ Ulrich mich nicht hinein. Ich habe es wirklich oft versucht. Einmal habe ich sogar mit der Polizei gedroht, aber er behauptete, Merle würde mich nicht sehen wollen.« Frau Dirksen reckte ihre geballte Faust in Richtung des Hauses der Witts und sagte laut: »Ich habe ihm kein Wort geglaubt.«

Dann neigte sie sich zu Anne hinüber und zischte: »Ich traue ihm nicht über den Weg.«

»Ich mache mir ernsthafte Sorgen um Merle.« Annes Puls hatte sich während der Schilderung Elsa Dirksens merklich erhöht. Langsam glaubte sie, dass Ulrich das einzige Mal ehrlich zu ihnen gewesen war, als er Merle als *Mongo* bezeichnet hatte. Wenn es stimmte, was die Nachbarin gesagt hatte, empfand er seine Schwester als Last, und die war einfacher zu ertragen, wenn er Merle ruhigstellte. Ihr wurde übel vor Aufregung. Die 28-Jährige tat ihr leid. »Kann es sein, dass Ulrich Witt Merles Hausarzt belogen und behauptet hat, sie wäre aggressiv, damit Dr. Matzen ihr Beruhigungstabletten verschreibt und sie Ulrich weniger Probleme macht?«

»Wir werden ihr helfen, versprochen«, sagte Joos bestimmt sowohl zu Anne als auch zu Frau Dirksen. Er sah entschlossen aus.

Aus Dank küsste Anne ihn auf die Wange. Ihr wurde klar, dass das Schicksal der Schokoladeninsel in diesem Moment keine Rolle spielte. Es ging ihm allein darum, Merle zu helfen. Nervös, aber voller Tatendrang wandte sie sich an die Nachbarin. »Könnten Sie sich vorstellen, dass er seine Schwester im Haus alleine zurückgelassen hat?«

»Ulrich kommt oft nur zum Schlafen nach Hause«, antwortete Elsa Dirksen verächtlich. »Er lungert mit seinen Kumpels in der *Deichklause* herum. Wenn die Kneipe geschlossen hat, treffen sie sich eben bei einem von ihnen und bechern da.«

»Ich befürchte, dass Merle allein mit ihrem medizinischen Problem ist.« Anne wusste auch nicht, wie sie das schaffen sollten, dennoch sagte sie beschwörend zu Joos: »Wir müssen irgendwie ins Haus gelangen.«

Sichtlich überrascht zog er seine Augenbrauen hoch. »Willst du dort einbrechen?«

»Ich weiß, das wäre wohl ein etwas drastischer Schritt.« Verschwörerisch blickte Anne sich um, aber keiner der Nachbarn schien sie zu beobachten. »Auf der anderen Seite wäre es unmoralisch, Merle in ihrer Not sich selbst zu überlassen. Es ist eine Ausnahmesituation.«

»Da hast du auch wieder recht.« Nachdenklich rieb er sich mit dem Zeigefinger über sein Kinn.

Elsa Dirksen pflichtete Anne bei: »Das sehe ich genauso. Sollte es Ärger geben, werde ich bezeugen, dass es sich um einen Notfall handelt.«

»Das bringt mich in eine Zwickmühle. Ich will unbedingt helfen, aber ich sollte mich auch keines Verbrechens schuldig machen. Sonst behauptet Ulrich Witt später noch, dass ich seine Schwester umbringen wollte, um einen geschäftlichen Vorteil daraus zu ziehen, oder so einen Quatsch.« Joos schüttelte sich, als würde er diesen furchtbaren Gedanken dadurch loswerden wollen.

»Das würde ich ihm zutrauen.« Anne wollte nicht, dass Joos dieses Risiko einging. Selbst wenn sie allein ins Haus eindringen würde, könnte ihm das negativ ausgelegt werden. Man könnte ihm unterstellen, er hätte sie angestiftet, oder sagen, sie würden ohnehin unter einer Decke stecken. »Lass uns wenigstens einen Blick in die Fenster im Erdgeschoss werfen«, schlug sie vor.

»Was soll das bringen?«, fragte er und sah sie ratlos an.

»Ich glaube, Merle liegt hinter diesem.« Sie zeigte auf das Linke. »Als wir am frühen Mittag vor dem Haus standen, fielen mir Bewegungen hinter der Gardine auf. Ich denke, dass das Frau Wülken war, die Merle ihre Medikamente verabreicht hat. Wenn ich wenigstens einen Blick auf Merle werfen und sehen könnte, dass mit ihr alles in Ordnung ist, ginge es mir besser.«

»Verstehe.« Er packte ihr Handgelenk und zog sie sanft unter das Fenster. Dann schlang er seine Finger ineinander und hielt sie einen halben Meter über den Boden. Mit einem Kopfnicken forderte er sie auf, die so entstandene Stufe zu benutzen. Dann schmunzelt er. »Das hätte ich dir gar nicht zugetraut, Annegret Huber.«

Sein Lächeln traf sie mitten ins Herz. Wärme durchflutete ihren Brustkorb und machte ihr Mut, das zu tun, was sie für richtig hielt. »Was genau meinst du?«

»Einen Einbruch. Du siehst so harmlos aus.«

»Das ist meine Superkraft.«

»Wie bitte?«

»Ich werde oft unterschätzt, was mir manchmal einen Vorteil verschafft.« Liebevoll knuffte sie ihn. »Und jetzt halte deine Hände still, Komplize.«

»Es fängt an, mir Spaß zu machen, mit dir zusammen das Gesetz zu brechen.« Er zwinkerte.

Als Anne einen Fuß in die Räuberleiter stellte und sich an der Fensterbank hochzog, meinte sie ganz in ihrer Nähe ein Trommeln zu hören. Doch das war bloß ihr Herz, das wie verrückt pochte. Adrenalin jagte durch ihren Körper. Sie fühlte sich fiebrig vor Angst. Was würde sie hinter der

Fensterscheibe vorfinden? Sie hoffte so sehr, eine muntere Merle, die Fernsehen schaute oder wenigstens selig schlief, zu entdecken, aber ihr Bauchgefühl sagte ihr etwas anderes.

Anne erachtete sich nicht als sportlich. Aber die Besorgnis entfesselte eine Kraft in ihr, die es ihr leicht machte, ihren Körper nach oben zu strecken. Nervös schaute sie durch das Fenster ins Innere des Hauses, konnte unglücklicherweise jedoch nur Schemen in dem Zimmer erkennen.

Aber was war das? Hatte sich da drinnen nicht gerade etwas bewegt? Ihr Puls beschleunigte sich. Sollte sie gegen die Glasscheibe klopfen? Sie entschied sich dagegen, für den Fall, dass sich Ulrich im Erdgeschoss aufhielt. Aber was, wenn Merle ihr Zeichen gab, dass sie Hilfe benötigte? Ärgerlich stellte sie fest, dass die weiße Gardine nicht so durchsichtig war, wie sie gedacht hatte.

Anne sah auf Joos hinab. »Ich muss zu dem Spalt zwischen den beiden Vorhängen.«

Sein Gesicht war von der Anstrengung gerötet. Dennoch nickte er. Vorsichtig machte er einen Schritt nach dem anderen zur Seite, bis sich Anne schließlich in der Mitte des Fensters befand.

Um die Räuberleiter zu stabilisieren und Joos etwas zu entlasten, stützte sich Anne auf der Fensterbank ab. Ihr Puls raste, als sie durch die schmale Öffnung ins Haus spähte. Ihre Augen mussten sich erst an die Dunkelheit gewöhnen, doch bald sah sie alles klar und deutlich. Sie erschrak.

Anne hatte erwartet, Merle in ihrem Bett vorzufinden, doch das war leer. Stattdessen kroch die junge Frau auf dem

Parkettboden zur Zimmertür. Beschwerlich zog sie sich einige Zentimeter weiter, blieb erschöpft liegen und mühte sich dann erneut ab, ein kleines bisschen vorwärtszukommen. Anne vermutete, dass das Beruhigungsmittel immer noch wirkte und ihr die Kraft raubte. Wäre ihr Bruder zu Hause geblieben, hätte er seine Schwester gehört und ihr aufhelfen können.

»Verdammt«, zischte Anne.

Joos reckte den Kopf. »Was ist los?«

»Merle kriecht im Nachthemd über den Boden. Wie entwürdigend! Sie ist geschwächt. Daran ist ihr Bruder schuld«, presste sie wütend hervor. »Er hat sie alleingelassen.«

»Suffkopp«, warf Frau Dirksen abschätzig ein.

»Dabei braucht sie ihn gerade dringender denn je.« Flehend sah Anne auf Joos hinab. »Wir müssen ihr helfen.«

»Rufen Sie einen Krankenwagen«, wies er die Nachbarin an. »Sofort!«

Elsa Dirksen rannte so schnell in ihr Haus, wie man noch nie jemanden auf Pantoffeln hatte laufen sehen.

Sachte klopfte Anne ans Fenster, doch Merle reagierte nicht. Erst als Anne so heftig pochte, dass die Scheibe vibrierte, drehte die 28-Jährige träge wie eine Schildkröte ihren Kopf. Mit halb geschlossenen Lidern sah sie zu Anne. Als sich ihre Blicke trafen, erhellte sich Merles Gesicht etwas. Anne merkte ihr an, dass es sie unglaublich viel Kraft kostete, die Hand zu heben, um zu signalisieren, dass sie Anne bemerkt hatte.

Die Lippen der 28-Jährigen formten ein Wort, das Anne jedoch nicht verstehen konnte. Sie versuchte erneut, sich verständlich zu machen. Es klappte nicht. Als Anne schon von Joos' Händen steigen wollte, drang etwas an ihr Ohr. Es hörte sich an wie »Hilfe«. Und tatsächlich, als die junge Frau sich endlich lauter äußern konnte, verstand Anne es.

»Sie ruft um Hilfe«, stieß Anne hervor. Ihre Haut kribbelte unangenehm. Eben noch war ihr heiß gewesen, nun wurde ihr von einer Sekunde auf die andere eiskalt. »Es geht ihr schlecht. Wir können sie nicht so liegen lassen, bis der Rettungswagen da ist.«

Behutsam setzte Joos sie ab. »Das werden wir auch nicht. Wir gehen rein!«

»Aber wie?« Vor Verzweiflung raufte sie sich die Haare. Sie waren Merle so nah und gleichzeitig so fern. Nicht an sie heranzukommen, machte sie nahezu wahnsinnig.

»Im Notfall schlagen wir das Fenster ein.« Er rannte zur Haustür und warf sich dagegen. Sie gab etwas nach, hielt aber stand. So schnell gab er nicht auf. Ein weiteres Mal stemmte er sich schwungvoll gegen das verwitterte Holz. Das Türschloss knackte, sprang jedoch nicht auf. Mit schmerzverzerrtem Gesicht rieb Joos seinen Oberarm.

Beherzt stellte sich Anne neben ihn. Sie zählte bis drei runter, dann rammten sie ihre Schultern gemeinsam gegen die altersschwache Haustür. Diesmal brach das Schloss, und die Tür schwang auf.

Während Anne noch da stand und ihr Glück kaum fassen konnte, lief Joos bereits den Korridor entlang und nach links in das nächstgelegene Zimmer. Sie folgte ihm und fand ihn neben Merle hockend vor. Ihr Herz schlug so heftig wie ein Presslufthammer.

Äußerst vorsichtig drehte er die junge Frau auf den Rücken. Er hob sie hoch, als wäre sie so leicht wie eine Feder, und wollte sie ins Bett legen, doch sie keuchte: »Nein.« Also setzte er sie in einen Sessel.

Anne vermutete, dass Merle in den letzten Monaten genug im Bett gelegen hatte und endlich von dort wegwollte. Eilig deckte Anne sie mit einer Decke zu. Sie holte ein Glas kaltes Wasser aus der Küche und ließ die junge Frau in kleinen Schlucken trinken, um ihren Kreislauf anzuregen. Dankbar sah Merle sie mit ihren Mandelaugen an. Sie war kreidebleich, wirkte aber erleichtert. Immer wieder leckte sie sich über ihre spröden und aufgerissenen Lippen. Sie hatte die längsten Wimpern, die Anne jemals gesehen hatte.

Zärtlich strich Anne der jungen Frau die dunklen Haare aus dem Gesicht. »Schön, dich kennenzulernen, Merle Witt.«

Bevor diese antworten konnte, kam der Rettungswagen an. Anne und Joos traten zur Seite. Während die Sanitäter Merles Gesundheitszustand überprüften, polterte plötzlich Ulrich Witt ins Zimmer.

»Was machen Sie da?«, schrie er so laut, dass der Notarzt, der hinter ihm eintraf, vor Schreck im Türrahmen stehenblieb. »Hauen Sie ab. Ich bin ihr Vormund, ich bestimme, was mit ihr geschieht. Merle gehört mir!«

Seine Schwester kreischte. Zuerst befürchtete Anne, dass die junge Frau zu ihrem Bruder zurückwollte, doch dann sah sie die Panik in Merles Augen und die Tränen, die ihre Wangen hinabliefen. Merle streckte ihre Hände nach Anne aus. Diese ergriff sie, obwohl die Sanitäter sie anwiesen, zurückzubleiben und ihnen Platz zum Arbeiten lassen.

Schützend baute sich Joos vor den beiden Frauen auf. »An mir kommen Sie nicht vorbei.«

»Das werden wir ja sehen«, spie Ulrich aus.

Mit Gebrüll stürzte er sich auf Joos. Doch dieser wich so leichtfüßig und selbstsicher aus, als wäre er ein Tänzer und der Kampf eine Choreografie. Während er einen Schritt zur Seite machte, packte er gleichzeitig seinen Widersacher am Kragen. Er nutzte seinen Schwung, wirbelte den Angreifer herum und ließ ihn zum richtigen Zeitpunkt los. Ulrich prallte heftig gegen eine Kommode. Stöhnend hing er an dem Möbelstück, als würde er sich an einem Felsen über einer Schlucht festhalten.

Anne staunte nicht schlecht. Damit hatte sie nicht gerechnet. Sie erinnerte sich an einen Zeitungsartikel über Aikido, für den sie vor drei Jahren in einem Münchner Dojo recherchiert hatte. Man nutzt die Angriffskraft des Gegners zur Verteidigung, indem man sie in fließenden Bewegungen ins Leere lenkte. Damals war Anne fasziniert von der japanischen Kampfsportart gewesen und war es in diesem Moment wieder.

Aber vor allen Dingen war sie von Joos beeindruckt. Wie souverän und leicht er Witt abgewehrt hatte! Trotz Gefahr hatte er einen kühlen Kopf bewahrt. Sie vermutete, dass seine Entführung ihn dazu bewogen hatte, Selbstverteidigung zu erlernen.

Gerade als Ulrich Witt sich aufrappelte und Joos erneut attackieren wollte, stürmten zwei Polizisten ins Zimmer. Die Uniformierten folgten den Zeichen des Notarztes und einer sichtlich vergnügten Elsa Dirksen, die inzwischen auch im Raum stand, und stürzten sich auf Ulrich Witt. Bevor er protestieren konnte, drehten sie ihm die Arme auf den Rücken und legten ihm Handschellen an.

»Sie dürfen mich nicht festhalten. Das ist Freiheitsberaubung«, geiferte Ulrich und nickte in Richtung Anne und Joos. »Ich will bloß meine Schwester beschützen. Fragen Sie lieber die beiden, wie sie ins Haus reingekommen sind. Sie haben die Haustür aufgebrochen.«

Die Miene des älteren Polizisten verfinsterte sich. Er lockerte seinen Griff um Ulrichs Arme. Misstrauisch sah er Anne und Joos an. »Stimmt das?«

Was konnten sie vorbringen, um die Situation zu retten? Sie waren in das Haus der Witts eingebrochen. Sie waren angereist, um sanft auf Merle einzuwirken, damit sie die Schokoladeninsel zu einem Preis, der die Gebrüder Lorentz nicht in den Ruin treiben würde, verkaufte. Wer würde ihnen schon glauben, dass sie nur Gutes im Sinn hatten, als sie sich gewaltsam Eintritt verschafft hatten?

»Mein Bruder«, krächzte Merle plötzlich. Ihre Stimme versagte.

Anne flößte ihr behutsam noch etwas Wasser ein.

Merle räusperte sich. Dann sagte sie sehr leise: »Der hat mich müde gemacht. Hab nur noch geschlafen. Ich wollte das nicht. Der hat mir die Tabletten in den Mund gestopft und mich gezwungen, sie zu schlucken.«

»Das ist gelogen. Sie weiß nicht, was sie da von sich gibt.« Ulrich tippte gegen seine Stirn. »Die ist doch nicht ganz richtig im Kopf. Ein Mongo, das sehen Sie doch.«

Da zeigte Merle auf eine Schublade in der Kommode, gegen die Joos ihren Bruder geschleudert hatte. Anne ging hin und zog sie auf. Als sie die Damenunterwäsche sah, befürchtete sie, dass Merle noch unter dem Einfluss der Beruhigungsmittel stand und Traum und Wachzustand durcheinanderbrachte. Obwohl sie wenig Hoffnung hatte, etwas anderes als Höschen und BHs zu finden, wühlte sie darin herum. Ihre Finger stießen auf etwas Hartes. Überrascht keuchte sie. Es war ein kleiner Karton. Sie nahm ihn heraus und hielt ihn hoch.

Der Notarzt trat zu ihr, holte eine Lesebrille aus seiner Kitteltasche, setzte sie auf und las, was auf der Tablettenverpackung stand. »Das ist ein starkes Beruhigungsmittel. Selbstverständlich ist es in Deutschland verschreibungspflichtig, aber diese Packung stammt aus China. Ich kann die Schrift nicht lesen, bloß den Wirkstoff. Ich vermute, das Medikament wurde illegal übers Internet besorgt.«

»Merle hat bereits ein Medikament zur Beruhigung von ihrem Hausarzt verschrieben bekommen«, sagte Anne überrascht. Im nächsten Moment wurde ihr klar, was das bedeutete. Das war ja ungeheuerlich! »Ihr Bruder hat ihr noch mehr verabreicht, damit er seine Ruhe hat.«

»So muss es gewesen sein«, pflichtete Joos ihr bei. Er stellte sich neben sie und legte seine Hand auf Annes Schulter. Mit der anderen berührte er kurz Merles Arm, wohl um ihr zu signalisieren, dass jetzt alles gut werden würde. »Wahrscheinlich hat er es heute Morgen mit der Dosierung übertrieben. Das würde erklären, warum es erst so aussah, als wollte Merle gar nicht mehr aufwachen. Eine Mitarbeiterin des Pflegedienstes hat uns das mitgeteilt. Frau Wülken war so besorgt, dass sie bereits Merles Hausarzt alarmiert hat.«

Die Uniformierten führten Ulrich Witt ab. Anne, Joos und Elsa Dirksen wurden zur Vernehmung auf die Polizeidienststelle bestellt. Erst nahmen sie sich jedoch die Zeit,

Merle Mut zuzusprechen, ihr zu versichern, dass sie für sie da sein würden, und ihr zu winken, bis die Türen des Ambulanzwagens geschlossen wurden und er mit ihr abfuhr.

Die Nachbarin der Witts legte die Hände an ihre Wangen. »Was soll denn jetzt aus ihr werden?«, fragte sie besorgt.

»Sie haben sie doch ins Herz geschlossen.« Aufmunternd lächelte Anne sie an. »Könnten Sie sie nicht unterstützen?«

»Eine gute Idee«, pflichtete Joos ihr bei. »Sie wohnen doch gleich nebenan.«

»Das geht leider nicht. Ich kann mich kaum um mich selbst kümmern.« Dunkle Halbmonde lagen unter Frau Dirksens Augen. Mit einem Mal wirkte sie erschöpft. Als sie das bunte Tuch abnahm, kam ein kahler Kopf zum Vorschein. »Ich habe nicht die Kraft, denn ich habe Brustkrebs. Die Chemotherapie ist die Hölle. Es tut mir leid.«

»Das muss es nicht. Absolut nicht.« Anne drückte sie. »Wir werden eine andere Lösung finden.«

»Uta und Jörn haben ihre Kinder in Watte gepackt, auch ihre Tochter. Merle hätte so gerne eine Arbeit gehabt, aber ihre Eltern wollten das nicht. Sie fanden den Gedanken schrecklich, dass ihre Kleine eine Behindertenwerkstatt besucht. Für sie war ihre Jüngste nicht behindert, sondern bloß anders.« Elsa Dirksen band ihr Tuch neu. Ihre Bewegungen waren mit einem Mal schwerfällig. »Gleichzeitig dachten sie aber auch, dass Merle in der normalen Berufswelt nicht bestehen könnte. Sie wollten sich ja ohnehin bis an ihr Lebensende um sie kümmern und dachten, wenn sie mal nicht mehr wären, dann würde Ulrich diese Aufgabe übernehmen.« Sie schnaubte verächtlich. Dann wurde sie traurig. »Merle kann nicht alleine wohnen. Sie wollte immer selbstständig sein, hat aber nie gelernt, wie das geht.«

»Was nicht ist, kann ja noch werden«, sagte Anne. Sie dachte bereits darüber nach, wie sie Merle ermöglichen konnte, endlich fröhlich und selbstbestimmt zu leben. »Wo ein Wille, da auch ein Weg.«

Kapitel 23

Als Anne am späten Nachmittag an Merle Witts Bett im Krankenhaus saß, konnte sie nachvollziehen, warum Elsa Dirksen die junge Frau mit einer Fee verglichen hatte.

Es waren nicht allein Merles hübsche Augen, ihr schneewittchenhaftes Aussehen mit den schwarzen langen Haaren und der vornehmen Blässe oder ihr zauberhaftes Lächeln. Sondern es war vor allen Dingen die Art, wie sie sich bewegte, selbst wenn sie bloß die Hand ausstreckte, ein Glas vom Beistelltisch nahm. Jede ihrer Bewegungen wirkte so leicht, als wäre sie auf magische Weise nicht so stark an die Erdanziehungskraft gebunden wie alle anderen Menschen.

Anne konnte sich Merle gut mit rosa schimmernden Flügeln vorstellen. Vielleicht hatte die 28-Jährige als Kind an Fasching ein Elfenkostüm getragen.

Von Aggression auch jetzt, wo die vielen Beruhigungsmittel nahezu ihre Wirkung verloren hatten, keine Spur. Zu behaupten, die Trauer um den Verlust ihrer Eltern hätten sie angriffslustig gemacht, war nur eine weitere Lüge ihres Bruders gewesen.

Merle strahlte übers ganze Gesicht. »Ihr seid gekommen. Meine Retter!«

Anne und Joos hätten schon früher bei ihr vorbeigeschaut, aber es hatte gedauert, bis die Ordnungshüter auf dem Revier ihre Aussagen aufgenommen hatten. Inzwischen war es Abend. Der Tag in St. Peter-Ording war turbulent und aufwühlend gewesen. Annes Glieder waren schwer.

Sie fand, dass Merle in ihrem weißen Krankenhaushemd erbärmlich aussah. »Wenn du den Polizisten erlaubst, dass sie Elsa Dirksen deinen Haustürschlüssel geben, kann deine Nachbarin dir gleich morgen früh Kleidung bringen. Das würde sie gerne für dich tun.«

»Brecht doch einfach ein«, sagte Merle scherzhaft und grinste.

Hitze stieg in Annes Wangen. Verlegen sah sie zu Joos, dem das Thema ebenfalls unangenehm war, und dann wieder zu der Patientin vor ihr im Bett. »Nein. Heute Mittag war das etwas anderes. Außergewöhnliche Situationen erfordern außergewöhnliche Maßnahmen.«

Merle lag alleine in einem Zweibettzimmer. Kein persönlicher Gegenstand stand auf dem Nachttisch, bloß zwei Flaschen Mineralwasser, ein Glas, das Tablett mit den Resten des Abendbrots und eine Tasse, die nach Pfefferminztee roch. Es gab keine Blumen oder Pralinen, keine Karten mit Genesungswünschen oder Luftballons, auf denen *Gute Besserung* stand. Dieses Zimmer strahlte eine Einsamkeit aus, die Anne traurig stimmte.

»Wir hätten nicht heimfahren können, ohne nachgeschaut zu haben, wie es dir geht«, sagte Joos bestimmt.

»Danke. Meine Beine wollen nicht laufen. Der Arzt sagt, meine Muskeln haben sich abgebaut. Das kommt vom monatelangen Liegen. Davon tut auch mein Nacken weh, aber das macht nichts. Alle hier kümmern sich nett um mich.« Tatsächlich hatte sie schon mehr Farbe im Gesicht. Ihr Blick war wach und neugierig. Merles Lippen glänzten und sahen nicht mehr so schmerzhaft trocken aus. Eine Tube Vaseline lag auf dem Rollcontainer.

Anne erkannte, wie stark die junge Frau war. Körperlich war Merle bereits auf dem Weg der Besserung, aber ihre Seele würde bestimmt länger brauchen, um sich von dem, was ihr Bruder ihr angetan hatte, zu erholen.

Joos legte einige Magazine, einen Rätselblock, einen Kugelschreiber, ein Comicheft und einen Roman auf den Rollcontainer. »Das haben wir im Klinikkiosk für dich gekauft. Ich hoffe, es ist etwas dabei, das dir gefällt.«

Verliebt sah Anne ihn an. Die Geschenke waren seine Idee gewesen. Am liebsten hätte er Merle noch viel mehr mitgebracht. Wie fürsorglich er war! Er würde ein guter Vater werden. Ein warmes Prickeln erwachte in Anne.

Merle hatte dieselbe typische Art zu sprechen, wie die meisten Menschen mit Trisomie 21. Manche Menschen mochten diese für kindlich halten, aber das täuschte. Man merkte der jungen Frau deutlich an, dass sie wusste, was sie wollte. »Danke. Wie lieb! Aber ich kenne euch gar nicht.«

»Das ist Anne«, stellte Joos Anne vor und zeigte dann auf sich: »Ich bin …«

Plötzlich rief Merle aufgeregt: »Joos Lorentz. Ist mir gerade eingefallen. Ich wusste gleich, dass du mir bekannt vorkommst. Hab schon Schokolade von dir gegessen.« Dann kicherte sie wie ein Schulmädchen, das seinen Lieblingsstar traf.

»Der bin ich.« Sein Hals bekam rote Flecken.

»Aber was hast du bei mir zu Hause gemacht?« Sie sprach mit ihm, als wäre er George Clooney, den sie bisher nur aus der Ferne angehimmelt hatte.

So, wie Joos über ihre Bettdecke strich, wurde nicht klar, ob er sie oder sich selbst beruhigen wollte. »Das ist jetzt nicht wichtig. Erhole dich erst einmal. Wir sprechen später darüber.«

»Ich will es aber wissen.« Entschlossen reckte Merle ihr Kinn vor.

Im Zimmer war es recht warm. Joos öffnete seine Jacke, doch der Reißverschluss klemmte ganz unten. Mehrmals musste er kräftig am Schlitten ziehen, bis auch das Endteil aufging. »Das ist wirklich nicht der richtige Zeitpunkt. Es geht um etwas Geschäftliches, und die Gesundheit geht immer vor.«

Herzerweichend sah sie ihn mit ihren großen Augen an. »Ich bin doch so neugierig. Bitte. Ich halte es nicht aus zu warten. Wer weiß, wann wir uns wiedersehen werden.«

Amüsiert beobachtete Anne Joos und sah, dass der große, starke Mann, der den stämmigen Ulrich Witt so leicht auf die Bretter geschickt hatte, bei Merle wie Wachs dahinschmolz.

Zögerlich fragte er: »Weißt du, dass die Nordseeinsel Möwesand dir gehört?«

»Marten Petersen hat sie mir gegeben, er brauchte sie nicht mehr. Das war das schönste Geschenk, das ich jemals bekommen habe.« Merles Augen leuchteten wie funkelnde schwarze Diamanten. »Ich wollte dahin ziehen, aber Mama und Papa wollten die Insel verkaufen. Mann, war ich sauer.«

Anne legte ihre Handtasche auf die Fensterbank. Das Gespräch würde länger dauern. »Herr Petersen muss dich sehr liebgehabt haben, wenn er dir so etwas Tolles geschenkt hat.«

»Ulrich meinte, der alte Knacker – so hat er ihn immer genannt – würde nur aus Mitleid mit mir reden.« Mit einem Mal klang Merle fast trotzig: »Aber ich bin nicht krank, nur anders. Das haben Mama und Papa auch immer gesagt.«

»Woher kennst du Herrn Petersen?« Joos lehnte sich zurück. Der Stuhl unter ihm knarzte.

»Er hat dreißig Jahre lang Urlaub in St. Peter-Ording gemacht, hat er erzählt. Aber wir haben uns erst vor ein paar Jahren kennengelernt. Ich weiß, wo es das leckerste Eis gibt. Dahin bin ich oft gegangen. Hab mir eine Waffel mit zwei Kugeln Erdbeereis mit Schokostückchen gekauft. Hab mich auf die Promenade gesetzt und die Touristen beobachtet. Irgendwann saß er neben mir.« Das Leuchten aus ihrem Blick verschwand. »Marten sah so furchtbar traurig aus. Er hatte HIV, aber das hat er mir erst gesagt, als wir schon Freunde waren.«

»Aids?«, fragte Anne.

»Ja.« Merle nickte so würdevoll wie Queen Elizabeth II. von England. »Marten war auch anders, genauso wie ich, nur dass er nicht Trisomie 21 hatte, sondern Männer liebte.«

»Sind wir nicht alle ein bisschen anders?«, sagte Anne. »Das ist auch gut so, denn gerade die Unterschiede machen uns doch interessant.«

Eifrig nickte Merle. »Ich habe ihm von meinem restlichen Geld ein Eis gekauft. Darüber hat er sich so sehr gefreut, als hätte ich ihm einen eigenen Vergnügungspark geschenkt. Den hätte ich gerne.« Langsam röteten sich Merles Wangen, sie bekam eine gesunde Gesichtsfarbe. »Danach haben wir uns öfters auf der Sitzbank getroffen und irgendwann sogar verabredet. Ich durfte ihn Marten nennen. Ich habe noch nie einen Erwachsenen mit Vornamen angeredet, außer Ulrich, aber der zählt nicht, weil er mein Bruder ist.«

Daran, wie freimütig Merle ihnen alles erzählte, erkannte Anne, wie vertrauensselig die junge Frau war. Das besorgte sie. Sollte sie der Verkauf Möwesands reich machen, wäre sie ein leichtes Opfer für Kriminelle. Anne nahm sich vor, nicht zuzulassen, dass Merle ausgenutzt wurde.

»Marten war so reich, dass er nicht wusste, was er mit dem ganzen Geld machen sollte. Bevor er krank wurde, war er Oberarzt und leitete eine Privatklinik, in der man sich schöner machen lassen kann.« Die junge Frau zeigte zum Fenster. »Könnt ihr das aufmachen? Es ist so warm hier drinnen.«

Joos ging zum Fenster und öffnete es. »Warum hat er die Schokoladeninsel nicht selbst verkauft?«

»Er hatte sie geerbt und konnte nichts damit anfangen. Er mochte keine Inseln, sie machten ihm Angst. Das viele Wasser war nicht seins. Er blieb lieber auf dem Festland. Aber er hat gesagt, er würde mit Interesse die Wertsteigerung durch die Gebrüder Lorentz beobachten.« Sie wirkte stolz darauf, seine Worte korrekt wiedergegeben zu haben.

»Indem wir kräftig in Möwesand investierten, haben wir Herrn Petersens Vermögen gesteigert, ohne es zu ahnen«, sagte Joos in bitterem Ton zu sich selbst. Er nahm wieder Platz. Seine Kiefer mahlten. Eindringlich sah er Merle an. »Wir wussten nicht, dass die Insel ihm gehört. Das musst du mir glauben. Wir dachten, mein Vater hätte sie rechtmäßig erstanden, aber er ist damals auf einen Betrüger hereingefallen.«

»Schon okay.« Etwas unbeholfen, aber liebevoll tätschelte sie seinen Arm. »Marten spendete viel, das machte ihm Freude. Für krebskranke Kinder, die Rettung der Bienen und so was. Er hatte niemanden und wusste nicht, wem er sein Vermögen hinterlassen sollte. Als er mir sagte, er würde bald sterben, habe ich geheult wie ein Schlosshund. Er wollte sein ganzes Geld vor seinem Tod weggeben, an ein Kinderhospiz, ein Altersheim oder den Tierschutz. Dann kam er auf mich. Ich würde so ehrlich zu ihm sein und ihm zuhören wie sonst keiner. Bei mir hätte er immer gute Laune. Er wollte mich absichern, also gab er mir die Insel. Zuerst wusste ich damit nichts anzufangen. Aber dann sagten Mama und Papa, wir würden sie verkaufen. Von dem Geld könnte ich mein Leben lang die Miete zahlen und meinen Kühlschrank füllen.«

»Warum haben sie es doch nicht getan?«, fragte Anne.

»Weil sie einen Autounfall hatten.« Plötzlich liefen dicke Tränen über Merles Wangen. »Sie sind tot, wie Marten.«

Anne, die ihre Frage bereute, sprang auf und legte ihren Arm um die Schultern der jungen Frau. »Wusste dein Bruder denn nichts von Herrn Petersens tollem Geschenk?«

»Mama und Papa sagten, ich dürfte es ihm nicht erzählen. Niemals.« Merle hielt sich an Annes Schultern fest, wie eine Ertrinkende. »Sonst wären sie sehr böse auf mich. Er wäre zu nichts nutze. Keine Ahnung, was das heißt.« Sie zog die Nase hoch. »Aber ich habe das Geheimnis bewahrt. Ich kann nämlich dichthalten, auch wenn das keiner glaubt.«

Anne konnte sich denken, dass Uta und Jörn Witt zu Recht befürchtet hatten, dass ihr Sohn ihrer Tochter die Wattenmeerinsel abnehmen würde. Sie holte ein Papiertaschentuch aus ihrer Handtasche und reichte es Merle.

»Ich bin ganz krank vor Sorge, dass man mir und meinen Brüdern Finn und Thies die Insel wegnehmen könnte.« Joos drehte unentwegt seinen Siegelring. »Sie ist doch unser Zuhause. Darum würden wir sie dir gerne abkaufen.«

Laut schnäuzte sich Merle die Nase. »Das will ich nicht.«

Er atmete geräuschvoll aus. Die Muskeln an seinem Hals traten hervor, so angespannt war er. Mit belegter Stimme fragte er: »Aber warum nicht? Deine Eltern hatten recht. Du bräuchtest dir nie wieder Gedanken über Geld zu machen. Viele Menschen träumen davon, finanziell unabhängig zu sein.«

Anne bohrte die Finger in ihre Oberschenkel. Ihr Atem flatterte, so sehr fühlte sie in diesem Moment mit Joos.

»Aber eine Insel zu haben ist toll.« Während sich Merle mit dem Taschentuch über ihr feuchtes Gesicht tupfte, lächelte sie schon wieder etwas. »Das macht mich zu jemand Besonderem.«

»Aber das bist du doch schon«, sagte Anne mit zarter Stimme. »Du bist besonders.«

Annes Bemerkung stimmte Merle nachdenklich. Die junge Frau saugte ihre Unterlippe ein. Sie nickte kaum merklich.

»Ob du die Schokoladeninsel nun verkaufen oder behalten wirst, du bist jetzt schon eine reiche Frau, Merle Witt.« Es war offensichtlich, dass es Joos schwerfiel, die Fassung zu wahren.

»Reich ist, wer geliebt wird, hat meine Mutter immer gesagt. Aber ich bin allein. Mama und Papa sind im Himmel.« Merle fing wieder an zu weinen. »Und meinen Bruder will ich nie wiedersehen. Wegen ihm habe ich nur geschlafen. Ich habe mich wie tot gefühlt. Das war schrecklich.«

Aufmunternd drückte Joos ihren Arm. »Es tut mir leid, dass du das alles durchmachen musstest.«

»Ich kann nicht alleine leben, also muss ich in die Irrenanstalt.« Schluchzend fügte sie hinzu: »Damit hat Ulrich mir oft gedroht.«

»Das war dumm von ihm. Du gehörst nicht in die Psychiatrie«, sagte Anne bestimmt. Sie ertrug es kaum, Merle so aufgelöst zu sehen. Die 28-Jährige hatte schon genug durchgemacht. Obwohl Anne nur ein Jahr älter war als sie, verspürte sie einen mütterlichen Beschützerinstinkt. Sie wollte ihr unbedingt helfen.

Merle putzte sich ein weiteres Mal geräuschvoll die Nase, dann dachte sie laut nach: »Ich möchte lieber ein neues Zuhause finden, als viel Geld zu haben.«

»Das kannst du dir doch von der Summe, die du von uns für den Verkauf Möwesands bekommen würdest, beschaffen.« Joos' Stimme war weich wie Butter, aber in seinem Blick lag Verzweiflung.

»Ein neues Haus, das ja, aber kein Heim, wo man geliebt wird.« Sie schüttelte sich. »Mein Bruder ist gemein, und Mama und Papa wurden von einem Bus zerquetscht.«

Anne hatte einen Kloß im Hals. Merles Stimmung kippte. Langsam wurde sie sich ihrer Situation bewusst. Sie war in einem neuen Leben aufgewacht und sah nun, dass darin niemand auf sie wartete.

Leise weinte Merle vor sich hin. »Ich habe keinen Menschen auf der ganzen Welt.«

»Elsa Dirksen mag dich sehr.« Anne setzte sich auf die Bettkante und zog ihre neue Bekannte in ihre Arme. »Erinnerst du dich an deine Nachbarin?«

»Ja, sie ist nett.« Mit ihren großen, feuchten Augen sah Merle zu ihr hoch. »Kann ich bei ihr bleiben?«

Die Frage versetzte Anne einen Stich. Sie bemühte sich, enthusiastisch zu klingen. »Leider nicht, denn sie ist schwer krank, aber sie hat gesagt, wir sollen dir *Gute Besserung* von ihr wünschen und dir ausrichten, dass sie für dich da ist. Im Rahmen dessen, was ihre Erkrankung zulässt«, fügte sie hinzu.

Erneut flossen Tränen bei Merle. Hilfe suchend sah Anne Joos an. Sie merkte ihm an, dass auch ihn Merles Tränen und Einsamkeit berührten.

»Ich muss das natürlich erst noch mit meinen Brüdern besprechen«, sagte er mit einer Wärme in der Stimme, die Merle dazu brachte, aufzuhorchen, »aber vielleicht möchtest du nach deiner Entlassung aus dem Krankenhaus erst einmal nach Möwesand ziehen.«

»Auf die Schokoladeninsel?«, fragte sie überrascht. Ihre Tränen hörten auf zu fließen.

Annes Herz pochte. Sie war Joos so unendlich dankbar, dass er den Vorschlag gemacht hatte. Jetzt, wo sie darüber nachdachte, fand sie, dass Merle genau dort hingehörte.

»Selbstverständlich. Sie gehört ohnehin dir.« Er lächelte, aber es lag ein Hauch von Traurigkeit in seiner Stimme. »Dort haben wir genug Platz. Du könntest bei mir wohnen, genügend freie Schlafräume gibt es in meinem Haus, oder im Gästehaus Nis Puk ein Zimmer beziehen. Wie hört sich das für dich an?«

»Gut.« Merle warf ihr Taschentuch in den Mülleimer. Hilfe suchend sah sie zu Anne auf. »Ich möchte mich setzen.«

Während Anne das Kopfteil des Krankenbettes hochfuhr,

ergänzte Joos: »Die Insulaner würden sich bestimmt freuen, dich kennenzulernen, wo du doch so ein Sonnenschein bist, wie Frau Dirksen uns erzählt hat.«

»Aber ich heule doch nur.« Verlegen rieb sich Merle mit dem Handrücken über ihre Augenlider.

»Auf der Schokoladeninsel nicht mehr, das verspreche ich dir. Einige der Bewohner treffen sich wöchentlich, um zusammen Shantys zu singen. Seemannslieder sind vielleicht nicht deine bevorzugte Musikrichtung, aber Frau Dirksen meinte, du singst gerne.« Da Merle ihm um den Hals fiel, konnte er nicht weitersprechen. Erst als sie ihn wieder losließ, fügte er hinzu: »Ich lehne mich etwas weit aus dem Fenster, wenn ich das sage, aber meiner Meinung nach könntest du Hannah in ihrer Edelkakao-Manufaktur ein klein wenig helfen.«

Merles Augen weiteten sich. »Ich?«

»Nur wenn du willst, selbstverständlich. Ich muss aber zuerst noch mit Hannah darüber sprechen. Es ist schließlich ihr Geschäft. Weißt du, sie bekommt bald ein Baby und könnte dringend Unterstützung in ihrem Laden gebrauchen. Was meinst du dazu?« Er lächelte sie an. Merle schien ihn längst um ihren kleinen Finger gewickelt zu haben. Ihre unbändige Freude über seine Vorschläge schien ihn anzuspornen, seine spontane erste Idee immer weiter zu spinnen. »Könntest du dir vorstellen, ihr ein wenig zur Hand zu gehen?«

»Und wie! Das wäre klasse.« Plötzlich packte sie seine Schultern, riss ihn an sich und gab ihm einen dicken Kuss auf die Wange.

Er errötete. »Gut, dann werde ich mit allen reden, sobald

ich zurück auf Möwesand bin, und mich schnellstmöglich bei dir melden.«

»Dann bekomme ich ein neues Zuhause auf der Schokoladeninsel, mit vielen neuen Freunden und sogar einer Arbeit?«, fragte sie so aufgeregt, dass sich ihre Stimme fast überschlug.

Sanft legte er seine Hände an ihre Wangen. »Wir werden sehen, wie sich alles entwickelt, aber ich finde, wir sollten es versuchen.«

»Oh, prima!« Freudig klatschte sie in die Hände. »Dann schenke ich dir die Schokoladeninsel.«

Er stockte. Sichtlich überrascht ließ er sie los. »Wie bitte?«

»Marten hat sie mir gegeben, damit ich versorgt bin. Ich bin doch besonders, darum fällt mir manches schwer und das Leben ist so furchtbar kompliziert und schnell.« Merle zog sich die Bettdecke bis unters Kinn. Verschmitzt grinste sie. »Aber auf Möwesand bin ich doch versorgt. Also brauche ich das Geld, das ich kriege, wenn ich die Insel abgebe, nicht mehr.«

»Das ist lieb von dir, aber ich kann dein Geschenk nicht annehmen. Es ist zu großzügig.« Joos klang gefasst, aber er ergriff Annes Hand. Er hielt sich an ihr fest, als befürchtete er, umzukippen und vom Stuhl zu fallen. »Ich würde mich freuen, wenn meine Brüder und ich dir die Insel für einen fairen Preis abkaufen dürften. In dem Vertrag könnten wir ein Wohnrecht auf Lebenszeit vereinbaren. Würde dir das gefallen?«

Vor Glück lachte Merle hysterisch. Schließlich beruhigte sie sich und streckte ihm ihre Hand hin. »Einverstanden. Hand drauf.«

Die Sorgenfalten auf Joos' Gesicht glätteten sich. Glücklich lächelnd schlug er ein.

Anne freute sich so unfassbar mit den beiden, dass ihre Augen vor Rührung feucht wurden. Endlich konnte Merle wieder frohgemut in die Zukunft schauen. Für sie war wahr geworden, wovon Anne träumte. Sie würde zur Familie der Schokoladeninsel gehören. Und Joos, Finn und Thies konnten aufatmen, denn ihre Heimat Möwesand würde bald rechtmäßig ihnen gehören.

Nur Annes Problem mit Joos war noch nicht gelöst. *Tele Nord*, das Fernsehprojekt und ihre kleinen Schwindeleien standen ihnen noch immer im Weg.

Plötzlich juckte ihr Unterarm fürchterlich, vermutlich weil sich die Hitze unter ihrer Steppjacke, die sie vor Aufregung anbehalten hatte, gestaut hatte. Der Drang war einfach zu stark, Anne musste sich kratzen. Doch kaum setzte sie ihre Fingernägel ein, brannte die Stelle am Unterarm fürchterlich. Rote Striemen bildeten sich, dann Quaddeln.

»Nicht tun!«, rief Merle und schlug ihre Bettdecke zurück. Unter ihrem Krankenhaushemd malte sich ein rundlicher Körper ab. »Das macht es nur noch schlimmer.«

»Ich weiß.« Hilflos zuckte Anne mit den Schultern und kratze sich weiter. »Aber ich kann nicht anders.«

Überraschend kräftig hielt Merle Annes Hand fest. »Nimmst du denn kein Antihistamin dagegen?«

»Bisher hatte ich noch keine Zeit, zum Arzt zu gehen.« Anne lächelte verlegen. »Ich weiß nicht, was das verursacht.«

»Das könnte sein … Wie heißt das noch?« Während Merle angestrengt überlegte, leckte sie unentwegt mit ihrer

Zungenspitze ihren Mundwinkel. »Stressreduzierte, nein, das war es nicht. Stressinduzierte Urtikaria. Ja, so ist es richtig.«

»Woher weißt du das?«

»Man nennt es auch Nesselsucht. Ich hatte das, nachdem Mama und Papa totgefahren wurden.« Traurig erklärte Merle: »Das bekommt man, wenn einen etwas so stark belastet, dass man am liebsten schreien würde, es aber nicht tut.«

Hitze schoss Anne ins Gesicht. Tunlichst vermied sie es, Joos anzusehen, denn mit einem Schlag wurde ihr bewusst, dass ihre Beschwerden etwas mit ihm zu tun hatten. Das Jucken trat immer dann auf, wenn sie Gewissensbisse bekam, weil sie ihn angelogen hatte.

»Bei dir kann das natürlich auch etwas anderes sein. Frag doch mal einen der Ärzte.« Merle zwinkerte. »Hier im Krankenhaus gibt es doch so viele.«

Bevor Anne antworten konnte, klopfte es an der Zimmertür. Eine Frau mit roten Apfelbäckchen trat lächelnd ein. Auf der Brusttasche ihrer mintgrünen Schürze stand *Küchenfee*. Sie grüßte höflich, nahm das Tablett mit den Resten von Merles Abendbrot und ging wieder hinaus.

Joos erhob sich und sah Anne an. »Wir sollten langsam zurück nach Möwesand fahren. Ich möchte unbedingt heute noch mit Finn, Thies und Hannah über Merles Zukunft sprechen.«

»Und ich muss dringend mit dir reden.« Annes Beine zitterten, als sie aufstand.

Es war Zeit, ihm endlich die ganze Wahrheit über die Dokumentation und den Überfall im Englischen Garten zu sagen. Dann würde sich zeigen, ob er ihr vergeben konnte oder zu enttäuscht von ihr war, weil sich mit Blick auf ihre kleinen Schwindeleien seine Vorurteile gegenüber Journalisten bestätigten.

Sie holte ihr Smartphone heraus und schickte eine Mitteilung an Max Scherf, nur zwei Worte, garniert mit einem Ausrufezeichen. Zufrieden steckte sie ihr Mobiltelefon weg.

»Ich habe das Gefühl, euch schon ewig zu kennen.« Kraftvoll zog Merle Anne und Joos in ihre Arme und drückte sie fest an sich. Dann sagte sie, wie aus dem Nichts: »Ihr solltet heiraten. Ihr habt euch doch lieb. Das sieht man.«

Überrascht und ein wenig verlegen, lachte Anne. Joos stimmte mit ein und schlang seine Finger in die ihren. Sie fragte sich, ob sein Herz genauso glühte wie seine Hand, denn bei ihr traf das zu.

Beim Verlassen von Merles Krankenzimmer lächelte Anne glücklich. Wäre dieser Tag ein Artikel in der Zeitung, würde die dazugehörige Schlagzeile lauten: *Die berühmte Schokoladeninsel hat eine neue liebenswerte Bewohnerin gefunden.*

Kapitel 24

Gemütlich fuhren Anne und Joos mit dem Motorboot zurück zur Schokoladeninsel. Die meiste Zeit über schwiegen sie und lächelten sich immer wieder an.

Die Sonne stand schon tief am strahlend blauen Himmel und warf ein warmes Licht auf die tiefblaue Nordsee. An der Küste Nordfrieslands waren kaum Menschen zu sehen. Vermutlich saßen die meisten Touristen in Restaurants und aßen fangfrischen Fisch, Salzwiesenlamm oder Schwarzbrot mit Holsteiner Katenschinken. Möglicherweise tranken sie auch vor dem Abendessen in einer der urigen ehemaligen Fischerkneipen ein Küstenbier.

Während Anne vom sanften Fahrtwind gestreichelt wurde, war sie durchdrungen von einer seligen Entspanntheit. Die Ursache lag nicht allein in der herrlichen Abendstimmung dieses wunderschönen Frühlingstages, sondern auch in dem Glück, das sie empfand, weil sie Merle geholfen hatte.

Joos konnte sicher sein, dass er und seine Brüder die Schokoladeninsel behalten würden, und Anne freute sich darüber, in Merle eine neue Freundin gefunden zu haben. Sie würde auch in Kontakt mit Elsa Dirksen bleiben, die just in dem Moment anrief, als Joos in den Hafen von Möwesand hineinfuhr. Anne hatte der Nachbarin der Familie Witt ihre Handynummer gegeben, für den Fall, dass es Probleme gab oder sie Unterstützung brauchte. Doch darum ging es nicht, Frau Dirksen wollte bloß ihrer Empörung Luft machen.

»Ulrich hat Spendenaufrufe gestartet«, brach es aus ihr heraus, kaum dass Anne sich gemeldet hatte. »Können Sie sich das vorstellen? Er hat im Internet Fotos der mit Beruhigungstabletten vollgestopften Merle gepostet und um Geld für eine angeblich lebensnotwendige Operation seiner armen behinderten Schwester gesammelt. Dieses Schwein! Von mir aus kann er im Gefängnis verrotten.«

Anne war fassungslos. »Darum hat er Merle nicht in eine Wohneinrichtung für Menschen mit Behinderungen gegeben. Dann hätte er das Haus seiner Familie verkaufen müssen, um das betreute Wohnen zu finanzieren, und dort wäre aufgeflogen, dass seine Schwester gar nicht aggressiv ist. Außerdem hat er auf unlautere Art und Weise mit ihr Geld verdient.« Anne machte eine Pause. »Aber Hauptsache ist doch, dass er Merle jetzt nicht mehr schaden kann.«

Sie erklärte Elsa Dirksen die Lage. Merles Nachbarin beruhigte sich.

»Wenn Sie das nächste Mal in St. Peter-Ording sind«, sagte sie schließlich, »dann müssen Sie unbedingt bei mir vorbeikommen. Darauf bestehe ich! Dann werde ich friesischen Streuselkuchen nach einem Rezept meiner Urgroßmutter backen. Sie werden sich die Finger danach lecken, das verspreche ich Ihnen. Hach, Sie beide sind so ein hübsches Paar.«

Als Anne ihr Smartphone wegsteckte, fühlte sie sich so zufrieden wie schon lange nicht mehr. Was für ein schöner Abend. Die Dämmerung setzte ein. Gemächlich schlugen die Wellen gegen den Bug des Motorboots, das immer langsamer wurde und schließlich zu seinem Liegeplatz glitt.

Im Hafen wehte nur eine laue Brise. Auf langen, leisen Schwingen flog ein Kranich über den Fährsteg zu seinem Nachtquartier. Schnatternd watschelten Enten am Ufer entlang. Das Laub der Bäume im Wald raschelte, was heimelig auf Anne wirkte. Ihr war, als würde sie nach Hause kommen.

Joos legte an, sprang auf den Steg und vertäute sein Boot. Ganz Gentleman reichte er Anne seine Hand und half ihr beim Aussteigen. Als sie sich berührten, fuhr ein intensives Verlangen durch sie hindurch. Was für ein toller Mann er doch war! Am liebsten hätte sie ihn nie wieder losgelassen. Sie tat es dennoch, weil einige Gäste, die gerade das Klönschnak verließen, ungefragt Fotos von ihnen schossen und sie wusste, dass Joos das nicht mochte.

Fröhlich winkte sie Rieke, die mit Nordic-Walking-Stöcken zügig vorbeischritt und ihnen zurief: »Ich kann nicht anhalten, tut mir leid. Wenn ich aus dem Rhythmus komme, kann ich keinen Fuß mehr vor den anderen setzen, meine Beine sind schwer wie Blei. Ich steigere jeden Abend die Anzahl der Meter, die ich zurücklege. Bis später.«

Mit heftig pochendem Herzen fragte Anne: »Gibt es einen Ort, an dem wir in Ruhe reden können?«

»Das Boot wäre dazu ideal gewesen.« Er schmunzelte und hakte nicht nach, worüber sie mit ihm sprechen wollte.

»Da hast du recht. Aber auf der Rückfahrt war ich noch zu aufgeregt, ich musste mich sammeln.«

»Lass uns zu mir gehen.« Zärtlich nahm er ihre Hand und führte sie über die Küstenstraße heim.

Sie begegneten nur noch wenigen Touristen. Die Schokoladeninsel leerte sich langsam. Das letzte Fährboot würde in Kürze eintreffen und die verbliebenen Besucher zum Festland bringen. Bald würde Möwesand wieder allein den Insulanern gehören.

So schön der heitere Trubel tagsüber auch sein mochte, so angenehm war es abends, wenn Ruhe einkehrte. Dann legte sich eine wohlige Stille über die Insel. Die Wildblumenwiese gehörte wieder ausnahmslos den Graugänsen, Möwen und anderen Wildtieren. Auf dem Weg, der durch Nordwinden führte, herrschte gähnende Leere. Die Naschwerk-Manufakturen in den Reetdachhäusern, die unter den Besucherströmen geächzt hatten, schienen aufzuatmen. Claudia, Philipp und die anderen Angestellten setzten sich erst einmal auf die Stufen vor ihren Geschäften, tranken einen Pharisäer oder auch bloß ein Glas Mineralwasser, bevor sie ihre Läden aufräumten und schlossen.

Joos brachte Anne in den Park mit den alten Kastanienbäumen, die langsam Blütenknospen ausbildeten. Erschöpft von dem ereignisreichen Tag, folgte Anne ihm durchs Haus, das nach heißer Milch mit Honig duftete. Ebba musste sie sich erst vor Kurzem zubereitet haben.

Annes Aufregung stieg mit jedem Schritt, den sie ihrer Aussprache näherkam. Ihr Augenlid zuckte, was sie irritierte, aber wenigstens war im Moment die Nesselsucht nicht zu spüren.

Verwundert sah sich Anne um. »Wo ist Zorro?«

»Wahrscheinlich geht Ebba mit ihm Gassi.« Joos lief in die Küche und bereitete einen Eiergrog aus Eigelb, Rum, Zucker und Wasser. Mit den Getränken setzten sie sich auf die Terrasse mit Blick auf das Ufer.

»Das haben wir uns verdient.« Joos nippte durch die feine Schaumkrone hindurch an seinem Grog.

Anne stellte sich vor, dass er einen Eiergrogbart zurückbehielt und sie ihn ableckte, doch das blieb nur eine Fantasie. »Es war wirklich toll, wie du dich um Merle gekümmert hast.«

»Das Kompliment gebe ich gerne zurück«, entgegnete er lächelnd.

Rasch nahm sie einen Schluck, um ihre Nervosität zu besänftigen. »Ist das köstlich! Ich könnte darin baden.«

Er legte seinen Kopf in den Nacken und lachte. »Das wäre aber ziemlich klebrig.«

»Ich muss dir etwas sagen.« Sie trank erneut, musste husten und lief rot an. Er wollte ihr auf den Rücken klopfen, doch sie signalisierte ihm, dass das nicht nötig sei.

Plötzlich rutschte Joos auf die Kante seines Gartenstuhls vor. »Ich werde es machen.«

»Wie bitte?« Der Geschmack von süßem cremigem Ei lag ihr auf der Zunge. »Was meinst du?«

Entspannt lehnte er sich zurück. »Die *Tele-Nord*-Dokumentation … ich bin dabei.«

Anne hätte nicht überraschter sein können. »Aber du warst doch bisher so sehr dagegen.«

»Vielleicht lag ich falsch. Du hast gesagt, ich würde mit meinem Interview anderen Opfern Mut und Hoffnung machen. Und ich glaube, damit hattest du recht.«

Das Grogglas in ihrer Hand fühlte sich plötzlich heiß an. Sie stellte es ab. »Ich bin sprachlos.«

»Das klingt aber nicht so«, neckte er sie.

»Was hat dich umgestimmt?«

»Wenn ich etwas Gutes bewirken kann, muss ich das tun.« Energisch nickte Joos.

Verliebt lächelte sie ihn an. »Wie bei Merle.«

»Ich vertraue dir.« Gefühlvoll nahm er ihre Hand in seine und streichelte sie. »Du wirst mich befragen, wie bereits abgesprochen, und ich bin mir sicher, dass du mich nicht bloßstellen wirst.«

Anne wünschte sich, er hätte sich erst ihre Beichte angehört, bevor er seine Entscheidung getroffen hatte. »Danke, das ist lieb von dir, aber …«

»Nichts aber«, wiegelte er ab. »Meine Meinung steht fest.«

Anne konnte es immer noch nicht fassen. Sie hatte ihr Ziel erreicht, kurz nachdem sie sich entschlossen hatte, es aufzugeben. Mit fester Stimme fügte er hinzu: »Anne, ich will mit dir zusammen sein. Bisher stand die Doku zwischen uns. Jetzt nicht mehr.«

Annes Herz lief über. »Es ist zu spät.«

»Das verstehe ich nicht.« Joos verschränkte die Arme.

»Ich habe meinem Chef aus dem Krankenhaus eine Nachricht geschickt. In der stand: *Ich kündige!*« Danach hatte sie sich befreit gefühlt, wieder durchatmen können, als hätte in den vergangenen Tagen ein Stein auf ihrer Brust gelegen. Das hatte ihr gezeigt, dass sie die richtige Entscheidung getroffen hatte. Sie scherzte: »Ich werde den Teufel tun und meine Kündigung zurücknehmen, nur weil du auf einmal vor die Kamera willst.«

»Sehr witzig.« Seine Augen funkelten belustigt. »Aber deine Arbeit, dein Traum …«

»Ich habe mich bei dem Bremer Lokalsender nie wohlgefühlt.« Es war das erste Mal, dass sie es jemandem gestand.

»Im Grunde ging es schon lange bloß noch darum durchzuhalten.«

»Hast du denn ein Angebot von einem anderen Sender?«, fragte er und trank einen Schluck.

Anne presste die Lippen zusammen und schüttelte den Kopf.

»Trotzdem willst du *Tele Nord* verlassen?« In seiner Stimme lag kein Vorwurf, sondern Erstaunen.

»Das habe ich schon getan«, korrigierte sie ihn. Nachdem sie die Mitteilung an Max Scherf gesendet hatte, hatte er sie alle fünf Minuten angerufen und Nachrichten geschickt. Schließlich hatte sie ihr Handy ausgeschaltet, um endlich Ruhe vor ihm zu haben. Später würde sie ihm von ihrem Laptop eine offizielle Kündigung mailen. »Es tut mir leid für meine Kollegen, aber das Leben besteht aus Veränderung. Es wird für uns alle weitergehen. Irgendwie. Sie sind alle hart im Nehmen, das haben sie mir oft genug gesagt.« Kämpferisch fügte sie hinzu: »Jetzt muss ich nur noch herausfinden, wie ich meine Schwäche, so harmoniebedürftig zu sein, und meinen Traumberuf vereinbaren kann. Und wo.«

»Ich sehe Harmoniebedürftigkeit nicht als Schwäche«, sagte Joos mit sanfter Stimme.

»Das ist lieb von dir.« Wärme breitete sich in Anne aus. »Ich hatte von Anfang an ein schlechtes Gefühl bei der Dokumentation Natürlich, mein Chef steht selbst unter Druck. Aber im Grunde hattest du von Anfang an recht. Er wollte, dass du vor laufender Kamera einen Seelenstriptease machst. Ich hätte mich niemals von ihm einbinden lassen sollen. Ich war zu unerfahren und hatte Zukunftsängste. Doch ich habe daraus gelernt.«

Joos nippte an seinem Eiergrog und leckte sich dann die orangegelbe Flüssigkeit aus den Mundwinkeln.

»Und in mancher Hinsicht«, fuhr Anne fort, »war das ganze Projekt auch bloß ein Vorwand für mich. In Wahrheit wollte ich in deiner Nähe sein. Mit dem Interview hatte ich einen Grund, um bleiben zu können.«

»Warum?«, fragte Joos.

Sie wusste, dass der Zeitpunkt gekommen war, an dem sie ihr Herz auf der Zunge tragen sollte. Kein Zögern mehr, keine Unsicherheit. »Ich habe mich in dich verliebt, Joos.«

»Ist das wahr?« Seine Augen leuchteten und seine Wangen bekamen einen roten Schimmer. Am liebsten hätte sich Anne in seine Arme gestürzt. »Ist das nicht offensichtlich?«

»Ich liebe dich auch, Anne«, sagte er mit vor Begierde rauer Stimme. »Vom ersten Moment an, als wir uns in Hannahs Manufaktur begegnet sind, war ich gebannt. Seitdem bist du mir nicht mehr aus dem Kopf und Herzen gegangen.«

Sie schmunzelte. »Phasenweise hast du deine Gefühle aber gut versteckt.«

»Darin bin ich ein Meister.« Einen kurzen Moment sah er weg.

»Das musst du jetzt nicht mehr.« Sie brachte ihn dazu, sie wieder anzusehen, indem sie sich neben ihn setzte. »Nicht bei mir.«

Seine Finger hakten sich bei ihr ein. »Dann sind wir ab sofort absolut aufrichtig zueinander?«

»Ja«, antwortete Anne von ganzem Herzen.

Dann küsste Joos sie. Seine Lippen schmiegten sich so selbstverständlich an die ihren, als würde zusammenfinden, was schon immer zusammengehörte.

Joos schmeckte köstlich nach Eiergrog. Sein Körper bebte. Anne spürte, dass er sein Verlangen zurückhielt. Das hielt er jedoch nicht lange durch. Bald wurde sein Kuss stürmischer, und er schob seine Zunge in ihren Mund. Zärtlich streichelte er ihren Nacken und zog Anne zu sich heran. Als er sie umarmte, fühlte sie sich wie in eine warme Decke gehüllt.

Seine Leidenschaft unterstrich, wie lange er sich schon nach ihr verzehrt hatte. Es bedeutete ihr viel, dass er sie so begehrte, ein Mann wie Joos, den traumatische Erfahrungen bis heute an der Aufrichtigkeit von Menschen zweifeln ließen, gab sich einer Frau nicht leichtfertig hin. Aber wenn er liebte, dann offenbar mit Haut und Haaren.

Joos küsste sie jetzt so, dass sie sich angenehm leicht fühlte, als würde sie mit ihm über der Schokoladeninsel schweben.

Langsam schob Anne ihre Hände unter seinen Sommerpullover. Die weiche Haut über seinen harten Bauchmuskeln schien zu glühen. Während er zärtlich ihren Mund mit seiner Zunge erforschte, stand die Welt um sie herum still.

Als plötzlich aus dem Schilf am Ufer zwei Ringelgänse schnatternd aufflogen und sie erschreckten, löste sich Joos von ihr. Er fuhr sich mit dem Handrücken über die feuchten Lippen und lächelte Anne verzückt ab.

Neugierig fragte er: »Da *Tele Nord* für dich Geschichte ist, was wirst du jetzt tun?«

»Ich hatte überlegt, nach München zurückzukehren«, antwortete sie. Warum hatte er nur das Thema angesprochen. Von einem Moment auf den anderen wurde die wunderbare Stimmung durch düstere Aussichten getrübt. »Hast du eine Ahnung, wie es sich anfühlt, mit fast dreißig Jahren wieder bei seinen Eltern einzuziehen?«

»Bleib doch in Schleswig-Holstein.« Liebevoll kraulte er ihren Nacken. »Hier gefällt es dir doch, oder?«

»Ich bin arbeitslos. Ohne Job kann ich mir keine Wohnung leisten. Auf die Schnelle werde ich nichts in meiner Branche finden und …«

»Da liegst du falsch«, unterbrach er sie sanft.

Verwirrt strich sie sich eine Haarsträhne aus der Stirn. »Warum?«

»Ich weiß, wo jemand, der Erfahrung mit Bewegtbildern hat, gesucht wird.« Er reichte Anne ihr Glas.

»Ach, ja?« Ihr Puls beschleunigte sich. Unruhig rutschte sie auf ihrem Sitz herum. Gab es noch Hoffnung, dass sie in Norddeutschland bleiben durfte, in der Nähe von Möwesand und Joos? »Nun rück schon raus mit der Sprache!«

»Hier.« Lächelnd breitete er seine Arme aus. »Auf der Schokoladeninsel.«

Anne glaubte, sich verhört zu haben. »Das ist nicht dein Ernst.«

»Mir ist kürzlich jemand auf die Füße getreten, weil die Gebrüder Lorentz die sozialen Netzwerke nicht clever genug für Werbezwecke nutzen.«

»Schuldig«, scherzte sie und hob lachend ihre Hände.

»Jetzt suche ich jemanden, der einen Youtube-Kanal für uns einrichtet und regelmäßig Beiträge dreht. Vielleicht wäre auch TikTok eine Option.« Er nippte an seinem Heißgetränk. »Das anstehende Frühlingsfest würde sich für erste Videos anbieten.«

Sie traute sich nicht, sich zu freuen. Sein Jobangebot kam so überraschend und war zu schön, um wahr zu sein. »Seit wann sucht ihr jemanden?«

»Seit einer Minute«, sagte Joos schmunzelnd.

Sie hielt ihr Glas so fest, dass sie befürchtete, es könnte zersplittern. Sein Angebot überwältigte sie so sehr, dass ihr angenehm schwindelig war. »Bist du sicher, dass du das willst?«

Er nickte. »Bist du es?«

»Und wie!« Vor Aufregung trank Anne einige kräftige Schlucke Eiergrog. Er war nur noch lauwarm und schmeckte umso süßer. Der Alkohol stieg ihr zu Kopf.

»Aber …«, begann Joos und weckte in Anne die Sorge, dass sein Angebot einen Haken hatte. »Es wäre keine echte journalistische Arbeit, nicht so, wie du sie gewohnt bist.«

»Wir werden sehen.« Sie zitterte vor überschäumender Begeisterung.

Ihr kamen bereits erste Ideen für Internetbeiträge. Längere Dokumentationen, die nicht bloß auf Youtube, sondern auch auf der Website der Schokoladeninsel ihr Publikum finden würden, und kurze Filme, die man auch in anderen sozialen Netzwerken einstellen konnte. Das wäre aufregend, schon allein, weil die Schokoladeninsel so viel zu bieten hatte. Da sie der Profi war, würden Joos, Finn und Thies sie bestimmt erst einmal machen lassen.

Außerdem müsste sie sich nicht verbiegen, sondern könnte Beiträge über Themen produzieren, die ihr am Herzen lagen. Sie würde positive Videos drehen, Menschen interviewen, die ihre Arbeit liebten, und die erste Journalistin werden, die es schaffte, dass Joos Lorentz freiwillig vor eine

Kamera trat. Am Ende würde sie doch bekommen, wozu sie auf die Insel gereist war.

»Es gibt aber einen Knackpunkt.« Mit einem einzigen kräftigen Schluck leerte Joos sein Glas.

Also doch, dachte Anne und verspürte einen unangenehmen Druck in der Magengegend. »Und der wäre?«

»Für den Job müsstest du auf die Schokoladeninsel ziehen.« Er lächelte.

»Das wäre allerdings ein Opfer, das ich bringen müsste«, sagte sie mit gespieltem Ernst. Dann jauchzte sie vor Glück.

»Dann sagst du zu?« Er strahlte übers ganze Gesicht. Seine Augen wirkten mit einem Mal heller als zuvor. »Du kannst dir aber auch gerne eine Bedenkzeit nehmen.«

»Auf keinen Fall! Sonst überlegst *du* es dir noch anders.« Als Anne ihm noch einmal um den Hals fiel, hätte sie beinahe vor Euphorie sein Grogglas vom Tisch gestoßen. Ihr Herz schlug ihr bis zum Hals. Tränen schossen ihr in die Augen. Sie konnte sich nicht daran erinnern, wann sie das letzte Mal so glücklich gewesen war.

So überschwänglich hatte sie sich nicht einmal gefreut, als *Tele Nord* ihr vor etwas mehr als einem halben Jahr den Vertrag zugeschickt hatte und ihr großer Traum, als Fernsehjournalistin zu arbeiten, in Erfüllung zu gehen schien. Das hier war besser! Heute fühlte sie sich auf der Schokoladeninsel angekommen. Hier gehörte sie hin, an Joos' Seite.

Die Zeit der Einsamkeit war endlich vorbei, für sie beide. Überglücklich nahm sie sein Jobangebot an. Sie besiegelten das Arbeitsverhältnis mit einem langen Kuss, der untermalt wurde vom wohligen Rauschen der Meereswellen. In der Ferne hörte Anne ein Schiff, vielleicht die Fähre, die auf den Hafen zufuhr, um die letzten Touristen des Tages abzuholen.

Plötzlich stürmte Zorro bellend heran. Mit seinen Vorderpfoten stellte er sich auf Joos' Oberschenkel und wedelte freudig mit seinem buschigen schwarzen Schwanz.

»Eigentlich darf er nicht an mir oder an anderen hochspringen.« Leicht verlegen sah Joos Anne an. Dennoch lachte er versöhnlich und schob den Rüden von seinem Schoß hinunter.

»Nur dass Zorro das nicht weiß«, frotzelte Finn, der wie aus dem Nichts auf sie zukam. Er steckte die Hände in die Taschen seiner schwarzen Chinohose und zwinkerte ihnen zu. »Dabei trainierst du doch ständig mit ihm.«

Verwundert stellte Anne fest, dass er das erste Mal, seit sie ihn kannte, etwas anderes als Bermudashorts trug. Hatte er etwas Besonderes vor?

»Ja.« Joos gab ein ärgerliches Brummen von sich, dann seufzte er resigniert. »Aber er ist sturer als ich.«

»Und das will schon was heißen«, scherzte sein jüngster Bruder, der nur ein meergrünes T-Shirt mit einer Schildkröte trug, obwohl es, während die Sonne im Meer versank, frisch wurde. »Ich will euch beide nicht stören.«

»Das tust du aber gerade.« Joos zeigte auf sein Glas. »Soll ich dir trotzdem einen Eiergrog machen?«

»Nein, danke. Ich bleibe nicht lange.« Barfuß trat Finn auf die Terrasse. Er betastete nervös die Zinn- und Holzperlen an seiner Surferkette. »Ich muss dir nur rasch etwas Wichtiges mitteilen.«

»Was ist passiert?«, fragte Joos ernst.

Beiläufig strich Finn über die blonden Härchen auf seinem Unterarm, die sich aufgestellt hatten. »Hannah ist heute Vormittag mit dem Hubschrauber ins Krankenhaus gebracht worden.«

»Ist alles in Ordnung?«, fragte Joos besorgt. »Geht es ihr gut?«

»Es ist so weit. Die Fruchtblase ist geplatzt.« Als sich Finn durchs sandblonde Haar fuhr, rutschte sein Lederarmband über sein Handgelenk hin und her. »Das neueste Mitglied der Familie Lorentz ist auf dem Weg.«

Joos stand so schnell auf, dass er mit seinen Beinen an den Gartenstuhl stieß. »Und dann hältst du es nicht für nötig, mich auf dem Handy anzurufen?«

Entschuldigend riss Finn seine Arme hoch. »Thies hat es mir verboten. Er meinte, wir werden auf der Schokoladeninsel gebraucht und sollen den Laden am Laufen halten, genauso hat er es formuliert. Er bat mich, ihn bei der Betreuung der Touristen zu ersetzen und wenn möglich zwei der Angestellten dazu abzustellen, Hannahs Edelkakao-Manufaktur weiterzuführen.«

»Hannah wird bald Unterstützung bekommen«, warf Anne freudig ein, die Hannahs anstehende Niederkunft ganz rührig machte. Sie fand, dass Finns Sommersprossen stärker hervorgetreten waren, vermutlich wegen der Sonne die letzten Tage.

»Durch Merle, eine bezaubernde und besondere junge Frau aus St. Peter-Ording. So wie ich das sehe, wird sie zur rechten Zeit herkommen. Wir brauchen ihre Hilfe genauso sehr wie sie unsere. Aber dazu später mehr.« Die hektische Art, wie Joos durch Zorros glänzendes Fell wuschelte, verriet, wie sehr ihn die Neuigkeit aufwühlte. »Ich glaube ja,

Thies will bloß verhindern, dass wir mitbekommen, wie sehr seine Nerven blank liegen.«

»Gut möglich. In den Kreißsaal dürfen wir ja sowieso nicht«, sagte Finn und lachte. »Ob wir nun im Krankenhaus oder hier warten, macht keinen großen Unterschied. Er wird uns sofort anrufen, wenn sein Baby da ist.«

Jetzt wusste Anne, warum er Chinos trug. Er wollte jederzeit abreisebereit sein.

»Das müssen wir selbstverständlich respektieren.« Plötzlich lachte Joos. »Thies war immer der Lässigste von uns. Anscheinend ist er jetzt nicht mehr so cool. Wie wird er erst dahinschmelzen, wenn er sein Neugeborenes in den Armen hält?«

Finn schob den silbernen Ear Cuff an seiner Ohrmuschel hoch und runter. »Und sein Kind wird ihn im Nu um den kleinen Finger wickeln, das wette ich mit dir«, fügte er amüsiert hinzu.

»Ich bin nicht so dumm, dagegen zu setzen, denn ich würde die Wette verlieren«, sagte Joos schmunzelnd.

»Den ganzen Tag über laufe ich schon über die Insel, als hätte ich Ameisen in der Hose.« Wie ein Gepard im Gehege ging Finn auf und ab. »Ich kann einfach nicht sitzen bleiben.«

Joos stellte sich ihm in den Weg und legte ihm die Hände auf die Schultern. »Man wird ja auch nicht jeden Tag Onkel.«

»Thies kann jeden Augenblick Papa werden. Das ist so unglaublich!« Finns Augen wurden feucht.

»Er ist der Erste von uns dreien.« Brüderlich klopfte Joos ihm auf den Rücken. »Wenn das für uns schon so aufregend ist, muss er selbst vor Vorfreude fast verrückt werden.«

Finn hüpfte auf und ab, weil die Geburt seines ersten Neffen anscheinend zu viel Energie in ihm freisetzte. Dann hörte er auf und errötete. »Tut mir leid. Das ist nicht gerade erwachsen. Ich freue mich halt wie ein Kind an Weihnachten. Spannende Zeiten stehen uns bevor. Es ist ewig her, dass es auf der Schokoladeninsel ein Baby gab. Alle werden es umschwärmen wie eine kleine Prinzessin.«

»Oder einen kleinen Prinzen.« Joos zwinkerte, setzte sich wieder zu Anne und zog sie in seine Arme.

Unweigerlich stellte sie sich vor, wie es wäre, mit Joos ein Baby zu haben. Er wäre bestimmt ein sehr fürsorglicher und liebevoller Vater, der seinem Kind beibrachte, dass sich Stärke und Einfühlsamkeit nicht gegenseitig ausschlossen. Wenn sie das richtig deutete, hatte er genau das von seinem eigenen Vater gelernt, und Anne hoffte, dass er diese Eigenschaften eines Tages an ihren gemeinsamen Nachwuchs weitergeben würde. Eng kuschelte sie sich an ihn.

»Aber jetzt lasse ich euch wieder alleine. Dann könnt ihr weiter herumknutschen«, feixte Finn. »Ich benutze nur kurz das Klo im Haus, danach bin ich weg.«

Als er an Anne vorbeilief, streckte er seinen Daumen nach oben. Auf der Schokoladeninsel war sie genau richtig. Sie gehörte jetzt an Joos' Seite. Das, was sie sich schon seit der 4. Klasse gewünscht hatte, war wahr geworden. Sie lebte am Wasser. Schmeckten Joos' Küsse auch nicht nach Mirabellen, so waren sie doch das Süßeste, was sie jemals gekostet hatte. Alles war perfekt.

Ist es das wirklich, fragte eine kritische Stimme in ihr.

Wie eine Monsterwelle, die mit ihrer zerstörerischen Kraft heranrollte und Schrecken verbreitete, kehrte alles zurück, was sie seit der Bootsfahrt verdrängt hatte. Sie hatte nur eine Zukunft mit Joos, wenn sie ihm beichtete, dass sie ihn zweimal angelogen hatte. Denn Aufrichtigkeit war neben Liebe, Treue, Respekt und Vertrauen eins der Fundamente einer guten Beziehung.

Plötzlich juckte es sie am Bauch. Ohne wirklich darauf zu achten, kratzte sie sich. Erst als ihre Haut brannte wie Feuer und der Juckreiz quälend wurde, war klar, dass sich die Nesselsucht wieder bemerkbar machte.

Kein Wunder, dachte sie bedrückt. Natürlich war sie nervös. Keine gute Voraussetzung für eine Aussprache, die ihr junges Liebesglück schon wieder zerstören könnte.

Joos wird mir schon verzeihen, schließlich liebt er mich, sprach sich Anne Mut zu.

»Ich wollte doch mit dir an einem ruhigen Ort über etwas Wichtiges reden, aber dann kamen einige Dinge dazwischen.«

»Das klingt aber plötzlich ernst.« Er lachte nervös.

Ein Kloß im Hals machte es Anne schwer zu sprechen. »Das ist es auch, aber du musst wissen, dass ich dir nie etwas Böses wollte.«

»Was hast du getan?« Unsicher sah er sie an und löste seine Umarmung.

Sie packte seinen Arm und hielt sich an ihm fest wie eine Ertrinkende. »In der Zeit mit dem Arbeitsstress und als ich nicht wusste, wie ich dir nahekommen könnte, habe ich einen Zug an mir gesehen, der mir neu war und der mich selbst erschreckt hat.«

»Du machst mir Angst, Anne. Es war doch bis eben alles gut.«

Sie bemühte sich um ein gewinnendes Lächeln, schaffte es jedoch nicht. »Das ist es immer noch.«

Er blickte sie fragend an.

»Damit hängt wohl auch meine Nesselsucht zusammen.« Die Aufregung wurde fast unerträglich. Nun war es so weit, es gab kein Zurück mehr. Sie wollte Joos endlich reinen Wein einschenken. Außerdem schickte ihr Körper ihr ja überdeutliche Signale. »Es sind Gewissensbisse. Ich schäme mich sehr dafür, gewisse falsche Entscheidungen getroffen zu haben, aber ich bin bereit, dafür geradezustehen.«

Er kniff die Augen zusammen. »Wovon sprichst du überhaupt?«

»Ich habe … geschwindelt.« So, jetzt war es heraus. Bevor er etwas sagen konnte, fuhr sie fort: »Die Dokumentation, sie sollte allein über dich gehen. Es war niemals geplant, dass andere Opfer von Verbrechen vor die Kamera treten. Es tut mir schrecklich leid. Es war so dumm, etwas anderes zu behaupten.«

»Warum hast du das getan?« Seine Stimme klang rau. Er schob seine Augenbrauen zusammen, sodass in der Mitte seiner Stirn eine tiefe senkrechte Falte entstand.

»Ich hatte gehofft, dass du eher bei dem Fernsehprojekt mitmachen würdest, wenn es heißt, dass neben dir noch andere ihre Leidensgeschichte erzählen.« Sie spürte, dass sie dabei war, ihn zu verlieren.

Verstimmt entgegnete er: »Du hast versucht, mich zu manipulieren.«

»Nein. Ja. Nicht so, wie du denkst.« Hilflos schnappte sie nach Luft. Sie ärgerte sich über sich selbst. »Ich wollte dir die Angst vor dem Interview nehmen. Bitte, verzeih mir.«

Joos lehnte sich nach vorne und machte ein Gesicht, als hätte er Bauchschmerzen. Er pochte auf den Tisch, die Groggläser klirrten. »Das hätte ich nicht von dir erwartet.«

»So bin ich auch eigentlich nicht, das musst du mir glauben.« Inständig hoffte sie, dass er einlenken würde, schließlich hatte sie inzwischen doch bei *Tele Nord* gekündigt. »Bitte«, fügte sie hinzu.

Endlich sah Joos sie wieder an, doch sein Blick war hart. »Das wird die Zeit zeigen.«

»Dann verzeihst du mir?« Vor Hochspannung hielt sie die Luft an.

»Vergeben …« Die Haut auf seiner Stirn glättete sich wieder. »Aber nicht vergessen.«

Noch empfand Anne keine Erleichterung, denn sie war noch nicht fertig mit ihrem Geständnis. Sie rieb über ihre Kehle, denn sie befürchtete, an ihren Fehlern zu ersticken. »Da ist noch etwas.«

»Eine weitere Lüge?« Joos spuckte den Satz aus wie eine Süßkirsche, die faul schmeckte.

»Bloß eine Übertreibung«, sagte Anne, und Hitze stieg in ihre Wangen. Wie hatte es nur so weit kommen können? »Damals … der Mann … im Englischen Garten.«

Joos sah sie an, als hätte er Röntgenaugen. »Der Typ, der dich bedrängt hat. Was ist mit ihm?«

»Das … das hat er gar nicht getan.« Sie versuchte sich zusammenzureißen und nicht mehr herumzustottern. Ihr Gesicht brannte vor Scham. »Er hat mir bloß meine Handtasche vom Arm gerissen und ist fortgerannt.«

Joos schaute sie mit einer Ruhe an, die bedrohlich wirkte. »Willst du damit sagen, dass du nur einem Taschendieb zum Opfer gefallen bist? Das ist selbstverständlich schlimm genug, aber nichts im Vergleich zu dem, was du mich hast glauben lassen.«

»Ja. Aber … Ich …«

»Das Verbrechen hat dich erschreckt, aber es war keine traumatische Erfahrung für dich. Ist es das, was du eigentlich zugeben willst?« Als sie zögerlich nickte, fragte Joos: »Warum hast du das dann behauptet?«

Ihre Zunge klebte am Gaumen, ihre Stimme zitterte. »Ich wollte eine Verbindung zwischen uns herstellen«, erklärte sie leise.

»Hat der Raub überhaupt stattgefunden, oder hast du dir selbst das bloß ausgedacht?« Joos' Worte waren wie Gewehrkugeln, die er auf sie abfeuerte.

»Das ist mir wirklich passiert. Ich habe bloß das, was geschehen war, dramatischer dargestellt, als es war. Das bedauere ich zutiefst.« Da sie spürte, dass sie Joos mit ihrer Reue nicht erreichte, fügte sie hilflos hinzu: »Mein Vorgesetzter hat mich dazu gebracht, so weit zu gehen, indem er Druck auf mich ausgeübt hat.«

»Wage es ja nicht, die Schuld auf einen anderen zu schieben.« Als Joos aufsprang, stieß er an sein Grogglas. Es fiel zu Boden und zerbrach.

»Es war deine Entscheidung.«

»Könnte ich es rückgängig machen, würde ich es tun. Aber mir bleibt nur, mich bei dir von Herzen zu entschuldigen. Dieser Fehler belastet mich so stark, dass ich Nesselsucht habe.« Sie klang verzweifelt. Kalter Schweiß lief ihr über den Rücken. Ihre Augen wurden feucht. »Beweist das nicht, wie sehr ich darunter leide?«

»Du wusstest, dass ich dabei war, mich in dich zu verlieben, und hast mir diese Geschichte erzählt.«

»Ich habe nicht geschwindelt, was meine Gefühle für dich betrifft.« Tränen rannen Anne über das Gesicht.

»Woher soll ich das wissen?«

»Wenn ich dich wirklich nur ausnutzen wollte, hätte ich dir meine Flunkereien dann gebeichtet? Nein! Ich hätte geschwiegen, eine Weile an deiner Seite gelebt und dann ein Buch über den privaten Joos Lorentz verfasst.« Sie gab ihm einen Moment, um ihr zu sagen, dass sie recht hatte, doch er presste seine Lippen aufeinander und schwieg. »Aber das habe ich nicht. Ich habe dir meine Unaufrichtigkeit gestanden, weil ich dich liebe und mit dir zusammen glücklich werden will.«

»Das ändert nichts daran, dass du mich belogen hast. Du hast mir vorgegaukelt, wir hätten ähnliche Erfahrungen, aber die haben wir ganz und gar nicht.« Er schüttelte so energisch den Kopf, dass er Zorros Aufmerksamkeit erregt. Der Rüde stellte seine Ohren auf und schaute in Richtung seines Herrchens. »Du hast mich glauben lassen, dass ein furchtbares Erlebnis einen dichten und pechschwarzen Schatten auf deine Seele geworfen hat. Du hast so getan, als würdest du verstehen, warum ich zurückgezogen lebe und Fremden gegenüber erst einmal skeptisch bin.«

Sie neigte sich zu ihm hinüber, fühlte sich ihm dadurch aber nicht näher. Noch saßen sie nebeneinander, aber emotional trieben sie immer weiter auseinander. »Das kann ich auch. Ich verstehe dich, Joos.«

»Ich glaube nicht, dass du das wirklich kannst«, sagte er bestimmt.

»Du willst mir nicht zuhören. Du willst mir nicht glauben. Du siehst dich als Opfer, und das wird sich niemals ändern, weil du an diesem Bild von dir festhältst.« Kaum hatte Anne das gesagt, bereute sie es auch schon. Die Aussagen trafen zwar zu, aber dies war nicht der richtige Augenblick. So würde sie ihn nicht zurückgewinnen, sondern noch mehr gegen sich aufbringen.

»Dann liegt es an mir, dass du mich beschwindelt hast?«, fragte er und blickte aufs Meer hinaus. »Bevor Finn auftauchte, hatten wir uns gegenseitig versprochen, ehrlich zueinander zu sein. Du hättest den Moment nutzen und mir da bereits die Wahrheit sagen können. Aber das hast du nicht.«

»Dass wir uns unsere Liebe gestanden haben, hat alles andere verdrängt.« Behutsam streichelte sie seinen Handrücken und versuchte so, ihn hinter seinem Schutzwall hervorzulocken.

»Nicht eher das Glücksgefühl, endlich dein Ziel erreicht zu haben, nämlich den Lorentz-Bruder erobert zu haben, der sich weigert, mit der Presse über Privates zu sprechen? Der perfekte Platz für eine Reporterin, die Karriere machen will.« Er machte seinen Arm von ihr los und stand auf.

Anne wusste, dass er gekränkt war, doch mit diesem Vorwurf war er zu weit gegangen. »Jetzt wirst du gemein.«

»Das mag sein«, lenkte er zu ihrer Überraschung ein, entschuldigte sich jedoch nicht. »Aber ich kann dir nicht vertrauen, das hast du mir gerade klargemacht. Warum sollte ich dir noch ein einziges Wort glauben?«

Anne konnte damit leben, dass er sauer war. Es schmerzte sie jedoch weitaus mehr, wie tief enttäuscht er klang. Tränenüberströmt beschwor sie ihn: »Weil ich dich liebe.«

»Was heißt Liebe für dich?«, fragte er scharf. »Sie bedeutet, aufrichtig zu seinem Partner zu sein.«

»Und das war ich, wenn auch nicht direkt. Bitte gib mir noch eine Chance.« Die Idylle um sie herum kam Anne mit einem Mal surreal vor. An solch einem schönen Frühlingsabend am Meer durfte man sich eigentlich nicht streiten. »Das alles tut mir unglaublich leid.«

»Mir auch, aber anders, als du denkst.« Er trat einen Schritt von ihr weg. »Ich bereue es, mich jemals auf dich eingelassen zu haben.«

Seine Worte versetzten ihr einen schmerzhaften Stich. Als sie etwas erwidern wollte, drang nur ein Schluchzen aus ihrem Mund. Diese Aussprache hatte anders enden sollen. Sie hatte so sehr gehofft, dass Joos ihr verzieh. Er hätte sie ermahnt, von jetzt an ehrlich zu ihm zu sein, und zur Versöhnung geküsst. Stattdessen krümmte sie sich vor Liebeskummer und schmeckte ihre salzigen Tränen.

»Ich erwarte, dass du die letzte Fähre zum Festland nimmst.« Wütend stapfte er ins Wohnzimmer. Er rief Zorro und schloss die Terrassentür. Dann verschwand er in der Dunkelheit seines Hauses.

Fassungslos blieb Anne sitzen. Sie hatte erwartet, dass Joos gekränkt sein würde. Aber niemals hätte sie gedacht, dass er sie von der Schokoladeninsel werfen würde.

Es ist alles meine Schuld, dachte Anne. Der Grog kroch ihre Kehle hinauf. Sie schmeckte ihn auf der Zunge, vermischt mit Gallensäure und dem Salz ihrer Tränen. Ihr Körper juckte und brannte wie verrückt.

Sie wusste, dass Joos nicht zurückkehren würde. Ihre Glieder waren schwer wie Blei. Sie wankte zum Tor, dann über die Küstenstraße zum Nis Puk. Dort stürzte sie in ihr Zimmer und fragte sich, wie sie in ihrem aufgelösten Zustand Gerit vor die Augen treten sollte, um ihre Rechnung zu bezahlen, ihr ein schönes Frühlingsfest zu wünschen und sich zu verabschieden. Weinend packte Anne ihren Koffer.

Dass sie nicht mehr als Fernsehjournalistin arbeiten würde, war ihr in diesem Moment vollkommen egal. Aber dass sie Joos verloren hatte, zog ihr den Boden unter den Füßen weg.

Kapitel 25

Als Joos sein Wohnzimmer durchquerte, tobten in ihm die unterschiedlichsten Gefühle. In der einen Sekunde war er am Boden zerstört und in der nächsten wütend. Dann gewann die Enttäuschung die Oberhand, worauf er verbittert wurde.

Entgegen allen Bedenken hatte er Anne eine Chance gegeben, und sie hatte sie vertan. Er hätte es besser wissen müssen, dass er ihr nicht trauen konnte, doch die Liebe hatte ihn blind gemacht.

Er hatte sich vorstellen können, auf der Schokoladeninsel mit ihr alt und grau zu werden. Denn er hatte erkannt, dass sie seine Heimat ebenso ins Herz geschlossen hatte wie er. Nicht jeder war dafür gemacht, auf einer Insel zu leben, und nicht jede Frau hielt es an seiner Seite aus. Er hatte gedacht, dass Anne für beides stark genug war, doch sie hatte seine Schwäche für sie ausgenutzt.

Er schaltete kein Licht an, denn er wollte sich in der Dunkelheit verkriechen. Nachdem sich seine Augen an die Nacht, die bereits im Haus herrschte, gewöhnt hatte, sah er genug, um weiterzugehen. Der Rum hatte sich bleiern auf seine Glieder gelegt. Oder war es nicht vielmehr der Liebeskummer, der schwer wie ein Kettenhemd wog?

Der Schäferhund blieb im Wohnzimmer. Sein Hundebett knarzte, als er sich hineinlegte. Genüsslich schmatzte er.

Zorro muss sehr müde sein, wenn er mir nicht folgt, dachte Joos.

Als Joos in den Vorraum trat und den Fuß auf die erste Stufe der Treppe setzte, die ins Obergeschoss führte, wurde es plötzlich gleißend hell. Schmerz bohrte sich in seine Augen, er schirmte sie mit den Händen ab und schloss seine Lider. Nachdem er sich etwas an die Helligkeit gewöhnt hatte, blinzelte er vorsichtig. Finn stand auf dem Treppenabsatz, die Hände in die Hüften gestützt und mit einer ernsten Miene, wie Joos sie selten bei ihm gesehen hatte. Er musste die Deckenlampen angeknipst haben.

»Was tust du denn noch hier?«, fragte Joos etwas zu schroff.

Steif zuckte Finn mit den Schultern. »Ich war hier oben, weil ich aus dem Büro noch Thies' Pläne für das Frühlingsfest holen wollte. Bei der Organisation muss ich ja mithelfen, damit Thies sich um Hannah und das Baby kümmern kann. Aber ich war noch gar nicht im Büro.«

»Worauf wartest du?« Joos stieg die Treppe hoch.

»Ich will dir erst noch den Kopf waschen«, sagte Finn.

Abrupt blieb Joos wieder stehen. »Wie bitte?«

»Das Fenster im Badezimmer war gekippt.« Finns Wangen röteten sich. »Darum musste ich alles mit anhören.«

Zuerst war Joos überrascht, dann wurde er verlegen. »Das hättest du nicht tun sollen.«

»Ich konnte nicht anders. Ich wollte euch nicht belauschen.«

Joos zuckte mit den Schultern.

»Du solltest Anne eine zweite Chance geben.« Finn stieg eine Stufe hinab und setzte sich auf den Treppenabsatz.

»Du hast kein Recht, dich dazu zu äußern.« Warum konnte sein Bruder denn nicht einfach gehen und ihn in Ruhe in Selbstmitleid baden lassen? »Du weißt nicht, was genau vorgefallen ist.«

Während Finn antwortete, öffnete und schloss er mehrmals den Druckknopf an seinem Lederarmband. »Ich kann es mir aber denken.«

»Das ist nicht dasselbe.« Joos schnaubte. Die Zeit mit Anne war ein Wechselbad der Gefühle gewesen. Am Ende hatte sie sein Herz gebrochen. Er fühlte sich erschöpft und traurig und wollte alleine sein. Wenn er Kummer hatte, zog er sich zurück, so war es schon immer gewesen.

»Ich weiß. Trotzdem werde ich dir sagen, dass du dumm bist, wenn du Anne gehen lässt. Sie ist einfühlsam und gleichzeitig stark und somit genau die Frau, die du brauchst.«

»Du trittst für sie ein, weil ihr euch angefreundet habt. Aber meinst du nicht, dass sie nur aus Berechnung nett zu dir war? Sie brauchte dich für ihre Story über mich.«

»Das sehe ich anders«, sagte Finn mit einer Entschiedenheit, die Joos überraschte. »Sie mag mich genauso sehr wie ich sie. Was das betrifft, bin ich mir genauso sicher wie darüber, dass sie dich aufrichtig liebt.«

Joos' Herz wollte Finn so gerne glauben. Doch er hatte schon immer aus Selbstschutz seinen Verstand über seine Gefühle bestimmen lassen. »Woher willst du das wissen?«

»Weil sie ihre Fehler eingestanden hat, ohne dass du von ihnen auch nur den Hauch einer Ahnung gehabt hast. Du hättest nie von ihren Lügen erfahren. Sie hat dir von sich aus die Wahrheit gesagt, weil sie es ernst mit dir meint.« Finn breitete seine Arme aus und runzelte die Stirn. Warum verstehst du das nicht, Bruder, schien er zu denken. Das ist doch offensichtlich.

Das hatte Anne auch gesagt, aber aus ihrem Mund hatte jedes Wort wie eine weitere Lüge geklungen. Dass Finn das genauso sah wie Anne, machte Joos nachdenklich. Aber er war zu verletzt, um einzulenken. »Drehe und wende es, wie du willst. Was bleibt, ist, dass sie mich angeschwindelt hat.«

»Als ob du noch nie geflunkert hättest.« Finn grinste ironisch. »Es gab immer wieder Zeiten, in denen hast du tagelang kreidebleich ausgesehen. Du hast mehr und mehr abgenommen und bist herumgelaufen wie ein Zombie. Und wenn Thies und ich dir gesagt haben, dass wir uns Sorgen um dich machen, hast du Stein und Bein geschworen, dass alles in Ordnung sei und du bloß zu viel Arbeit hättest. Aber das stimmte nicht.«

Verlegen blinzelte Joos. »Warum reden wir plötzlich über mich? Hier geht es doch eigentlich um Anne.«

Finn ignorierte seine Frage. »Thies hat mir erzählt, dass du immer noch unter Schlafstörungen leidest und sogar ab und zu Albträume hast. Als er noch hier im Haus wohnte, hat er dich nachts schreien gehört. Er hat dich darauf angesprochen, mehr als einmal. Erinnerst du dich?« Finn wartete die Antwort seines Bruders nicht ab. »Du hast es jedes Mal abgestritten.«

Jetzt erst wurde Joos bewusst, dass er in den letzten Tagen gut geschlafen hatte. Kein Grübeln, keine Furcht vor der Dunkelheit und keine schlechten Träume von seinem Grab im Wald, dem *Loch*. Ob das an Anne lag? Er wich dem Blick seines jüngsten Bruders aus. »Ich habe mich geschämt.«

»Schwäche einzugestehen, zeugt von enormer Stärke«, sagte Finn, als wäre er der Ältere von ihnen.

Die Situation war neu für Joos. Bisher hatte *er* die guten Ratschläge gegeben. Das erste Mal sah Joos ihn mit neuen Augen. Ihm gefiel, dass aus Finn ein selbstbewusster Mann geworden war, auch wenn er gerade schonungslos den Finger in seine Wunden legte. »Aber nach 34 Jahren sollte ich über das schreckliche Erlebnis hinweg sein.«

»Du hast es nie richtig aufgearbeitet. Das soll kein Vorwurf sein.« Finn sprang auf. »Du hast mit zehn Jahren die Psychotherapie, die du nach dem Kidnapping angefangen hattest, abgebrochen. Deiner Meinung nach brachte sie nichts.«

Seufzend lehnte sich Joos gegen die Wand und stieß mit der Schulter gegen einen Bilderrahmen, in dem ein Foto seiner jetzigen Familie hing. Es zeigte seine beiden Brüder, ihre Mitarbeiter und die Einheimischen Möwesands vor den Buden des Weihnachtsmarktes, den sie jedes Jahr veranstalteten. »Das stimmt. Es tat schrecklich weh, gezwungen zu werden, immer wieder von dem grauenvollen Erlebnis zu erzählen. Gebracht hat es mir nichts. Nach einem Jahr hätte ich doch Fortschritte bemerken müssen.«

Finn zuckte mit den Achseln. »Du hättest den Psychotherapeuten wechseln, eine Pause machen oder einfach mehr Geduld haben können.«

»Das alles hat man mir damals nahegelegt.« Als Joos den Bilderrahmen geraderückte, zitterte seine Hand. »Damals war ich an einem Punkt angekommen, an dem ich meine Entführung nur noch vergessen wollte. Aber das konnte ich nicht, weil man mich immer wieder dazu befragt hat. Dadurch wurden meine Erinnerungen wachgehalten, und ich musste sie immer wieder durchleben. Ich wollte, dass die Qual aufhört!«

»Ich mache dir keinen Vorwurf. Du warst noch ein Kind.« Mit beiden Händen rieb sich Finn über seinen sandblonden Bartschatten, während er einige Stufen hinabstieg. »Danach wolltest du mit niemandem mehr darüber sprechen, auch mit Thies und mir nicht. Aber wir sind stets für dich da, auch heute noch.«

»Danke.« Joos eilte Finn entgegen und nahm ihn in den Arm.

Es tat gut, seinem jüngsten Bruder emotional endlich wieder nahe zu sein. Ihr ehemals gutes Verhältnis hatte sich nach dem Tod ihrer Mutter getrübt und war noch etwas schlechter geworden, als der Verdacht aufkam, dass ihr Vater seine Frau betrogen haben könnte. Finn hatte ihre Mutter vergöttert, Joos hatte stets seinen Vater bewundert. Noch immer war das Geheimnis um die Beziehung ihres Vaters zu Roswitha und Julius Schneider nicht gelüftet.

Joos löste sich von Finn. »Trotzdem ist das mit Anne nicht dasselbe«, stellte er klar. »Ich habe mit meinen Ausflüchten niemanden verletzt, sie dagegen schon.«

»Tu nicht immer so verdammt integer.« Sachte boxte Finn ihn. »Derjenige, der ohne Schuld ist, werfe den ersten Stein. Das hat Tante Luisa gerne zitiert, bevor sie dement wurde.«

Schuldbewusst setzte sich Joos auf die Treppe. Er hatte seine psychischen Probleme geleugnet. Er war nicht zu ihnen gekommen und hatte ihnen gestanden, gelogen zu haben, aber Anne hatte ihre Schwindeleien ihm gegenüber zugegeben.

Finn stellte einen Fuß auf eine höhere Stufe und stützte sich auf seinem Oberschenkel ab. »Manchmal tust du so, als würdest du nie falsche Entscheidungen treffen. Als wärst du perfekt.«

»Wenn das so rüberkommt, tut es mir leid.« Zu hören, wie Finn ihn sah, tat weh, aber Joos schätzte seine Offenheit. »Ich versuche bloß, unser Geschäft am Laufen zu halten. Die Schokoladenfabrik ist das Vermächtnis unseres Vaters, und in der Schokoladeninsel steckt das Herzblutprojekt von uns drei Brüdern. Vielleicht halte ich die Zügel manchmal etwas zu fest in Händen.«

»Vielleicht?«, fragte Finn. »Anne hatte ein schlechtes Gewissen und wollte ihre Fehler wiedergutmachen.«

»Das macht keinen Unterschied« Das erste Mal in seinem Leben schämte sich Joos für seine fehlende Einsicht. Warum? Was war diesmal anders? Wollte ihm sein Unterbewusstsein damit zeigen, dass er falsch lag? Er kam ins Grübeln. »Sie hat mir vorgemacht, auch etwas Traumatisches erlebt zu haben, damit ich glaube, wir wären uns ähnlich.«

»Das seid ihr auch, sonst hättet ihr nicht zueinandergefunden, nur eben nicht in diesem einen Punkt. Ihr seid ein bisschen anders und ein bisschen gleich.« Finn legte ihm seine Hand auf die Schulter und lächelte. »Das hat Thies übrigens mal zu mir gesagt und damit uns drei gemeint.«

»Stimmt schon, nur sind wir blutsverwandt.« Zorro kam in die Diele gelaufen, als hätte er erst jetzt bemerkt, dass sein Herrchen weg war. Winselnd sprang er hoch zu Joos, der in der Mitte der Treppe saß und ihn sogleich beruhigend kraulte. »Anne ist eine Fremde. Eine Journalistin, die scharf auf ein Interview mit mir ist.«

»Hör auf, so selbstgerecht zu sein«, zischte Finn. »Das Interview interessiert sie doch schon lange nicht mehr. Sie hat wegen dir ihren Job beim Fernsehen aufgegeben. Das beweist doch, dass sie dich liebt.«

Joos missfiel der scharfe Ton seines Bruders, aber vielleicht hatte er die Zurechtweisung verdient. »Der Bremer Lokalsender steht kurz vor der Pleite. Wahrscheinlich wäre sie ihre Anstellung ohnehin los gewesen.«

»Für jedes Argument hast du ein Gegenargument.« Finn lehnte sich vor und sah ihn eindringlich an. »Kann es sein, dass du versuchst, dir deine Liebe zu ihr auszureden?«

Die Erkenntnis durchfuhr Joos wie ein Blitz. Finn hatte ihn durchschaut, bevor er es selbst begriffen hatte. Ausweichend stotterte er: »Nein … ich …«

»Nein?« Finn kniff die Augen zusammen. »Bist du dir ganz sicher?«

Verlegen beugte sich Joos vor und vergrub sein Gesicht im glänzenden Fell des Rüden. Zögerlich gab er zu: »Ich habe Angst, verletzt zu werden, weil meine Gefühle für Anne stärker sind als für jede andere Frau zuvor.«

»Anne hat nichts getan, was dir geschadet hat.« Finns Stimme klang weich.

Damit hatte sein Bruder recht. Aber er kannte auch nicht alle Details. Joos richtete sich wieder auf. »Durch ihre Recherche in Husum hätten wir beinahe die Schokoladeninsel verloren.«

»Verloren? Was redest du da?« Sichtlich erschrocken nahm Finn neben seinem Bruder Platz. »Ich habe Anne mit meinem Boot zum Husumer Hafen gefahren.«

Joos starrte seinen Bruder an. »Du?«

»Ja. Wir hatten eine Wette laufen, und ich habe sie verloren. Anne hat es doch tatsächlich geschafft, Gerit davon zu überzeugen, an Philipps Lach- und Atemtraining teilzunehmen. Das war ein Wunder, das belohnt werden musste.« Finn lachte und wurde wieder ernst. »Was wollte sie in Husum?«

Joos erzählte ihm, was sie im Rathaus Schockierendes herausgefunden hatte, und berichtete von Merle Witts nervenaufreibender Befreiung in St. Peter-Ording. »Anne hat die Gebrüder Lorentz gefährdet. Ulrich Witt hätte uns alles wegnehmen können, was uns lieb und teuer ist.«

»Nein, das stimmt nicht. Wir hätten immer noch uns gehabt.« Brüderlich drückte Finn Joos' Arm. »Du hättest Thies und mich sofort darüber informieren müssen.«

»Du warst auf Sylt, und Thies sollte sich ganz auf Hannah und die Geburt konzentrieren«, rechtfertigte sich Joos und nickte dann. »Aber du hast recht.«

Finns Handy klingelte. Er holte es aus seiner Hosentasche und sah auf das Display. Dann schaltete er es aus und steckte es wieder weg. »Der Anrufer war nicht Thies. Ich will die Leitung freihalten. Außerdem bin ich noch nicht fertig mit dir. Hat Anne dem Fernsehsender oder sonst irgendwem gesteckt, dass uns Möwesand gar nicht gehört?«

»Nein, hat sie nicht«, musste Joos eingestehen. Er merkte, wie sich seine Argumente eins nach dem anderen in Rauch auflösten. Die exklusive Neuigkeit wäre eine Sensation gewesen. Mit den Beweisen an die Öffentlichkeit zu gehen, hätte Anne von einem Tag auf den anderen bekannt gemacht und einen Karrieresprung bedeutet.

»Und warum nicht?« Finn breitete die Arme aus, wohl

um zu signalisieren, dass die Antwort auf der Hand lag. »Weil man beschützt, was man liebt.«

Endlich ließ Joos seine Wut und seine Enttäuschung los. Plötzlich spürte er die Leere in seinem Herzen, dort, wo Anne ihren Platz gehabt hatte. Nun musste er sich mit seinem Verlustschmerz auseinandersetzen. »Du hast recht. Mit allem. Ich war zu gekränkt, um anzuerkennen, dass Anne mit ihrer Beichte den Weg für eine Beziehung mit mir bereiten wollte.«

»Als es schwierig wurde, hast du das gemacht, was du seit 27 Jahren machst. Du hast dein Panzerhemd übergestreift und wurdest wieder zum Mann aus Stahl. Doch der bist du in Wirklichkeit gar nicht.« Behutsam fügte Finn hinzu: »Unter dem Schutzpanzer bist du der Junge, der gekidnappt wurde. Aber das muss nicht so bleiben.«

Joos wünschte sich, jemand anders zu sein, jemand, der nicht die Schotten dichtmachte, sobald es um intensivere Gefühle ging. Aber wie änderte man ein Verhaltensmuster, das sich dermaßen eingeschliffen hatte? »So etwas Ähnliches hat Anne auch gesagt.«

Kämpferisch ballte Finn eine Faust. »Du musst dich dem Leben ohne Schutzschild und gezückten Waffen stellen und über dich hinauswachsen.«

»Als ob ich das nicht probiert hätte.« Joos schnaubte.

»Thies und ich haben mehrfach versucht, dir zu helfen«, sagte Finn. »Mal offensiv und mal unauffällig.«

Resigniert ließ Joos die Schultern hängen. »Ich weiß.«

»Aber wir haben es nicht geschafft.« Es lag ein Lächeln in Finns Stimme, als er hinzufügte: »Ich habe den Eindruck, dass Anne das hinbekommen könnte.«

Während er sprach, schüttelte Joos unentwegt den Kopf. »Sie wird mir nicht verzeihen, dass ich ein Sturkopf war, ihre Entschuldigung nicht angenommen und sie weggeschickt habe.«

»Das wirst du erst wissen, wenn du mit ihr gesprochen und sie um eine zweite Chance gebeten hast.« Finn schob Zorro, der seine Schnauze zwischen seine Beine steckte, von sich weg.

Plötzlich waren die Rollen vertauscht. Eben noch war Joos sauer auf Anne gewesen, weil sie falsche Entscheidungen getroffen hatte. Nun hatte er Fehler gemacht und musste sie um Verzeihung bitten.

Noch immer wehrte Finn Zorro ab. Der sah wohl ein Spiel darin. »Verletzlichkeit ist keine Schwäche.«

Fast sein ganzes Leben lang hatte Joos viel Energie darauf verwendet, seine sensible Seite zu verstecken. Er hatte sogar in Kauf genommen, dass er dadurch hart und kühl auf manche Menschen wirkte. Jetzt sollte er sich vollkommen öffnen. »Ich bin nicht so stark, wie ich mich gebe.«

»Du bist sogar noch viel stärker.« Endlich ließ Zorro von Finn ab. »Ich glaube an dich.«

»Verkehrte Welt. Sollte ich als älterer Bruder solche Sätze nicht zu dir sagen?«, fragte Joos schmunzelnd.

»Vielleicht hörst du ab sofort zur Abwechslung mal mir zu. Dann wüsstest du auch, dass ich die Schokoladeninsel immer noch genauso liebe wie Thies und du.« Finn erhob sich. »Obwohl ich sie zu überlaufen finde und mich lange nicht eingebracht habe.«

Auch Joos stand auf. »Ich habe doch schon aufgehört, dich zu drängen, zu den Gebrüdern Lorentz zurückzukehren.«

»Das ist mir aufgefallen. Danke. Aber ich kann erst zurückkommen, wenn ich weiß, ob unser Vater eine Affäre mit Roswitha Schneider gehabt und mit ihr einen Sohn gezeugt hat.« Finns Miene verfinsterte sich. »Sollte das zutreffen, habe ich keine Lust mehr, mich in seine Schokoladenfabrik einzubringen.«

»Es ist inzwischen unsere. Du würdest ihm nie verzeihen, wenn er Mutter fremdgegangen wäre, nicht wahr?« Wenn es so wäre, hätte es Joos sehr bedauert. Ihr Vater hatte stets einen besonders guten Draht zu ihm, liebte aber alle seine Söhne gleich intensiv.

»Ich befürchte, das könnte ich tatsächlich nicht.« Finn fuhr heiterer fort. »Aber ich werde bei Philipps Lach- und Atemtraining mitmachen und vorerst Thies' Aufgaben auf der Schokoladeninsel übernehmen.«

Das waren kleine Fortschritte, die Joos hoffen ließen, dass sein jüngster Bruder eines Tages auch offiziell seinen Platz wieder einnehmen würde. Es freute ihn sehr, dass sie sich wieder nähergekommen waren. Nun musste er es nur noch schaffen, gewohnte Pfade zu verlassen und seine Rüstung abzulegen, um Anne zu überzeugen, es noch einmal mit ihm zu versuchen.

Er erinnerte sich daran, was sie ihm über ihren Entschluss, aus München wegzuziehen, erzählt hatte. Sie hatte ihre ohnehin schon kränkelnde Beziehung mit ihrem damaligen Freund Toni aufgegeben, weil er nicht mit ihr aus Bayern weggehen wollte. Ihr Lebenstraum, als Fernsehjournalistin zu arbeiten, war ihr wichtiger gewesen. Sie liebte Toni schon lange nicht mehr, zweifelte aber, ob es richtig war, ein gutes Leben mit einem guten Mann wie ihm aufzugeben, weil sie in Bremen und beim Lokalsender *Tele Nord* nicht das gefunden hatte, was sie suchte. Joos wollte nicht ebenfalls für den Rest seines Lebens eine Entscheidung bereuen. Und das würde er, wenn er Anne gehen ließ, obwohl er sie von ganzem Herzen liebte.

»Ich muss los«, sagte Joos kurz angebunden. Begleitet von Finns Lachen rannte er wie ein Verrückter aus dem Haus. Zorro preschte ihm hinterher.

Joos lief über den Weg zum Tor, huschte hindurch, bevor der Rüde ihm folgen konnte, dann die Küstenstraße entlang nach Nordwinden. Auf der Höhe der Naschwerk-Manufakturen erntete er erstaunte Blicke seiner Mitarbeiter. In Windeseile raste er zum Nis Puk.

»In welchem Zimmer wohnt Anne?«, fragte Joos Gerit, als er außer Atem am Eingang der Pension stand. Sein Puls raste vor Aufregung. Er glühte vor Vorfreude darauf, Anne jeden Moment wiederzusehen und in seine Arme zu schließen.

»Sie ist abgereist. Hat geweint, die Arme, wollte aber nicht sagen, warum.« Gerit blinzelte ihn an. »Bist du etwa schuld daran?«

Entgeistert sah er sie an. Seine Nackenhaare stellten sich auf, das Blut sackte ihm in die Füße, ihm wurde schummrig. Er musste sich gegen den Türrahmen lehnen. »Sie ist weg?«

»Sie wollte die letzte Fähre auf keinen Fall verpassen. Es war nett, jemanden im Haus zu haben. Schade, dass sie unbedingt von Möwesand runterwollte. Von mir aus hätte sie ruhig länger bleiben können.« Anklagend zeigte sie mit ihrem Gehstock auf ihn. »Was hast du getan, Joos Lorentz?«

»Ich war ein sturer Esel«, sagte er, mehr zu sich selbst.

»Na, das ist ja nichts Neues«, entgegnete Gerit trocken. »Willst du ’nen Köm? Kümmelschnaps hilf gegen alles, auch gegen Liebeskummer.«

Joos war wie gelähmt. Er wollte nicht wahrhaben, dass Anne abgereist war, obwohl er selbst ihr doch gesagt hatte, sie solle die Insel sofort verlassen. Anne, die Liebe seines Lebens, war fort. Vor Verzweiflung schlug er gegen den Türrahmen und verfluchte seinen Dickschädel.

Kapitel 26

Anne bekam Kopfschmerzen vom Weinen. Sie schnäuzte sich die Nase, trocknete sich die Wangen und hörte endlich auf, sich von ihrem Liebeskummer überwältigen zu lassen. Vorerst zumindest. Jetzt musste sie erst einmal darüber nachdenken, wie es weitergehen sollte. Dafür musste sie ihren Kopf wenigstens für ein paar Minuten freibekommen.

Sie stellte ihren kleinen Koffer ab und setzte sich darauf. Keinen Schritt von ihr entfernt plätscherte das Wasser leise gegen die Stützen des Landungsstegs. Bestimmt schon eine Viertelstunde war es her, dass sie hilflos hatte zusehen müssen, wie die letzte Fähre aus dem Hafen auslief. Sie hatte sich seither nicht wegbewegt. Sie konnte es nicht fassen. Meinte das Schicksal es denn nur noch schlecht mit ihr? Was sollte sie jetzt tun?

So schnell, wie ihre Füße sie tragen konnten, war sie bis ans Ende des Stegs gelaufen und hatte wild mit den Armen gefuchtelt. Natürlich drehte die Barkasse nicht für sie um. Ein paar Passagiere hatten, ihre Geste missverstehend, fröhlich gewinkt.

Ihr Körper fühlte sich taub an, minutenlang konnte sie keinen klaren Gedanken fassen. Wie durch einen Nebel wurde ihr klar, dass sie auf der Schokoladeninsel gefangen war. Mit Joos, der sie verabscheute. Sie wollte sich einreden, dass sie ihn nicht mehr liebte, immerhin hatte er sie verletzt.

Außerdem hoffte sie, dass dadurch ihr gebrochenes Herz rascher heilen würde. Es hatte nicht funktioniert.

Anne würde Möwesand erst am nächsten Morgen verlassen können, die Insel, auf der sie nicht mehr willkommen war. Im Grunde nie gewesen war. Sie hatte sich bloß einige Tage lang einem schönen Traum hingeben. Doch dass Joos ihre Entschuldigung nicht angenommen hatte, hatte sie zurück in die Realität geholt.

Auf der paradiesischen Schokoladeninsel war kein Platz für sie, genauso wenig wie in Bremen. Sicherlich könnte sie zu *Tele Nord* fahren und vor Max Scherf zu Kreuze kriechen. Vielleicht hätte der Programmchef ein Einsehen und würde sie weiterhin für den Lokalsender arbeiten lassen, sollte dieser wider Erwarten noch ein paar weitere Monate durchhalten.

»Niemals«, zischte Anne einer Möwe, die soeben auf dem Holzgeländer neben ihr gelandet war, zu.

Sanfte Wellen wiegten die Boote im kleinen Hafen nebenan, ihre Masten klirrten. Die Strömung erzeugte in den Ecken des Hafenbeckens weiße Schaumkronen. Die Flaggen am Mast flatterten in der lauen Brise. Der Nachthimmel wirkte zum Greifen nah, wie ein Baldachin aus schwarzem Samt, an dem vereinzelt Diamanten funkelten, die ersten Sterne.

Die salzverkrusteten Holzbretter des Fähranlegers hatten die Wärme des Tages gespeichert und sonderten nun einen honigartigen Duft ab. Genüsslich atmete Anne ihn ein. Er entspannte sie etwas, der Schluchzer, der in ihrer Kehle festsaß, seitdem die Fähre ohne sie abgelegt hatte, verschwand.

Erst gingen die Lampen im Hafen und etwas später die

Laternen an der Küstenstraße an. Sie tauchten die Schokoladeninsel in ein warmes, heimeliges Licht. Die wohlige Atmosphäre war wie Balsam für Annes Seele, langsam beruhigten sich ihre Nerven, und der Sturm in ihrem Inneren legte eine Pause ein.

Sie sah, dass Kurt die Rückenlehnen der Strandkörbe auf der Terrasse des Restaurants in die aufrechte Position stellte. Dann ging er zügig ins Klönschnak und schloss die Glastür. Zusammen mit seinen Kollegen bereitete er alles für ihren wohlverdienten Feierabend vor. Noch immer war dieser Abend viel zu friedvoll, um Kulisse für eine Trennung zu sein.

Auf der Schokoladeninsel hätte ich glücklich werden können, dachte Anne kummervoll.

Ihr war klar, dass sie nicht die ganze Nacht auf dem Steg sitzen bleiben konnte. Im Moment war sie noch zu aufgekratzt, um schlafen zu können, aber irgendwann würde die Müdigkeit sie überwältigen.

Was jedoch den Ausschlag dafür gab, sich von ihrem Koffer zu erheben, war das Risiko von jemandem bemerkt zu werden. Kurt musste jeden Augenblick das Klönschnak verlassen und nach Nordwinden spazieren, wo er ein Zimmer hatte, wie alle Angestellten, und Rieke würde auf ihrer abendlichen Nordic-Walking-Runde am Hafen vorbeikommen. Auf keinen Fall wollte Anne von einem von ihnen auf ihren desolaten Zustand angesprochen werden.

Ihr blieb nichts anderes übrig, als zurück zum Nis Puk zu gehen und Gerit zu bitten, sie doch noch für eine weitere Nacht zu beherbergen. Bei ihrer Abreise hatte Gerit sich angenehm zurückgehalten und sie nicht gefragt, warum sie so verheult war. Darum hegte Anne die Hoffnung, dass das weiterhin so bleiben würde.

Sie rückte ihre Handtasche, die sie quer über ihre Schulter gehängt hatte, zurecht und nahm ihren Koffer. Als sie sich über den Anlegesteg schleppte, fühlten sich ihre Beine so schwer an, als hätten ihre Schuhe Sohlen aus Blei.

Am Ufer angekommen, scheuchte sie versehentlich einen Graureiher auf und entschuldigte sich stumm bei ihm. Sie wusste nicht, ob er so spät noch im Schein der Lampen gejagt oder sein Schlafquartier bezogen hatte.

Damit sie nicht zufällig Joos vor seinem Haus in die Arme lief, wandte sie sich nach rechts. Sie wollte der Küstenstraße folgen.

Da hörte sie, wie jemand ihren Namen rief.

Anne schrak zusammen. Sie erkannte die kräftige und warme Stimme sofort. Joos. Gleich würde ein Donnerwetter über sie hereinbrechen. Er würde sie fragen, was in aller Welt sie noch hier machte. Sie wusste nicht, ob sie nach allem, was am heutigen Tag geschehen war, noch einen Streit ertragen würde.

Aber vielleicht hatte es auch etwas Gutes, dass er sie erwischte. Möglicherweise würde er ihr noch heute Abend einen Transfer zum Festland organisieren. Dann würde sie die Schokoladeninsel und ihn doch noch schneller als erwartet hinter sich lassen können.

Tief atmete sie durch. Sie umfasste den Griff ihres Koffers fester, wappnete sich für die Konfrontation und drehte sich um. Mit fester Stimme sagte sie: »Sie war schon weg.«

»Wer?« Eilig kam er auf sie zu. Er hatte rote Flecken am Hals. Zudem keuchte er, dabei rannte er nicht einmal.

Anne vermutete, dass er nicht außer Puste, sondern aufgeregt war, wahrscheinlich sogar wütend, weil er gehofft hatte, sie nie wiederzusehen. Doch als sie ihn genauer betrachtete, fiel ihr auf, dass seine Augen strahlten. Was hatte das nun wieder zu bedeuten? Hatte Hannah ihr Baby bekommen? Aber warum sollte er ihr hinterherlaufen, um ihr das mitzuteilen? Er hatte sie doch nie wiedersehen wollen. »Die letzte Fähre, ich habe sie verpasst.«

»Ach, so.« Joos wirkte irritiert, fast so, als hätte er vergessen, dass sie abfahren sollte.

Sie schob ihr Kinn vor, weil sie nicht wie ein Häufchen Elend aussehen wollte. »Ich habe nicht absichtlich herumgetrödelt.«

»Das habe ich doch gar nicht behauptet.«

»Ich bin bloß eine halbe Minute zu spät im Hafen eingetroffen.« Seine Anwesenheit machte sie nervös. Noch immer übte er eine große Anziehungskraft auf sie aus. Sie war bemüht, sich nicht anmerken zu lassen, dass sie kurz davorstand, wieder in Tränen auszubrechen, weil sie nicht haben konnte, was ihr Herz so sehr begehrte. »Es war keine Absicht«, stellte sie noch einmal klar.

Endlich kam er bei ihr an. Sein Blick flackerte. In einer Geste, die Anne als Unsicherheit deutete, fuhr er sich durch seine Haare. Sie sahen aus, als würde er auf seinem Kopf ein Vogelnest herumtragen. »Anne ...«

»Was hätte ich davon zu bleiben? Nichts.« Sie wagte kaum, Joos anzusehen. Denn jedes Mal, wenn sie es für einen kurzen Moment tat, zog sich ihr Brustkorb schmerzhaft zusammen. »Keine Sorge, ich werde dich nicht länger belästigen.«

»Hör mir doch zu!« Er blieb vor ihr stehen und streckte die Hände nach ihr aus.

Doch sie hielt ihren Koffern wie ein Schutzschild vor sich. Sie hatte keine Kraft mehr für weitere Diskussionen. Außerdem war alles gesagt. »Ich fühle mich unwohl auf Möwesand und will nur noch weg.«

»Das ist nachvollziehbar und traurig.« Seufzend wischte er sich mit der Hand durchs Gesicht und ließ die Mundwinkel hängen.

»Traurig?« Sie konnte kaum glauben, was sie da hörte. »Du hast mich fortgeschickt«, rief sie.

Er machte eine gequälte Miene. »Ja, leider. Das war der vermutlich größte Fehler meines Lebens.«

Anne riss ihre Augen auf. Was sollte sie davon halten? Der Mann vor ihr war nicht der Joos, der sie auf der Terrasse seines Hauses hatte sitzen lassen. Aber sie musste auf der Hut sein. »Ist das nicht ein bisschen zu melodramatisch für einen Vernunftmenschen wie dich?«

»Nein, es ist genau richtig. Ich hätte meine Gefühle schon längst auf der Zunge tragen sollen.« Während er fortfuhr, kraulte er sich nachdenklich am Kinn: »Dann wäre unter Umständen einiges zwischen uns anders gelaufen.«

»Das denke ich nicht«, sagte sie bestimmt. »Schließlich habe ich dich belogen, nicht du mich.«

Seine Stimme bekam einen sanften Klang. »Du hättest mich aber nicht anschwindeln müssen, wenn ich offener und zugänglicher gewesen wäre.«

»Vielleicht.« Verlegen wich sie seinem Blick aus. Sie schämte sich dafür, dass sie zu zweifelhaften Methoden gegriffen hatte, um ihn dazu zu bringen, in der Fernsehdokumentation mitzuwirken. So etwas würde sie nie wieder tun, sie fühlte sich schrecklich. Aber sie hatte ihre Lektion gelernt.

»Ich habe die Angewohnheit, mich zurückzuziehen, wenn es schwierig wird.« Er räusperte sich, als hätte er einen Kloß im Hals. »Das passiert zum Beispiel dann, wenn ich mir Sorgen mache, ich könnte verletzt werden.«

Sie sah ihn wieder an, eindringlicher als zuvor. »Das Risiko besteht immer, wenn man liebt.«

»Das stimmt, darum tue ich mich auch mit Liebesbeziehungen schwer. Die meisten meiner Freundinnen haben mich verlassen, weil ich mich ihnen nicht wirklich öffnen konnte.« Diesmal war Joos derjenige, der wegschaute. Sein Gesicht rötete sich. »Manchmal war auch ich es, der Schluss gemacht hat, wenn mir eine Partnerschaft zu eng wurde. Darauf bin ich nicht gerade stolz.«

Noch immer hielt Anne ihren Koffer in der Hand. Langsam wurde er schwer. Aber sie wollte bereit sein, aus der Situation zu fliehen. Schließlich konnte die Stimmung jederzeit wieder kippen.

»Wenn eine meiner ehemaligen Freundinnen die Nacht bei mir verbracht hat, habe ich mich nicht getraut, auch nur ein Auge zu schließen, weil ich Angst hatte, ich würde einen Albtraum haben. Dann würde sie eins und eins zusammenzählen und wissen, dass ich immer noch unter meiner Entführung leide.« Er schob die Hände in die Hosentaschen und senkte den Kopf. »Ich dachte, sie würde kein Verständnis dafür haben, immerhin waren seit damals viele Jahre vergangen.«

Dass das Kidnapping tiefe Spuren in ihm hinterlassen

hatte, hatte er am gestrigen Tag im Pavillon angedeutet. Nebenbei hatte er fallen lassen, dass ein Teil von ihm im *Loch* geblieben wäre. Eine Aussage, die sie erschüttert hatte. Etwas in ihrem Inneren wurde ganz weich und nachgiebig. »Darüber darf sich niemand ein Urteil bilden, der nicht etwas ähnlich Schreckliches erlebt hat.«

»Ich stellte mir vor, sie würde mich auslachen und sagen, ich würde mich wie ein Baby verhalten, mich einen Schwächling nennen und herumerzählen, dass das Kidnapping mich nie richtig losgelassen hat.« Unruhig verlagerte er sein Gewicht von einem Bein auf das andere. »Ich habe schon genug unter der Sensationslust der Menschen gelitten. Sie haben auf meinen Gefühlen herumgetrampelt, mich zu einem Außenseiter und dadurch ein weiteres Mal zum Opfer gemacht. Das möchte ich nie wieder erleben.«

»Warum kannst du mir das alles jetzt so offen erzählen?«, fragte sie verwundert. Ihre Tränen waren zwar getrocknet, aber in ihr tobte schon wieder ein Gefühlschaos. Sie rechnete es Joos hoch an, dass er sie in den Teil seiner Seele blicken ließ, die er kaum jemanden zeigte. Aber wieso tat er es jetzt? Was wollte er damit erreichen? Sie waren doch fertig miteinander. Oder etwa doch nicht? Ihr Puls beschleunigte sich.

Mit einem Lächeln in der Stimme sagte er: »Weil du mir wichtiger bist als alle Frauen, mit denen ich zusammen war.«

Dieser Satz fand einen so großen Widerhall in Anne, dass ihr die Hitze in die Wangen stieg. Sie fühlte sich geschmeichelt und spürte die Flamme der Hoffnung in sich auflodern. Aber sie warnte sich auch davor, zu euphorisch zu sein. Was Joos und sie betraf, war bisher auf jedes Hoch immer schnell das nächste Tief gefolgt. »Davon habe ich bislang nichts gemerkt.«

»Hast du das wirklich nicht?« Er lächelte sie vorsichtig an. »Jede andere Journalistin hätte ich sofort von der Schokoladeninsel fortbringen lassen, aber bei dir habe ich sogar akzeptiert, dass du im Nis Puk wohnst.«

»Das ist wahr«, musste sie eingestehen. Sie hatte sich von Anfang an gefragt, warum er das gebilligt hatte.

Nervös rieb Joos über sein Handgelenk. »Vom ersten Moment in der Edelkakao-Manufaktur an hatte ich dich gerne um mich. Du hast mich sofort verzaubert und seither nicht mehr losgelassen.«

»Obwohl ich eine Vertreterin der grässlichen Presse bin?« Anne traute sich nicht, sich darüber zu freuen, dass Joos sich versöhnlich gab.

»Ich versuche ja schon, meine Vorurteile abzulegen.« Langsam atmete er aus und sah sie dann mit einem Blick an, der Steine erweichen konnte. »Auch dabei hilfst du mir.«

Sie zog ihre Augenbrauen hoch. »Wobei denn noch?«

»Seitdem ich dich kenne, liege ich nachts nicht mehr wach und habe keine schlechten Träume mehr.« Er spähte in alle Richtungen, als wäre er sich plötzlich bewusst geworden, dass jemand sie hören könnte, aber sie waren allein.

Ein Prickeln floss über ihren Rücken, ein angenehmer Kitzel. »Wirklich?«

»Nach all den Jahren hatte ich das schon gar nicht mehr für möglich gehalten.« Joos streckte seine Hand nach ihr aus, berührte sie am Ende aber doch nicht. »In Gesellschaft kann ich mich für gewöhnlich nicht entspannen, aber bei dir fühle ich mich wohl. Mit dir kann ich lachen und …«

»Leidenschaftlich streiten«, sagte sie und schmunzelte.

Er lachte. »Ich wollte sagen, dass ich bei dir ich selbst sein kann.«

»Ich wollte dich ja glücklich machen, aber du hast es nicht zugelassen«, entgegnete sie.

»Mein Verhalten auf der Terrasse tut mir aufrichtig leid.« Er führte seine Hand zu seinem Oberkörper, wohl um anzudeuten, dass er sein Herz sprechen ließ. »Wie eine Schildkröte habe ich den Kopf eingezogen, das ist typisch für mich. Ein Fluchtreflex. Dass ich dir nicht sofort verziehen habe, obwohl du deine Lügen bereust, bereue ich zutiefst.«

»Dann vergibst du mir?« Angespannt knetete sie den Riemen ihrer Handtasche.

»Ja, das tue ich.« Joos rieb seine Handflächen an seine Oberschenkel. »Wegen deiner Beichte habe ich mich in dem Moment in meinen Bedenken bestätigt gefühlt, dass ich dir nicht trauen kann. Aber das war falsch. Deshalb bin ich hier.«

»Du bist mir hinterhergelaufen«, stellte Anne fest.

»Um dich zurückzuholen.« Er trat dicht an sie heran und blickte ihr in die Augen.

Jetzt verstand sie besser, warum er gezögert hatte, seinen Gefühlen für sie nachzugeben. In seinen Augen hatte sie eine Gefahr für ihn dargestellt. Doch anscheinend sah er das nun anders, sonst hätte er sie nicht in sein Innerstes blicken lassen.

»Ich habe mich dazu entschlossen, psychologische Hilfe in Anspruch nehmen.« Joos lächelte leicht verlegen, klang aber selbstsicher.

»Ich wünsche dir dafür alles Gute.« Am liebsten hätte sie

ihn in ihre Arme gezogen und sowohl getröstet als auch aufgemuntert, doch sie tat es nicht. Sie ahnte, dass ihm dieser Schritt nicht leichtgefallen war. Es musste ihm vorkommen, als würde er wieder bei null anfangen, wie direkt nach dem Kidnapping. Aber das Verbrechen erneut aufzuarbeiten, würde ihm hoffentlich einen Weg zeigen, wie er mit seinen Dämonen umgehen konnte.

Zärtlich streichelte er sie am Hals. »Ich brauche dich.«

»Um gut zu schlafen?«, frotzelte sie und spürte, dass ihr Gesicht heiß wurde.

»Das auch. Ich kann es kaum erwarten, dass du nachts ganz dicht neben mir liegst und ich dich ruhig und leise atmen höre.« Es lag eine Sinnlichkeit in Joos' Stimme, die Anne wohlig erschauern ließ.

»Das geht mir alles etwas zu schnell.« Anne schwirrte der Kopf. Die Achterbahn, auf der sie mit Joos saß, nahm noch einmal an Fahrt auf. »Eben noch war alles aus.«

Gefühlvoll strich er ihr die Haare aus der Stirn. Dabei streichelten seine Finger sachte über ihre Haut. »Wenn du Zeit brauchst, um darüber nachzudenken, ob wir nach allem, was passiert ist, und trotz meines komplizierten Charakters eine gemeinsame Zukunft haben, verstehe ich das.«

Ihr Herz pochte heftig und zeigte ihr damit deutlich, dass es bereit war, ihm eine zweite Chance zu geben. Doch die Vernunft ließ sie zögern. Hatte sie den Mut, sich erneut auf Joos einzulassen? Würde sie es verkraften, noch einmal zurückgewiesen zu werden, sollten seine alten Ängste zurückkehren? Würde ihre Liebesbeziehung ewig so stürmisch bleiben und von Höhen und Tiefen geprägt sein?

Bitte nicht, dachte sie erschöpft.

Doch dann wurde ihr klar, dass alles, was zwischen ihnen stand, aus dem Weg geräumt war. Ihr Auftrag von *Tele Nord*, ihre Schwindeleien und seine Bedenken, sie könnte seine Schwächen entlarven, denn die hatte er ihr bereits gestanden. Ihr journalistisches Können würde sie in den Dienst der Gebrüder Lorentz stellen. Sie würde für Joos arbeiten. Mit ihm. Daher brauchte er sich kein Kopf mehr darüber zu machen, ob sie ihm für eine Zeitschrift oder einen Fernsehsender intime Geheimnisse entlocken wollte.

Joos hatte ihr ihre Fehler verziehen. Hatte er daher nicht verdient, dass sie ihm ebenfalls vergab?

Außerdem liebe ich ihn, ich liebe ihn wirklich, dachte Anne und spürte, wie ihr Nacken vor Sehnsucht kribbelte und sich die feinen Härchen am Haaransatz aufstellten.

Zärtlich legte Joos beide Hände an ihre glühenden Wangen. Er lächelte und sah ihr tief in die Augen. »Bei dir fühle ich mich wie der Mann, der ich hätte sein können, wenn ich nicht entführt worden wäre.«

Sein Geständnis bescherte Anne weiche Knie. Das war das schönste Kompliment, das er ihr hätte machen können. Mit jeder Faser ihres Körpers spürte sie, dass es richtig war, an Joos' Seite zu bleiben. Sie hatten Startschwierigkeiten gehabt, aber jetzt waren alle Probleme beseitigt, und sie konnten endlich zusammen glücklich sein.

Als er sie küsste, applaudierten zwei Personen, was merkwürdig dumpf klang. Aus den Augenwinkeln machte Anne hinter einer der Scheiben des Hafenrestaurants Kurt und einen Kollegen, vermutlich den Koch, aus. Die beiden Männer klatschten, lachten und verschwanden im Inneren des

Gebäudes. Von Annes und Joos' Aussprache konnten sie glücklicherweise nichts mitbekommen haben, alle Fenster des Klönschnak waren geschlossen.

Forsch schritt Rieke Knuten mit ihren Nordic-Walking-Stöcken in den Händen an Anne und Joos vorbei. »Na endlich«, rief sie ihnen zu. »Nur weiter so! Ihr seht so hübsch zusammen aus.«

Anne löste den Kuss nicht und war froh, dass Joos es auch nicht tat. Sie hatten lange gebraucht, um zueinanderzufinden, und nun sollte ganz Möwesand wissen, dass sie zusammengehörten. Sie schmiegten sich eng aneinander und wollten sich nie wieder loslassen.

Plötzlich klingelte Joos' Handy. Mit einem Murren ließ er von Annes Mund ab. Während er sein Smartphone herausholte, wischte er mit seinem Daumen die Feuchtigkeit von ihren Lippen. Verliebt lächelte er sie an, dann warf er einen Blick aufs Display.

»Es ist Thies aus dem Krankenhaus«, rief Joos und lachte freudig. Als er sich bei seinem Bruder meldete, sprach er vor Aufregung zu laut. Während er zuhörte, lief er unruhig auf und ab.

Plötzlich blieb er stehen und grinste. Mit dem Handy am Ohr flüsterte er Anne zu: »Das Baby ist da. Es ist ein Mädchen.«

»Wie schön!« Anne hatte Tränen in den Augen, sie freute sich so sehr für Hannah und Thies.

Joos wiederholte für Anne, was Thies auf der anderen Seite der Leitung zu ihm sagte. »Die Kleine ist 51 Zentimeter groß und wiegt 3350 Gramm.«

»Ich kann es kaum erwarten, sie zu sehen.« Verträumt

blickte Anne Joos an, in ihrer Vorstellung hielt sie schon ihr gemeinsames Kind im Arm.

Thies ließ wohl etwas fallen, das Joos überraschte, denn er riss seine Augen auf. »Ihr habt was?«

»Nun rück schon raus mit der Sprache.« Ungeduldig zupfte Anne an seinem Arm. »Ich sterbe vor Neugier.«

»Sie haben die Kleine Bente genannt, zu Ehren von Benedikte Mommsen. Benedikte hat lange auf der Schokoladeninsel gelebt und ist auf dem Inselfriedhof begraben.« Die Worte sprudelten nur so aus Joos heraus. Er klang begeistert von der Namensgebung. »Thies war mit ihr befreundet, und Hannah war sogar mit ihr verwandt, was sie jedoch tragischerweise erst nach Benediktes Ableben erfuhr. Durch ihre neugeborene Tochter wird die Erinnerung an sie weiterleben.«

Anne war gerührt und kuschelte sich an Joos. »Wie genau war Benedikte mit Hannah verwandt?«

»Das ist eine lange und komplizierte Geschichte, die ich dir erzählen werde, sobald wir aus dem Krankenhaus zurück sind.« Er schlang die Arme um sie.

Erstaunt sah sie ihn an. Meinte er das ernst? »Ich soll mit in die Klinik fahren?«

»Du gehörst doch jetzt zur Familie«, sagte er und ließ offen, ob er die Familie Lorentz, die Schokoladeninsel-Familie oder beide meinte.

Dann küsste Joos sie so leidenschaftlich, dass Anne vor Glück strahlte wie der Sonnenschein am ersten schönen Frühlingstag im nordfriesischen Wattenmeer nach einem langen, harten Winter.

Kapitel 27

Zwei Wochen später.

Das Frühlingsfest war wieder einmal ein voller Erfolg gewesen. Wie es Tradition war, saßen die Mitarbeiter der Gebrüder Lorentz zwischen den Einheimischen auf dem grünen Strand und gönnten sich eine Pause, bevor es ans große Aufräumen ging. Joos schenkte mit Finn und Thies Champagner aus. Den spendierten sie nach jedem Fest. Alternativ reichten sie Küstenbier und Softgetränke herum. Das hatten sich alle verdient, es war ein anstrengender Tag gewesen.

Die letzte Fähre mit Touristen hatte vor einer halben Stunde abgelegt. Jetzt gehörte die Schokoladeninsel wieder ihnen. Die Sonne ging immer später unter. Noch war es hell, aber der strahlend blaue Himmel färbte sich bereits langsam orangerot. Sie würden die erste fürs nordfriesische Wattenmeer milde Nacht in diesem Frühling erleben.

Zufrieden über den Verlauf des zweitägigen Festes und den Umsatz, den sie gemacht hatten, setzte sich Joos neben Anne, vergrub seine Hand in ihren Haaren und zog sanft ihr Gesicht zu sich heran. Zärtlich küsste er sie vor aller Augen. Zuvor hatte er nie das Bedürfnis gehabt, seine Liebe zur Schau zu stellen, doch bei Anne wollte er der ganzen Welt zeigen, wie verliebt er war.

Inzwischen wohnte sie in seinem Haus, in Finns ehemaligem Zimmer. Letzte Nacht hatte sie jedoch bei Joos übernachtet, und er hatte so tief, fest und traumlos geschlafen wie noch nie. Wenn er mit ihr zusammen war, empfand er einen inneren Frieden, nach dem er sich lange gesehnt hatte.

Anne tat ihm gut, ständig musste er sie berühren, und sei es nur, dass er im Vorübergehen ihre Hand mit seiner streifte. Er befürchtete, dass die Nähe, die er ständig zu ihr suchte, ihr irgendwann zu viel werden könnte, doch den Anschein erweckte sie nicht, und er konnte eben einfach nicht die Finger von ihr lassen.

Früher war er nie gerne ausgegangen, doch er hatte Anne eingeladen, mit ihm nach Hamburg zu fahren und eine Show des Cirque du Soleil zu besuchen. Vor den Darbietungen wollte er sie noch in ein schickes Restaurant, spezialisiert auf vegetarische und vegane Speisen, ausführen. Zu seiner Überraschung lehnte sie ab. Sie wollte Möwesand noch nicht verlassen.

»Ich brauche nur dich und die Schokoladeninsel, um glücklich zu sein«, sagte sie mit leuchtenden Augen. »Aber danke, gerne komme ich später auf dein Angebot zurück.«

Jetzt kuschelte sie sich in ihrem nachtblauen Strickkleid, das sie in Husum gekauft hatte, an ihn. Ihr fielen fast die Augen zu. Das Frühlingsfest war anstrengend für sie gewesen. An beiden Tagen hatte sie unermüdlich Videobeiträge für den Youtube-Kanal der Gebrüder Lorentz gedreht. Sie interviewte Besucher und die Teams der Naschwerk-Manufakturen und machte sich Notizen für Artikel, die sie für die Website der Schokoladeninsel und die sozialen Netzwerke schreiben wollte.

Joos befürchtete, dass er Anne in den nächsten Tagen nicht mehr sehen würde, so sehr stürzte sie sich in die Arbeit. Liebevoll streichelte er über ihren Oberschenkel und küsste sie auf ihr nach Aprikosen duftendes Haar.

Nun, da er zur Ruhe kam, machte sich auch bei ihm die Erschöpfung bemerkbar. Gähnend sah er sich um. Sein Blick blieb an Merle Witt hängen, und er musste schmunzeln. Merle hatte sich auf die Seite gelegt. Sie hatte den Kopf auf ihren Arm gebettet und war eingeschlafen.

Sie hatte das ereignisreiche Wochenende, das hinter ihnen lag, besonders viel Kraft gekostet, da sie den Trubel nicht gewohnt war. Sie war erst vor drei Tagen auf die Schokoladeninsel gekommen und wohnte seither im Gästehaus Nis Puk. Weil sie nie in ihrem Leben gearbeitet hatte, und aufgrund der Trisomie fiel es ihr noch schwer, Hannah in der Edelkakao-Manufaktur zu unterstützen. Aber Joos war sich sicher, dass sie die Startschwierigkeiten durch ihre gute Laune, ihren Optimismus und ihren Willen, in Nordwinden dazuzugehören, bald hinter sich lassen würde.

Weil Thies auf Bente aufpasste, konnte Hannah ihren Laden zur Stoßzeit für drei Stunden öffnen. Finn übernahm weiterhin Thies' Aufgaben, der sich kaum von seiner Tochter lösen konnte. Manchmal kam es Joos so vor, als wäre die niedliche Bente an ihrem Vater festgewachsen. Thies war verrückt nach der Kleinen, was Joos bestens nachvollziehen konnte. Bente hatte die blonden Locken ihrer Mutter und die ozeanblauen Augen ihres Vaters geerbt. Sie sah aus wie ein Engel. Wenn sie lächelte, ging die Sonne auf.

»Wir sollten nicht zu lange warten«, flüsterte Joos Anne zu.

Sie blickte zu ihm auf und runzelte die Stirn. »Womit?«

»Mit eigenen Kindern.« Sein Gesicht fühlte sich heiß an. Rasch fügte er hinzu: »Falls du denn möchtest.«

»Und wie ich das will«, sagte sie und strahlte.

Sie besiegelten ihren gemeinsamen Kinderwunsch mit einem weiteren Kuss. Dann drang Gerits Lachen zu ihm. Überrascht schaute er zu ihr hinüber.

Gerit schien Philipps Lach- und Atemtraining gutgetan zu haben, denn sie wirkte für ihre Verhältnisse ausgelassen und fröhlich. Vielleicht lag das aber auch an ihrem Sohn Barne, der sie an diesem Wochenende mit seinem Freund Marc besuchte. Gerit wirkte etwas verlegen, als die Männer ihre Finger ineinander schlangen und Händchen hielten.

Doch Joos hörte sie zu Rieke in ihrer eigenen trockenen Art sagen: »Liebe ist Liebe, der Rest ist egal.« Dann schenkte sie ihrer Freundin und Nachbarin und sich selbst Klötenköm nach.

Den Eierlikör hatte Rieke selbst gemacht. Sie schien ihn mehr zu brauchen als Gerit, wirkte angespannt. Vielleicht lag das an ihrem Ehemann Frieso, der mit finsterer Miene neben ihr saß. Eigentlich kannte Joos ihn nur gut gelaunt. Frieso machte oft Scherze und schnackte gerne, doch an diesem Abend schien er schlecht gelaunt. Die ganze Zeit über hatte er die Hände zu Fäusten geballt. Er strahlte eine latente Aggression aus. Joos erkannte ihn kaum wieder.

»Wer sind die eigentlich alle?«, fragte Frieso plötzlich seine Frau.

»Das sind doch unsere Freunde.« Beruhigend tätschelte Rieke seinen Arm. In die Runde sagte sie mit hochrotem Kopf: »Er zieht euch nur auf. Ihr kennt ihn doch.«

»Wenn nur einer von denen mich anfasst, dann …« Er drehte seine Bierflasche um, hielt sie am Hals fest und schwang sie hin und her wie eine Waffe.

Mit entsetzter Miene sprang Rieke auf. Sie zog Frieso auf die Füße und wich den verwunderten Blicken ihrer Freunde und Bekannten aus. »Ich denke, es ist Zeit heimzugehen. Er hat wohl etwas zu viel gepichelt. Tut mir leid.«

Dann führte sie ihn zwischen den Syltrosen hindurch nach Nordwinden. Nachdenklich sah Joos ihnen hinterher. Er hatte Frieso nicht beobachtet, glaubte aber, dass der ältere Mann nicht mehr als ein Bier getrunken hatte. Er würde morgen bei Rieke und ihrem Mann vorbeischauen und nach dem Rechten sehen.

Angeregt unterhielt sich Finn mit Philipp, während Thies immer wieder einen Blick in den Kinderwagen warf und Bente verzückt anlächelte. Hannah neben ihm verdrehte die Augen, dann lachte sie.

Sanft schwappte die Nordsee gegen das Ufer. Die Brise wiegte das Schilf hin und her. Zwischen den Sandbänken Norderoogsand und Süderoogsand hindurch machte Joos eine hell beleuchtete Segeljacht aus und fragte sich, wohin sie wohl unterwegs war. Er hatte jedenfalls kein Fernweh. Nirgends wäre er lieber als auf der Schokoladeninsel bei Anne, seinen Brüdern und seiner Inselfamilie. Für ihn bedeutete dieses Fleckchen Erde das Paradies. Seiner Meinung nach gab es keinen malerischeren Ort.

Plötzlich klingelte sein Handy. Er wunderte sich. Wer sollte ihn so spät noch anrufen? Er hoffte, dass es keine Probleme in der Schokoladenfabrik gab und er morgen nach Flensburg fahren musste. Ein schlechtes Gefühl beschlich ihn, als er sein Smartphone aus seiner Hosentasche zog.

Als er Dirk Schwarz' Namen auf dem Display las, erhob er sich, entschuldigte sich bei Anne und ging zur Küstenstraße. Abseits der kleinen Strandfeier nahm er den unerwarteten Anruf an.

Als er hörte, was der Privatdetektiv ihm zu sagen hatte, wusste er nicht, ob er sich freuen oder sorgen sollte. Joos bekam Kopfschmerzen und wünschte sich, er hätte den Champagner nicht getrunken. Den Schaumwein vertrug er einfach nicht gut. Schwarz sagte ihm, er würde weitere Informationen einholen und sich wieder bei ihm melden, dann legte er auf.

Aufgewühlt ging Joos zu der Feier zurück. Die ersten Mitarbeiter spazierten schwatzend zu den Manufakturen zurück, um aufzuräumen. Mit ernster Miene bat Joos seine jüngeren Brüder, ihm zu folgen.

»Was ist los?«, fragte Thies, sah zu Bente und haderte sichtlich, ob er sie für einen Moment alleine lassen konnte.

Schmunzelnd stieß Hannah ihn an. »Nun geh schon. Ich bin doch auch noch da.«

Joos schritt mit Finn und Thies in Richtung Friedhof. Er fand, die Ruhestätte für die verstorbenen Insulaner war der richtige Ort, um seinen Brüdern etwas Wichtiges mitzuteilen. Vor dem Grab ihrer Eltern blieb er stehen. Es war fast so, als würden sie einen Familienrat abhalten, wie sie es oft getan hatten, als ihre Eltern noch gelebt hatten. »Der Privatdetektiv hat Neuigkeiten für uns.«

»Über Julius Schneider?« Thies blickte Joos fragend an.

Finns gute Laune war wie weggeblasen. »Aber er ist doch in Australien und damit zu weit weg, um an ihn ranzukommen.«

Joos schüttelte den Kopf. »Er ist gestern aus Down Under zurückgekehrt.«

»Ob es ihm dort nicht gefallen hat?«, sagte Thies nachdenklich.

»Oder er hat Norddeutschland zu sehr vermisst.« Während Finn fortfuhr, rieb er sich über den Bauch, als wäre ihm Julius' Rückkehr auf den Magen geschlagen. »So würde es mir gehen. Ich liebe es, in fremden Ländern zu surfen, aber ich bin nie gerne lange weg von Nordfriesland.«

»Ist das wichtig?«, fragte Joos seine Brüder angespannt. »Was zählt, ist, dass er zurück in Flensburg ist. Wir können also doch bald mit ihm sprechen.«

Thies lehnte sich gegen den Holzzaun, der die Ruhestätte umgab. Anscheinend hatte Schwarz' Mitteilung ihm die Kraft geraubt. »Wir werden ihn fragen, warum unser Vater ihn heimlich jahrelang finanziell unterstützt hat.«

»Und ob er unser Bruder ist.« Finn ballte Fäuste.

Beiläufig wischte Joos über den Grabstein ihrer Eltern. »Sollte das zutreffen, kann Julius nichts dafür.«

»Natürlich nicht. Ich habe nichts gegen ihn«, stellte Finn klar. »Es macht mich bloß wütend, dass unser Vater nicht nur unsere Mutter, sondern auch uns verraten hat.«

Finn sprach von Verrat? Joos befürchtete, dass sein jüngster Bruder sich in seine Abneigung gegen ihren Vater hineinsteigerte. Finn hatte ihre Mutter sehr geliebt. Selbst nach ihrem Tod wollte er sie noch beschützen. Brüderlich legte Joos ihm eine Hand auf die Schulter. »Du gehst davon aus, dass unser Vater fremdgegangen ist und einen Sohn gezeugt hat, aber das muss nicht so sein.«

Finn sprach jedes Wort so hart aus, als wären es Steine, die er zerbeißen wollte. »Glaubst du das wirklich?«

»Im Zweifel für den Angeklagten, heißt es doch.« Auch wenn sie dadurch Gefahr liefen, ihr Erbe neu aufteilen zu müssen, konnte Joos es kaum erwarten, Julius Schneider kennenzulernen und herauszufinden, ob er ihnen ähnlich sah und ob die Lorentz-Brüder schon seit 24 Jahren zu viert waren, ohne es zu wissen.

Sie standen kurz davor herauszufinden, was ihren Vater mit Julius' Mutter Roswitha verbunden hatte. Vielleicht war die Wahrheit harmloser als die Vermutung, die im Raum stand und alle belastete. Wenn es schlecht lief, konnte sie sich aber auch als sehr schmerzlich entpuppen.